マゼラン雲

スタニスワフ・レム

後藤正子 訳

国書刊行会

Dzieła wybrane Stanisława Lema

Obłok Magellana
Stanisław Lem

Obłok Magellana

by Stanisław Lem

マゼラン雲＊目次

マゼラン雲

Obłok Magellana

バーシャに

序章

私は、二百二十七名の一員として、太陽系の外を目指し、地球を発った。計画した目的を果たし、旅が始まって十年目の今、我々はこれから帰還の途に就く。

我々の宇宙機《ポチスク》は、もうすぐ光速の半分の速度を超えようというのに、最強の望遠鏡をもってしても今見えるかどうかの地球が、一点の青白い塵として暗闇から星々の間に姿を現すまでには、数年かかるだろう。我々は、遠征の記録を、つまり、未だ一切目を通されていない手つかずのままの、コンピューターの記憶装置に忠実に記録された初体験の巨大な集積を、あなた方に持ち帰るのだ。

そして航行中に書き上げられた膨大な科学論文を、あなた方に持ち帰る。それらは宇宙の奥に、未だ予見できない、新たな無限の探査領域を開くことになる。

しかし、我々がこの旅の途中で知ったのは、科学的な発見や物質の秘密よりも一層困難で美しい何か――どんな理論も解明不可能な、究極のコンピューターでも記録不可能な、何かだった。

私は、今ひとりだ。キャビネットは薄暗く、目の前にある一台の小さな装置と諸々の機材の輪郭だけがかろうじて見分けがつく。装置の内部では、私の声を録音しながら、水晶片が震えている。あなた方により近づきたいと思って、話し始める前に目を閉じた。するとしばらくの間私は、限りなく広大な、黒い静寂に包まれた。我々がどうやってこの静寂を乗り越えたのか、何とかお話しすることにしてみよう。それはこんな話になる。地球から遠ざかるにつれて――光の距離でだ――いかに我々が一層地球に近くあったのか、あらゆる物質の構成から呼び起こされるよりももっと恐ろしい恐怖、つまり、フレア放電を飲み込む宇宙空間の深淵となって恒星を消しては巨星を押し潰していく真空の恐怖と、どんな具合に格闘してきたか。

数週間、数か月、数年と過ぎるにつれて、我々の最も大切な、最も個人的な記憶が、暗黒の広大無辺に対してなすすべもなくどんな風に薄れていったか。心の支えを得ようと、いかに絶望的に他の仕事や考え事にますますしがみつくようになったか、この旅には欠かせない、地球上では揺るぎない大義名分であったことすべてが、どんな風に崩壊し廃棄されたか、旅の最終的な意味を探す間にどんな風に我々が過去の時代へと下りて行ったか、そして、どうやって我々があの血にまみれた人類の歩みの中にようやく己を再発見し、すると過去の深淵と未知でいっぱいの未来との間にぶら下がる我々の現在時制が充分強固なものとなって、勝利にも敗北にも同じように向き合うことができるようにまでなったか。

　たとえ不完全にせよ、おおよそにせよ、あなた方がこの話を理解できるように、私は我々を押しつぶしミンチにした重荷のちっぽけなひとかけらをあなた方に伝えねばならないし、あなた方は私と一緒に事件の洪水を、真空の暗黒の氾濫に悩まされた永い歳月を体験しなくてはならない――我々が宇宙船の奥であらゆるものの中で最も残酷な、終わることのない宇宙の静寂を耳にした時を、諸々の太陽が爆発現象を起こしたり、炎を消していくさまを目にし、黒色や赤銅色の空を探検したりした時を、惑星たちの大気が引き裂かれるうなり声を鋼鉄の壁の向こうから耳にしたり、生命体が生息する天体、生命体のいない天体、あるいはたった今生命体が誕生したばかりの天体に遭遇した時のことを。

　我々の運命についての、生き様死に様についての物語を始めるにあたって、これからあなた方の誰に向かって話そう？

　一度はこの物語を自分の一番近しい人たち、つまり、父、母、青春時代の仲間《トヴァジシェ》たち、水や木のざわめき、共通の夢、頭上で風が雲を追い立てる青空といった、移ろい易くしかし最も永続的なものによって自分が結びつけられている人たちに伝えたいと思った。しかし、彼らの思い出を呼び覚まそうとした時、自分にはその権利がないのだと思い当たった。彼らを愛しているのは昔と変わらないほどだし、そう表現するのが私には一層難しくなったに過ぎないのだけれど、しかし、私の物語は彼らだけのものではないのだ。なぜなら、時の経過とともに、我々を地球から隔てる空間が広がるにつれて、身近な人々の輪が次第に大きくなっていったからだ。

何年もの間毎夜、地球上のあらゆる大陸から、小さな団地や町々から、諸々の研究所や山々の頂上から、人工衛星から、月の観測所から、太陽系の内宇宙をうねうねと航行するロケットから、数百万の視線が、我々の目的だった淡い星が瞬く天球座標に向けられた。なぜなら、我々が太陽の重力が及ぶ最後の境界を超えて、毎秒数万マイルの距離を遠ざかりながら、深淵に姿を消した時も、あなた方の記憶はそのまま我々とともにあったからだ。

もしも我々の帰還を信じてくれる数百万の人々がいなかったとしたら、物理の法則が我々と地球を繋ぐ信号回線を遮断した時、星明かりの暗闇に囲まれたこの金属の殻の中で、我々は何者であったろう？

だから、私の友だちの範疇には、身近な人々や疎遠な人々、忘れてしまった人々や見知らぬ人々、我々の出発後に生まれた人々やもう決して会えない人々が入る。あなた方は皆、私にとっては等しく愛しく、この瞬間、私はあなた方全員に語りかけている。我々を結びつけているものがどれほど偉大なのか、そして、隔てているものがどれほど小さいのかを悟るためには、まさにこれほどの距離、これほどの苦悩、そしてこれほどの歳月を目の当たりにすることが必要だったのだ。

私にはあまり時間がない。過去に起きたあらゆることを早口で話していると、私の話は時折分かりにくくなって、混乱してしまうかもしれない、けれど、頑張ってひとつにまとめてみるとしよう。つまり、あなた方に示したいのはこんなことなのだ――何とか克服しようと力を尽くした様々な出来事を通じて、どれほど我々の中に、人間がその始まりから歩んできた全道程を、たとえ束の間でも目を凝らして把握する必要性が生まれたのかということ。

我々にはこの遠征が、永遠に向こうを見渡せる巨大な頂上を征服することのように思われているが、しかし、本当のところは、高さで先が見えない果てしない坂道の様々な段階のひとつへの入り口にすぎないのだ。数百年、数千年が過ぎ去るにつれて、その間に我々の歴史はちっぽけな、けれども不可欠な段階へと収縮し、今日我々の血によって活性化した一切合切の出来事は、忘れられた年代記の死んだ一文字と化す。我々の名前は忘れ去られて、自らの集合体に対して名前を持つだけの星団のように、我々は名無しになるのだ。星々から生じた人間の生命に比べたら、星々こそは偉大で、強くて、永遠だ。なぜなら、星々が人間を創造し、人間を殺すからだ。けれどどうだ、人間はその道程ですでに星々の間に存在し、空間と時間にも、己を生み出した星々自身にも出会った。人間に抵抗できるものは何もない。大きな障害に遭遇するたび、人間は一層大きく成長した。人間にはすべてがある。偉大さと弱さ、愛と冷酷、有限のものと無限のもの。なぜなら、たとえ星々が歳を取って炎を消してしまっても、我々は生き残るからだ。なぜなら、今後我々の想像を超えて拡大した文明が豊かで速やかな発展の時期を過ぎ、新たな困難の壁に、存在の根底を揺るがす恐ろしい未知のものに直面した場合には、人々は再び後退し、我々を新たに発見するであろうからだ。我々が過去の偉大な時代を発見したように。

家

　私がこの世に生を享けたのはグリーンランドの極北域で、そこでは熱帯気候が温暖な気候に譲歩し、ヤシの木立の立場を、落葉の喬木の森が占領している。我が家は古く、過剰なガラス張りの建物で、この土地ではよくお目にかかれる代物だった。家を取り巻いている庭がそのまま地上階の部屋へ、ほぼ一年間開けっ放しの壁づたいに入り込んでいた。だが、そこから侵入してくる親密な花たちとの隣人関係は時として紛争の種であり、父は、この無節操な、自ら命名したいわば、花の住居突撃とやらをやっつけようとさえ試みたが、祖母が自分の側に母や姉たちを味方につけて闘いに勝利し、とうとう父は二階へと退却した。

　この家には、長いきちんとした、それなりの歴史があった。二十七世紀が終わる少し前に建てられ、当時はメオリア方面へ延びる高速道路の傍にあった。しかし、時とともにこの辺り一帯の陸上交通が航空交通にすっかり取って代わられてゆくにつれ、道路は森の自然の圧力に屈服し、かつて走っていたルートは今日では周囲よりも若い木々によってうかがい知れるのみである。

　私は、家の内部をほとんど覚えていない。むしろ、私の瞼の下にあるのは、遠くから眺めたその家そのものが、木々の間から見え隠れしている姿なのだ。それも、もっともなことだ。なぜなら、私はまるで庭に住んでいたかのように、しょっちゅうそこで過ごしていたからだ。あそこには生垣でできた見事な迷路があった。入り口ではすらりとしたポプラの木々がその番をしていた。そこから先はいつも、木陰の小道のカオスが始まり、長いこと彷徨《さまよ》った末に――実際には、駆けまわった、だ。なぜなら、四歳児がおとなしく歩くわけがない！――ツタが絡まる東屋《あずまや》に辿り着くのだった。ツタの葉っぱの隙間からは、森に覆われた地平線全体が西の空まで見渡せて、向こうではひっきりなしに炎の垂直線が花開いていた。なぜなら、わが家が建っていたのはメオリアのロケット駅からわずか八十キロだったからだ。たぶん今日でもまだ、この東屋にある大枝の一本一本、枝分かれのひとつひとつを目を閉じたままなぞることができるだろう。その場所で私は、雲を超えて飛んだり、大洋を泳いだり、遠洋航海の船長やロケットの操舵手、宇宙船の操縦士や宇宙の真空を漂流する難破者、あるいは新しい星々やそこに住む人々の発見者――時には、一度にそのすべてだったりした。

きょうだいたちとは遊ばなかった。というのも、私たちはかなり歳が離れていたのだ。ほとんどの時間私の面倒を見たのは祖母で、私の最初の記憶はまさに祖母と結びついている。昼過ぎになると、祖母は庭に出てきては、一番大きな茂みの中で私を見つけ出し、腕にだっこをしてテラスに向かうのだった。そして、庭先で咲くボタンのように赤くて丸い、父の小型飛行機が飛んで来るのを見つけようと、私は祖母を見習って、空をじっと見つめるのだった。父が途中で方角を見失うのではないかと、いつも怖かった。

「怖くないよ、おばかさんだね。パパはうちがわかるんだよ、パパは無線雲台から出ている糸に沿って飛んでいるんだよ」祖母は、銀色のアシのように屋根から伸びるアンテナを指して、そう言った。

「おばあちゃん、あそこにいとなんかないよ」

「なぜなら、お前のおめめがちいちゃすぎるからね。大きくなったら、糸が見えるようになるよ」

祖母は八十六歳になったばかりだったが、私にはとてつもなく長生きの年寄りのような気がしていた。ずっと昔から年寄りだったに違いないと思い込んでいた。白髪を滑らかに後ろに梳《す》いて、お団子に結んでいた。スミレ色ないしは紺色の服をまとい、薬指に嵌めた細い指輪以外に装飾品は一切身に着けなかった。その指輪には長方形の石が光っていた。姉のウタは一度こんな話をしてくれた――あの水晶の中にはおじいちゃんの声が録音されているのよ。まだ生きていて、若くて、おばあちゃんに夢中だった頃の。この話に私は心を奪われた。遊んでいる最中に、抜け目なく耳を指輪に近づけたが、何も聞こえず、私はウタをなじった。祖母は笑いながら、ウタの言ったことは本当なんだよ、と私を納得させようとした。が、それが効果を表さなかった時、祖母は少しためらった末に書き物机から小さな宝石箱を取り出し、それに指輪を近づけると、部屋中に男の人の声が響き渡った。声が話していることは理解できなかったが、私は満足し、祖母が泣いているのを見て、とてもびっくりした。あれこれと考えた挙句、私も泣き出した。ここに母が入ってきて、私たち二人が感傷的にすすり泣いているところに出くわしたのだった。

祖父が存命中だったころ（これは私が生まれる前の話）、祖母はワンピースの見本や型紙をデザインしていた。祖父が亡くなると、末息子の家へ引っ越したが、それが私の父で、そこで祖母は働くのを止めた。昔から祖母はデザイン画を挿んだファイルを山のように持っていた。私はそれらを眺めるのが好きだった。なぜならそこには風変わりで面白いスケッチがたくさんあったからだ。時折、祖母は母のために、姉たちの誰かしらのために、さらには自分のためにと、何かしらのワンピースを思いつくのだった。最新モードの服でなくちゃね、気温によって色やデザインが変わるのよ。私は、そんなワンピースを日光にかざしておいたら、さて次はどんな色やデザインになるのやら、と先読みして、涙が出るほど大笑いするのだった。試作品を作っている間、祖母は自分の部屋に引きこもった。家中が期待で高鳴った。そのあと夕食時に、祖母はいつものような、一点のしみもない暗空色をまとって姿を現し、私たちが一斉に浴びせる質問に、こう答えるのだった。

「そんなお遊びはおしまい。おばあちゃんは、すっかり大人なのよ」

父は、ほとんどの時間、時には夜でさえ、家にいないことが多かった。なぜなら父は医師だったからだ。父はベランダで休息するのを何より好み、濃色のガラス越しに雲を眺めていた。そんな時は、まるで雲が形を変えるのが愉快だとでもいうように、微かに笑みを浮かべていた。私が家の前で遊んでいると、たまに傍にやって来ては、私がこしらえた砂の家を上から眺め、それから無言で立ち去った。私はこれを厳しさの現れと取っていた。しかし、今思うに、父は単に内気だったのだ。食卓で父に話しかけようとして、祖母ないしは母が言葉を繰り返すことがよくあった。なぜなら、父はいつもどことなく放心したような、あるいは心ここにあらずといった風情だったからで、もっと大きな集まりでは、例えばおじたちがうちを訪ねてきた時などは、自分で話すよりも聞き手に回るのを好んだ。たった一度だけ、父が私をびっくり、というよりも、心底ぞっとさせたことがあった。どんなシチュエーションだったか詳しくは覚えていないが、父が手術を行っている様子をテレビで見たことがあった。私はすぐさま部屋から追い出されたものの、しかし、私には、おぼろげな記憶が残された。血にまみれた、何か脈打つもの、そして、あの恐ろしいものにも増して――父の顔が。それはまるで怒りで凝り固まったかのような、痛々しく張り詰めた眼差しをしていた。その光景が幾度か夢の中に戻って来て、私は恐ろしかった。

　おじたちがよくうちに来るのは、晩方だった。全員集合の場合には、「親族評議会」と呼ばれていた。おじたちはよく夜遅くまで、食堂で座って過ごし、傍には大きなユリノキがあって、その人の指にも似た葉っぱが安楽椅子に覆いかぶさっていた。自分がこういう会議にデビューした時のことは、決して忘れない。真夜中に目を覚まして、私は恐怖で泣き出し、誰も傍に来てはくれず、絶望のあまり暗い廊下伝いに食堂へと突進した。その場には母が不在で、それで一番手前に座っていたナリアンおじの膝に上がり込もうとした。ところが、伸ばした両手がまるで空を切るようにおじの姿を突き抜けた時、どれほどぎょっとしたことか。つんざくような叫び声をあげて、私は父に飛びついた。父は私を高く抱き上げ、長いことゆすってあやしながら、こんな風に言い聞かせてくれた。

「ほーら、おまえ、怖がることはないんだ。見てごらん、ナリアンおじさんは本当はここにはいないんだよ、おじさんは自分の家にいるんだよ。オーストラリアの。テレビジット〔立体映像を用いた遠隔情報送伝システム。レムの造語〕を使ってうちに来たんだ。テレビが何だか、おまえも知っているだろう。ここ、テーブルにあるね。スイッチを切ると、おじさんは消えちゃうんだ。ぷちっ！　どうだ？」

　父は、子供には理解できない現象を正確に説明する必要があり、そうしてはじめて子供は怖がるのを止めるのだ、と考えていた。しかし、告白してしまうと、私は四つになるまで、おじたちのテレビジットに慣れることができなかったのだ。おじたちのうち、ナリアンはキャンベラ郊外に住んでいたし、アーミェルはウラルの向こう側に、三番目のオルヒルドは、トランスヴァールだか、エラトステネス〔月のクレーター〕の南斜面だかに住んでいたが、たぶん人生の半分を惑星間の虚空の中で過ごして、そこで巨大なエンジニア用ロボットを操作していた。それで父はこのおじを「虚無君」と呼んだ。四人目、父の一番上の兄であるメルリンは、うちから千三百キロメートルほど離れたスピッツベルゲン島に住んでいて、毎週土曜日にはおじ自身がうちへやって来た。

さて、これから一族に伝わるとある神話をお話ししなくてはならない。その話は、祖父によって創り上げられ、世代から世代へと徘徊した。私の祖母は豊かな心と精神に富んでいて、軽度の注意散漫の気質があり、それがとりわけ日常の些事において、確実に彼女を悩ませた。祖父は――祖母を喜ばせようとするためか、それともやはり信仰心が篤かったのか分からないが――こう主張した。注意散漫はそれ自身では美徳たりえないが、芸術的な才能とは実に相性が良いのだ、しかもとびきり優れたやつとね、と。そう、そこで子供たちに非凡な才能が現れることが期待された。が、現実というやつがその希望を叶えなかった時、祖父は自らの理論に修正を行った。すなわち、子供たちはだめだ、しかし孫たちは偉大な芸術家になるだろうさ、と。

しかしながら、姉たちもまたその期待を裏切り、一方、兄にいたってはすでに子供のころから科学技術に関心を見せていた。たぶん今でも、うちの屋根裏には兄の発明した「空気ベッド」があるだろう。空気流を上へ排出する強力な換気装置で、人間の体さえも自在に持ち上げられるほどの力があるものだ。私は兄の実験の対象になった。正直、気が進まなかった。なぜなら、衝撃的な力で吹き上がるハリケーンの空気流に巻き上げられて、床の上から一メートルも浮いていては、休憩を考えることはおろか、呼吸をすることもままならなかったからだ。この類《たぐい》のエピソードから、兄はゆくゆくは発明家になるのでは、と思われはじめた。またしても失望させられた祖母は、こんな結論に辿り着いた。すなわち、芸術家になるのは――この時点では、もはや明確――一番下の孫、つまり、この私なのだった。そのため、他のきょうだいたちだったら平手打ちをくらったであろう、かなりのいたずらを私はおとがめなしでやり過ごした。白状しなければいけないが、私は相当両親の手を焼かせた。初めておもちゃ屋へ行った頃のことは自分では覚えていない。そこへ連れていかれたのは三歳の時だったと、たびたび聞かされた。自分のものになるかもしれぬ宝の山に茫然自失となった私は、鏡張りの売り場を駆け回って、ロケットの模型を、風船を、ラジコン・ハチ（ドローン）を、人形を手当たり次第に摑みとり、これらの美しい品々をひとつたりとも手放すことのないままあれもこれもと新たにひっ摑んだ挙句、しこたま抱え込んだせいで、とうとう重さに耐えかねてばったり倒れ込み、悔し涙にまみれてぎゃあぎゃあ泣き出した。祖母が芸術家の衝動的な性格について何かをしゃべり始めた。しかし、父の見解はもっと地に足が付いたものだった。

「地虫は森育ちだから、ワイルドだな」そう述べると、私に向かって、半分まじめな調子でこう続けた。

「もしおまえが大昔に生まれていたら、海賊か、強盗か、それともコンキスタドールになっただろう、な？」

　すでに言及したように、私のきょうだいたちは私よりも年上だった。私がようやく小学校で読み方を習っていた時、二人の姉は気象工学の学業を終えていた。いつだったか、上の姉のウタが、雅量を見せたもうて、自分の仕事の奇跡について語ってくれた。姉が地元の気象観測所で当直の時お天気になるかどうかは姉次第だというのだ。

「もし当直に行かなかったら、どうなるの？」私は訊いた。

「お天気じゃなくなるかもね」

　どうしてそんな風に理解したのか分からないが、お天気ばかりではなく、この世のすべてがウタ次第だった。もしウタがいなかったら、世界に何か恐ろしいことが起こると思い込んで、姉への尊敬の念を募らせた。それから間もなくして、姉が私に「初歩の気象工学技術」なる簡易装置をくれたが、それを用いれば小さな雲の動きを操ることができた。私の中には漠然とした疑念が沸き起こった。風と雲の動きの他にお姉さんが操っているものは何もないの、と私はずる賢く問いただした。尋問の要領を得ぬまま、姉はそうよと認め、二番目の姉リディアとともに私の両目に映るスーパーパワーの光背を失った。

「えー？」私は間延びして言った。「なんだよ？　気象工学なんて何の役にも立たないじゃないか。でも、あんたら女にとってはまだ使い道があるかもね」——雅量を見せて私はそう付け加えた——「でも、ぼくら、男にはさ、嵐とかハリケーンとかワイルドな暴風が必要なんだ。あんな人工でできた甘ったるいお天気ちゃんなんか目じゃないよ」

ウタは眉をしかめてそっけなくこう答えた。

「あんたのパンツ、ずり落ちそうよ」

私は長いことこの言葉を容赦できなかった。

兄はというと、四年生のお高いところから私を見下していた。私はすでに六歳で、さまざまな冒険をしたくてうずうずしていた。メオリアの近くにある「子供の宮殿」には、まだひとりでは行かせてもらえなかった——幼すぎたのだ。そこで、兄が私の保護者代わりに付けて寄越された。十四歳という立場から兄はおとぎ話のショーを見下して、舞台で前代未聞の驚異が起きるたび、次にどうなるか無理やり私の耳元に囁きかけるという方法で、私を感心させようとした。もう公演の内容を知っていたのだ。

メオリアにいる間、私はオートマチック店舗〔無人AI店舗〕のウィンドウから離れることができなかった。一番私を惹きつけたのは、おもちゃ屋とお菓子屋だった。そこで母にこう尋ねた。ケーキをぜんぶ食べていいの、飾ってあるすてきなものをぜんぶ自分のものにできるの、と。

「あら、そうね」母は答えた。

「じゃあどうしてぜんぶ持って帰らないの？」

母は笑って、「ぜんぶ」はいらないのよ、と話すのだった。それが私には理解できなかった。

「ぼく大きくなったら」私はこう言っていた。「おもちゃもケーキも持って行って、クリームでいっぱいのお風呂に入るんだ、あるものぜーんぶだよ」

しかし、何よりもまずは大人になる必要があったため、私は成長のプロセスをどうにか早めようと努めた。そのため、特に見るものが何もないような時には、進んで早く眠りについた。

「まだ暗くなる前に横になるなんて、恥ずかしくないの？　こんなに大きな男の子が」母の口癖だった。

私はずる賢く黙り込んだ。夢の中ではうつつよりも時間が早く過ぎることを知っていたのだ。

八歳の時、私は初めてきょうだいたちに向かって自分の意志を押し通そうと試みた。それは、もうすぐやって来る父の誕生日のお祝い方法を巡ってのことだった。

読み物から古代のサトラップ〔古代メディア・ペルシア王国の州総督〕について少しばかり知っていたので、お父さんのために王様の宮殿を建てようよ、と提案してみた。あざ笑われたので、自分の手で計画を実行することにした。母は、お父さんに宮殿は必要ないのよ、と何とか言って聞かせようとした。

「お父さんは宮殿のことなんて考えたことないよ、だって時間がないんだから」と私は返事をした。「でも、もし宮殿をもらったら、絶対に嬉しいはずだよ」

「あら、そんなことないのよ。プレゼントは大きいとか小さいとか、そういうものじゃないのよ。昔々、大昔、古代人の時代には、みんなお互いにいろいろな贈り物を交換し合ったの。でも、現代では子供だけがもらえるのよ。だって、大人は欲しいものを何でも自分で手に入れることができるからよ」

そんな区別はひどく不当だと思った。大人は何でも手に入れることができるのに、自分は昼餐の席で三個目のケーキをおかわりしようとすると、どうしてあんな目に会うというのか？　しかし、私は黙り込んだ。母と口論したくはなかった。

「そうそう」母は続けた。「一昨日、お庭にいた時、わんちゃんがお膝の上で寝てたわよね。その時、疲れても、痛くても、あなたは姿勢を崩さなかったでしょう。わんちゃんに嫌な思いをさせたくなったからよね。わんちゃんにそうしてあげて、嬉しかったでしょう？お父さんにも何かしら同じような方法でプレゼントしたらどう。そうすると、とっても喜ぶわ」

「うん、そうだね」私は答えた。「でもお父さんは、ぼくの膝の上で眠ったりしないさ」

「そうね、でも、お父さんのいる窓の前で夕方花火を打ち上げたり、にぎやかにする必要があるかしら、お父さんが本を読んでいる時に？」

「ぼく花火を打ち上げるのは、止めてもいいよ」私は言った。「でも、それじゃつまんない」

私は考え込んで、そこを離れた。王様の宮殿計画は煮詰まってきた。

どこの家にもあるように、うちにもたくさんのオートマタがあった。掃除用、台所用、工作用、ガーデニング用。この最後の花木の手入れ用のやつは、モノットという名前だった。モノット初号機は、すでに祖父の時代からうちにあった。ぼくはたびたびその上に跨《また》がったが、うちのシェパード、プルトンはそれが大嫌いだった。犬は大抵オートマタが我慢できない。祖母が言うのには、下等な生き物はみんなオートマタを怖がるの、なぜなら、生きていないものが動き回るだなんてどういう仕組みなのか理解できないからよ、ということだった。

　私は祖母の指摘を心に留めた。なぜなら、私もどうしてオートマタが動いて、与えられた命令を遂行するのか分からなかったからだ。自分も下等な生き物だったら？　そこで、宮殿の建設に取り掛かる前に（むろんうちのオートマタが建てる予定だった）、庭の一番遠い片隅に両方のモノットを持ち込んで、最初に初号機に二号機の腹を割《さ》くよう命じた。中に何があるのか見ようとしたのだ。しかし、初号機は私に服従するのを拒んだ。私はかっとなって、うちにある中で一番大きなハンマーを探し出し、自分で仕事に取り掛かったが、しかし、金属のカバーをどうすることもできなかった。作業に熱中するあまりすっかり忘れていたが、そろそろ父が昼餐後の休憩を取る頃だった。そこに周囲に轟くほどの音で、ハンマーでぶっ叩いた。突然、頭上から誰かの声がした。私は、ビートのように赤く、疲労でふらふらになりながら両目を上げると、父に気がついた。父は憂鬱気にうなずいた。

「そのエネルギーのひとかけら〔「一分子」と掛けている〕でもいいから、勉学に向けたらどうだ」そう言うと、行ってしまった。

　私の九回目の誕生日は、三〇九八年の春だった。母は、もしもいい子にしていたら、二週間後にお父さんお母さんやお姉さんお兄さんたちと一緒に金星へ行きましょうね、と言明した。これは、私の初めての惑星間旅行のはずだった。出発の日までの期間、私はこの上なく模範的に毎日を過ごした。旅立ちの前日には、おじたち全員が直々にうちへやって来た。母が、最も深遠なる神秘の中でこしらえ上げた、料理術の奇跡を使って、この会合にいろどりを添えた。それは月のケーキで、テーブルに置かれるや、最高のタイミングでシューッと音がしてクレーターからクリームの波が噴き出し、チョコレートの斜面を伝って流れ落ちた。

　すでにこの数日間、自分たちが金星への道すがら大事故に遭い、遭難者となってどこかの無人小惑星に住み着いたら、などと密かに期待して過ごしていた。私はこの状況に備えるため、しかるべき食糧の備蓄を準備しようと思い立った。そこで、例のケーキがこの目的のためには完璧に思われ、夜中に起きだして、戸棚から巨大なケーキ片を取り出し、自分の旅行鞄の底に仕舞った。翌日、私たちは夜明けにメオリアのロケット駅に辿り着いた。金星への飛行は短時間で、ちょっとした事故すらなく運行中だった。私は深く落胆し、見学用デッキから黒い空を眺めるのに飽きて、船室の片隅に隠れ、スピーカーが惑星の空港への接近をアナウンスするその瞬間まで、備蓄を無駄にしないようにと、クリームのついたチョコレートをひとかけら、ふたかけらと口に入れた。その結果は見るも無残なものだった。金星での滞在を通して記憶に残ったのは、腹痛、お花や小鳥が描かれた小児科クリニックの診察室、それに太っちょの医師だけだった。医師は、私に近づきながら、すでに遠くの方からにこにこ笑いかけてきて、金星は君の気に入ったかい、と聞いてきた。

翌日には、帰らなくてはならなかった。私は涙を流しながら、ロケットに詰め込まれた。もう元気になったし、おかげで自分が体験した、きょうだいたちの嘲笑の対象になりかねなかった――私が何より恐れたのはそれだった――不幸を検証する程度の力は充分あった。だから、地球への航行時間中は、むっつりと秘密の沈黙を守り通した。本当のところ、誰もそのことに気がつかなかった。私の最初の宇宙遠征はこんな風に終わった。

もうこれ以上、この手の逸話をあれこれ話すのは止めておこう。無造作にごちゃまぜのまま記憶に刻まれ、なかなか縁を切れぬ、要りもしないがらくたのように、取るに足らぬものなのだ。確かにそれらを覚えてはいるが、しかし、その主人公だった子供を、今自分の中に見出すことはできない。このすべての中から一体何が私に残されたというのか？　おとぎ話への偏好か？　私がチョコレート嫌いだということか？　その程度のことだ。しかし、このささやかな残りものに隠されているのは、私の存在の最底辺のどこかで失われた世界の影なのだ。その世界は、理解し難く到達不能で、時折、ごくまれに、晩方の空のある種の陰影の中に、ふと何かに視線を止めた最中に、雨だれの音に、ある種の香りに、ある種の暗闇の中に、戻って来たりする。悲哀の笑みを呼び起こしながら。

何年か経って家に戻った時うちの庭に驚いた、というよりも、ほとんどショックを受けた。花壇のひとつひとつ、樹木の一本一本はそのままだった。しかし、以前、数々の強烈な出来事が起きた秘密の一角が広がっているあの場所では、今や何も起こらなかったのだ。

小さなガゼボ、リンゴの木々、生垣がある平凡な花園……。これらすべてのなんとつまらないものだったことか。家から門の扉までの道は、かつては感動をもたらす探検だった。今、地球の周りを飛んでもさほどでもない。そう、数年のあいだに地球全体が私の子供時代の庭よりも小さくなってしまった。なぜなら、せっかちに夢が叶ってしまったからだ。私は大人になって、望んだことをぜんぶ為すことができた……。しかし、これはもう、後々の話になる。

青春

少年時代には、私は数々の発見を成し遂げた。なかでも最大の発見のひとつが、自分のおじたちであった。もうだいぶ以前から、父の一番上の兄であるメルリンおじが、礫《れき》の研究を行っていることを知っていた。私はおじの理性を疑ってかかった——石の中に何か面白いものが隠されているなんてことがありえるのだろうか？　しかし、その後判明したのだが、なんと、おじはおとぎ話よりも数千倍面白いことを話すことができたのだ。おじのおしゃべりでは、火成岩の斜長石、ペリドットや赤色の泥灰土が、ロマンティックな、神秘的な意味合いを帯びた。リンゴとテーブルセンターを用いて、どのように山系が生ずるのか見せてくれることができたし、また、冷えゆく天体がまとっている溶岩のマントルについて話してくれた時には、黒い奈落の底で緋色の炎でできた衣装をはためかせながら、炎を吐き出す妖怪を見たのだった。二番目のおじナリアンは、いつだったかテレビジットで私をぎょっとさせたかのオーストラリア人で、巨大惑星における人工気象の製作技師、すなわち、メタン・ハリケーンの支配者兼冷たい炭化水素の大洋を掻き分けて進む嵐の主だった。おじの言葉の中に何という世界が開かれたことだろう！　おじが私に話してくれたのは、ひっくり返したおわんの形に弓なりになった木星の、空を飛ぶゴンドワナ大陸について、昼も夜もちっぽけな太陽が輝く変てこな空について、一年の相当な期間を通して、回転する巨大な輪の陰に覆われた土星の亜熱帯地域について、自分の青春時代には、タイタン、レアそしてダイアナといった、呪文にも似た名前を持つこの惑星の寒い衛星の上を探検したことについてだった。

しかしながら、心苦しくも、私は彼ら二人に背いて、家族の間では「虚無君」というあだ名で知られる三番目のおじ、オルヒルドの例に倣うことにした。原子に加速粒子を当てているんだ、と聞いて、私はオルヒルドおじが、この極めて、驚異的に小さな物質分子を最終的に捕らえるため、苦心惨憺しながら、自身の惑星間実験室のどこかでこつこつ働いているものと想像した。しかし一体何が判明したか？　この、無限小の研究者は、地球上に存在するあらゆるものの大きさを上回る、いやそれどころか、地球そのものよりも大きな装置の建設に取り組んでいる最中だったのだ。宇宙の奥と原子の奥への道程が等しく無限へと導かれるだなんて、驚嘆すべきことではなかったか？　オルヒルドおじは原子へ加速粒子を衝突させる機械を建設していた。それは、真空で満たされた、リング状に閉じた管だった。磁場がその中で核子——元素の核に発射される発射体《ポチスク》——を分離させる。三十世紀で最大の加速装置は、直径三千キロのリング状をなしている。その彎曲した筒は山脈中のトンネルを通って走り、橋のアーチを伝って谷を越えた。この建設事業が目指す次の段階は、おそらくもう、地球全体をぐるりと取り囲む加速装置、すなわち、核融合実験装置《ヘリオトロン》ぐらいなものだろう。一体、建設者たちはついに乗り越えられない境界を越えたのか？　いいや。全く新しいアイディアが生じたのだ——真空の空間に新しいヘリオトロンを建設することが決定された。一体それは、どこか地球と月の間の宇宙空間をはためくリング状の管網となるはずのものなのだろうか？　オルヒルドおじは私を間違いから救い出してくれた。建設の基礎資材――真空――は、すでに宇宙にあり、品質の点で申し分ない。ロケットで地球から宇宙へ何千もの磁気観測ステーションが運ばれ、次に空間で理想的な真円を作成するように並べられた。おじは何をしていたのかって？　ひょっとしてこの作業を監督していた？　いいや、おじはまさに諸々のステーションの間にあったもの、すなわち真空に取り組んでいたのだ。つまり、空っぽの無を相手にしてたのかって？　とんでもない！　おじが真空について語ったことからすれば、真空ほど可能性に満ちたものはないことは明らかだった。そこでは磁場、つまり、遠い星々の使節やメッセンジャーが絶え間なく行き来しているのだ。このおじは普段はテレビジョットでは現れなかった。なぜなら、それでは木登りをすることができなかったからだ。おじは木登りが好きだった。おじが訪ねて来た時は、私たちは大きなリンゴの木のうちのひとつに這い上がって、太い枝が分かれたところに腰を下ろし、固いリンゴをかじりながら、放出と制御の刺激場について、反平行な光子や物体の質量を持たない粒子について、熱く議論をしたものだった。そう、私がハイパーループ工学の専門家になるのはもう全く確実なことだった。しかし三一〇三年のヴァカンスがやって来て、思いがけなくもこの計画がすべて崩壊してしまった。私はすでに十四歳になっていて、数百キロの旅行へ自由に出かけることができた。さしあたって、タンペレへ飛んだ。

この北海の小島の珍景を、古い基地を、さらにまた、大型宇宙船舶の博物館を、ご存じだろうか？　背の高いトウヒに囲まれ、風化性ドロマイトのブロックに囲われた広大なホールがそびえ、それには高い窓があり、一面びっしりと、まるで霜のような、大洋の風によって吹き付けられた塩の沈殿物で覆われている。内部では、ノアの大洪水以前に生息していたクジラの背骨と肋骨を思わせる鉄筋トラスで支えられた天井の下で、巨大な船体が何列にもなって休息していた。

博物館の学芸員は、赤ら顔のじいさんで、見事なあごひげを蓄えていたが、ほったらかしも同然で金色の毛が一本一本もつれあっていた。私が彼を見つけたのはロケットのひとつのボイラー室だった。真っ暗闇の中、クォーツのフラスコの下に座っていた。かつてはその中で液体金属が煮えたぎり、今では冷えた内壁の中で、埃と湿気による錆の臭いがしていた。彼が私の目の前でぬっと立ち上がった時、思わずびくっとした——広大な建物の中で、てっきりひとりきりだと思い込んでいたのだ。密閉されていないドアハッチを通して下から差し込む明かりの中で、私は彼のひげの白いものに気がついた。ここで何をしているんですか、と尋ねた。

「連中の番をしとるんだ……飛んで行かぬようにな」ずいぶんしばらくたって、返事をしてもらえないのでは、と不安になった頃に、じいさんがそう言った。彼は私の上の方に立っていた——張り詰めた、重い息遣いが聞こえてきた——そして、黙ったままタラップを伝って、ホールの底へと下りて行った。

私はますます頻繁にこの博物館を訪れるようになった。しばらくの間、私たちの仲はしっくりいかなかった。私はこのじいさんに近づこうと努めたが、私を避けているように見受けられた。実際、消極的だった。彼は船の迷路の中に身を潜めていたが、ようやく私が彼を見つけた時には、質問に答えてくれた。最初のうちはラコニア人のように簡明に、私には分からない皮肉なニュアンスを込めて。その後、私たちの交友が長引くにつれ、彼は少しずつ雄弁になっていった。次第に私はホールに集められた巨大船や他の宇宙船の来歴を知るようになった。なぜなら、彼は、とりわけ過去六世紀のあいだに太陽系内の空間で航行していたすべての船の運命を知っていた——そう私は信じているが——からだ。

私はヘルゴラント島の母方のおじ夫婦の元に滞在し、ほぼ毎日この小島へ通った。じいさんが自分の記憶の中の通行不可能な——そう思われた——領域に差し掛かるにつれて、すでに彼自身が私にとっての謎になった。なぜなら、自分自身については決して一言も話さなかったからだ。私は彼が宇宙船の船長だったのでは、ひょっとしたら数々の大遠征の隊長だったのかも、などと想像したが、しかし誰にも尋ねはしなかった。なぜなら、私にはたまらなかったのだ、まさにあんな風な——神秘の背光に包まれている感じが。

ちょうどホールへの入り口付近の柱の間に、一千年前に宇宙飛行造船所で組み立てられた宇宙機《ポチスク》が四機鎮座していた。太矢の形状に配置されたひれ付きの、古風な、尖った鼻をした先細の紡錘体《スピンドル》だ。最初の二機の降着装置がコンクリートの傾斜台にぐったりと寄りかかり、三機目は、まるで墜落を食い止めるかのように後ろに傾いたままだった。その右側のスキッドが基礎の表面に接し、左側は半分取れかかって、死んだ鳥のむこうずねみたいに弓なりに曲がって、空中に突き出ていた。この一番古い宇宙船は、舳先をぐんと急角度に持ち上げていた。あたかも、大幅な遅延だが、これから間違いなく実行される打ち上げの待機中、といった風情だ。その奥には、三角錐の魚類の形をした二十二世紀から二十三世紀のロケットが置いてあった。最初はすべてのロケットが黒いのかと思っていたが、それはただ単に暗闇が慈悲でそれらを覆っていただけなのだ。まるで側面のへこみや緑青の汚れを隠したいと切に願っているかのように。

じいさんが私に船を見せて回ってくれた、と話したかったのだが、それでは嘘になってしまうかもしれない。らせん階段を伝って、ブリキの狭い歩廊へ上がれるようになっていたのだが、そこから見えるのは、何列にも並んだ黒い船の背だった。ぱっくり口を開けた、井戸のような入り口が付いている。船の中には、人工照明がついていた。明かりに照らされて隔壁の揚げぶたを開くと、円形の通路、船室、輸送用シャフト、そしてデッキ間をつなぐ回廊が見えた。さて、その回廊を伝って一番下の底部へ、底の仕切りまで下りて行く。仕切りにはそれぞれ、古風にも、ルビー色の潤滑油でつやつや光る、パンタグラフ式のジャッキリフトが埋め込まれてあった。狭まったトンネルを通って、安全用の鉛のしきいを何列もまたぎながら、ようやく原子炉へとたどり着くことができた。かつてここで荒れ狂った高熱のせいでボロボロに剝がれた黒い壁に囲まれて、変形した磁石の十字架がいくつも立っていた。このほこりまみれの空間の、これら十字架の間で、往時は、動力と推進の源である太陽たちの分裂がぐるぐると渦巻いていたのだ。

こんな風に歩き回っている間ずっと、私の案内人は乗り気でないか、あるいは退屈さえしていた。いずれにせよ、私の熱狂の爆発にも私のおしゃべりに対しても冷淡だった。だが、たぶん私は休むことなくしゃべり通しだったのだと思う。

役割が変わるのは、隅々まですべてを見尽くした後、ロケットの中央展示室へ戻ってからだった。

かなり後になってから理解したのだが、彼は何よりも、私の上っ面な、騒がしい好奇心が満たされて、昔の原子力工学の特徴よりももっと大切な問題を知りたいと切望するまで、待ってくれていたのだ。私がもうすべての大型宇宙船に慣れて、辿り着くのが極めて厄介な隅々までも見学し尽くしてしまうと、お話の時間が始まった。

じいさんは偶然を装って、入り口際で会ってくれることもあった。私たちは誰もいない、広大なホールの敷地を横切り、冷えた、空気の暗闇を吸い込んでいるハッチドアが広角度にぱっくり開いた、自動力を失った四層建ての船体の傍をいくつも通り過ぎてから、金属板の音がかんかん響くタラップを上り、尖塔のように船首が長く伸びた銀色の巨体の、おそらく長いこと動かされていない、巨大な宇宙船の内部へと入る。中央の海図室へと近づくと、そこには、灰色になったテレビ画面と開閉装置のコンソールとの間に、操舵輪が高壇の上に立っており、じいさんは再び偶然を装って立ち止まると、しゃべり始めるのだ。最初は、じれったいほどゆっくりと、ぶっきらぼうに言葉を引っ張って、それから少しずつ流暢に明朗に。そうしてじいさんが操舵室のドアをぽんと押し開く。すると、天井の照明がぱーっと自動的に点いて、そして前代未聞の物語のひとつが始まるのだった。これらの話は、永久に私の青春に錨を下ろしている。

それは、昔の出来事の断片だった。一番近い惑星への航海が、未知のものでいっぱいの遠征だった時代のことだ——控えめな表現に浸って言えば、ひょっとして永遠に後にしたかもしれぬ地球の世界と、まだ探査が及ばぬ謎に満ちた天体の世界という、二つの世界にまたがる真空の間隙で演じられる、航海の路線と動機とが絡み合ったドラマだ。それは、宇宙図に記載のない正体不明の小惑星たちの周囲で渦の流れに巻き込まれた船についての、巨大な木星が吸引する重力との絶望的な格闘についての、宇宙機《ポチスク》と乗組員たちの忍耐の限界についての諸々の伝説、つまりは、格闘、離着、宇宙の奥からの帰還についての諸々のサーガだった。

忘れられないのは、ある船の事件だ。その船は、崩壊した彗星の残骸が機関部にぶつかったため、機動力を失って暴走し、絶望的に無線の遭難信号を発信しながら、果てのない虚空へと沈んでいった。その信号は、地球へと届いていたが、月面かあるいはまた別の天体の表面に反射して、変形してしまっていた。そして

――この歪みこそが――宇宙船の位置を正確に割り出すことを阻んだのだった。何週間と過ぎるうち、流れて来る信号はまた一段一段と弱くなり、ついには永遠に消えた。

別の物語では、火星―地球間直行便の客船が、母港への帰還中に、途中で出くわした宇宙埃の雲を避けきれず、渦巻く星雲に囲まれた挙句、ようやくそれから船首を突き出した。そこから先の航行中、この奇妙な光背は、船に損害を与えることはなかったが、しかし、私たちの地球の大気圏へ侵入すると、船を取り囲む塵の雲はぱっと炎を上げ、たちまちのうちに船は自らの甲板に乗せていたすべてのものもろとも焼失した。

話をしながら、じいさんは時折、たまたま腰を下ろしていた場所から立ち上がり、舵のレバーのところまで行って、まるで黒い握りに両手を置きたがっているかのように伸ばしたが、しかし、その先、自ら語る舵の性能を実演してみせようとは決してしなかった。時には、何かしらの人物の話をしながら、ただゆっくりと視線だけを空間に向けることがあって、まるで、遠ざかる人物を見ているかのようだったたし、またある時には、夢見心地に黙り込んで、視線を船室に漂わせ、まるで、話の中で今ここに現れるはずのものが見つけられない、とでもいうようであった。けれど、じきに現実の抵抗を克服してしまうのが常で、それから私も彼と一緒になって目の当たりにし始めるのだ。宇宙飛行士がたった今手を離したばかりで、まだ生暖かいさまざまな物体を。危険の瞬間に一挙に引きちぎられた、重力安全装置の銅の密封を。そのうち私には、当直員の足音が聞こえてきて、画面の黒い円の中でくすぶる星々に向き合う、その人の大胆不敵な孤独を感じながら、自分自身もひとりきりでいる。じいさんが、昔話を繰り返すうち、もう筋が決まっている遠征の出来事の順序を時折変えて話しているような気がして、一度か二度、私は不安に襲われたが、しかし、その感覚はすぐに治まった。私は降参して、ありえそうもなさ、不正確さ、不可能さに目をつむった。もっとも、私は彼を信じていた。なぜなら、信じたかったからだ。当時ははっきりと表現できはしなかったが、漠然とこう感じていた。細部を変えながら、いや、もしかしたら、捻じ曲げながら、ただ単に、果てのない夜の領域へと最初に旅立った人々についての事実をより明快に描きたいがためだけに、こんなことをやっているんじゃないのか、と。

私は、宇宙飛行士になることを決心したのだった。このわくわくする職業の魅力にここまで盲目になれるとは思ってもいなかったので、自分でもびっくりした。私が思うに、その理由は主として、星間航海に関する諸分野のうちのひとつを私の兄が大学で学んでいたからだった。私たちの関係は、兄の言葉、つまり電気工学エンジニアの言葉で言えば、常に過電圧の傾向にあった。

この馴染みの船長に自分の決心を打ち明けた時、最初彼は注意を払いもしなかった――その沈黙がひりひりと骨身に応えた――そして、その後、冷淡に、過去の英雄たちのような宇宙飛行士にはお前さんはなれないぞ、と諭した。この真空の大海原の礁《しょう》である流星群と格闘する勇敢な乗組員も、夜な夜な通過した航路区間を宇宙図に書き込む航海士も、もういない。休息中の旅人が睡眠で充電中のあいだ、絶えず金属の甲板を隅から隅まで見回っている船長はもういない、宇宙羅針盤の上から星雲をじっと見つめる舵手や監視員たちはおらんのだよ。数万という無人の自動制御ロケットが、我々の太陽系の軌道を回っているんだ。あの長い真空列車は、惑星から惑星へと原材料、鉱物、鉱石、機械を運んどるが、もしもそれに人が乗っていたとしても、それは旅の珍しさにすっかり慣れっこになってしまった、今どきの乗客たちだな。航海の安全を監視する機械のサービスを、便利に使いこなしている連中だよ。

私は恐る恐る、兄さんが宇宙航海学を勉強しているんです、と言ってみた。

「ふふん」見下したようにじいさんが答えた。「水先案内用オートマタの組み立て方でも習うんだな。これで話はおしまいだ。何だな、お前さんの言っていることは、音楽の代わりにラッパ一個を吹いて、大作曲家を名乗るようなもんだ」

私は急いでこれを兄に繰り返した。

「お前こそがラッパ一個だろ」と返事が来た。

私はひとり精神的なディレンマに囚われた。

父の親友にムーラフ教授がいた。彼は天文学者で、ならば、星たちと何か親しい関係をお持ちに違いないと勝手に判断して、彼に自分の悩みを打ち明けてみた。

「制御用ロボットなんて、組み立てたくありません。ぼくは正真正銘の宇宙飛行士になりたいんです。操舵手か、なんなら、宇宙船団の船長にだって」

「ホー、ホー〔サンタクロースの挨拶〕、大昔のロマン主義だね！」ムーラフは、忍耐強く私の言うことに耳を傾けた後、大声でそう叫んだ。そして憂鬱げに首を左右に振った。「いやいやどうして、宇宙航海学とは美しいものだ。なんとまあ、なんとまあ！　君は、ルーフスの「諸惑星の大気圏——航行」を知っとるかな？」

そんな論文は知らなかった。教授は喜んだ。

「よろしい、それを読んでみたまえ。すばらしいものだ。霧がかった夜のごとく四方八方曖昧模糊、幻想、ファンタジー、いくらでも自由にござれ！　まさに、まさに、宇宙航海学はかつて極めて難儀な芸当だったのだ。人は精神的忍耐の限界に差し掛かりかけた。そこには、数多くの賞賛すべき英雄行為の系譜が、数多くの克己心の勝利がある。ルーフスはなんと見事に言ってのけたことか。「我々の宇宙は、宇宙船《ふな》乗りたちにとって、誠に好い。真空において、陸《おか》に行き当たるのは、百京分の一の確率だ。そこに帆を張る余地があり、しかも暗闇の大海原の港に灯る偉大な燈火の星々は、無数にあることよ！」しかるに、坊や、なぜ宇宙航海学が困難な芸当だったのか、正確に知っているかね？」

私は知らなかった。

「さあ、どうかね？」ムーラフはそう言って、頭上から私を見下ろした。教授には、他の人ならば眉毛があるところに、ふたつの小さな、挑発的なまでに密集した白髪の茂みがあり、それが生き生きと動いて会話に混ざりたそうに見えて、私を幾度も笑わせ、教授の言葉の証明力をまゆつばものにしていた。

「君が間違っていることを説明しよう、宇宙漫遊志望者君。君はその昔、人類が海を航海したことは知っているかい？」

「いわゆる汽船に乗ってですね！」

「おお、そうだ。しかし、もっと昔、古代には、帆船で航海をした。風を推進力として使ったのだ。まだ流体静力学、流体力学、波動説やその他の学説が知られるまでには、船は目分量で建設されたんだよ、分かるかな。だからまさにそんな風に造られた帆船は個性を持っていたのだ。ふたつとして同じものはなかった——竜骨やマストの固定具合、船体の形状での些細な違いが、舵やその他諸々の反応において相当大きな違いとなって表れた。その違いを予測することはできなかったんだ。危険、冒険、あるいは大惨事のおかげで、船乗りたちは体験を集めた。そこから航海術の偉大な芸術が生まれた。芸術、だよ、分かるだろう、科学ではない。なぜなら、真正な知識以外に、そこに少なからずあったのは、言い伝え、雑談、迷信であったし、船の操縦には、科学そのもの以外に、個人的な勇気、技能、そして才能が不可欠だったのだ。しかしながら、その後、科学がこれらすべての隙間を駆逐してしまった。そして芸術の居場所はますます狭くなっていった。そのような具合に、似たような歴史が百年前に惑星間航海においても繰り返されたのだ」

「つまり、人間はもうロケットを操縦することはできないってことですか？」私は繰り返した。「でも、ぼく、それをやりたいんです！　誰かの迷惑になりますか？」

「迷惑になるとも」と教授が言うと、眉毛が目に見えない妖精のあごひげのように動いた。「迷惑だとも。なぜなら、君はそれをオートマタよりもゆっくりと、不正確に行うだろう、つまり、迷惑よりも悪い。オートマタが果たせる仕事を人間が行うのがふさわしくないことは、すでに言うまでもない」

「でも遠足では」私は反論した。「それか、山に行けば、何度も木を切って、火を起こして、料理をします。食べ物をヒーター用オートマタに入れて用意することだってできるのに……」

「遠足で我々がするのは、健康のために好ましいこと、精神をリフレッシュさせること、人を楽しませること、などだろう。ところが一方で、君はロケットを操縦しながら、積み荷を危険にさらすかもしれんのだよ、君自身の危険についてては、もはや言うまでもないが……」

「ロケット一機が何です！」私は向こう見ずに言った。

教授は満足げに吹き出した。

「そらごらん、図らずも自分で白状してしまったようだね。宇宙飛行士を夢見ながら、仕事と責任について考えていない。君が言っているのはただ、彼らの見てくれに過ぎないんだよ、ひとつまみ、のほうがまだましかな、なぜなら、「本気《まじ》で」飛行そのものの喜びを香ばしくしてくれるからね。二百年前、それは、困難で偉大な芸術だった、本当の男たちにふさわしいね、それに身を捧げた者たちの全人生をむさぼった芸術だったのだ。そして、数々の偉大なる宇宙船操縦士たちの名前が歴史となったが、しかし、当時必要欠くべからざることであったものは、今日では一番良くて、お笑い、あるいは、悪くて、ナンセンス、なのかもしれないな」

私は、私自身をこんなに論理的に立証する教授に腹を立てていた。宇宙船団の年老いた番人に、兄に、そしてこの世界にも。しかし、私は考えを変えなかった。私は、宇宙飛行士になるのだ。もう何かしらの仕事が、私のために見つかるだろう。私は要領良くそれを言わずに口をつぐんでいた。しかし教授はどうやら私の控えめに拒絶した眼差しから、私の胸の内で起きていることを見抜いたようだった。

「君は、遠距離宇宙航海の船長になりたいのかい？」教授は無遠慮に尋ねた。私は誓いの沈黙に反して、思わず興奮して言った。

「なりたい！」

教授はまず最初に両目を剝いて、それからどっと吹き出した。そして長いこと笑っていた。ようやく真剣な表情になった。

「これは本当かね」教授は尋ねた。「最近、鉛のケーブルを歯で嚙みちぎったというのは？」

「本当です」私はむすっとして返事をした。少しばかりこの行為を誇っていた。もっとも、大人たちの誰一人として、この行為にほんの少しでも寛大さを示すことはなかったし、讃嘆するなんてことはもはや言うまでもなかった。

「またなんでそんなことをしたんだい？」

「賭けをしたんです」私は一層憂鬱気に返事をした。

「君はとても頑固だな……そう聞いているし、私にも分かる。うむ、何かしら……ひょっとしたら時が君を鎮めてくれるかもしれない……ま、当面は、ルーフスを読みなさい……」

ムーラフは厳しい目で私を見つめたが、しかし彼の元気に動く眉毛は、ぼくらは君の味方だよ、と明瞭に語っていた。これに意を強くして、私は教授に別れを告げ、数日のうちに思いきって「光速センター」を訪ねたのだった。

それは、熱い議論と偉大な準備の時代であり、それらを華々しく締めくくることになっていたのが、太陽系外遠征であった。地球上の至るところに特別な施設が次々と現れ、そこでは志願者たちが自発的に困難で危険な実験に身を晒していた。なぜなら、秒速一万キロメートルを超える速度が人体に与えうる結果が知られていなかったからだった。が、一番近くの恒星を目指す予定のロケットは少なくともその十倍のスピードで飛ばなければならないことは、すでに確実だった。

そして私は、一番近くの光速センターへ志願者候補として潜り込むことができた。私の青春時代の始まりの頃には、これらの施設の、袖に小さな銀色の光線の模様が入った白い制服姿の職員たちをしょっちゅう見かけたものだった。世間では、最も偉大な学者や芸術家に対して抱くような大きな尊敬が彼らに示された。センターは、洗練された親切でもって迎えてくれた。しかし、それにはある種のルーティンワークが感じられるような気がした。おそらく私と似たような候補者に毎日何十人と対応しなくてはならないのだろう。

私には大いなる意志以外に、むろん、何の資格もなかった。そこで、これから一生懸命勉強すれば、五年後に改めて出願できますよ、今度こそ、入隊試験に、との約束とともに、別れを告げられた。

そんな訳で、私は空手でそこを後にした。ひどく落ち込んで、とびきりファンタスティックな計画をあれこれ考えた。まずは、単身用ロケットで単身宇宙に旅立ちたいと考えた。蓄えを消耗しきる前に、自分を遭難からの生還者として世話してくれるようなどこかの船に遭遇するだろう、と当て込んで。そのあとには、最果ての惑星領域へ出発予定のロケットにこっそり忍び込んで、火星の軌道を過ぎたあたりで甲板に姿を現そうかと目論んだりした。私の燃えさかる熱意に感動した遠征隊長が、少なくとも自らの助手にしてくれるだろう、とも期待した。隊長を納得させるべくしかるべき口上まで用意した。これには、状況に応じて、いくつかのヴァリアントがあった。これらすべての計画は空想の域に留まるものだったが、膨大な時間を取られた。宇宙の物語全巻をむさぼり読む一方で、勉学の方はからっきしだった。宇宙への没頭から、食卓で何かしら質問が発せられても、上の空で答えていた。善良な祖母が私のこうした態度をどれほどあべこべに解釈していたかなんて、これっぽちも思いもしなかった。口に運んだスプーンを不意に凝視すること、ぱっとしない学業成績、人からの逃避——これらすべてが祖母の目には疑いなく、成熟しつつある芸術の才能の印となっていた。最良の予感に満たされて、祖母は私の誕生日に白くて、立派な創生機《ゲネトフォル》（ホログラフィ装置。レムの造語）をプレゼントしてくれた。祖母自身、一度となく一本指でそのキーをカチャカチャ鳴らしていた。私はそれで自分の力を試してみた——まずは、祖母を喜ばせようとして、次に、なぜなら、ビデオアート（ホログラム映像。レムの造語）は実際に私の興味を引いたからだった。この芸術は、中世時代の早きに由来する。いわゆる映画、文筆、そして、造形用カラーテレビの交差から生まれたものだ。このゲネトフォルを用いて、作曲家にとってのピアノと同様、芸術家は想像できるだけのものを何でも創り出すことができる。従って、悲劇や喜劇、様々な人物のリアルな物語、または、架空の世界で起こるファンタジーを創り上げることができる。半植物半動物という存在を構成することができる。これらはすべてゲネトフォルをプレイする際発生するライトフィールドが集積するためなのだ。初期の実験は、私に大きな喜びを与えてくれた。部屋に閉じこもって、広いスクリーンの前に座り込み、手を多列キーボードに置く。各キーボードを数十回押してから、トリガー・イベントを押した。すると、スクリーンの奥、それまで何もなかったガラス上に、創り上げられた像が現れた。あの最初の奇妙なショックを私に引き起こしたのは、ただその像が現れたということばかりではなく、その像に、強くはないが、ある程度の自主性が初めから備わっていたことである。動き、歩き回る。まるで、自分を閉じ込めている空間を調べているかのようだ。実際のところ、像はたいてい重大な瑕疵を示した、いや、芸術家の言葉で言えば、不調和な矛盾を含むことがあった。そこでペダルをワンプッシュ、像をスクリーンから消去し、次の実験に取り掛かるのだった。

初心者は誰でも、自らの運指のせいで相当数の像を当然台無しにしてしまうものなのだが、私はこの部門で次々と記録を破り、白状してしまうと、それらの像が全員一団となって何度も夢に現れた。彼らは、拙い生を与えられたかと思うと、その束の間の実在から乱暴にもぎ取られてしまったことに対して、復讐してやると恐ろし気にはあはあ喘《あえ》いでいた。こんな訳で、ビデオアートは古代の芸術とこれっぽちも違わない。この機器は例えば改良されたパレットとペンのようなものだし、その構成を知りつくした名人は、正書法の規則をマスターした中世の文筆家に匹敵する。おそらくより相性が良いのは、ビデオアートと音楽との比較だろう。音楽家が旋律を作るように、ビデオアーティストは多種多様な精神的特徴を調整し、前者のケースでメロディーが生まれるように、後者のケースでは、ドラマの主人公が出来上がる。しかしながら、最大の類似点は、私の考えでは、次の点にある。すなわち、正真正銘の作曲家が、交響曲の主題をオーケストレーションしながら、すべての楽器の協和音を想像で聴き、それからようやく一個の音符を五線上に置くのと同じように、ビデオアーティストも、ゲネトフォルのキーボードを最初に押す前に、自らの作品のほとんどの創作部分や最も骨の折れる部分を完成させてしまう。つまり、空想の中で自分の主人公を作り上げるわけだ。そうして初めて、アーティストの意のままに操れ、自らの運命によって見る者を感動させるような登場人物を生み出すことができるのだ。しかしながら、誰もこのことを他人に教授することはできない。確かに、機器の扱い方に熟練すること自体は、もっぱら元気の良いパペット、しかもものすごいものを創り上げるのには事足りるのだが、舞台全体の演出ともなると、それは、まさに私の役目なのだ。

ひとりならず数多くの学生が、これを理解するまでに何年も労費してしまう。つまり、ビデオアートが自分たちを誘い込む際に用いる、全能の創造主《クリエーター》なる幻影《ミラージュ》が、いかに偽りのものであるのか、そして、仮想の存在を夢想するのに地上の現実の運命がビデオアートによって駆逐される時、そのビデオアートがいかに巨大な嘘となってしまうものなのかを。私のためには幸いなことに、自分に才能が欠けていることは明白で、一瞬たりともビデオアートのことを真剣に考えたことはなかったし、私の芸術実験はゲネトフォルを詳細に分解してしまったことで終わりを告げた。なぜなら、その構造を知りたかったからだ。気の毒な祖母は私の努力の胎児を一体、二体と眺めて、苦い失望――これで最後の――を味わった。なぜなら、親族のうちで誰一人として祖母が昔から大切にしてきた希望を叶えてやらなかったからだ。

中等教育を終了した青年は、続く数か月を多種多様な、自由意志で選択した教育機関や大学で過ごす習わしになっている。科学者、エンジニア、技術者の環の中で交際をして、自分の好みや能力を知るためだ。私は、十七歳の青年として学校を卒業するにあたって、何から始めようか、と長い間ためらっていたが、ついにメオリアの施設である未来計画研究所――略してIPPと呼ばれた――に入った。ここで初めて、太陽系外の旅行計画に従事している人々に出会った。

この時代には、地球から遠く離れた星までの距離を人間の寿命と同じ時間内でカバーできるほど充分に速い速度で旅行をする実用的な可能性は、まだ知られてはいなかった。きっとあなた方も今世紀の黎明期に行われた、銀河の奥へ航行予定の宇宙船建造計画に関連する激烈な議論を覚えていることだろう。

前代未聞の長時間旅行という点からして、それらの船内では、いわゆる「世代交代」が起こる必要があった。つまり、目的地に到達するのは、地球を出発した人々の孫の世代、あるいはようやくひ孫世代ということになっていた。このような解決法は、当時の宇宙科学技術の状況によって要求される必然と見なされていた。これは、世間一般の激しい反対を巻き起こした。数百年にもわたって真空の深淵に投げ出された金属の殻の中で、アリのごとく無為な生活を送ることには、何か人間を貶《おとし》める恥ずべきものがあった。感情の面だけでなく、客観的な根拠も声高に叫ばれた。

どんなことになるのだろうか――人々は口々に言った――人間が数十年も真空と付き合ったら？　人格の歪み、崩壊、知的・道徳的に低い人間が生まれることの可能性はどれほど大きく高いのか？　そして、本質的に貶められた虫のごとき人生が、一体どのようにこの、誕生から死までの全人生をロケットの中で過ごさねばならぬ「中間」世代に襲い掛かることになるのか？　さらに、このような条件下で生きる人々が、一体どうやって最終的に星々へ辿り着く人々の保護者、教師、養育者になりうるのだろうか?!

それはすべて――ある人々はこう答えた――真実だ。旅の困難、苦労、危険は想像もつかない、しかしながら、星への航行は絶対に必要だ。太陽系を征服した後、つまり、手始めに近傍の惑星の開発を行い、その後、三〇〇〇年代の後半には、遠方の惑星の開発を、ケルベロス〔架空の天体。冥王星の第四衛星ケルベロスの発見は二〇一一年〕の軌道まで残らず成し遂げた暁には、新たな一歩を踏み出さねばならない――我々と、最も近い、他の系の太陽との間に横たわる大真空洋の横断だ。遠征はある程度の期間、延期しても構わない、しかし、かならず出発する。なぜなら、行かねばならないからだ。というのも、断念は停滞を意味しかねない、そうすれば――数世紀ないしは十数世紀後には――地球文明の死を招く。

新しい原子力燃料および各種の物質から原子力エネルギーを放出する方法の発見が、光速での航行問題の技術的な解決を可能にしたが、しかし新たな疑問が生まれた。人間は一般に、あらゆる予防策を講じたとして、毎秒一万ないし二万キロの連続した速さで旅をすることができるのだろうか？

楽観主義者たちは、この問題は惑星の重力場から相当離れた宇宙空間で、しかもロケットが適度にゆっくりとスピードを上げてゆく場合、比較的容易に解決できると予測した。彼らの主張は、古代と中世に起こった諸学説を思い出させた。すなわち、人間はまず、時速三〇キロメートルに、次いで一〇〇キロメートルに、さらには一〇〇〇キロメートルに生理的許容の限界に達するというものだ。これらの限界を、人間は一世紀ごとに絶えず伸ばしていったのだ。

より慎重派は、光速に近い速度では、相対性理論の何らかの帰結が現れ作用し始める、という事実を指摘した。その帰結の生命現象に対する影響は、まったく知られていない。体験だけが疑念を解決する。

このようにして立ち上げられたのが、現在地球上全域および数々の惑星上に散在する、光速センターである――未来計画研究所の実験所だ。

研究の過程で、「意識の明滅」と呼ばれる不思議な現象が現れた。つまりは、秒速一七〇〇〇〇から一八〇〇〇〇キロメートルに達した宇宙機《ポチスク》に閉じ込められた人間が、脳の奇妙な混濁を感じ取り、そのまま加速を続けると意識喪失をもたらし、ついには死の危険にさらされる、ということであった。秒速一七〇〇〇〇は、「亜光速の閾速度」と命名された。そして、一番近い星へ狙いを定められた宇宙機《ポチスク》は、まさにこの速さで飛ぶ必要があった。

以上が、私が未来計画研究所の一団に初めて接した当時の、最先端の知識であった。

こうした人々の研究が開いた将来性に感銘を受け、私は何としてでも研究所に入るんだと決心した。しかしそのためには、機械神経科学《メハネウリスティカ》（サイバネティックス）、宇宙基地学、ないしは医学の学位を取得していることが必要であった。熟慮の末に、輝かしい伝統を持つことで有名なメオリア総合メハネウリスティカ研究所で学業を始めることに決心した。勉強はかなり順調に進んだが、半年後には選んだ科目が、心酔する宇宙飛行士とは何の関係もないことを後悔し始めた。そこで、しばらくして、宇宙基地学にも追加登録した。授業の幅に満足がいかなくて、さらに、メオリアでオートマタの組み立ての奥義にせっせと取り組むことで、その幅を広げた。一方、宇宙航海学の講義を月のアペニン山脈麓にある大学で聴講した。もっとも、私は地球のどの大学にも容易に通うことができたのだが、毎日月に通学しているということが、私を向上させ、自分自身の目にも特別な行動と映った。毎日二時間をロケット内で過ごしたが、そこでは飲食の時間しかなかった。これらすべてを同時に行うというのは、むろん、純粋な狂気だった。巨大な義務を引き受けたことで自分に負荷をかけ、ろくに食事や睡眠の時間を取ることはできなかったが、しかし、それは私にはとても楽しかったし、当時を思い出すたびに笑いがこみ上げてくるほどだ。私は自分のことを完璧で、多才、そして――何よりも――神秘的だと思っていた。なぜなら、月では周囲の人々に慎重なまでにグリーンランドでの勉強を知られないようにしていたし、その逆もしかりだったからだ。

そのようにして二年が過ぎた。メハネウリスティカの下級学位の課程を終え、ロケット飛行理論の試験に優秀な成績で合格し、夏季休暇に帰省した。家に着いたのは夜遅くだった。母が言うには、ちょうど手術の呼び出しを受けた父とすれ違いになったということだった。私たちは、七月の空に落ちる流星群を観察しながら、長いことベランダに座っていた。時折、西の地平線の際が、流星たちに向かって炎の垂直線を放っていた。まるで、メオリアのロケット駅が、ロケットの離陸の炎で宇宙からのメッセンジャーを歓迎しているように見えた。

幸いにも、真夜中過ぎに父から連絡があり、遅くに帰るとのことだった。そして、自分を待たないでほしいとも言ってきた。母が以前の子供部屋に私の寝床を準備してくれた。ベッドに横になるやいなや、泥のように眠りに落ちた。目を覚ますと、真昼の光の中だった。家中がしんと静まり返っていた。私は、そっと庭に出ようとして、食堂に入った。廊下のドア付近で、あやうく父とぶつかりそうになった。この遭遇に驚いて、私は立ち止まった。なぜなら、父は寝ているものとばかり思い込んでいたからだ。聞けば、明け方三時にようやく帰宅し、病院に電話を繋ぐためだけに、今起きたところだった。二人とも何をしてよいのかおぼつかず、アサガオの厚いカーテンを通して漏れてくる、まるで水中の煌《きら》めきのような、緑が氾濫した部屋の中で、長いこと突っ立っていた。長い灰色のガウンを着た父は、私の目には、いつになく年老いたように見えた。青白く、目の周りが隈で覆われて、父はあたかも、外で日差しが降り注ぐ、偉大なる日中から遠く離れた、全身これ夜中という感じだった。それに、昔よりもぐっと背が低くなっていた――いやひょっとして私の背が伸びたのか？　父はすでに老年期のしきいに差しかかったのだ、ということが私の頭をよぎり、心が愛しさと悲しさで締め付けられた。父は何者だったのか。父は何も創造しなかった――一切の新しい手術法も、彼の前で実践された一切の治療法も、一切の発見も――それに執刀医としても有名ではなかった。腕が良い、見立てが良いという世間の評判だったが、何も特別なところはなかった。ごく普通の外科医だ。おじたちは、惑星の気候を変化させ、真空に巨大な建造物を立ち上げ、目に見えて、後々まで残る自らの仕事のしるしを背後に残していったが、では、父は？　私は黙ったまま、父のひげがそられていない頬にそっとキスをすると、外へ出ようとした。父が引き留めた。

「今度は未来計画研究所に入りたいらしいな？」

私は頷いた。

「昔はぜんぶを手に入れたがった、今度は全能のスーパーマンになろうとでもいうのか……」

父はにこりともしなかった。返事を期待して、待っていた。私は黙ったままだったが、すると、沈黙の中にいらだちの影が現れた。すーっと息を吸い込んだが、しかし、返事をしなかった。父は片手を伸ばして私のシャツに軽く触れ、やりかけのしぐさのまま、書斎のドアの向こうに消えた。私はひとり取り残された。度を失い、ちょっぴり感動し、ちょっぴり腹をたてて。庭に出てはみたが、しかし、すぐに昔遊び回った場所で悪さをする気を無くした。暖められた草の上に横になり、一分後には父は頭から消えた。彼のことは考えず、顔を故郷のふたつのグリーンランド式太陽の光線にさらしていた。人工の、原子力の太陽は、天頂にあってプラチナの輝きで光り、そして本物の太陽は、青白い円盤のごとく地平線ぎりぎりに浮かんでいた。最後に月で行ったロッククライミングのエピソードが思い出された。ふたつの岩山の間でロープが切れてしまったのだが、もし月で人間の体重が地球の六分の一でなかったとしたら……。

ふいに何かの影が瞼の上を通過した。続いてふたつ、みっつ。誰かがうちに来たのだ。ヘリコプターが数台、庭の奥の草の上に着陸した。両腕で上半身を起こすと、最初に降りて来た人々が目に入った。一方、家の上空高くには、プロペラがきらきら光る新型機のV字型の隊形が見えた。すると、次の瞬間、西側から十数機が接近してきた。それらが降下して来て、木々のてっぺんにあやうく接触しそうになった。訪問者の一団は次第に膨れあがり、それぞれが手で着陸の合図を送っていた。背後に何かを隠し持っている人たちもいた。私は、何事かとますますびっくりして、立ち上がった。すると、その間に今度は、芝生の上にヘリコプターが着陸した。降りた人々はまるで手持無沙汰であるかのように、無秩序に動き回っていたが、ついにうちの方へ足を向けた。

このすべてに私はひどく混乱してしまい、彼らがやって来た時、挨拶に答える代わりに、言葉につかえてしまった。

「なっ……何事ですか？」

「記念日ということで飛んで参りました」数人の声が一斉に答えた。

「は？」

「ですから、先生の勤続五十周年記念日ですよ……」

「先生の息子さんですか？」背の低い、白髪の女性が尋ねた。その髪の毛は陽の光の中で水銀のようにきらきら輝いていた。私は茂みに隠れたい衝動に駆られたが、両脚が地面に生えてしまったかのようだった。なんたることか、今日は父の勤続五十周年の記念日だというのに、私はそれをまったく知りもしなかったのか……？　じゃ、父は？　きっと、覚えているだろうな……。

家の周りには人だかりができて、一方、庭一面に、着陸しようとするヘリコプターの影がひっきりなしに飛んできた。このきらきら輝く集まりは止むことなく、今度は庭の敷地の外に着陸を始めていた。草むらと小道の上には機体同士がひしめき合っていたからだ。周囲の空気は控え目にがやがや言う声でいっぱいになった。不意にドアが開いた。しきいのところに父が姿を現した。父は思わず、半ばはだけたガウンを引っ張って、ぼさぼさの髪とむき出しの頭のままその場に固まった。頬には布の模様の押し跡があった――おそらく肘掛椅子の背に頭をもたせてうとうとしていたのだろう。父が突っ立って、人だかりを眺めていると、皆しんと静まり返り、次々と新たにやって来る機体が放つ、徐々に停止してゆく回転音だけが聞こえていた。突然、父はぶるっと身を震わせ、あたかも皆を出迎えたいとでもいうように下へ降りようとしたが、階段の途中で足を止めた。両手を上げて、下ろした。そして、少し口を開いたが、何も言わなかった。人混みが動き出した。人々が階段に近づいてきた。そして、父に花を差し出した――ほとんどが細い花束だったが、じきに父はもうそれらを抱えきれなくなった。そこで、次の人たちは花を階段に置いた。そこにあったのは、オーストラリアの穀草保護区域で取れたケシとヤグルマギク、白いモクレン、アフリカのオルキス・ラン、オーキッド・ラン、デイジーの小さな花束、ちょうど春季の南極大陸産の花をあしらったリンゴの枝、そして、月の温室でしか育たない、大きく、ふわふわした、青白いバラだった。自分の贈り物を置いた人は、黙って後に退き、一方、父はその人に眼差しで応えていた。時折、その中に思い出がぱっと輝いた。そんな時、父の口は声を出さずに動いたが、すでに誰か別の人が近づいて来ていた。庭の木の上方へ、重たい鳥のように、離陸するヘリコプターが舞い上がった。人混みがまばらになるにつれて、階段の花の山は高くなっていった。突然、庭の奥に、光沢のある白い宇宙服《スカファンデル》を着た九人の老人が現れた。白髪交じりの頭をむき出したまま歩き、あからさまにもがきながら、長いこと疎遠になっていた真空用の装備の重量に打ち勝とうとしていた。彼らの胸元に海王星のパイロット・バッジを認め、私は心臓が止まりそうになった。確か、父はいつの頃かまだ母と知り合う前に、ロケット医だった。しかし、一度もそのことを口にしたことはなかった。パイロットたちは、何も持たずにベランダまでやって来て、銀色のバッジを外すと、開いた掌で叩きつけるように、切っ先のごとく最下段の段板にそれらを次々と打ち込んだ。するとどうだろう、一千人に踏まれて傷み黒ずんだ板が、まるで銀のボタンで打ち抜かれたかのように突然きらきらと輝き出した。そしてその後、父と私は誰もいない、日光が降り注ぐ庭にふたりきりになった。父は、それまでずっと不動のまま立っていたが、ぶるっと身を震わせるとその場を退いた。大量の花が両肩に降りかかっていたので、父は手探りでドアを探し出し、家の奥に姿を消した。

一方私はというと、遠ざかってゆくヘリのたてる轟音に聴き入っているかのように、ずっとその場に留まっていた。少しして、もう一機姿を現し、柔らかい響きとともに木々の上空を滑空して、着陸した。機内からつなぎ姿《コンビネゾン》の男がひとり、飛び降りた。さっと周囲を見渡し、ベランダへと走り寄って来て、何かを花の山の上に放り投げ、同じように急いで機体に戻っていった。

私は視力が良かったので、遠くからでもこの遅れてやって来た贈り物の風変わりな外観に気がついた。それは、ひとつまみの、赤茶けた、干からびてカラカラになった地衣類アレオザ、火星の唯一の開花植物であった。

マラソン

「人々は賢人を彼の人々に対する愛ゆえに賛美するが、もしも人々が彼に対してこれを述べないならば、賢人は人々の彼に対する愛を知らないだろう」古代の哲学者によるこれらの言葉は、私自身があえて発するいかなる言葉よりも、より適格に私の父の特徴をとらえているだろう。少なからず人々はこう自問する。すなわち、「私は正しい職業を選んだのだろうか？　私はこの職業で幸せなのだろうか？　私は良い生活を送ることができるのだろうか？」――そして、即座に三度「はい」と答えるだろう。しかし、父は一度も自分自身にこのような問いを発しなかったし、頭に浮かべもしなかった。そして、これらの問いが「私は生きているのだろうか？」という類の質問と同等に無意味だと考えたにちがいない。

父の兄弟たちは知識を用いて社会に貢献した。父もまた同じことをした。そして、知識が欺いた時、自分の患者の生命との闘いに敗れた時も、そのまま死にゆく人に寄り添っていた。医師としてではなく、共に死にゆくひとりの人間として。

おじたちは、研究成果によって得られる喜びと敗北による失意に相互に身を委ねていた。父の方は、常にマイペースを守り続けた――一時も逃れることのできない、遍在する責任の重さに耐えながら。その責任とは、父の魂にとって、我々の肉体にとっての地球の重力のようなものだった――筋肉に対して努力を、絶え間ない緊張を、体の重さの克服を強制し、しかしそれ無しの人生など思いもよらないものなのだ。

この記念すべき夏休みの後、私はメハネウリスティカの上級課程を辞退し、医科大に入学した。この新たな決定は、以前の決心から急展開でなされたのだが、しかし次のようないくつかの動機から生じたものだった。つまり、それは、生命の本質的な価値への到達、と同時に、父に対する何らかの罪滅ぼしの試みでもあった――たとえ医師という職業が実際のところ何であるかを知らなかったからとしても、もはや衝動的で世間知らずの試みだった。唯一自分を正当化できるとすれば、医科大を卒業しても、肝心の目的から目をそらさなかったということだった。つまり、太陽系外遠征への参加であった。

医学の勉強の数年間は、私をおとなしくさせた。以前の時期から引き継いだものは、ほとんどなかった。わずかのノート、製図、そして研究課題が、実際に必要というよりも、過去の時代を全く無駄にしなかったという安心だけのために、手元に置かれた。祖母は、私が芸術家にはならなかったものの、確かな慰めを見出した。何しろ実際に、私の中にまったく想定外の才能が現れたのだ。私は大学で長距離走におけるライジングスターのごとく輝きを放ち始めた。どんどん良い成績を収め、大陸の大学チャンピオンになり、学業終了間際には北半球のチャンピオンになった。卒業証書を受け取り、大学附属の外科病院に入った。半年後に、ケンタウルス座へ向けた遠征の管理局が、乗組員募集の公示をした時には、宇宙船の第一外科医であるシュレイ教授の助手の地位を得ようと奔走し始めた。私の乏しい職業経験がちょっとした妨げにはなったが、求められているのは多方面の教育を受けた人物だったので、以前専攻した学科――宇宙基地学とメハネウリスティカに期待をした。候補者に出願をした時、宇宙船の操縦士のひとりがこう話してくれた、返事はだいぶ待たなくてはならないよ、何しろ大変な数の希望者が殺到するからね、ひとりひとりの願書が詳細にチェックされるんだ、でも――ここで、彼はにっこりとほほ笑んだ――こういった忍耐のレッスンというのは、もしかしたら結果的に将来のためにとても良いことかもしれないよね、なぜなら目的を達成するまでロケットの中で何年も待つことになるのだから。「僕らは」と、操縦士は言った。たまたま口にされただけだったのだろうが、私はこの言葉にすがって四か月を過ごした。

家の中に居場所が見つけられずに、何度も森の奥へと歩いて遠出した。季節は秋で、木々が、あたかも太古の太陽のごとく黄色がかり、裸の枝を青空にすっと鋭く伸ばし、身動きせず立っていた。何時間もさまよい歩いて、ついには夜が訪れ、星が顔を出した。足を止めて、頭を上げ、じっと目を凝らした。その年初めての厳寒だった。足元で乾燥した葉がかさかさ鳴った。四方八方に、冷たい、つんと来る腐敗臭が漂っていた――植物の腐朽、死の臭い。しかし、秋の終わりの、この落葉した森に身を置く以上に、どんな春でも私の心をわくわくさせたことはなかった。

人類の成長とは、何と奇妙な道を辿るものだろう！　今を生きる者たちにとっては、往々にして理解し難いと思われること、つまり、様々に絡み合った矛盾する可能性――その中で彼らはもがき苦しみながら、前進したり、間違いを犯しては後退したりを繰り返す――が複雑に入り組んでいるさまが、彼らの子孫にとっては――時間の観点《パースペクティヴ》から――当然の必然性のように思われ、その一方で、辿ってきた道の彎曲や憩室は、ひとつの単語の全内容を構成する文字列のように、明瞭に解釈ができてしまう。

いつの頃か、数世紀前、宇宙航海学の時代のずっと前に、人類は、ロケット用地球外通過駅、いわゆる人工衛星の創造なくして惑星間旅行の実現化はありえない、と考えていた。その後、技術の発達が、このような事業が無用であることを証明した。なぜならば、本質的に、宇宙航海学は、人工の衛星とは無関係に、七百年あまりの間発展し続けたからであり、それらの衛星上にはもっぱら天文観測所と気象制御ステーションが設置されたのだ。数世紀後にその時――かの発展段階で――が来た。新たな理由によって、宇宙航海の中間駅を建設する必要性が生じた。人類が惑星旅行から星の遠征へと移行する時代が来たのだ。

すでに準備の初期段階において、激しいスピードがもたらす人体への影響を研究するにあたって、地球の重力の有害な影響を排除するために、地球から相当遠距離にある人工衛星上に実験用施設を立ち上げる必要が生じた。その後、人々が大型船舶の建造へと乗り出した時には、それを地球外空間で建設しなければならないことが判明した。なぜなら、地球から離陸したり、ないしはそこに着陸したりするには、それはとてつもなく巨大すぎたのだ。昔は非常に巨大な海洋用の大型船舶は小さな港には入れず、港から遠く離れて停泊し、ちっぽけな小型船を用いて陸地との接触を図った。これと同じく、初の宇宙船であるゲア号は、地球から一八〇〇〇〇キロメートル離れた惑星間の真空中で建造され、いかなる惑星にも着陸する必要はなかったが、大気圏の上部層にまで降下する必要はあり、そこで浮かぶ際には、内部から結合用ロケットを大量に投下しなくてはならなかった。

そしてまさに、もはや私の時代には、真空に浮かぶ初の太陽系外大型船舶用造船所が立ち上がった。

いつだったか、建設の初期段階のひとつを、第四人工衛星から眺めたことがあった。私は、金属の機体の頂上にあるガラス張りの観測室に立っていた。ここには直行ロケットが次から次へと絶え間なく新たな旅行者を運んで来ていた。

造船所での作業は、地球から投影される影の三角錐の中で行われていた。その夜の北半球が、まるで暗闇の巨大な井戸のように宇宙《そら》にくっきりと映っていた。建設現場一帯は、宇宙空間に浮かぶ、振り子のような動きで行きつ戻りつ滑らかに移動しているいくつものスポットライトによって、明るく照らされていた。それぞれのスポットライトが十二の光の柱を放っており、その光が、遥か下にある、巨大船舶の多層装甲板上で鏡面反射していた。膨大な数のオートマタがアリのようにその表面を歩き回っていた。あるオートマタたちは、巨大な織物工房のシャトルのごとくひたすら前後の動きを繰り返し、またあるオートマタたちは、光の束が命中すると、ぴかっと発光したり、闇に消えたりしながら、絶えず船の上に浮かんでいた。双眼鏡を通して眺めると、建造物の大きく伸びた桁とアーチを認めることができた。それらをこのチビ助たちがひとつの場所からまた別の場所へとたいした苦も無く移動させていた。なぜなら、ここではすべての荷物が無重量になるからだ。広大な空間が一面、溶接機械の下から噴き出している様々な色の煙の筋で充満していた。カラフルな炎の長い尾が、建造中の大型船の側面を伝って流れ落ちながら、集まって雲を形成し、それらの雲が、輝く光の柱となってあまたの方角へ翔け抜けてゆく、明滅するロケットたちの跡をたどって、ゆったりと滑らかに動いていった。光の饗宴《オルギア》が、見た目は平板な背景となっている青白い星々を消していった。三十キロメートル離れた私たちの観測地点に対して、この熱狂的な作業の全域がゆったりとしたスピードで堂々たる自転をしていた。その結果、最初は「上で」ぴかぴか光っている投光器《リフレクター》が、一回転が終わる頃には「下に」位置することになる。もっとも、この仕掛け全体が成立するのは、無重力空間ならではのことなのだ。

　十一か月に及ぶ連続作業の後にオートマタたちが姿を消した。引き続き船の機械操作に従事する場合には、船の内部へと移動してしまったか、あるいは、とっくに現場を後にして、自分たち専用の基地のひとつに向かってしまったかのどちらかであった。足場から解放されたゲア号は、銀色に輝き、偉大で、寡黙で、あたかも人工の月のように地球の周りを疾駆していた。彼女《ゲア》のぱっくりと口を開いた、奥の見えないノズルからは、原子力の炎はまだ一度も噴射されてはいなかった。

　私の父は、多少風変わりな方法で詩を好んでいた。自分が愛好する詩人の作品はめったに読まなかったのだ。それらの詩を「お助け子」と呼び、そもそも「お助け」なのだから、常に入用という訳ではない。ただ時折、夜に、父の部屋の窓に明かりが灯ることがあるだけだった。私にとっては、管理局からの返事をじりじりと待ち焦がれている数か月の間、そのようなお助けになったのが、山のロッククライミングだった。至極突拍子もない時期に、同僚たちに病院での代診を頼んで、難易度の高い岩山ルートへとひとりきりで遠征に出た。

　そこに突然、頭上で事故で巨大な桶が炸裂したかのように、数日のうちに私は、初の宇宙航海遠征隊から乗組員団への内定通知書を受け取り、夏のオリンピックの選手団リストに自分の姓名を見つけ、そして……アンナと知り合った。

彼女は理性的な表情を帯びた明るい色の瞳の持ち主で、その表情が彼女の両唇一杯に、いくぶんより控え目に、というか、よりさりげなく再現されていた。地質学を勉強していて、音楽と昔の本が好きだった――彼女のことはそれ以上は知らなかった。ひとりぼっちだった時、彼女に会っている時は、彼女のことがとても好きだったが、それがそれほど確かではなくなっていった。故意にそして無意識に、互いにつまらない、手酷い傷つけ合いをしてしまった。今日はドラマティックで翌日は些細な、いさかいやら、ふくれっ面が絶えず起きた。私はそれが原因でとにかく苦しんだ。忍耐とは――このことは本から学んだのだが――大いなる情愛を伴うものなのだ。それゆえ、回り道ではあるが、厳密に論理的な思考の道を辿って、私はそれでもアンナを愛しているという結論に到達したのだった。では、彼女のほうはどうだっただろうか？　何も確かなことは分からなかった。彼女の眼差しは、私たちが一緒にいる時、しばしばどこかへ、開け放たれて遠く、飛び出して行ってしまった。まるでその眼差しを私には知覚できない風景にゆだねていたかのように、彼女は物思いに沈み、あるいは、悲しみに沈み、そして、心ここにあらずだった。私はこれに腹を立てた。彼女が従順になると、私も控えめになった。こうしたすべてがなんとなくもやもやして、歯切れの悪いやりとりの繰り返しばかりで、憶測と期待の泥沼にはまり込んで、耐え難いと同時に魅惑的で、そしてもう春になっていた。私たちはよく公園を散歩し、鳥たちが歌い方を学ぶさまに聴き入り、緑色の芽が一面に芽吹いた茂みの傍のベンチに腰を下ろすのだった。枝を手折って、無関心に指でくるくる回し、無理やりこれから咲く花の形に整えた。こうしたことには、何かしら束の間のいらだち以上のものがあった。なぜなら、私たちには何よりも、諸々の可能性を成熟させうるたったひとつのことが欠けていた――時間だ。私たちを結びつけるにせよ、あるいは、離れ離れにさせるにせよ、時間だけがすべてを明確にすることができたのだが、いかんせん私たちにはそれがなかった。地球から飛び立つ期限が近づいていた。アンナと最終的な決断について話し合うことを何度も決心しては、ずっと先延ばしにしていた。同時に、オリンピックに出場する日も迫っていた。いちにもににも、私は気をもんだ。珍妙な組み合わせ？　たぶんそうなのだろう、しかし私の人生のなんと荘厳な配列だろう！　この私の初めてのオリンピック・マラソンは同時に最後のマラソンだということは分かっていた。なぜなら、遠征からの帰還後ではもう歳を取りすぎているだろうから。飛び立つ前に勝利すること——地球とのすてきなお別れじゃないか？こめかみに月桂冠をつけて星へと出発するだなんて！二十五歳の、従って哲学的な普遍化のたちがある私は、自分にこう言い聞かせた。お前は欲しがっていたものをなにもかも手にしているじゃないか。大学の卒業証書、宇宙遠征への参加、オリンピックのマラソン、そして愛——なのにお前は不幸だ。いやはや、ぴったりのことわざがある。いわく、「一人の人間に望むものをすべて与えよ、されば、その者を憂鬱にさせん！」

このような気分の中で、私はトレーニングを開始した。トラックの大いなる円を、海岸沿いに連なる草茂る丘を、大学の公園の広い並木道を、走り回った。常にひとりで、ストップウォッチを片手に、六月の暑い太陽と、至る所絶え間なく響き渡る近くの海の潮のざわめきの中を。トレーニングは早朝のみ行った。二十キロを走り通してから、健康管理施設《キャンプ》へ飛び込んだ。そこに、一か月前から、将来の遠征参加者たちが滞在していた。それは、カラコルム山脈麓付近のヒマラヤスギの古い森の中に置かれたこぢんまりとした学術都市だった。ケリアムという名前が付いていたが、同時に誰が付けたか不明だが、「煉獄」という名前でも呼ばれていた。なぜなら、そこが住民たちにとっては、地球とロケットの甲板との間の中間段階となっていたからである。そこを支配していた雰囲気を言い表すのは容易ではない。旅につく各自の全方位的な準備を可能にする目的で、ありとあらゆる分野の講義や準備作業に多大な時間が費やされた。同時に、将来の宇宙飛行士たちの検査が行われた。生理学者、生物学者、そして医師たちが、実験室で光沢のある長衣を着て奔走していた。実験室の内部からは、速度を上げられた回転ボックスのひゅうひゅういう音が聞こえてくるのだった。一度ならず、活気に満ちた人々が集う中に何となく暗くなった表情に出会う機会があった。医師による最終宣告で星への道を閉ざされた者たちの表情だった。

同時にこれまでの地球での暮らしを懐かしむ想いが、

否応なしにこの町へ押し寄せるのだった。仲間《トヴァジシェ》たちの多くが、一番身近な家族、つまり、妻や子供たちを連れて旅立とうとしていたとはいえ、何しろ各自が誰かしら近しい人を地球に残していくことになるのだ、間もなく訪れる喜びと期待が別離の悲しみとごちゃまぜにならないような時間はなかっただろう。

　スタジアムと「煉獄」との間で自分の時間を割きながら、アンナとは何日も逢わなかったが、ただ、夜になる前の何かしらの合間を捕らえて、時々テレビジットで彼女と逢った。この前のテレビジットでは、全くの偶然に、そして予期せぬことに、決定的な会話が訪れた。私がひどく恐れていたことだが、アンナが言うのは、彼女の専門はこの旅では役に立たないかもしれないということだった。彼女が働くことは地球でのみ可能だった。私は障害物を粉々に砕く愛情の強さを口にした。これに対して彼女はこう尋ねた、あなたは——逆の立場で——わたしのために医学を捨てたりできる？　一体どう返事するべきだったろう？　自分は彼女を失いつつあると、すべてが崩壊しつつあると感じながら、私は恐ろしいことをしゃべり始めた。彼女を咎め始め、もしも本当に私を愛しているのなら、職業を変えるか、あるいは、働くのを一切止めたっていいんじゃないのか——ひとしきり——早口でそう付け加えた。アンナが蒼白になるのを目にしながら。

「わたしを苦しめたかったのね？」彼女は言った。「ならうまくいったわね」

　古いことわざに「穴があったら入りたい」というのがある。そしてここテレビジットでそれをほぼ文字通りに実現することができてしまう。怒りと恥ずかしさに同時に駆られて、私はスイッチを押してしまい、すると、アンナの部屋、彼女の顔、両目、声、すべてが魔法がかかったように消え失せた。もう彼女とは金輪際逢わないと固く決心したものの、翌日には、昨日の振る舞いへの謝罪の口実を見つけ出していた。彼女はもう私の態度に怒ってはいなかった。最終的にマラソンの後に一日だけ逢うことを約束した。私は、心の奥底で彼女の決心が変わるのをまだ期待していたのだろうか？　最も誠実であろう答えは、「当面は、そうだ」だった。さしあたって、私は自分の孤独なランニングのトラックへと戻った。時々両瞼を固く閉じて、その下にアンナの姿を見ようと期待したが、彼女は現れなかった。以前のようにストップウォッチを持って走ったが、その針の動きが私の脈拍と一致した時には、こんな気持ちに襲われた――この自分の努力こそが時間を動かしている、もし自分がいなければ、時が止まるかもしれない、怒濤のラストスパートで大いなる三日間へ向かって一直線に走ろう。七月二十日マラソンに出場、二十一日朝アンナと逢う、そして二十二日晩にはロケットに搭乗の予定だった。

この時期、よりいっそう優勝候補者たちに関心の目を向けた。最も脅威となる三人は、ゲルハルト、メヒラ、そしてエル・トゥニだった。

特に、メヒラには見飽きることがなかった。私よりも五センチほど高い高身長のおかげで、彼の走りは、比類なき軽やかさを持っていた。二十キロと三十キロの間で突然スパートをかける戦術を用いていた。いつもそこでライヴァルたちをふるい落とすのだ。そして――振り返ることなく――あたかも徐々に質量を失いながら空気中を泳いでいるかのごとく、軽く、長いストライドを刻みながらゴールへ向かうのだった。トレーニングが終わりに差し掛かった頃、一度彼と一緒に全距離を走ったことがあった。私が全力を尽くして走ったのにも関わらず、彼は私を六百メートルも引き離して先にゴールした。今でも覚えているが、その晩は、入浴時に服を脱いでから、すっかり憂鬱になって、用心深く、自分の楽器の中に欠点と隠れた危険性を同時に見つけ出す音楽家のように、大腿部と腓腹部《ふくらはぎ》の筋肉の付き具合を目で確認しながら、自分の両脚をじっくり観察したのだった。

全く申し分のない脚だった。しかし、正直な話、メヒラの脚にはかなわなかった。出場の日、つまり、敗北の日が近づいていた。友人たちは、私の前で自分たちの疑念を隠すことはしなかった。ごまかしにも似た慰めは、私たちの習慣にはなかったのだ。

競技の前夜、私の身にランナーを脅かしうる最大の災いがふりかかった。これまで封印されていた不安が解き放たれたのだろうか、ひょっとすると最後の日々でトレーニングを過剰にやりすぎたのだろうか、寝つきがひどく悪く、朝はへろへろに疲労した状態でベッドから降りた、とだけ言っておこう。スタート前にすでに疲労していたのだ！　かといって、逃げ出すことなど思いもよらなかった。敗北を学ばなくてはと自分に繰り返しながら、スタジアムに向かった。

スタジアムは、正確に言えば、起伏のない、とても大きな平地である。その上空には、一万数千の、いや、ひょっとしたら、数万のヘリコプターが、太陽を遮りながら、うなり声を上げていた。赤い、小さなヘリの中の交通整理員たちは、それらのヘリコプターを二方向に誘導し、待機していても、つまり、空中で不動のまま浮いていても構わない場所を指定していた。すべてが落ち着いた頃、数万のプロペラが回転する、低く軽快な音が聞こえて来るようになった。トラックの両脇からは、多数のカラフルな機体が巨大な、ほとんど雲に届きそうな斜面を形成しながら、不動のまま浮くヘリコプターの均整の取れた方陣が高くそびえていた。楕円形のトラックの上空には、今や、審判と判定員の単身用ジェット機のみが飛び回っていた。木々に囲まれて隠れた建物の中から、ようやく選手たちが入場を開始した。この日のために、あらかじめ気象技師に発注された空模様は、好天だが、しかし曇天の、大盛の積雲付きで、これは走路の日当たりの良い部分の気温が上がりすぎないよう保障するためだった。コースは、スタジアムを出ると、研究所の広大な公園や庭を曲がりくねり、海側の浜辺へ達し（そこが最難関区間だった）、そこから両脇にヤシとクリが植えられた大通りを一気に十八キロ引き返すのだ。

競技には八十名以上の選手が集まった。私たちは三列になってスタートした。距離の長さを考えれば、立ち位置はもちろん意味がなかった。スタートの合図で、私たちは前へ出た。両側からヘリコプターの雲が轟くように舞い上がり、一度震えるように動くと、私たちの後方、二列の赤いバルーンによって印がつけられた境界まで滑らかに滑り出した。その先私たちに同伴することになっていたのは、誘導ヘリと医療ヘリのみだった。

走路の前半部分でリードする者はマラソンでは勝利しない、というかなり昔からの法則がある。十キロまでは、選手たちは大きな群れを作って密集して走り、すべてがほぼ私が予測した通りに進行していった。やがて、約十八名のランナーが混在する先頭集団が出来上がり、次第に大きくなっていく差が先頭集団と残りの集団とを引き離していった。

私自身は、先頭集団の最後尾のひとりとして走っていた。私たちの研究所から出場している例の三人の選手以外に、他にもジャファルとエレシュをマークするのを怠らなかった。前者は、とてもほっそりとして、白い肌、メヒラの体格を思い起こさせた。もっとも、この男にはメヒラの筋原線維が欠けていた。エレシュは、がっしりとして、黒い目、両肘を均等に動かしながら、機械のように走った。その硬く締まった体格から、あたかも一つの結び目にぎゅっと締め上げられたような気迫が伺われた。私は、二十キロと三十キロの間はこの五番の背中にぴったりくっついて、そのあと、ラストスパートでこの列から抜け出そう、と決めた。

私は、海岸沿いの段丘でのトレーニングを思い出した。いつも太陽が白いキャップを通して頭と髪の毛を焦がすかのように感じられた炎天下の中を走った。しかも、走っている最中には一滴も飲まず、次第に濃く塩辛くなっていく汗が私の眼や顔をだらだら流れ落ちた。その時、私は自分にこう発破を掛けた。「さあ、くらえ、これでもか、まだ足りないか?」そして、平坦な区間は比較的ゆっくり走りつつ、道路が山の麓に差し掛かった途端、まるで完全に自分自身を憎み、自分の肉体を苦しめたいと欲しているかのように、加速した。

このトレーニングでスピードアップが望めるわけではなかったが、その代わり、結果的に命運がかかった日の決め手となった忍耐力を育んでくれた。気象技師たちは、いつも通り測量の腕は良かったのだが、運用がかなり杜撰《ずさん》だった。というのも、十一時前、すなわち、私たちが十九キロの標識を通過する瞬間までは、淡青の空を巨大な積雲が流れていたが、ランナーたちの長く引っ張られた列が、広く蛇行する道を通過して海際の浜辺方面へ下り始めた時、そこに日陰部分は一切なく、雲はまばらになっていたのだ。私はずっと先頭集団の最後尾を、つまり、最後から二番目を、走っていた。夜まともに眠らなかったことを考慮すれば、時折両脚が空気よりも少々密度の濃い化学物質を切っている、かすかな感覚に襲われたとはいえ、気分は上々だった。私は歩幅をなるたけ広く取り、軽快に走ろうと試みた。心臓と肺はこれに合わせて完璧に動いた。全世界が機械的に繰り返される走りのリズムに合わせてかすかに揺れ、脈拍は規則正しく、早すぎず、完璧に打ち、脳内でますます力強く響き渡るほどだった。私は、歯でハンカチを噛みながら、未だずっと鼻で呼吸をしていた。

一連の巨大雲が最後に水平線の向こうに消えた時、太陽が私たちに垂直光線のフル・パワーを差し向け、するともう五分後には先頭集団に劇的な変化が起きた。最初に脱落したのは、エレシュだった。彼のがっしりした姿が、他の選手たちの滑らかな動きに逆らっているかのように、後退していた。あっという間に、彼は私の背後につき、視界から消えていった。私はゲルハルトとエル・トゥニに注意を集中した。エル・トゥニは、浅黒い肌をし、見事に鍛え上げられ、見かけこそ薄くて広いが、真の長距離走者にふさわしいとてつもなく肺気量の多い胸の持ち主で、ここまでの八キロをずっとリードしていた。今のところ自分の位置で持ちこたえていたが、目視でははっきりと捕らえ難い兆候がいくつか現れ、私は先頭を走るのが彼にとって次第に負担になりつつあることに気がついた。つまりは、彼は余力を残すことを放棄したわけだが、これが終わりの始まりだった。彼のレモン色のシャツはまるでためらっているかのようだったが、その後、抗いがたく後方に滑り落ち始め、均一のテンポを維持している選手たちの細い流れをぬって消え去っていった。ジャファルを認めることはできなかった。リズムが狂うのを恐れて、それほど周囲を見回したりはしなかったのだ。太陽はますます強く照りつけた。自分のむき出しの両肩と太ももがひりひり焼けるのを感じた。しかし、その耐え難い暑さに私は自信でいっぱいになった。私にとって良くないことは、他の者たちにとってはさらに一層過酷なことなのだ、と分かっていた。

コースは砂地の丘をいくつも通過し、カーブを通って、緩やかな坂になっている、最後の、しかし、最大の丘に突入しつつあった。灼熱の光の中で、砂地が真っ白になり、ついでその上の空気もゆらゆらと震え、遠く水平線に一面しみを塗りたくっていたが、ここで私は先頭集団の中心への突撃はそろそろだと考えていた。砂丘の頂上で二十一キロを通過。私はその標識の地点で九位で走っていた。前後から重い息遣いが聞こえてきた。ちょっとの間、ジャファルの横に付いた。彼はカラカラに乾いた歯をむき出しにしながら、がつがつと空気を捕らえようとしていた。追い越しに成功。これほど簡単にできて却って驚いた。

道路が曲がり、大きく枝を広げたクリで木陰になっている大通りの入り口がもう近づいてきた。全員が、まるで示し合わせたかのように、一斉にペースを上げた。これは私にとって脅威だった。こんなに殺人的なテンポでは長く持たないぞと危ぶんだ。しかし、走らなくてはならなかった。なぜなら、この先の、木々が影を落としている中に入ってしまうと、日差しが降り注ぐ開かれた空間にいるよりも、私には形勢が不利になるからだ。〔口に含んでいた〕ハンカチをぺっと掌に吐き出し、一呼吸ついてから、スピードを上げた。言うのはなんと簡単だろう！　ペースを上げると、心臓の下方に大きくはないが、しかし鋭い痛みが生じ、内臓にまで入り込み始めた。「スピードを落とせるものならやってみろ」と自分に言い聞かせた。痛みは次第に大きくなって、まるで体中に溢れそうになった。私たちはすでに木々の並木道の間にいた。私は頭を上げた。なぜなら、そうすると走るのがずっと楽だったからだ。こうした変化が、痛みを緩和するせめてもの、一瞬の錯覚を与えてくれた。私たちの頭上では、涼しい青葉の層が泳いでいた。空は、明るく輝く湾のごとくヤシの樹冠の間に切り込んでいた。両目が、緑豊かな山塊に隠された静寂と不動を飲み込んでいるような気がした。道路は山麓で再び上り坂になった。ここで二十六キロを通過。私は八位か九位で走り、背後で位置争いの闘いが起きていたが、まったく気づかなかった。熱せられた空気の中には、リズミカルな連続音――足裏が路面を叩く音と、それと混ざり合った呼吸音――だけが響き合っていた。時折、クリの木のてっぺんから葉が落ち、またある時には、何かの鳥が枝から飛び立ち、しばらくランナーの頭上を屈託なさそうに羽ばたいていた。この土地の、けだるく、熱せられた、そよとも動かぬ真昼の静けさが、私たちの格闘の無言の苛烈さと好対照をなしていた。

次の六キロの記憶はほとんどない。自分の内部にずっと気を取られ、とにかく必死になって、肉体の反抗を抑制していた。体内では、まるで誰かが神経を刺したかのように、鋭い痛みの針があちらこちらで声を上げていた。はっと気がつくと、私の前には三人のランナーしかいなかった。ゲルハルト、どこぞの全く見知らぬ淡青シャツのブロンド、そして軽脚のメヒラ。ゲルハルトは相変わらず好調を保っていたが、しかしもう以前ほど弾力的には路面から足が上がらなくなっていた。空色のシャツを着た若い男は数秒差で背後に付いていた。私と並んだ時、甲高くひゅうひゅうと悲しげに泣くような彼の肺の音が聞こえてきた。そして、一度、二度と、前へ出ようともがいて、ついにあきらめた。私はこれに、周囲全体に対してと同様、関心を向けなかった。なぜなら、無意識のうちにテンポを保てるだけの力がすでになかったのだ。筋肉が弱くなればなるほど、ますます多く精神的な努力が必要となる。

こうやって、数キロが過ぎた。途絶えることのない足音が響く中、道路は緩やかなカーブに差し掛かり、遠くに低い山々がゆったりと滑るように動き、それらが徐々に自分の方へやって来て、そして後ろに退いていった。十ないしは二十メートルばかり離れて、私の前を走っていたのが、ゲルハルト。そして、前方ずっと遠く、日が当たって明るくなったり、陰に沈んだりしているのは、メヒラの白シャツだ。

ゲルハルトが一、二度振り返った。その顔に何やら尊敬のようなものが浮かんでいたような気がしたが、しかし、それはきっと錯覚だった。というのも、マラソンの四十キロ地点で、塩辛く、乾いて砂のように硬い殻となって皮膚に付着している汗にまみれた人間の面《つら》が、激痛に苛まれる心臓とぜえぜえと喘ぐ肺を抱えて、一体何を表現できるだろうか？　ゲルハルトがもう一度振り返ると、私には彼がほほ笑みながら、まるでこんな風に言っているように見えた。「急ぐなよ、俺様の走りっぷりをたっぷり拝ませてやるぜ！」それと同時に、視界が一段と暗くなった。ほこりがまつ毛に入り込んだのかと思ったが、きっと疲労か、あるいは網膜が虚血状態になったのだろう、いたずらに眼からかすみをぬぐおうとして、いささか無駄な努力に気を取られてしまった、とだけ言っておこう。私は腹立たしくなった。

いいとも――私はふと思った――視力を失っても、走り続けるぞ。

瞼を開いた時、ゲルハルトはもういなかった。巨大な光の斑点がゆっくりと後ろへ通り過ぎ、シューズが無味乾燥に走路を叩き、周囲は空っぽで、人っ子ひとりおらず、そしてわずか百メートル前方にメヒラのシャツが白く目に入った。彼は走っているというよりも、筋張った両手を振って地面すれすれを低空で飛んでいるように見えた。ずっと同じ遠さで、彼は私たちの間の距離を不動のまま維持していた。水平線の際《きわ》のような冷淡さでもって。私が、心臓が張り裂けそうな思いをして、スピードを上げようと試みると、彼も後ろを振り返ることなく同じようにした。なぜなら、足音が澄んだ空気の中で遠くまで響いたからだった。

突然、脚の感覚が無くなった。両脚がこれまで通り動いているのを確認するために、下に目を向けねばならなかった、しかし、一向に感覚は戻らない。私が感じていたのは、ただ、大きく開けられた口を通って肺に落ちながら、赤熱したナイフのようにのどを切る、空気のみだった。心臓の感覚もあったが、実際、胸の中で収縮しながら、痛みはますます酷くなった。視界の中で、何かの浮き滓《かす》や幻影が泳いでいた。白い斑点が私の前でちかちか光り、揺れ動いていた。それがメヒラのシャツであるとは、もう分からなかったし、飲み込めもしなかった。まるで、一発喰らわせようと突き出された握り拳のごとく、自分の脳みそがぜんぶの筋肉といっしょくたにぎゅうっとひと塊に固まって締め上がってしまったかのように、ものを考えることができなかった。走っているというよりも、何かの獣に乗ってそいつに鞭を打っているような感覚がしていた。私は獣の鈍足に言語を絶する侮辱を投げ付けながら、容赦なく鞭を打ち、その獣も、自分の内臓にぎりぎりと食い込んでくるこのむごい痛みも、憎悪していた。その瞬間、耳をつんざくような、甲高い音が鳴り渡った。スタジアムの入り口際でファンファーレが、第一走者の接近を告げたのだった。それはまるで金属の鞭のように私を打ちつけた。同じ瞬間、私ははっと認めた。たぶん十ないしは十一歩先をメヒラが走っていた。

彼のシャツは、まるで硬く絞られたように生乾き、胴体はまるでよっぱらいのそれのようにふらふらと揺れ、ただ両脚だけが疲れ知らずに拍子を打っていた。私はちぎれるほど開いた両唇からすでに彼の汗の臭いを吸い込み、一度ふらついてから、再び前へ飛び出した。スタジアム入り口の塔門《ピュロン》の間で、彼はこちらを振り返った。私は、その顔に怯《おび》えた表情が浮かんでいるのを見逃さなかった。彼がつまずいて、歩調を乱した。その後、再び私の視力がかすんだ。両こめかみの中で血管が破裂しているような気がしたが、しかし、濁った白っぽい斑点が大きくなった。ここで、彼の熱く火照った体をほんのり感じた。私たちは胸の差でスタジアムに駆け込んだ。その時、あたかも、天が開いて、最後の審判のラッパ《ズルナ》が響き渡り、天から鉄の稲妻が放たれた時のように、すべての人々が、すし詰めのヘリコプター・ゴンドラの中で、サイレンや緊急ブザーのスイッチを入れ、エンジンの排気ノズルのフラップを開いた。まるで喧噪の大海の底に沈んだかのように、この割れんばかりのうなりの中に浸かって、私は前へと走った。熱く火照ったいくつもの掌が、両脚の筋肉を掴んで一層激しく揺さぶりながら、私の体をよじっているような気がした。痛さに叫び声を上げて、これほど酷く私を拷問している者から身を守るために助けを呼びたかった。頭の周りで突然、何かがぐるぐる渦を巻き、光がパッと光った、直後、濁った両目の前に、白いリボンが現れた。両脚が私を前へと運んだ。急に速度を落とすことができず、その時になって初めて、最後の数メートルのあいだこれほど無慈悲なまでに私を試した不可思議な何か、ないしは、何者かの正体が自分の意志であること、私自身であること、そして、身体に課された鉄の指令が未だ実行され続けていることに気がついた。私は走り続けた。ぼんやりした人物たちが両脇から飛び出してきて、翼のようなものが見えた――それは、風ではためいて広がった毛布だった。その時になって、自分が一番にゴールしたことを理解した。そして、まるで誰かが私の足元を刈り取ったかのように、私はどっと倒れ込み、意識を失った。

ずっと後になって、救急医療施設で意識が戻った時、フィニッシュ時に歩調を狂わせるほどメヒラを怯えさせたのが何なのか、ようやく理解した。それは私の顔だった。

地球との別れ

アンナと逢う前のあの夜、私のなすことすべてにひとつまみの狂気が混じっていた。走り終えた後はまるで夢心地だった。大勢の観客が目に入り、次いで、びしょ濡れになったメヒラの顔。彼が私にキスをしてくれ、抱擁されたり、体が揺すられるのを感じ、歓声が耳に入ってはきたが、しかし、これらすべてが自分の身に起きていることなんだという気が全くしなかった。観覧席の高所に腰を下ろし、スタジアムを深く見下ろした。あそこで何が起こったのだろう――分からない。夕方近くに学生ファンの一行に取り囲まれた。彼らはアジアに向けて飛び立つところだったが、どういういきさつで私も一緒にロケットに乗り込んだのか、よく覚えていない。たぶん、自分から進んで彼らに、同行するよ、と申し出たのじゃないかと思う。そのあとは、私は五つの質問に同時に答えながら、ぺちゃくちゃととりとめのないことをしゃべりまくった。にぎやかな声が飛び交い、あははと笑い声が絶えなかった。

小型ロケットは着陸し、そして再び飛び立った。旅行客が入れ替わったものの、私は相変わらず人々の関心の的であり続けた。不意に、キャビンに残っているのがかろうじて四人ほどだということに気がついた。目覚めた時のように、意識がすっきりした。スピーカーが響き渡り、ロケットは地球へ降下を始めていた。私たちはシベリアの小さな駅カレテの上空にいた。困惑した。なぜなら、どうしてこんな世界の片隅に連れて来られてしまったのか、意味が分からなかったからだ。無人のホームに駆け足で降りた。途中で知り合った若い、宇宙基地ステーション職員も私と一緒に降りた。彼は腕時計をちらっと見てから、私と握手をして、明日はフォボス〔火星の第一衛星〕に飛ぶ予定なんです、これから、この辺りに住んでいる親友にお別れの挨拶をしたいと思っています、と言った――彼を見たのはそれきりだった。ゆえに、彼が姿を消す際、私の耳に響いた最後の言葉が、「さようなら」だった。そして、私はひとりぼっちで取り残され、人気のない小駅で、湿った葉っぱのにおいが漂う——なぜならまさに雨が止んだところだからだ——生暖かい、ひっそりした黄昏時に、霧に覆われた野原と徐々に忍び寄る夜を前にして何をすべきか途方にくれた。

　その時、私は初めて非合理的なことを行った。私は、この夜が嫌だった。それを恐れていたのではなく、ただ単に、嫌だったのだ。この無分別な衝動に駆られて、私は、真空チューブ鉄道《オルガノヴェッツ》の地下駅になっている、ロケット駅の地下まで降りて行った。無人のホームを数分間うろつき回り、鏡のような壁のプレートを無関心に見つめた。そこには私の姿が不明瞭に映っていた。とある瞬間、ポケットに突っ込んだ片手に、何だろう、半ば硬直した、それほど大きくない、きしきしし鳴る物体が当たった。オリンピックの花冠の枝だった。

　シューッという耳を刺すような低音とともに、トンネルから真空チューブ鉄道が飛び出し、両脇の鋼鉄をきらりと光らせ、ブレーキ制御による冗長なきしみ音を上げて停止した。二十秒後には、すでに私は西へ、つい今しがた地平線の下へ隠れたばかりの太陽の跡を追って走っていた。車両はかろうじて感知できる程度に揺れ、地球の自転を追い越しながら、加速度を増していった。コンパートメントには、私以外に人っ子ひとりいなかった。ラジオのスイッチを入れた。夕方のニュースが終わりを告げた後に聞こえてきたのは、クレスカータ〔架空の作曲家〕の交響曲「別れ」の冒頭に響き渡る荘厳な音色だった。

「一体全体、別れが何だっていうんだ?!」私はムカついて、ラジオを消した。

　真空チューブ鉄道はもう揺れもせず、振動も止み、全速力で空間を疾走していた。突然、その軌道が地球の表面に姿を現した。窓の外で一段と明るい、一段と鮮やかな光がうねりはじめた。西に去ろうとしている昼に私は追いつこうとしていたのだ。ラジオを消した後に訪れた静寂の中で、あの交響曲の序奏の、ファンファーレにも似た、ゆったりとした四つの音がますます大きく頭の中で響き渡っていた。私は立ち上がって、座席の間を行ったり来たりし始めた。壁にあるモニターの真珠状の丸穴に、ひとつまたひとつと、通過する駅の新たな名前が飛び出てきたが、すぐに、再び暗くなった——弾丸列車はヨーロッパの端に達して、巨大トンネルの奥に入り、グリーンランドに向かって大西洋の下を疾走していた。

　最初のなじみの名前が一連の光る文字列となってインフォメーション・モニター中を走り始めた時、父に会わねば、ととっさに思い立った。もちろんじゃないか、そもそもそのためにグリーンランドまで行くところなのだから！　それはまるで、天啓のようだった。私は一番都合の良い接続について尋ね、間もなく人里離れた小駅で降りた。列車の透明なチューブが、まるで双方向を射抜くかのようにまっすぐに走り、遠方に行くにつれて小さくなりながら、東ではすでに薄闇に沈み、西では夕焼けの赤い光に照らされ煌めいていた。その夕焼けから、徐々に和らぎながらも、ますます高く遠くへと、煌めきが広がっていった。まるで、ぽろんと弾かれた一本の弦が奏でる音のように。その光景が再びあの交響曲を思い起こさせた。私は肩をすくめた。

　駅の反対側にあるホームの脇に、真空チューブ鉄道が走行中に車内から呼び出してあったヘリコプターがすでに草むら《ガソン》の上で待機していた。高く伸びた草が露で重くもたげ、ズボンは膝までびしょ濡れになった。私は小声で罵りながら席に着き、まっすぐ家を目指して飛んだ。機体が庭に降下する間、西へずっと追い続けた末に追いついた昼が再び煌めきを失い始めていたが、しかし私はそんなことに関心を払わなかった。しかも背後でばたんとドアが閉まらぬうちに、家へと急いだ。家は空っぽだった。再びインフォメーション・モニターとの会話（どうやら今日はもっぱらオートマタに縁がある定めのようだ！）。祖母と母は町にいて、一方、父は南極大陸で医師会議に参加している最中だった。父を見つけようと決心した。しかも待ったなしで。ヘリコプターはむろん、かなりのろい、なので、メオリアの北郊外にそびえるロケット駅まで飛んだ。すでに遠くから、太陽の最後の輝きの中で染め上げられるドームを認めた。ロケット駅の最上階にあるプラットホームにヘリコプターを残し、エスカレーターへ向かった。そこでは、インフォメーション・モニターのガラス製地球儀の周りにカラフルな電灯が次々と紡《つむ》ぎ出されていた。南極大陸への直行便は、直近の数分間内には無かった。なので、第三人工衛星まで飛んで、そこで極地点へ発つロケットに乗り換える必要がある。ホームへ向かう下りのエスカレーターのステップに乗った。最初の階を通り過ぎた。壁に電光表示が流れた。

タイミール—カムチャツカ—ニュージーランド—四分
ブラジリア—フエゴ諸島—七分

ここでふと思いついたのだが、パタゴニアに飛んで、現地の南極便を利用しても良いかもしれない、しかし、私はその場を離れなかった。エスカレーターは階下へと下った。二つ、三つ、そして四つめの階を通り過ぎた。次第に混雑してきた。表示が光った。

マレー諸島—離陸

それと同時に無音の波動のうなりが広がって、すぐに静かになった。どこか上の方で着陸する各宇宙機《ポチスク》のヒューヒューいう音がビブラートし、ハッチドアを閉じる響きと、「循環ロケット　火星—ダイモス—地球直行便は、八秒の遅れです」という声が遠くに聞こえ、透明プレートの向こうに人々の流れがちらついていたが、私はそのままさらに下り続け、ついに地球線ホームの白い照明が人工衛星ホームの淡青色にとって変わった。急ぐ人々でごった返す中を発射レーンへ向かったが、途中で私の全エネルギーがどこかへ消散してしまった。あたかも、ガラス状の壁を通してホールの奥へと流れ落ちていった日没の最後の輝きとともに失せてしまったかのようだった。

南極大陸に着いたら、滞在先を見つけ出し、父を会場から呼び出す——父は嬉しがり、しかしまた、驚きもして、何か欲しいものがあるのか、と聞いてくるだろう。そうしたら、私は父に何と言おう？　こうしたかったんだよ、どうしても会いたかったんだ、とでも？　そのためにわざわざ飛んで来る必要はなかったろうに——第一、テレビがあったじゃないか。なら、お父さんの黒い服に触りたかったんだ、手のぬくもりを感じたかったんだ、というのは？　私はどこかの大きな廊下で父にそう話し、ドア越しに講演者の声が響いてきて、父は急いで会場に戻る必要は全くないことを全力で装うだろう、一方私は立ち尽くし、父を見つめ、返事すらしない——そもそも、一体父に何と言うべきなのか？　第一、ゲア号が飛び立つのは十数日も後のことであるし、だから、この突然の大急ぎ、今夜のこのロケットを使っての逸脱行為全体が、全くのナンセンスなのだ。

分かり切ったことだった。南極大陸へ飛ぶ目論みを放棄し、理性と折り合いをつけた。しかし、ゆっくりした足取りで、ロケットが入ってくる発射レーンから遠ざかった時、激しい後悔を感じた。私は手すりに寄りかかって、テレフォーラム上に青い信号灯がぱっと現れるさまを、ロケットが加速をしていくさまを、それらの側面にある深紅色の文字が小刻みに震える線に溶け合うさまをじっと眺めていた。一方、宇宙機《ポチスク》は、耳をつんざくようなヒューッという音とともに発射装置の奥底に一担沈み、そしてホームから十九階の高さに建てられた発射口を飛び出して、ぎざぎざした炎の小片を打ち捨てながら、全身勢いと化す。あっという間に——暮れ行く空に姿を消した。熱せられた、息苦しい、鉄の味がするひと吹きがさっと私の顔を覆って、波動のうなりが静まり、そして私はひとり残された。ホーム沿いにあるエレベーター入り口への通路上方に、数列に並んだ蛍光灯がまぶしくきらきら輝き、一方、ガラス壁の向こうでは黄昏がいっそう濃く沈んでいった——この日、二度目の黄昏だった。

空になった発射レーンには地球外線のロケットが次々に入ってきた。長く、楕円形で、平たくなった頭蓋の魚にそっくりだ。すると、ホールの奥でぱっと表示が付いた。

月直行便：雨の海—アペニン山脈—雲の海—南極点—四分

新たな人の流れが始まった。上の階からやって来た女の子の一団が、非常な勢いで、規則正しく滑らかに下って行くエスカレーターを駆け足で降りて行った。最後の子の小さな包みが開いてしまい、色とりどりのこまごましたものが散らばった。女の子は、引き返したがっている様子で、落胆したジェスチャーをしたが、連れたちの叫び声に急かされて、さっと片手を振って、ロケットへと走って行った。次の瞬間、テレフォーラムが数回青く瞬き、空気が波動でうなり、月循環便宇宙機《ポチスク》が出発したという表示になった。辺りはほぼ無人になった。視線をホールに這わせながら、モニターの地球儀の上方で光る日付に気がつき、驚きで思わずはっとした。そうだ、今日は「国境廃止の日」だ！　それで母は町に出かけたんだ！　祖母はあの新しいワンピースを着たのだろうか、それとも、いつもの通り、あれこれと迷った挙句、家を出る直前に普段のすみれ色を身に着けたのだろうか？　ふたりとも私のマラソン競技を見てくれただろうか？　そんなことを思いながら、出口の方へ向かった。すると、突然、足の裏が何かの物体に触れた。それは、あの月へ向かった女の子たちのひとりが落としていった、淡い黄金色に青いケシの斑模様がついたボールだった。このボールを、こんな風に持ち主がいないまま、絶えず人々が行き交いざわめきで賑わうだだ広いホールに放置しておくのは気の毒だった。それをポケットに仕舞い込んだ時、月桂冠が控えめな葉音を立てて自分の消息を知らせてきた。私は足早に出口へと向かった。出口のすぐ近くには、男がひとり鎮座していた。男は周囲の肘掛椅子には見向きもせず、かなり大きな包みの上に腰を下ろし、両脚をまっすぐに投げ出して、胸の上で両手を組んだまま、調子っぱずれに騒々しく口笛で「別れ」の交響曲を吹いていた。

大層なコンサートだな、一体どこのあほうだ！――一瞬そう思った。そしてその男とお互い顔を見合わせ、同時にあっと驚愕の叫び声を上げた。それは、メハネウリスティカの級友、ペウータンだった。とりとめのない会話が始まって、互いの袖を引っ張ったり、互いに一歩歩み寄っては、一歩引いたり、手でぽんぽん叩いたり、同じセリフを何度も繰り返したり……「なあ、覚えてるか、先生はどうしてるだろう?」、「なあ、覚えてるか?」、「なあ、覚えてるか?」……。

「本当に思いもよらないサプライズだなあ」私は最後にそう言った。「でも、聞いていいかな、君、今時分、実際のところここで何をしてるんだ、祝日だぞ?」

彼は勝ち誇った様子で、笑い出した。

「ニタを待っている。今日戻るんだ、丸一時間もしない内にここに来る。もうあいつと通話もできるんだよ、すごいだろ?!」

それは、彼の恋人だった。一年前に学業を終えて、タイタンの射場ステーションで七か月の実習についていた――全太陽系の中で最も遠方にあるステーションのひとつである。

「よかったな」私は言った。これらの言葉が本音とはほど遠いことを感じつつ。予期せぬ出会いでもたらされた陽気な気分が、一挙に冷めてしまった。ペウータンはそれに全く気づいていなかった。

「あいつにサプライズがあるんだ」彼は足で包みを軽く蹴った。「ナイアガラっていうんだ。あいつの猫さ。ちょうどあいつが出発した時に生まれたんだ。でも、今じゃすっかり、人に馴れたもんさ。どこかへ逃げちゃうかもしれないんで、一応箱に入れてきたよ」

「猫連れでデートに来たのか？」私はあからさまな悪意を込めて言った。「君の立場だったら、花束を持って来るところだ」

「花もあるぜ、この中に」ペウータンが再度足で包みを蹴ると、包みから興奮したにゃあという声が返ってきた。「それより、お前こそ、ここで何をしてるんだよ、オリンピック・チャンピオンが？　知らんだろうけど、お前がゴールした瞬間、俺たち全員どよめいたんだぞ、俺たちのスクール・カラーで走らなかったのは残念だったけどな。さ、なりを見せてみろ、明かりの方を向いて、俺にもっとよくお前を見せてくれ、だってずいぶんと……」

彼は最後まで言い終えなかった。次いでその口をついて出たのは、ひゅうっという口笛で締めくくる喚声だった。

「お前、ここにあるのは何だ？　ケンタウルスに飛ぶのはお前なのか？　星を手なずける気か……？　このマラソン野郎！　ドクター！　ろくでなしが！　ひとっ言もしゃべらなかったな?!」

彼は慎重に、あたかもそれが脆《もろ》いものであるかのように、私が胸の上に留めておくよう義務づけられていた、ゲア号の白く小さなエンブレムに触れた。今や長い話を始める必要があったが、その瞬間、私にはそうすることが本当にできなかった。だから、ただこう言った。

「うらやましいか？」

「ああ、間違いなくな」彼は軽口を叩いて、短く笑った。

「あのな、いいか？　俺だって君がうらやましいよ！」思わずそう口をついて出た。私はそれを、ペウータンがもう何も尋ねて来ないような口調《トーン》で言ってしまった。数秒の間、私たちは互いに見つめ合ったまま沈黙し、締めくくりに彼が手を差し出して、私の手を厳かな調子で握り、こう言った。

「じゃ、何だな、この辺でお別れだな？　俺たちにテレビジットを送ってくれるよな？」

「きっとな。できるだけ長く」

「うん、忘れるなよ！」

もう一度お互いに視線を交わして、私は出口へ向かった。場の空気が騒音と出発するロケットのヒューヒューいう音で満たされていたが、それが静まると、遠く私の背後で、ペウータンの口笛が響き渡った。

駅の前から、すべての階《フロア》の動く歩道が様々な方角に広がっていた。私は、川岸の公園を目指す歩道を選んだ。そして、手すりに寄りかかりながら、光となって流れてゆく町のパノラマを眺めた。

広いそれぞれの大通りには、距離を開けて建つ摩天楼群が、白く輝く壁を背に、石炭のごとく真黒な木々が生える庭園にぐるりと円く囲まれて、きらきらと輝いていた。それはあたかも数キロメートルにもわたって、中心から天に向かって明るく輝く塔がそびえ立つ、陰鬱な、森に覆われた島々がパレードしているかのようであった。下では、内部が活発な往来で脈打つトンネル網を備えた、滑らかな、広々とした、氷のように透明な、舗装が施された道路網が大きく広がっていた。まるで巨大な有機体の動脈内で血液が循環しているかのように、それぞれの広場、それぞれの通りを、高速のためカラフルで長い線状と化した輸送機関の束が縫い合わせていた。町のクリスタル状の地階から差す明かりが、上階から降って来る色彩のスコールと混ざり合っていた。黄金色とライラック色の広告用イルミネーションのシャワーが壁の表面を伝って登って行った。最上階ではダイヤモンドのようなショーウィンドウが輝き、重そうな荷物を手にした人々が様々な商店から足早に出ては、待たせてあるヘリコプターに飛び乗っていた。ヘリコプターは、吹き散らされた光の柱の中で舞い上がり、まるで巨大な巣房の巣箱上に群がるミツバチのように、すべての階の横で停止飛行をしていた。航空交通用の交差点では、テレフォーラムが忙しく明滅し、通りの緑色にくすんだガラス張りの下では、乗り物の大群が通過して、どこもかしこも祝日の夜の興奮した、神経質な慌ただしさが支配していた。そして私は、この猫も杓子も大興奮のカオスを平静に、冷淡に通過しながら、歩道の手すりに持たせかけた両手が、あたかも突如血液の中に浸されたかのように、レモン色やら空色やら紫色やらに染まっていく様子を無関心に眺めていた。

しばらくたつと、照明がまばらになり、交通量も減り、超高層建築群の場所には一軒家が、それから小さな家々が現れ、その後には緑地が増え始め、規模が大きくなり、広がり具合がいよいよ広大になり、そこでようやく動く歩道が終わった。その乗り場の薄緑色の提灯を遠く背後に残して、私は足の裏に柔らかい、湿った地面を心地よく感じながら、前に進んだ。公園の門をくぐると、木々が私を取り囲んだ。町の中心部では通りの強烈な輝きが空を煌々と照らしていたため、すでに真っ暗な夜のような気がしていた。今になって、頭上にうす暗い空を認めた、が、まだ星は出ていない。西の空が、次第に冷え行く、銀色の霧がかった朱色の名残《なごり》で輝いていた。ちょうど、いい時分だった。明かりがごくわずかな辺りの公園のベンチにはカップルたちが腰を下ろし、互いに言葉をささやき合う——それらの言葉に通じている人はこの世に誰もいないのだ、たとえその人自身が幾度となく口にしていたとしても。なぜなら、そういう類の会話、そういう類の逢瀬の中身というものは奇妙な方法で、記憶からそっと抜け落ち、蒸発してしまうものだからだ。まるで人知れず気化するエーテルのように。そしてただ後に残されるのは、意識を麻痺させるほろ苦い沈殿物——その雰囲気、自分の顔のすぐ傍で見開かれ、ふちまで期待に満ち溢れた、とある大きな、黒い両の瞳、そして、表面上は一切何の意味もなさないくせに、その実すべてを意味している音楽のように、息の香り、声のトーン以外には、何の意味もなさないささやきの思い出、なのだ。

私は公園を横切って歩いた。遠く、薄闇の中で黒い木々の向こうに、高層ビル群の輝くシルエットがそびえ、一方、並木道をカップルたちがそぞろ歩き、ベンチを占領し、枝の間に明るく光る街灯から離れて身を寄せ合っていた。私はというと、ポケットの中で握りしめた拳をふたつの石の片われのように感じつつ、視線をそらしながら無視して悠然と歩いていた。しかし、公園中をほっつき歩いて、黒い水面に反射する明かりのネックレスが幾重にも灯された川岸の、広大な、人気のない大通りに出た時、私の瞼の下にはまだ、二人の人間の間にある最後の境界を破壊しようとする実験のような抱擁の中に自分を見失った、ある種、手に負えない没我の中で固く結びついた、夜よりも暗い肉体の映像があった。そして、頭の中では、交響曲の序奏の四つの高い音色が響いていた。

私は川岸の縁に立った。川は緩やかなカーブを描いて町の反射光を内包し、私の足元、下の方では、水の流れが、微弱な響きすらも立てずに、無言のうちに、滑らかに流れ、いわば無限の穏やかさでもって街灯の反射を揺さぶっていた。私はポケットから片手を出して、拳を解いた。中から、よれよれになって、粉々になった月桂冠の葉が落ちた。

「何というあほうだ！」私はそう言って、歩調を早めながら、先に進んだ。川の彎曲部から数百メートル上方に、私が少年時代の放浪でよく好んで目指した、無名宇宙飛行士の廟が、大昔の、町全体を見下ろす錘台のピラミッドが、そびえていた。ほとんど行き当たりばったりに、その広大な急斜面上にある階段の方へ向かった。私が一段目に足をかけるやいなや、階段は音も立てずに作動し、私を頂上へと運んでくれたが、それはあたかも、町全体が、どこまでも繊細な、それでいて断固とした動きで私を放りあげる段取りを踏んでいるかのように、足下をいよいよ遠くへ、遠くへと去っていき、遥か彼方で光輝く高層ビル群が地平線となって広がっていった。階段が止まった。私はピラミッドの平らな頂上の、宇宙飛行士の記念碑の前にいた。

巨大な隕石——あたかも、かつて数世紀もの間それが回転していた深淵の闇が内部に詰まっているかのように真黒な——の塊の上に、ひとりの男があおむけに横たわっていた。昼間は、この倒された巨人《コロッサス》が、町の一番遠い広場から見えた。ロケットの形をした太矢の根が背の下から彼の脇や頭を射抜き、先端で空へ向けられ、自らがやって来た方角を知らしめていた。今、町の遠い空焼けを反射して、巨人は人間らしい形を失っていた。その宇宙服のひだが、岩壁の裂け目のように黒ずみ、唯一人間らしさが伺えたのは、片側のこめかみを岩塊の突起にのせて横たわる、重々しく背後へ反り返った、巨大な、むき出しの頭だけだった。私はその場から歩き出した。希薄になった空気の中でのように花崗岩の上で足音が響いた。横たわる胴体の向こうが完全に闇に覆われた。像の周囲をぐるりと回ってから、私は不意に顔の真向かいで立ち止まった。顔はまるで山が崩れたかのように私の頭上に高くそびえ、あまりの大きさに、一瞥しただけでは見渡せないほどであった。しんと静まり返った静寂の中で、交響曲「別れ」の音色が聞こえてくるような気がした。私は、刻一刻と膨らんでくる悲壮な孤独感に少し酔っていた。こいつが今夜の連れ《トゥヴァジシュ》さ、と独り言ちた。隕石の縁に上って、巨人の眼の下近くに腰を下ろした。後ろにまっすぐ腕を伸ばせば届く距離に、出っ張った上まぶたが神秘的にぼんやりと光っていた。両脚を空に放り出した。足の下には、遠く、メオリアが大きく広がっていた。

　果てしない光の海の上に、その強烈な源がふたつ突き出ていた。古い学術研究地区の中央では、二十一世紀の終わり近くに建設された大学のビルが明るく輝いていた。非常に急峻、激しく上部へ切り立つあまりに、あやうくひっくり返りそうなラインの巨大な建築物だ。そのラインに込められているのは、どこか奔放な、陽気な反逆性、つまりは、かの第一級の建築家たちによって重力へ投げつけられた挑戦だ。彼らのヴィジョンをかたち作ったのは、ロケットの時代、すなわち、超音速飛翔体《ポチスク》の照準とそれらの飛行が描く爆発曲線だった。そして、あたかも、すべて同じクリスタルガラスの列柱《コロネード》の中から天に向かって打ち上げられたかのような、重力をあざ笑う、この千年の巨人《コロッサス》の反対側には、もうひとつ、すでに近代風の、メハネウリスティカ宮殿の稜堡《バスティヨン》が立っていた。光線の無質量構造を取る静止した光そのものであるという、その突き詰めたシンプルさに対して、大学の方は、耐久限度ぎりぎりまで建材を緊張させた、古い時代の建築家たちのこだわりを表す形の激しさのために、型破りで野蛮に見える。十世紀が、これら二つの地上の建築作品を隔てているのだ。しかし、私が腰を下ろす隕石塊の世紀と比べて、そんな時間が何だというのだろうか？　これまで諸々の惑星を生み出してきた高温によってガラス化した、その外殻の上で、この瞬間ふたりの人間が休息していた。ひとりは、石で造られ、深淵から戻らなかったすべての者たちを具現していた。もうひとりは、生きていて、これからその深淵へ旅立つ予定であった。一体何という出会いだろう！　途方もない歴史の輪がここで閉じ、そして開かれつつあるのだ、未知のものに向けて！　私は両腕で頭を支えながら、暗闇に視線を落としたままそんな風に考えていた。突然、私の周囲の石の表面が、震える輝きに包まれて、闇から姿を現した。メハネウリスティカ宮殿の上空で、星々の明かりを消しながら、燃えるようなカーテン《ドレープ》が空中で開いたのだった。人工の北極光が、逆さまになった銀の瀑布のように、大地から空へ昇った。その波打つ光を背に、目に見えない手が炎でこう書いた。

舞踏会スタート！

　すると、星の明かりに照らされた町の深部が、どんと揺れ、そこから数百、数千、数万という打ち上げ花火、噴出花火、煙幕花火を放出し、花火は一番高いタワーの上で鳴り響いた。一方、あちこちの公園から、まるでパーティーに繰り出して来たかのように、ファンタスティックなモンスターやグロテスクなピエロの形をした風船が次々と昇ってきた。それと同時に、大学と宮殿の間の、銀色がかった薄闇に満ちた空間で、膨大な数の深紅色、ライラック色、そしてエメラルド色のさまざまな輪が大に小に鳴り響いた――学生のそりパーティー〔謝肉祭に行われたポーランド貴族の伝統行事〕連中が事前に準備したのだ。一方、照明を仕込まれたヘリコプターのプロペラが、ぐるぐる回転しながら、光の輪を作っていた。私は、気分を害され、これでもかという光に目を細めつつ、これらすべてをうんざりしながら見ていた。もしも地球が、すでに縁遠い存在だが、私に無限について熟考する余地を与えてくれていたら――しかし、地球はこんな時に、この道化じみた、カーニヴァルのばか騒ぎに招待してくれた！　私が身を隠しているこの場所まで、風が、遠くで上がるにぎやかな歓声のこだまをごり押ししてきた。私は悲劇に見舞われた自分の孤独を救おうとまだ抵抗していた。だが、昔の学友たちはどれほど華々しく優勝したマラソンランナー兼宇宙研究者を歓迎するだろう、と考えて、心が揺れ動いたのだった。自分があそこに、下にいないことが、次第に惜しくなってきた。ちょっとの間、私はさらに誘惑と闘ってみたが、両脚を揃えてさっと立ちあがり、ピラミッドの平坦な頂上に飛び降りて、ヘリコプターを呼んだ。一分後、暗闇からヘリが現れ、私の目の前にゆっくりと着陸し、花綵《フェストン》で巻かれた機体は、いらっしゃいませとばかり照明が点けられた無人の客席が一緒だった。席に座り、空気の流れが私を運んでいるのを感じるやいなや、新たな考えが浮かんだ。もしあそこでアンナと出くわして、明日のお別れを前に、私が大笑いしたり、ダンスをしたりしているところを見たら、彼女はどう思うだろう？

　慌てて私は飛行方向を変え、するとじきにもう雲の銀色の反射だけが、メオリアが姿を消した場所であることを示すばかりになった。

　どのくらいの間飛んでいたのか分からない。時折、下を、暗闇の中で明るく燃える、細い道路の糸を紡いでいる炎の斑点のように、町々が流れていった。機体が時々気流の中で揺れ、凝縮した水蒸気のせいでガラスが曇った。何度か頭上に星々を認めた。しばらくすると、この夜の旅の眺めと夢の幻影とが混ざり始めた。

我に返った時、窓ガラスの向こうを、厚い雲塊が疾走していた。底から溢れるほどの輝きで満たされ、上の部分が黒い。そろそろどこかの町に着くのか、と一瞬思い、降下を始めた。雲が割れて、地球が、全面きらきら輝いているさまが見えた。しかし、そこは居住地界隈ではなかった。微振動とともに、ヘリコプターが着地した。私はヘリを降りた。

着いた所は、人気《ひとけ》のない公園内の並木道だった。辺り一面、静かに青く燃え上がっていた。トウヒの群生がまるで冷たい松明《たいまつ》のように明るく光り、ポプラは明かりが灯された燭台へと変わり、そして、私の頭上で何層にも折り重なったクリのこずえは、惑星の星雲のように輝いていた。不可視の紫外線の発光作用を受けて、植物の緑色の色素が輝いていたのだった。草々の葉の一枚一枚、茎の一本一本、稈《かん》の一本一本が、ぼうっとした冷光《ルミネセンス》の源であった。私は、光の海の中で、真っ暗な細道を辿った。まるで、燃え立つ岸に挟まれて流れる黒い小川のようだ。死んだように暗かったのは切り株、枝、そして——昼間の秩序に背くかのごとき——花の萼《がく》のみであった。あまねく至る所から発している輝きが、周囲を非現実的なものにしていた。風が起こるたび、じっと動かぬ光の房が、解《ほど》けてばらけるのであった。生垣は炎で波打ち、そびえ立つ東屋は炎に取り囲まれた船のように身を屈めていた。

花壇で囲まれた噴水にたどり着いた。数千の虹がほとばしる水に鞭打たれ、ばらばらに砕けていた。泉の周囲には、石のベンチがぐるりと配置されていた。私はそこに腰かけて、公園をじっと見つめた。園内のさまざまな銀色の塊を枝々の黒いレースが縫い合わせていた。再び、眠気が訪れた。私はそれをどこか好ましいものとして受け入れた。ベンチの石の座面が私には願ってもない寝台のように思われ、瞼を閉じると、まるで世界や人生の向こう側にいるような気がした。

……私は浜辺の熱い砂の上に横たわっていた。太陽は高く昇り、引き潮で、海が徐々に退いてゆき、ただざわめく波だけが未だ個々に戻ってくるだけで、私を取り巻いては、引いて行き、ついには最後の波が引き上げて、私は置き去りにされた、ひとりぼっち、固く乾いた浜辺に……現実の。

　目を開けた。弱々しい泣き声のこだまが聞こえてくる。頭を上げてみる――近くからだ。立ち上がると、体はこわばってふらふら、そのまま円い泉の周りをぐるりと歩いてみた。噴水の反対側、その同じベンチの上で、子供がひとりうずくまっていた――小さな、おそらく四歳ぐらいの男の子だ。薄汚れた顔に涙の跡が光っていた。私を見ると、泣き止んだ。私はと言えば、寝ぼけまなこであっけにとられ、言葉が出なかった。私たちは互いにずっと見つめ合っていた。二人とも意表を突かれ、押し黙っていた。向こうが最初に根を上げた。

「ここでなにしてるの？」男の子はしゃがれて低くなった声でそう尋ねた。

　私は度を失った。その質問に答えるのは、容易なことではないだろう。

「君こそ、ここで何してるんだい？」声に真面目な、教え諭すようなニュアンスを含ませようとしながら、私は言った。

「ぼく、みちにまよったの」

「パパとママはどこ？」

「わかんない」

「どこから来たの？」

「とんできたの」

　じっくり問いただしてようやく分かったことは、この子は両親と遠足にやって来て、どうしても馬を見たかった、ということだった。

「どんな馬かな？」

「どんなのって、わかんないの？　おじさんもおうまさんをみてたんじゃなかったの」

　このやりとりで分かったことは、この公園に動物園が隣接していることだった。この子はそこに両親と一緒に来ていた。しかし、彼らは馬のところまで行かなかったのだ。父親は、こう言った。「もう戻らないといけないよ。飛行機に乗りなさい。機内から、テレビジットで馬に会いに行けばいい」

　だが、この子は馬を撫でてみたかったのだ。そこで、いったん飛行機に乗り込んで、反対側から降りた。だから誰もそのことに気がつかなかったのだ。現在地がいつでも分かるようにと、両親の高速トランシーバー《テレラニク》〈腕時計型の携帯式双方向無線。レムによる造語〉とラジオ電波で繋がっている自分のテレラニクを、腕から外して座席の下に隠した。それから馬のところまで歩いて行った。黄昏時に公園へ戻ってきたが、両親はいなかった。そこで、長いことさまよい歩いて、叫んではみたが、誰もいない。ついに、このベンチを見つけた。眠ろうとしたが、眠れなかった。

「怖かったかい？」

返事はなかった。ここでこの子をどうしたらいいのだろう？　どこに住んでいるのか聞いてみたけれど、分からなかった。

「君のお家の上では、おひさまはいくつ照っているかな？」私はしばらく考えた末に、こう尋ねた。

「ふたつ」

「ふたつ？」

「ううん、ひとつ」

「じゃ、ふたつじゃなくて、ひとつだけだね？」

「ひとつ」

「きっとかい？」

「たぶん、きっと」

こんな情報が元手では、大したことには取り掛かれない。この子を最寄りの空港まで連れて行こうか？

不意に、男の子が私の思考をかき乱した。

「おじさんもみちにまよったの？」

「いいや。どうしてそんなことを思いついたの？」

「そうおもったんだもん」

「それは、間違いだね。大人は絶対に道に迷ったりしないよ」私は、会話の流れが険悪にならないように、快活に言った。チビ助はじいっと私を見つめていたが、何も言わなかった。突然、その子が大きくせき込み始めた。それが事を最終的に決定づけた。そう、他に処置のしようがなかった。私の身にこんなことが起きたのは初めてだったが、何をなすべきかは分かっていた。ジャンパーで子供をくるんで、テレラニクに手を伸ばした。ラジオをポケットから取り出す際、その中に何か丸いものを見つけた。ロケット場で拾い上げた、金色がかった、斑模様の、小さなボールだ。それをチビ助にあげて、自分ではこれまで押したことのなかった、テレラニクの縁にある、赤い文字で囲まれたボタンを捜し出した。

一斉呼出

私はボタンを押した――すると、ラジオ機器から雑音がわっと噴き出した。人の声、自動制御ステーションのスピーディーなピピピという音、遠くにある大陸や船舶の信号、ロケット送信機のブザー、歌、音楽、言葉の断片、これら百万の声が入り乱れた雑音に混ぜこぜになったすべてのもの、こうしたものがプラスチックの小ケースから聞こえてきた。機器の上に身を屈めて静かに――なぜなら、チビ助に私の声を聞かれたくなかったからだ――私は秘跡の言葉を述べた。

「応答せよ！　こちら、遭難者発見！」

三度これを繰り返し、待った。スピーカーの奥で何かが動いた。向こうで静寂が大きくなり、まるで誰かが無限に広がる水面に石を投げ入れたかのように、次第にその輪が広がっていった。数万の声が沈黙し、待機信号が響き渡った。

「どうぞ！」と、話しかけている。「応答せよ、どうぞ！」

さらに誰かが何かを尋ねてきたり、さらに一連の送信インパルスがあちらこちらへがんがん響き渡り、そして同時に、中継ステーションが私の言葉をさらに先へ、先へと伝達していった。自分の声のエコーを聞いているような気がした。エコーは一瞬のうちに地球全体を駆け巡り、それから各々の単方向エミッタへと集積されてから、空へと放たれた。一秒間の時差で稼働中の、月と人工衛星の発射場が反応し、発信を受信して、中継機に送信し、ついには人間が統括する全領域内が静まり返って、テレラニクに内蔵するスピーカーの微かなノイズが中断し、唯一決して止むことのない観測用原子時計のカチカチ音だけになった。突然、誰だか月のパイロットが反応して、何事かと聞いてきた。どこかの低い声が、そのパイロットに即時通信を中止せよと命じたため、静かになった。私の発信から五秒後のことだった。そして六秒後に、私はしかるべく、簡潔に、事務的に話し始めた。子供発見、名前はパオ、三歳半、瞳は褐色、などなど。それから再び静かになり、中継ステーションの短いピピピ音が鋭く鳴った、と、突然、同時にふたつのステーションが反応した。それらは、両親から出された捜索願いの記録があり、もう五時間も連絡を待っている旨を通知してきた。そして――二十二秒後――中断されていたすべての通信が回復し、ロケットおよび宇宙船の全ステーションから応答があり、オートマタは通信の途中中断の知らせを終了し、人々は笑って声を掛け合い、そして再び、小型スピーカー内は怒濤のごとき喧噪で溢れかえった。
私たちは男の子の両親を、それからまだ二時間待った。手始めに、チビ助にボールを放った。素直に投げ返してきたが、にこりともせず、ほとんどしょんぼりした表情。同時に気づいたが、泣き出す寸前だった。その時、私は自分がマラソンで優勝したことを思い出した。こいつはすばらしいアイディアだ！　私はできるだけ正確にすべての物語をその子に話して聞かせた。最初は半信半疑だったものの、月桂冠の小枝で納得してくれた。一番盛り上がる場面で、私は間を置き――そして、そのまま黙った。チビ助は頭を私の肩にもたれて眠っていた。ほっぺたが泣きじゃくって流した涙の跡で汚れていた。時折、しわを寄せ、しゃくりあげた。小山のような森のシルエットの上に、バラ色の筋が光り始めた時、公園内で突然、吹き消されたかのように明かりが消え、ほぼ同時に、遠くで低く唸る音がした。両親が飛んできたのだ。その時、想像がついた。彼らと話をしなくてはならないだろう、ひょっとしたら、どこからここに来たのか、なんてことまで話さなくてはならないかもしれない、両親は私にお礼を言って、自宅に招待するだろう。私はパニックに襲われた。できるだけそっと、男の子を石のベンチに横たえて、頭の下にジャケットの袖を折って枕の代わりに敷き、指にボールを握らせ、そしてまるで逃亡者のようにヘリコプターに向かって走り出した。この最後の逸脱行為は、もはや夜の一部ではなかった。なぜなら、空中に舞い上がった時、まっすぐ私の両目を捕らえたのは、昇る太陽の最初の光だったからだ。

三一二三年七月二十一日、私はアンナと最後に逢った。私たちは、ポルシェンゲルという、同じ名前のフィヨルド上に位置している、ユーラシア―アメリカ直行線の小駅で落ち合った。私たちは、険しい、曲がりくねった細道を辿って、海に面した岩山の頂上によじ登り、時折、息を休めるために足を止めた。目には見えない海のざわめきが一面に響き渡っていた。最頂部では突風が私たちを打ち付けた。私たちは、心臓をドキドキさせ、両手をだらりとさせて、しばしその場に留まった。眼下では、二つの風景の容赦ない闘いが続いていた。ひとつは、誇り高く、あたかも災いを予感しているかのように微動だにせず、もう片方は、轟音とともに岩山を倒壊させてしまう白黒の波山を何列にも組んで、倦むことなく前者を攻撃している。

「もう地球とさよならした？」こちらの顔を見ずに、私の連れ《トヴァジシュカ》が小声で聞いてきた。

「この瞬間にしているところだよ」同じように私も静かに答えた。

　アンナは軽やかな足取りで積み重ねられた巨礫に近づき、背中の形に一番ぴったりな場所を見つけ出した。そこはまるで彼女のために作られ、もう数世紀もこの瞬間を待ち焦がれていたかのようだった。私は常に密かな讃嘆の念をもって、彼女がいかに自然な方法でどれほど荒れ果てた僻地の中でもこんなささやかな快適さを発見することができるか、見守っていたのだった。

「誰と会ってたの？」彼女が聞いた。

「今日は家にいたよ、それから、ムーラフ教授のとこ、友達のとこ……だって、僕はここにみんなを置いていくんだよ、アンナ」

　それらの言葉がまるで苦情のように響いた。そんなつもりはなかったのに。

「たまたま成り行きでそうなったんだ……」私はまるで言い訳のようにそう付け加えた。

「で、最後がわたしなのね」彼女が言った。ふたりともお互いをではなく、黒い大洋から寄せる一連の白い波を見ていた。まるで水平線全体が襲ってくるかのように見えた。この会話の最中、私は時々こんな印象にとらわれた——海は動かず、私たちの方が海を割いて駆け抜けていて、私たちが頂上でじっと休息している、この岩だらけの絶壁の勢いこそが波を押し分けているのだ、と。

　彼女が、遠征はどのくらいの長さになる予定かしら、と聞いてきた。私はびっくりして彼女に目を向けた。なぜなら、そのことはすでに彼女に伝えてあったからだ。

「だいたい二十年くらいかな」そう答えて、自分で驚いた。

「ゲア号のスピードは、光速の半分を超えるんだったわね？」

「うん」

　私は、てっきり彼女が遠くを眺めているのだとばかり思っていた。ところが、彼女の唇の些細な動きが私の注意を引いた。突然、私は悟った。彼女は計算をしていたのだ。私の思い違いではなかった。

「遠征は、だいたい二十地球年になる予定ね」と彼女が言った。「でも宇宙船の速度のおかげで、みんなが歳を取るのはたった……」まるで自分の物静かな計算に自信がないかのように、彼女は黙り込んだ。

「十五歳、もしかしたら十六じゃないかな、なぜなら……」彼女の顔に現れた、名状しがたいほほ笑みを目にして、私は言うのを止めた。

「あなたが戻ってきたら、わたしのほうが歳を取っているわね」そう彼女は解説した。

何と言ってよいのか、分からなかった。居心地が悪かったが、姿勢を変える気にもなれず、ひっきりなしに唸る大海原を見つめ、沈黙が私たちを隔てているさまを感じていた。その同じ沈黙は、以前には私たちを強く結び付けていた。

「アンナ」絶望して私は言い捨てた。「思うんだけど、僕は君に正直だったし、僕らは一緒にいて楽しかった、それに僕らは……」

「どうしてそんなこと言うの？」彼女が尋ねた。まるで、少々夢見心地にうっとりしているかのように、ずっと遠くを見ながら。彼女の穏やかさは、さらに私の孤独を大きくした。

「僕がこんなことを言うのは、なぜなら、この瞬間、僕らはお互い他人同士のような気がするからだよ。むろん、それは本当じゃない、アンナ……たぶん本当じゃない……」

「いいえ、それは本当よ」彼女がつっぱねた。私はおとなしくこれらの言葉を受け入れたかもしれない、もしも、もう一度彼女が、彼女にありがちでしきりに私を驚かせた、あることをしなかったならば。彼女はほほ笑んだのだった、皮肉っぽく、あるいは、たぶん、悲しくて。私には何とも言いようがなかった。

「アンナ……」

彼女を自分の方へ抱き寄せたかったが、彼女は私が伸ばした手を優しく振りほどいた。

「もしもわたしがあなたにとって何かしら意味があるというのなら」彼女が言った。「それはただ単に、わたしが自立しているからよ。もしもわたしが違っていたら、きっとあなたがお別れする最後の人じゃなかったでしょうね……」

「たぶん君が正しいよ、だからってそれが君を好きになった理由だとは思わないけどね。けれど、本当に僕らは、お別れの順番のことなんて話す必要があるのかな?」

「何かきれいで、メランコリーちっくな、わたしたちの関係を交響曲っぽく終わらせるような言葉でも欲しかったの?」ひとつまみの嘲りを込めて彼女が言った。もう彼女はほほ笑んではいなかった。「じゃ、もしも今、わたしがあなたに望んでいることを話したら……」

「頼むから、冗談は止めてくれよ」そう私が言うと、彼女は、私が一瞬遅れて隠した動揺を目にして、吹き出した。あまりに激しく笑った拍子に、彼女の黒い、風で乱された髪の毛が自然と持ち上がって、背の高い巨礫に触れ、その縁の周りを泳いだ。まるで私たちの足下で水が絶壁の巨礫の周囲を渦巻くように。

彼女の笑いが私を混乱させたが、それが続いたのはほんの一瞬だった。その後、彼女の傍らにいてすでに再三私を襲った、こんな考えが頭に浮かんだ。ここには、もう一人の人間がいる。完璧で、偉大で、閉じた世界だ。その世界が、理屈を越えた強烈な何かを、私ひとりのために、あまたある中から選りすぐって授けてくれた。そして、まさにここで、その世界は去ろうとしていた。身体の距離の近さが何の助けにもならないほどに、私たちを大きく引き離そうとしていた。私は彼女の掌に触れてみた。彼女が私の顔を見つめた。その瞳の中には、何かが――温かい、穏やかな光が燃えていた。

「アンナ」私は囁いた。「それはすべて本当さ、僕は君のことをほとんど知らないし、君だって僕のことを同じくらい知らない。可能性以外には、まだ何も無かったんだ。その可能性は順調に行きかねている。でも、知っておいて欲しいんだ、どれほどたくさんのことが君のおかげかって……」

「あなたって、何てばかで頑固なの」彼女がほほ笑んで言った。「またその堂々巡りの命題?」

「じゃあ、一体どうしたらいいんだ?」子供のように私が尋ねると、彼女は短く笑ったが、すぐに真面目な顔つきになり、頭をわずかに後ろに反らせながら、言った。

「さあ、どうしたものかしらね……わたしにキスして……でないと、ほかに解決法はないわよ……」

私は彼女を抱きしめた。私たちはお互いに見つめ合った。大空のあらゆる色調の中から彼女の虹彩の色を難なく見つけ出すことができた。まるでふたつの小さな空のように、それらの虹彩が今、ミニチュアの太陽を照り返していた。

　彼女は立ち上がって、ワンピースのしわをのばし、そして疑い深く、念入りに、さらに手鏡をのぞき込みながら、私の櫛で髪の毛を梳かした。あの身なりを整えるしぐさの際に、彼女の顔に現れる厳格な純真さが、いつも私を感動させた。そして今、それを見るのはこれが最後だと思うと、言葉にならない悲しみで喉が締め付けられた。

「もう遅いわ、飛行機に置いて行かれるわよ」そう彼女は言い、地面からぱっと立ち上がった際に私が躓《つまず》くと、力強い華奢な手で脇の下から支えてくれた。

「こっちよ、ぶきっちょさん、こっち。さもないと、星どころか、水の中に飛ぶことになるわよ……」

ゲア号

　かつて、はるかな遠い時代、人間は空間の囚人であった。地球上のすべての風景の中で、自らが生まれ、生き、そして死ぬ場所だけを知っていた。最初の旅人たちは、原生林の茂み、荒れ狂う川、通行不能の山脈を克服しなくてはならなかった。一方、大洋によって隔てられた大陸においては、生命がそれぞれ独立して存続し、あたかもはるか彼方の惑星も同然であった。フェニキア人は、南半球の海へと出航した後、太陽が右手から左手へと空を進むのを認めた時、さらに、月が見慣れた鎌の形となって南回帰線の向こうに昇らんとする際に、最初は水平線の陰からその二つの赤い角を突き出すのを認めた時も、さぞや驚嘆したことであろう。

地球の地図上にある空白を埋める時代、脆弱な帆船による、長い、困難な、そして英雄的な遠征の時代が到来した——コロンブス、マゼラン、ヴァスコ・ダ・ガマの時代だ。しかし、地球は引き続き巨大であり、それを一周するためには、ひとりの人間の生涯を丸々費やすこともたびたびであった。最初にこのような旅に漕ぎ出した者のうちかなりの数は、もはや祖国を見ることはなかった。機械の世紀になってようやく、この惑星は小さくなり始めた。人々がその周囲を回るのに要する時間が、一か月、一週間、その後一日となり、そしてその当時図らずも判明したのは、空間に対する支配を獲得する途上で、人間は何世紀ものあいだおよそ変えることができないと思われてきたものを動かしたのだ、ということである。すなわち、時間である。

今日、私たちひとりひとりの身の上に、旅で生ずることといえば、すでに暮れつつある昼間の時間と肩を並べることであり、夜を延長ないしは短縮させることであり、ついには地球の自転と反対方向に飛ぶ際に、たちまち一週間のうちの一日を追い抜いてしまうことである。これが自明のことであるのかどうかなど、誰も考えたりはしない。人工衛星で働く者たちは、睡眠と覚醒のリズムが地球の一昼夜よりも短い現地時間に慣れているが、しかし、地球に戻る際には、難なくこの習慣を修正する。こうして、空間は縮み、時間は揺らいだ。しかし、それらを克服して得られた自由というものは、相変わらず微々たるものであった。土星ないしは冥王星の軌道付近あたりの遠征から帰還する宇宙飛行士ですら、自らの宇宙船内で地球よりも三日、四日、ないしは五日早い時間を過ごしているとはいえ、それ以上の長期間に及ぶことは決してない。

最も近い恒星であるプロキシマ・ケンタウリを目指す太陽系外遠征は、時間を完全に二分する必要があった。ひとつは、旧来の一定速度で経過する、地球上で流れる時間であり、もうひとつはゲア号内で計測されるもので、ロケットが早く進めば進むほど、遅く進むはずであった。全旅程用に算出された差は、数年に及んでいた。これまで恒星の諸現象において実証された理論やモデルが人間の生命を支配し始めるとすれば、奇妙でゆゆしきことである。私たちは、地球の同年輩よりも若返るはずであった。なぜなら、ゲア号が運んでゆくあらゆるもの——物体も人間や植物も——の極小分子において、時間はこれまでよりも遅く進むはずだからだ。とはいえ、太陽系外への旅が今後一般化するというのに、この現象の結末を予見することは未だ困難であった。

私はこんなことを小さな空港の中であれこれと思案していた。空港は、白樺やハンノキの木立に囲まれ、空気が乾燥した、草が生い茂る谷間にあった。ゲア号に向かうロケットがすでに私を待っていた。ここにある、これらの面白いジェットエンジン機のうちのひとつだ。それらは、地面に降下中、自らの三つの尾翼を空中で広げてゆき、それらを用いて垂直に着地する訳だが、その立ち姿は、舳先にかけてすっと機首が伸び、崇高なアンフォラにも似ている。

すべての別れ——みんな、風景、持ち物との——をすでに済ませ、出発準備が整った私は、爽快で平静、そして胸の奥に隠された興奮の炎を抱えていた。しかし、私は出発の時間を遅らせた。船が投げかける、細長い影の中から、近くのトウヒの木立を見つめていた。トウヒは日光の下で濃紺に染まっていた。周囲はすべてが静止し、焼けつくような昼の静寂が支配していた。そんな中、春がいつの間にか夏に変わろうとしている。毛むくじゃらのキンポウゲの頭が、まるで酷暑に疲弊したかのように茎の上で傾き、何かの鳥が間近で鳴いて、そして——自らの声におびえて——黙り込んだ。私はこれらすべてを、まるで泳ぎ手が岸から離れるように、一息に突き放さねばならなかった。足元近くには、名前も分からない薄紫色の花が可愛らしく生え揃っていた。それを摘もうと身を屈めたが、何も取らずに背筋を伸ばした。何のために？　どうせ枯れてしまうのに。むしろ目が留まった時のまま、そっとしておいた方がいい。デッキに立ち、入り口でもう一度振り返った。何本ものトウヒが矢のようにすらりと立ち、一面に広がるその漆黒を日没の赤い光が貫いていた。私はにっこりとほほ笑みたかった。ぜひともそうしたかった。できなかった。自分自身の静止が長引くにつれ、気づかぬうちに何となく足が重くなっていた。

「出発ＯＫ」入り口で頭を屈めながら、機械的にそう告げて、席に着いた。

「シュッパツＯＫ」ロボット・パイロットが答えた、というより、摩擦音を出した。

宇宙機《ポチスク》は、ぐらりと揺れて、打ち上がった。丸いのぞき窓越しに、地球が急激に去って行くのが見えた。客室内が一層明るくなった。これは太陽が私のためにこの日もう一度昇り、ますます高く高く悠々と上がっていったからだが、しかし、これが続いたのはわずかなあいだで、空の淡青色は、まるで焼なまし処理されたように明るさを失い、グレーになり、黒くなり、そして星が現れた。今、それらの星を見る気はしなかった。誰もいない前の席の背もたれに両手を置いて、どのくらい長くかは分からないが、信号が鳴るまで、そのまま座っていた。

頭を上げた。

窓の向こう、遠く下の方に、産毛のような炎の光背の中でぎらぎら光る球体、太陽が燃えていた。私たちの前方で、無数の静止した星々の中に、カラフルな微光の列が現れ、見る間に大きくなってゆく。それらは、ゲア号の周囲に、らせん状に張り巡らされた照明用ブイだった。これらのブイは、商業ロケット、ジェット機、それから、私が乗っているような小型宇宙機《ポチスク》のために、一方通行航路を標示していた。そのロケットの大きな群れが、巨大船の脇で忙しく飛び回っていた。私たちはその上を二度飛んだ。おそらく空港が混雑しているのだろう。ようやくドッキングの無線呼び出しが来た。小船が規則正しいループを描くと、突然、銀色の閃光で目がくらんだ――それは、ゲア号の装甲に反射した、私たち自身のスポットライトだった。ゲア号は静止状態で浮かんだまま、まるで、ぞっとする、膨らんだ、燦然と輝く銀製の風船のように大きくなっていった。その後、ロケットのフラッシュが暗くなり、消えた。私たちはすでにゲア号の脇に到着していた。ほぼ一キロの長さの魚類形の胴体が、空をいっぱいに覆い尽くしながら、急激に拡大して行った。微細な振動が続けて起こり、短い闇、そして再び光がぱっとついたが、すでに別の類のものであった。

降機して数歩進むやいなや（周囲には人っ子ひとりいなかった）、動く階段が、私を上へ運び始めた。私は最上階の踊り場まで行かずに、横に逸れて、動かない、小さな歩廊にも似た、出っ張り部分に降りた。ここ、私から三階ばかり下には、貨物用の空港が広がっていた。艶《つや》を消したスチールの縞に囲まれた中で、歩行するローダーやブルドーザーが荷物を積み上げたり、とんとん叩いたり、スムーズに移動したり、そして、エンジン熱で熱せられた空気を吐き出しながら、腰をかがめたアヒル歩きで、ロケット滑走路の上に架かる橋のアーチを行ったり来たりしていた。

円形のフライト用ハッチが、まるで激しく呼吸する魚の頭のように、絶え間なく開閉していた。貨物用ロケットがトンネルから姿を現し、ベルトコンベアー上に積み荷を延々と投げ落としていた。また、ホールの奥の壁際では、四方八方に拡散するオレンジ色、赤色、そして緑色の信号ランプが明滅していた。広い空間全体が、不明瞭な、単調な、くぐもった摩擦音で満たされていた。音が比較的小さかったのは、ひとえに、吸音装置のおかげであった。その渦巻き模様が柱や天井から突き出していた。

私はエレベーターに乗った。壁の中にはインフォメーションのマイクが見受けられた。そこで、私は遠征の技術部長である、ユールイェラ技師について尋ねた。彼は第九甲板だった。そこへ向かった。エレベーターが動いている、垂直な縦坑の壁を作っていたのは、コーティングが施された透明な強化ガラスであった。そのため、上昇中に、隣同士の縦坑を動いているカゴは見えるのだが、空っぽのトンネルがいくつも重なり他のカゴとの間が隔てられて動いているものの場合は、それらに乗っている人々のシルエットは乳白色の光背に囲まれていて、かなり不明瞭で、私には識別することができなかった。突然、ガラス板の向こう側すぐ、急行エレベーターの内部で照明がぱっとついた。私のよりも早く昇っていった。中には人が二人立っていた。ひとりは私に背を向けていたが、二人目の顔と姿ははっきりと見分けがついた。見たのは一瞬のことだったため説明しにくいのだが、何かのポーズと表情のまま固まって動かなかった。エレベーターはすぐに姿を消し、私はその先をひとりで昇っていった。しかし、閉じた瞼の奥ではまだ、一瞬の間に認めた人物の姿がオーバーラップしていた。あれはグーバルだった。遠征の参加者、現代で最も優れた科学者である。

私のカゴが停まった。私は広々とした通路の中にいた。風変わりな出会いに私は少々感動し、おそらく、すぐに技師を探す気にならなかったのはそのためかもしれなかった。私の左手側には十数メートルごとにドアのくぼみが見えた。他方、右手側は、見渡す限り、ガラス板の壁が延々と続いていた。その向こうからまるで曇天のような光が差していた。先に進みながら気づいたことだが、光にはムラがあった。強くなったり、少し暗くなったり。何についてか何とも言い難いが、考えごとをしながら、こんな風に歩くうちに、ますます強く、大きな森に沿って悠然と歩いているような気分になってきた。

馬鹿げた錯覚——そう思って、ガラスの壁に近づいた。

下には、巨大な公園が広がっていた。私が立っている高さから見えたのは、ナラやブナのこずえで、風に吹かれてけだるそうに頭を垂れている。生垣に囲まれた鮮やかな芝生、花壇、曲がりくねった小径と小さな池——ひとつは空のようにキラキラ輝き、他は雲が映っているのが見えた——、そしてもっと先に、若木の木立。ところどころ伐採されて開けている。まるでヒヨコのような黄色の、明るい色の緑地帯が、かなりの距離を経て、トウヒの黒に変わり、トウヒは葉っぱの海に囲まれて孤立した群生となって立っていた。この森に覆われた景色が、乳白色の雲で覆われた地平線まで続いていた。ガラス板に顔をつけると、眼下の奥、通路の流れと並行の方角に、黒青の岩山を見つけた。その岩を伝って沢の泡立つ線が流れ落ち、そしてあの、下に隠れた部分には、斑岩の岩塊の上でイトスギの小さな群れが密生しているではないか。第一印象が吹き飛んでしまった。

ビデオアート的パノラマ——ふと私は思った。その瞬間、誰かが私の肩に手を置いた。

私の前に、背が高く、やせた、やや猫背の男が立っていた。赤茶色の短い頭髪をしていて、硬い毛が、輪状にカールし、頭にぴったりとくっついている。顔は若く、細く、しわを寄せる癖があり、薄く、ものを銜《くわ》えやすそうな唇をした大きな口が付いている。その男がにこっと笑って、頰をしわくちゃにしながら、真っ白な歯を見せた。男が発する前に、私は自己紹介をした。

「ユールイェラです」男はそう言った。「建築技術者です。お見知りおきを」

私が手を差し出すと、彼は力強く握った。それからその手を軽く開き、掌に軽く触れた。

「レガッタを？」そう彼が訊いて、顔をほころばせた。気のせいか、一層大きく。

私は頷いた。

「それは、ここではなおさらまずいですよ。しかしあなたはランナーでもありますね、ドクター？」

このスポーツ・インタビューが私を良い気分にさせた。

「その通りです」私は答えた。「しかし、気になっているのですが、あそこでは」ガラスを手で示した。「ジョギング禁止ですよね？　あそこには何もない、そうでしょう？」

「また何ですと！」彼は私の不信心を案じた。「あれは本物の庭だ……その……もしかしたら……ちょっと狭いかもしれないが、ここから見えるよりは……」

再び彼がにっこりした。きらきら輝く両目に、硬い赤い頭髪に、顔つきに、彼は何か人を惹きつけるものを持っていた。その顔に色濃く浮かんでいたのは、抜け目のない、ひょっとしたら、狡猾ですらありそうな性格であった。

彼は私を見つめながら、あたかも、私の前で述べようとしている言葉をいくつか思案しているかのように、ぱちぱちとまばたきをした。

「ドクター」彼が言った。「ゲア号とは、悪魔のように偉大で深遠な物語、そして我々の旅はもっと深遠だ。あのですね、ご自分の王国に奉ずる前に、私に十五分いただきたい、いいですか？」

この出だしに驚いて、もう一度、私は頷いた。彼は私の腕を取って、最寄りの壁のくぼみに連れて行った。そこからエレベーターで下へ行った。私は階を数えた。するとエレベーターは、二階で止まった。ドアが開き、向かい側にアサガオのもつれた葉っぱが、とりわけ濃い半闇の中で垂れ下がっていた。靴底で砂利がきしきし音を立て、新鮮な、モミのようなそよ風が鼻腔を打った。十数歩歩いて辺りを見回し、驚いて足を止めた。広大な丘陵一帯が、見渡す限り四方八方に広がっていた。カヤでびっしりと覆われた丘は、趣《おもむき》のある石灰岩がいくつも突き出ていて、ずっと遠くの地平線まで続き、そこには青みがかった線を描いて、森に覆われた山塊の三角形が傾斜状に広がっていた。

「完璧な錯覚だ！」思わず口をついて出た。

ユールイェラが憂鬱そうに私を見つめた。

「お待ちなさい」彼が言った。「十五分の約束だ。先へ行きましょう」

私たちは下り坂になっている芝生の一画を歩いて行った。道が花開いたニワトコの低木で塞がっていた。私の案内人はためらうことなく茂みの中へと導いた。低木は、岩岸の間で泡立つ沢のほとりで切れていた。ユールイェラがひと跳びで沢を飛び越えた。私も彼に続いた。向こう岸に渡るとこの技師は、特に難儀することなく大きな岩の上によじ登り、手で自分の隣の席を私に指し示した。

長い間私たちは黙っていた。ここでは風が一層強く感じられ、樹脂の香りが、私たちの足の下で枝分かれしている沢から昇る涼気を濃くしていた。向こう岸の、流れが半円形にカーブしたところに、鬱蒼と茂る見事なホワイトスプルースが数本立っていた。その少し先の方には、青と銀色の針葉を持つ巨大なサトウマツ。その熊の背のような根が、のたうって岩の割れ目の中に消えていた。私は、これはすでに錯覚なのか、尋ねてみたくなった。この間ずっと、本物の公園が、巧妙に隠された装置によってビデオアート的に創作された幻影へと切り替わる場所を見破ろうと努めていたが、しかし、つなぎ目の跡を微塵も認めることができなかった。全面が錯覚だった。

「ドクター」ユールイェラが小声で言った。「もしや、私がゲア号設計技師のひとりであることはお耳に入っていますかな？　どうか、この船を上手に設計された機械の寄せ集め程度のように思わないで欲しい。考えても見てください、我々は船の将来の形を製図しながら、船のあらゆる設備の不可欠性や利便性を予測しながら、一番肝心なこと、つまりは、ゲア号はこれから、我々の肉体を除いて、我々が持参する唯一の地球の一部になるのだ、ということを、後付けで想定した訳ではないのです……」

ユールイェラの話し声はとても小さく、私は聞き耳を立てなければならなかった。突風や岩山の間を迸《ほとばし》る水の騒音で、時折彼の声がかき消された。

「これは普通の大型船じゃない。あなたの視線は今後、この壁と向き合うことになる、目が覚めた最初の瞬間、健康の時、病気の時、休息の時、それに仕事中にも――来る日も来る日も、毎晩毎晩。何年もの間、そうなるんだ。これら機械、これら金属の壁、ここにあるこれらの石、水、樹木、そして風が、唯一、肺のための空気、目のための風景になる。確かに、みすぼらしく、窮屈で、閉鎖的だが、しかし、地球のものだ。これは、あなたにとって、船ではないんです、国になるんだ、ドクター。あなたの祖国に」

彼は黙りこくった。

「そうあるべき、そうなるべきなんです……さもないと、お辛くなる。とても辛くて困ったことに。もし仮にあなたが不安を抱いたとしても、分かっていますよ、そのことを私にお話しにはならないでしょうし、旅を放棄するつもりもないことを。なぜなら、あなたにはそうすることはできないでしょうから。そうであるからこそ、ドクター次第なんです、この旅が——正確には、人生ですが——今後、最も大きな自由になるのか、それとも、最も辛い必然性になるのか。まだ十五分経っていない、しかし、これで全部です。こんなことをお話しした訳は、なぜなら……先を続けますか、それとも、悪魔のところにでもとっとと失せろ、と願いますかな？」

「続けてください、ユールイェラ」

「お察しの通り、少し分かりかねているんです、なぜあなたが我々のところへ自らいらしたのか。多くの中からひとつに絞ることがお好きではなく、たったひとつの余地しかないところで、ふたつの偶発性を渡り歩きたいと常に望んでおられる……。そうは言っても、今に私を罵倒するでしょうね？」

「まさか、とんでもない」

「それは、すばらしい。何でも、メヒラに勝ったんですってね？」

「一体それがどうか……」

「しますよ。全員に勝った、そうでしょう？」

「ええ」

「では、手を出して」

私は彼に掌を差し出した。彼は私を後ろへ引っ張った。私たちが腰かけていた巨岩は、ここで隣の岩に接していた。上の方を眺めながら、崩積物《コルビウム》の巨大な堆積が、大きく広がった斜面の頂上まで達しているのに気がついた。小渓谷を伝って流れる小川が、銀色の蛇腹のように煌めいていた。ユールイェラが、私の手を隣の岩に近づけた。その冷たく、ざらざらした表面を期待した。ところが、指は、まるで空気のように石を通り抜けて、平たい金属で止まった。そういうことか。まさにここを、庭の境界が走っていたのだ。ここで実際の木々や岩が終了し、ビデオアートによってそれらをマジック演出する延長映像が始まるわけだ。遠くの森、雲が浮かぶ空、高くそびえる山々……そうしたすべて。

「では、この沢は？」岩塊上で湧き出す水の源とおぼしき、上流の蛇腹を示しながら、私は訊ねた。

「我々の下にあるのは、正真正銘の本物だ。思う存分水浴びできますよ」ユールイェラが答えた。「ですが、あの上の方は……まあ、そう、ドクターの言葉をお借りすれば、「完璧な錯覚」」

彼が私の手を放した。滅多にお目にかかれない大したショーだった。前膊《ぜんはく》が肘まで、実際には存在しない岩にすっぽり入る。視覚が触覚をだましていたのだ。掌があらわになると、私はそれを引っ込めた。錯覚が以前の完璧なさまに戻った。

公園から出た時、技師に話しかけた。

「どうして私のことをそんなに良くご存知なんですか？」

「ドクターのことは全く存じ上げませんよ」彼が言った。「今日お話ししたことは、ついこの間、自分に語ったことなんです」

「いや、でも、私のことをご存知だ……」私が言い終わらないうちに、彼はにっこりほほ笑んだ。

「ドクターのことは、少なからず存じ上げている。しかし、それとこれとは全く別のことだ。だってそうでしょう、自分でよく心得ておかなければ、私は機械の主だが、皆さんの旅の仲間《トゥヴァジシュ》だということを」

「さっきマラソンのことをおっしゃってましたね。ここではランニングができますか？」

「また、何と。公園の周囲がぐるりトラックですよ。これ以上はないくらいですな。一緒に走りましょう……それに、おそらく、ドクターが勝つでしょう、もっともそうとは限りませんが……。私はもっと短い距離をやるんです。三キロと五キロ」

彼は私に目を向け、いたずらっぽくほほ笑んで、こう付け加えた。

「でもドクターは私に勝てますよ、もしも強く望むならば……」

私たちは黙り込んだ。四階でエレベーターから降りながら、またユールイェラが話しかけてきた。

「今言ったことはすべて、単に言葉だけのことで、それ以上の意味はありませんよ。これから先が大変だな、と皆で話し合っているところです。だけれども、しかし、我々は、本当に「大変」の意味が分かっているのでしょうか。文明は我々をひ弱にしてしまった、まるで温室育ちのブルーベリーのように。我々はぶくぶくと肥え太り、赤ら顔で、まともに鍛えられてもおらず、悪魔の煙でいぶされてもいない！」

何だってこの男は始終その悪魔とやらにこだわるのだろう――そんな考えが頭をよぎった。そこで私は、声を張り上げて言った。

「私たちは、あなたが言うような温室じゃありませんよ、それに、肥満に至ってはなおさら、あなたをそう呼ぶことはできません、間違いなく」

「すべてはこれから明らかになるんです、なぜなら我々の未来のことですから。とりあえず、この辺で。お互い自分の役割を果たすとしますか。でしょう?」

私は肯定の意味で目を伏せた。そして視線を上げると、彼はもう姿を消していた。まるで、口癖の悪魔のひとりが連れ去ったかのように。

まるであの人自身がビデオアートの錯覚にすぎなかったみたいだな、とふと思い、そう思って、苦い笑いがこみ上げてきた。

インフォメーション・モニターに道順を尋ね、医務室に向かった。

再び、ハコに乗っての短い旅。まず垂直に、それから、乳白色とオパール色の壁の中、斜めの長い縦抗を通って。病室へ通ずる廊下は、公園の上にある歩廊よりも狭かった。クリームゴールド色の壁に青い絵が描かれている。まるで、太陽に照らされた葉っぱの影が差しているかのようだ。窓は一切ない。どういう作られ方をしたのか、化け物のみぞ知るだ。特に、その影が極めてリアルに波打ち、あたかも風に吹かれて動いているかのようなさまは。ここには思いがけないことが相当あったが、中には私の趣味からしてみると少々芝居がかりすぎだと思われるようなものも、多少はあった。

自分に割り当てられた居住室をさっと見て回った。あまり大きくない、明るい部屋がいくつか、仕事用の書斎は窓付きで海に面して開いている——むろん、ビデオアートの幻影。この海が、とうてい満たされることのない、この上ない強い望郷の念を呼び起こすだろうが、しかし、まさにこうする必要があるんだろうな、と思った。

医務室の各部屋から私の住居を隔てていたのは、ちょっとした丸屋根の玄関の間だった。その真ん中、タイル張りの床に置かれたマヨリカ焼の壺に、重々しい、黒みがかったナンヨウスギが立っている。その針葉だらけの手が大きく空間に延び、まるで、そこを通る者に触れて、自分の存在を強く思い出させようとしているかのようだった。両開きドアを通って、小さな部屋に入る。ここにはたくさんのウォールキャビネット、放射線滅菌装置、空気換気装置があり、乳白色のエナメルが薄く塗装された両脇の壁のくぼみには、化学マイクロアナライザー、ガラス瓶、ガラス製レトルト、電気バーナーがある。その次の、もっと大きな部屋の中では、白さがより一層際立つ。本物の銀のごとく輝く機器、陶器製のアームチェア、そして、半円形に配置された高い窓は、たわわに実り、重々しく波打つ穀物で一面覆われた、広大な空間に面していた。

部屋の反対側の隅にあるスロープが、大きな摺りガラスの壁へと通じている。あの向こうにはしかるべき手術室があるんだろう、と思い至り、そちらへは足を向けなかった。乳白色のプレート越しに、機材の形がぼんやりと浮かんで見えて、それがアーチ状をした橋にそっくりだ――外科用手術台だろう。

次のドアに近寄ると、その向こうに足音が聞こえた――間違いなく女性のものだ、なぜなら、弱々しく、軽やかだったからだ。私はその場に固まってしまった。馬鹿げた考えが頭に浮かんだ。そこにいるのはアンナだ！――すぐに私はその人に呼びかけて、中に入った。大きな窓際に、白衣の女性が後ろ向きでひとり立っていた。その向こうには、真っ白なベッドが一列に並び、天井まで達するサファイア色のオパール板で個別に仕切られていた。ちょうどアンナの背丈だった。とても若い。黒い髪の毛がシニヨンに結《ゆ》われていた。彼女が私の足音の響きにも振り返らなかったことで、新たな希望の火がついた。再びその希望をかき消すことはもはやできなかった。その力がなかった。

「アンナ……」私は唇だけでささやいた。

聞こえなかったはずだ、それは確かだったが、彼女は私の方に目を向けた。知らない女性だ、アンナじゃない。アンナよりきれいだ。しかし、私は、彼女の方に歩を進めながら、この見たこともない顔にあの特徴を探していた。まるで願望で現実を変形させようとするかのように。

「あなた医師？」窓の手すり壁《パラペット》に寄りかかりながら、彼女が訊いた。

「ええ」

「私たち、同僚になるのね」彼女が言った。「アンナ・ルイスです」

私はびくっとして、用心深く彼女を一瞥した。ナンセンスだ。もちろん、何も悟られてはいなかった。それとも何か、世界中でたったひとりの女だけがこの名前を持つとでもいうのか？

　彼女はにっこりほほ笑んで、それと同時に、私が少し黙り込んだのを誤解して、しわを寄せた。

「驚かせちゃったのかしら、ドクター？」

「いや……これは……いや、いや」笑顔で狼狽を隠しながら、私は言った。「ただ単に、あなたの姓、姓だけを聞いていたものですから、男性かなって、想像してたんです」

　一瞬、私たちは沈黙した。

「今のところ、ここで仕事はありませんよね？」

「ないわ」少々女の子風におぼつかない感じで、彼女が言った。それからベッドに近づいて、突然物思いにふけったかのように、何かを凝視して、シーツの上のありもしないしわを平らに伸ばした。

「じゃ、何というか、もし仕事がないならば、そうだな……今後もこのままでありますよう、僕たちでお祈りするだけですね」私は言った。

　ふたりとも再び黙り込んだ。ちょっとの間、私は深い静寂に聞き入り、それが船全体を支配しているような感じがしたが、しかし、活気に溢れた飛行場フロアを思い出した。この静寂は単に防音が行き届いているだけなのだ。

「医長は、シュレイ教授ですよね？」私は尋ねた。

「ええ」ようやく盛り上がりそうな会話のテーマが見つかって、朗らかに彼女が答えた。「でも、先生は船にいないわ。地球へ行ったの。今晩戻るわ、ついさっき先生と話したのよ」

　どこからか、まるで測り知れない高さから降ってきたかのように、高音の、ガラスの共鳴音が聞こえてきて、まるで機械仕掛けの鳥のさえずりのように広がった。

「お昼の時間よ！」私の仲間《トヴァジシュカ》が嬉しそうに叫んだ。同時に私は、さっき彼女が待ち遠し気に聞き耳を立てていた理由が理解できた。

「どうやら、退屈してるようだね……もう今から！」

私はちらりとそう思った。

　彼女は、廊下の迷路で私のガイドになってくれた。何しろ、一週間も前からゲア号で過ごしているのだ。そのままついて行くと、広々としたエスカレーターに出た。それが私たちを中央公園のガラスの天井の上へと運んでくれた。その時、公園の「空」があるのに気がついた。上から眺めると、全くの透明だ。下には、植林された丘が広がっていて、あたかも低空飛行する飛行機からの眺めのようだ。

　食堂のポーチで、知り合いの顔を認めた。テル・ハールだった。歴史学者だ。数か月前にちょっとしたことで知り合ったばかり。滑稽な出来事があって、私の記憶にずっと残っていた。彼は、ムーラフ教授宅でのパーティーで、お客のひとりが連れてきた七歳のお嬢さんと席が隣同士になった。一生懸命そのお嬢さんを喜ばせようとして、しまいにはやりすぎ、その子が我慢できずに大声で泣き出して、母親が連れ出さねばならなくなってしまった。何と、この歴史学者は、その子供に、大昔人間は食べるために動物を殺したんだよ、などという話をしていたのだった。その後、庭でふたりきりになった時、威厳を取り払った誠実さに満ちた態度で、テル・ハールはどれほど子供に手こずらされるかを私に話してくれた。「五分も話すと」――まだ困惑したまま、彼は語った。――「緊張で汗が出てくるんだよ、話題をあれこれと探したりして。で、その結果、今日のようなことになってしまう……」

　今、彼のどっしりした熊みたいな姿を目にして、まるで昔馴染みを認めたかのように、笑みがこぼれた。

　彼の方も私に気がついて、私とアンナをホールの奥にあるテーブルへと引っ張っていった。そこにはすでに背の高い男の人が座っていたが、それは、テル・アコニアンだった。遠征隊長だ。

　給仕用オートマタが近づいて来て、そのクリスタルの内部から温められた料理を取り出しながら、巧みに皿にのせていた時、私はテーブルウェアの輝き越しに、興味津々この高齢の宇宙航海士をじっと見つめていた。彼は大きく、骨ばった頭をしていた。短く切り込まれたあごひげは、その黒さが青みがかった輝きを放ち、まるでとても古い鋼鉄、鍛錬された剣のようだった。

　たぶんそこから――と、とっさに思ったのだが――「鋼鉄の宇宙航海士」という、彼の呼び名がついているのかもしれない。

　ホールが一杯になった。レモン色の壁の上に、青白い銀色の額縁に入れた、中世時代の都市生活から切り取った様々な場面を描いた絵画が見えた。天井は、まるで巨大な氷塊でできた結晶のようだった。テーブルの上で燃えるろうそくの揺れる灯りが、ダイヤモンドのように輝くロゼット状に分裂し、動く光の洪水となって私たちを包んだ。

テル・アコニアンが、住まいに満足しているかね、と尋ねてきた。同時に彼が顔を上げると、コーカサスの暗い、鬱蒼とした山々を思い起こさせるその顔に、思いがけなくも、青く、子供っぽい瞳がきらきらと輝き出した。

「もし君が部屋を変えたいと希望する場合には、船の建築技師連中に遠慮なく言うといい」私の沈黙をあべこべに理解して、この宇宙航海士は配慮を示してくれた。私は、部屋はとても気に入っています、と答えた。アンナ・ルイスが突然ヤシ酒を所望した。彼女は長年住んでいたマラヤでその味を知ったとか。そして、ぜひ試してみて、と私にすすめた。オートマタが姿を消し、すぐに戻り、魔法を使って二本のボトルを取り出した。突然、中央の通路を歩く人々の流れから、私たちの方へ三人連れが抜け出して来た。ユールイェラ、彼にそっくりのおそらく十四歳くらいの男の子、そして黒い髪の女性。その女性は、遠くからは、中年ぐらいの印象を受けたが、近くに来れば来るほど、ますます若返るようだった。かくして私は評判の彫刻家、ソレダットと知り合った。男の子は、両脚でやんちゃに床をきしませながら、私たちのテーブルへやって来た。

「これはニルス、私の息子です、ドクター……」ユールイェラがその子の背後から告げた。

彼らが腰を下ろした。ニルス・ユールイェラが私を注意深くまじまじと見つめた。彼には隣の人をじっと見つめる癖があった。まるでこれら隣人たちに早く解くようにと挑発する謎そのものになったかのように。その子の隣に座っていた件《くだん》の女性彫刻家は、まるで彼と同年齢に見えた。彼女の華奢な顔の中で、きらりと光る歯がそろった、黒っぽい、大きな唇ばかりが目立った。両目は細く、むき出しの肩はやせて、女の子のそれのようだった。しかし、彼女の指が力強く握った勇ましい握手が私の印象に残った。髪の毛は頭の後ろできゅっとまとめられ、リボンで結ばれていた。時々、彼女はその髪を揺らした。まるで――この女性性の象徴に我慢がならなくて――それから自由になりたがっているかのようだった。

昼食は思わぬ展開になる兆しだった。ルビー色の縁取りの中で長々しいメニュー表がきらきらと光り、ワインリストは大昔の書物を思わせた。何時間でも内容を吟味していられるだろう。テーブル上には、金、濃紺、そして緑の皿、カップ、ボウルが所狭しと並び、それらがあまり大きくない六角形の天板一枚の上にきっちり収まっている様子に私は驚嘆した。アンナ・ルイスは、私の右手側にあるその横顔が、凹面のクリスタルカットをバックにして色白になり、一口ごとに少々目を丸くしながら、おいしそうに食べていた。ロースト料理になると、一番近くにある鏡面プレートを入念に見つめて、太古の昔からの女性らしいしぐさでちょっと髪を整えた。この昼食の席での会話はあれこれとたわいのないもので、なぜなら、料理の果てしない品数と複雑さに、私たちは気を抜く間もなかったのだ。テーブルウェアのゴールドやガラスの中で、小さな炎が何列も揺らめいていた。

食事の豪華さに私は驚き、少々居心地が悪くさえあったが、しかし、船の習慣に順応しなくてはと考えて、何も言わないでいた。ところが、テル・ハールが最初に堪えきれなくなった。

「ううむ！」彼が言った。「過剰サービスですな！「至れり尽くせり」とかいうやつでしょうが、これじゃ、拷問だ！」

一同大爆笑。たちまち場がわっと和《なご》んだ。これと同時に、アンナと私は思い切って、さらに別の料理を出そうとするオートマタを遮ることができた。私たちは火星の砂漠における灌漑工事について活発に議論を交わした。唯一、ソレダットだけが、食事の間中ずっと上の空だった。彼女は自分のフォークを二度落とし、そのたびにテーブルの下に幾分あてずっぽうに手を伸ばして、料理を全部ひっくり返しそうになった。そして、ちょっとびっくりしちゃって、と漏らした。なぜって、ここのオートマタは、うちのよりもいつもささっと、粗相の跡をかたづけてくれて、お皿の横にはもう新しいカトラリーが揃ってきらきらしてるんですもの。トマトの冷製ムースが出された時、ようやく彼女は目を覚ましたようだった。座が静まったが、ソレダットの方は、長いまつ毛のまぶたをぱちぱちさせながら、給仕用オートマタの方を振り返って、こう尋ねた。

「いつもの丸パンをいただけるかしら？」

パンが手に入ると、彼女はそれをちぎって、グラスに浸し、まるで小鳥にやる餌のような小片にして食べ始めた。

テル・ハールが、私の方に傾いて、そっとささやいた。

「あそこの壁にある、あのフレスコ画、どう思うね？」

彼はフォークでそれを指した。私はそちらの方向に振り向いた。その絵には、中世の町の通りが描かれてあった。通りの上には風変わりな家々が建ち、十字に仕切られた窓が付いていて、道化の帽子のような先のとがった屋根をしていた。その下を人々が行き交い、真ん中で鉄のレール上を青い車両が走っていた。先頭のガラスの奥に、白いかつらの運転士が立ち、ふんだんにモールがほどこされた、クジャクのような上衣《コレット》を纏い、頭にダチョウの羽根が付いたトリコーンを被り、首の回りには襞《ひだ》のあるレースの襟を付けていた。彼は掌で握ったハンドルで、乗客をいっぱい詰め込んだその古風な乗り物を運転し、客たちはその後ろで窓から顔を突き出していた。

何がそれほどテル・ハールを笑わせるのか、よく分からなかったが、彼は小声でくすくす笑い、悪童のようにいわくありげにウインクした。

「さ、君はどう思うね？」彼が繰り返した。

私は何らかの誤り、時代錯誤を見付けようとした。なぜなら、この歴史学者が言っていることはきっとそれに違いなかったからだ。専門家の常で、彼も自分の専門に関しては、他の人々の無知に対して敏感なのだろう、と見当をつけた。

「そうですねえ」私は返事を引き延ばしながら、言った。「窓がどうも……こんな十字架が付いた窓というのは、ああいう、ほら、宗教儀式用の建物だけにあったんじゃありませんか？　なぜなら、十字架というのは……」

テル・ハールは私を凝視し、真っ赤になって大爆笑し、おかげで彼に続いて私も自分の顔が赤くなるのを感じた。

「いやはや、一体何を言っとるのかねえ、君ともあろうものが。窓は問題なし、十字架は宗教とは一切関係がない！　何たることか、分からんかね？　だってこれは、電気動力の軌道鉄道、いわゆる「路面電車」だろう、ならば、この場面は、十九世紀と二十世紀頃の変わり目に起きている。ところが、運転手や乗客たちはフランス王の宮廷貴族のような格好だ！」

「それじゃ、画家は百年間違えた訳ね。それは実際のところ、重要なことなんですか？」アンナが私の援護を買って出た。「服装ってほぼ刻々と変わるものでしょう……こんな絵に見覚えがありますわ……つまり、モールが付いた長衣《クルター》を着ていようがいまいが、白いかつらを付けていようが黒だろうが……」

テル・ハールは笑うのを止めた。

「まあ」彼が言った。「この件はこれまでとしよう。これは私が悪かった。毎回毎回、これはありえない、と思ってしまうのだ――しかし残念なことだが、君たちがみんな歴史の分野においては、これほどまでに完璧に、これほどまでに耳を疑うような無知だとは……」

彼はフォークでテーブルをとんとん叩いた。

「しかしですね、教授」私は言った。「伺いますが……私たちの中で社会発展の法則を知らない者がいるでしょうか？」

「そんなのは、裸の骸骨にすぎない！」彼が私を遮った。「学校で習ったのはそんな程度かね！　昔の人々がどんな風に生活したのか、どんな風に働いたのか、どんな夢を心に秘めていたのか、最低限度の興味を失くさないでいてくれたまえ……」

この時、奥の方で誰かが立ち上がって、ここにいらっしゃる皆さんのために、軽く一曲よろしいでしょうか、と尋ねた。合唱曲は却下され、少し控え目なメロディーがすぐに流れ出した。テル・ハールは食事が終わるまで沈黙を守っていた。ホールに人気《ひとけ》がなくなった。宴席の同席者たちも立ち上がった。私は一礼をして、ドクター・ルイスと、つまり、すでに彼女のことをそう呼んでいるのだが、アンナと共に退席した。最初は彼女をファーストネームで呼ぶには、自分の中に何となくあった抵抗感を打ち負かす必要があったが、それもすぐに消え去った。彼女は、私に船の中を案内しようと積極的に買って出た。

この大型宇宙船は、十一層建てだった。船頭から船尾まで歩きながら、手始めに私たちは小さな船首観測室を訪問し、その後に――五層ぶち抜きの――ゲア号で最強の望遠鏡を有する中央天体物理学観測室へ、さらにその先、ナビゲーション・センターとその上にある自動制御信号扱所へ行った。そこは、二系統で回線が敷かれてある。第一系統は、大馬力で航行中に稼働し、そして第二系統は、この船が天体付近を航行する際に第一系統の代わりとなる。その後、私たちが訪れたのは、船底の飛行場とゲア号の付属船船格納庫で、さらに、運動場、遊園地、水泳場、音楽ホール《フィルハルモニア》、ビデオアート室および休憩室を見学した。この層の突き当たりに我々の医務室が入っている。船尾全体を占める原子力隔壁に居住空間が隣接しているところには、放射能防護用装甲障壁の巨大な壁がそびえていた。そこからエレベーターで上層に上がり、十一の研究室を順次見て回った。十二層目で私はもううんざりしてしまった。アンナは、私の浮かれ具合が疲労にとって代わったさまを見て、心配顔になり、小さな指を口にくわえていたが、私の目の前ですぐにその指を出し、朗らかに叫んだ。

「どこへ行ったらいいか、分かったわ！　同僚さんは、まだお散歩用の甲板へは行ってないわよね?!」

私は、行っていない、と言った。彼女は喜び、意気揚々と私の腕を取って、リードした。

広い廊下の突き当たりに、柔らかい厚地布でできた、マット加工の銀色の幕が見えた。私たちは幕をちょっと開いて、人工照明の下から真っ暗闇の中へと入り込んだ。

しばらくの間、何ひとつ見えなかった。ようやく目が少しずつ暗闇に慣れ始めた。私たちがいたのは、通路の通り抜けで、あまりに広く、もしこれほど異様に長くなければ、ホールと呼べるかもしれない。数十歩ごとにある壁にはドアがあり、蛍光の青白い矢印の表示が付いていた。黄色い破線が付いた大通りは、あたかも蛍光灯が輪舞のごとく空中に浮かんでいるかのようで、ずっと遠くまで続き、そのため最後には溶け合ってほのかに光る一本の細い糸と化していた。これらの蛍光灯から視線をそらして、通路、というか甲板の反対側に目を向けると、そこには何もないと最初は思われたが、次の瞬間、自分の大きな間違いが分かって、身震いした。そこには、深淵が広がっていた。

私は、星が散らばる大空間に向かって慎重に移動した。まるで、甲板が突然終わり、底なしのクレバスに頭から落ちるのでは、とびくついているかのように。しかし、ふとした瞬間、真っ直ぐ伸ばした掌が、行く先を防ぐ冷たい板に触れた。

私は星座の見分けが付き始めた。少し下の方で、天の川の十字路が枝分かれしていた。そこでは何十億というかがり火がほのかに燃えていた。あたかも燃え尽きてゆく余燼のような、その青白い地色を背にしたいくつかの場所の中に、黒い分裂、暗い星雲の影が、見えていた。すぐには気がつかなかったが、天の川に注がれていた私の視線が、星々が動くにつれて持ち上がっていった。そこに突然、私たちが立っていた歩廊の奥から、つまり、ちょうどその末端のところで、まばゆい銀の三角形が明るく輝き始めた。私はそちらの方向へ目を向けた。光の楔形《くさびがた》があっという間に広がってゆき、ますます大きな空間へ溢れ出してドア上の蛍光矢印を消しながら、ついにはたちまちのうちに満月の光を私たちに降り注いだ。私は空に目をやった。月が下から照りつけて、凸面に張り出し、クレーターでびっしりのまだら模様で、巨大な、まるで銀色の虫食いだらけの果実のようだった。月は、最寄りの星々の輝きを失わせて、けだるそうに流れてゆき、一方、歩廊内には影が音もなく反対側に横たわり、ますます傾斜してゆき、壁や天井を伝ってお化けのように滑って、様々な方向へねじ曲がり、ついには月がゲア号の反対側の極へと流れ去ると、姿を現した時のように突然に姿を消してしまった。この一連の出来事に、不思議なことは何もなかった。なぜなら、船は、人工的な重力場を作り出しながら、自らの前後軸に沿って周回していたからだ。

月が船尾の陰に沈んだ時、再び暗闇が私たちの間に訪れた。アンナが不意に、熱く、華奢な掌で私の手を握り、反対側へと私を導き、囁いた。

「見て……見て……今から地球が昇って来るわ……」

地球が、青く、ぼんやりとした球となって星々の間に姿を現し、四分の三は夜に飲み込まれていた。その巨大な鎌の光は、月のそれよりも穏やかで青く、おぼろげに緑がかっていた。雲の切れ目に陸地と海の輪郭が、まるで浸水痕のように不分明に現れた。地球の北の、太陽に対して傾いているために、目には見えない極の上方に、強い光彩を放つ点が一つ燃えていた――それは、地球の自前の星、北の原子力太陽であった。再び、影と光が滑るように歩廊を移動し、再び彎曲し、長く伸びて、横倒しになり、最後の輝きが甲板の上部に逃げていき、ますます遠ざかり、そして再び暗闇になった。

「見た？」子供のように私の連れ《トヴァジシュカ》がささやいた。

私は返事をしなかった。この景色を良く知っていた。確かに私たちの中には、一年の間に数回とはいえ、真空を旅するために、（自分の所用で）はるばる昇っていく者がいるが、しかしそれは短期間の旅行であり、予定は数日間、稀に数週間程度で、帰還の際に何が待ち受けているのか予測がついたものだったが、今の私には、地球が手の届かぬ、奇妙に遠くにあるように思われた……。そして、そんな時に、若い女の子は、ここ、私の傍で、顔と額を冷たいプレートに押し付けて、こうささやいていた。「なんてきれい……」私はしばらくぶりに、自分がひとりぼっちだと感じた。

まるで子供だな――ふと私は思った。

地球が沈んだ後に私たちを取り囲んだ暗闇の中で、いくつかの星雲がゆっくりと滑るように動いてゆき、不思議と目を惹きつける、不思議と心を弾ませる動きで上昇していった。あたかも彼らとともに、銀色の炎が点在する、壮大な暗闇が持ち上がっていくかのようであった。まさに幕が上がって何かしら未知のものをこれから見せようと意図しているかのごとく――もっとも、私はこの錯覚をあまりにも良く知っていた……。

それから私たちはしばらくのあいだ甲板をぶらついた。すると交互に、ひっそりとした闇の中から、光のゾーンが、ある時は月のまぶしい白い光、またある時は地球の空色と、闇の短い途切れ途切れの間を差し挟みながら、私たちの上を何度も通過していった。それはまるで、巨大な翼が私たちの頭上で閉じたり広がったりしているかのようであった。

アンナは自分のことを話してくれた。彼女は父親と一緒にゲア号に住んでいた。著名な作曲家だ。今ちょうど、フィルハルモニアで彼の交響曲第六番が演奏されている最中だった。アンナが聴きに行こうと誘いさえしなかったことに、驚いた。

「ああ、あの曲、聴き飽きたわ……それに、父が私のオペに全て立ち会うというの？」彼女の返事が真面目そのものだったので、少しの間それが冗談なのかどうか見当がつかなかった。しかし結局は、私たちはコンサートに行くことにした。クリソプレーズ板が張られた玄関ホールに近づいた時、終盤に差し掛かった、クライマックスの、最高音の旋律が鳴り響き、間もなくホールから聴衆が次々と退出しはじめ、ゆっくりと階段を下りて行った。階段は、けだるそうな弧を描いて、天然バルカナイトのモニュメント塊の周りをぐるりと囲み、薄闇へすっと消えていく白いらせんとなって、生垣へと達していた。その生垣をこちら側から辿っていくと、ゲア号の中央公園へたどり着く。

私たちは、何をしたらよいのか宙ぶらりんのまま、階段の踊り場に突っ立っていた。娘は、明らかに、ずっと押し黙ったままの私に同行しているのを持て余している様子だったが、けなげにガイドの役目を果たし、控え目に顔や視線を向けつつ通り過ぎる人々を示しては、彼らの名前を列挙した。おそらくここでは天文学者と物理学者が最も多かった。技術者を代表して何人かいたが、メハネウリスティカ学者は皆無だった。

「メハネウリスティカ学者に代わって、彼らのオートマタがすべてを代行するの。だから、彼らの代わりにコンサートを聴いたりすることもできるのよ」そうアンナが話してくれた。そして長いこと自分の冗談に笑っていた。しかし、あまりうまく隠しきれなかったあくびで、その笑いが掻き消えた。これはもう、まるで腹蔵のないサインだった。なので、私は、おやすみ、と言って、さよならを告げた。彼女は駆け下りて行った。薄闇の中でこちらを振り返り、もう一度私に手を振った。

私は踊り場に突っ立ったままだった。視線が黒や金色の頭の間で泳いだり、女性たちの姿の上で止まったりするのだった。歩く人々はますます少なくなり、一組ないしは二組の三人連れ、それから何らかの理由で出遅れた二人組……。私がもうその場を立ち去ろうとした時、円柱で囲まれた広い入り口にひとりの女性が現れた。

それは、得も言われぬ、神秘的な容貌だった。卵型の顔、なだらかな曲線の眉毛、黒い瞳、そして、しわひとつない、晴れやかな、張り出した額、そしてこれらすべてがまだ、夏の日の夜明けのように、定まってはいないかのようであった。完成されていない、整えられていない、と言ってもいい。仕上がっていたのは、ただ彼女の口元だけで、顔よりもかなり成熟しているような印象だった。それらの表情には、喜びや不安定さと一緒に呼び覚まされた何かがあった。歌うような、軽やかな、そのくせ、とても地球的な、何かが。彼女の美しさは、近づくもの皆に伝染した。彼女が階段の始まりに来た時、白い掌をバルカナイトのでこぼこした岩塊に置くと、その死んだ巨石がたちまち蘇ったように思われた。彼女が私の方へ歩いてきた。重々しい、一部を結わえた髪の毛が、銅色のあらゆるニュアンスを帯び、光の下で黄金色に輝いた。彼女がすぐ近くまで来ると、意外にも、とても小柄だった。両頬は、滑らかで、張りのある、緩やかな三角形、あごには、子供っぽいくぼみがある。私の傍を通り過ぎながら、私の目を見つめ、その際、首の腱が繊細な楽器の弦のように浮き出た。

「ひとり？」彼女が訊ねた。

「ひとりさ」私はそう念を押し、姓を名乗った。

「カラールラ」彼女が言った。「生物物理学者よ」

その名前に聞き覚えがあった。もっとも、どこでかは記憶になかったが。

私たちはそんな風にたぶん一秒ほど立っていたが、私にはそれが永遠に思われた。それから、彼女は私に会釈して、「おやすみなさい、ドクター」という言葉と共に階下へ降り始めた。くるぶしまであるドレスの下で、彼女の脚の動きは見えなかった。ドレスがただ軽く波打つのみ。まだ私は、彼女が下りていく、というより、流れるように落ちていく様を眺めていた。すらりと、しなやか。私は手で顔をなで、そうやってようやく、自分がにやついていることを自覚した。笑いは消えた。あの女性の顔には――今頃それに気づいたが――何か痛々しいものがあった。それはとても微妙で、人混みの中では、たぶん気づかれることはないが、しかし、確かだった。あんな表情はおそらく、愛する人を前にして苦痛を隠している人物だけが持ち得るものだろう。それに、隠すのが上手い。唯一、全くの赤の他人だけがその苦痛を見抜くことができるし、しかも、初対面でのみ可能だ、なぜなら、その後慣れてしまってからは、見えなくなってしまうから。

大変だな――私はふと思った――数百人の人々それぞれが、今、ゲア号の快適な住居で休息にありついているけれども、星々への旅路に地球上の問題を全部抱えていくわけだ。これから闇の奥へ出発するというのに、地球の埃を靴から払うように、そういう問題をふるい落とすことなんて、できっこない。

真空の庭

次の日の地球時間十一時に、ゲア号初の単独航行が開始される予定だった。操舵室の蹄鉄形をしたホールに、晴れの瞬間を迎えようと、乗組員の約四分の三が集合した。

宇宙航海士のテル・アコニアン、ソングラム、グロトリアン、そして、ペンデルガスト、建設技師長のユールイェラとウテネウト、原子力技術士、整備士、機関士、そして機械工らが、かわるがわるひとつの計器からまた次の計器へと歩き回っていた。コントロール・ランプが、まるで与えられた質問に答えているかのように、肯定的に明滅していた。操舵室の前壁――全面磨き上げられたジクソリン板一枚仕立て――際に、小高いメイン・コントロール・コックピットがあった。

準備完了後、宇宙航海士たちがそこから保護カバーを外すと、私たちの目には、まだ誰の手にも触れられていない、小さく、黒い、始動レバーが現れた。グーバルがそのレバーを動かすはずだった。私たちは彼が現れるのを一分また一分と待ち、ほどなく十一分が経過した。しかし、科学者は姿を見せなかった。宇宙航海士の間で、ちょっとした驚きが生じた。彼らは頭を突き合わせ、ひそひそと話し合い、ついには最年長のテル・アコニアンが教授の研究室に電話をした。

会話の直後、隊長は掌でマイクの穴を覆いながら、周囲の宇宙航海士たちに小声で言った。

「忘れてたらしい……」

この言葉が、口から口へと伝わるうちに、軽いざわめきとなって、フロア全体に広がった。テル・アコニアンが何かを口にしたが、しかし、あまりに小声すぎて、私は前列に立つ人々のひとりだったものの、何も聞き取ることができなかった。受話器を置いてから、一等宇宙航海士はひげをなでると、こう述べた。

「少しの辛抱だ。何かのアイディアが浮かんで、そのスケッチをしなくちゃならんらしい。五分後に来る」

私たちは、五分、どころか、十五分待った。やっとのことで、エレベーターの縦坑のガラス板がぱっと光り、ドアが開いて、グーバルが入ってきた、もとい、突っ込んできた。自分の遅刻で生じた罪を埋め合わせようとしているのがありありだった。自分の前に大きく道を開けて立っている大勢の人々に気がつくと、これほどたくさん集まったことに驚いたかのようにお辞儀をして、両目をしばたたかせながら、まっすぐ宇宙航海士の方へ歩いて行った。この男は晴れの舞台を台無しにしてしまった。なぜなら、テル・アコニアンが一言も発しないうちに（彼の表情やひげを撫でた様子から、演説する心づもりでいたんだ、と私は思い至った）、グーバルはコックピット台の三段目に上がり込み、一番近くに立っていたユールイェラにこう尋ねた――これかい？――そして、そそくさとレバーを引いた。

この時、ホールのあらゆる照明が消え始め、ついにすべてが消え、それに代わって壁上では、ずらりと数列にも重なった長方形がぱぱぱと次々に光り始めた。この小窓それぞれの中で、カラフルな色を背景に黒い針が震えていた。私たちの頭上では、オートマタの低周波音が応答していた。その後、微振動が建造物を通過すると、前面の壁が開いて、そこに現れたのは、真空の深い淵、星雲、そして――前景に――暗闇へ照準を合わせた、発光する魚の骨格のような、ゲア号のライトアップ・モデルだった。制御オートマタ・ユニットによって送られてくる電流が、エキサイター、ライン・シャフト、水素化ヘリウム反応炉群、メイン排出・排気装置を始動させるにつれ、単調なピンク色の光が、モデルの奥にある数千の配線網に広がっていった。

グーバルは――その黒いシルエットが星空をバックにくっきりと見て取れた――、下に降りてきて、脇に引っ込み、咳払いをした。「またやらかしてしまったな」とでも思っているかのように。サイドライトが一層強く点滅し始め、皆が教授はどこだと見回したが無駄だった。偉大な科学者は、すでに姿を消していた。おそらく、自分の実験室へと、最寄りのエレベーターに逃げ込んだに違いない。

そうこうしている間に、ユールイェラとテル・アコニアンが、コックピット脇のグーバルがいた場所に着いた。ゲア号が威風堂々と、そよとも揺れることなく、この上なくスムーズに、己の誕生の瞬間から従順に、地球の周囲で描いていた軌道から離れていった。彼女《ゲア》は、広範囲に縮閉線を描くことによって、重力に逆らって前進した。ライトアップ・モデルが表示しているように、彼女《ゲア》の各ノズルから、現時点では軸系のみから、原子ガスの一様な流出が生じていた。この巨大船舶は宇宙空間で旋回を始めた。私は、いくつかある散策用の甲板からならこの様子がもっとよく見えるだろうと思いたち、エレベーターへ向かったが、結局、私ひとりではなかった、というのも、出ていく野次馬の流れがおびただしかったからだった。

　船尾星望台にはほとんど人がいないようだった。そんな気がするのは、星望台のあまりの広さゆえだ。それぞれの散策用甲板は五百五十メートルの長さがあり、そもそも、二つあるから、乗組員全員が一列に並んだと仮定すると、各員は五メートル間隔で立つことになる。

　ゲア号は速度を上げ始めては停止し、左に右にと弧を描いて、機首を上げては下げ、そして再び、次第に輪を狭めながららせん状に滑らかに動き始めた。ある時にはスムーズ、またある時にはラフな、これらすべての動きは、かろうじて感知され、ただ宇宙《そら》だけが、極めて不思議な様子で旋回していて、時折、高速のあまり、星々がきらきらした渦巻きに変わってしまい、その中で、水銀のような月と青い地球が、燃え盛る松明のように、疾走していた。十数分後、私はこれらの「星の奔流」や「星の滝」のせいで、少々めまいを感じてベンチにしゃがみ込み、眺めに背を向けて、軽く両目を閉じた。大きく目を見開いた時には、宇宙《そら》は全く動いていなかった。これには驚かされた、というのも、あたかも船が相変わらず前後軸に沿って周回しているかのように、重力が感じられたからだった。疑問を投げかけられたウテネウト技師が私に解説してくれたところによると、ゲアは実際に方向転換中ですが、しかし、空間の図を拾っている各テレビの「目」が今、逆方向に回転していて、この方法で星に対して均衡状態を保っているんですね、ということだった。

「ああ、それでは、僕らはガラス壁を通して直接宇宙《そら》を見てるんじゃないんですか」私は言った。「てっきり、あれは本当の、巨大な窓だと思っていました！」

　その瞬間、見物人たちの間で叫び声が広がった。私は立ち上がって、黒い奥に目を向けた。何かを見極めようとするためには、冷たいガラス板に顔を押し付けなければならないほど、ずっと遠くの下の方、星々の深淵のふちで、ちっぽけな、色のついた光が震えていた――ピンクと緑だ。それらの間で、まるで黒い水の中にいる銀色の小さなローチ〔コイ科の淡水魚〕のような、格好の良い形状が生き生きと動き回っていた。

　私たちはちょうど、宇宙児童公園の上を通過しているところだった。故意か、はたまた偶然か、ゲア号がストップし、さらにはゆっくりと下降し始めた。地球は私たちの船尾の陰に留まり、そのためその光は、下方に開けている光景を自由に眺める際に邪魔にならなかった。宇宙空間に浮かべられた、私たちの太陽系の有名な模型を、子供時代以来、感動なくして、これほど良く目の当たりにしたことはなかった。太陽に扮するのは、大きな、金色に輝く燃える球体だ。そこから遠くないところに、火山活動中の水星が転がっている。さらにその向こうを疾走するのは、雪のように白い金星、地球、そして、オレンジ色がかった赤銅色の火星。その奥で回転しているのは、巨大な天体ののろまな模型だ。縞模様の木星、周縁に輪を持つ土星、そして、氷で覆われた、暗黒の惑星が四個――天王星、海王星、冥王星、そしてケルベロス。ちょうど、発光する浮きブイでびっしりとルート標示がなされた、公園の「通り」に、アストロ・ヴィークルが遠足の子供たちを運びながら飛び込んで来るところだった。それらが、舵を切って、エンジンを抑え、長い数珠つなぎのハザードランプによって標示された、カラフルな両岸に挟まれた運河をおとなしく流れてゆき、太陽を迂回しながら（本物のプロミネンスが噴き出していた）、順に惑星へと接近していった。すばしこく水星モデルの周囲を泳ぎ、地球モデルへと近づいた。そのモデルと、ある程度の距離で、本物の地球の外見上の直径と、サイズが一致した時、船から眺めながら、私たちの父なる惑星と、内部から青白い蛍光灯で照らされた、この直径二十二メートルのガラス製の天体とを識別するのは困難だった――それほどまでに、そっくりそのものだったのだ。私には、この地球の「双子」の見事な出来栄えを目の当たりにして、あやうく子供たちがアストロ・ヴィークルを壊してしまいそうになるほど、讃嘆と驚嘆の叫びを上げて大合唱するのが聞こえるような気がした。木星と土星のモデルを肉眼で見つけ出そうと試みたが、しかし、それらは暗闇の中、かなり遠くの方で回っていた。

ゲア号は長いこと真空の公園上に浮かんでいた。私はそのうち、もしや船が故障しているのではないかと、気をもみ始めたが、それから、はっと思い至った。私たちの宇宙航海士たちも、かつては子供だったではないか。

ゲア号滞在三日目の早朝、無人の医務室を覗いて、手術室をしばらく歩き回ってから、エレベーターに乗って、第五甲板へ行ってみた。非公式のものだが、船内では「タウン」という名前で通っていた。そこは、五本の真っ直ぐで平行な通路が、末端で二つの広いホールに合しているという構造になっている。エレベーターが私を運んで行った先のホールは、半円形で、真ん中に花壇や大理石の白い彫刻があった。アーチ状に渡してある壁には、ちょうど通りほどの広さがある通路の出口が五つ開いていた。それぞれ違う色のライトが点いている。通路の真ん中を、幅の狭い花壇が走っており、壁には、架空の家々のファサードが想像で描かれてあった。そこに描かれた家には、表門があり、住居に導く本物のドアが付いていた。私はレモン色のライトが灯っている通路の奥に入ってみた。目的もなくぶらぶらするのに飽きて、もう戻りたくなったころ、遠くに馴染みの、テル・ハールのがっしりした姿を認めた。ふたりとも、この出会いに顔がほころんだ。

「ゲアの見物かね?」彼が言った。「すばらしい！　さて、古代の都市では、通りをどんな風に命名していただろう?　名称は市民の職業から付けられた。従って、例えば、陶工通り、靴職人通り、蹄鉄工通り……。ここではこの古い習慣が新たな形で受け継がれとるぞ。我々は、物理学者通りにいるんだよ。あそこの、あのホールに戻ったら、別のを見てごらん。緑の通りは、生物学者、ピンクのは、メハネウリスティカ学者……」

「どうして、こんな色が?」私は尋ねた。「何だかカーニヴァルみたいな……」

「位置の確認を容易にするためと、ヴァラエティーを付けるためだよ。ほら、もう君は我々のタウンで道に迷わんだろう。今度は、住民と知り合いにならないとね。これには、もっと話が長くなるな……」

彼は軽く両脚を広げて立ち、指であごをこすっていた。

「何を考えているんです?」私は尋ねた。

「最初にどこへ行こうか、思案中なのだよ」

彼は私の腕を取って導いた。私たちは数十歩歩いてから、藁ぶき家が描かれてある壁の前で立ち止まった。その屋根の上では、同様に描かれたコウノトリが巣の中に座っていて、滑稽に頭を傾げながら、私たちを眺めていた。

「ここに、ルデリクが住んでおるのだ」足を止めながら、テル・ハールが言った。「君には彼とお近づきになって欲しいのだ。その価値があるぞ」

「あの……？」

「さよう、あの優秀な、核物理学の。失敬」

彼は、ドアを開いた。小さな前庭が現れ、その終わりに第二のドア。歴史学者が私を先に通した。私は最初に中に入って、すぐに足を止めた。なぜなら、周りは真っ暗闇だったからだ。連れ《トヴァジシュ》に軽く押されて、さらに一歩前進して、びっくり仰天した。

私のすぐ目の前で、タールのように黒い、星々がばらまかれた宇宙《そら》の中に、岩稜が垂直に隆起しており、暗闇の完全な黒と灼熱した鉄の白さとが縞模様を作っていた。そのやせ尾根《アレート》は、ギザギザになった頂上が連なるのこぎりの形へと次第に姿を変えてゆき、巨大な弧を作って地平線に向かっていた。そこには、かなり低く、岩石砂漠ぎりぎり上空に、地球の重々しい、青い球面が、浮かんでいた。一瞥して、それが月の風景であることが誰にでも分かる。足の下は、小さな亀裂がいくつも刻まれた岩塊だった。その表面は、距離にして歩幅六つ分先が、ナイフで切り落とされたようにもぎ取られていた。向こうに、二つの岩の塊の間で心地良さそうに身を乗り出し、両脚を奈落の底に落として、若い、二十数歳の男がひとり、グレーの部屋着姿で座っていた。私たちを見るなり、満面の笑みを浮かべて、立ち上がった。

「一体、ここはどこですか？」彼と固い握手を交わしながら、私は尋ねた。

テル・ハールがその間に、断崖の際ぎりぎりまで近寄った。うっとりするような眺めだった。絶壁は恐ろし気にすっぱりと下に落ち、壁一面、真っ暗な腔《こう》とでこぼこの隆起だった。数百メートル下では、その表面から櫛状のとげが突き出て、太陽の下で輝いていた。絶壁の底自体は、暗闇に隠されて見えなかった。

「ヘドリーの北の峠ですよ」ルデリクが言った。「ここから見える、あちらの壁の眺めは最高です」

彼は腕を伸ばして、日光に照らされた浮島を指した。

その浮島は、黒く、浅いへこみで一面覆われていて、頂のキノコのような形をしたオーバーハングが真空に突き出ていた。

「踏破不可能な壁ですね！」私は思わず尊敬の念を込めて、そう言った。私の中のアルピニスト、あるいは、むしろ、月登山者《セレニスト》が目を覚ました。なぜなら、一度ならず月面でロッククライミングをやったことがあるからだ。

「残念ながら、今のところはそうですね」ルデリクはそう言って、二度目の笑みを見せたが、幾分悲しげだった。「弟と一緒に四回あそこを登ろうとしたんです。けど、まだまだ諦めていません」

「その意気ですよ」私は言った。「あそこにあるのはたぶん、三十メートルぐらいのオーバーハングでしょう？」

「四十メートルですね」ルデリクが訂正した。「今考えているところなんですが、五回目に挑戦するとすれば、ほらあのクローワールがあるところ……見えます？」

「行き止まりじゃないかな？」私はそれに気がついて、その目の回るような場所をよく見てみようと、いくらか前に進みたくなった。しかし、物理学者が詫びるような笑みを浮かべ、腕を伸ばして、私を押しとどめた。

「その先はだめです。さもないと、たんこぶを作ることになりますよ！」

私ははっと気がついた。そもそも私たちは、月にいたのではなかった！

「いったい、今、ここで何をしてるんですか？」私は尋ねた。

「何にも。ただ見てるだけです。この場所に惚れ込んでしまって。まあ、座ってください。ほら、ここ」彼が深淵の上に突き出た別の岩棚を指した。

私たちは彼の忠告に従った。

「きれいな部屋ですね……」まるで、恐ろしい爆発で一瞬のうちにむしり取られて、そのまま永遠に留め置かれたような、むき出しの、薄気味悪い、月の眺望の荒々しさを目にしながら、私は小声でそう言った。私たちの五キロメートル下に、尾根のぎざぎざに囲まれて、生命のない、平坦な、いくつもの深い亀裂が刻まれたクレーターの底が横たわっていた。

「それに、とてもきれいに家具が整理整頓されてるし……」私はそう付け加えて、指で岩塊をコツコツ叩いた。まるで容れ物のような空っぽの響きがした。

ルデリクがぷっと噴き出した。

「ここ、というか、ま、あちらですが、最後に行った時」彼がちょっとした打ち明け話をした。「とあるアイディアが浮かんで、そのあと頭から抜け落ちちゃったんです。だから、ひょっとして、そこと全く同じ場所にいれば、あのアイディアを思い出すかな、と……。昔からよく言うでしょう……」

「で、どうですか、思い出しましたか？」

「いいえ、でも……けれど……このすべてから離れ難くて……いやでも、もうそろそろ潮時ですよね？」

彼が深淵に身を乗り出し、私は思わずどきっとして震えを感じた。それから彼は片手をちょっと動かした。不意に、月面の風景がすべて、吹き消されたかのように消えた。同時に、私とテル・ハールは、大声で笑い出した。全員、デスクに腰を下ろして、脚を床の上ぎりぎりに垂らし、小さな、三角形の部屋にいたのだった。隅には、琥珀色にコーティングされた演算処理用オートマタが立っていた。肘掛椅子と肘掛椅子の間、壁の低い位置に写真が一枚貼ってあった。身を屈めると、さっき「自然の中で」見た月面上の壁だと分かった。その写真は大きいものではなかったが、とにかく、あの危険な荒々しさは失われていなかった。

「あそこに登ったのは、四回でしたっけ？」写真から目を離さずに、私は尋ねた。

「ええ」

ルデリクがその写真を手に取り、眉間に小さくしわを寄せてじっと見つめた。まるで肖像画のようだ——ふと私は思った。岩山に刻まれた溝は、顔のしわほどの大きさだったが、しかし、これらのちっぽけなクレパスは、彼にとっては、激しい格闘、数時間に及ぶアタック、撤退の場所を表していた……。

「人生を賭けた戦い」私はぼそっと言った。

彼が写真を脇に置いて、さっと私を見た。

「あなたも、登るんですか？」

私は頷いた。

彼はぱっと活気づいた。

「あなたは、危険によって呼び起こされた感情が、〔思考を方向づける〕決定的な役割を果たすと思いますか？」

「そうですね……正直に言えば、そのことについて深く考えたことはないけれど、たぶんそうかもしれない」

「ぼくは、それが一番大切なことだとは、思いたくはありません」少し間を置いて、彼が発言した。「ぼくの弟が、口癖のようにこんな話をするんです。すなわち、我々はちっぽけな核爆弾一個で、地球の表面から山脈を丸ごと吹っ飛ばすことができる――我々は自然の支配者だ――、そして、それゆえに、時には、その自然に「平等なチャンス」を与えてやろうという意図が生じる。機械工学的な味方なしで、「一対一で」、「面と向かって」自然と格闘してやろうという意図が生じる。弟はそう言うのです。しかし、ぼくならば別の言い方をしますね。地球上で、ぼくらは、ひとつひとつの欲求、ひとつひとつの気まぐれを一瞬のうちに実現してしまう環境にいます。ぼくらは、山や嵐、自分たちの前に開いているあらゆる方面の空間を克服していく。一方で、人間というものはまさに、常に自らの可能性の限界ぎりぎりのところに身を置きたいと欲する。もはや、探究と克服が、失敗や危険と隣り合わせである、そんな場所に。多くの人々にとって、そういう場所であるのが、まさしく岩壁なんです」

「もしかしたらそうかもしれない」私は同意した。「でも、どうしてそんなに月面ロッククライミングにご執心なのですか？　だって、地球にも危険な山はほどあるでしょう。ヒマラヤの特別保留地とか」

「まさにその通り、特別保留地に！」ルデリクが早口で言った。「実はですね、ぼくはいつも、アルプスの雪上よりも、海王星の衛星を滑る方が好きだったんです。もっとも、水でできたぼくらの地球の雪の方が、冷媒ガスよりも滑りが良いですが……。それでも、そっちの方が良かった。他の多くの人たちも同じでしょう。どうしてですかって？　なぜなら、地球界隈の山の野生というのは、完全に自然のものとは言えないからです。そんな界隈が存在しているとすれば、それはひとえに、ぼくらがそれらを無傷のままで保存しようと望んだからです。従って、ああいった界隈が完全に野生であるにもかかわらず、それらの自然もまた「文明化された」環境の一部となっているのです。それに対して、諸々の衛星では、自然が完全に原始状態のままなんです」

ここまで黙っていたテル・ハールが、思いがけず口を挟んだ。

「自己保存本能が肥大しているのか、それとも単なる臆病なのか知らんが、告白すると、私は山登りが好きかんのだ。ロッククライミングに魅力を感じたことは一度もない」

「ああ、これは勇気とはまったく関係ない話ですよ」ルデリクが言った。「以前、海王星周辺である調査遠征隊が活動していたんです……」

彼は不意に言葉を止めて、新たな興味を持った様子で、私に目を向けた。

「あなたのお父さんはお医者さんですか？」そう訊ねた。

「ええ」

「お父さんを知っていますよ」

彼がそのことについて話してくれるのを待っていたが、自分の物語に戻ってしまった。

「その遠征隊は、何らかの鉱床を探していた、と思います。仕事が終わって、すべてのロケットが飛び去りました。たった一機を除いて。そのロケットは、施設を解体して、撤去しなくてはならなかったんです。この作業が何かの理由で長引いてしまった。それで、ロケット内の酸素が残り僅かになってしまったんです。かろうじて、海王星の最寄りの宇宙進化研究ステーションまで辿り着くのが精いっぱいなくらいに。ロケットが出発しなければならないその日、乗組員のひとりが担当区域に出掛けてしまった。周囲の岩壁上に並べられた宇宙放射線測定器を回収しようとしたんです。彼もまた、山登りは好きではありませんでしたが、しかし、これは彼の任務だったんです。そして、斜面を横断中に、滑落してしまい、不運にも脚を数か所骨折してしまった。それに加えて、テレラン（レーダーとテレビを結合した無線航行援助装置）が壊れてしまい、機内で待機中の者に連絡することすらできない。彼は十八時間かけてロケットまで這って行った。のちに、彼はこんなことを言ってます。「ほんの僅かでも動くと、あまりの痛さで意識を失いそうなほどでした。もしも、仲間《トヴァジシェ》たちが、残りの酸素が許容限度以下になる前に出発すると確信していたら、私はその場から動かず、死を選んだかもしれない。だが、私は、知っていました。皆が出発せずに、私の捜索に出ること、そして、もしもそれが長引けば、皆の帰りの酸素が無くなってしまうことを。だから、私は自分に言い聞かせたんです。帰らなくては、と……」」

「もちろん、彼らはその人を待っていた」私は言った。

「もちろん、待っていました。酸素は心もとなかったのですが、途中でパトロール用の無人ロケットに出くわして、そのロケットが空気をくれたんです。ですから、テル・ハール、お分かりでしょう、彼もまた山登りは好きではなかったんですよ。ロッククライミング好きと、性格上の価値観との、つまり、勇気との間には、一切何の関係もありませんよ」

「その人を知っていたんですか？」私は尋ねた。

「いえ。お父さんがご存知でしたよ」ルデリクが言った。そして、私の驚愕した眼差しに、にっこりほほ笑んで、こう付け加えた。

「その人を治療したんです。その遠征隊の宇宙船医でした」

「それはいつのことですか？」

「ええと、昔です。たぶん四十年くらい前かな」

私は茫然自失となって、沈黙した。

テル・ハールが静寂を破った。

「君たちは知っとるかね」彼はこう尋ねた。「なぜロケット操縦士の徽章は炎なのか？」

「黒い野に銀色の火花」私は言った。「そう。それからまだ、何かあれに書いてあったな。そうだ、「炎を越えて」だ。いや、それについて深く考えたことは一度もないけれど、でもたぶん、単純なことじゃないかな。炎が、火が、ロケットの動力の源だからだとか？」

「そうかもしれん」テル・ハールが発言した。「しかし、操縦士たちは、このことについて、異なる証言をしているのだ。伝統は、伝説を生む。アメタが私にこの話をしてくれた。アメタを知っておるかね？　知らない？　では、彼とお知り合いにならんとな。それで、二十世紀と二十一世紀は、ロケット飛行の開拓時代だった、多くの犠牲者を貪った、な。初期の月ロケットのうち、あるロケットが、発射した直後に炎に包まれた、という話だ。燃料タンクがすべて、一度に着火してしまったんだ。その時代、タンクはロケット全体の容積のうち、九十九％を占めていた。操縦士は、燃え盛るタンクを投棄することができたが、しかし、市街地に落ちるおそれがあった。それゆえ、彼はひたすら速度を上げた。彼は炎の中で亡くなったが、しかし、ロケットを地球の大気圏外に連れ出したのだ――「炎を越えて」。そこからこの言葉が生まれた」

「すなわち」ルデリクが付け加えた。「人間は、宇宙のどこにも存在していない創造物を新たに考え出すことができるばかりじゃなく、それらに上手く対処する能力も持っている、ということだ……」

ルデリクとの別れ際、私はこう言った。

「僕の父を知っていたんですね。思いがけず父のことに触れましたが、あまり話せなくて、残念です。いつか、もっと話を聞かせてくれませんか……」

「もちろん」

彼は、私の手を握って、こう付け加えた。

「でも、ぼくが思うに……ぼくたち、お父さんのことはずっと話していましたよ」

テル・ハールと並んでレモン色のライトに照らされた通路を歩きながら、私は自分の考えで頭がいっぱいだったので、通行人に全く気がつかなかった。物理学者「通り」を出た私たちは、私が遍歴を始めた、あの半円形のホールにいた。テル・ハールは、白い彫刻の下にあるベンチに腰を下ろし、苦い顔をして私を見た。そして、秘密めかした笑顔でこう尋ねた。

「どうかね、もっとご所望かね?」

「何をですか?」物思いから我に返って、私は尋ねた。

「人だよ。ゲアの人々だ」

「ああ、ぜひ!」

「それならば、よし。どこへいこうかな?」

彼は立ち上がって、私たちの前に広がっている、虹の光線のようにカラフルな、おのおのの通路の内部を指して、晴れやかにしゃべっていた。まるで、おとぎ話の文句を引用するかのように。

「右にちょっくら、不思議がひょっこり……もう奴は見ちゃったな」普通の声で早口でそう付け加えた。

「前にまっすぐ、秘密にばったり……ならば、秘密よ、出でよ! ドクター、ほら、しゃきっとして! 行きますぞ!」

「どこへですか?」

「秘密の在り処に。生物学者通りへ」

私たちは緑の通路に潜り込んだ。ここでも、壁上に描かれた家々が認められた。

「こちらに」歴史学者が仰々しく言った。「住まいたまいしは、カラールラ。グーバルの奥さんだ」

「グーバルの奥さん?」私は繰り返した。それは、ゲアでの最初の晩に会った見知らぬ人の名だった。

「さよう」

「では、彼は?」

「彼もだ。しかし、反対側から入るんだ。つまり、彼の部屋への入り口は、物理学者通りにある訳だ。両方の住居が、内部でつながっているのだ。もっとも、グーバルは実際のところは、自分の実験室に住んどるよ」

ドアを開けた時、ふと頭をよぎったことだが、地球では、多くの人の人となりを、その人の家の内部を知ることで知ることができた。そして、ここ、船上では、窓の外の眺めが、同じようにその人を証言している。なぜなら、それは任意に選択されたビデオアート作品だからだ。そんなことを考えているうち、ドアが開いて、私はテル・ハールと並んでしきいに立っていた。

私がいたのは、田舎の素朴な一軒家だった。天井や床が、麦わら色の滑らかな木材でできていた。真ん中には、低いガラス製のテーブルと、背もたれが後ろに反り返った椅子があった。隅の床には、沢山の植物、ごく普通の花がつかない雑草だ。この部屋の内部全体が、まるで、窓の外の、感傷的に濡れている庭へと導かれているかのようだった。なぜなら、そこでは雨が降っていた。ずっと奥の方では、雲が、それほど高くはなく、丘陵帯のような低さにたなびいていた。その渦巻きの陰から、時々こげ茶や黒い山の斜面が顔を見せ、一方、雨はずっと同じ調子で、強く降り続いていた。そして、砂利の小道に降る軽い雨音、雨どいのしたたり、さらには、水たまりで気泡が破裂する音さえもが聞こえて来た。この眺めの平凡さにひどく魅入ってしまい、女主人が私の前に立って手を差し出すまで、私はその場を動かずにいた。

「貴女の同僚と言ってもいい人を連れてきましたよ、なぜなら、彼は我々のドクターだからです」歴史学者が話しかけた。

大きく開いた窓から差す雨降りのどんよりした明かりの中で、カラールラは、最初に会った直後よりも、ずっと背が低く、同時にまた、ずっと若いように私には思われた。彼女は、えんじ色の布地で作られた部屋用ドレスをまとっていたが、それには、細かくて、とても複雑なあまり、まるで銀で記された迷宮の地図をなしているかのような模様が入っていた。彼女の他に、さらに二人の人物が部屋に居合わせた。重い赤毛の髪を青いワンピースの襟元に垂らした若い女性と、筋骨隆々の男性で、顔は影に隠れていた。

「こちらは、ノンナですわ、建築家で、他の惑星の建築様式を知りたいと望んでいるの」と、カラールラが言った。「そして、こちらが、テンプハラ、メハネウリスティカの研究者よ」

「意地悪な人たちは、僕が怠け心から電子頭脳を組み立てているなんて言ってるんですよ。でも、どうかそれを信じないでくださいい、いいですね？」その男が言った。彼が前屈みになったので、私は彼の顔を見た。それは、いわば黒人の先祖たちの黒さが返ってきたように濃い肌で、二頭筋のように幅が広く張っていた。その顔に笑みが浮かんで消えた、まるで稲妻のごとくまばゆい笑みだ。

カラールラが、座るように促した。私は、窓際の近くにいたかった。そこから運ばれてくる、葉っぱのつんとくる生のにおいやモミの湿った針葉にとても魅惑されていた。顔を上げると、そこに見えたのは、ひさしに大きな水滴が集まって、ガラスの彎曲部の端の方で晴れ上がりつつある空の青さが染め上げている様子、そのひさしに沿って水滴が一滴、また一滴と数珠つなぎに放浪する様子、その縁で一旦止まり、まるで決心したかのように落ちる様子であった。私は掌を伸ばしてみた、しかし、落ちて来る水滴は、何の感触もない光る筋となって、指をすり抜けた。この現象にはそれほど驚かなかったが――そうなるのを予想していた――、心底がっかりした。私は手すり壁《パラペット》にもたれて、穏やかな風に吹かれながら、一座の方へ振り向いた。私たちが入ってきたため中断された会話が、先に進み始めた。

「それで、重力から解放された建築物をどんな風に君は想像する？」と、テンプハラが赤毛に尋ねた。

「垂直という発想のない建造物を考えていたわ」と、彼女が発言した。「全方位に向けられた塔付きの十二芒星を想像してみて。私だったら、メインの飛行軸上を縦列配置《エンフィラード》にするわね……」

彼女は空中に手でスケッチした。私はますます驚きながら、耳を傾けていた。

「失礼、建材はどんな？」私は聞いた。

「氷よ。そもそも、海洋縮小化の際に、どれほどの量の水が地球域外へ放出されるのか、知ってるでしょう。私なら、水で宮殿を建てるわね。実際には、氷ね。氷は真空の温度で、いい具合に構造を保っていられるわ」

「ああ！　真空で！」私は思わず叫んだ。「分かります。つまり、空中楼閣ってわけでしょう？　雪の結晶を数十億倍ぐらい大きくしたような。だが……しかし、そこには誰が住むんですか？」

皆が、笑い出した。すると、テンプハラが言った。

「実際には、誰も。住みたいなんて望む人はいやしない。気の毒なノンナは、それらを建てることが不可能だから、悲しんでいるのさ、とてもね」

「そうなの」その若い女性はため息をついて言った。

「ますます身に沁みて実感するわ、この物語全体に係わるのが早すぎたって」

「どんな物語に？」

「人生に。一〇〇〇〇〇年に生まれるべきだった。その時代なら、私の氷の宮殿も何とかなったかも」

「お門違いもいいところだ」テル・ハールが言った。

「世間ではこういう話だ。一〇〇〇〇〇年には、太陽が、二十五万年ごとに繰り返す周期に当たって、再び暗黒塵星雲に入り、銀河の冬が始まる」

「氷河期？」

「そうだ。大量の氷が出現し、それを溶かすのは大変な作業になる。誰も君の宮殿を見たいとも思わなくなるぞ」

「その時には、太陽が血液のように赤くなっているわね」ちょっとした沈黙の中、カラールラが言った。皆の顔が彼女の方に向けられたが、彼女はそれ以上何も言わなかった。

「そういうことね」ノンナが締めくくった。「赤くなるのよ、何しろ、星雲の塵は他の光を吸収してしまうから」

「愉快だな、君たちはまるでそのような冬を何十年も耐えてきたかのような話しぶりだ」テル・ハールが言った。

「だって、私たち、知っているんですもの」とノンナが言った。

「それとこれとは別だよ」歴史学者が訂正した。「銀河の春や冬の変化を知覚すること、山岳地帯の隆起、大陸の起伏形成、海洋の枯渇を見ることは、それらすべてを知っていることとは、違うのだ。地質学的な尺度では、人間の命はまるで、一日限りのはかない蝶のようなものだ。我々が良く知っている事実とは――我々には良く分からない、ということだ。なぜなら、我々は、それらを身をもって一通り体験する人々と知り合うことができないからだ」

「そういうことね、十億年間生きるような存在なんて……」ノンナが話し始めて、急に口をつぐんだ。

再び静寂が訪れた。ただ窓の外で雨音だけがしていた。

「少し前、おかしな夢を見たの」カラールラが静かに言った。「夢の中で、私は研究所で人工有機体を創り上げたの。その有機体はね、ちっちゃなピンク色の微生物なのよ。増殖するのがとっても早くて、あっという間にピンクのフェルト生地みたいに研究所全体を覆っていってしまったの。その時、個人的に実験を企てた。ある星へ出発したの。暑すぎもせず、かと言って、寒すぎもしない星へね。道すがら、手ごろな大きさの惑星の近くを通過して、私はその惑星の砂漠に海を注ぎ込んだうえで、その惑星を柔らかい空気の層で覆ったの、そして、その惑星の生命体を改良したの――私のピンク色の創造物の姿そっくりに。その後、私は生命体を自らの運命に委ねたわ。それからどうなったのかは、覚えていないのよ。数十万年、ひょっとしたら数百億年が過ぎて、私はずっとその時間を生き続けたのに、ちっとも歳をとらなかった」

「女性らしい夢だね」じっと耳を傾けながら、テンプハラがぽつりと言った。

カラールラは黒い両目で微笑して、先を続けた。

「それで、ある日、自分の実験を思い出して、惑星の表面に置きっ放しにされた生命体がどうなったのか見てみようと思い立ったの。何に成長したのか？　大海原に沈んでしまったのか？　諸大陸を覆い尽くしたのか？　どんな形状を帯びたのか？　飛び立つ準備をしながら、そんなことを考えていた。それから、件《くだん》の惑星へ向かって星々の間を飛んでいた時に、思いがけない不安を感じたのよ。自らの手でタンパク質を組み立ててしまったがために、私はその物質の前に、あらゆる進化の可能性を開いたんだわ。そうしたら、想像の中で、私の前に突然、あの罪のない、ピンク色のちっちゃなものから生じた、無数の存在が現れた。彼らはすでに自分たちの世界を見ているのかしら？――考え込んでしまったわ――風の吹く音が聞こえるのかしら？　いや、もしかしたら、すでに惑星全体を乗っ取って、自分たち自身を調査し始め、自分たちはどこからやって来たのか、などと疑問を掲げているのでは？――で、その時、こう思ったわ、私が彼らに与えたのは、始まりばかりではなく、終わりもだって。生命を創造しながら、同時に死も創り上げたんだって。そうしたら、まさにその惑星が、私の目の前で、空のように大きくなり、雲に覆い隠されてしまった。私の不安は、悲しみや恐怖に変わったわ、そして目が覚めた……」

「まあ、何てすごい夢なの！」ノンナがうらやましがって叫んだ。「私なんて、私なんて、夢に見るのは、せいぜいが、壊れちゃったオートマタとの口喧嘩よ！」

「あなたの夢は、願望達成への焦りから生まれたものだ。私たち全員が感じているような」私は言った。

「その夢は、僕たちが旅の果てに、つまり、ケンタウルス系に隠れているものを発見しようと、期待していることから生じたんですよ」

「それに、旅のはじめにはつきものなのだよ」テル・ハールが付け加えた。「なぜなら、今後は、我々は郷愁から夢の中で地球に戻る事以外、大したことを夢見ないだろうからね……」

「しかし、僕の意見では、その夢が示しているのは、何かしらまったく異なることですね」テンプハラが反論した。自分の大きな両手をキーボードに置くように、テーブルのガラス・プレート上に置き、こう言った。

「それは、生物学の知識を得たいと願う夢だよ。なぜなら、僕らは、他の惑星における有機体の進化の過程に関して、何も知らないんだ。僕らが知っている生命体の歴史は、地球と火星上のものだけだ。それは、そもそも、同じ太陽の子供たちだろう。だが、交互に縮小したり膨張したりする変光星の下で生じた生命体は、どんな風に心臓が脈打つのだろう？　そもそも、その光が鼓動するには、可逆性のある物質のような極めて柔軟な素材の中で収縮せねばならないはずだ。では、冷えていく赤い巨星の下での生命体は？　あるいは、二重星の周囲を回り、こちらと、もう片方の系の構成要素によって、交互に照らされる諸々の惑星上では？　では一体、強大な光を放射する青い太陽の光の中では……」

「致命的な光ですよ」私は口を挟んだ。ゆえに、きっとそこでは生命体は存在していない。

「その生命体は、防御装置を創り上げることができる、例えば、重金属塩を多量に含む角状装甲……考えても見てくれ、星々の年齢が様々なように、多種多様な惑星の年齢もまた様々だ。それならば、地球に類似した惑星上では、地球の生命の進化よりも、早い段階の、ないしは遅い段階の進化を発見することができる。しかし、これですべてじゃない。カラールラの夢に潜んでいるのは疑問さ、僕らの地球の動物相や植物相、同様に僕ら自身が、宇宙の他の住人と比較して、統計的に最も多い、ごく平均的な存在なのか、それともやはりどちらかと言えば、特別な異形、稀有な変種であるのか、という。なぜなら、ひょっとしたら僕らはまさに唯一無二の存在かもしれないし、ひょっとしたら僕らの形状について、他の星々の存在が頭をひねっているところかもしれないからね……」

「彼らが頭を持っていたらね」ノンナが口を挟んだ。

「持っているかって、当たり前さ」

「じゃ、僕たちは「宇宙の双頭の仔牛〔異形の生物〕」ってことですか？」私は笑いながら、そう聞いた。テル・ハールはひとつまみばかり憤慨しているようだった。

「そんなことを真面目に言うものではない」彼がテンプハラに言った。

「僕は一切何も言っていません。彼女の夢が、そういう問いを発しているのです」偉大なるメハネウリスティカ学者が若い女性の前で、軽く頭を下げた。彼女は、この論争の間中、微動だにせず座っていたが、その冷静な顔に時折、まるでほのかな明かりのように、口を閉じたままの笑みが浮かんだ。

「ならば、承知した」テル・ハールが彼女の方を向いた。「この議論に今、決着を付けてくれたまえ。貴女の夢が何を意味しているのか、その実験は何を目的としているのか？」

「分からないわ」

この返答の後には、笑い声が響くはずであった。しかし、外で降る雨の音だけに満たされた静寂が訪れた。もう長いこと、雨のしずくがひさしの中で生真面目に行進するさまを眺めることが、私にとってこんなにも居心地が良く、晴れやかであるということは、無かった。

「分からないのかね……？」テル・ハールが言ったが、その声には、がっかりした響きがあった。「夢ではなく現実で、同じような実験をすることができるとしたらどうかね？」彼が尋ねた。

「あんなことをしてしまうと思うと、怖いわ」カラールラはすぐには答えなかった。

「なぜだね？」

彼女は頭を傾けた。

「勇気がないわけではなくて、でも……。いいえ、本当に、分からないわ」

「もしや、貴女には、古代に信じられていた創造主が成し遂げたことの、ある種グロテスクな模倣である、という気がしているのでは？」歴史学者が小声でそうほのめかした。

カラールラは沈黙し、その笑みも消えていった。つまり、これ以上言うことはない、という意味だ。

その瞬間、あたかも黄昏行く山々から聞こえて来るようなガラスの音が、遠くで響きわたった。

「ランチだ！」テンプハラが腰を上げながら、言った。今になってようやく、その背の高さを目の当たりにした。「いやあ、長居してしまったね！」

皆の中で一番最後にグーバルの妻にお別れを言いながら、私は不意にこんな質問をした。

「お宅ではちょくちょく雨が降るんですか？」

「ちょくちょくね。雨はお好き？」

「ええ」

「なら、気軽にいらして」

一行の後に続いて通路へ出ると、テンプハラの良く響く声が聞こえてきて、こんなことを言っていた。

「実際には、それこそ非現実的だな。こういう実験の結果を得るには、数百万年待つ必要があるかもしれない。もしもそれができるとして、そんな忍耐力をどこからかき集めて来るんだ?!」

彼は笑い出し、エレベーターのドアを開け、他の人たちを通した後に乗り込んだ。ガラスのハコは音も立てずにガラス板の奥底へと降りたが、彼のバスの笑い声がずっと私の耳の中で響いていた。

テル・ハールが、昼食後に自分のところへ寄るようにと、声をかけてきた。そこで私は、彼を歴史研究室で探す必要に迫られ、ユールイェラ技師の息子ニルスが、そこへの案内を引き受けてくれた。歴史研究者たちの居場所は、船尾にあった。船の中央部よりも、この通路は天井が低く、そして狭かった。

「あ、ここですよ！」そうニルスが言って、私を最初に通してくれた。この日は、もう一度、ショックを味わうことになった。てっきり私は、人文学者たちがパリンプセストにX線を照射したり、調査したりしているような、トリオン完備の明るい研究室を訪ねるのだとばかり思っていた。ところが、私たちが立っていたのは、薄暗い身廊のしきいの上だった。そこは、幅が狭くて、あまりに高く、暗闇に包まれたゴシック式アーチの天井がよく見えないほどだ。そのアーチは、巨大なコウモリの翼の羽ばたきをそのまま留め置いた感じだった。隅には、カラマツ板張りの長い書棚と傾斜机があった。向こうの、低く灯されたライトの中に、人々が座っていた。その中の一人がこちらへ振り返った。テル・ハールだった。彼は光に目をくらませ、掌をかざして目が見えるようにしてから、大声でこう叫んだ。

「ああ、君たちか？　よく来た、ちょっと待っていてくれたまえ、よろしいか？　今、終わるから」

　私は手持ち無沙汰で、この歴史学者を眺めていた。テル・ハールの他に二人いた。一人の顔には、机上に散乱した書類からの反射光が集中していた。男の名は、モレーティッチ。船の中では、少々滑稽な男だという印象を抱く人もいるらしい。私は全くそうではなかった。確かに、やせっぽちの腕のような突き出た下あごで受け口になっている細長い顔をしていた。さらに、突き出た両耳が、普通の頭ならば特に目立ちはしなかったであろうが、この男の頭では少々うるさいほど自分の存在をアピールしていた。彼の顔には、しかし、笑みが宿り、まるでこんな風に言っているかのようだった――分かってるさ、自分が変てこだってことは。でも、何てことないね。この通り、楽しんでるんだから。

　私は後になって、テル・ハールから、この男の粋な策略について聞かされた。その策略でもって、彼はそれとなく年下の同僚たちに自分のアイディアを差し出し、そのようにして、彼らはそれを自分のものとして取り込んでいく。そして、私は、彼の知識の幅広さを評価することを学んだのだった。けれども今は、彼が教授と論じ合っている様子に耳を傾けながら、〔議論が〕白熱していくのを目の当たりにして高まりつつあるわくわくする気持ちを隠しておかねばならなかった。何でも、彼はヒンターだかヒトラーだかいう人物に関する古文書文献が不足しているのだ、と訴えていたが、私には、本質的に、はるか昔の過去の遺物《レリクト》の隅をつつくことは、まったく重要ではないような気がした。ふいに、私が学者たちの会話に耳を傾けることははばかられることなのでは、という気がした。それで、ニルスはどこかと周囲を見回した。彼は、頭を上げて、ホールの奥にじっと立っていた。彼を目指して歩きながら、かろうじてぼんやり見える、大きな四角形に気がついた。それを見て、私は最初は窓だろうと思った。しかし、それは窓ではなかった。

周囲を忘れ、まるで幻を見るかのように、視線を集中させながら、そこに近づいた。ホールで灯されていたのは、机の上の、光の方向が下向きになった小さなライトだけだった。そのため、壁にはそれらの光の反射が差していただけだった。この薄闇の中、私は、子供時代の一番古い記憶のひとつを呼び起こしながら、壁を見つめた。ある時祖母が持っていた何かの本の中で、絵を見つけたことがあった。絵の謎めいた内容が私をひどくぞっとさせ、かつ同時に、私の注意を惹きつけて、目を離すことができなかった。祖母は、野蛮な暴力沙汰は子供のためにならない、と言って、私からその本を取り上げてしまった。そして、何と、二十年後、ゲア号の甲板上で、照明の落とされた歴史学者の研究室で、私はあの時と同じ絵——老朽して黒ずんだ、金張りの、巨大な額縁に入れられたその絵の前に立っていた。

私はニルスの隣に立った。少年は息をしていないような気がした。彼はあそこに何を見たのだろうか？

夜、遠くに見える街の塔、星ひとつない黒い空、血で汚された粘土〔質の地面〕の上には、ランタンの光で分断された、二つの人々の集団。ひとつは、一列に並んで暗褐色の群れとなってひしめき、頭を両肩の間に落として前屈みになり、目の前の人垣に短い棒ないしは銃身を突き出していた。向かい側では、暗く、体を丸める人々の中に、毛むくじゃらの男がひとり、両腕を大きく広げ、背筋を伸ばして、ひざまずいていた。投げ出された両手の中で、霊感に満ち、かつ、恐ろしい表情の中で、生と死が、その足元の血と土のように、混ざり合っていた。そして、一度目にしただけなのに、この人物が、その後何年もの間記憶の中から、夢に現れたのだった。そのたびに、心臓が止まった。

私はニルスの肩に手を置いた。子供時代の私と同じように、彼は何も理解していなかった——そして、同じように、震えていた。

不意に、あたり一面がまぶしい光に包まれた。歴史学者の誰かが、天井のライトをつけたのだった。と同時に、テル・ハールの声が響き渡った。

「これを見るのは初めてだったかね、ニルス？」

少年の青ざめた表情が、充分答えになっていた。

「これは……何の絵ですか？」ついに彼が質問した。

「この人たちは、あの人たちと何をしているの？」

歴史学者たちが、私たちの方へやって来た。

「それは、十九世紀前半の絵だよ」一人がそう言い、モレーティッチがこう付け加えた。

「軍隊によって捕らえられたスペインの農夫たちを表しているんだ……」

「それじゃ、この子には説明になってませんよ」私は口を挟んでしまった……。「この絵は……」

「待て！」テル・ハールが命令するように私を阻み、これまで聞いたことのない声で、叫んだ。

「君、自分で言うんだ！　勇気を出して！　何が見える！」

ニルスは黙ったままだった。

「怖いかい？　だが、言うんだ！　言ってごらん、どんな気持ちがするのか、何を思ったのか、何を感じるか?!」

「だから、あの人たちが、こっちの人たちを……」

「言いなさい！」

「殺してる……」

その言葉がこぼれた時、辺りはしんと静まり返った。テル・ハールは同僚たちを眺めていたが、その顔には勝利の輝きが浮かんでいた。

「聞いたかね？」彼はそう言った。それから、ニルスの方を向いた。「二千三百年前に、フランシスコ・ゴヤという名前の画家が生きていたんだよ。この名前を憶えておきなさい、彼は不滅の画家のひとりだからね」

夕方、テル・ハールのところから戻る道すがら、船内の迷路のような通路で迷ってしまった。強烈な体験の過剰摂取でへとへとだった——この日が永遠に終わらないような気がした！——やっとのことで、公園に隣接した広い展望台に辿り着き、小さなベンチに腰を下ろした。ベンチは壁際にあり、そのガラスの向こう、ちょうど私の足の下では、銀色がかった針葉が生えた、大きな、黒いトウヒの樹冠が音を立てずに揺れていた。すると突然、私を呼ぶ馴染みの声がした。エレベーターからアンナ・ルイスが出てきて、もう遠くからにこにこと微笑みかけてきた。彼女はビデオアートの悲劇ものはいかがかしら、と言ってきた。そこで、私たちは文化ホールへと出向いた。途方もなく長いドラマが二部構成で上映されていた。内容は、調査遠征の歴史を紹介するもので、まず最初に土星に、それから木星に触れていた。美しい映像が本当にたくさんあって、とりわけ記憶に深く残ったのは、とある、アンモニアの海の上での嵐を描いたものだった——琥珀色、褐色、そして、黒と金色の、真の色彩の乱舞だ。けれども、観客席を後にした時には、思わずほっと一息ついた。

「恐かった！」アンナが言った。「本当にアンモニアの臭いがするような気がしたわ……。ロケットが土星の輪に落ちた時なんて、私、目を瞑ってしまったわ。こういう全篇これ非常事態ものは、もうたくさん。これからは、地球の歴史だけ観に来ることにするわ」

「もうたった今から？」くすりと笑って、私はそう尋ねた。

「たった今から、ずっとね」そう彼女は言って、大真面目に私を見つめた。彼女がおやすみを言い、私は独りで誰もいない通路にとり残された。いつの間にか、パノラマ甲板の入り口を閉ざしている銀色のカーテンのところへやって来ていた。ちょっとの間、もっと良いリラックスの場はないものかな、と考えあぐねたもののの、結局、星を見ながらひと歩きするのも悪くないぞと、折り合いをつけた。私の中の何かが、星を眺めるのを拒絶していたのだ。そして、まさにそのために、自分は星々が怖いのだ、などという考えが起こらないように、自らを克服したかった。歩廊は、数分おきに銀から青へと変化する光が射し込んでくる暗闇に支配されていた——どうやら、「テレビ受像機の目」がぐるぐる回転するのを止めたようだ。私は、歩廊の一方の端から向こうの端に向かって歩いたが、誰にも出くわさず、とは言え、真夜中にさしかかったとあれば、驚くことはない。突然、ガラス壁の傍に影らしきものを認めた。私はある程度離れたところで足を止めた。その人物の姿が黒く佇むすぐ後ろに、白い月が現れて、上空へと流れ始めた。立っている人のシルエットが、明るく輝く円形から明瞭に切り取られた——両脚、胴体、ついには、頭部と、四分の三が見えるようになり、まるで光背に包まれたかのごとく、満月をバックにして、黒く描き出された。その後、ゲアの動きにあわせて、月はさらに上空へと通り過ぎて行った。強烈な、辺りを露わにする光を、このよそ者に投げかけながら。それは、グーバルだった。星々を眺めていたのだ。

空間からのお客

出発は数日後だった。ゲア号は当初、なおも五回、地球の周囲を回った。この間、たくさんの宇宙船が、小型も大型も、ゲア号に合流した。それらは、ゲア号の栄誉護衛となって、火星の軌道まで七千万キロメートルの道程を、この巨大宇宙船舶に随伴しながら送り届けることになっていた。この航行区間を、結局太陽系の空間内では始終そうしたように、ゲア号は比較的長い時間をかけて移動した。数々の惑星や他の引力を持つ天体との距離の近さを考慮して、充分な航行速度を実現できぬままだったのだ。そう、それで、私たちに随伴する極めて多種多様のロケット六百機は、難なく私たちの横についていて飛行することができた。この無敵艦隊《アルマダ》の隊形を編成するだけでも、尋常ではない任務であったわけだが、宇宙航海士たちは完璧に遂行した。私たちの前方を、一千キロメートル空域に遍在する平頭型の旅客ロケットが数機、小型宇宙船の群れに囲まれて疾走していた。それらの船は、あるものは自分たちの母船からさっとはじけるように飛び出し、またあるものは、タンクを燃料で満たすために、そこに戻って来たりしていた。ゲア号の上方と下方には、エンジンの薄い炎の線を幾筋も紡いで星々が散らばる遠景を遮りながら、銀色の紡錘型ロケットがV字形の隊列を成して飛んでおり、一方、後方では、見渡す限り、他のロケットたちがスムーズに航行していたが、次第にその姿は小さくなってゆき、ついには、奥の方に見えなくなっていって、ただ、時折、旋回飛行《アクロバット》つまり、この途方もなく広がった船隊全体が、小惑星ないしは流星の軌道を回避する時には、陽光に当たったロケットの装甲が遠くから瞬き始め、一瞬、空間が閃光でいっぱいになり、きらきらと光ったかと思うと、瞬く間に消える。それはあたかも、千の星々が一挙に生まれて消えたかのようだった。私たちのルートは、直線ではなかった。私たちは、地図上に表示されている流星群や小惑星だけでなく、火星に水を運搬中の無人大型貨物ロケットがひっきりなしに隊列移動しているゾーンも回避しなければならなかった。そこで私たちは、彼らの幹線空路から上空七千キロメートルの高さを通過し、従って、これらのちっぽけな小体が、ぽつぽつと撒かれた発光ブイで標示されたルートを敏捷に循環するさまを見ることができたのは、下方に向きを定めた望遠鏡を通してだった。

月を通過したのは、航行四時間後であった。私たちに向きを定めた北半球の観測所が、かつてない花火で別れの挨拶をした。数万の鮮やかなロケット砲を天空一面に打ち上げたのだ。一時間経って、衛星の銀色の半球が影に覆われ始めた時にも、燐光を発する煙の渦や縞が空間に拡散していくさまがまだ見えていた。私たちは、地球が重々しい、青く光る円形となって月の陰から姿を現すまで、しばし地球を覆っていた月を長いこと眺めていた。月面上では、最近、大がかりな採掘作業が行われていた。ゲアの望遠鏡からは「雲の海」の上の、重い砂場に突き刺さったタワー掘削機と、はねつるべのバケツの群れ、さらには、爆発がはっきりと見え、時々埃の雲が起こって、不毛の地の単調な明るさを曇らせていた。しばらくすると、この光景を、何やら蛾のようなものが覆い始めた。しかしそれは単に、ゲア号の後に続いて疾駆するロケットたちだった。火星への直行ルートに乗り、月から遠ざかるにつれ、その大群全体が月の円形を覆った。私たちが赤い惑星の軌道を横切ったのは、惑星《それ》からかなり遠い、それも、二千万キロメートルも離れた地点だった。赤い球体は、天の北西から南東へと移動し、一晩のうちにあっという間に縮小してしまい、翌日私が起床した時には、すでにテレビの円い画面の縁に、赤く、小さなしみのように見えるだけであった。ようやく、私たちに随行している宇宙船が、ジグザグに進みながら、カーブを描いて一箇所に集まり始めた。星が満ち満ちた暗闇の中、絶えず、「道を譲れ」を意味する、赤い発光信号煙が光っていた。ロケットはそれぞれ上昇し、らせんを描いて脇に飛びのき、すると、太陽の引力のおかげでゆったりと漂うのみで、エンジンを停止したまま休息中だったゲア号の前方の空間が、徐々にクリアーになり、空になっていった。そうして、ついに午後七時、今度こそお別れに、天上界《アイテール》は、音の洪水で溢れ返った。ラジオの中継機が、帰路に着いた人々全員からの何千という声を私たちに伝達するうち、回線がパンクして、どん詰まりを起こしてしまった。地球からの宇宙機《ポチスク》が、まるで巨大な銀色の魚群のように広大無辺の中で舞い上がった。そこで、私たちはゆっくりと二手に別れていった。すべての船から、ゲアの銀色の装甲に照準が合わされた、投光器《リフレクター》の長い光が一斉に闇を打った。ゲア号は、紅玉色の光が差す巨大な雲に取り囲まれて、その甲板にいながらにして、宇宙《そら》全体が見えなくなるほどであった。動力口から炎が上がった。最初に、始動用の噴射装置から、続いて、一列目、二列目、ついには、三列目の口から。そして、ゲア号は、その背後に次第に消えゆく、炎の舌の長い筋を残したまま、高速で前進した。銀色の船団は、止まることなく南西方向へ流れ、遠ざかっていった。最初は、強烈な光の球体となり、それから、星々よりも鮮明に、かつ、強烈に瞬く火花の雲となり、ついには、灰色がかったひとつかみの塵となり、そしてとうとう姿が見えなくなった。まるで、終わりのない闇の中に姿を消してしまったかのようだった。唯一地球だけがこれまで通り、二つの原子力太陽に照らされた黄色い両極地を持つ、強烈な、青い星として、きらきらと輝いていた。夜になっても、甲板から降りる者は誰もいなかった。大無敵艦隊《アルマダ》の最後の痕跡が深淵に姿を消した時でさえ、私たちはそのまま暗闇を見つめていたのだった。せめて地球の方角へ向けられた私たちの視線だけでも、できるだけ長く地球と一緒にいられるようにと。

そうこうしている内に、ゲア号が航行速度を上げた。船は秒速二百キロメートルに達し、そのままのスピードで木星と火星を隔てている広大無辺の空間を航行した。この広大な空間は、まさにロケットの墓場と呼ばれており、その空白域は数多くの悲劇を記憶している。そこでは、数百万ものケイ素鉄のごつい破片、つまり、惑星の残骸が渦を巻いている。それらは、かつてここを回転していたものの、うかつに木星に接近して、その破壊的なパワーに負けてしまったのだ。

テル・アコニアンは、今や少々手持無沙汰になり、私を雑談に誘ってくれた。乗組員の健康を見守る医者連中のうちのひとりを、もっと良く知りたいのだろうと見当をつけた。私は外来診療室から直《じか》に彼のところへ出向いた。宇宙航海士の居住室への玄関は、ノンナの作品で、彼女の自慢の種だ。乳白色のガラスの一枚板で作られており、ほぼ壁と同じ長さ、二つの円柱に囲まれていた。左手は、木製の柱で、その上に醜悪な仮面がたくさん付けられていて、それらは長方形に大きく口を開けた、まるで煙の中で燻《いぶ》されたような黒い面《つら》をしている。空っぽの眼窩は、床のタイルから、流動的な形をした、明るい色の円柱が生えている反対側に向いていた。どこからであろうと、この円柱を見ると、まさに動から静へと移り変わるような印象を受ける。その円柱には、どこか、光を探す植物の若枝のようなところと、あたかもどこかの少女の肢体から切り取られたかのように活き活きとした人間の姿態をデフォルメしたようなところがある。〔その上の〕まぐさ石には、簡潔な銘が見える。「星々へ向かって」と。

　テル・アコニアンが私を待っていたのは、広々とした、それも、会議用に設《しつ》らえられた部屋だった。ここで壁を取り巻いていたのは、枯凋《こちょう》を極めんばかりの、狂おしいほどの秋の色彩の追及であり、空気すらも、金色がかったブロンズ色、黄みを帯びた紫色や緋色のありとあらゆる色調《トーン》から漂ってくる秋の雰囲気に染まっているように感じられた。部屋の四隅には、天井が高いアルコーヴがあり、それぞれ中には、すらりとしたオートマタが立っていて、それらの半透明の内部で、電子回路のきらきらした微光が、あたかもこれら水晶と緑柱石《ベリル》で作られた天使たちが自分たちの運命に思いを馳せているかのように、非常にゆっくりと、かつ、品よく鼓動していたので、この神官像のごとき大型機械《マキナ》が自ら席を外して、コーヒーなぞを出してくれようとするのには、訪問客も思わず顔がほころんだ。真ん中の壁には、巨大な、黒い時計がある。その文字盤には数字の代わりに、銀を透かし彫りした十二宮が輝いていた。私が部屋に入った時、一等宇宙航海士は、大きく広げられた宇宙図の上に身を屈めていた。彼の座席の後ろには、十基の台座上に過去の著名な宇宙飛行士たちの胸像があった。すでに小学校から慣れ親しんだ、それらの顔は即座に分かった。

「ここは気に入ったかね?」私が腰を下ろすと、テル・アコニアンは、そう聞いてきた。

「とても。でも、私なら、ここには住まないでしょうね」と私は言った。

　彼がくすりと笑った。

「ノンナが気の毒だな、もしもそれを聞いたら!」

　そしてこう付け加えた。

「私もここには住んでいないんだ。ここは公用の部屋だからね。あそこで仕事をしているんだよ」彼は脇のドアを指した。

その方向へ注意を向ける際、もう一度石像の列をちらりと見たが、全員に共通する特徴にはっとなった。これらの頭部の眼は、光の中に置かれていたにもかかわらず、闇を眺めているように思われたのだ。まるで、彼らにとっては、部屋や船の壁は存在しないかのように。まるで、この場から、彼らの顔の花崗岩の表面のすぐそばから、深淵への果てしない滑走路が始まっているかのように。さらには、はるか何世紀も昔の人々を表現している、これら石の塊は、まるで星々と共に列せられたかのようであった。テル・アコニアンが、私を観察していた。

「私のアドバイザーたちを見ているのかね？」微かな笑みを浮かべ、彼がそう尋ねた。

この的を射た発言に、私はどきりとした。

「きっとここでは、決してひとりぼっちとは感じないでしょうね？」

彼はゆっくりと頷いた。立ち上がって、一番近くの胸像に近寄った。

「それは、ウルダル・トク、あの、最初に土星に着陸した、違いますか？」私は言った。

「そう。二十三世紀の申し子。ひとりで建築家とロケット舵手を兼ねていた。彼の物語を知っているかね？」

「正確なことは覚えていません。確か、最後の遠征から戻らなかったとか？」

「そう。当時、すでにかなりの高齢だったのだ。九十八歳だった。舵の傍で亡くなった、まるでそこで眠り込んでしまったかのようにね。地球で横になるのを望まなかった。空間で葬られたんだ。彼の遺体が閉じ込められたロケット・ボートは、まだその辺を回っているだろう」

「空間で」という、テル・アコニアンの言い回しが妙に私を感動させた。そう、まさに、惑星間真空を、その最初の征服者たちは、単に「空間」と呼んでいた。これと同じ感動を、宇宙飛行士の物語や年代記を熱い目で貪り読んだ少年時代にも感じたことがあった。

「考えてみれば」私は言った。「その同じ空間を越えて、今日私たちは、地球の友人たちにテレビジットを送っているんですね……」

「これまでのところは、そうだな。しかし、距離のせいで引き起こされた受信の遅れが、すでにやっかいなことになっている。君だって、この変化には気がついただろう？」

「ええ。昨日、父と会いました。お互い向かい合って座ったんです、今こうやってあなたと向かい合っているように。自分は聞き役に徹しました。なぜなら、その方が、本当にお互い近くにいるような気分が強まりますから」

宇宙航海士が、宇宙図を見て確かめた。

「現在のところ、ラジオ波の遅れは、二十分程度になっている」彼が言った。「実際、これほど差が開いていては、お互いに話しにくい。それに加えて、この差が絶えず広がっている。間もなく、数時間に達する。その後、数日に」

「ええ、それを皮切りに、私たちはひとりぼっちになっていきますね」

「ま、ひとりと言うには、我々はかなり大勢いるがね」宇宙航海士は即座にそう切り返してきた。「これほど人の多い遠征はかつてなかったよ」

「本当のところ、最初にこの計画を提案したのはどなたなんですか？」

「分かっていない。発想自体は古いんだ。一旦浮上してから、姿を消し、忘れ去られ、再び戻ってきた。まだ実現できるほどの技術的な手段がない時代に、よく語られていたそうだが、しかし、その後、そういった手段があった頃でも、長いこと空想の域に留まったままだった。正確な計画を最初にまとめ上げたのは、バルデラだ。百四十年ばかり前の話だ。彼に反対した者は大勢いた。が、彼の口癖はこうだった。「本件はかつてなく困難である、かくも困難であるなら、一度試す必要がある」

宇宙航海士が沈黙した時、私はこう言った。

「あの、ひとつお尋ねしたいのですが、かなり立ち入ったことです。あなたはこの遠征に出たでしょうか、もしも帰ってこないと知っていたら？」

「私がかね、それとも船がかね？」そう彼があまりに早口で答えたので、私はそんな風に区別して考える心構えができておらず、しばし黙り込んだ。

「私たち全員が」私は最終的にそう言った。

「もちろん、ノー《ニェ》だ。しかし、その全滅するという確信はどこから出たものだろうね？」

「分かりません、それについて深く考えたことはありません。ただの想像上の事態ですよ」

「心の中で想像することというものは、どこかしら現実と結びついているにちがいない。リスクはそれなりに大きいかもしれないが、リスクが存在するという事実自体が、成功の可能性を前提としているんだ」

「なるほど、では、もしも帰還の可能性が千分の一だったとしたら？」

「その場合は——イエスだ《タク》」

「なぜ、「イエス」なんでしょうか？　ああ、もしかしたら、しつこいですか？」

「しつこくなどない、君は面白い。それは、大きな違いだ。君に答えを二つ教えよう。まず最初の答えは、こうだ。人生の新たな活動領域に足を踏み入れると、人は未知のものの抵抗に出くわす。これは、遠い昔からの現象だ。ネアンデルタール人——つまり、最初に道具を作った人——にとって非常に困難だったのは、洞窟の燧石《ひうちいし》から矢じりを作ることだった。ここで、何度も試作を繰り返すうちに、人は素材の抵抗を克服する。この抵抗が、彼の次の試みと彼自身を形成し、彼は二倍成長する。つまり、素材の特質に関する新しい知識と新しい体験の積み重ねによって。このプロセスは長く、複雑だ。未知のものへの挑戦においては、初期の試みはことごとく期待外れに終わるかもしれないし、何ももたらさないかもしれない——即座に結果を享受せしめる、という意味において。しかし、歴史を見れば明らかなように、そのような試みは不可欠なものなのだ。火花を起こそうという最初の試みなくしては、火は存在しなかったろう。そして、流星によって打ち砕かれた初期のロケットなくしては、人類が空間を征服することはなかっただろう。すなわち、これが、リスクを冒すことの大義名分であり、その社会的な重要性なのだ。今、我々は自分たちの遠征へと向かっている途中だ。乗組員を募集する公報で、我々は、旅の危険性が巨大であること、また、これほどの長期間では大惨事の可能性も現実的であることを伝えた。もっとも、君はその文章を覚えているだろうし、煽るような内容ではなかったことを認めるだろう。さらに、候補者が応募するにあたっての条件と制限は、非常に厳しかった。参加を許される特定の職種については、少なくとも三つの専門が必要、等々。にもかかわらず——一千五百万通の願書を受け取ったんだよ。そこでだ、この点をしっかり記憶しておくべきだ、地球上にはまだ、この大事業を引き受け、それを完了させる、一千五百万近くの人々がいるということを。もしも我々がこれを成し遂げられなかったならね。私は、君の好奇心を満足させることができたかな？」

「いいえ。教えてください、なぜあなたは、あなたご自身は、この遠征を引き受けたのですか？」

「どうやら、腑に落ちないようだね」宇宙航海士はにっこりほほ笑んだ。「物理学者ならば、きっとこう答えただろう、「なぜなら、様々な恒星の核反応を知りたいから」と。惑星科学者ならば、「なぜなら、太陽系外惑星の構造を調査したいから」、宇宙生物学者なら、「宇宙における有機生命体の徴候を探究したいから」と。だが、私は……私はそのような答えを君に与えることができないのだ……」

「では、理由はないのですか……？」

「そんなことはない！　理由はあるし、今話すさ。もっとも、きっと君は満足しないだろうがね。なぜなら、星があるからだよ」

　宇宙航海士は、腰を上げた。

「ドクター、ちょっとひと歩きしないかね？　不躾な頼みで申し訳ないが、この十二時間というもの、生きた植物の小庭を見ていないのでね」

「ひとりになりたいのではないですか？」私は尋ねた。

「そんなことはない。もしも君にまだ時間があればだがね……」

　私たちは、エレベーターで下の層に向かった。公園内は、青い晩だった。一番広い芝生で、子供たちの大きな輪が踊っていた。彼らは手をつないで、声を合わせて歌っていた。突然、ひとりの子が他の子たちからぱっと抜け出して、まるでボールのように私たちの元へ飛んできた。五歳ぐらいの男の子だった。嬉しそうにきゃあきゃあ言いながら、私の連れ《トヴァジシュ》の両膝に抱きついた。

「これは、一番下の息子だ」テル・アコニアンはそう言って、高い高いをするために、その子を頭上に持ち上げたが、すぐ傍をウテネウトが通りかかったのに気がつくと、彼を呼び止め、私に子供を預けて、技師の方へ行ってしまった。私はそのチビ助を、精一杯高い高いしたが、しかし私の努力に対してむずかって、地面《ナ・ジェミ》に下ろして、と激しく駄々をこねた。

「草の上になら下ろしてあげられるよ、でも地球の上《ナ・ジェミ》にじゃないんだ、なぜなら、僕らはもう地球にいないんだから、ね？」私はそう言って、あっちへ行けるように、この子を放してあげた。しかし、どうやら私はこの子の誇りを傷つけたようだった。彼は離れなかった。しばらくかかとで砂地をほじくっていたが、ついにこう宣《のたま》った。

「そんなことしってるもん。そういってみただけだよ。ぼくたち、ゲアごうでとんでるんだ」

「ああ、そうだね。なら、どこへ飛んでいくのかも、知っているかな？」

「しってるよ。あるところにあるおほしさまにいくんだよ」

一体、何という会話だろうか！　私は、最後の質問をせずにはいられなかった。

「ひょっとしたら、知ってるんじゃないかい、どこにそのお星さまがあるのか？」

「しってるよ」

「どこ？」

「ぼくがおおきくなったとき、いるところだよ」

この話題で言うべきことをすべて、こんな風に話し終えると、チビ助は、たゆまず歌い続けている合唱隊の方へ大急ぎで走り出した。

かっこうさん、かっこう
かっこうさん、ないている
はるかとおく……
川のむこう……

テル・アコニアンとウテネウトが話し終わるのを待ちながら、この歌を聞いていた時、ふと頭に浮かんだのが、そういえば、ゲア号には鳥が一羽もいないな、ということだった。この、どちらかと言えば、陳腐な連想が引き金となって、夕暮れの中をたっぷり散歩した後、エレベーターの傍で別れ際に、私は衝動的に宇宙航海士にある質問を投げかけてしまい、すぐにその質問を後悔した。

「船には子供がたくさんいますね。私はこれにちょっと驚いているんです。ご自分のお子さんを連れて来るのを躊躇しませんでしたか？」

テル・アコニアンは、真剣な表情になった。彼は、私の掌を放して、ゆっくりとこう話した。

「上の息子たちは自ら志願した。が、一番下のは……実際、躊躇したよ。しかし、こう考えたんだ。今の時点では、この子は自分で決められない、と。私はこの子から幸福な地球での青春を奪ってしまったんだ。危険か……そうだな、しかし……。しかし、私が帰還する時、どうやって彼と目を合わせられたものだろう?」

夜、翌日、翌日の夜と翌々日は、特段の出来事もなく過ぎていった。船はスピードを加速し、レーダー光線の手綱を握りしめて疾走した。危険な衝突の前に警告を発する反射器《リフレクター》のシェル型面上に、そのエコーを慎重に捕獲しながら。宇宙航海士たちは、黄道の平面の外へと巨大船を導いているところだった。なぜなら、その中では、周知の通り、最大の流星群がひしめいているからだ。ゲア号はまだ、しかるべき軌道に乗っていなかった。木星への航行は、深淵への出航前の最後の演習という位置づけである。太陽系最大の惑星の強力な重力場で、すべての装置の稼働具合を点検する必要があった。そのため、私たちは比較的近距離で木星を通過した。航海三十九日目の早朝のことだった。私たちの多くが、パノラマ甲板に集まって、接近する巨星を見守った。

十二個の衛星のうち、四個が見えていた。最も近いイオは、暗色の筋で縞になった惑星の巨大な腹に自らの影を落としながら、明るい、鮮やかな星のように走っていた。私たちの目の前で、中世時代の天文学者の言う、赤道付近の大赤斑、あるいは——現代の専門用語《ノーメンクラトゥーラ》によれば——空飛ぶゴンドワナ大陸と共に、北半球が昇ってきた。濃い大気を通して、雲に厚く覆われ、メタンとアンモニアの波に溢れた、その荒々しい外形が見えていた。船尾星望台は、普段は暗いのだが、今は、木星の丸い表面から投げられた、下方から差してくる風変わりな微光によって、明るく照らされていた。木星は、見かけの大きさが最大に達し、遠く、船の下方で、赤銅色まじりの黄色い、不気味な、口縁が大きく開いたお椀にそっくりの形に広がった。お椀はガスの浪で満たされ、その間を縫って、台風の渦が自らの進路を切り開いていた。

私たちの頭上高く明るく輝く第二の衛星、エウロパから、まるで黒い数珠をつないだようなものが出てきては、惑星の中心部へ向かって潜っていった。それらは、空飛ぶゴンドワナ大陸で探検調査を実施中の自動操縦ロケットだった。それらが、ひとつまたひとつと、雲の海に飛び込み、しばしの間、その海の黄色い靄《もや》の中で小さな点となって黒ずみ、そして消えていくさまが、双眼鏡を通して見えたのだった。それらの作業の様子を見守っているのは、ガニメデ〔木星の第三衛星〕上の与圧チャンバーに駐在している少数の人々だ。人類の足は、いまだ木星の表面には触れていない。なぜなら、そのガスの外層は、最深部では百万気圧の圧力が掛かっているからだ。これには、どのような宇宙服《スカファンデル》も持ちこたえることはできない。

　ゲア号は、木星の円盤上で数時間演習を行った。私と言えば、長時間にわたる現地での滞在に飽き飽きして、星望甲板からほんの数十歩のところにある休息サロンへと赴いた。このサロンは、バロック風と呼ばれており、圧倒するような、野蛮なまでの絢爛豪華さが特徴だ。金の斑が入った六面の壁には壁龕《へきがん》があり、古代の神々の巨大な、白い像で塞がっていた。鏡のようにぴかぴかな寄木細工の床の頭上には、クリスタルのシャンデリアがぶら下がり、低い天井からは、ふっくらとした有翼の子供の像が数百も身を乗り出している。そこでは、上を向いたまま長居することができるだろう。なぜなら、天井の正方形の格間ひとつひとつの中に、美しく、風変わりな、暗めの色彩で描かれた、寓話の生き物たちが戯れる、森や丘の風景が認められ、さらにそれらが、丹念に設らえられた、美術絵画のコレクションにもなっていたからだ。しかしながら、すぐにこの見物人を、退屈が襲った。繊細な浅浮彫や縁飾りのレース模様にびっしりと施された金箔や銀箔に取り囲まれてリラックスできずに、視線がさまよった。それぞれの壁には、鏡が掛けられており、芸術作品の煌めく豊かさを何倍にもしていた。サロンの真ん中は空いていて、隅に大きな椅子が数脚置いてあるだけで、その固い背もたれには、闘うライオンとワシの彫刻がほどこされ、脚は、かぎづめ、ないしは、ひづめのデザインだ。これらの背もたれ椅子は、座ることをのぞけばあらゆる面で優れている。この椅子の作り手たちは、さぞかし変人だったのだろう！　しかし、座り心地の悪さは、おとなしく我慢しなくてはならない。なぜなら、歴史学者たちが語っているように、この内装全体が、何とかいう野蛮な君主の宮殿の広間のひとつを忠実に再現したものになっているからだ。

　しばらくの間、ここには誰もいないような気がしていたのだが、大理石の神々の集団の前に、男がひとり後ろに両手を組んで、立っているではないか。幅の狭い頭と突き出た両耳から、それがモレーティッチだと分かった。そこに彫刻の台座の影から、携帯用受像機を鼻に押し付けたニルス・ユールイェラが出てきた。集中しているあまり、彼は歴史学者にぶつかってしまった。ふたりはずいぶん長いことお互いに低頭して謝罪し合っていたので、もし彼らの服装にさえ目をつむれば、彼らを一千年前の宮廷人と見まがえたかもしれない。私が彼らの方へ近づいて行くと、少年が話しているのが聞こえてきた。

「それ、ものすごくおもしろい小説です。でも、ところどころ分かりにくいです。ほら、翻訳が悪くて、間違えもあるんです」

「何だって？　それは変だな」歴史学者は言った。

「本当ですよ。あ、例えば、ここ」ニルスが示した。

「『失われた道具を想うと、悲しみが私の心を締め付ける』」

「ここにどんな間違いがあると言うんだい？」

「え？　だって、『悲しみ』は、活動体にだけ関係します。悲しむことができるのは、生きている存在だけです。ものではなく……」

「それは今の話だよ、君」モレーティッチが言った。

「だがね、昔は違ったんだ。『ものを悲しむ』という言い回しは、君の耳にはぎこちなく響くんだ、なぜなら、そのような言い回しに慣れていないからだ。それに、君が慣れていないのは、このような概念の結びつきを作り出した環境が、数世紀前に存在するのを止めたからなんだよ」

「僕は、間違いだとばかり思っていました」ニルスはびっくりした。

ドアが開いて、幾人かの人々が現れた。私たちのところにやって来て、会話に耳を傾けていた。

「ここの続きですが」ニルスが続けた。自分の疑問を解いてくれる人物に出会って、嬉しがっているのが一目瞭然だ。「とある賢くて、面白い人物が、突然語り始めるんです、誰もが自分の飛行機を持てるようになったら、なんてすてきだろうなって。そして、すぐに、こう付け加えています。『しかし、それはおとぎ話だ』って」

「うん、そうだな。そもそも、この場面は、中世時代が舞台だろう。誰でもが自分の飛行機を持つことができる、という言い回しが、その時代には、おとぎ話から取った文章のように聞こえたんだ」

「それにしても、何かばかばかしい夢ですね！　今では、こんなのおとぎ話の文章のようには聞こえないですよね、相変わらず誰も自分の飛行機を持っていない時代だけれど」

「もちろん、持っていないさ。なぜって、誰にも必要ないからね」

「ちょっと待ってください……」ニルスは考え込んだ。「じゃあ、実際のところ、どうして今では誰も自分の飛行機を持っていないんですか？」

「それはだね。小説の主人公が言っていたことは、それほど全く無意味なことではないんだ。昔々、野蛮な時代には、生産手段の、さらには、生産された財産の個人的な所有というものが存在していたんだ。その後、共産主義の今より低い〔発展〕段階で、生産手段は社会の所有物になった。しかし、財産の消費は、引き続き個人的なものだった。それはつまり、誰もが自分個人の飛行機を持つことができたことを意味している――この本の主人公がまさに夢見たようにね。ところがどっこい、その夢が実現した時、社会の発展は止まらずに、その先へと前進したんだ。そして、今日、私たちはすでに、消費財の個人所有すら消滅してしまった時代に生きているんだ。じゃあ、なぜ、こうなったのか？　それは、「各人はその必要に応じて分配される」という原理がますます完璧に実現されたからだよ。飛行機は何のために役に立つ？　ひとつの場所から別の場所へ移動するためだね。飛行機を呼び出して飛び、行きたいと望むところに着いたら、もう飛行機には興味がなくなってしまう、そうだね？　では、もしも、自分の飛行機を持っていたら？　それをどこに置く？家にさ。でも、ロケットで別の半球に飛ぶ時には、その飛行機を一緒に持っていかないだろう。輸送がやっかいなことになりそうだし、あちらの、旅の目的地近くで調達する方がずっと良い。別の飛行機を当てにしてね。それも自分のものだ。うん、だが、人は、多種多様なロケットの旅行を企てるものだ。だから、終点近くに、誰もが自分で飛行機を準備しなければならない。徹頭徹尾、自分の飛行機を地球のすべてのロケット場に配置する必要があるかもしれない。なぜなら、ひょっとしたら、いつかそこへ出掛けるかもしれないし、その時に飛行機が無くてはどうしようもないだろう？　しまいに、我々ひとりひとりが、同じように行動したとしたら、地球全体を飛行機が覆い尽くしてしまうかもしれない。無数の機体が待機中でいるんだ、なぜなら、ひょっとしたら、何かしらの用事であちこちの方向へ所有者を連れていかなければならないかもしれないからだ。なんという浪費だろう、なんたる不便か！　そんな風に地球のあらゆる場所に自分の飛行機を置ききれるわけがない。それに対して、「所有の特権」を拒否しながら、君は今、地球ではどんな時でも自分に一番都合の良い乗り物を利用できるんだよ」

「なるほど」ニルスが言った。「僕たちは、古代人の夢すらも追い越したんですね……けれど、今日でも自家用飛行機を持つことは可能かもしれないですよね？」

「もちろん、可能だよ。しかしだね、この問題に対する我々の態度というものが、昔とは違って大きく変化してしまったから、そのような「所有性」を誰もが厄介事と見なすかもしれないね、「夢の実現」としてではなく」

その瞬間、天井がぱっと赤く光った。船全体が一度、ごくわずかだが、明らかに揺れた。低い、金属の溜息にも似た音が響いた。それからしんと静かになった。そこで、内蔵されたスピーカーが響き渡った。

「警報！　緊急態勢レベル一。全重力起動装置――停止！　警報！　重力の消失に備えよ！」

私は、自分がますます軽くなっていくのを感じた。ゲア号が自分の遠心分離運転を停止し、たちまち、サロンの内部はばらばらに浮き上がる人々でいっぱいになった。肘掛椅子、数脚のテーブル、床に固定されていなかったものすべてが、今や、無重力の空間に浮いていた。ちょうどここ、私の目の前を、あたかも、信じられないわ、とびっくり仰天した表情のまま固まってしまったような、石像のひとつの、巨大な大理石顔が通り過ぎていった。これが、おそらく二十秒は続いて、それから、声が響いた。

「警報！　緊急態勢レベル一を解除する。重力起動装置始動！　警報！　今後の指令を待て」

私たちは、空気の抜かれた風船のように床の上に落ちた。皆それぞれ、足の裏が寄木細工の床に触れると、平衡を保とうと、何か近くにある物に摑まった。なお数秒の間、皆の狼狽が続いていたが、その後、私たちは、ほとんど駆け足で、星望甲板へと移動した。下方で、先ほどと全く同じ景色が広がっていた。縞模様の、木星の巨大な塊が、その不鮮明な琥珀色の輝きを私たちに投げかけていた。ところが、ゲア号の背後おおよそ数キロ、あるいは、もしかしたら十数キロ程後ろから、明滅しない、輝くガス状の渦巻きが空間に浮かび、爆発を起こした星のように、非常にゆっくりと拡大していた。私たちの弾む息だけが響く異様な静寂の中、聞こえていたのは、通信ブザーの短い、途切れ途切れの声で、その後、快速エレベーターが数回びゅんびゅんと鳴って、終いにはロケット《ゲア号》が停止し、その排気口を木星の球面に真っ直ぐに向けると、一、二度、そちらの方向へ、短い炎を激しく噴き出した。すると、甲板中に、遠い、抑制された、ホイッスル音が伝わった——船の排放射能装置が動き出したのだ。巨大船はわずかに傾いて、奔走する惑星の球面の上空に斜めに浮いていた。再びエレベーターのびゅんびゅん音が響いてきたが、私たちの誰一人として、今あえて操舵室へ向かおうとはしなかった。宇宙航海士たちを邪魔しないためだ。

おおよそ五分程して、すべてが静かになって、私たちが最寄りの電話機へと動こうとしたまさにその時、再びスピーカーが鳴り響いた。

「警報！　特別招集。医師は全員配置に付け！」

私はエレベーターに急行した。エレベーターが私を下へと運んだ。手術室へと走った時、アンナ・ルイスが向かいから飛び出してきた。

「何事だ？」私は叫んだ。

「不幸な事故よ！　今は、説明している場合じゃないわ、下に行って。陰圧室によ。すぐそこに行くから！」彼女が、エレベーターに私を押し込むやいなや、すぐにドアを閉めたため、私は返事をする余裕すらなかった。そんなこんなで、訳の分からぬまま階下へと向かい、地上二層で突然エレベーターが止まると、ドアが左右に開いて、テル・アコニアンとユールイェラが乗り込んできた。

「何事ですか？」再び動き出したエレベーターが下がり始めた時、私は彼らに話しかけた。

技師の話から分かったところによると、ゲア号がわずか八万キロメートルの距離で通過した、木星の衛星ガニメデから、何者かが、早朝私たちに会いに飛んで来たということだった。おそらくそれは、宇宙基地学の学生で、木星の衛星の表面にある宇宙科学ステーションで一年間の実習に従事しているところだった。そこには、通常、毎年入れ替わりで、数十人から成るグループが居住していたが、全くの孤立状態で、地球との繋がりと言えば、無線通信のみであった。単身用ロケットでこちらに向かって出発したパイロットは、かねてよりゲアの航行について情報を得なくてはならず、今か今かとその到着を待ちわびていた。

若い熱狂者がたびたびそうするように、私たちを祝して危険な旋回《アクロバット》をいくつか自在に行おうと、彼は自分の宇宙船の舵の自動安全装置を切ってしまった。そうして、二回転宙返り飛行をゲアの周囲で行った時、ゲア号はこの男に警告信号で答えた。しかし、信号が効果を表さなかったと見るや、ゲア号は赤い煙雲で自らを取り巻いた。しかし、これすらも効かなかった時、巨大船は速度を上げた。ゲア号の演習を担当していたのは、オートマタたちで、だから、当時操舵室には宇宙航海士が誰一人としていなかった。無謀なパイロットは、警告を無視して、ゲア号が逃げ始めたと見るや、自分のロケットのあらん限りの力を振り絞って、後を追跡しようと急発進した。木星方面からこちらの舷側に接近しながらも、彼は木星の引力に注意を払わなかった。その引力のせいで、小型船は急激に向きが変わり、原子力ガスの噴射域に飛び込んでしまった。渦に取り込まれたロケットは、ふらふらになり、パイロットの方は、混乱の中で方向を見失い、飛行を立て直そうとしながら、全速力でゲアの舷側へ直進した。どんな回避術も遅すぎた。距離が数百メートルに縮まった時、オートマタが排放射能装置のスイッチを入れた。小型船は放射線による強烈な衝撃を受け、それが船に急激なブレーキを掛けた。船は真空の中を麻痺したように浮遊し、もし私たちが次の手を打たなかったならば、木星の表面に突進してしまったかもしれなかった。ゲア号は停止し、旋回運動を抑制すると、磁場を用いてその不運な小型船を内部に収容した。

オートマタが行ったことはすべて、不可避なことだった。もしも、小型船が、噴出された電離気体《プラズマ》によってはねつけられなかったならば、結果として悲劇的な衝突が起きていたかもしれない。いずれにせよ、小型ロケット《ポチスク》は十一トンの重量があり、私たちの所へ秒速十七キロメートルの速さで接近中で、従って、巨船の防御装甲に見事に突き刺さり、腹に穴を開けるだけのエネルギーは充分にあったのだ。

そうこうしている間に、エレベーターは下に到着した。私たちは、陰圧室に入った。船の強化された構造の一部を露わにしている、むき出しの金属の肋材《ろくざい》の下、乗降口の壁に寄せられて、岸辺に投げ出された魚のように、幅が狭く、長いロケットが、黒茶色に焼け焦げて、横たわっていた。放射性の衝撃で、その外被は、まるでスラグに覆われた殻のように、でこぼこに変化していた。頑丈なハッチをどうしても開けることができなかったため、オートマタが適切な用心深さでもって、パイロット席の上部に充分な広さの穴を切り取るのに取り掛かった。私たちがチャンバーに入った頃は、作業が完了する間際であった。まだ少しの間、電動のこぎりが音を立てている近くから火花が降っていた。その後、装甲のかけらが楽々と持ち上げられ、生じた穴から、気密性の高い宇宙服《スカファンデル》に閉じ込められた体が引き出された。

その宇宙服《スカファンデル》は、分厚い、黒味がかった、弾力性のあるずんぐりした姿をしており、前方から操舵装置や電波探知機の一部、および、パイロットの頭部と胸部を保護する一種の円盾《バックラー》が取り付けられている。そのため、私たちは、それを後ろから切断することから始めた。大きく左右に開けられた、ライトで照らされた高速エレベーターの中には、すでにストレッチャーが待機していた。私たちは操縦士が生きているものとして取り扱ったが、尤も、それは定かではなかった。と言うのも、プラズマによってブレーキが掛けられたロケットは、急激にスピードを失い、中に閉じ込められた人間は、最高許容限度を何倍も超えた減速度にさらされるからだ。

誰かが脇から私に切断器具を渡してくれた。幾重にも重なった布地の層が現れるにつれて、私は一層慎重に作業を進めた。ついに、空気が抜ける小さな音が聞こえた。内部が与圧されていたからだ。さらにもう一回の切断で、切れ目から操縦士の飛行服《コンビネゾン》が黒く見えた。それは、小型ロケット《ポチスク》の急な発進、ないしは停止の際に、柔らかい肉体組織を保護する金属のコイルがぎっしり巻かれた、膨らんだゴム袋のようになっていた。

パイロットの胸と腹には、膨張した漏斗型の細いチューブが繋がっていた。その中では、飛行中に生じる加速に応じた圧力を受けてガスが循環しているのだ。私は、数人の助けを借りて、まだ飛行服《コンビネゾン》に収まったままの体をストレッチャーに移した。ガラスのドアが閉まり、エレベーターがそっと揺れて、上に舞い上がった。

手術室ではすでに、すべての照明が光っていた。検査テーブルの傍からアンナが私を迎えに来た。ストレッチャーがすでに温められてあった金属台の方へ押されて行った時、別の部屋から誰かが入ってきた。一等外科医のシュレイだった。

彼に場所を譲りたかったが、彼は早口でこう言った。「いや、やりたまえ、やりたまえ」そして、私を押し戻した。

私は軽く身を屈め、アンナのサポートを得ながら、今度はハサミで飛行服《コンビネゾン》の外層と内層を切った。力強い刃の下で、切り取られた強化コイルのスプリングが音を立てた。突然、裸になった両脚が白く現れた。ハサミで一気に最後まで切り切った。すると、空っぽの布地がしわくちゃになり、ぺしゃんこになった。私たちの前には、意識不明の裸の人間が横たわっていた。

シュレイが台に近づいた。我々は数十秒の長きにわたって、横たわる人物を全くの無言でじっと見つめていた。

それは、若い、二十歳ぐらいの青年で、豊かに生えたブロンドが、今や血でべっとりと張りついていた。その無防備な裸体が、今までその中に押し込まれ、今度はぎとられた動物の皮のように床の上に落ちている黒い布地と、驚くほどの対照をなしていた。紫色の小さな円が腹部、左右の大腿、そして左右の胸部上に現れているのが、かろうじて見える。そこは、急激なブレーキの瞬間に、気圧チューブの通気筒が体に沈み込んだ場所だ。顔には生気がなく、青みがかった色が差し、まるでアラバスターに彫刻されたかのような鎖骨上窩内では、ほとんどあるかないか程度に脈が打っていた。

果てしない慎重さで、シュレイは心臓に電子聴診器の集音盤《チェストピース》を置いた。それから、電動モニターを上からスライドさせて青年の上にかざし、すべての照明を消した。切迫した暗闇の中に、X線用モニターの緑がかった表面が現れた。私たちはその上に屈みこんだ。関節、骨、肢体はすべて無傷だった。シュレイが照明のスイッチを入れ、モニターを突き放した。モニターは音を立てずに天井際に上がって行った。脇から、ぱっくり割れたクルミのように開いた、脳波計のヘルメットが突き出て来て、意識不明者の頭を緩く覆った。アンプ内で電流がぶーんと鳴り始めた。シュレイが脳を調べ始めた。突然、彼が言った。

「心臓を良好に保ってくれたまえ」

私は了解の合図を送った。二方向から、用意の整った注射器が入ったバットが、斜めに突き出てきた。針が左右前膊の白い皮膚にゆっくりと沈んだ。液体が、素早くガラスの注射筒《シリンジ》から流れ出た。

「血液は？」アンナが訊ねた。

「いや」

輸血を行ってはならなかった。頭から飛び込んでくるパイロットの体に、ロケットもろとも急ブレーキが掛けられた時、彼のすべての内臓と血液がまるごと、そのまま惰性の力で押しまくりながら、まるで胸郭の奥に突っ込んで行くかのように大暴れしたのだ。耐衝撃装置がこれに抵抗できたのは、部分的にだけだった。すなわち、装置は衝撃を和らげるために、急遽胸を圧迫し、いわば、頸部に包帯を巻いたような格好になったが、しかし、頭蓋内圧の急激な上昇に対しては、なす術がなかった。そこで、かなりの脳の出血や脈管の破裂を予期しなければならなかった。わずかな震えが、数秒ごとに麻痺した体に起きていた。私は、間代性痙攣が始まっており、従って、大脳皮質が酷く損傷している、と考えた。容態は絶望的に思われた。

シュレイは、脳波モニターに低く身を屈めた。彼ひとりが、揺れ動く電流曲線の恵みを得て、意識不明者の脳で何が起きているのかを確かめていた。アンナと私にできたのは、彼の顔を眺めながら、ただ待つことだった。その顔に何かしらを読み取ろうとしたが、無駄だった。この深い沈黙に満ちた瞬間に、年老いた外科医に視線を集中させて、私は今回初めて、美しい顔だと、驚きとともに強く認識した。

彼は、大きな、高くドーム状に隆起した頭蓋を持っていた。しかし、構造の軽さのおかげで、その大きさを見極めることは、ゴシック様式の大聖堂の巨体と同じように、難しかった。上下の眼瞼は、鋭く、暗い空隙を留めたまま、今や、眼窩の両縁から等距離で会していた。モニター上に傾けられた彼の顔には、一切何の表情も現れてはおらず、私たちは、まるで凍り付いた仮面を眺めているかのようであったし、その本来の顔といえば、完全に集中しきって、鳴りをひそめていた。動作を止めたかと思うと突然、彼は直立し、かっと眼を見開いた。

「頭頂葉が最悪だ……」彼はそう言うと、目がくらんだかのように、目をしばたたかせた。私たちは黙っていた。彼が言ったことは、最初から充分予測できたことだった。しかし、いつものように、つまり、私たちの手に余るどんな症例にもつきもののように、私たちは惑乱していたのだ。私はシュレイの判断を待っていた。

「もしも、何とか助かるなら」彼が言った。「記憶を失うか……あるいは……癲癇になるだろう……準備は万端かね？」

「はい」私はアンナと同時に答えた。

「始めよう」

体を載せた台が、手術台の方へと転がされて行く間、シュレイは我々の誰とも目を合わさず、独り言のように付け加えた。

「……あるいはまた、その両方だ……」

台を覆っているガラス製のシェード・カバーが二つに開いた。患者の体が、オートマタの腕でそっと移されて、体の形状に正確に合わせてくれる、雪のように真っ白なマットの上に横たわった。内臓への大量出血が起こっているはずで、我々の注射はあまり役に立たなかったようだ。というのも、意識不明者の皮膚がほんの少し黄味がかっていたものの、セラミックでできた台の縁の色ほどには濃くなっていなかったからだ。四つに分かれたガラス製の釣鐘型カバーが、一斉にぴたりと閉じた。それと同時に、麻酔装置の針が震えた。すると、管の中で静かに圧搾酸素がシュッと音を立てた。両手と両脚の関節が、軽くものを摑むような形のままで止まった。台が下降して、位置をずらし、手術器具のグリップ部分が横たわる患者の頭上に来るまで、巧みに動いた。この間に、ガラス・シェードの内部が温められ、再び、注射器が載せられたバットが現れた。一方、脇のくぼみからは、鋭い舌を出したヘビの鼻面のように、輸血用のチューブが突き出てきて、いつでも手術患者の血管に刺すことのできる準備が出来ていた。

シュレイが、ずんぐりした形をしているサファイア色の仕切りの後ろに入った。ここには、手術台のシステム装置があった。彼は、パイロットの頭部が映し出されたモニターの前に腰を下ろし、両手を肘までゴム製の赤いカフに突っ込んだ。カフの奥には、金属製のレバーがあり、彼がそれらのレバーを動かした。すると、掻き集められたかぎづめの束のごとく病人の頭上に垂れ下がっている手術器具のグリップの中から、順番に器具が抜き出されていった。

　シュレイの指示はなかったが、患者の心肺の動きをコントロールするため、私は左側から装置の操作卓《コンソール》に近づいた。アンナは、向かい側で、患者の体への血液の投与を管理していた。

　青い光が反射するガラス壁で私たちから仕切られていた室内は、明るく、暑く、そして、静かだった。時折、勢ぞろいした器具の中に埋もれていた一部がカチャカチャ鳴ったり、あるいは、露わになった動脈で、止血クランプが閉じた時には、次から次へ軽くパシッパシッという音が鳴った。スクリーンの奥には、すでに剃髪された頭蓋が見えていた。穿頭用ドリルが骨の中に潜り、血まみれの削り跡で自らの道を示しながら、円形に動いた。それから、吊り上げ器械《リフト》が近づいて来て、鈍い先端を頭蓋冠の切り取られた部分の近くに落とし、その切断部分が蓋のように、小さな吸気音とともに持ち上がった。かろうじて、切り取られた骨がこじ開けられた。頭蓋の内部に青ずんだ赤い脳の塊が現れ、目には見えない出血の圧力で押され、一層膨らんだ。硬膜の膜の中で分枝している大動脈が、ゆっくりと脈を打っていた。シュレイは、モニター内の拡大尺度を変えた。すると、その中に見えているのは、すでに手術患者の頭蓋全体ではなく、拡大された手術部位のみで、そこは血液を吸収するスポンジの帯に囲まれていた。キラリと輝く、銀色の毛髪のように細いメスが、脳へ向かって垂直に降りて行き、脳に触れた。その印象は、驚くほど繊細だった。膜がすぐに切れて、二手に裂けた。内部から、血の波がどっと溢れ出て、固まった血の塊を吐き出した。生理食塩水のエジェクターが、ちょろちょろした流れで部位をきれいにした。液体は渦を巻き、ピンク、赤、ついには、黒ずんだ赤い色彩になった。出血が続いていた。覆布《ドレープ》が自動的に交換された。シュレイは始終背中を丸めたままだった。ゴムのカフに深く差し込まれた彼の両手は、目には見えていなかったが、肩の動きを追うだけで、その迅速な、熱のこもった仕事を察することができた。

　彼は、モニターにより一層顔を近づけた。突然、血液の循環を監視しているオートマタの甲高い、繰り返す声が響いた。同時に、術野が洗浄され始めた。シュレイは、モニターから目を離さずに、こう言った。

「人工心肺！」そして、この、しゃがれた声で言い捨てられ、かろうじて聞き分けられた言葉を耳にしてようやく、私は、彼の努力がどれほどのものであるのかを理解した。

私は、継電器《リレー》を切り替え、そうやって私の側のすべての装置をアンナのコントロール下に委ね、そして素早く脇のコンソールに腰を下ろした。ここで二つ目のモニターが開き、手術患者の裸の胸が現れた。私はメスを作動させた。直ちにメスが皮膚に切れ目を入れる。フックで脈管を掴んだ。すでにほとんど出血はしていない。血圧が急激に下がった。オートマタが一層低い声で唸ったが、それはもはや断続音ではなく、一続きの、悲しそうに沈んでいく音調だった。それはもはや手術中の急性循環不全《ショック》ではなく、断末魔だった。手術患者は、もうすぐ死ぬ。自分の顔がこわばるのを感じた。突然鋭い、突き刺すような音が響きわたって、私はできる限り素早く処置を講じたが、私たちのモニター画面の中では、血のような色の明るさでエッジが光り始めた。操縦士の心臓が止まるぞという合図だ。もう一回鼓動して――おしまい。衰弱した心臓は、拡張期で停止した。

「人工心肺!!!」しゃがれた、荒々しく癇癪を起こした声で、シュレイが叱責した。私は、痛くなるほど歯を食いしばりながら、息を止めて一気に膜を切り、肋骨はハサミで数回打つと割れ、ついに広い開口部が暗く見えた。すでに待機していた、輸血装置のチューブが、暗闇の中に潜り込み、その暗闇を私が、両側から射し込まれた光線で駆逐すると、鉗子が大動脈弓を狭み、大動脈が切開されて、真空圧でチューブに吸引された。私は直ちに循環のスイッチを入れた――渦巻きポンプがますます速くチュッチュッ音を響かせ、インジケーターが上向き、送血圧が上がっていった。保存されていた血液が死人の体の奥に流れ込んだ。

続いて、私は露出させた気管を切り開き、酸素チューブの先を内部に挿入した。画面の上方にあるすべての計器は、リズムを刻みながら脈を打っており、人工心臓および人工肺共に稼動中だ。もうこれ以上私にできることは何もなかった。私は食い入るような目で、真っ二つに割られた果実のような、青ずんだ肺の間にぶら下がっているものを、パイロットの静かな心臓を見つめていた。一分が経過した。二分――動かない。

のろのろと人工的に押し出された血液が、冷たくなっている体の奥に頑固に自分の道を切り開いていた。熱交換器が空しく動いた。ヘパリン溶液の細流が空しく流れた。シュレイは、傾斜した台の上に横たわっている、大理石のように白い死体を手術しながら、さらに動き続けた。

「血圧を上げろ！」まるで声を失ってしまったかのように、シュレイがしゃがれ声で言った。私は、さっと彼を見た。彼の額から汗が霰《あられ》のように飛び、ふきん代わりの肩が行ったり来たりして、目に流れ込む涙のように大きなしずくを拭っていた。

私が血圧を上げると、装置の低く鳴り響く音がますます大きくなり、死後四分、それから、五分が経過した。

「アドレナリン！」

針が光に当たってきらりと光り、傾き、注射は真っ直ぐ心臓に刺さった。すると、突然、灰色交じりに青ずんだ肉の塊が身をよじらせ、痙攣した。

「心房細動！」私は叫んだ。

「電気ショック！」こだまのようにシュレイが答えた。私自身、これが患者を救う唯一の試みだと分かっていた。心臓が、白金電極の電流でショックを与えられ、震え出し、一旦止まり、そして思いがけずも、移行期を一切経ずに、リズミカルに動き始めた。

「そのまま維持！」シュレイが深く、低い声でそう言った。

これまで連続して唸っていた断末魔の信号《シグナル》が、次第にとぎれとぎれに鳴り出した。そして今度は、かなりの間が空いてから再びその音を耳にした。シュレイのモニターの奥を眺めるために、私は脇に身を乗り出した。

頭蓋の内部は、凝血の筋がいくつも着いた血まみれのやわらかな醜い塊だった。透明な溶液の細筋が、疲れ知らずにその塊を洗っており、器具が押しては引いて、脳葉を〔正常な位置に〕収めようと格闘していたが、それは不可能だった。なぜなら、腫れた組織が、膨れ上がって、創縁《そうえん》から溢れていたからだ。

「シェード内の圧力を上げるんだ！」

御意。シュレイは、外圧を上げながら、脱出した脳ヘルニアを、部分的にではあるが、中に入れようと力を尽くしていた。これは、かつてないほど危険を伴うもので、呼吸中枢である脳幹を損傷する恐れがあった。いずれにせよ――私は思った――もしも延髄に出血があれば、私たちの粉骨砕身の努力は無に帰すだろう。こうしたあらゆる疑問が瞬時に頭を横切ったが、私は躊躇することなく指示を完了した。

　脳がのろのろと引っ込んだ。血液循環がわずかに改善された。さらに十分後には、人工心肺の切り離しに取り掛かることができた。胸の開口部をぴったりと縫い合わせ、同様に、切開された気管の孔も縫合した。今や、意識不明の患者は、グルコースとタンパク質を含む加熱された血液をどんどん受け入れていた。シュレイも終えようとしていた。頭蓋骨の切断部が閉じられ、上部からは、アルミホイルに似た、金属製のタンポンがのたうちながら、次々と流れ落ちてきた。縫合器がかちかち音を立て、エジェクターがもう一度だけ水溶液を噴きかけ、その後、天井の大きな、白い照明がついて、モニターが消えた。

　シュレイがコンソールから立ち上がった、というよりむしろ、崩れ落ちた。私が彼の肩を支えると、彼の唇は震え、何かを口にし、拒もうとあがき、私を押しのけた。私は、「私、独りで大丈夫だ」という、息もたえだえにささやかれた言葉を捕らえたような気がしたものの、彼を離さなかった。アンナが私たちに近寄って来て、三人で仕切りの陰から外へ出た。

　私たちの目の前には、斜めに持ち上げられたマットレス上に、若者らしい裸体が横たわっていた。それは、細長い足裏から大腿に向かってすらりと伸び、そして、その鼠蹊部から、体幹《トルソー》がなだらかに隆起していた。首は、力強い、白い茎のように、包帯の保護キャップを被せられ、横に傾《かし》げ、眠りで瞼が閉ざされていた頭を支えていた。まだ弱々しい呼吸が、鎖骨のくぼみの影を濃くしたり、薄くしたりしていた。私たちは身動きせずに立っていた。一方、胸が膨らみ、肋骨が動き、血液が目に見えぬ流れで全身の脈を刻んでいる様子が、もはやはっきりとしていた。その時、私は大いなる喜びに包まれた。あたかも、死の破滅から救い出された彼の美しさに、初めて気づいたかのように。

アメタ操縦士

今から十一世紀前に宇宙征服へと漕ぎ出した初期の宇宙飛行士たちは、旅の風景を、天の川の環状帯によって二つの半球に分割された、黒い、煌めく星々に満ち溢れた奥地のように想像していた。彼らは、地球から観測された星座が、塊状で深淵に浮かぶ巨大な光の雲である、と認めることになると分かっていたし、しかも、その予想は的中してしまった。しかし同時に、彼らは、実際に宇宙空間に身を置いたことのない人には、誰一人として想像できないことを体験したのだ。

　古代の航海者たちは大海原の広さに、飛行士たちは大気圏の広大無辺に夢中になった。極地の最初の征服者たちは、天の川の無限の巨大さを称賛した。しかしながら、無数の光が燃えている真空空間と比較して地球的な物指しが、何だというのだろう？　太古の寓話の中で中国の哲学者が述べているように、偉大な空間が小さな空間と同じ類のものであるというのは、嘘である。地球上で生まれた感情、習慣、希望は、すでに無限との最初の接触で崩壊してゆく。

　一瞥して距離を算定することは、ここでは一切不可能である。観測された小さな火花が、虚空の中を数兆キロメートルにわたって、星のごとく自ら光線を発しながら付近を疾走中の他の宇宙船の光であることもまさにあり得るのだ。太陽の光が命中した物体は、突然姿を現し、再び太陽の領域から抜け出しつつ、何らかの天体の影に覆われて、未だかつて存在しなかったかのごとく、忽然と姿を消してしまう。同時に、運動の感覚が無くなっていく。ロケットは、惰性で飛行したり、ないしは、全速力で疾走することができるが――星々で満ちた宇宙《そら》は、一様に不動である。ロケットが進路を変更するたび、方向転換やカーブのたびに、それらの動きは星の動きとして知覚され、あらゆる感覚がひとつとなって、見事にこの錯覚を起こさせる。地球上では、後景の線を不鮮明にする大気遠近法の有益な作用が、それぞれの物体を空間範囲のしかるべき場所に落ち着かせるが、それに対して虚空では、物事は目に見えるか、あるいは、肯定的か、あるいはその正反対か、である。ここには、どのような移り変わり、くすみ、間色も欠けており、冷酷な光や、同様に冷酷な暗黒だけが存在している。

古代の船乗りたちは、海面の下に広がっている奥底についてほとんど考えたことはなかった、そこは彼らの敵ではなかったのだ。むしろ、厄介な暴風、嵐、台風が彼らの船を襲い、沈めるのだった。とはいえ、それらは目に見える前触れをもたらしてくれる。敵は、高く重なる波、水や雲の無秩序という姿で、あらかじめ自らの到来を知らせてくる。その敵に直接立ち向かいながら、船乗りたちは、敵の強烈な一撃や殴打を覚え、それらを無力化して、戦いに勝利するか、あるいは、非業の死を遂げた。星々の間では、そのようなことは存在しない。間断なきレーダー防衛が発明されるまで、宇宙船は、いきなり飛来する流星に一撃される危険にさらされていた。しばしば、一瞬が、致命的な衝突での全滅を避ける、航海の天気模様を完全に左右した。その後、防衛策が開発され、そして、一歩一歩改善された。絶えず犠牲者による代償を支払いながら、地球のものとは異なる、宇宙航海術の原則と法則が作成されるようになった。

例えば、ロケット同士の遭遇については、このように言われている。もしも、船が数千キロメートルの距離で自分の傍を通過する場合には、航海日誌には近距離の遭遇として記録される。これはすなわち、地球で最も広い大洋の対岸ほどである。一方で、地球の直径と等しい間隔ですれ違う場合は、この件はそれ以上に、理にかなった遭遇として記入される。なぜなら、もし人々が地球での旅行術の習慣をそのまま宇宙の深淵に持ち込もうとすれば、究極の孤独を宣告されてしまうかもしれないからだ。なぜなら、初歩的な計算から明らかなように、惑星間では数百万ではなく、数十億の船舶が旋回する可能性があるにもかかわらず、ある船が、装置を通してではなく、肉眼で別の船を確認できるほど充分近く、その脇を通り過ぎるようになるまでには、何千年も経過してしまうかもしれないからだ。

現代の、私たちの誰もが、宇宙旅行の風景をよく知っていると思い込んでいる。私たちは、極めて幼い頃からそれに慣れてしまったり、その底なしの闇や冷たい空虚を知識として学んでしまうが、航行の安全、船船の性能、宇宙機《ポチスク》の窓の中に現れる黒い空との絶えざる親交のおかげでようやく、眺めをある程度体得するようになる。航海者は、惑星にますます注意を払うようになり、それらは、真空空間にとっては、地球の風景にとっての丘、樹木、河川のようなものであり、航海者に変化の痕跡を与えるものなのである。実際、ほんの束の間であれ、わずかに見えるかどうか、という惑星が、それですでに多くの重要性を持つのである。ある天体たちの表面は小さくなり、別のものは大きくなる。衛星と惑星は、様々な位相に入り、不動のままの星を背にして放浪する。そして、このような具合に旅の進行が視覚的に体験されることになる。その際〔旅行者の〕視野には――地球上とは異なって――出発点もその目的地も入っているのだ。

宇宙航海学の歴史で有名なのが、地球が何らかの天体の後ろに隠れてしまうある期間中に、旅行者が決まって感じる、という恐怖の記述である。多くの若者が、このような告白を弱さの印と見做している。なぜなら、数百万キロメートルの彼方から見物する者にとって、大陸と海の輪郭すら識別ができない、光り輝く青いちっちゃなしみが、何者たりえるのだろうか、と考えるからだ。しかし、古い宇宙飛行士たちが惑星間空間は地球の空間とは同じ種類のものではないと確信したのと同様に、私たちゲア号の人間もまた、短い航海は長い航海とは何一つ似たところがない、という単純かつ厳しい真実を思い知らされた。

ご存知の通り、ゲア号は銀河の南極方面へすぐさま出発したのではなく、まず最初に、黄道面上にある太陽系全体を踏破した。つまり、私たちは、約二千六百億の小惑星が渦を巻いている、地球領域外にある小惑星帯を通過し、それから、火星を越えて、宇宙地図上に黒い線として見える、木星の家族である多くの彗星の軌道を横切った。私たちの系のこの巨人は、はるか遠くまで広がるその重力の勢力空間内で、それら彗星を捕らえながら、彼らを自らの奴隷のごとく従えていた。木星は、最終的に彼らを系の境界外へ追い出すか、または、恒久的な軌道上に据え置くかするまで、絶えず彼らの軌道を変えているのだ。ゲア号は、小惑星、流星、彗星の群れの中を自らのルートを変更しながら、毎秒一千キロメートルに達する速度で太陽系内域を疾走していた二十八日間の内に、すべてのナビゲーション装置を性能試験にかけた。この期間中、私たちは外からやって来る事件のかずかずを体験した。滅多に人が出没しない木星以遠の各惑星が次第に大きく、広がっていき、彼方まで届く電流の渦によって対流が起きている、ガスの巨大な表面を裸眼で観測できるようになっていた。それらの直径は、ゆったりと最大限に達してから、縮小し始めるのだった。巨大な惑星が次から次へと、固まった氷の衛星の群れに囲まれて、後ろへ去ってゆき、ついには、光り輝くちっぽけなしみとなって、ゲア号の船尾遠くに姿を隠していった。それと同時に、航海の進展は太陽光線の弱化に現れ、冥王星の軌道上では、太陽は、極めて明るいだけの、宇宙《そら》の星々のひとつにすぎなくなってしまった。地球はもう何日も見つけることができなくなっていた。その弱々しい光は、母なる太陽から発する光の洪水の中で消えてしまったのだ。

天王星と冥王星の軌道の間で、十三日の間を空けて、無人の宇宙基地のようなところから飛んできたロケットに二機遭遇した。これまで宇宙図に記載されていなかった彗星や流星を絶えず探し求めて、この人気《ひとけ》のない、凍てついた広大無辺を巡視中であった。それらは、自らの発見を無線信号で他の宇宙船に通知したり、警告したりする。そうそう、私たちはこれらロケットの宇宙基地と遭遇したが、もちろん、視界の外でであり、望遠鏡ですら確認できずに、通り過ぎたのだった。基地はリズミカルに発せられる無線信号のパルスで自分たちの存在を知らせてくれ、それによってそれらの位置や飛行の方向を正確に特定することを可能にしてくれた。これらのパトロール船は、数にしておよそ一万六千、一機が次の機と交替して小惑星帯へ帰還する間、空間を最も長く飛行し続けている類のもので、無線によって呼び出されると、内太陽系の空港のひとつで次の十年分の燃料をタンクに満たすために、飛来する。

ケルベロスの軌道付近で、宇宙航海士たちが太陽系の黄道面から船をゆっくりと移動させ始めた。

ここから、ゲア号は虚空の海へと入らねばならなかった。ますます速いスピードへと船の絶え間ない加速が開始された。お話ししたように、黄道横断の際の平均速度は、毎秒約一千キロメートル前後を行ったり来たりしていた。このようにして、私たちは八十二日間前進し続け、この時点で、六十と四分の三億キロメートル以上の距離を飛び終えていた。先入観の無い者には、これは道程のかなりの距離だと思われるかもしれないが、翌日太陽系の境界を通過後に操舵室の壁に現れた地図は、これまで使用されていたものよりも百万倍大きな縮尺のものだった。ここまでに踏破された空間は、その地図上では少しも認めることができなかった。太陽系全体は、最も遠い惑星とともに、きっかりその境界まで、新しい地図上では、ちっぽけな、黒い点として表示されていた。

　私たちのうちひとりならずの者が、無意識のうちに、太陽系外の広大無辺はこれまで調査され知られていたのとは違って見えるだろうと、想像していた。そんなことはありえないと分かってはいたが、ケルベロスの軌道横断が告げられたその日、私たちは、表には出さないもののどきどきした感情を抱えて、早朝甲板に出向いたのだった。星々の宇宙《そら》は、しかしながら、不変不動のまま私たちの前に現れた。

　私は、前方のパノラマ甲板に立っていた。北極星は、船尾の影に隠れて見えなかった。直行ルート上にあったゲア号は、星の椀（天球）の北極から南極方向へいくらか下降した。そこでは、天の川の広大な半島の中で、航海の目標が明るく輝いていた——ケンタウルスの太陽たちが。

　私たちの目の前には、銀河系が大きく広がっていた。巨大な、白っぽく散らばった、その不動の雲が、星の塊にねじ曲がって貫入している、闇の裂孔であちこち仕切られて、深淵の間に塊状の層となって伸びていた。その裂孔こそは、背後に浮かぶ星々の光を弱めている、宇宙の冷たい物質、暗黒星雲だった。視線が思わず、これら光の大陸づたいに前へ、ケンタウルスの太陽へ向かって走った。向こうの、光が豊かに降り注ぐ領域で、あまりに弱く、それらで目を休ませていると、あたかも見る間に溶けてしまったかのように、すぐさま見えなくなってしまう、無数の星々の中で、南十字星の火が明るく輝き、一方、銀河極の反対側では、ダイヤモンド屑のように輝く球状星団きょしちょう座四七の傍で、マゼラン雲が光っていた。

　大マゼラン雲の光は、私たちを隔てている八〇〇〇〇年の空間を通って射していた。この星雲は、およそ五百億の恒星から成り、暗黒を背に不規則な形をした白い霧の断片として留まっていた。その隣には、視界ぎりぎりで見える微光の欠片《かけら》に囲まれて、まるで、果てしなく遠い、黒い鏡に映って左右反転した大マゼラン雲の姿のような、小マゼラン雲が輝いている。

私たちの銀河系のこれら両方の伴銀河は、重力の手綱で引かれて、数百万年に等しい距離で銀河系の背後に列をなしている。

私は、光を曇らせる塵の粒子が循環している太陽系を離れた時から、可視度が向上したことについて、仲間《トヴァジシェ》たちと雑談した。数時間後、にぎやかな甲板の人《ひと》気《け》がまばらになっていった。ぼちぼち皆がそれぞれ戻ってゆき、私は独りになった。奇妙にも、私は夢中になって星の雲を見つめていた。底なしの空間と格闘する視力の肉体的なあがきをいたく感じていた。景色は相変わらずそのままだったが、何しろ退屈することがなかった。おそらくその理由は、外を眺めていると新たな考えがどんどん湧いてくるためであったが、ただ自分にはそれらをうまく表現できそうもなかった。

私はそんな風に目を凝らしていたが、星々はずっと輝いていた――地球の夜の気まぐれな輝きのような、変わりやすく、束の間の光でではなく、まるで、黒く、凍った、火花の外膜の中に固定されたかのような、不変不動の光によって。突然、すぐ近くでささやき声がした。私はその方向に目を向けた。二歩ほど離れたところに、誰かが立っていた。私が虚空に魅入られていたのと同じように。真っ暗闇の中で認められたのは、その人が私よりも、ほぼ頭ひとつ低い、ということのみだった。どうやら、どこかの少年らしい。しばらくして、彼が低い声でこう言った。

「あそこが、銀河系の中心だ……」そして、ジェスチャー――私が実際にそれを見たというよりも、むしろ、そうしただろうと察した――で、いて座、へびつかい座、そして、さそり座が集まっている一帯を示した。二人して、今度はその領域に目を向けた。いて座が、すべての中で最も明るい星雲のごとく私たちの頭上に浮かび、三つの支流を持つ闇の沼のように枝分かれしていた。

私の連れ《トヴァジシュ》は、なおも自分自身にささやいていた。その声の単調な響きに慣れてくると、私は一つ一つの言葉を捕らえようとし始めた。彼は星座の名前を挙げていたが、天文分類学者のようにではなく、とても珍しい採取物の標本を楽しんでいる人のようにであった。

「ほ座」彼が言った。「さそり……みなみのかんむり……カメレオン……とびうお……テチクル……」

「一体何という、とてつもない想像力を持ち合わせてたものだ、古代人て奴は」突然、まるで一瞬途切れた会話に加わるかのように、ひときわ大きな声で彼が言った。「こんなちっちゃい光がごちゃごちゃしたカオスの中じゃ、連中でも見落としたものがあるぜ！　そいつを取り出して、ああいった星座の名前らしきものを何か付けてみよう、みようと試すんだが、俺には無理だ」

彼の声が快活に響いたのと、星々を「ちっちゃい光」と呼んだことで、この人物が年若い少年であるという私の確信が強くなった。私は返事をしなかった。彼はまるで自分自身に向かって大声で語っているようだったからだ。突然、私には目を向けないままで、彼が言った。

「あんた、医者だろう？　なあ、俺たちの新しいツレ《トヴァジシュ》はどうしてるんだい？」彼の言っていることを理解できずに私が黙っていると、彼はこう付け加えた。「あのガニメデから来た若造だよ、あんたたちが手術した」

「生きてますよ。でも意識不明だ」私は多少そっけなく答えた。なぜなら、目上の人に話しかける場合、せめて自分の名前だけでも名乗るべきだったからだ。ささやかだが、筋の通った教訓を奴に与えてやろうと思い、私は少々無遠慮に訊ねた。

「どちら様かな？」

「俺？」

彼の声には、驚きの響きがあった。

「俺は、アメタさ……操縦士だ」

びっくりして、私はしばしの間沈黙した。ゲア号には四十数機の船上ロケットがあった。それらを操縦することになっていたのは、主に、機械工、物理学者、そしてエンジニアから募った、特別に養成された志願者たちだ。全地球上で、ロケット操縦術一筋に専念していたのは、比較的少人数の人々であった。彼らは光速センターに勤務していて、そのうちの五、六人が私たち乗組員の構成員に入った。彼らの中で最も知られていたのが、アメタであった。私の知る限りでは、実験飛行で秒速一九〇〇〇〇キロメートルを越え、重度の意識障害を発症したのにもかかわらず、一命をとりとめた唯一の人間だ。私は、これまで彼を筋骨隆々とした、大柄な成人男性だとばかり想像していたのだが、しかるに、シルエットと声から判断して、それが小僧だったため、私の驚愕はますます大きくなった。彼がデッキから出口へ向かった時、私は彼に続いた。

通路内部のくすんだ明かりの中で、初めて彼をまじまじと見つめた。背が低く、ほぼ子供の背丈、ずんぐり体形で、飛び跳ねる銅色の髪がもじゃもじゃ生えた、不釣り合いに大きな頭をしていた。顔は無味乾燥で、鼻は先が曲がり、堅牢に彫刻され、口全体は、まるで無意識の努力で何らかの秘密を守っているかのように、堅く閉じられていた。動作は軽快だが、身体の重量を感じさせる動きだった。あたかも衣服の下に、いつ何時でも勢いよく飛び出す心構えができた、きつく巻かれたばねが詰まっているかのようだ。最初のうち、二十歳くらいだと思っていたが、星望甲板から遠ざかるにつれて照明が一層強くなっていく通路の奥へと歩いていた際に、彼の両目の端にくっきりしたしわがあるのを認めた。彼はしゃべりながら、まるで私の価値がいかほどか始終査定しているかのように、私の顔を見つめていた。

通路が広くなっていった。片側には、肘掛椅子が置いてある広々とした壁龕があり、また、向かい側の壁には、水槽のガラス面が嵌め込まれてあった。奥からは緑がかった光が射していた。そこには、ゆったりと動いている、巨大な魚影が認められた。壁龕の中には、宇宙航海士のソングラムと、少しばかり面識のあったブロンドの女の子で、IPP船内出張所の助手であるレナ・ベレンスが座っていた。私たちも、彼らの傍に腰を下ろした。アメタは、黙ったまま、しばらくガラス板を見つめていた。彼の栗色がかった銅色の髪の毛に水中の光が当たって、ほとんど黒になった。

思いがけず、彼がこう言った。

「実際のところ、どうして俺たちは他の星に飛ぶんだい？」

「だって誰かが最初にやらないと」そうレナが切り出したが、彼が遮った。つまりは、彼女は彼の意図を理解していなかったということだ。もっとも、それは私もだが。

「どうして俺たちは他の星に飛ぶんだい、俺たちのところには、地球には、一度だって誰も来なかっただろう？」

たちまち議論が始まった。はるか昔の時代、すなわち、数千年、あるいは数百万年前には、他の系からのよそ者が地球に現れたことはなかったのだろうか、というテーマだ。

最後に、ソングラムがこう述べた。

「本質的に、我々の太陽系は魅力に乏しいんだ。第一に、銀河の遠い周辺部にある。中心から約三〇〇〇〇光年離れた、星雲のらせんの腕と腕の間の、星がまばらなところにね。つまり、我々が居るのはひっそりした、辺鄙な、宇宙の「田舎」なんだ。それに、あらゆる惑星の中で、地球だけが、高度に発達した有機生命体を宿している。しかも、地球は、最も小さい惑星のひとつで、遠距離からは観測が困難だ。それに結局のところ、過去数億年にわたって、地球は他の天体と同様、氷期を幾度も繰り返した。これらすべての原因が、最も情熱のある他の世界の宇宙飛行士たちに、我々への訪問を思いとどまらせた可能性がある」

　アメタが頷いた。

「その通りだ、誰かが俺たちのところにお客に来ようだなんて見込みは、ほとんどないな……けれど」彼が付け加えた。「そいつは、残念だな。昔の人々は、他の宇宙の生き物について全く考えなかったか、あるいは、好奇心から、そういう生き物と知り合いたかったかのどちらかだったんだ。それが今じゃ、俺たちみんなの中には、誰かに会いたくて夜通し遠くへ行く時のような、憧れがあるんだもんな……」

　パイロットの口がこれほど柔和になるとは、思いもしなかった。彼は自らの習慣で、話す時には、誰かの目を見ないではいられなかった。今は、視線をレナの目と結び合わせていたが、彼女は最初、軽く瞼を持ち上げ、それから、防衛するかのように、瞼を落とした。少しして、彼女は立ち上がり、公園へ行きましょうよ、と提案した。ソングラムは、ちょうど操舵室の当直を引き継がなくてはならず、私たちに一礼して、エレベーターへ去っていった。私たち三人組は、逆の方向へ歩いた。私は、水槽の奥から射す、始終きらきら輝く光で溢れたくぼみ《ニッチ》から一番最後に出る時、ガラスの壁に触れそうになり、蹄鉄のような形に彎曲した白っぽい口を持つ、巨大な魚の目に出くわした。魚はその場でわずかに揺れ動いていて、粘液で覆われた二つの突起が、まるで面《つら》の両脇に生えたひげのように、愚鈍ぽくとも、あざ笑うともつかず、揺れていた。小川のほとりにある岩塊のところで、何かの歌を口ずさんでいる仲間《トヴァジシェ》たちの一団に気がついた。私たちは公園内の別の一角を通った。迂回するためには、グレイ・ウィロー（ヤナギの一種）に一面覆われた、小さな丘を登らねばならなかった。その丘から、粘土地の谷間を通って、背の高いニワトコとハシバミの茂みの間に隠れた東屋へと、道が下っていた。私は殿《しんがり》を歩き、赤い太陽を眺めるため、丘の頂上で足を止めた。逆光で黒ずんだ、細い雲の筋がいくつも、その丸面を横切っていた。私には、立っていたのは数分のような気がしたが、しかし、もっと長くそうしていたようだった。なぜなら、私が東屋に入った時、すでに青い黄昏が濃くなっていったからだ。葉っぱに覆われた内部は、ほとんど真っ暗だった。アメタの声が聞こえてきた。

「宇宙には、青空もないし、いろいろな自然の色彩もない、影も風もないし、水の音も鳥の声もしない。自然なのは、燃え盛るガス、氷の惑星、永遠に続く夜と虚空。地球は、何か、とんでもなく珍しい、例外なんだ……。どうして俺は操縦士なのかって聞いたよね？　それってちょうど、どうしてこの石が君の足を支えているのかって聞くようなものだよ。もしもこの石が無かったら、他の石がこの場所になくちゃならないだろう」

「それ、分かるわ」と、レナが応えた。彼女が動くと、その髪の毛の金色めいた輝きが目についた。「でも、そもそもあなたは石ではないでしょう、誰かがあなたをその場所に置いたんじゃないわ、自分でその場所を選んだのよ」

「うーん」アメタは口ごもってしまったが、私は思わず、またしても実際とは違って、彼が肩幅の広い巨人のような気がしてしまった。「本当に、最後まで残らず話さなくちゃならないのかい？　どうして俺が操縦士なのかって？　世間には、この職業は他とは違っている、まるで俺がいつも偶然に命を預けている、と思い込んでいる奴もいる。それは、嘘だ。俺は、勝負師でもなければ、英雄でもない、もちろん馬鹿でもない。俺は他の連中と同じように生きてるだけだ、ただ、たぶん……」

「ただ、たぶん？」レナが静かに繰り返した。彼女の声の響きから、彼女がどれほど熱心に聴き入っているのかが分かった。

「より強く」

何を話したらいいのか、彼が考え込んでいるように見受けられた。

「どうして俺が操縦士になったのかって、質問だよね？　いいかい、俺は……銀河中を旅できたらいいなって思ってるんだ。それには、最高のスピードが必要だ。そんなこと無理だって言う連中もいる。自分は正しいって、信じるだけでは、あまりに浅はかだろう。リースは、人間が秒速一八〇〇〇〇キロメートルを超えるのは不可能だ、と主張した。で、俺はそれは嘘だと証明したかった。それを理論的に立証する術を知らなかった、だから、自分自身を使ってその理論を覆す必要があったんだ……」

「お話ししてくれるかしら、どうして……その時、笑っていたの？」女の子は静かに話した。「ごめんなさい、それが本当のことかどうか知らないの……」

アメタは、面喰らったかのように咳払いをした。

「ああ、そのことを聞いたんだ？　そうだよ。キャビンから引き出された時、顔が笑っていた。滅茶苦茶な話だろ。俺が加速器のスイッチを入れた時、連中が意識の明滅と呼んでいるすべてのことが始まったんだ、うん。俺はできるだけ長く、そいつと格闘した。その後は、意識の混濁がひどくなってきて、これでおしまいにならないようにするには、どうしたらいいか分からなくなった。すぐに意識をなくしちまうだなんて、思いもしなかったし、感じもしなかった。死ぬのは嫌だった、でも、これでおしまいになるのはもっと嫌だったんだ。それで笑うことを始めたのさ——で、そのまま気絶しちまった」

「分からないわ……おしまいになるのは嫌だったって——何が？」

「飛行だよ」アメタはあっさり明かした。「論理的に考えなかったんだ、俺は生まれつきそういうのに向いてなかったしね。でも、想像するにたぶんこんな具合だったんじゃないかな。連中がキャビネットを開ける、そして、俺が最後まで笑っていたのを見る、その時、連中はこう考えるんだ……これは案外いけるぞ、って」彼はためらった。「知ってるよ、真顔で話されると、ばかばかしく聞こえるって。でももう一度言うよ。俺はもうものを考えてなかった、なぜなら、できなかったからだ。ある種の反射作用と呼んでいいさ」

「死ぬところだったのね」かろうじて聞き取れる程度に女の子が言った。

「うん。そのことを隅々まで考えたよ。人間が死ぬ時には、その人の記憶や過去が死んでゆくんだ。花開かなかったあらゆる可能性、そして感情もだ。このことには、不当なことも悲しみもないね。なぜなら、死者とは不在の人なんだ。ここにいない人が、どうやって自分の運命を悲しむことができる？　簡単なことさ、あるのはただ確かな結果だけ、でも、いや……このことを話すのはよそう」

「嫌？」

「いや、できるよ」彼はどことなく冷淡に答えた。「つまりこういうことさ、俺は誰とも縁がない、俺に似た者以外にはね」

レナが行ってしまって、私たち二人が、すでに暗闇の中に沈んでしまった東屋に取り残された時、私はこう言った。

「操縦士君、たちの悪い方法で女の子を追い払うんだね……たとえ誰とも付き合う気がないとしても」

「俺自身の周囲から女の子を追い払ってるんじゃないさ」彼はそう返事をしたが、声の調子から彼が笑っていることが分かった。「傲慢な英雄からさ。俺はそんな柄じゃないのに。俺たちを取り巻いているのは、偽りのロマン主義で、そいつに逆上《のぼ》せる女は一人ばかりじゃない。時々、そういう場合には苦痛を与える必要があるんだ。すると、酔いが醒める。まあ、何だな、俺には古くからの原則があるんだよ、俺と一緒に大きく育って、成長してきたね」

「待ってくれ」私は言った。「君、一体、歳はいくつなんだい？」

彼の話を全部聞いた後で、私はさっきの予想値を引き上げた。二十八、ひょっとしたら三十の可能性すらある。

「四十三。そう、俺には古くからの原則があるんだよ、だけど、必要とあらば、それを破る覚悟はできている……」

私たちは一緒にそこから出た。通路で生垣を通してしみ出て来る光の筋が私たちに当たった。向こうから、コーラスの、小さな歌声が聞こえてきた。その時、私は、この同じ晩にもう一度、アメタを見つめ、そして三たび驚いた。こんなに小さい奴なのかと。

自分の部屋に戻る途中、時計を見た――十一時になったところだ。通路では、夜間照明の青色を帯びた微光が、昼間の光に取って代わっていた。船は薄闇に沈み、すべての甲板を静寂が支配していた。私は医務室に向かった。ガニメデからやって来た青年が横たわっている個室を、闇が覆っていた。地球との無線通信を繋いだおかげで、彼が大学で宇宙航海学を学んだことが分かった。三か月後には家に帰る予定だったのに、今や、宇宙航海の不本意な参加者となってしまった。

ベッドのヘッドボードから離して置かれたスミレ色のランプが、部屋の片隅をほんのり照らしていた。私はそっと中に入った。横たわる患者の顔には反応がなかった。命が彼の体内で脈打っているという印に、吸気の際、鼻孔の極めて微かな震えが起こるだけだった。意識障害は、続いていた。シュレイが脳検査の必要性に言及したが、青年が重い手術から体力を取り戻すのを願って、私たちはこの検査を延期していたのだ。

私は、眠っている患者のベッド脇に立ちながら、彼の顔を、まるでその秘密を読み取ろうと試みるかのように注意深く観察していたが、そこには酷い衰弱以外、何も見当たらなかった。突然、両頰にかかっているまつ毛の長い影が揺れて、私は息を殺した。目を覚ますか、と思ったが、ただ喉で息を一度しただけで、再び動かなくなった。私はヘッドボードで監視しているオートマタをチェックして、通路へ出た。

ロビーの鏡のようなぴかぴかの床をゆったり歩いている時、視線が思わずナンヨウスギの上に留まった。微小な揺れが起こるたび小刻みに振動しがちな、その繊細な針葉が、ものすごい高速を出している宇宙機全体《ポチスク》と連動してなびくことに、気がついた。私はこれまで、見ているようで見落としていたのだ。ゲア号は、機械や人間の運命を運ぶ巨大な金属の紡錘体《スピンドル》で、果てしない夜をひたすら疾走していた。彼女《ゲア》を取り巻く暗闇のどこか奥では、石や鉄の破片、つまり、崩壊した彗星の頭部や砕かれた天体の残存物が漂っていた。彗星は、太陽の至近距離でのみ高速で移動する。軌道上で〔太陽から〕最も遠い地点、すなわち遠日点では、のろのろと這い、そこで、黒く氷結して、ロケットを待ち伏せする。レーダーによる防衛の価値は、船が高速で前進するにつれ低下していった。私たちの巨大船は、もうこれ以上の曲芸飛行《アクロバット》はできなかった。なぜなら、ひとつひとつの旋回が、加速による猛烈な変化を引き起こしかねなかったからだ。それが原因で、船体が真っ二つになったり、人体が泡に変わりかねなかった。太陽系の近くを彷徨《さまよ》っている流星の一般的な質量は、数十億トンにも上るとはいえ、統計的な計算が、衝突の可能性は一千七百万分の一を越えないことを証明していた。私は先へ進んだ。居住室のドアで足を止めた。もしや公園で手帳を忘れたのではないかと、確かめるためだったが、胸のポケットに入っていた。手を放した時に、次第に大きくなってくるひゅうひゅうという音が響いてきた。その音は、空間のあらゆる方向から同時に伝わってきた。

　船は、一昼夜に一度、夜間に、加速されるのだった。インストラクションでは、その際作業を中断し、横になる姿勢を取るよう、指示されていた。もっとも、それは必須ではなかった。エンジンを始動させる前には、例外なくすべての部屋に内蔵されていた警報器が響き渡った。そして、ちょうど、その抑えられた、しかし、明瞭な音が、部屋のしきいをまたぐ私に聞こえてきた。私は立ちすくみ、頭を屈めると、目を閉じたまま長いこと、その低い、単調な音にじっと聴きいった。これから先何年も、私に連れ添ってくれる《トヴァジシチ》ことになるその音を。

トリオン

私たち現代人の誰もが、ものを書く技術を習得している。しかるに、その技術を使用することは滅多にない。ハンドライティングについて言えば、私が古代人を密かに讃嘆するようになったのは、この彼らの能力であることを認めねばならない。私は、一ダース以上の文章を書き上げる羽目になるたび、すぐさま手に酷い疲労を感じ、長めの休息を取らねばならぬほどであった。歴史学者たちが私に解説してくれたところによると、昔、カリグラフィーの技術が幼少期から子供たちに教え込まれていた時代には、身体がしかるべくそれに適応しており、人々は何時間でも続けて書くことができたという話だ――私はこのことを信じてはいるが、奇妙だとも思っている。

一層奇妙だと私が考えているのが、頑固さ、より正確に言えば、保守主義である。それによって、何世紀もの長きにわたり、紙で作成された書物の中にあらゆる知識を保管する古風な方法が適用されてきた――これは、世代から世代へと伝えられてきた習慣の持つ惰性の驚嘆すべき証拠である。受け継がれてきた方法を適用しながらも、人々はそれによって、しばしば数多くの問題を引き起こすものだが、それらの問題を伝統から切り離して考慮したならば、はるかにより容易に、かつ迅速に克服できたことだろう。

書かれた文書が存在するのは（私の歴史の知識は、非常に乏しい）、見たところ、数千年前からである。様々な文明が、異なった種類の文字を創り出した。印刷の発明は、大きな利便性をもたらしたが、しかしながら私が思うに、すでに二十世紀と二十一世紀には、このような情報の保管方法は、人生を面倒にする時代錯誤的なものであったのだ。ご存知のように、当時は、存在する印刷物のひと揃いを絶えず補充して完全なものにする、いわゆる公共図書館が存在していた。すでに二十世紀の終わりには、おのおのの偉大な文庫は、一千数百万から数千万冊を所蔵し、その数が増加してゆく過程《プロセス》は、共産主義の到来とそれに結びついた啓蒙の普及以後、加速した。諸大陸の中央図書館は、二一〇〇年には平均九千万冊の図書を保有しており、彼らの基礎的な資金は十二年ごとに倍加し、すでに半世紀後には、ベルリン、ロンドン、レニングラード、あるいは、北京の中央図書館といった、最大級の図書館は、平均七百名の目録作成に当たる司書を有していた。その際の算出では、百年後には各図書館で働く司書が三千人になる見込みで、さらに二百年後にはその数――約十八万人。抗いがたく、図書や目録の分厚い層に覆われた、二六〇〇年の世界のグロテスクなヴィジョンが生じた。そこでは、全人類が、絶え間なく増えてゆく著作物の山を監視する司書に変わらねばならないだろう。なぜなら、それらの老朽化と図書館から廃棄処分に至る過程《プロセス》は――知的創作がより一層普遍的な時代において――新しい著作物が現れるテンポよりも、何倍も緩慢であったからだ。

三〇〇〇年代前半における改革の導入には、保守的な意味合いがあった。特殊図書館、専門図書館が創設され、大量のマイクロフィルムが導入され、他方では、目録作成用オートマタの開発製作が、図書の番人の一大集団に変えられてしまった人類という戯画的なヴィジョンを一掃した。しかしながら従来通り、目録の目録や書誌学の書誌学は生まれ続け、このプロセスがますます酷く複雑化してゆき、ついには、二四〇〇年ごろには、何らかの古い著作物作品を必要とする学者は、時にそれを一週間も待たなければならなかった。実のところ、当時の人々がすでに、こんな厄介な状況を劇的に変化させてくれる、利用可能な技術手段を持っていたことに注目すれば、私たちにはナンセンスだという気がする以外にない。

知識の古風な保管方法と、知識の新たな内容との間の矛盾を物ともせず、二〇〇〇年代の中ごろまで、図書館は増大し続けた。ようやく二五三一年に、最も優れた専門家による世界評議会が、人類の思想を記録する全く新しい方法を制定した。

このことに役立つのが、もうだいぶ以前に発見され、技術に応用されたばかりのトリオン——石英の小結晶体——であった。その分子構造は、電子振動の作用によって恒久的に変化させることができた。砂の粒子程度の小結晶体は、古代の百科事典に匹敵する量の情報を内部に収容することができた。革新は、記録方法の変化のみに限らなかった。決定的だったのは、トリオンの質的な面での新たな利用方法の導入である。地球上で唯一のトリオン図書館が創設され、そこにこれからは例外なくあらゆる知的作業の萌芽が保管されるはずであった。特別に多くの労力が、古代の文化が受け継がれた著作物を現代語へ翻訳し、トリオン図書館に収容することに費やされた。この人類の知的著作物の巨大なコレクションには、地球に居住する各人が、数十億の結晶体の中の一つに留められたものであればどのような任意の情報でも即座に使用することを可能にする装置があり、それをすべて、単純な無線テレビ装置が担っている。私たちは今日それを使用しつつも、地球を取り巻く、この巨大で、目に見えないネットワークの威力とその見事さについて全く考えはしない。オーストラリアの実験室でだろうが、月の観測所でだろうが、飛行機の機内でだろうが——私たちのひとりひとりがどれほどの回数、ポータブルの受像器に手を伸ばし、トリオン図書館のセンターを呼び出しては、数秒の内に目の前のテレビ・スクリーンに望みの著作物を得ようと、それらを列挙してきたことか。装置の完全無欠さのおかげで、どんなに大人数の受信者でも、お互いにこれっぽちも迷惑をこうむることなく、おのおののトリオンを同時に使用できることについてすら、深く考えたりする人はどこにもいない。

　革新後の最初の数世紀には、多種多様な学者たちの個人的な所有になっている文庫がまだ存在していた。これは、疑いなく保守主義を証拠だてるものであり、室内の棚に入っている紙製の大冊こそは、大抵数千キロは離れたトリオンなぞよりも素早く利用することができますよ、とそっと耳打ちするものだったと思われる。この考え方以上に偽りのものはありはしない。書物を使用するためには、立ち上がって、書棚まで近づき、必要な著作物を選ばねばならない――これらすべてに十数秒はかかる。ところが、トリオン局を呼び出してから、希望する著作物を見るための合言葉《パスワード》をテレビ画面に入力するまでに経過するのは、目録検索処理セクションのオートマタが必要とする時間と、無線波が、受信者からトリオン局を隔てている空間を通過するのに必要な時間だけだ。この時間は通常、一秒の何分の一と表示される。ただし、月の裏側に住んでいる受信者は、さらに一秒半長く待たねばならない。

　トリオンが保存できるのは、その結晶構造に変換される光学画像、すなわち、本のページの複製だけではない。あらゆる種類の写真、地図、画像、グラフ、ないしは、表、つまり一言で言えば、視覚で読み取れる方法で表現できるものだけではないのだ。トリオンは同様に、音、それも、音楽ばかりではなく人の声も容易に保存ができる。さらに、においの記録方法も存在する――一言で言えば、感覚によって知覚されたものは、固定され、保存され、そして、要求に応じて受信者へ伝達されうるのだ。最後に、トリオンは、「製造方法」を記録することができる。無線回線でトリオンと接続されているオートマタが、受信者の必要としている品《アイテム》を作り上げる。このようにして、古代風の家具、あるいは、ごく珍しい衣装を持ちたいと願う、空想家たちの極めてハイレベルな欲求さえもが満たされうるのだ。なぜなら、誰もが滅多に欲しがらないような、想像もつかない種類の商品を地球上の至る所で流通させるのは困難だからだ。

　私たちの時代のテレビは、中世時代のものとは異なり、カラフルで鮮やかだ。テレビの映像が差し出すのは、現実の完全な幻影《イリュージョン》であり、しかも、テレビに張り付いて大河小説ないしは学術論文を長時間読み耽っている人が、余計なことを考えたりすることは、まず、ない。つまり、閲覧中の著作物ないしは鑑賞中の対象が、自分の目の前に現れているような状態で「実際に」そこに存在しているのではないのだ、とか、その状態とは、一巻の大冊、一枚の多色現尺図、一個の鉱石の姿だったりするが、それらは電場内に創り出された三次元画像にすぎず、各像の形成、その人のコマンドによって遠隔操作されているトリオンが制御しているのだ、などということを。

もしも、トリオンの役割が、不便で、古くさい、知識の保管形式の代替としてのみに留まっていたとしたら、さらに、古代および現代の数々の著作物を、その時代の舞台芸術、交響楽、詩的作品を、人類文化の全財産を万人に享受せしめることのみに、果ては、実用財の流通システムの簡素化のみに留まっていたとしたら、それは単にとてもすばらしいものにすぎなかったであろうが、しかしこの役割は、比較にならぬほど重大なものであると後に判明し、初期の改革者たちが夢見ることさえしなかった、心理的な変化をもたらしたのだった。

自然の産物なり、人間の著作物なり、特定の対象の唯一性が、〔発展の〕初期段階にある共産主義社会の理論家や幸福論者たちに少なからぬ厄介ごとを引き起こしていた。「必要に応じて各人へ」を謳う共産主義の基本的原則が、この一点において、欺かれているように思えたのだ。なぜなら、地球上には、もっぱら、わずかな、ないしは一つの個数でのみ存在するものが数多くあったからだ。それらに属するのは例えば、巨匠たちの絵画のカンヴァス、彫刻、宝飾品、そしてそういった類のたくさんの品々だ。これら唯一無二のものをそれぞれ、所有することができるのをたった一人の人間とするのか、それとも、それらを、全員にとって手の届く社会の所有物となすべきなのか、それは自明のことのように思われた。解決方法は実際的に、社会化の方向へと進んだが、しかし、誰もがこのことに満足したわけではない。

もちろん、それらの正確な複製を作ったり、複写したりすることは可能であったが、所詮単なるコピーにすぎなかった。以前の体制構造から継承された「所有」の観念は、少なからぬ風変わりな妖怪を生み出した。その一つが、いわゆる「コレクション・マニア」である。それに憑かれた者たちは、芸術作品から始まって、硬貨や植物に至るまで、実に様々なものを収集するのであった。こんがらがった「所有」問題の、ある袋小路は、このようなものであった。他の行き詰まりもまた、少なからぬ困難を表していた。絶え間なく成長する財の生産により、誰もが、望むままに何でも取り揃えることができるようになった。それらのものが果たして本当に必要なのか、単に「所有の空腹」を満たすためなのかどうかを考慮せずに。「何かを手に入れる」という事実そのものに起因する喜びの現象は、私たちから見るとナンセンス、かつ、全く滑稽であるが、その当時は、解決が容易ではない問題をいくつも生じさせた。人々は口々に言い合った。例えば、将来、誰もがあまりにもたくさんのものを持つようになり、自分の所有物を世話する任務に就いているオートマタを別のオートマタが監視するようになるだろう、それらのオートマタをまた別のオートマタが云々、などと。これぞ実に、保守的な精神態度の祖先から受け継がれたグロテスクなものの見方であった。

トリオン技術の応用は、それ以後、同様の疑似問題をきれいさっぱり根絶してしまった。どんなものでも、およそ存在する限り、今日では、俗に言うように「トリオンで持つ」ことが可能である。つまり、適切なトリオンを経由して持つことが可能である。もし誰かが、例えば、代表作の「モナリザ」で知られる、古代の巨匠ダ・ヴィンチの絵画を所有したいと望むならば、トリオンによって呼び出されたその絵を、テレビ画面のフレーム内に収めて自分の家に掛けて、思う存分その美しさを楽しむことができる。そして、もしその絵に飽きた場合には、スイッチを一度押しただけで消去することができる。「オリジナル」の問題は、石英の水晶体がオリジナルとなった瞬間に雲散霧消した。それら水晶体から生じた「所有」は、一切誰のものにもなることはない。トリオン技術が作り出すものはすべて現実の正確な写像であり、複製とは言い難い。何しろ、それらは、音楽の姿であろうが、絵画の姿であろうが、本の姿であろうが、完全な同一構造から成っていて、いつ何時でも、よみがえらせたり、無効にしたりすることができるだけなのだ——大昔のおとぎ話の中で願いごとを叶えているような感じだ。私たちの誰一人として、こういったことを何も奇妙なことだと思ったりはしない、それどころか、私たちに奇妙だと映るのは、今を生きる人々の誰も意識しないようなことを悩みの種だと見做した古代の習慣であるのだ。しかし、これは、もう、歴史的な価値観の転換の問題であり、私はそれに審判を下すつもりはない。

地球中央トリオン局は、自らの放射領域が太陽系全体をカバーしている。なので、木星の軌道を目指す宇宙船内の旅行者でも、それを利用することができ、センターの呼び出しから欲しいものが出現するまで、船の位置が地球から遠く離れれば離れるほど、より多くの時間がかかるだけである。

宇宙航海の途にあるゲア号に、地球のトリオン放射の奔流は追いついてはいたものの、旅が長引くにつれて、信号の発信と返信の受信との間の時間が絶え間なく開いていった。著作物の請求に十二時間も待たねばならなくなり、地球のトリオンを実務的に利用することが不可能になると、皆が興奮して待ち焦がれた、船内専用トリオンへの切り替えという大いなる瞬間が訪れた。

ゲア号は、自前のトリオンがフル装備された史上初の船である。むろん、地球のものとは比べ物にならないほど小さいが、約五億のデータ数を誇る。私たちの手元にあるテレビが地球の放射から船内の放射へと切り替わる瞬間は、特段の理由もなく適当に航行百日目の午後と定められていた。その瞬間に、中央操舵室にいる一等宇宙航海士より、船内専用トリオンの稼働が開始された旨通達が出された。この時点をもって、私たちはもはや地球の放射から遮断されたことになる。

もちろん、無線ニュースの流れ《ストリーム》は、その先も絶えず船と地球との間で波打っていた。強力な送信局が、ケンタウルス座付近にある旅の目的地までの通信すらも、私たちに保障してくれていたが、情報の送信にはますます時間がかかっていた。初めのうちそれに一日かかり、私たちはその時、地球の一昼夜に相当する期間内に便りを人から人へ手渡していた、いわゆる郵便の時代が戻って来たな、と笑いながら話し合っていた。しかし、それから、私たちと地球との開きが、数週間そして数か月となっていった。光のように疾走する無線波は、地球に到着するまで、ますます長い道のりを辿らねばならなくなった。宇宙における私たちの孤独は、こんな風に生じ、拡大していったのだ。

甲板上の生活は次第に安定していった。いくつか現場の伝統と習慣のようなものが生まれていった。私たちの身体は、地球にいるよりも多少短めの、活動と睡眠のリズムに慣れていった。ゲア号の昼間は十時間続き、夜間も同様だった。実験室、研究室、作業場では、毎日研究が行われていた。

来る日も来る日も代わり映えしない日々が過ぎていった。実験室でのグループ作業は、通常、六、七時間続く。大まかな計画では、本来は五時間ほどの作業時間を見込んでいるが、ほとんど誰一人それを守らない。まだ地球にいたころ、医師として、私は人々に勤務時間を短縮するようひっきりなしに助言してきたが、ここでは、誰もがまず最初に山のような仕事に不満を述べ、私がある程度の時間休息するように、あるいは、作業を減らすように言うと、皆気分を害する、という風である。

「気にすることないわよ、ドクター。まだお若いわね、おばかさん」チャカンヂャン教授がそう私に忠告した。白髪の、とても太った女性で、生物学者グループで古植物学セクションを運営している。「人間は、ちょっと愚痴をこぼしたいものなんです。そうでもしないと、とても生きてはいけないわ」

チャカンヂャン教授は、かなり不明瞭な立場で、ほとんど毎日外来診療室へやって来る——患者としてでもなく。実際、彼女はどこも悪くない。お客としてでもなく——逆に、私にゴシップ小話を振る舞ってくれさえする。似たような「病人」は、一時間の当番の間にもっとたくさんやって来る——彼らは単に、私に好意を示し、いかに私の存在が船に欠かせないのか、行動で表したいんだな、という印象を何度も受けた。すべきことをしたのだと認識すると、こうした患者たちは、私の指示に几帳面に最後まで耳を傾け、永久に姿を消す。チャカンヂャンは違った。例えば、昨日彼女が私にしたのは、若い植物学者である自分の同僚についての話で、その男はミラ・グロトリアンに夢中だった。その娘が男と散歩に出掛けると（まだ地球にいた頃の話だ）、男の方はひっきりなしに分類をしては、解説をしまくるのだった。美しい公園に足を踏み入れるなり、彼がこう始めるという次第。「それがなぜかというと、クロロフィルはスペクトルの緑色部分を吸収しないんだ、だから……」ミラは七週間のうちに亜菌類分類学に詳しくなって、良心的に別れた。

チャカンヂャンからは、グーバルについての豆知識も耳にした。皆と同様、彼のことを褒め称えたが、しかしいつもの習慣で容赦なくチクリと刺した。「確かに」彼女は言った。「並外れた人よ。でも、天才という以前に、とんでもなく鼻持ちならない人よ」

　チャカンヂャンはさらに、ゲア号で最も注意散漫な人間である数学者のクイェウンについても話してくれた。彼には、頭に入れたいと思っているメロディーを口ずさむ習慣があった。しかし、肝心の歌詞が頭から漏れてしまうことがしょっちゅうで、空《から》のメロディーだけが残るのだが、それを、記憶から引き出そうと空しい試みを重ねながら、ますます調子っぱずれに、騒々しく歌うのだ。いつも、小さなオートマタが仔犬のように彼の後ろを歩いて、クイェウンが次々に落としていくものをすべて掻き集めたり、彼があれやこれやのメモや物体をしまう場所を記憶に留めたりしていた。私は、状況を正し、診療室で本来あるべき、医師の患者に対する姿勢というものを恢復させたいと切に願って、チャカンヂャンに、かなりの肥満体なので、ホルモンの再調整《リチューニング》を受けたらどうですか、と提案した。彼女はふふんと鼻先で笑った。

「先生が振る指揮棒に合わせて再調律《リチューニング》しなさいっていいうの?!」彼女の胸が笑いで波のように揺れるのがようやく収まった時、そう彼女は言った。「私の腺はもう七十年もこんな風に調子っぱずれだわ、思うに、まだあとその位はがんばれるわ！」

　手術以来、アンナに会うのは、医務室で、ガニメデの青年の病床を回診する時、ないしは外来診療室で当直を交代する時だけだった。アンナは生物学者の班に入ったために、自由な時間があまり取れなかった。しかし、それ以上に、二人とも何となく、「改まった」理由なしには、お互いに接近しないようにしていた。

　ガニメデのピョトルは、突然目を覚ました。だが、記憶を全て奪われていた。天井を凝視したまま、一日中身動きせず自分の個室に横たわっていた。私は、彼は一生白痴のままかもしれない、と案じたが、誰にもそのことは話さなかった。

　私のようにほとんど何もしない連中は（なぜなら、最善の意志をもってしても、時たまの、いや、もっとはっきり言えば、はなはだしく重要性を欠いた自分の当直を、私には仕事とは呼び難いからだ）、ゲア号では少数派だった。それは、飛行士たちや何人かのアーティストたちだが、後者の失業は表面上であり、彼らの創作は計画された時刻表通りにはいかない、ということから生じている。実験室や作業室が塞がっている午前中には、がらんとした公園やら散策用デッキをぶらつく、音楽家やビデオアーティストにばったり出くわすこともある。ようやく昼食後になって、休憩サロンや中央公園、歩廊が人で溢れ始める。実験の結果を論じ合う学者たちの周りには聴衆の群れができ、地球からのニュースを巡って、議論が続く。最新のものは、船に届く前に一か月古くなるが、私たちはそれに慣れてしまっていた。ふと気がつくと、小川のほとりにある岩々の破片をポケットに入れて持ち歩くのが、船内でかなりポピュラーな習慣になっていた。おしゃべりしながら、歩きながら、あるいは、読書をしながら、密かな喜びをもって地球の花崗岩の欠片《かけら》である小石を指の中でくるくる回している人々をよく目にすることがある。

今日は、ノンナのところに行った。この真に才能豊かな女の子は、一風変わった天邪鬼から、自分がクレイジーで通っていることが気に入っている。アメタが彼女のことを見事に定義した。彼は彼女にこう言ったのだ。「あんた、星で煙草に火をつけるためだけにケンタウルスに飛んだって、世間で言われたいんだろう！」彼女は、新たに模様替えした部屋に私たちを迎え入れたが、そこはまるで中身をくり抜いたダイヤモンドの中に閉じ込められたような部屋だった。多角形のロゼット模様が床を作り、天井は角錐状に吹き抜け、傾斜した三角形の壁で囲まれていた。テーブルとアームチェアは流線型のエナメルのブロックを組み合わせて作られていた。それらは完全に透明で、どれも内部に、幾何学的な線の流れによって建築家の意図を強調している黒い木材で出来た、骨格のようなものがあるが、もしもそれがなかったならば、形がないように感じられたことだろう。建築家というのは、むろん、ノンナである。

「どうかしら、この部屋はお気に召して？」私たちが入るなり、彼女がそう訊ねた。

「目がくらむよ！」片手で目を覆いながら、テンプハラが叫んだ。一方、ジュムルはこう付け加えた。

「お気の毒さま、君はここに住んでるのかい……？」

私たちはこのせりふを聞いてははは と笑った。実際、ダイヤモンドの内装や壁から迸《ほとばし》り、ちょっとでも頭を動かすたび屈折して虹を作る光の洪水は、詰まるところ、あまり居心地の良いものではなかった。ノンナは、自分の建築設計図をあれこれ私たちに見せてくれた。垂直の扉にも似た、高さ二百メートルの銀の円柱で構成された、半分に切断された双曲面形のロケット・ステーションが、活発な議論を呼び起こした。私は気に入った。

「立派すぎないか」テル・ハールはそう評価した。「なぜこれらのキーストーンが四十階の高さにあるのかな？　旅行に出掛ける人々が、頭をのけぞらせながらロケット目指して走るのかね？」

「でも、その代わり、この距離のおかげでキーストーンは完璧に全体を支えているのよ！」

ノンナは設計図に味方した。彼女は黙っているアメタの方を向いた。

「操縦士さんのご意見は？」

「気に入ったよ。この設計図を部屋に飾りたいくらいだ。でも、ステーションとしては、ノーだ」

「どうして？」

「なぜなら、ロケットが離昇して動いた結果、この垂直の銀色の筋がチカチカとフラッシュして、ロケット内にいる乗員の目をくらませるかもしれないからだ。それを考えなかったのか？」

ノンナはしばしの間、スケッチをじっと見つめていたが、それから両手でそれを掴むと、半分に引き裂いた。

「彼が正しいわ」私たちの制止に対して、彼女はそう応えた。「これについては話す価値はないわね」

ドアが開いた。そこに現れたのは、操縦士のイェリョーガだった。私がたまたま聞いた限りでは、最高に素晴らしいバスで歌う。そのため、あちこちで引っぱりだこだが、しかし――彼の話によると――俺の声よりも俺自身を好いてくれるところだけに顔を見せるんだ、そうだ。私たちは、かなり風変わりないきさつで知り合った。ある朝、外来診療室に、その日焼けした肌よりも明るい、見事なブロンドの髪をした、肩のがっしりした男性が現れた。診察用の部屋に入ると、真ん中で立ち尽くし、私を注意深くじっと見つめている。まるで私が病人で、彼が医師であるかのようであった。

「どこが悪いんですか？」この診察を止めさせようと、私はそう尋ねた。

「どこも」男は善良そうににっこり笑った。「メヒラを負かした奴を見たかっただけなんだ！」

今日はノンナのところに現れて、興奮した様子で、しきいからせっかちにこう叫んだ。

「聞いてくれ！　核融合実験炉《ヘリオトロン》が始動したぞ！　ちょうど地球から広報が入ったんだ。一時間前に始動した……」

「一時間前じゃない、たった一か月前さ」テンプハラが訂正した。「何しろ、今はそれだけ遅れているからね……」

「ああ、そうか！」

　イェリョーガが心配顔になった。

「たまげたな！　俺たちの耳に入るのは、そんなに遅れてなのか……あちら地球では何か起きていたに違いないのに、俺たちはこれまで何にも知らなったんだ……」

「テル・ソーファルが自分の研究を完成させるところだった、〔三〕一二〇年代と同じだよ」私はそう話した。「光子に関するあれさ。たぶんみんな覚えているだろう？　その当時は、人々はわざわざ足を止めて、ひとりがまた別の人に尋ねていたんだ。もしやご存知ありませんか、結果の続きがいつ発表されるのか、と。うちの大学で――当時、僕はまだ学生だった――ちょうどレガッタ競技大会が始まろうとしていたところに、突然、スピーカーが、テル・ソーファルが自分の定理の続きをこれから講義すると伝えたんだ。そしたら、一分後には、埠頭全体から人気《ひとけ》が無くなった。二時間ものあいだ、ボートは無人のまま川に浸かっていたよ。なぜなら、皆、テル・ソーファルを聴くために講義室に殺到したからね」

　昼食は、公園の、花壇の間に美しく並べられたテーブルでとった。最近導入されたこの改革を皆大いに満足して受け入れた。歴史上の逸話の金山である、テンプハラが、二十二世紀の建築家たちについて話をしてくれた。これらの建築家たちは、巨大なプロペラの回転によって空中に浮かぶ、いくつもの金属の宮殿がそっくり階段状に連なった「空飛ぶ都市」の設計を行った。ノンナが、機械のハエを捕まえる機械のクモを作った、二十四世紀のメハネウリスティカ学者、奇人クラウシューシの話でテンプハラに報いた。

　昼食後、私は、宴会の終わりを「原始的に楽しむ」ため、シュレイやテル・ハールと連れだって小川の岩のところへ移動した。近くの芝生の上で、子供が二人、遊んでいた。七歳ぐらいの男の子と、その子よりも幼い女の子で、どう見ても兄妹だ。ふたりとも、髪は黒く、顔の肌は、長いこと太陽に当たってこんがりと日焼けしたような、深い金色がかった色味《トーン》をしていた。その女の子が、兄の目の前で、小さな握りこぶしを開いたり閉じたりしていた。

「これが何かも、分からないんだからな」彼の声が聞こえてきた。

「ううん、わたしわかるもん！　お・か・ね！」

「じゃあ、お金って何だよ？」

女の子は、とても真剣に考え込んで、しまいには小さな鼻をしかめさせたほどだった。

「わかってたけど、わすれちゃった」

「おまえって、いっつもそうなんだ」男の子がさげすむように言った。「ずっと分かんなかったんだろ。お金っていうのはな、こういうものなんだ……あー！」男の子は片手をさっと振った。「おまえには分かんないんだな」

「ねえ、おしえて！　おしえて！」

「むかしむかし、もっとむかしには、これのかわりに何でももらえたんだ。そういう場しょがあって、そこでは、何でもこれのかわりになったんだ。それでぜんぶさ」

「え？」

「ちっとも分かんないの？　だろうな。そう思ったよ」

「わかるもん！　ううん、わかるもん！　こういうちっちゃなブリキのきれで、ほしいものなんでももらえたの。おとなのひとも、むかしあそんだの？　たのしいじだいだったね！　ねえ、パパにわたしたちにもおかねをつくってって、おねがいしようよ」

陽気な気持ちをどうにか抑えつつ、外科医が、テル・ハールに囁いた。

「聞いたかい？　ついに、「古き良き時代」をいとおしむ人物が現れたぞ！」

男の子が私たちの方をちらりと見た。シュレイは、笑顔で頷いて、彼を招いた。ちびっこが自然に近寄ってきた。

「君の名前は？」

「アンドレア」

「私はシュレイ。お医者さんだよ。こちらはテル・ハール教授だ。実はね、先生はちょうど、君たちがお話ししていた昔の時代について研究しているんだよ。きっと君に、昔の面白いことをたくさんお話ししてくれるよ」

シュレイは腕時計を見ると、立ち上がって私の腕を取り、こう付け加えた。

「私たちは、これで失礼するよ。医務室に行かねばならんのだ。楽しい祝宴を！」

私はその場を離れる際に、テル・ハールの絶望した眼差しに気がついた。シュレイは、気を利かせて歴史学者を子供たちの手に委ね、どんなありがた迷惑を彼にかけたのか、思いつきすらしなかった。

二時間後に、新鮮な空気を吸おうと公園に立ち寄った時、私は、この上ない驚きをもって、小川岸のあの同じ場所にテル・ハールを認めた。私は彼の横に腰を下ろし、彼がちびっこに一千年前の歴史について話している様子に耳を傾けた。彼は、人々が過酷な労働に就いて、わずかばかりの狭い土地に縛り付けられていた時代のこと、何世紀もかけて築き上げられたものを数時間のうちに破壊する、恐ろしい戦争のこと、臣下が飢えで死ぬというのに、絢爛豪華に暮らす暴君のことを話していた。男の子は、まるで全身これ耳といった風情で聴いていた。額に掛かった髪の毛を払いのけもしなかった。その瞳は、歴史学者の口に見とれ、次第に深みを増してゆき、まるでどんどん成長を遂げてゆくかのようであった。日に焼けた小さな手を、胸に押し付け、学者が話し終えた後もしばらくずっとそのままだった。ようやく、ひどく深い物思いに耽って、とぼとぼと歩きながら離れていった。

テル・ハールは、こんなにも飲み込みの早い聞き手を見つけた喜びに輝いていた。それから、私たちは、合唱の歌声を聴きながら、公園をぶらぶら歩き回った。黄昏はすでにとっぷりと暮れ、偽物とは言え、地球のもののように美しい月が、木々を銀色に染めた。突然、脇の小径から少年のほつれたもじゃもじゃの髪の毛が飛び出した。彼は、さっと歴史学者のところへ近寄って、ぺこりとおじぎをすると、ごくりと唾を飲み込んでから、こう言った。

「すみません、あの、でも、お話ししてくれたことは、ぜんぶ、ただのおとぎ話なんですよね？」

テル・ハールはすぐには答えなかった。彼は男の子を見つめていた。光の中で笑顔が消えてゆくその表情に、突然、恥ずかしがりの空想家、白髪まじりのこめかみをした小心な人間が現れた。この人の心は、夢でいっぱいなのだ。私ははっとそれに気がついた。そして、この直感を、一瞬にして自らの知識をことごとく否定してしまった彼の言葉が、証明した。

「そうだよ」彼は、こう答えた。「それはただのおとぎ話なんだよ……」


　船内専用トリオン・システムの始動後、一週間の内に人目につかなくなった人々がいた。まず初めに、昼食から、宇宙航海士がほぼ全員姿を消した。その後、幾人かの物理学者が公園に来なくなった。建設技師のウテネウトとユールイェラに会うのは、あたかも彼らは甲板上に全く存在しないかのごとく、いかなる場所でも不可能だった。なぜだか誰一人そのことに注意を払わなかった。皆、分かってはいたのだが、おそらく私のようにこう自分に言いきかせていたのだろう。

「彼らなりの理由があるにちがいない」と。

　私は偶然その秘密を知った。その日の朝、ある若い数学者が、こう愚痴をこぼした。ゲアの中央電子頭脳の助けを借りて、とある大変難しい計算を処理してしまいたかったのだが、テル・アコニアンが、現在装置にアクセスが集中しすぎている、と告げながら、あからさまに彼を拒んだというのだ。

「何て作業環境だ！」その青年は不満をこぼした。

「ある種原始的な生活さ。石器時代には、誰もが少なくとも自分用の尖筆《スタイラスペン》を持っていて、好きなだけ計算を刻みつけた。石板、つまり当時は計算機ってやつが、たっぷりあったんだ。なのに、今はどうだ?!　しかも、ここには僕らの必要なものが全部揃っているなんて言ってるんだぜ……」

　午後は、テル・ハールの部屋で過ごした。彼の所では、さらに多くの人々と顔なじみになり、その中に、グーバルの共同研究者である、生物物理学者のディオクレス、数学者ジュムルがいた。ディオクレスは、背の低い、黒い髪、黒い瞳をした男だった。彼を特徴付けているのは、あえて言うとすれば、ある種心配事でいっぱいのせわしなさ、だ。まるで、うっかり何かを失くしてしまい、今しがたその残念な事実を発見したところ、といったような風体をしている。対照的に、ジュムルは、常に穏やか、彼の小さな同僚が状況の迷路の中で道に迷っているのに対して、彼の方はその状況をいつも把握しているように見受けられた。よく私たちにグーバルのことを話してくれた。私は興味津々これに耳を傾けた。というのも、彼は話し上手で、どこか他人行儀な物言いをするとはいえ、同じように、折紙付きの人物だったからだ。なぜ一部の学生たちは、この偉大なる学者の講義に夢中になっているのだろうか、他の者たちは、不満たらたらだというのに。彼の説によれば、こうだ。グーバルが、学生たちに、未知の、かつ、彼らにとって非常に難しい物事を提示しているのだと自覚して講義する時は、彼は説明が下手くそになる。言い淀み、繰り返し、つっかえて話す――これはストレートに皆を困惑させる。教科書でも声に出して読み上げた方が、まだためになるだろう。それに対して、感動や情熱をもって話し始めると、彼の本質とは無縁である、こののろのろした、おぼつかないよちよち歩き、ないしは、四つん這いのハイハイ歩きをしている一連の論法が姿を消し、あるひとつの、突出した証拠の岬から別の岬へとジャンプする彼本来の方法に取って代わられるのだ。提示された理論の頂への道をなすのは、一連の大きな思考の飛躍であり、彼に遅れずについていくためには、相当な明晰さが欠かせない。

「それは、だって、当然のことだよ」ジュムルが言った。「羚羊《シャモア》に要求するのは難しいさ――岩山を駆け上がりながら――歩兵のために足をちょっと止めてくれってのは。一方で、もしも、精一杯努力して、歩兵のようにゆっくりと歩き始めたら、シャモアはひっきりなしに何十もの無用な動きをしてしまうだろう、前へ駆けだしたり、立ち止まったり、後ろに下がったりね、おまけに、その不自然に緩められた動きのせいで、その時、シャモアには、本来の、電光石火のジャンプだけに備わる、目を瞠《みは》るような、美しさと力強さが欠けてしまうのさ」

その場にいた誰かが、こんな流行《はや》りの小噺《アネクドート》を思い出した。グーバルによって新たな理論がお披露目された。最初の説明では、誰一人、グーバル本人すら理解できず、二度目のおさらいでは唯一独り、ご当人だけが理解した。一方、凡庸な死すべき者たち、言うまでもなく、専門家連中に、うっすらと光が差し始めるのは、ようやく八回目だか九回目のおさらい後になってからだ。一堂、大爆笑。会話が別の話題に移った。しかし、すぐにグーバルの名前が再び口の端に上った。私は声高に自分の思いつきを述べた。概して私たちは天才を老人とイメージするけれども、グーバルに会ったことがない人からすれば、彼と初めて顔を合わせる時は本当の番狂わせになるかもしれないな、何しろ彼は老人じゃない。私は一旦言葉を止めて、照明から顔を背け、グーバルを思い出そうとしたのだが、できなかった。記憶の中にあったのは、まるで一気にぐいと左右に引っ張って造られたかのような非対称な口と、突き出た額の下に隠された目だけだった。そんなことを考えていたのは、私一人だけではなかった、なぜなら誰かが不意にこう尋ねたからだ。

「目は何色だっけ？」しかし、グーバルの同僚の誰一人としてそれに答えることができなかった。

「ほらね！」質問をした者が、あたかも、胸の内にしまい込まれていた己の命題の真実性を証明する実験を成し遂げたかのように、勝ち誇ってそう言った。

テル・ハールのところを出た時は、すでに晩遅く、私は自分の部屋に向かった。思い掛けず、辺りにそびえる放射線防護壁の深い彎曲部分で、ユールイェラ、若い方のルデリク、そしてもうひとりの見知らぬ女性を見かけた。私はそのまま通り過ぎたかったが、その時警告音が鳴り響いた。ゲア号がもうすぐ連日の加速を服用しなくてはならないのだ。もう、エレベーターまで辿り着く時間はなさそうだった、そこで、彼らの傍に留まった。彼らは互いに一瞥を交わし、それが私には、ある種、ばつの悪さを裏付けているように感じられたが、説明を一言でも耳にする前に、オートマタがパワー・ユニットのスイッチを入れてしまった。一切何も変わらない。通路の照明——すでに青い、薄暗い夜へと切り替えられていた——は、穏やかに明るくなり、ただ、私たちの体が、多少重くなっただけだった。もしも、エンジンが稼働していると意識していなければ(エンジンは、ことりとも音を立てなかった）、単純に自分は突然倦怠感に襲われたのだ、と判断したかもしれない。あちらの三人組は、そうこうしている間に彎曲部の一番深い場所に入っていった。彼らは、装甲から張り出した、なだらかに傾斜している、ぶ厚い金属板の上に身を屈めた。そこは、船体構造の巨大な肋骨のうちのひとつと繋がった部分だ。私は、ユールイェラが煙草を吸っているのに気がついて、驚かずにはいられなかった。とても珍しい光景だし、彼がこんな行為に及んでいるところを一度も見たことがなかった。彼はしばらくの間、金属板の上に屈みこんで、その上に灰を振るい落としながら、ごく薄い膜をこしらえ始めた。それがいい頃合いに続いて、奇妙なお遊びのように見えていたが、ふと、皆がいくらか集中して金属の表面をじっと見ているのに気がついた。思わず、一体何事か見てみようと、私まで身を乗り出してしまった。灰の粒子は、完全な不活性状態で休眠していたのではなく、非常にゆっくりと図形のようなものの姿になっていった。数十秒のあいだ私はそれが何か皆目見当がつかなかったが、その後ぱっとひらめいた。灰は、同心円状の弧を形成しつつあったのだ。その中心は、あたかも防護壁の向こう、原子力隔壁のどこか奥にあるかのようだった。どうやら稼働中のエンジンは、あまりにも微弱で知覚できない振動を引き起こしており、壁が、この捉えがたい、表面下の振動を、灰の薄膜へ伝えていたのだ。すると、灰は、動かない場所に、つまり、生じた定常波の節に集まっていったわけだ。

この三人組は、視線で意志を伝え合っていた。ユールイェラが何かを記録し、女性が三脚上の装置の蓋を閉め、すぐに、導管パイプの短い、くぐもった嘆息が、エンジンが停止されたことを知らせてくれた。

「何をしてるんですか？」私は訊いた。

ユールイェラが私の顔を直視して、目を細めた。

「まずはご内密に、ドクター。いいですね？」

「え、誰にもこのことをしゃべるなってことですか？」私はびっくりした。「分かりました、約束します。何事か、話してくれませんか？」

「振動ですよ」ユールイェラがそっと私に言った。ルデリクは、私たちを見ていなかった。彼は無精ひげが生えた下あごを指でこすり、あたかも物思いにふけっているかのような、それどころか、動揺してさえいるかのようだった。ただ、正体不明の女性だけが、人気《ひとけ》のない通路口を眺めながら、落ち着き払って立っていた。

「それは分かりました」私は答えた。「でも、これに何か問題でもあるんですか？」

「もしも、我々が予測しなかったことが問題だというのならば、それこそが問題ですよ」そうユールイェラが言った。もう彼の表情に悪党めいた所は何も無かった。目の周りには、不眠が原因でできるようなくまが出来ていた。

「うん、なるほど。でも、それは何です？」

ユールイェラが肩をすくめた。

「エンジンの負荷は、常に一定です。低速では、振動はなかった。それが現れたのは……」

「秒速六万キロメートルになってからだ」まるで物思いから目覚めたかのように、ルデリクは突然そう言って、私たちを見つめた。

「なら、これは何ですか……?」私は、まるでもう答えが分かっているかのように、少し途方に暮れて、もう一度訊いた。おかしな状況に、なってきた。私たちが居合わせていたのは、三方を障壁の金属塊に囲まれた、暗闇を疾走する巨大船舶の最も奥深い、片隅のひとつだった。通路は、しんと静まり返り、一様に同じ光で充たされ、延々と伸びていて、その末端付近では、照明の列がひとつに溶け合って青い縞になっていた。

「分からない」ルデリクがぽつりと言った。「ぼくたちはこの現象を予測してなかったんです。なぜなら、理論に由来しないので。とすると……」

「理論は嘘……」女性が決着をつけた。彼女は身動きせず立っていた。声には大きな疲労が現れていた。

「そうなるな」ユールイェラがそう言い、傾斜した平面に腰を下ろした。

「たぶん連鎖反応が、中性子を吸収する最大量と最小量を制御しているんだ」私は、かつて教え込まれた理論をやっと思い出しながらそう呟いたが、すぐに口を噤んだ。なぜなら、私の埃を被った知識の残骸なぞ、この三人の経験に比べたら滑稽だったからだ。

「ううむ」ユールイェラが唸った。つまり、否定の意味だ。「我々はすでに向こう側にオートマタを送ってあるんですよ」彼は首をさっと振って防護壁を指した。

「しかも、一度だけじゃない……」

「うん、なるほど」私は言った。「でも、これが一体どうしたと言うんですか、こんなどうってことない……」

ユールイェラが私に視線を持ち上げ、ちょっと眺めてから、逸らした。彼は何も言わなかったが、今頃になって私は理解した。

「なんてこった!」私は叫んだ。「大きくなってるんだ、この振動は、加速するたびに大きくなっている、そうでしょう?!」

「静かに!」

ルデリクが私の上腕をぎゅっと握った。

「すまない……」私は狼狽して呟いた。

ユールイェラは、この場面に注意を払わなかったようだった。

「それが大きくなっているかって?」彼はあたかも自分自身を調査しているかのごとく、静かにこう言った。「大きくなってますよ」ついに認めた。「しかし……」

「しかし、直線状にではない」ルデリクが言い切った。まるで全身が少し縮んでしまったかのように、彼の両目がぎらぎらと輝き、この瞬間私の存在を忘れているのがありありと見えた。彼は技師だけに話しかけていたのだ。そして衝動的に、携帯アナライザーを引っ張り出した。ユールイェラは、まるで彼の言葉に棒線を引くかのように片手を動かして、この血気を消去した。

「まあ、そうだな」彼が言った。「思うに、秒速一三〇〇〇〇キロメートルの時に最大限に達するはずだ……それから、おそらく減少し始めるだろうが、しかし、大きな変化は見込めないだろう……。なるほどグーバルは、これでいいんだと言ってはいるが、しかし……」

「何ですって、グーバルもこの話に引っ張り込んだんですか?」

ユールイェラは返事をする代わりに、ただ控え目にほほ笑んだだけで、まるで「相変わらず、何にもお分かりでないな……」と言っているようだった。

「これでいいんだと言っている」技師は続けた。「しかし、実のところ、これは我々には何ももたらさない、なぜなら、「これ」があの人の興味を引いているのは、進行中の実験と関連している範囲内でのことだけだからね……」

「あら、関連しているの」女性が口を挟んだ。

「そうだ、あの人はこれに満足さえしているんだ……。自分の役に立つと、断言している……」

「それで、これは正確に言えば、何を意味しているんです?」私は訊ねた。もうちんぷんかんぷんだ。何か言葉では捉えられないものがここで私たちを取り囲んでいるのを感じる。「危険、ですか?」私はついにそう訊ね、同時に、自分でもどうしてか分からないが、恥ずかしくなった。

「危険ですって?」驚いて技師が言った。「まさか。ゲアの構造は、七十倍の耐性を見越して計算されていますよ……」

「で、それで?」

ユールイェラが腰を上げた。皆、片づけに取り掛かった。女性が壁際に置かれた振動計を持ち上げ、一方、ルデリクは、背後で仔犬のように動いていたオートマタを引っ張った。

まるでこちらが空気になってしまったかのように、彼らは挨拶もせず、じっと突っ立ったままの私を素通りしていった。殿のユールイェラがふいに足を止めて、私の上腕を摑んだ。馬鹿力のこもった手だった。

「これは、我々から人生を奪い取った、何か、ですよ」彼は私の目を覗き込んで、そう歎いた。「数千年にわたって我々が築き上げてきた、この巨大な建造物の中に納まりきらない、何か、なんです」まるで周囲を示すように、彼は片手でぐるりと円を描くしぐさをした。だが、その言わんとするところは、科学の巨大な蓄積なのだと分かった。「危険よりもさらに悪い、何か、なんです」そっと彼が付け加えた。

「さらに悪い……?」私はそう訊ねた。頭の中がすっかり混乱していた。

「ええ、そうです」彼が答えた。「未知のね……」

彼は私の手を放し、他の連中の跡を追った。長い、とても長い間、私は、曇った鏡のように光を反射しない金属板の表面から拭き取られた波紋の跡をじっと見つめたままだった。そして、やっとの思いで、あたかも打ち明けられた秘密を守るかのように足音を消しながら、前に向かって歩き出した。

黄金の間歇泉

旅路に就いて五か月目が過ぎた。それに加えて――地球からの無線信号の遅れ。私には今、以前よりも時間が無くなった。ガニメデの青年に私の時間が占められていた。シュレイやアンナと診断会議《カンファランス》を行い、その席で、私たちは、青年の脳を精密検査することに決定した。一等外科医は、青年の詳細なデータを得るために、地球との直接通信を申請した。なぜなら、いわば、惨事で失われてしまった記憶を新たに書き込むようにしながら、私たちが彼に彼自身の経歴を教えてやる必要が出てくるだろうと見込んだからだった。

若者は、すべて身の回りを為すがままにさせた。完全に受け身で、抵抗しなかった。彼を子供のように扱うことができた。アンナはあれこれと彼の世話を焼いた。私は幾度となく、彼女が彼の手を取りながら公園の花壇の間を歩いているのを見かけた。彼は、背が高く、すらりとして、とても真面目で、時折、自分の大股歩きを彼女の小さな歩みに合わせようと試みながら、彼女の後を従順に歩いていた。アンナは、青年に話しかけ、花々を見せて、その名前を挙げていた。しかし、どれもこれもすべて、彼の蠟人形のような穏やかさからぽろぽろとこぼれ落ちていった。ようやくシュレイが、決定的な検査の指示を出した。脳髄撮影装置に、私一人の手に余る何らかの不備があり、そこで二等宇宙航海士と連絡を取らねばならなくなった。というのも、機械設備応急処理用オートマタの担当は彼だからだ。彼は容易には見つからなかった。ちょうど、当直の終了後に甲板を後にしたところだったのだ。インフォメーション・モニターは捜索の手助けにならなかった。船内中をさ迷い歩き、とうとう主甲板から離れた界隈にたどり着いた。通路は、音楽《フィルハルモニア》ホールの小ホール前の、広々としたロビーのような場所へ通じていた。すると、ホール脇の円柱際にランスロット・グロトリアンが立っていて、人気《ひとけ》のない空間の真ん中にそびえ立つ白い彫像を眺めていたのだった。私は彼に自分のくわしたのだ。彼女は、本物の古めかしい本を手にして丘の頂に腰を下ろしていた。私は好奇心をそそられて、一体何の本ですかと尋ねた。彼女は返事もせず、顔を上げもせず、だが、声に出して読み始めた。

それで、彼らはこう言いました。

「お前さんの暮らしぶりはどうだったんだ？」

「いいさ」彼は答えた。「たくさん働いたよ」

「敵はいたのかね？」

「連中も、仕事をしているわしの邪魔はできなかったな」

「ならば、親友は？」

「わしに働くよう要求したよ」

「たくさん苦労したのは、本当かね？」

「ああ」彼は答えた。「そりゃ、本当だ」

「その時はどうしたんだね？」

「もっとたくさん働いたさ。そうすりゃ、どうにかなる」

「それは誰の話ですか？」私は尋ねた。彼女は、とある古代の彫刻家の名前を挙げると、私がいることをすっかり忘れてしまったかのように、依頼を詳しく説明した。会話は、実務的で、ほとんど無味乾燥だったが、白い、石のトルソーの存在が、この会話にあたかも光のごとく差し込んで、沈黙が訪れるたびに場を満たしてくれた。

適当な頃合いで、私たちは歩き出した、と言うより、ぶらぶら散歩をし始めた。私たちの足音は、高く掲げられた貝殻のようにロビーを覆っているドームの奥に反射して増幅され、騒々しく響き渡った。どんな成り行きだったのか分からないが、私たちは同時に足を止めた——彫像と顔と顔を突き合わせて。それは、幼い少年で、遥かな旅路を行くというポーズを取っていた。顔は平凡で、地味、と言ったところだ。だが、そう、次第に霧が晴れてゆく、三月のとあるとても早い朝のような、そんなニュアンスがある。その霧の中に立つ木々は、しっとりと濡れ、まだ葉をつけてはおらず、徐々に大きくなる青白い陽に照らされ、偉大な夏の日々を待ち受けている。まさにすべてが、すなわち、最も大きな約束すらもが、叶えられるのを予期している、そんな顔だ。グロトリアンが言うことには、像はソレダットの作品だとか。その時、一週間前のちょっとした場面を思い出した。公園でその女流彫刻家に出ぐに忘れてしまい、読書に戻った。

私は、グロトリアンにこの出来事を話し、遠征に参加して彫刻家の役に立つことが何かしらあるんでしょうか、と尋ねてみた。

「あると思うよ」彼が答えた。「人々の中に深く潜んでいるものを、石塊の表面として形作るのはとても難しい。様々な道を模索する必要があるし、それに、きっと、星を眺めれば、人間について少なからず知ることができるさ……」

私は、話している時の宇宙航海士の顔を観察していた。もはやその顔は老齢を表す幾筋もの線で、下降する線で埋め尽くされ、両目を取り囲んでいるしわの形の中で、両頰がたるんで出来た襞《ひだ》の中で、どの線もくっきりと刻まれ、そして、重く垂れ下がっていた。彼の白髪交じりの眉の下にある瞳には、うっすらと霞のようなものがかかっていたが、最後の言葉と共に視線をこちらへ向けた時に、私には——驚嘆すべきことに——この人は自分よりも若々しいな、という気がした。

夕方、私たちは手術室に集まり、相変わらず始終心ここにあらずの青年は、金属卓の上に寝かせられた。

突然、何か予期せぬことが起きた。シュレイが、青年の頭に巻き付けねばならない太い電極板を上から引き下ろし始めた際、青年が突然両手で遮ったのだ。その衝動的な、おびえた身振りが、私たちをひどく麻痺させ、彼の完全な受け身に慣れきっていたために、私たちは混乱させられてしまった。アンナが彼に屈み込み、まるで子供じみた遊戯ないしは愛撫のように、丁寧に彼の指をまっすぐに伸ばしながら、静かに、穏やかに話し始めた。その間に、彼は始終拳のようにひきつった表情をしながらも、抵抗するのを止めた。金属のハンドルが、彼の目より低く、頰まで下がり、こめかみを取り囲んだ。クリーム色のカバー布が胴を覆い、ただ露出された胸の一部が、照明の中で規則正しく動いていた。照明が、シュレイが消すにつれて弱くなり始めた。そしてついに、深い半闇に包まれた。今度は、患者の頭をぴったりと包んでいる、きらきら輝く、カルパック帽風のヘルメットから、ハリネズミの針のように電流のレシーバーが数本突き出てきた。それらは共に一種のスクリーンを形成した。そのスクリーンが脳波放電の微弱なパルスを吸収し、それらパルスが数千倍に増幅された後、金属卓のヘッドボード上に置かれた装置に正確に伝えられた。そこには、天体を思わせるガラス塊がそびえ立っていた。ご存知のように、中世時代の予測によると、脳電流の記録でいつか人間の思考を読み取ることが出来るようになるということだが、その予測は的中しなかった。なぜならば、連想ネットワーク（ニューロン）はひとりひとり異なって形成されており、類似の概念が類似の電流曲線に一致することはないからだ。従って、医師が電子脳髄スコープを使用して、患者の考えていることを知ることは不可能であるが、しかし、心理的なプロセスの動力学がどのように形成されるのかを立証することは可能であり、そのおかげで、脳の疾患や損傷を識別することができる。

　かなりの間、シュレイは身動きせぬまま、これら混ざり合った微音から何らかのメロディーを発見しようと希求するかのように、増幅する電流のノイズ音に聴き入っている。そして、ついに、装置のスイッチを入れた。

　透明な球体の奥が明るく光り出した。その中では、ガラスの中に閉じ込められた数千の火花が目まぐるしく疾駆し、目に見えたのは、震える螺旋《らせん》と円、細く鋭いギザギザに刻まれた、空間の中で広がって浮かぶ幻想的な光のレースだけだった。ところどころ密になった光の繊維が、個々の放電をしとしとと降り注ぐ水滴の束へ溶かし込んだ。球体全体がゆっくりと、深い、薄紫色の燃焼で満たされ、流れ星の軌跡に貫かれた小さな空を思い起こさせた。無数に分岐した光の軌跡が、つづけざまに、絡み合っては、ほぐれて、比類のない均整と美の構図を創り上げていった。

「患者に話しかけてくれたまえ」シュレイがアンナに囁いた。私は、球体の内部から射してくる燃焼に照らされている患者を見ていた。細く、尖った鼻が、黒い影で覆われた顔から浮かび上がっていた。

「何を話したらいいんですか？」当惑したかのように、アンナが尋ねた。

「何でもよい」シュレイは不服そうにつぶやいて、発光し出した球体の上にさらに低く屈み込んだ。

　アンナがヘルメットに顔を近づけた。私は、明るい背景に浮き上がる彼女の黒い横顔だけを認めた。

「患者さん、私の声が聞こえますね？」

　光の渦の中では、何も変化は起こらなかった。

「あなたが誰か、お話ししてください。名前は何と言いますか?」

電流の単調なノイズ音にかき消されて、彼女の声は弱々しく響いた。この質問は、数十回なされたものの、常に返事のないままであった。そして今も、横たわる者は沈黙したまま、一方、光の火花は引き続き絶え間なく上下に交互に動く振幅を繰り返しながら、その閉じた軌道上を飛び跳ねていた。アンナは、青年に対してさらに十幾つかの質問を行い、ガニメデに、射場ステーションに言及し、それから、一般的に知られた地球の名称をいくつか挙げたが、しかし、これらは一切、渦巻く光の中にほんのわずかな変化すらも呼び起こしはしなかった。

私はこれまでこのような精密検査の助手についたのは、ほんの数回だけだったけれども、大学で学んで未だ精通している詳細を思い出した。これらの火花は、まるで絶え間なく循環する軌道上に閉じ込められているかのようだが、脳の回復期、休止期の活動そのものの反映なのだ。脳活動のリズムと対称性は、不規則な、ねじれた放電によって妨害されることはない。素人にはカオスの印象を与えるものの、まさにそれらの放電が、思考のイメージであるのだ。学生の頃には、外見上は無秩序な電光における無秩序な挙動こそが、結晶体のごとき推論秩序の反映である、ということになかなか折り合いがつけられなかった。

暗闇の中で黒く染まったシュレイの肩越しに、球体の奥を眺めた。数か所での燃え方が不均等だった。まるで、光の流れが、そこにある目に見えない礁の上で分裂し、それら礁の周囲を、おぼろげに波や渦を成しながら、金色がかった泉となって流れているかのようだ。

とうとうアンナは、うんざりして黙り込んでしまった。私はとうに疲労と姿勢の不具合(かなりの前屈みで立っていた)を感じ始めていた。シュレイが何かあいまいに独り言をぶつぶつ呟き、最後にふんと鼻を鳴らして、こう言った。

「もう充分だろう」

アンナには彼の声が聞こえなかったと見える。増幅器のノイズだけが聞こえてくる、ふとした沈黙の後、すぐさまこう口にしたのだ。

「誰かの事を愛していますか?」

一秒の数分の一が過ぎた。突然、渦巻く光が震え出した。暗闇から金色のしぶきが湧き上がり、きらきらと輝き始め、閉じた軌道を最後まで押し分け、頂上を射抜いた。それがガラスの牢獄の壁に穴を開けたように思われた。それから、光が下に流れ落ちて、消え、輝きの表面が閉じ、そして再び、疾走する火花が燐光を発する様子だけが見えた。

シュレイが、さっと動いて背筋を伸ばし、装置のスイッチを切り、天井の照明をつけた。私は目がくらみ、瞼を堅く閉じた。

「やれやれ」いつもの癖で不明瞭に、外科医が言った。「運動性失語症……これほどの？　十の領域に深刻な損傷がある……そして、もっと奥、皮質視床路《トラクトゥス・コルティコ＝タラーミクス》……しかし、視床《タラームス》全体、こんな具合か……それに、接合している……」突然、彼はまるで初めてアンナに気づいたかのように、彼女に近寄って、その両肩に手を置き、こう言った。

「よくやった、君！　どうやってこの質問を思いついたんだね？」

アンナは、途方に暮れて微笑した。

「分かりません。愚かな質問だとさえ思いました、なぜなら、何しろ神経伝導路が……」

「愚かではない！　愚かではない！」シュレイは彼女を遮り、華奢な肩甲帯を揺すった。「伝導路が切断されている、違うかね？　しかし、ニーモンは存在している、ごくわずかだが、より持続的にだ。つまり、記憶が存在しているのだ。ひとりの人間を丸ごと破壊して初めて、破壊することが可能な記憶がね！　大変良くやった！　私は分からないが、しかし……」

彼は最後まですべて言い終えずに、ベッドに近寄って、横たわる患者を解放してやった。青年は両目を大きく開き、瞳孔が異様に散大していた——異様に広がっており、蝕《しょく》を起こした二つの黒い太陽が、青白い光背に細く縁取られているかのようだ。これらの瞳は、私たちの向こうをぼんやりと、動かぬまま見つめていた。

「無為状態……眼球運動……」シュレイがぶつぶつ言った。「忌まわしい問題だ……しかし、どうということはない……さらに手術をするとしよう」

最も多種多様な研究室や班の人々と規則的に会える場所は、船内運動場であった。私自身、皆に体系的に陸上競技を行うことを勧め、一日おきにトレーニングに出掛けながら、模範を示した。私たちのトレーナーだったのはゾーリン、アメタの親友だ。実のところ、彼が、メハネウリスティカ学にも従事する飛行士であるのか、それとも逆に、宇宙船操縦術にも携わるメハネウリスティカ学者なのか、ついぞ分からなかった。もっとも、これはおそらく表面上の問題だろう。彼自身の話によれば、これだけいろいろな宇宙進化研究ステーションを放浪してきてみて、睡眠と覚醒のリズムにはとことん悩まされたよ、俺は昼夜を問わず働き、眠ることができるんだ、ということだった。ゾーリンは、見事な体軀の持ち主だった。そう、まさに、私がまだアメタを知らない頃に、彼をイメージしていた感じだ。彼は極めて入り組んだ体操の妙技を、いつも何気なしにさらりと行う。彼は運動器具に近寄りながら、いったん足を止め、あたかも自らの身体に聴き入って、心構えが整ったという、何らかの秘密の合図を待っているかのようであった。すると、突然、平行棒の上に舞い上がり、飛び移って、回転を始める。しばらくして、重力に逆らうかのように体を止め、自らの身体ですばらしく見事な、一瞬の構図を創り上げるのだ。彼のあらゆる動きの中に、例えば、手を差し出すやり方の中に、表面上は鈍重だが、音を立てない動作の中に、夢ごこちの、猫のような優美さが秘められていた。あたかも、これほどすばらしい身体を持っていることを楽しんでいるのと同時に、始終、自分の怠惰を克服しなくてはならないかのようであった。私たちは皆、彼が好きだった。彼はある種最も子供じみた方法で、私たちの中に野心を燃え立たせることができたのだ。私の記憶にあるのが、リリャントがとある回転技を練習しようと、数週ものあいだ晩になると運動場へやって来ては、奮闘していた姿だ。それもこれもすべて、ゾーリンからなんとか好意的にウインクしてもらうためだった。彼は優秀な建築技師というわさだった。テンプハラの班に所属している彼の同僚たちが、彼の奇妙な直感の事を何度か話してくれたことがある。その直感を用いて、彼は、あらかじめ予定されていた空間幾何学の解法とは、大きな隔たりのある結論をいくつか予測したという。私が思うに、これは何かしら、彼が自らの体を負うている空間を支配していることと関係していたのだ。彼がいつ、どのように仕事をしているのか、全く不明だった——彼はお客としてテンプハラのところへやって来て、実験室で一時間過ごし、テーマをもらい、そして二、三日後にはもう、頭の中に準備が整った解法を携えて戻って来るのだった。決してメモを取らない、そんなずば抜けた記憶の持ち主だった。彼のたっぷりした月仕様飛行服《コンビネゾン》の空色の輝きを、思いがけなく、飛行場の上だか、ゼロ層だかどこかの、船の中央から離れた、薄暗い舷側回廊の一つで認めたことがあった。彼はしばしば単身であそこへ出向くことがあり、さらにもしその横で人が闊歩していたなら、それはアメタだと断言できた。二人は全く話をしていないように見受けられた。彼らは、常に、私をびっくりさせるのと同じくらい不安にさせるやり方で沈黙の技法をマスターしていた。私には無縁の技法だ。彼らは実際、大きく体を揺らすような、軽い足取りで船尾星望台を歩き回っては、半時間に一度、誰にも理解できない言葉を互いに投げかけ——何らかの宇宙船、あるいはまた宇宙ステーションの名称——そうかと思うと、再び沈黙するのだった。あたかもその沈黙が、共に選び取った話題だとでもいうように。

この時点で、ゲア号は秒速九〇〇〇〇キロメートルの速度に達していた。相変わらず見かけ上は動いていないように星々の間に浮かんでいて、ドップラー効果のせいで星々の光だけがゆっくりと色を変化させ始めた。船の舳先にある星々は青くなり、船尾に浮かんでいるものは赤くなった。これらの変化を調査中の、感度の良い装置が、地球の環境ではあり得ない、ものすごい航行速度を算出していた。もし宇宙機《ボチスク》が、こんなものすごい速さで飛び回ったら、地球大気圏の最も希薄な層に触れただけでもガスのように蒸発してしまうかもしれない。しかしながら、ここでは、すべてが、静かで音を立てぬ、星々とそれらの間にある黒い虚空だった。ただ、最後尾の、船尾付近の甲板からは、ぺちゃんこになった円盤の奥から明るく輝く、かなり光の強い、メタルイエロー色の星として、太陽を認めることができた。その円盤とは、黄道の平面上で渦を巻いている、黄道帯内の塵の雲だった。

距離がさらに広がるにつれて、時計の文字盤上の無機的な数字の桁が増えていった。頭ではもうそれらの数字を把握し切れなかった。

私は様々な研究班から、入らないか、という誘いを何度か受け取り、さらには、白状すれば、気まぐれにビデオアートに手を出したことすらあったが、今後は控えることにした。私はますます広範囲な医学の勉強にのめり込んでいった。毎晩、トレーニング後の疲労を心地よく感じながら、船内図書館の豊かな医学分野の鉱脈に潜り込んで、トリオンの解剖模型で難解な手術を行い、教科書を学習した。

この学習は私を満足させてくれたが、しかしながら、始終何となく名状しがたい物足りなさを覚えていた。この訳は、自分があまり人々と交流しないせいなのかと思われたが、実際には、研究がかなりアカデミックな性格を持ち、船内の誰の役にも立たないことにあったのだ。地球へ帰還した後の臨床を考えてみたとしても、実に非現実的なほど、ずっと先の話だった。

私がこんな風に感じ、読書をし、患者を受け入れ、テル・ハールを訪問し、アメタとぶらぶら散歩をしていた時、船内の雰囲気に、はっきりとは捉えにくい、緩慢な、かつ、回復不可能な変化が生じていた。数々の些細な事件に自分の注意を向けなければならなかったとはいえ、私は目が見えず、耳が聞こえないのも同然だった。後になって、自分がこれほど何にも気がつかないままいられたことに驚き、他方、今頃になって思うのは、自己防衛の理性が、宇宙機《ポチスク》が休むことなく飛び続けていた、黒い、凍った深淵のひとつで予《あらかじ》め待ち伏せしていたかのごとく忍び寄りつつあるこれらの前触れが、自分自身に近づくことを許さなかったということだ。

そんな訳で、ある晩、私たちがジョギングでへとへとになって、熱いシャワーを浴びた後、全身からもうもうと湯気を立たせたまま、上半身裸になってデッキチェアで休んでいる時、誰かが、まるで中断したマッサージを再開するかのように、けだるそうに両手のかどで太ももを叩きながら、そういやレガッタ競技で遊べないのは残念だよなあ、と言った。ゾーリンがニヤッとして、ゲアで正真正銘のエイトを編成しようじゃないか、と言い放ち、私たちがびっくりして質問を浴びせると、自分の思い描いていることをこう説明してくれた。ボートは、それほど大きくない、数レーンが平行に走るプールに浮かべることができるさ。その周りを、湖か、何なら海でもいい、そのビデオアート映像《ミラージュ》で囲むんだ。そして、クルーが、競技を始める。すると、内蔵された計測機器が、どの八人組が一番早く漕いだのか計る。そして、そのチームが、勝利者として評価される、と。彼は、いつもの癖で、空中にすらすらと機材同士の接続を描きすらした。ところが、物理学者のグリガが、辛辣にこう言った。

「そりゃ、試合じゃなくて、幻覚になるぜ。概して、ここには、そのビデオアートとやらが、多すぎる。人工の空に人工の太陽、それに人工の水。ひょっとしたら、全員そこら辺の桶に座ってたりしてたな。ゲア、宇宙、遠征やこの真空の景色ぜんぶが、単なるビデオ幻影《ミラージュ》かもしれない！」

居合わせた何人かが、わははと笑い出したが、それが一段とこの物理学者を怒らせた。

「そんなままごとなんかくそくらえだ！」彼はそう叫んで、急に立ち上がると、私たちを見下ろして突っ立ったまま、怒気を含めてこう言った。

「そんなの、自己欺瞞じゃないか！　もしもこの先もそんな風だったら、誰も何もやらないことになってしまう、ビデオアートすら必要とされなくなるぞ。ヒマラヤでロッククライミングをやり遂げるために、自分の脳みそをうまい具合に刺激する錠剤をひとつ飲み込むだけで充分になる。そうやって、自分のソファに座ったままで、次から次へと、これ以上ないほど、岩と雪に囲まれて過ごしている本物の気分でいっぱいになるんだ！　なんという、堕落！　これこそ、麻薬か何かだ、下劣な代用品だ！　もしも、人間にとって現実にできないことがあるというのならば、そんなことは一切やる必要はないんだっ！」

彼は最後の言葉を、ほとんど叫んでいた。初めは、私たちのうち何人かが笑い出した。この個別のくすくす笑いは、あっという間に静まり返った。誰だか生物学者が、麻薬について実務的に説明しようと試みた。しかし、その会話は即座に止み、私たちはさっと散り散りになった。ゾーリンの奴は試合を目前に控えて、俺たちに発破を掛けすぎるぜ、と大声で不平を言いながら。ただしこれは、各自に忍び寄る沈黙を隠すための、ほんの口実にすぎなかった。

かなり長いこと、放射能防護壁付近で偶然介入してしまった、想定外の現象の問題が、私を落ち着かなくさせていた。この事を誰にも話してはならぬと自分自身に義務を課した。しかし、認めねばならないのだが、この数日の間、私は、大きくなる一方の興奮状態を抱えて晩の警報を待ち受け、どこに居合わせようと、独力で、稚拙ながらも一生懸命に観察を始めた。ところが、一向に何も認められない。一度か二度、故意に、テル・ハールのところでいつもより長居して、そこから戻る途中、防護壁の壁龕に立ち寄ろうと目論んだが、あいにくそこは空っぽで、真っ暗だった。私は、ユールイェラの灰を使った実験を繰り返してみたかったが、その時誰かがばったり私を見つけて、自分が笑い者にされるのでは、と危ぶんだ。最終的に、この問題はひとりでに解決した。翌月の末に昼食の席に戻ってきたユールイェラは、ひどく上機嫌で、あの夜の会合のことは一切何も覚えていないように見えた。一度か二度、私は会話の中でそのことをほのめかしてみたが、これでは意図した効果が得られないと、彼に率直に尋ねてみた。

「あぁ」彼が言った。「何でもないですよ。万事順調。パイオニア的な実験の中では、こういうことが思いがけなく起こるものなのです」

晩に、星望甲板をはしごした。ほとんど誰もいなかった。私は、これは恒例の突貫作業のせいだろうと考えた。皆の話によると、宇宙物理学者たちがすでに、極めて稀有な現象の観測準備に入っているということだった。その現象とは、来たる年に起こるはずの超新星の爆発であった。グーバルの班については、何らかの発見を成し遂げそうだ、といううわさが再び流れていた。確かに、他の諸々の研究班も約百八十名もの人々を抱えていたし、他方、孤独な星のアマチュアたちはさっさと甲板を通り過ぎてしまうのが常だった。しかし、私はそんなことは気にも留めなかった。私は一段と真空の空間に魅せられていった。ずっと以前は、あらゆる天体の名を呼んだり、分類しようと努めながら、アマチュア天文学者として真空を眺めていた。次第にこんな態度が影を潜めていった。

私は、星座を識別するのを止めた。それらを探しもしないし、暗い背景から剝離することもしなかった。知り合いの顔を眺めてもそこから目や口を切り離そうとしたりはしないように。私はじっと身動きせず、夢中になって、冷たい壁に額を押し付けたまま、視線を深淵に預け、何時間も見続けていた。上に投げられた眼差しが、空に放たれた矢のように自分へ返ってくるように思われた。あの向こうには、黒が何層にも重なり、星雲の青白い、朽ちた静脈によってあちらこちら蝕《むしば》まれている。ただそれだけだ。下は、火花が散在する深淵。これら両方の夜の領域が、天の川の二つの黒い岸を形成していた。しばらくすると、視線はより大きな全体を識別するのを止める。暗闇の塊の中に、頑固に自らの道を切り開き、その積み重なった層を抉《えぐ》っていく。焼鈍《しょうどん》された灰で覆い尽くされた、巨大な闇の瘤を。燐光を発する漂積物で淡く燃えている、漆黒の大海原を。そして、やっとのことで、塵のカーテンを通り抜け星々の闇へと突き進む。くたくたになって。力尽き、終わることのない暗闇によって骨抜きにされ、吸い取られてゆくようだ。すると視線は、心の底からほっとして、光の集団で休息をする――荒れ狂う分裂の渦の中で永遠に凝華されるガスへと気化した水銀から成る雷のように、明るい星雲だ――そして再び、さらにその先へと向かう。あそこの、醜く、陰鬱な塊の間にところどころ開いた裂け目が、死霊のような、薄気味悪い、まるで腐食する沈泥のごとき光を放っている場所へと。こうして見つめていると、ふとした瞬間がたびたび訪れる。眼差しが何か形のあるものに変化してゆくような、目の奥から何か鮮明な光線ないしは道が出ているような、そして、ついにはまぶたを閉じることができないような気分になってくるのだ。なぜなら、自分の視線をどこか、夜の底なしの迷宮に投げ捨ててしまい、その視線に、何十億年ものあいだ脈動する、限りなく古い時間《とき》が続く深淵の中で、灼熱する雲や凍てつく雲に囲まれたまま、永遠に存在せよ、と宣告してしまいかねなかったからだ。だが、これらすべて――目に見えるような縁が無く、天井や底も無く、境界すら無い、それらを想像することすらもできない、果てしない空間――これこそは、現実、黒い虚無と目がくらむような水素の炎から生まれ出た世界なのだ。

旅が始まって八か月目、ロケットは秒速一〇〇〇〇キロメートルの速度に到達した。すなわち、四秒ごとに、地球と月を隔てている距離を踏破しているのだ。船の疾走は、私たちの目の前に光の波面を積み重ね、その波をはるか後方へと引き伸ばした。船は、宇宙に存在する最高速度の三分の一に達したが、それでもなお、私たちの位置を知らしめてくれる光の点はすべて、微動だにせぬまま存続していた。時折、私には、私たち人間がひとつの目的のために作り上げ、そして、一点に向けられた意志の金属製の延長としてこれまで加速させてきた、あらゆるマシンや私たちの最大限の努力に対する、宇宙の恐ろしい無関心についてひとしきり思いを巡らし、打ちのめされたと感じるほどにそれが身に染みて分かれば事足りるように感じられた。星座の極めて微細な併進運動は、望遠鏡でのみ測定されるが、そのためには、数日でも、数か月でもなく、丸々数年間も待たねばならなかった。私たちは、来る日も来る夜も、仕事、休息、睡眠、娯楽、愛の時間にも疾走した。オートマタがエンジンのスイッチを入れ、原子力の炎の筋が小刻みに震えながらノズルから放出され、宇宙機《ポチスク》は加速を続け、すでに、秒速一〇五〇〇〇、一一〇〇〇〇、一二〇〇〇〇キロメートルを越えたが、星々は相変わらず不動のままに留まっていた。

ベートーヴェン第九交響曲

何か新しい、未体験、未経験の、ありとあらゆる胚が、私の内で深く漠然とくすぶり続け、地球との交信用に調整された装置の前で何時間も過ごしたり、人々との付き合いに気を取られたりしているうちは、始終抑え込まれ、掻き消されてしまったかのようだったが、夜、ひとつの夢が終わって次の夢が始まる間にふと目が覚めた瞬間、明け方、星々の下をひとり孤独にぶらついている時、種火のごとくめらめらと燃え上がる――こうしたことすべてが、集合し、結合し、するりと外に顕れたのは、航海二百七十三日目のことだった。

終日の業務がいつもより遅く終わったので、私は、医務室と居住室との間にある巨大なナンヨウスギの下に突っ立って、さて今晩はこれから何をしようか、と考えあぐねていた。結局、心を決めかねて、とりあえず公園へ出向いた。

公園では、早い、春の薄暮が降りていた。おそらく仲間《トゥヴァジシェ》たちの誰かがリクエストしたのだろう、風がいつもより激しく吹いており、その荒れた突風が、枝々を吹き抜けてゆくたびに、かつての記憶を強烈に呼び覚ますのだった。頭上の空には、形の崩れた大きな雲が浮かび、低い太陽がその背後に隠れたと思うと、金色に染まった縁の陰から光の円柱となって迸り、するとその途端、あらゆる灌木や喬木が、まるでぱっと目覚めたかのように、さっと地面に影を落とすのだった。

小川が流れ落ちている崖の下の岩に、歳の頃十二から十五位の少年が四人、腰を下ろしていた。一番若いのが、花崗岩の岩塊の下でうつむいて、細い棒に付いた綿菓子を舐め回していた。祈りを捧げているかのように我を忘れ、全身全霊でこの作業に専念していたが、その姿があまりにも一心不乱だったので、私は思わず、一瞬この子に深く感心してしまった。二人目の子は、交響曲のモチーフを調子っぱずれに口笛で吹いていて、難しい箇所では、両脚を激しく蹴り上げながら自分で拍子を取っていた。三人目は、何とニルス・ユールイェラだったが、彼が一番高くよじ登っていた。彼は天然の石の鞍に跨り、胸の上で腕組みをして、果てしない空間の主《あるじ》といった表情で地平線を眺めていた。そして、私には姿が認められなかった誰かが、小川の向こう側、水が泡立っているすぐ傍に立っていた。水は、闇の中でタールのように濃く黒く見えていた。ただ、泡のたてがみが、時折そこから白いきらめきを放っていた。

「なら、みんなが話題にしている、怖い虚無って、本当はいつ始まるの？」少年のうちで一番若い子が、姿が見えない人物の方を向いて、そう尋ねた。彼はなおも綿菓子を舐め続け、おやつを食べるのと会話をするのをやりくりしようとして、おやつの端を折って、頬の中に詰め込んだ。

「お前さんがそれに気づいた時に、始まるのさ」見えない人物がそう答えた。

その声からアメタだと分かった。同時に、誰かが私の肩に手を置いた。アンナだった。

「久しぶりだね、元気だった？」私は彼女の方へ振り向きざま、にっこり笑ってそう言った。少年たちが操縦士と引き続き話しているのが聞こえてきたが、もう立ち聞きすることは出来なかった。

「今日、演奏会があるのよ」カールした髪の毛を揺すりながら、アンナがビジネスライクに言った。

「ルイス・シニア？」私は尋ねた。

「いいえ、今回はもっとずっと昔のものなの。ベートーヴェン。九番。ご存知かしら？」

「うん、まあね」私は答えた。「演奏会か。君は、行くの？」

「ええ。あなたは？」彼女が言った。遠くで、子供たちの色とりどりのシャツがちらちらしていた。

「もちろんだよ」私は答えた。「君と。もし良ければだけど？」

彼女は肯定的に頷いて、乱れた髪を抑えようと、さっと髪に手をやった。

「もういかないといけないかな？」そう私は尋ね、思いがけなくも、まるで、泡立つ飲料のグラスを飲み干した直後のような、軽快な、晴れやかな気分になった。

「いいえ、始まるのは八時なの」

「それなら、一時間後だ」私は時計を確かめた。「どこかで待ち合わせする？」にっこりしてそう付け加えた。ゲア号ではちょうどこんな作法に則って振る舞うことになっていた。私たちの行動の自由が船の壁によって制限されないことを、態度で暗示するのだ。これは、錯覚の累積システムに属している。他の人々同様、私も良いやり方だと思っていた。

「もちろんよ」彼女は、真面目にそう答えた。「待ち合わせしましょう……あそこのトウヒの下で、一時間後に」

「ぴったり一時間後だね、オーケーだ。今は一旦失礼した方がいいかな？」

「ええ、まだあれこれ済ませることがあるの」

再び独りになった。先程少年たちが腰を下ろしていた方を振り返ってみたが、さてそこには誰もいなかった。私は公園を歩いて行った。どんな小さな片隅、小径も花壇も完璧に熟知していたので、たぶん目をつむったままでも自在な方角に歩き通せるだろう。むろん、どこで立ち入れる空間が終わり、ビデオアートの幻が始まるのか、正確に知っていた。ふっと、この漫《そぞ》ろ歩きは古代のガレー船奴隷の散歩も同然だな、と頭に思い浮かんだ。すると、今日こうも強くざわめいている喬木や灌木が急にうとましく感じられた。通路に出る。何やらひどい優柔不断に陥った。エレベーターに乗って、ルデリクを訪ねようと八層へ向かったが、五層で降りて、飛行場の乗組員課にいるアメタに会えるかと期待して、下に引き返した。というのも、あそこで何度か彼を見かけたことがあったからだ。ところが、ホールはあまりに広すぎて、これでは探しているうちにかなり時間を浪費してしまうかもしれない。従順なエレベーターが再び上へと急いだ。その時、私は少々青くさいことをやらかした。両目を閉じて、片手をまっすぐ伸ばし、指が当たった最初のボタンを押したのだ。私は我慢強く待った。かろうじて聞こえるシュッという音を立てて、ドアが開いた。着いたところは、なんと、第十一層、グーバルの研究所のご近所だった。ここに立ち寄る者はほとんどいない。なぜなら、ここには探すようなものがないからだが、しかし、私は外に出て、エレベーターを追い払い、気ままな足取りで偉大なる壁の方へと歩き始めた。その壁の向こうには、グーバルのプライヴェート研究所が、二重厚板仕立てで潜んでいた。

私は壁に近づいてみた。ガラス製だが、不透明だった。偏光板でしつらえてあったからだ。つまり、ある設置方法にすると、板は光を通すことが出来るが、別の置き方ではその光を吸収してしまう。今は、黒くて、まるで光沢のあるビロードをかぶせたかのように、つやつやと光っている。しかし、一か所だけ、顔の高さに、いわば「窓」があった。偏光板がこんなやっつけ仕事で据え付けられたのか、それとも、やはり誰かが故意に行ったのかは、分からない。私が行ったように、自由に内部を覗き込むことができたとだけ言っておこう。そこから見えたのは、天井に届く演算装置が設置された、実験室の一部だった。私は薄暗い明かりの中にいたのだが、それに対して研究所は、光の洪水で溢れていた。最初のうち、誰もいないように思われた。私が認めたのは、どこか奥の方で繰り返している、微細な動きだけだった——継電器《リレー》のヒンジがリズミカルに揺れていたのだ。

私は不意を突かれてびくっとした。視界にひとりの男が現れたのだ。大型の機械と機械の間をぶらぶら歩き回り、私の方へ背中を向けたまま、快活にべらべらとしゃべっていた。その様子を滑らかな手の動きが示していた。男はその手に何か黒い棒を握り、もう片方はポケットに突っ込んでいた。

男が短い通路の端で向きを変える前に、私にはそれが誰だか分かった。グーバルだった。彼は、接点装置類〔スイッチ等〕が一面針のように突き出ている機械たちの正面伝いに行ったり来たりしながら、誰だか目には見えない人物に話しかけているようだった。彼の声は、そもそも一切の音同様、ガラス越しに私のところまでは聞こえては来なかった。

　誰に向かってこんなに快活に話しかけているのか、私は好奇心をそそられて、自分が見つかってしまうかもしれないことなど忘れてしまい、もう一歩近寄った。今度は、彼は両脚を軽く広げて立ち、棒を持った手を挙げながら、早口でしゃべっていた。四分の三こちらに背を向けていたので、私に見えたのは、こめかみの上で筋肉がぴくぴくと脈打つ様子だけだった。彼の前にあるモニターでは、青緑色に光る線が何本も動いていた。

　彼は自分のオートマタたちと一緒に独りきりでいたのであり、ちょうど彼らと議論していたところだったのだ。この見世物は、珍妙なものになっていった。会話の内容は、たとえ耳にすることができたとしても、私にはきっと飲み込めないに違いない。ところが、この場面が長引くにつれて、次第におおよそのことが分かり始めてきた。グーバルはどうやら、周囲に集う大型機械の縦列《アンフィラード》に何かの講義をしているか、あるいは解説をしているようだった。中央電子頭脳――巨人の額のごとく張り出した、巨大な金属の塊――は、計器ののぞき窓が付いた分厚い装甲で覆われ、音声ばかりではなく、いくつもの計算や図表でも返答をし、それらが始終モニター上に現れたり、消えたりしていた。グーバルは、それら返答に耳を傾けたり、それらを読み取っては、ゆっくりと首を振ったりしていた。ある時には、がっかりして背を向け、二、三歩歩いてから、再び機械と向き合い、いくつか言葉を投げかけ、またある時には、何かのスイッチに触れたり、さらにまたある時には、脇に移動して、携帯用電子アナライザーのひとつの傍で何事かを行い、小さなカードを手に引き返してきて、それを手紙のように機械の内部に投げ入れた。その時、機械は、モニターをつけたり消したりしながら稼働したが、それが時折、あたかも彼に向かって緑と黄色の瞳でいわくありげにウインクをしているかのように感じられた。しかし、彼は、機械が自分に知らせる必要があったことすべてを知り尽くすと、首を振って否定のジェスチャーを繰り返し、たった一言「違う《ニェ》」と拒絶した。私は、唇の短い動きからそれを読み取ることを覚えた。

　場面は長引いた。グーバルは、魔法の棒のような、黒い細棒を持った手を何度か動かして、オートマタをコツコツ叩き、のべつまくなしに続く説明を終了させ、計算をやり直すよう強制させた。突然彼は眉を顰め、棒をぽいと放り捨てて、私の目の前から消えてしまった。しばしの間、誰もおらず、唯一オートマタだけが、まるで緑色の氷に凝固してゆくかのように、ゆっくりと固まっていくグラフの図をモニター上に吐き出し続け、まるで主人から見捨てられてしまったかのように、独りぼっちで、もう一度、拒否された論拠をすべて検討し直していた。すぐさまグーバルが戻ってきた。彼は整備用オートマタを一緒に連れて来て、電子頭脳に直接差し向けた。科学者は退き、目を細めて整備用オートマタに話しかけた。私は心底ぎょっとした。なぜなら、そいつがグーバルの合図で、道具の詰まった頭からドリルを突き出し、頭脳の装甲張りの額に穴を開けて、その直後にハサミの形状をしたハンドルで覆いをそっくり捲《めく》ったのだ。すると、機械の「外科医」は、動きを停止した。一方、グーバルは、好奇心満々に開けられた機械の内部を覗き込んだ。それから、小さな道具をいくつか持って、ケーブルの接続を変え始めた。作業は異様なほど早かった。彼は一旦退いて、一瞬、露出した内部をさっと眺めた。中では、銀色と白い色をした管の束がいくつも絡まり合っていた。彼はもう一度、いくつかを移し替え、ようやく合図を出すと、整備用オートマタがあちこち傷だらけの額の装甲板を持ち上げて元の場所に嵌め込んだ。グーバルは電源を入れた。頭脳が蘇り、モニターは光で震えだし、科学者の指の中には、まるで魔法がかけられたかのように、再び黒い棒が姿を現した――今こそ、それが、ミント・キャンディのスティックであると気がついた――グーバルは、高いテーブルの縁に腰かけて、長いことモニターの奥で展開していく曲線を眺めていたが、とうとう頷くように首を縦に振って、私には見えない部屋の一部の側を振り向き、何事かを言った。

　私は、おそらく彼は公理的道具の一部を変換したに違いない、と思った。彼がこれまでに存在していない数学の一分野を創り上げたことは明らかだ。その必然性が、新たな諸研究の結果、生じたのだ。そして、私は、彼が頭脳の理論を新しい軌道へと導いた手術の目撃者であった。

　グーバルはテーブルに腰を下ろしたまま、始終稼働し続けている頭脳に注意を傾けていた。時々、光が弱まり始めると、その都度グーバルはわずかに身動きし、手術の次の段階に取り掛かりそうになった。しかし、頭脳は再びモニターを明滅させ、それまで停止していたリレーが揺れ動き始めた。単調で型通りに繰り返す、機械の命のリズムを取りながら。

　突然、彼を見失った。視界に新たな人物が登場したのだ――カラールラだ。彼女は急ぐ様子もなく、空いている空間をぬって歩き、グーバルのすぐ傍で足を止め、彼の姿を遮っていたが、それから、くるりと向きを変えて、まっすぐ私の方に移動してきた。私はびくっとして、身を隠そうとしたかったのだが、両脚がまるで床に根を下ろしてしまったかのようだった。彼女はガラス壁にかなり近くまで近寄って来たので、その顔が透明な小窓いっぱいに広がった。私を見ていることは、確かだった。突然、グーバルが彼女に何事かを言った。彼女は振り返りもせずに、唇だけで返事をした。彼女の表情は、おそらく何らかの技術的なテーマが続いている会話に参加をしてはいなかった。彼女には私が見えていない。彼女の大きな、微動だにしない瞳孔が、あたかも暗闇を飲んでいるかのように、少しずつ広がっていった。彼女は、私も、何ものも一切認識していなかった。彼女の視線は、何をも待ってはおらず、一切の像も、一切の光も、暗闇すらも、期待してはいなかった。場面が、長引いた。背後にいるグーバルの黒い像が、私には突然、奇妙に無価値なものに思われ、そして、彼を取り巻いている巨大な装置類が、完璧さへと駆り立てられた機械仕掛けの玩具の類のように見えたのだった――ガラス壁の正方形に押し付けられていた、滑らかな額、沈黙させられた瞳や口をした、このとても白い、女性らしい顔に比べて。それらの瞳は、あまりにも遠くに存在し、まるで彼女が底なしの虚無に預けてしまったかのようだった。それから、彼女はグーバルの方に振り返って、始終機械たちと論じている男を眺めていた。その時、私はもうこれ以上、立っていることができなくなり、誰も知る必要のない彼女を一瞬覗き見てしまった、という恥ずかしさで顔が赤く燃えるのを感じながら、そっと後ろへ退き、悪人のように逃げ去った。

　エレベーターが、私を音楽ホール《フィルハルモニア》がある層へと運び下ろしてくれた。もっとも、エレベーターを意識的にそこへ差し向けたわけではなかった。急に、ダイヤモンドのような光の束を浴びて、はっと我に返った。私は、ホールの入り口際にある拱廊下の大理石の床板の上に立っていた。間際に駆けつけた人々が、中へと急いでいた。それと同時に、アンナと会う約束だったことを思い出し、そして、彼女を見つけた。私は駆け寄って、手を摑み、何かもっともらしい言い訳を囁いた。彼女はいつもよりも背が高く、とても古風な、艶消《つやけ》しを施した銀の奔流で創り上げたような長いドレスを纏っていて、怒ったふりをしながら、口を一文字に閉じていた。

「早く、早く」そう彼女が言った。「後で埋め合わせして」

私たちが入るや否や、大きい照明が落とされた。ホールの一番奥にあるシェルに、上からスポットライトが当てられ、きらきら輝く楽器や揺れ動く数々の頭をバックに、黒く、細い指揮者のシルエットが、両腕をぱっと左右に広げた。指揮棒が、振り下ろされた。

最初、この古い音楽の流れは、私の周囲を淡々と通り過ぎてゆくかのようだった。常に古い作品を演奏する、銅やワックスで光り輝く古代の楽器を眺めていて、愉快な気分だった。カタツムリ状に渦を巻いたパイプ、丸い筒上に張られた皮、金属製の皿――これらすべてが、ユーモラスであるのと同時にまた、感動的だった。久遠《くおん》の昔に思いを馳せるたびに、念頭に浮かぶのは、私たちと同じように音楽を愛したこれらの人々の想像力と、彼らが木製の胴や獣の弦から、その音楽を引き出してきたというこれらの工夫との間に生じる、未だかつて耳にしたことがない不協和音なのだ……。

頭の中で、映像や声の断片、未完成の言葉や思考が混ざり合っていた。だが、これらすべてが、華々しく轟き、盛り上がっては、鎮まってゆく音楽によって、外から洗い流されていった。するとどうだ、突然、いつ、どのようにしてか定かではないが、この音楽が、私の中に押し入ってきたのだ。あたかも洪水が家に押し寄せ、がらくたも高価な品々も一緒くたにさらってゆき、さっきまで日常のささやかな秩序があった場所で黒ずんだ渦が回っているかのように、凍り付いた記憶の狭間へ、強烈な、なし崩しにするような音色が突き進んできたのだ。すると、その後、何と、音楽が私を取り囲み自らの内に私を溺れさせようとし始めた。

怒りが湧いて来て、降参してたまるものかと、私はメロディーを抑え付けようと努力した――むなしく。思考、記憶そのもの、私であったものすべてが、どこか上へと疾走し、ついには、最後の抵抗が破壊され、私は無防備のまま、開け放たれ、そして、凄まじい流れの河床のようであった。流れは、ますます深く、深くと注ぎ込んでゆき、岸辺をえぐり、打ち倒し、引き返しては、倍増した力で打ちつける。ところが、この嵐のさ中、何度も繰り返す、途切れることのない呼び声が轟き始めた――それは、超人的な声が私を呼んでいたのだ。

突然、すべてが、休止した。まるで巨大な力が、自らの大胆さにひるみ、一瞬立ち竦《すく》んでしまったかのように――静寂が訪れた。短い、心臓の鼓動が止まるほど衝動的な。それから、メロディーが爆発した。

私は立ち上がって、出て行きたかった。これには、耐えられなかった。私は、そっと、身を屈めながら、どうやってかは分からないが、ドアのところまで、歩き通した。いつの間にか、がむしゃらに走り込んだ後のようにはあはあ息を乱しながら、誰もいない大理石の円柱に囲まれた半円上に辿り着いていたのだった。私は階下へ向かった。音が抑えられているにもかかわらず、ここでは、音楽が私を追い立てるのだ。その時、自分が独りではないことに、気がついた。

一段高いところに、アンナが立っていた。私は黙ったまま、彼女の手を握った。すべてが、まるでふっと力を抜いたように穏やかになってゆき、時折思い出したように爆発する交響曲の音色が、私たちを、一層遠くへ、遠くへと、空っぽの通路の奥へと追い立てた。それから、エレベーターが静かにシューと音を立てた。数十歩――すると、目の前には船尾星望台が現れた。

分からない。私があそこへ向かったのか、それとも、やはり彼女が私を連れて行ったのだろうか？　分からない。私たちは、身動きひとつせず、じっと立っていた。まるで私たち自身が暗闇に変わってしまったかのように、何も見えなくなってしまった私たちの足元には、深い奥が、境界も底もない深淵が、永久不変の奈落が、横たわっていた。そして、そこに見えるのは、硬直したいくつもの光――無慈悲な、無慈悲な星々だ。

私は、アンナの掌をぎゅっと握り締めた。彼女のぬくもりを感じたが、私は独りだった。

「いいかい……」私はそっと言った。「君は、何も知らないだろう……あの人は……あの人は、僕たちのことを知っていたんだよ、いいかい？　すべてを知っていたんだ、あのベートーヴェンって人は。耳の聞こえない、十八世紀のドイツ人は……すべてを予見していたんだ、知っていたんだ……」

アンナは、何も言わなかった。私は、彼女の指の優しい肌触りを感じた。私はこの安らぎを摑んだ。そこからいつもの、打ち解けた会話が生ずるかもしれなかった。かつて存在していた何かを、取り戻す道を開きながら。その何かは、ここのところ、私には永遠に失われてしまったという気がしていた。ところが、ぱっと希望が輝いた。

「彼は一切何も解釈しなかった」私は一段声を落として話しかけた。「何もね。ただ、話したんだ。そして、その声は今日まで生きている……僕には、みんなが僕を見ているような気がしたんだ、なぜなら、彼は、僕だったら自分自身にすら認めようとはしないことを語ったからさ。彼は、これすら、知っていたんだ……」

私は星々の方へ向けて手を挙げた。

私は、星座を見ていたのではなかった。あそこにあったのは、さながら果てしなく古い深淵の中で凍り付いてしまったかのような、光の煌めきだった。恐ろしくよそよそしい渋面のような、冷たい、物言わぬ炎。私は目を閉じることが出来ず、視《み》ることも出来なかった。私はアンナの肩を摑んだ。すると、彼女の頭が、私と虚空との間にやって来た。まるで、私を覆って、守るかのように。私は思わず彼女を自分の方へ抱き寄せ、むき出しの両肩の温かさを感じ、彼女の息が私の顔にかかり、唇が合わさった。

平安と静寂の中で、胸の高鳴りが次第に治まり、私たちの心臓は落ち着きを取り戻した。彼女が、心を許して、強く私に身を寄せてきた。私にはその権利は無かった。

「アンナ」私は囁いた。「聞いてくれ、僕は……」

彼女は手を解くと、私の口を掌で覆った。女性らしい智恵の、このしぐさをどうやって忘れ得ようか。

「何も言わないで」彼女がそっと囁いた。

私たちにはお互いが見えていなかった。真っ暗闇。虚空が、私たちを全方位から取り囲み、待ち伏せし、目を向ける限りに広々と開かれていた。ゲア号の装甲が崩壊してしまったかのように思われて、足の下の支えが確かなものなのか、つい不安になった。ただ、この華奢な体だけが、安全な場所のように感じられた。私は、火照った額を彼女の冷たい肩甲帯に押し付け、どれほどの間だろう、私たちはずっとそのままだった。不意に、私の髪に一羽の鳥が留まったような気がした――鳥が、ここに？　ゲア号には鳥が一羽もいなかった。ここでは生きていけないのだ。偽りの地球の幻影が映された壁が視えずに突進し、叩き落とされてしまうに違いない。

　彼女が私の頭を撫でた。私は彼女の首に唇を押し付け、彼女の心臓を感じた。まるで、彼女の体の奥から、誰かとても近しく、良く知っている人が私に話しかけてくるかのように、鼓動がリズミカルに消息を伝えてきた。私たちは前へ歩み出し、互いの隠れ家となって身を寄せ合い、もうすべてが語り尽くされたかのように、無言のままだった。通路がカーブし、夜間照明の青い微光で照らされた階段が続き、それから、長い脇道、広々したロビー……。私たちは、私の部屋の前に立っていた。アンナの肩が私の手の内で少しこわばったが、自ら手を伸ばして、ノブを押し、最初にしきいをまたいだ。私は振り向いて、背後でドアを閉めようと、手探りでドア板を探ったが、打たれたように突然身震いがした。アンナが私にしがみつこうとしたが、無駄だった。私たちはすでに暗闇によって離れ離れにされてしまった。パイプがうなる低音が飛び出してきて長時間鳴り続ける、その暗闇によって。ゲア号が速度を上げたのだ。

宇宙航海士評議会

星はそれぞれ、相反する二つの力が衝突するおかげで存在している。すなわち、星の質量を中心に引き寄せる重力、および、自らの巨大な圧力によって、星を膨張させようとする〔光の〕放射である。星は、エネルギーに変換された物質を絶えず激しく放出し、そうして何十億年も存続する。

　核燃料が枯渇すると、放射圧である、あの絶え間ない、内部から全方位へと放たれる稲光も同時に姿を消してしまう。すると、その星の内部は、その表面からのエネルギーの放出が依然として続くことによって、急激に冷え始める。ガスが球体を膨張させる圧力は衰え、球体を締め付ける重力の力にもはや対抗することができない。星は弱体し始める。すなわち、自転の不変〔慣性〕モーメントが、大気の外層を引き剥がし、それを、毎秒数千キロメートルの速さで膨張してゆく、灼熱するガスの球体と化した星から空間に放り出す。その際、露出した高温の内層から逃げるエネルギーは、さらに一段と大きくなる。この時、ある種の恒星においては、急激な収縮が起こることがある。恐ろしい圧力と温度が、自由電子を原子核に押し込む。続いて、電荷の中和が起こり、星全体が中性粒子――中性子《ニュートロン》――の集合体に変化する。これら中性子は、反発し合うことなく、通常の原子核よりもはるかにお互いに接近することができる。その時、「星が自己崩壊した」という言葉で定義することができる何かが、起きるのだ。

　灼熱する物質の天体は、自らの内部に惑星系全体を収めることができて、直径数キロメートルの球体へと変化してゆく。密集した中性子の塊は、宇宙で最も驚くべき、最も密度の高い種類の物質を形成する。地球全体の密度がこのように圧縮されたならば、百メートル級の丘の中に収まってしまうことだろう。ものすごい噴出によって解放されたエネルギーは、空間で爆発する。そして、十数日のあいだ、星は、数億個の太陽が束になってもかなわない強さで輝き、その後、この宇宙で起きた爆発の炎が消えると、星、というよりむしろ爆発後に残る、非常に高密度の、白熱した塊は、次第に暗闇の広大無辺へと沈み込んでいく。

おのおのの銀河系外星雲において数百年に一度起こる、まさにこのような現象を、ゲア号の宇宙物理学者たちが予測したのだった。

超新星爆発への期待は、その日の一大事件となった。野次馬の巡礼団がぞろぞろと、すでに予告された期限の十数日前から、観測室へ出たり入ったりしていた。もっとも、その期限は、爆発の瞬間を決定する要因のうちいくつかが正確に測定されていないことを考慮して、一週間半の余裕を見込んでいた。

超新星は、本船の長軸のほぼ延長上に、明るく輝き始めるはずであった。それゆえ、メイン・テレタクター〔電波望遠鏡。レム『金星応答なし』（沼野充義訳、ハヤカワ文庫SF、一九八一年）に登場する〕の八メートル・スクリーンが、常に銀河南極方角に向けられていた。この領域に横たわる天の川銀河の腕は、巨大な装置の、数えきれない星の大群に対する分解能のおかげで、一つ一つの星として識別できたが、どの星もすべて、相変わらず点として見えるままであった。というのも、たとえ何百万倍拡大しても、私たちを隔てている深淵に対してなす術がなかったからである。しかし、その代わり、オメガ球状星団、ケンタウルス座、みなみじゅうじ座の間に、いくつもの銀河系外星雲が、暗い塵状の輪郭を持つ青白い円盤として見えていた。このような小さな雲はそれぞれ、何億個もの星々の系を成していた。

天文物理学者たちの興味の的となっていたのは、小マゼラン雲、とりわけ、彼らが超新星の閃光を期待していた、星雲内の一部分であった。彼らは、途切れることのない来客で退屈することなく、普段通り自分たちの作業を続けていた。小さな演算処理用オートマタが、ひっきりなしに稼働していて、複雑な計算を行っていた。手から手へ、引き伸ばされた写真乾板と、目盛りが振られたスペクトログラムの縞々が動き回っていた。この整然としたバタバタ騒ぎは、訪れる者たちに対して、ある種の不思議に心を落ち着かせる影響を与えていた。私たちは、いわば、獰猛な野獣がうじゃうじゃしている土地を——武装した征服者たちの先導下で——訪れる者のように感じていた。天文物理学者たちにとっては、永遠に夜が続く果てしない領域でも、白と黒の熱を発しながら底なしに広がっていく星雲でも、恐れるものは一切何もなかった。彼らの広大無辺に対する実務的な、分類学者的な態度は、私たちにさえも伝染した。ふと気がつけば、このところがらがらだった船尾星望台が、再び埋め尽くされていた。

遠征の長たちが近々起こる予定の現象をしきりに周知するような宣伝のやり方には、多少考え込まされた。ユールイェラの傍で一度、野次馬の群れが天文学者たちの作業を邪魔する恐れがあることに気づいたが、しかしこの技師はただにっこりほほ笑んだだけで、そしてまるでついでのように、「その甲斐がありますよ」と言った。

しかるべき予定の時期が訪れた時、観測室のホールには、お客全員が辛うじて入ることができた。しかしながら、初日にも、翌日にも、そして三日目にも、一切何事も起きなかった。そこで、訪問者たちは、真夜中がだいぶ過ぎて、観測用モニターの暗闇に慣れ切った目を半開きにしながら、通路を歩いて散っていった。

四日目、もはややって来る人々はすでに少なくなり、五日目には、四分の一のみだった。ところが、六日目の早朝、とうとう超新星が、小マゼラン雲でまぶしい白い点としてぱっと輝いた。過度な期待が長引いたのか、それともまた、私たちの想像の中でこの現象が壮大に思い描かれすぎたのか、私たちはこの事実をむしろ冷淡に受け入れ、観測室で交わされた言葉は一様に、真の讃嘆の表現よりも、天文学者たちに示された礼儀正しさの割合が大きかった、とだけ話しておこう。こんな風にして、多少人工的に盛り上げられた熱狂の波は、超新星の火花が星雲の単調な輝きの中で衰えて見えなくなり始めるよりも、ずっと早く引いてゆき、消え去ってしまった。

天文物理学者たちの調整役は、トレフプ教授だった。銀河系外星雲の優れた研究者であり、最強の望遠鏡で観測可能な範囲ぎりぎりのところで回っている星雲の狩人だ。教授を永久に記憶に留めるには、一度見るだけで十分だった。鳥が羽を逆立てて丸まっているみたいに、頭が両肩の間に鎮座していた。そこに、先の丸いくちばしのように婉曲して前に突き出た、巨大な鼻が付いていて、眉といえば、鼻根の上の方で、毛むくじゃらの、ぴくぴく動く、活き活きした結び目を横一文字に作って、両目が認識するものが何であれ、重要なことすべてに信号を発するのだった。教授は簡潔な言葉で話し、決して声を上げることはないのに、その声は極めて酷い喧噪の中でも、いつも向けられた相手に届くのだ。彼は一瞬たりとも作業を中断させることなく、思いやりのある礼儀正しさで一見《いちげん》さんを観測室に迎え入れていた。時折、奇想天外な物言いで話の相手を茫然自失させたがっているように見受けられた。一度、私が地球の話に触れた時など、彼はこう宣った。「あちらでも、我々は星々に囲まれているのですよ。真空との仕切りになっているのが、少しの空気と足の下の分厚い地球なのです。だから、ただ頭を持ち上げさえすればよろしい」

教授は、少なからず騒ぎを巻き起こしたプロジェクトの立案者だった。もっとも、彼以外の誰も、あえてそれをまともに検討しようとはしなかった。彼はこんな風に言ったのだ。宇宙航海には、大型であれ、小型であれ、宇宙船ではなく、丸ごと地球で漕ぎ出すのが一番良いかもしれません。すなわち、こんな方法でです。原子力エネルギーの巨大な反動で地球を軌道から外し、それからゆっくりと螺旋状に「ほぐれながら」、太陽から少しずつ遠ざかってゆき、最終的に地球を目当ての星の方へと動かしていく。暗闇を通過するあいだ当該宇宙航海に必要な熱と光は、大量の原子力人工太陽によって、地球人にもたらされることでしょう、と。

「今日、すでにおおよその計算は可能です」彼は言った。「我々の太陽は、だいたい百億ないしは百二十億年後には火を消してしまいます。その時、我々は他の太陽を探さなくてはならないでしょう。この事件を見越して、将来我々が強いられることを、今自らの意志で成し遂げることよりも簡単なことが、一体あるでしょうか！」

正直な話、何より私に畏怖の念を起こさせたのが、あたかも真剣に百二十億年後の時代まで生きるつもりでいるかのように、教授が使用した「我々」の用法だった。しかし、彼は畏怖の念をおこさせるようなことは、何もしていなかった。彼はそういうことを全く必要とはしていなかった。ただ、自らのかなり奇抜なものの見方において、大抵彼一人に限られる少数派になっていたのだ。教授はそんな時、同僚たちや協力者たちの「反抗」について語るのだった。ちなみに、彼は喜んで、あえてそうするのだ。観測室の薄明かりの中で、しばしば彼のバスの笑い声が響きわたった。何らかの感光板に白熱灯でスポットライトを当てているうち、そこに自らの予想の証明を発見したのだ。枯れることのないエネルギーでいっぱいのこの人を見るのが、私は好きだった。

トレフプの班では、ボレル夫妻が働いていた。夫のパヴェウは、惑星学者で、地球では天性のアルピニスト、すらりとして、白髪混じり、猫背、日光と風に晒されたせいで浅黒い顔をしていた。氷河が眩しく輝く中で反射的に細めることに慣れた目からは、ぎっしりと細かい皺《しわ》が走っていた。奥さんのマリアは、平凡な外見をしていた。彼女が大勢の人々の中にいたら、他人の視線は簡単に彼女を見落としてしまうことだろう。彼女の顔の、隠された、難解な美しさを、私はすぐには気づかなかった。その美しさは、ごく稀に、何らかの喜びないしは悲しみに満ち満ちて輝き出すのだった。不意に開かれた幕の中にある最も純粋な裸体のように。

夫妻は、普段別々に作業をしていた。夫は、テレタクターもしくは、スペクトルスコープの傍におり、一方、妻は、計算装置の傍にいた。皆が以心伝心で理解し合っている長い沈黙で途切れがちな会話の合間に、単調な、集中作業の只中で、ボレルが妻に向ける視線を空中で捉えることはほぼ不可能だった。特に雄弁でもなく、強くもない、そんなものではない、ただ単に、小さな、明るい目の輝きでの、「君、いるね」という確認——そうして、夫は再び作業に没頭する。

その頃、アンナは私を避けていた。彼女の振る舞いと顔の表情が、しばしば読み取りにくくなっていた。一日中、姿を消していることもあった。私がついでを装って彼女に質問をしたりすると、彼女はチャカンヂャンのところでの作業に罪をなすりつけるのだった。一緒に散歩しよう、とか、コンサートを聴きに行こう、と誘ってみても、仕事を先延ばしにできないの、という有様だったが、その後で、思いがけず姿を現し、最初の頃のように、陽気で、信頼に満ち、そして、落ち着いたさまを見せた。時々、急に気を滅入らせては、しかしすぐに、にっこり笑って、この取るに足らない、駄々っ子のような意気消沈を追い払うのだった。私たちのデートは何やらややこしくなっていった。私が、落ち着きには落ち着きで彼女に報いようと頑張ると、これがわざとらしい無関心となってしまったり、そこで再び私が、これまた全身全霊の誠実さでもって彼女に対して誠実であろうと努力をすると、その誠実さというものは、その場しのぎのご機嫌取りである、という以外に何の御利益ももたらさなかった。私は「深い」類の考えを述べたり、私たちの今後の共同生活について計画を立てたりもした。彼女は注意深く聞いていたが、そのほほ笑みには、小さな皮肉の炎が混ざり合っていて、まるで私が言ったことも、私自身をも、真剣に捉えていないかのようだった。そうすると、会話は壊れ、もたついて、ストップしてしまい、私はその会話を支えるために努力を注がねばならなかった。これには腹が立った。流れる砂の上にいるような感じがした。私は毎度毎度あたかも一から始めるかのように、ベートーヴェン第九交響曲後の夜の、あのアンナを探し出さねばならなかった。私は、彼女の中にでも、私の中にでもなく、私たちの間に突き刺さっている――という気がした――目に見えぬ抵抗を乗り越えながら、彼女のところまで辿り着かねばならなかった。

ある時、彼女にこう尋ねてみた。

「僕といて幸せ？」

「いいえ」と彼女は答えた。「でも、あなたがいないと辛い」

私は彼女に愛着を感じるようになっていった。早朝、彼女が朝食を作るさまを眺めるのが好きだった。彼女はゆったりとした明るい色の朝のガウンを纏い、しどけない髪のまま、ガラスの上に身を屈め、大昔の錬金術師にふさわしい集中力で果物の食材を混ぜ合わせていた。「星から来たアンナ」――私は彼女をそう名付けたが、この発想が「地球のアンナ」との対比から思いついたことだとは、話さなかった。彼女は美しかった。地球では、自然が自らの美貌に喜悦しながら、ある種「自己の意図」のようなものに従って創り上げたという印象を与える風景――荘厳なものであろうと、静謐なものであろうと、何でもよい――に出会うことがある。そんな風な何かが、アンナの中にあった。波のような豊かな髪の暗闇の中に、呼吸の規則正しさの中に、すっと伸びて端が彎曲した眉の中に、とてもゆっくりとだが止むことなく成熟しつつある何かの上で閉ざされた両唇の中に、存在していた。いつだったか、彼女が眠っているさまを感動しながら見ていたのを覚えている。まつ毛のごくささやかな震え、温かい呼吸に合わせて動く乳房。彼女は、私の視線の下で突然目を覚まし、まるで私に会いに夢の中から出て来たかのように、大きな瞳で一瞬見詰め、それから、ぱっと赤くなった。バラ色の波が彼女の首、顔、さらには耳までも取り囲んだ。私は、赤みの原因を知ろうと、すぐにあれこれ質問を浴びせて尋問を始めた。長いこと彼女は返事をしたがらず、とうとう、いやいや、そっけなくぽつりと言い放った。

「あなたが夢に出てきたの」それ以上、何も言いたがらなかった。

こんな風に始終新たに結ばれては、ずたずたに引き裂かれながら、私たちの非日常的な関係は続き、そこには、何か苦いもので味付けされた優しさや入念に秘された格闘が——夜更けに——隠されていた。

その間、ゲア号での生活は、普段通り回っていた。実験室はフル稼働し、晩になると私たちは地球からの無線受信機の傍に群がり、ビデオアートのシアターに集い、運動場ではグループごとに次の競技会に向けてトレーニングを行い、様々な演奏会では音楽ホール《フィルハルモニア》のドームに息の合った音が響き、こうして、すべてが、傍目には、以前と同じように見えていたが、しかし、これから起こるであろうことや、無限の道に沿って伸び、密閉された船の装甲越しにいつの間にか浸透して来て、皆の理性や心に毒を盛っているように思われるものの徴候が現れつつあった。

それはおそらく夢から始まった。私は、少なくとも、そのような所見を集めていた。私自身の夢が、この時期造形的で豊かなものとなっていたが、その豊かさは、不要不適にして、しかも不快でさえあった。夜な夜な続く、執拗な、何度も再生される夢を見ることがあった。中には、連続する夢のプロットがいくつかに枝分かれしたものもあった。特に、盲人の都についての夢が、深く私の記憶に刻み込まれている。私は目が見えず、とある縺れ合った、枝のように分かれた形の闇の中で暮らしていた。この夢の中で私は、現実とは完全に異なる、長く、込み入った過去を持っていた。そこでは、いくつもの長い長い放浪があったり、人々との様々な出会いがあったりしたが、すべては一条の光すら射さない、頭と胸を締め付ける常闇の中で起きていた。この夢に、と言うよりも、何週間にもわたって繰り広げられている夢の七連作《プレイヤード》全体に、私はほとほとうんざりさせられ、人生で初めて、大脳皮質の活動を抑える睡眠薬を服用し始めた。泥のような眠りが訪れたが、薬を脇に押しやってしまうと、悪夢が戻って来るのだった。

外来診察室に、夜の悪夢を訴える人々が訪れるようになった。通常は、自らの不平不満の取るに足らぬことでうろたえる者たちがやって来ては、自分としてはこれは深刻な病気の症状というよりも一時的な気分の落ち込みなんだよというそぶりを見せていたが、私は自らの経験から学んでいたので、彼らに入念に耳を傾け、自分で服用した薬剤を処方した。ところが、これを敬遠される場面に何度も出くわした。私たちの時代には、薬を服用するのを好む者は誰もいなかった。医学は、心身の苦悩を治癒するというよりも、その予防に照準が合わせられている。

しかしながら、総じて、私の患者たちは泥のように眠って休むことを望んではいなかった。それどころか、夢を見ることを願っていたのだ。だが……地球の夢を、だった。このことを、皆、二人きりだけの席で打ち明けた。「あいにくですが」――私はこう答えることにしていた。――「私たちは任意のテーマで夢を呼び出すことが、まだできないのです」せいぜい、もっと運動を心掛けて、「外の」空気の中で長めに過ごすように、というアドバイスで彼らに引き取ってもらわねばならなかった。

ゲア号の公園に話が及ぶと、しばしば不興を買った。あのビデオアートの産物は、皆の自慢の種ではあったが、ほとんどイメージの化石と化しつつあった。ある時期、私たちの公園を模様替えする件で議論がなされたことがあった。つまり、現実の部分も周囲の幻映《ミラージュ》も新たな形状を創り上げて公園を改造する案が提示されたのだ。だが、いざアンケートが実施されると、実のところ誰一人としてそれを望んでいない、ということが証明された。これに対して、一連のコメントが出された。例えば、「雨が人工だ、だからすぐに本物じゃないと分かってしまう」だの、「鳥がいなくては、どんな幻影《イリュージョン》も片手落ち」だの、あげく、「空と雲には嘘の刻印が捺されている。地球のものに全然似ていない」云々。

このような非難に、ビデオアーティストたちは気分を害されたように感じた。そこで彼らはこう太鼓判を捺した。幻映《ミラージュ》は、間違いなく完璧だ、なぜなら、人間の感覚に作用するあらゆる要因を考慮に入れて採用されたからだ、そもそも、現在稼働中の機器は、航海開始当初と同じであり、その当時は、乗船後に誰もが本格的な錯覚に対して賛同の意を表したではないか、と。

航海最初の年が終わる頃、患者の中に、一日の睡眠と覚醒の調整が上手くいかずに苦しむ、新しい人々が現れた。彼らの仕事のリズムが、他の同僚たちと比較して乱れがちだったのだ。ある人たちは、晩の早い時間帯に眠気を覚え、夜が明けるだいぶ前に目覚めてしまっていた。反対に、深夜まで働いて、昼間まで眠りたがる人たちもいた。これによって生じる作業のばらつきが大きくなり、乗組員一同が分断されてしまう危機が差し迫っていた。

さらには、特に午後の時間に、目的もなく通路をぶらつく人々にますます多く出くわすようになった。これまで成立していた会話が死角にはまり込み、人々は甲板を独りで徘徊するようになった。が、明らかに船尾星望台を避けている。新年まであと数日という時、私は散策用甲板に行ってみたのだが、以前なら訪問者が一番激しく押し寄せていた時間に、かろうじて、アメタと何らかの星座について論じている二人の操縦士に出会っただけだった。それ以外、歩廊の広大な空間は、まったくの空っぽだった。

これらすべての出来事は、私とアンナの関係が最も紛糾した段階と伴走していた。それだから、私は当然向けるべき注意をそれらに割くことをしなかった。

一定の時期ごとに宇宙航海士の評議会が開かれていた。次の評議会が行われる三日前に、テル・アコニアンが、乗組員の精神面の健康状態について意見を述べたくはないだろうか、と私に打診して来た。それで、私は数時間机に向かって、長い論文を準備した。

会議に遅刻してしまった。というのも、ニルスの仲間の一人である、進取の気性に富んだ綿菓子の愛好家が、ロッククライミングの最中に飛行場の支柱から落ちてしまい、私はその子の脱臼した足を整復しなくてはならなかったのだ。私が到着した時には、ちょうどレナ・ベレンスが発言中だった。私は後ろの方から、大部屋の隅にあった残りの空席の一つに腰を下ろした。

ゲア号内に開設されていた幸福学研究所が、乗組員メンバーによる船内空間利用実態の統計を取った。ここで明らかになったことは、航海初期の数か月間は皆進んで各星望甲板で過ごしていたが、その後、次第に多くの人々がそこを敬遠するようになって、休息の場は主として公園になり、そして現在では公園も甲板同様にしばしば無人の状態が目立つということだった。

「では一体、皆どこで自由な時間を過ごしているのだね？」テル・アコニアンはそう質問した。彼はノートの上に身を屈めたまま、誰も見ていなかった。

「当研究所の調査は、公共の空間にのみ関係するものです」レナが答えた。「ですが、主として各自自分の居住室で過ごしている、と容易に察せられます」

「それは、社交的会合の増加という意味合いを持つのかね？」テル・アコニアンが尋ねた。相変わらず顔を上げない。私には彼の質問の意味があまり良く分からなかった。

「分かりません」レナが答えた。「しかし、私自身や周囲に関して考えますと……ノー《ニェ》です」

「ならば、これは何なのだ？」テル・アコニアンが尋ねた。彼は背筋を伸ばした。

「私が思いますに……孤独ですね」誰かが後ろから答えた。全員の頭がそちらの方を振り向いた。言葉の主は、トレフプだった。

「ドクター」その時、テル・アコニアンが私の方を向いた。「ご意見をお願いします」

私は立ち上がった。私の報告は、役に立たないものだった。それを一瞬にして悟った。奇妙な瞬間だった。私自身、これから自分が何を話そうというのか分かっていなかったのと同時に、不思議と頭が冴えわたっていたのだ。

「皆さん」私は話した。「私はここに、最近数か月の間に患者さんたちから伺った様々な不平不満を抜き書きしたものを用意しました。でも、今、分かったのですが、これらの不平不満を分類したり、数え上げたりしても、無意味だということです。すべては、共通の原因によって引き起こされた徴候なのです。トレフプ教授が今その原因を指摘されました。その原因はこれまで、不平を訴える者たちにとっても、彼らの医師にとっても、不可解なものでした。私が思うに、その理由は、私たちが皆、幼少の頃から、人生が私たちにもたらすいざこざを理性で克服することを学ぶからなのです……。その結果、私たちの習い性となっているのが、出口のない問題に口を閉ざすことなのです。なぜなら、自らの重荷を他の人に伝えることが唯一許されるのは、サポートを希望している時だからです。より強い、より良い、より賢い者たちが、そのサポートを、より能力の低い、より弱い者に与える。しかしながら、宇宙の真空の前では、私たちは皆、同じようになす術がありません。それだから、皆一様にこれについて口を閉ざしてしまう。この沈黙が、私たちの間で大きくなってきています。沈黙と闘わねばなりません」

私は着席した。ユールイェラが発言の許可を請うた。

「同僚諸君が言うことには、孤独と沈黙が、真空が人間に及ぼした最初の徴候だそうです。私には、それが正しいのかどうか分かりません。私には分からない、と申し上げます。そこで、これに関して皆さんと共に詳しく掘り下げてみたいと思います。地球において我々の生存の基盤を成していたのは何だったでしょうか？　我々を他の人々と最も強く繋ぎ合わせていたものは何だったでしょうか？　かつて、太古の時代では、人々を結び付けていたものは、共通の伝統、習慣、氏族や民族の絆、過去の苦労、そして、その過去の最も素晴らしい出来事の崇拝でした。それに対して、我々を最も強固に結び付けているものは、未来に係わる仕事です。我々は、個人の私生活の域を越えてはるか遠くを見渡す人種なのです。これが、我々の強みです。我々は来たるべきものごとを待っているのではありません、自分たち自身でそれを創り出しているのです。我々は、夢の成長に応じて自分自身に対する要求を設定し、それによって、自分自身の中と周囲にある、あらゆるものを流動的に変化させ、改革するのです。どうやら、この基盤を失い始めた者たちが出てきたようです。彼らは、無意識のうちに、現在すでに、航海の終わりを待ち望んでいます。しかし、終わるまでには、我々にはまだ何年もかかり、それゆえ、これは脅威なのです。人生の相当の期間、ただ待っていてはなりません！」

「では、我々の仕事は？」しばらくしてテル・アコニアンがそう尋ねて、出席者たちを見渡した。

年上の方のルデリクが、こう応えた。

「地球との交信における遅延の増大が、探査の遂行を著しく困難にしています。しかし、これはおそらく最も重要なことではありません。皆、以前よりも長く働いてさえいるのに、成果はそれほど上がっていません。つまり、仕事が、ある種の逃げになっているのです。なぜなら、仕事は時間をどんどん飲み込み、自分たちの状況に注意を払うことや、これから訪れる何年もの月日を思案することから目をそらしてくれるのですから。皆の視点からすれば、以前ならばぼくたちが意識しなかった、些細な日常の行為、例えば、起床し、着替えをし、食事をし、といったことが、ある種の致命的な単調さにあふれているわけです。何かしらやり始めるたび、あまりにばかばかしくて、手を差し出すことすら値しないように思えるのです。そのために、フィルハルモニア、公園、甲板ががらがらなのです……。地球上でぼくたちにとって最も価値のあったもの——時間——が、ここでは、ぼくたちの敵となっています」

「失礼……これは一体全体何でしょうか……おそらく討論会ではないですな？」不意に、トレフプが声を上げた。

　教授は立ち上がり、自分の椅子の後ろに回って、あたかも退出の準備をするかのように、背もたれに片手を置いた。

「あなた方は、ゲア号で起きている物事に対して、名前を探しているのですか？　何のために？　そもそも、皆、それが起こることは分かっていたではありませんか——ただそれがいつなのか、知らなかっただけだ。地球上に創り出された人工的な環境の快適さを捨てて、我々は空間に出てきた。果ての無い真空？　そうです。ならば一体、我々は文句を言う必要があるのですか？　何に対して？　自然の法に対してですか?!　我々の苦悩をすべて、現在のものや過去のものを、数え上げたところで、髪の毛一本ほども軽くなるわけではない。孤独について述べた後に、私の念頭にあったのは、あなた方と全く異なることです。我々ひとりひとりは、社交の場で、職場で、論争の場で、これまでと同じままであり、違う状態になるのは、独りになった時のみだ。ならば、独りになって、調べてみたいと思う。これ以上簡単なことがありますか？　これは、人間にふさわしい唯一の孤独だ。しかし、真空が我々に何をしでかすことができるというのでしょうか？」

「私たちを打ち負かすこと」私は小声でそう答えた。が、教授はこれを聴き取った。

「ああ、違う《ニェ》」彼が言った。「宇宙の物質的な力は、我々を破壊することができますな。例えば、衝突で。だが、我々を打ち負かすというのであれば、宇宙はそれには充分ではない。そのために必要かもしれないのは……人間だ」

　彼は、しばし沈黙した。

「我々の考察には、中身がない。そのことは、私同様あなた方も良くご存知だ。決定はとうの昔に下され、我々自身がそれを選び取った。本来あるべき姿とは、我々の中で変化しつつあるものが何であれ、なすがままに明るみにさせておくのがよろしいのだ。我々が弱くなろうが、あるいは、強くなろうが、喜ぼうが、いらつこうが、あるいは、のた打ち回ろうが、そんなことはすべて、唯一微動だにしない確実性に比べれば取るに足らぬ。すなわち、航海は続くのだ！」

舞踏会

旅の一年目が終わろうというその日、ゲア号で社交的な会合が催され、それは後に「舞踏会」という名の元で面白おかしく人々の語り草となった。

地球からの出発記念日は、単なる口実にすぎなかった。宇宙航海士たちをその気にさせたのは、主として、ゲア号人の閉鎖的な交際範囲の中で、人々の繋がりをリフレッシュさせ、広げたいという欲求だった。会合には全員が出席しなくてはならず、これはすなわち、最も優秀、最も勤勉、かつ、そのために滅多に人前に出てこない学者たちも、ということであり、今回ばかりは仲間《トヴァジシェ》たちに自分の刻苦をではなく、自分自身を捧げるというものである。この祝賀は、ますます顕著に個々の研究室のセルの中に密閉されるようになった、社会生活の淀んだ水を、揺さぶることとなった。誰もがあまりに慣れ親しんだ船のホールを見違えるほど変えてしまうために、かなりのことが行われた。ビデオアーティストの一団が、すでに祝賀の一週間前にバロック・ホールを閉鎖してしまい、中に立ち入ることは極めて厳重に禁じられた。食事の時間にビデオアーティストたちにばったり出くわしたりすると、彼らは準備中のものの素晴らしさをほのめかすものの、しかし詳細は秘密の沈黙で煙に巻くのだった。

当日の朝、大理石のような透かし縞模様が入った紙パルプ製のカードに古めかしく印刷された招待状を受け取った。私の名前の下には、二つの単語がこう併記されてあった。「服装　亜熱帯地方風」私は、一人の少年としてうずうずしながら春の遊びに出掛けるためめかし込んでいた頃の、青春時代の初めに戻った気分になった。

午後六時ちょうどに、私は手持ち衣装の中から最も白い服を身に着け、第三層の甲板に赴いた。バロック・ホールの入り口前には、ビデオアーティストたち全員が三等宇宙航海士である短髪のソングラムを迎えて勢ぞろいしていた。

私たちは、うやうやしくお辞儀を交わした。厳かな雰囲気、きどった身振り、自分たちの凝った衣装、これらすべてが滑稽で、私たちは皆、それを自覚していた。ビデオアーティストたちのとりすました表情の合間合間に、悪戯っぽい笑みがちらちらと光っていた。

すると、彼らのグループ中で最も若いマヤ・モレーティッチ――同じ姓を持つ歴史家の妹だ――が、私の腕を取り、目を閉じてください、と命じて、私をホールへと導いた。私は温かい微風を感じ、鼻孔に、じめじめした熱気と、ふんわり甘い、同時につんと来るエキゾチックな花の匂いとでむんむんする空気が吹きかかった。

「到着！」マヤが叫んだ。

一目見るなり、私は立ちすくんでしまった。

私は、おそらく船全体の半分の空間を占めているだろう、非常に巨大なホールの底に立っていた。その壁は、初めのうちは上に向かって垂直に延び、数層の高さまで吹き抜けになっており、それからゆるやかなアーチを描いて互いに接近していた。さらに、底にあるいわば黒く長い歩廊のようなものと、天井下まですらりとそびえ立っている白い付柱にも気がついた。なぜなら、ここに足を踏み入れた者ならば誰でもそうであるように、私の注意も向かい側に広がる光景に惹きつけられたからなのだ。そこにあったのは、一連の背の高い、開け放たれたドア越しにホールと繋がっている広大な、石の欄干で囲まれたテラスであった。そのまま歩いていると、すでに遠くから、どこまでも広がる、きらきらと輝く穏やかな海が目に入ってきた。テラスに出てみた。下では、日光が降り注ぐビーチが広がり、ヘビのように曲がりくねる線で幾重にも覆われていた——砂の上に陰画で写し取られた波の線だ。波は、途切れることのない穏やかなざわめきを立てながら水平線から押し寄せ、岸辺際の浅瀬で折れて、緑色がかった越流となって岸にぶつかっていた。

　だいたい二キロほど離れた所で、明るい水の色が変化していた。向こうの、水中の堡礁上で、砕波が沸き立っているのだ。その先、遠景は次第に濃くなり、淀んだ暗青色となって灼熱の大空に達していた。水平線のほぼ真ん中、もはや最果ての彼方では、薄青く霧がかってくすんで見える火山が煙を上げていた。その噴火口からは、ゆったりと空中で四散する、黄ばんだガスの筋が斜めになびいていた。欄干越しに身を乗り出してみると、切り立った、ひびだらけの岩山の接合部分を認めた。その頂の上に、このテラスが乗っかっているのだ。海から、かすかに、辛うじて感じ取れる微風が吹いていた。唇を舐めてみる。塩辛い。私は後ろを振り返った。というのも、誰かが背後で嬉しそうな声で悪態をついていたからだった。操縦士のイェリョーガだ。彼の両目はぎらぎら燃えていた。

「奴ら原子論者のタマに乾杯だ！」

　私は、てっきりこの錯覚が彼を満足させたのかと思ったが、彼はこう言い放った。

「ちぇっ、泳げるものなら、泳いでみろってか……どうよ？」

　彼はあたかも下に飛び降りようか思案しているかのように、欄干にもたれかかったが、その後、拳骨で欄干を一発殴ると、ホールに戻った。私も彼の後に続いた。

　人出はまだ多くなかった。もっとも、ホールの広大さの中に飲み込まれてしまったのだ。先程、海から射す輝きで目がくらんで、歩廊かと思ったものは、実は壁に沿って張り巡らされた木装飾壁面《ボワゼリー》パネルであった。その部分に、楕円形の壁龕がいくつかくり抜かれ、中では給仕用オートマタがぴかぴか光っていた。ホール中央の空間は解放されており、ちょうど真ん中に、舌のようにぺろりとめくられた樹皮で覆われた幹を持つヤシが大きく葉を広げて屹立していた。周囲には、とても低い小テーブルがズラリと並んでいた。ボワゼリーの濃い帯の上から、何本もの円柱がすらりと伸びて天井を支えており、入り口の上で、その天井がまるで流れをせき止められた、真珠色の滝のように垂れ下がっていた。さらに向こうの、柱廊《ポルチコ》の上方では、堂々たるステンドグラスが輝いていた。

平板な背景から、二体の像、男性と女性が、前に進み出ていた。茂みの中に素足を浸したまま、大股で足を運び、日焼けをして、裸だった。二人の視線は、ステンドグラスの表面から突き抜けて、私たちの頭上はるか、果てしない距離にある大海原に落ちていた。そこから、彼らだけに見える、道程の目的が昇ってくるようだった。ポルチコからは二つの方向に、アラバスター製の縞で区切られた、三次元立体ジオラマの行列が始まっていた。それらは、まるで神秘的な空間の壁に打ち抜かれた窓のようであった。そのうちいくつかには、甲虫類、コガネムシの類がうようよと群がり、他では、銅色と黒の縞模様の捕食者たちが、あたかもガラス状に凝固した空気の中で身動きが取れなくなってしまったかのように、空中に浮いていた。こちらでは、巨大な顎をしたアリの行列がぞろぞろと歩いているかと思えば、あちらでは、まるで銀色の毛皮でくるまれているかのように体毛でびっしり覆われた、腹の膨れた蛾が羽を休めており、あらゆるものはきらきらと光り、輝きに震え、振動していた。なぜなら、それらは貴石で出来ていたからだった。像から像へと移動する視線の中では、ジルコニウムのスミレ色が点滅し、エメラルドが緑色にぎらぎらと輝き、強烈なダイヤモンドの虹が煌めき、スピネルやルビーの血が流れていた。さらに、藍晶石〔次のカイヤナイトと同じか〕、角閃石《アンフィボール》、カイヤナイト、シトリン、メヂャンキト〔爆薬に使われる〕が、淡い黄緑色に輝いていた。降り注ぐまばゆい光が目を打ちつけ、目がくらんで、見えなくなるほどであった。私はテラスの方に向き直り、晴れやかな青色を見てほっとした気持ちになった。

救いがたいノンナ！　これは彼女の作品に違いない！　すでに批判的な悪態が口をついて出かけていたが、彼女の期待に満ちた眼差しを認めるや、私はにっこりとほほ笑んで、二言三言褒め言葉を述べた。何たることか、どうやら彼女は、過剰な浪費がなくてはいられないたちらしい。ところが、私のこの思案を、別の考えが封印した。どうも私は歳を取りつつあるようだ、少なくとも、成熟した落ち着きの年齢に差し掛かっているのだ。なぜならば、私は自分自身に、自分とは極端に異なる嗜好を許容することを勧めているからだ。人出はますます多くなってきた。単身で、カップルで、そして、研究班全員で、船のあらゆる方面から、天文学者や構造物理学者、重力測定士、エンジニア、アーティスト、数学者、金属工学者、メハネウリスティカ学者、操縦士や生物物理学者たちが集まってきた。扉に掛けられた大きな幕が、ひっきりなしに鳥の翼のごとく羽ばたいていた。それを背に明るい色の人々の姿がくっきりと浮かんで見えていた。何しろ、全員が厳粛に、しかも白を纏っていたからだった。雪のように真っ白な、あるいは、銀色がかった衣装、無垢な白の衣装、青みがかっていたり、極めて鮮やかな黄緑色の影が入った白い衣装が目に付いた。女性たちの長いドレスが、動くたびにその装飾に光が当たってきらきらと輝いていた。私はふと、ゾーリンに気がついて、笑いを抑えることができなかった。いつもは銀色の飛行服《コンビネゾン》を着てのし歩いている彼が、ギリースーツをまとって姿を現し、そのスーツの真上で彼のブロンドの頭が、燃え立った炎のように浮いていた。誰もが皆、ビデオアーティストたちによって制作された奇跡を良心的な讃嘆を込めて眺めていた。だが——私の見立てでは——本当のところは何を始めたらよいのか、見当がつかないようだった。そこに、若者たちがガラスのテーブルをテラスに運び出すと、その場はたちまち人々で埋め尽くされ、海の音で和らげられた喧噪で満たされた。

　私は手持ち無沙汰で壁際に突っ立っていた。脇をちらりと見ると、一台の給仕用オートマタが準備完了状態で身動きせずに固まっているのに気がついた。他のものと同様、そのオートマタも今日は完全に模様替えされていた。普段の地味な覆いが、銀で加工された鎧やら壺形兜《シシャク》の類に取り換えられていた。その額の覆いには、神話の場面が描かれている浅浮彫が認められた。それらを近くでまじまじと見ていると、突然、女の子の声がこの注意深い観察をさえぎった。

「ドクター、なあにそれ、オートマタとのロマンス？」

その声に応えて、一斉に大爆笑が起こった。私は後ろを振り返った。目の前に、若者の一団が立っていた――その中にいたのは、ノンナ、マヤ、若い方のルデリク、宇宙航海士のソングラム、そして歴史学者が二人、モレーティッチと、名前をどうしても覚えられない、もう一人だ。その名が難しかったからではなく、彼が何となくぱっとせず、一座の中で何人かが姿を消したとしても気づかれないような、背景の一部と化してしまっている人だったから、というのが理由だった。

「オートマタとのロマンス？――そういえば、そんな本があったわね、とっても古い、二十三世紀か二十四世紀のものよ、違った？」マヤがそう聞いた。彼女は、自分の長細いメモ用ホルダーで煽いでいた。

「暑いのかい？　ちょっと待って、今僕が……」彼女に連れ添っていた若い男がそう言った。

「だめ《ニェ》！　だめ《ニェ》！」彼女はその男の手をさっと掴んだ。「この暑さの中で苦しみたいところなのよ。徹底的に古代風と先史風でいかなくちゃ。見てよ、オートマタだって今日は、まるで中世のお城から直接抜け出して来たみたいね」

「中世にはオートマタはなかったさ」モレーティッチが、訂正した。マヤが、始終煽ぎながら、下から私を見上げた。

「ドクター」彼女が言った。「愛について議論しましょう。つまり、愛って、どんな職業に一番似ているかしら？　このゲーム、私が自分で考え出したものなの。先生、ご意見は？」

「その前に、順番を決めないと……」彼女の若い連れ《トヴァジシュ》が突っ込んだ。

「あら、じゃ、アルファベット順で……。最初はあなたから」彼女はソングラムに話しかけた。

「僕の名前は「S」で始まるじゃないか」

「そうね。でも、宇宙航海士《アストロガートル》でしょ、ならば「A」よね」

「結構だ！」彼はなでるように私たちを見渡してから、こう始めた。「愛は、宇宙航海のように、不眠の夜をもたらす。愛でも宇宙航海でも、寝ずの番をしなくちゃならない。もしも誰かが恋をしていたら、どうしてなのか理由なんて話せやしない。それと同じで、僕にも分からない。どうして自分がまさに宇宙航海士なのか。愛は、人と人との間の距離を乗り越える。――宇宙航海が、星と星との間を乗り越えるように。前者も後者もひとりの人間全体を要求する。両者における発見はひとつひとつが、大きな喜びと、同じくらいの不安をもたらす……」

「すげえ！」若者が叫び声を上げて彼を遮った。「上手くやったな。一番最初に話す奴に、全部言われちゃったよ。僕の方もちょうど同じことを数学について言いたかったんだ」

「ぼくは、物理学について……」小さな声でルデリクが言った。彼は私たちの隙間越しに、テラスに向かって開いているドアの敷居から広がる空間を見つめていた。

「そうね、じゃ、ドクターなら、どんなご意見かしら？」自分の振ったテーマを救済しようと努めながら、マヤが訊いた。

「分からないな……」私はそう始めた。この時、私はアンナをちらっと見た。彼女は、ゾーリンとニルスに挟まれて立っていた。

「まあ、つまり？」マヤが食い下がった。突然、彼女はじっと立っている仲間たちに目を向けて、狼狽した。

「ちょっと待って……」彼女は私にそう頼み、彼らにはこう言った。「聞いて、このゲーム、私のお気に入りだったの、何しろ自分のアイディアだから。でも今は、もうなんだかそれほどでも……。そろそろお開きね……？」

「何が言いたいの？」ノンナが訊いた。

「たぶん、こんな風に遊ぶのは、おバカかも？」

「うん」ノンナが、頷いた。

「バカかどうかは、知らないが。ちょっと際どいかな、たぶん」ソングラムがそう認めた。「私はそう思う」

マヤは真っ赤になった。

「偽善者ども！」彼女は地団駄を踏んだ。「喜んでいるふりをして！」

彼女は颯爽とした足取りで前に歩き出した。皆、彼女の後を付いて行った。私は再び独りになった。ずっとアンナを眺めていた。ニルスが元気いっぱいに何事かを彼女に話していて、彼女はじっと耳を傾けていた。まるで、ただ彼女だけが聴くことができるかのように、両方の瞳で、ほほ笑みで、顔全体で聴いていた。私は彼らのところへ行こうと、一歩踏み出した。しかし、どうしてか分からないが、その考えを引っ込めて、テラスに出たのだった。果てしない水の平面が、単調に、一定のリズムで動いていて、あたかも大海原が呼吸をしているかのようだ。私が寄りかかった欄干に、つる植物の茎が垂れ下がっていた。その半ば開いた葉の中で、軽く握られた掌に包まれているみたいに、一滴のしずくが、輝いていた。その中に自分自身が映っているのが見えた。突然、ちいちゃな像が、人影で覆われた。私のすぐ傍にカラールラが立っていた。

「そこに何が見えるのかしら、ドクター？」

「一年前、あなたの部屋に行った時、窓の向こうで雨が降っていましたね。でも、きっとそんなこと覚えていないでしょう」

「覚えていますわ。そのしずく、なんて青いのかしら！　それと同じものが、あの時、ひさしから落ちていたわ。それで、そのことを考えているの？」

「どうでしょうね。このしずくの中で、何千というアメーバが泳ぐことができるのでしょう？」

「できるわ」

「このしずくの中に映し出された空色は、彼らにとって、越えることができない境界なんです。世界の境界です。この空が」

カラールラの黒い瞳の中に、好奇心の煌めきが現れた。

「先を続けて」そう彼女が言った。

「数千もの世代が、体験することはなかったんです。アメーバが自分たちのしずくの縁を越えて漕ぎ出すのと同じ要領で、空を、青い空を突き抜けて、そこから離れることができるんだ、ということを……」

「それは、恐ろしいことに違いないわ……アメーバにとって」彼女は囁き声で言った。

「さすがお見通しですね！」

彼女は声を出さずに噴き出した。

「アメーバには詳しいの。でも、ドクターがお話ししたことの中には、ひとつまみの真実があるわ――なぜなら、私たちは宇宙《そら》にいるのだから」

「いいえ」私は首を振った。「僕たちは空《そら》にいるのではありません。空は、地球の青い空気と共に、白い雲と共に、終わります。僕たちがいるのは、虚空の中なんです」

女性の瞳が私の顔のすぐ傍で、黒ずんだ。

「それがいけないの？」

私は黙り込んだ。

「ゲア号よりも別のところにいたいのかしら？」

「いいえ」

「ほら、ご覧なさい！」

ほどなく、彼女は話を変えた。

「私、小さい頃、「人間の乗り換えごっこ」でよく遊んでた。よく想像してたの、自分が全然別の誰かになっているところを。ただし、完全に別人になるのよ。まるで他人の人生を試着するように。魔法にかかったみたいにうっとりするわ、でも辛かった」

「なぜ？」

「なぜって、自分自身でいる必要があるからよ。常に自分自身、全力で自分自身でいなくては。そうすればするほど、辛くなる。他人の運命に乗り換えてはならないの、でも……」

「でも？」

カラールラは、太陽に照らされていたその髪が黄金に波打つほど、首を大きく振り、にっこり笑って、去っていった。

私は、静かにざわめく海を見つめていた。

そんな風にじっと立って、何とはなしに近くの会話の断片を摑まえていた。

「だから、いいかい」太い声がこう言った。「それは、こんな感じのフレスコ画だったはずだ。こう、毛深い原始人たちの列が洞窟からぞろぞろと飛び出してくるんだ。その原始的な部族は、魔術的なダンスをしている。神官のような厳粛さと同時に猛禽のような貪欲性を持つポーズには、どこか獣的なものと人間的なものとが並存している。僕は、これには酷く手を焼いたが、空振りさ。ある時、教授に会うなり、彼は自分の草についてしゃべり出す。小一時間うんざりさせられたよ」声がひそひそ言う囁きになった。「教授は、藻類の話をべらべらと、しゃべるわ、興奮するわ、僕の真ん前で踊ったんだ。ほら、よくある講義のエクスタシーってやつだな。いきなり」私にはもう声が聞こえなくなった。「教授が、なぜか僕をこんな風にのけぞらせて、くるりと一回転《ピルエット》させたんだ。まるで僕が雷に打たれたみたいな格好でさ。ところが、閃いた！　いいかい、僕は構成全体の軸をぱっと摑んだんだ！　僕はすぐにスケッチを描き始めたよ。ところが、教授は、自分がしゃべっていることを僕がノートに取っていると思ってたんだぜ!!　うまいだろ、な?!!」

ははは笑い声が響き、足音が次第に遠ざかり、静寂が訪れた。偽りの太陽が、沈んでいく。空が、雄大な夕焼けの炎で赤く燃えていた。これこそは、私たちが、その掛け替えのない価値を充分に顧みぬまま、ぽいと捨て去った地球上の永遠だった。私は低い壁になっているでこぼこした岩塊に両手を付いて体を支え、前屈みに立っていた。下から、夕べの風に吹かれて穏やかな波の音が流れて来た。寄せては返り、夢心地になる。その音が、私の考え事を運び去ってくれるようだった。後ろからは、背中越しに、針のように突き刺さる女性の笑い声の姦《かしま》しい喧噪が響いてくる。意図的に大声で発せられるいくつもの乾杯やグラスの音、わっと盛り上がる狂騒、そして不意に訪れる静寂が聞こえてきた。

私はずっと海を眺めていた。水平線の上に、白く巨大な、あたかもはち切れんばかりに膨れ上がった光のしずくのような、宵の明星である金星が昇って来た。こんなにも近しく、アットホームに。夕暮れがゆっくりと深まり、青味が増し、そして、名状しがたいある瞬間、夜の闇が迫る空の奥に、ルビーのようなものが流れ出ている、遠くの火山の輪郭が見えた。星々が明るく輝き始めた——私はおそらく一時間はそのまま突っ立っていたに違いない——夕方が天頂まで達し、そのライラック色の最高潮が夜へと変わっていった。ふと、私は我に返ったかのように、自分が独りぼっちであることを痛感した。周囲を見回すと、自分のすぐ傍に別の人がいるのに気がついて、びくっとなった。その人は、私のように欄干にもたれて、前を眺めていた。闇が濃くなるにつれて、遠くの火山の輝きが一段と鮮やかな紅色になってゆき、その照り返しがすでにうっすらとした大気光となって付近の物体に降り注いでいた。私の隣の男は、かなり間近に立っていて、私があからさまに見つめれば、絶対に気づかれてしまうに違いなかったが、ともかく私は行動に出た。男の顔は、この薄闇の光の中で、石のような、少し灰色がかった色を帯びていた。彼が私に、というよりも、私の脇へ視線を向けた。焦点の合わない目をして。その人が誰だか分かって、私は話しかけたかったが、その勇気が出なかった。おそらくこのことを察したのか、あちらが最初に軽く頭を下げた。

「グーバルです。生物物理学者」と言った。

私たちはお互いに顔に見覚えのある程度だった——つまり、面識はあったのだ。私は名前と職業を伝えた。私たちはしばらくの間黙っていたが、すでに先程とは違っていた。私たちは一緒にいる。その後だ、思いがけず、どこから思いついたのか、自分でも分からないのだが、彼にこんな質問をしてしまった。

「教授……アメタを知っていますか？」

彼が活気づいた。

「もちろん、知っているよ。かつて私と一緒に働いていたんだ」

「操縦士として？」愚問だった。

「いや《ニェ》」

グーバルは、考え込んでいるようだった。

「その当時、私たちには数学者が必要でね、しかも、どんな奴でも良いというものではない。アメタか……ドクター、どうやって貴方にこれを説明したものだろう？　時に、最も天才的な詩人ですら思いつかないような、子供の言い回しがあるでしょう、それは、天然の元素鉱物のようなものであって、子供は自らそれらを評価することはできない。おそらく子供はそういった物の言い方に親しみを感じているのかもしれないが、しかし、同時に、その言い回しはたわいないものと親和性がある……。そう、アメタはよく素晴らしい着想を得るけれども、それらを不純物の中から製錬することができなければ、精錬させることもできない。彼は再三、まるで遠くの方角を指し示しながら、閃いていた。違うやり方は、できなかった」

「それなら、共同研究では価値があるかもしれないですね」私はそう考えついた。この、グーバルの言葉から姿を現した新たなアメタは、少なからず私を驚かせた。グーバルがさらにぐっと暗闇に身を乗り出し、その横顔が、火山の反照で縁取られてシャープになった。

「いや《ニェ》」こう彼が言った。「そういう類のさまざまな指摘の中から、使いものになるものがあまりなかったんだ。並みの数学者には、ね。何しろ、その指摘があまりに遠くて、そういった連中の手の届く範囲の彼方にあったからね。一方で、優れた数学者というのは、これまた常に過剰なほど自分自身でいるし、自分の研究の方向をしっかりと明確に持っていて、その研究に魂を奪われているんだ。だから、他人のヴィジョンのために、研究を投げ出すようなことはしない。たとえ、それが、極めて美しいものであってもね。似た話で、愛する女性を、他の誰か、もっと美しくて、まさに第三の人工……〔不明。原文に記述なし〕で自分を待っているような女のために、投げ出す者はいないようにね……」

「じゃ、彼は先に進めなかったのですか？」私はそう訊ねた。

「ああ《ニェ》」彼はそう繰り返した。「時として、彼は、突然珍しい交響曲のモチーフが頭に浮かぶ人のようなものだった。しかし、彼にそのモチーフを歌う能力はない、音符を知らない、従って、それが記録されることもない、そして作品は永遠に失われてしまう。彼の「数学」の幻覚は、ちょうどこんな具合だったんだよ。なぜなら、それは、私たちに知られている諸系から完全に独立した、複素解析についての考察だったんだ。何らかの数学の島のようなものが、どこかの暗闇に浮かんでいて、発見されるのを待っている……。おそらくは、数多くの島が系統的に前進する研究者たちによって発見されたに違いないし、そういった人々は、どこかの馬の骨がもう以前に、これらの知られざる海岸へ辿り着いてしまっていた、などとは思いつきもしない……。結局、彼の知性はさまざまな怪物を産むと同時に、籾《もみ》から籾殻を取り除く術を知らなかったんだ」

「つまり、すべては無用のもの……」私は静かに言った。

「違う《ニェ》！」三度目に、グーバルは声を上げて言った。「彼は、私が放り出しては戻っていた、とある問題に対して私の背中を押してくれた……それほどに魅惑的なんだ。彼は、私の前でぱっと閃き、ほんの一瞬の内にイメージされた、幻のような風景を照らし出した。しかし、もうそれ以上何もそのことについて話すことができなかった……」

沈黙が訪れた。

「彼はその後、あれこれたくさんのことをやっていたな……というのも、この話は、かれこれ十二年も前のことだし、ひょっとしたらもっと前だったかな……」

「操縦士になったのは、比較的最近のことらしいですね」私はそう返事をした。「もしや、この職に就いて初めて、探していたことを見付けたのでしょうか？」

「またもや間違い」グーバルは、私の察しの悪さを楽しむかのように、含み笑いをしながらそう言った。「彼は一貫して常に同じことを行っていた。すべて、彼が攻略していた問題と関連していることをね」

「つまり？」

「「暗黒電流間の循環」……そんな風に呼んでいたな……彼はいつもかなり独特な専門用語を使っていた。

つまり、銀河横断航海のこと」

彼がいきなり私の方に振り向いた。

「スパンでね、気づいてるかな、ドクター？　そう、アメタは、スパンで私に秀でている。それは、この石ほどに、現実的《リアル》だ」

「数学者として？」

「いや、人間として」

この打ち明け話に、私は茫然となった。グーバルは、さらに話し続けた。あたかも自分自身に向かってのように。

「こうやって、私たちの間は奇妙に分離されてるんだ……」

そして、話を変えてこう付け加えた。

「長いこと彼には会っていないし、ありがとう、ドクター。私に彼のことを思い出させてくれて」

彼はしばらく、重い、単調なざわめきが流れてくる暗闇を眺めていた。そして、私の肩を抱いて、短くこう言った。

「行きましょう」

私たちはホールへ入った。喧噪は少し収まっていた。それぞれのテーブルを囲む肘掛椅子に、不揃いな花輪よろしく人々が腰を下ろしていた。最も大きな人だかりが、ヤシの木を取り囲んでいた。入り口の上ではステンドグラスが、青白く光っていた。そのガラスからは、悠然と歩く巨人たちの、巨大な、金ぴかに脹れた体が張り出していた。上にある、あの奇抜な昆虫のジオラマの方は、うっすらと灰色で覆われ――おそらく、故意にそこの明かりが落とされたのかもしれない――その代わりに、下のクリスタル・ランプの星座が輝いて、オートマタの銀の甲冑に穏やかに反射していた。常に誰かしらが人混みの中を泳ぎ回り、卒なく自分が呼ばれたところを目指しながら、それぞれのテーブルの間をすっすっと横切っていた。空気中に、チリンというグラスの音や会話の輪の中でがやがや言う声が、漂っていた。

私はグーバルと一緒に、ホールの中央の方へ歩いて行った。そうして私たちが狭い通り道をゆっくりと歩いていると、グーバルにあちこちから挨拶の笑顔が向けられ、手招きや掛け声ですべてのテーブルに一斉に招待されたのだった。彼は当惑して、どのテーブルを選んだものか見当がつかず、ヤシの木の傍で足を止めた。グーバルに同伴している私にも、ひとつまみの好意と尊敬の念が皆から振り掛けられるのを感じたものの、私はそれに値しなかった。

「別々に行きましょうか？　君は山へ、私は谷間へ〔ポーランド実証主義期の作家エリザ・オジェシュコヴァ（一八四一―一九一〇）の長篇小説『ニェメン川のほとり』から〕」ようやくグーバルが話しかけて来た。

「おお」私は戸惑ってこう言った。「私は、グーバルのささやかな複製になりますか！」

近くに座っている人々が、これを耳にして、声を立てて笑った。すると、若者たちが壁を作って取り囲んでいるテーブルから、ニルス・ユールイェラが両手を振って私を呼んだ。

私は若者たちのところへ歩いて行った。もっとも、そこには、年配の世代もおり、ひときわ目立っていたのが、メハネウリスティカ学者三人組で、揃いも揃って筋骨隆々、中でもチーム長のテンプハラが、皆の頭上に君臨していた。若者の中には、椅子の肘掛に腰を下ろしている者もいれば、仲間の肩に寄りかかっている者たちもいた。私が顔を出した時は、白熱した議論の真っ最中で、すらりとした少年がちょうど話し終えるところが聞こえてきた。

「ならば、ある未知の惑星に着陸する時に、なぜ基本的にオートマタを使用してはいけないのですか？　ものの話によると、そういう時には人間によって操縦されるロケットを送ることになっているそうです」

「ああ、そうだよ。全くその通りなんだ、残念なことに」テンプハラがそう答えた。「君もこんなことわざを知っているね。オートマタは完全で有限だが、人間は不完全で無限だ、とね。要は、オートマタには、いわゆる「指向性の環境による狭さ」という特徴がある。オートマタは、いつも少々偏狭なんだ。というのも、特定の課題を履行する目的で設計されているからね。ところがどうだろう、知らない惑星では、オートマタは未知の住人たちに出会い、そして――それに関連して――予測できない状況に直面することも考えられるんだ。もしも我々がそこにオートマタを送ったとすれば、連中は完全にしくじってしまうし、しかも、それは危険な方法ですらあるんだよ」

「もしそうしたら、彼らは、一体どんなことを犯してしまう恐れがありますか。分かりません」

「もし何らかの恐れがあるとすれば、ただ単に、知的に病んでいる人間のように振る舞うことだね」テンプハラがそう述べた。「これを解説するのに、メハネウリスティカの古い教科書から得られた例をひとつ用いてみよう。それには歴史的な意義があるにすぎないのだが、私が言っていることの意味を良く例示してくれよう。これはほんの短い逸話で、こんな内容なんだ。ある男の部屋が、古い地球儀と壊れた水差しで散らかり放題になっていた。彼はオートマタに、これらのがらくたを処分するよう指図した。こんな風に言いながらね。『ここから球体の物体をすべて投げ捨てろ』と。従順なオートマタは、がらくたを掃除してしまったが、同様にその男の首から頭を引きちぎってしまったんだ。なぜならば、オートマタがあまりにも一字一句たがわずに命令を理解してしまい、指令者の頭を、廃棄の対象となる球体の物体だと認知したからなのさ」

「でも、そんなの、ナンセンス！」

「そんなのあり得ない」

「オートマタは、人間に危害を与えてはならない！」

抗議の声が一斉に響いた。

「もちろん、あってはならないことだ。なぜなら、オートマタにはそれぞれ、特別な安全装置が付いているからね。この話は、実際には起こり得なかったんだ、私が言いたいのはただ、人間とオートマタとの間の「誤解」と呼べるようなことを示す、強烈なたとえのことなんだよ。多くの物事が、我々人間にとっては、暗黙のうちに理解ができる、自明のことなのだ。ところがどうだ、オートマタにとっては、設計者がその内部に埋め込んだこと以外には、自明のことは何もないんだよ。例えば、我々のオートマタには、自己破壊から身を守る自己保存機能があり、人間に危害を加えることを不能化する安全装置のリマインダーが備わっているけれども、製作者たちによって予想もつかなかった、全く新しい状況の中では、つまり、他の惑星の環境の中では、間違ったことをたくさんやらかしてしまうことがあり得るんだ。その他にも、もう一つ障害があるよ、倫理的な本質のね。もしも、他の惑星の住人たちが、人間と隣人関係を結ぶ価値があるのかどうか、調査することになっているような機械一味を地球に送ってきたとしたら、我々にはきっと不愉快だろうね」

テンプハラがにっこりとほほ笑み、歯がきらりと光った。

「教授」どこかの女の子が言った。「先生は、ジャイロマタの設計をなさるんですよね？」

「ああ、そう、私はいくつか設計の企画に携わったことがあるよ」

「アヴェロエス教授が、講義中にこう言ったんです、こんなジャイロマタは、そもそも設計図なしで組み立てるものなんだ、って。――どうしたらそんなことがあり得るでしょうか？　もし可能でしたら、解説してください」

「やってみよう……」テンプハラは考え込んだ。「おそらく具体的な事例を用いるのが一番いいだろう。我々の研究室は、地球からの出発前に一連の企画の締めくくりとして、シメイツキ天文台用の巨大宇宙《アストロ》ジャイロマタを完成させたんだ。これは、特別の用途を持つ巨大装置だ。このマシンは、「星の数学的モデル」を作成することが出来るんだよ。そのマシンに天体観測で得られた現象や数値を入力すると、それらに基づいて、ひとつの星の一生全体を再現することができるんだ。つまり、その星の誕生から死までだ。したがって、星の過去、形、大きさ、温度、内部で起きている原子の変化すべて、軌道、他の天体へ及ぼす影響、次いで、他の天体からのその星への影響を明らかにしてくれる。一言で言えば、果てしなく短い時間のうちに、かつてない正確さでもって、宇宙にあるどのような星の進化でも再現することができるんだ。一つの星の十億年の歴史を、マシンは二十秒間で「体験」してしまうんだ。いいかい、このようなジャイロマタを造り上げることができる人間は、世界中に誰一人いないだろう。設計図を描いたり、計算をするのに、おそらく数千年はかかるだろう、いや、ひょっとしたら、それ以上かもしれない。そこで、計算機の助けを当てにするかもしれないな、ところが、それこそが全く余計なことなんだ。なぜならば、比較にならないほど簡単な方法が存在するのだから。こんな具合だ。まず最初に、オートマタのシステムを組み立てる。基盤と言うんだ。このシステムに、ジャイロマタ構築の総合的なインストラクションを与える。つまり、ジャイロマタが遂行するべき稼働範囲や条件、などなどだ。これら全部をひっくるめて、「ジャイロマタ技術開発の指向性勾配」と呼ぶ。次に、基盤のオートマタに製作材料を与えて、作業に入らせる。短期間のうちに、つまり、数か月後には、ジャイロマタは完成する。当然ながら、我々設計者は、分からないままだ。基盤のオートマタが、どのような分析や計算を行ったのか、どのようにして数千、数百万回もの組み立て作業を行ったのか、などということは。しかも、我々はそれを分からないばかりではなく、それには全く興味がないのだ。同じように、ジャイロマタそのものの詳細な構造に少しも関心がないようにね。我々はジャイロマタを手に入れ、それが稼働し、我々の指令をすべて遂行してくれる、それだけだ――それ以上のことは我々には必要がないんだ」

「あら、教授」私の隣に立っていたマヤ・モレーティッチがこう言った。「千年前の構造エンジニアならば、誰かが、将来人間は設計図なしで極めて複雑な装置を構築するようになるだろうなどと話したら、その人のことを狂人だと見做したと思います」

「そうは思わないな。私ならば、そのエンジニアに理解できるような例で、原理を説明しただろう。その頃は、初期の、原始的な計算機が一般に使われていたんだ。いいかい、そのようなマシンの助けを借りて自ら、そうだな、例えば、二つの数値を乗算したエンジニアは、この算術処理の中間段階には全く興味がなかったんだ。その人に必要だったのは、ただ最終的な結果であって、それ以上ではない。よって、当時すでに、「無用な知識を回避すべし」という原則の、初期段階の適用が実際に始まっていたんだ。

無用な知識とはまさに、宇宙《アストロ》ジャイロマタ内部のすべてのケーブル接続を正確に知ろうとするようなことかもしれない。もしも誰かがそれらの接続を目録化しようとすれば、数万もの巻ないしはトリオンにぎっしりと書き込むことになるかもしれないな。そんな作業は無意味で、誰の役にも立たないかもしれない。我々の技術文明は、膨大な数の装置で溢れているため、もしも我々が、例えば、かつて人々が腕時計の組み立て方に精通していたのと同じように、すべてを研究し、どこまでも詳細に知りたいと望んだならば、全く無用な記述の大海が我々に押し寄せて、我々を飲み込んでしまうかもしれない。もしもオートメーション化がなかったならば、社会は一千年前に一層狭くて窮屈な、個々人の専門化の道へと入り込んでしまっていたことだろう。人間は、総体を一切把握せぬまま、各自が全体の仕事のちっぽけな小片のみを遂行するアリと化してしまったかもしれない。それに対して、オートマタは、クレーンが人間の肩の力を増強してくれるように、人間の思考を増強させてくれるばかりではなく、人間にとって最も重要で、代替えのきかないこと、つまり発明力、独創性、直感を必要とすることだけを温存しながら、単調で、非創造的な調査、観測、図録作成の重荷を人間から取り除いてくれるのだ。そして、これにより、オートマタは新しいタイプの人間が出現するのに一役買っている。その人間は――古代の海軍司令長官のように――些事のバラストを案ずることなく、調査されていない領域をアタックする主方向を描くだろう」

テンプハラが話し終えた時、私は淀んだ沈黙の中でこう話しかけた。

「あの、僕は子供のころ、果てしない昔の時代を惜しんでいました。その時代には、帆船のような、手作りの生産物が個性を持っていました。それらはひとつひとつが違っていて、存在するどんなものにも一切似ていない。私はこれまで、生産の機械化が私たちの世界から生産物の個性を永遠に取り除いてしまった、と思っていました。しかし、テンプハラ君が語っていることによれば、その時代が今、戻って来ているということが明らかです――より高い段階で！　もし、基盤システムに主な構築ガイドラインのみを与えた場合、それによって構築された一体のマシンは、インストラクション内に存在しない、かつ、厳密に表現されていない細部において、他のマシンとは異なる――違いますか？」

「もちろん、そうだ」テンプハラが答えた。「おそらく、様々な特徴、例えば、マシンの外形、あるいは、ケーブルの配線、あるいは、集合体の相対位置などに関係する場合があるだろう。私の同僚であるヨーリスという人物の話なのだが、彼は注意散漫な人で、皆の話では、とあるジャイロマタを構築中に、彼は基盤システムにすべてのデータを与えたのだけれども、たったひとつ、装置の大きさに関するものが抜けていたそうだ。一か月後、彼が建造現場に戻ってみると、遠くから、地域全体に君臨するギザのピラミッドの類のようなものに気が付いた。彼はいくらか当惑して、出くわしたオートマタに尋ねた。ジャイロマタの組み立てはもう終わったのかね、と。するとこんな答えを耳にしたんだ。「いいえ、まさか。今、始まったところです。あれは、まだ一本目のネジです！」」

皆、どっと笑った。

「まあ、それは冗談でしょう」私は続けた。「しかし、現在一般に製造されているマシンは、お互い同士異なっていますよ、樹木や花、あるいは人間同士が異なっているように。これは、葉の形、花びらや目の虹彩や髪の毛の色、つまり、あまり重要ではないものの、それぞれのマシンに物理的な個性の印を与えている特徴のためです」

「その通りだ」別のメハネウリスティカ学者がそう答えた。「しかし、それは新しい型の個性だ。かつてのように知識の不足からではなく、いわばその過剰から生じている、ね」

最後の言葉の後、沈黙が訪れ、その中で、近くの、先程グーバルが座っていたテーブルの辺りで、一層騒がしく大爆笑が響き渡った。私は誰の注意を引くこともなく若者たちのグループから離れ、何が彼らをそんなに陽気にさせているのかと興味をそそられて、天文物理学者たちのところへ忍び寄った。そこに近づいてみると、テル・アコニアンがこう言っていた。

「トレフプ教授の番だ」

「これは何だい？」私は、ヤシの傍に立っているゾーリンにそっと尋ねた。

「『仮想の世界』を考え出すんだ。そういう遊びだよ」彼が同じようにそっと答えた。「トレフプの後に、グーバルがしゃべるぜ」

しんと静まり返った。まるで著名な科学者たちの才気煥発と想像力の対決を予告しているようだった。

トレフプは大きな鳥のような自分の頭をねじり、眉を一文字に寄せて、とても真剣にこう始めた。

「ひとつ考えられるのは、我々が生きている宇宙が、連続する状態でではなく、周期的な状態で存在しているため、宇宙を創り上げているすべての物質が、途切れ途切れの光のように、いわば「明滅している」ということです。だが、我々がこれに気づくことはありません、なぜならば、この「明滅」の頻度が前例のないほど大きく、一秒間に数十億の桁になるからです。このような場合には、もう一つの宇宙が存在している可能性が有り得ます。その宇宙の物質が、自らが存在する周期中に、我々の宇宙が存在を中断している最中に「ひょっこり現れるかもしれません」これら両方の宇宙を、同一空間を「相互に驚かす」宇宙と呼んで差支えないでしょう。ひょっとしたら、それらはもっと多数、るとすれば、ひょっとしたら、それらはもっと多数、つまり、数千、いや数百万さえも存在しているかもしれないのです。私が強調するのは、可能性として、それらはすべて同一の空間に存在し、完全に独立した物理法則を所有しているという点です、ただし一つを除いて。つまり、一度に二個、ないしは数個の宇宙物質の「衝突」が起こらないように、制御する法則です。したがって、ここで考えられることは、我々の身体が占めている空間を縫って、ナンバー５６７８９３４の宇宙から来た存在、つまり、まさに今私が提案したばかりの可能性について談笑し合っている存在がぞくぞくと、この瞬間にも通り抜けていっているのだということなのです……」

笑いと拍手喝采が響き渡ったが、すぐに静まった。興味津々、グーバルのアイディアに皆の期待が寄せられた。

彼は、足元の安定性を試すかのように、わずかに両脚を開けて立ち、かすかに体を揺らした。ついに、彼が語った。

「仮に、あるメタ銀河が、自らの構造の進行性合併症の過程に入りつつあるとしましょう。これは、個々の星がいわば脳の神経細胞に相当するものになるという事実に現れます。時間の経過とともに、このメタ銀河は、つまり、数十億の銀河の集合体は、まるで一つの「脳」のようになり、球体の領域を占めるようになるのですが、その半径はだいたい、そうだな――我々は大胆な人間です――四十億光年はあるでしょう……」

「空恐ろしいスケールのヴィジョンね……」私の近くに座っていたカラールラが囁いた。「熱い物質から生まれた天才的な怪物……」

「見当違いだよ、君」とても穏やかにグーバルが答えた。「残念ながら、この脳は、少なくとも我々の基準からすれば、アホ以上のアホかもしれない」彼は、助手のアナライザーを引っ張り出して、ちょっとした計算を行いながら、先をしゃべり続けた。「このような「脳」の中では、各銀河が神経核に相当する一方で、光線は、神経の衝動に相当するでしょう。最も単純な文、例えば、「私は存在する」を考えるために、10^{19}ぐらいはかかるかもしれません。すなわち、一万京年以上です……。私が思うに、こんなにのろのろとものを考えることは、天才性と調和し難い」

皆、どっと噴き出した。ただ一人、カラールラだけが、気を落としたようだった。

「それでは、あり得ないわね」彼女がそう言った。

「残念だわ」

先程からホールに低い唸り声のような音が流れ込んでいるような気がしたが、私は特にそれに注意を払わなかった。ところが、カラールラが話し終えた後、場が一斉に静かになったため、遠くの雷鳴がより強く聞こえるようになった。それは、不規則に大きくなってゆく、まるで地響きのように。一、二度、ドンという鈍い轟きが鳴り響いた。私たちの足下で床が揺れ出した。皆、その場からぱっと立ち上がった。視線が、テラスの大きく開かれたドアに向けられた。冷たい、風に吹かれた暗闇から、冗長な鈍い響きが伝わってきた。

「おおっ、あそこで何か面白いことが起きているぞ」

グーバルがそう言って、一番最初にテラスへ乗り込んだ。皆が、急いで彼を追いかけた。

そこは、すっかり真っ暗になっていて、闇が目に見えない重りで皆の顔と体を縛り付けているようだった。目の前の水平線上でスカーレット色がぴかっと光った。暗闇を背にして、火山の円錐体がくっきりと浮かび上がって見えており、そこから短い炎が噴き出していた。激しい重低音が空気中に充満していた。何と、テラスの石板が揺れているではないか。火山が炎を吐き出している。その上空に、稲妻で寸断された雲が、渦を巻いて立ち上がっていた。雷鳴に次ぐ雷鳴がその雲の中で轟いていた。突然、鋭いジューッと言う音がこれらの低音を断ち切った。大海原から、血で満たされた水蒸気の塊のようなものが湧き上がっている――それは、溶岩が水の中に沈んでいるところだったのだ。

しばらくの間、誰も口を利かなかった。それから、次々次々に喚声が上がった。

「すごい！」

「一体誰が考え付いたんだ？」

「ユールイェラでなければ、誰だっていうの！」

「見ろよ、どうやって全部揺らしているんだ？」

皆の注目を浴びて、数十の手でぽんぽん叩かれていたユールイェラが、身を守りながら、自分はこれとは一切関係ありませんよ、と説明していた。

「まあ、何だって、火山は爆発するものですよ、それがたまたま起きてるんです……」

その間にも反照がますます高く上へと広がっていった。そして、その上方に、赤く燃えるヘビやジグザグ、すなわち、噴火口から放出された炎の爆弾の軌道がはっきりと見えていた。私たちの頭上で、一、二度、何かが耳をつんざくような金切り声を上げた。

「みんな、ここから離れるんだ！」突然、誰か若い声が叫んだ。「みんなビデオアーティストがどんな連中か知らないんだ。イリュージョンを盛り上げるためなら、今にも本当に僕らの頭上に燃える硫黄の雨を降らせそうだぜ！」

一斉に大爆笑が轟いた。火山がとてつもなく大きな爆発音を上げていたため、お互いにやり取りをするのが段々難しくなっていった。ついに、テル・アコニアンが皆に代わって、この場をうまく収められるビデオ制作者たちへ願い出ると、彼らは一瞬姿を消し、間もなく大変動は静まり始めた。私たちは徐々にホールへと戻った。先程出来上がっていた様々なグループはすでにばらばらになっていて、ある者たちはオートマタを呼び寄せて、それらの銀色の体の周りに集まり、泡立つワインが入ったグラスを持ち上げていたり、また、他の者たちは、ヤシの木の傍にある肘掛椅子に収まって、何かゲームを行っていたりした。ますます賑やかにわっと笑い声がはじけ、歌が口ずさまれ、十数個もの巨大な光る風船《バルーン》がふわふわと現れ、それらがホールの片隅から別の隅へと飛び去って行った。私は、アメタの音頭で操縦士たちがゲーム「ロケットを追え」用に複雑なテレビ装置を並べていたテーブルの近くをぶらぶらと歩き回って、結局、歩廊に出た。歩廊は、ホールの上階にぐるりと張り廻らされてあった。貴石から彫られた巨大な昆虫を間近で眺めると、ぞっとするような印象を抱く。私がもうここから離れようと思った時、ちょうど向かい合っていた浅浮彫の奥から飛び出してくる声が聞こえた。その彫刻が、海の景色と同じように、ビデオアーティストの作品であると認識するまで、ほんの一瞬だったが、きらきら輝くごつごつした床面の上をまっすぐ進もうと決める前に、反射的な抵抗に打ち勝たねばならなかった。真向かいで、巨大なクモの目のダイヤモンドがぎらりと光って、その後、絵が消えた。むろん、私は何も感じず、二歩歩いてから、薄明かりの中にいることに気がついた。滑らかな、むき出しの壁際に、ソレダットとアンナ《アンナ》が座っていた。彼女が私を眺めながら、こう言った。

「ねえ、教えて、あなたはこれまで人生の中で、こんな夜を過ごしたことがあるかしら？　あなたは、こう思うのよ、いつまでたっても明けない、まるで浅瀬をちゃぷちゃぷ流れて行くみたいに、とにかく適当にやり過ごさなくてはならない、とことん無意味な夜だわって。それとも、こんな夜はどうかしら？　本当には起こらなかった事、叶わなかった夢のかすがどんどん溜まっていって、あなたはそれに塗《まみ》れて、自分が心底望んでいることが何もかも信じられなくなってしまうの。それとも、これは？　何かをやり始めては、途中で放り出してしまって、もしも誰か、全然タイプじゃないような人でも近寄ってくれたら、あなたはその人を歓迎してしまうの、なぜってその人が現れたことで、無駄になった時間に対する責任をいくらかでも転嫁できてしまうから」

「もしもそんな夜が一年のうちに一、二度起こるくらいなら、問題なし」ソレダットがそう答えた。「でも、もし頻繁に訪れるというのなら――注意することね……。あなた、彼と付き合っていて、辛いんじゃないの？」

「とても」そうアンナが答えた。彼女はこちらをじっと見つめたままだった。この瞬間私は、彼女が私のことを話していて、しかも、私が見えていないのだと悟った。どうやら私はちょうど幻影ゾーンに立っていて、彼女たちには私が見えていないらしい。

「誰もあなたを助けられない」ソレダットが応えた。「でも、あなたと彼……」

私は息を殺して、足音を消しながら、あわてて後ずさりした。再び、目がくらむようなモザイク板の前に立った。私はそそくさと立ち去った。何気なく立ち聞きしてしまった会話のことを考えたくなかった。歩廊の向かいの角に男が二人立っていて、下を眺めていた。グーバルの同僚、ジュムルとディオクレスだった。

そこから、テーブルが置いていないホールの一部が見えるようになっていた。そこでは、数十人ほどが動き回っていた。私たちのちょうど真下には、十数人から成るグループがいて、中心にホワイトブルーのドレスを着た若い女の子が立っていた。とある瞬間、笑い声が響いて、それから、彼女が歌い始めた。それは滑稽な歌で、連禱《リタニ》みたいに長いものだった。彼女は最初のスタンザを一通り歌い終えると、出し抜けに周囲の誰かを指差し、今度はその人が続きを歌わねばならなかった。こんな風に、人から人へと移りながら、ますます大きく盛り上がるうちに、その歌がホール全体を放浪していって、ついには円柱の辺りを彷徨《さまよ》い始めた。そこの、オートマタが出ていった壁龕の中に、ボワゼリーに寄りかかって、グーバルが立っていた。とある少年が、まさに自分のスタンザを終えるところで、グーバルの前で立ち止まり、彼を指で差した。たちまち、場がしんとなった。すると、この学者は、たいして考えもせずに、低い、幾分耳障りなバリトンで次のスタンザを歌い切った。大嵐のような拍手喝采が彼に報いた。続いて、彼が誰か最寄りの者を指名し、歌はホールの奥へと流れていった。グーバルは、自分が歌う義務を果たしたことから、まだ表情に笑みを浮かべたまま、何気ないしぐさでポケットから携帯用オートマタを取り出し、何やら計算をし始めた。

「ほら、グーバルは君らの貸し切りだ」ディオクレスが言った。「あいつとゲームして、歌って、踊って、天国と地獄の話をしたっていいんだ、あいつの方は決して完全にうちとけることはないがね」

「でもさ、あいつは心底楽しんでいるぜ」ジュムルがそう反論した。

「知ってるさ、あれがフリじゃないってことは。だが、それが一体何だ？　あいつは皆が好きだが、あいつ自身は僕らの一員じゃない。新しい同僚は誰もが」ディオクレスが話を続けた。「あいつの近くに居合わせると、あいつには充分馬鹿げて聞こえる質問をあれこれとしたくなる欲求に抵抗できなくなるんだ。それは、必然性に裏打ちされた無邪気な試みにすぎないさ。何せ、あいつはそれこそ留まることのない謎だからな。僕は何度か、あいつが返答をしようとする際に用いる緻密さに目を瞠ったよ……」

「例えば？」私はそっと会話に加わった。私たちの視線は、始終偉大な科学者の上に留まっていた。彼は、今度は、傍を無音で通り過ぎるオートマタを引き留めて、盆からワインのグラスを持ち上げ、ちびちび飲んでいた。あたかも巧妙に隠された愉悦に浸りながら、オートマタを観察しているようだった。

「とっかかりの質問は、いかにして素晴らしい成果を達成するか……」

「なるほど、それは確かにあまり賢い質問じゃないな」私は同意した。「で、彼は何て答えたの？」

「あいつは長いこと真剣に考え込んで、とうとう、こう言ったのさ。『たぶん、私は常に考えているからじゃないのかな……』って。この一文にあるのは、一見平凡に見えるけれども、シンプルであるのと同時に偉大なる真実だ。あいつの知性は、絶え間なくさまざまな思考構造を作り出し、それらを互いに衝突させる。それらの構造は、いわば何か月も何年もばらばらに置かれたまま、決して偉大なる統合の試みが止むことがない。あいつには、豪胆さが備わってるんだ、とんでもなく馬鹿げて見える仮説を最後まで考え抜いて、あらゆることから最終的な結論を引き出すようにね……結局それが理由なんだな、僕がもう決してあいつと一緒に山に行かないと決めてるのは。僕は自分で無生物の王国を大きくしたいとは思わないんだ」

「一体、君の自己保存の本能は、グーバルと何か関係があるのかな?」私はそう訊ねた。

「あるよ。僕らは、パミール山脈にロッククライミングに行ったことがあるんだ。東側のトラバースをしたんだよ……」

「失礼」私は彼を遮った。「あの、彼はロッククライミングの腕はいいのかい? それから、壁ではだいたいどんな風に振る舞うのかな?」

「すぐに分かるさ、その話をしようと思ってたところだよ。確かに、あいつは悪くないクライマーさ。あそこにね、小さいけれど、嫌なクラックがあったんだ。僕らがそのクラックにさしかかる前に、グーバルが突然立ち止まって、とあるアイディアを思いついたと、僕に言ったんだ。僕は言ったさ、そのアイディアをメモしておくようにってね。あいつは、絶対に忘れないよって答えた。ところがだよ、アイディアを忘れない代わりに、自分がどこにいて何をしているかを忘れてしまったんだ。危うくとんでもないヘマをしでかして、僕らを皆殺すところだったんだ。あいつは山も絶壁も見ていなかった、何もかも一切。あいつが頭の中で計算を終えた時、もう山小屋に向かう途中だったんだが、僕らに謝ったんだ。でも僕には分かってたよ、こう言ってはなんだが、あいつは義務からそうしたんだってね。あいつは何が起きたのか自覚していた、しかし、これっぽちも良心の呵責を感じていなかったし、恐怖は言わずもがなさ。君たちに言っておくよ。あれは、自己保存の本能が失われた人間なんだ!」

ディオクレスは、最後の言葉をあからさまないらだちを込めて言った。

下では、歌が止んでいた。数分間、そこから入り乱れた喧噪が聞こえ、一つ一つの声が他の声と歌の中で一つに合わさろうとしながら響き渡っていたが、次第に全体的な混乱に堕してゆき、ようやく、すばらしく美しい女性のアルトが突き抜けた。それはゆったりした歌で、どこか子守歌のような味わいがあった。

「実際、あいつは常に同じなんだ」ディオクレスが、あたかも一旦受け入れた話題の圧力から逃れられないかのように、そう言った。「あいつがどうやってキャリアを始めたかについて、聞いたことがあるかい？あいつのおばあちゃんは、あいつが六歳の子供だった頃、父方のおじさんに家で面倒を見てもらうようにしていたんだ——クラウディウシュ・グーバルだよ。申し分なく優れた数学者だ。もしかしたら、君も耳にしたことがあるだろう、場の作用素は彼の仕事さ。その、あいつのおばあちゃんは、孫の傍にはいつも誰かしらが付いていなくては、と考えていたんだよ。そうやって、おじさんはあいつをどこか隅の方のおもちゃの山の上に座らせておいて、自分は仕事をしてたんだ。男の子は静かに遊んでいた。驚くほど無口な子供だった。ある晩、何かしら難しい部分で、クラウディウシュ翁は、オートマタと激しく議論をしていたんだが、突然、その子が、隅っこからこう言ったんだ。「線形作用素の行列を導くべきだよ」とね。そして再び何事もなかったかのように、自分の独楽《こま》を回したんだ。おじさんはまるで雷に打たれたようだった。なぜなら、それこそが探し求めていた解法だったからさ……」

「滅多に起こらないことだね」と、私は言った。「いわゆる神童が、若いうちに予測された期待を、その後本当に裏付けるのは。でも、彼はその期待を実現したばかりか、あらゆる点でそれを越えたんだ！」

私たちの傍をオートマタが通り過ぎた。ディオクレスは、一気にワインを二杯飲み干した。彼の頬が黒ずんだ。脈がこめかみの上でぴくぴくと震えていた。私は彼に、それ以上は飲まないように、と言おうとした。彼からは不安と後悔がにじみ出ていた。彼がグーバルについて話したことは、あらゆるものの奥底に隠れていたことなのだ。言葉の中にばかりではなく、顔にも、口のゆがみにも、声の中にも。ジュムルが、私たちから離れていった。彼の背の高いシルエットが、モザイクを背にしてそろそろと歩廊を通り過ぎていき、円柱の後ろに消えていった。しばらくの間、私たちは沈黙したままだった。下では、今度は軽快な歌が歌われていて、真ん中の誰かが拍子を取り、リズミカルなステップが響き渡り、空いた空間に広がってゆく人の輪に取り囲まれて、男がソロで踊っていたが、突然彼はその輪から誰だか女の子を引っ摑み、その子と一緒にぐるりと円を描いて、スピンし始めた。きらきら輝くドレスの瞬きと振りほどかれた金色の髪の毛が見えた。ディオクレスはそれを眺めていたものの、実際には見ていなかった。突然、こちらを振り向いたかと思うと、一段と打ちひしがれた表情をしていた。おそらくだいぶ前から飲んでいたのだろう、まるでワインが彼を損なったように見受けられた。私が、家へ送り届けようと、彼の腕を取ったところ、彼は逆に私の掌を引っ摑み、思いがけない打ち明け話の口調でこう言ったのだ。

「僕は何の役にも立たないんだ。信じてくれ、僕には発表した論文が十六本あって、二本は本当に良いものなんだ、それなのに、世間が僕について語る時、一度だってこんな風には言わないんだ、「おお、ディオクレスか、ニーモン専門の、知っているよ」、それどころか、いつも、「ディオクレス？　あぁ、グーバルの助手だろ」とね。これから未来の世代をぎゃふんと言わせるのは、この僕かもしれない、これからその連中に目に物見せてやるのは、この僕かもしれないんだ。実現可能領域のバイオセンサー、エコー記憶の慣性——僕にだってその他にも、まだやり残していることがいろいろあるんだ。そもそも、僕の一切の喜びは、この研究だものな——けれど、すべて無駄なんだ。僕はグーバルの助手なんだものな、グーバル班の一員として歴史に名を遺し、僕自身のものは一切何も、空っぽの音、樹冠に付いている何十万もの葉っぱのうちの一枚の影、それに分かってるさ、これには処置なしだってことが……仕方ないんだ……」

「何を言っているんだい……？」私は心を揺すぶられて、そう言った。これほどの隠された忍耐が、突然この小男の顔に這い出してきたのだ。「でもだよ、君なら独立して研究することだってできるだろうし、あるいは、どこか別の班でだって。そもそも、いつ何時でも、グーバルから離れることができるじゃないか……」

「何だって⁉」ディオクレスが言った。彼の表情が、色黒の握りこぶしのように、しかめ面になった。「グーバルから離れる？　離れるだと？」と、彼は繰り返した。「君は、何を言ってるんだ⁈　この僕が自発的に離れる必要があるっていうのか⁈　一体どこに、あいつの代わりがいるんだ？」

「もしも、君がそれほど自分に優る人間を許容することができないのならば……」私は慎重に始めた。

「君、何を言ってるんだ?」ディオクレスは、心底驚愕してそう訊いた。その後、私を自分に引き寄せて、興奮した囁き声で説明し出した。

「そうさ、あいつは僕に優る、僕ら全員に優っている。だから、何だ? 僕らは絶えず先へ進んでいるんだ。七年のあいだに、研究所で膨大な研究をやり遂げたんだ。そのことは、誰もが君に証明してくれる、僕が自慢してるんじゃない。自分で実感するんだ、僕は今、新米の頃よりももっと多くのことができるし、僕の知性のスパンは広がった。だが、僕が、グーバルが以前いた地点に辿り着いた時、あいつはとっくにまたしても遠くにいて、そうやって僕らよりも何周も先をぶっ続けで走り通しているんだ。アタックに次ぐアタックで、毎回僕は敗北する。それが辛いか? 一体誰が否定する? そうさ! しかし、毎回、僕が敗北するのは、以前よりももっと偉大な何かになんだ!」

突然、彼は私の肩を掴むと同時に手を放し、詫びるようにほほ笑んで頷き、ちょこまかとした、いつもの急ぐ足取りで離れていった。私はホールに目を向けた。先程グーバルが立っていた壁龕は、もぬけの殻だった。私は下に降りて、そっとテラスに出た。誰もいない。ただ、どこか脇の方から、ひそひそ声が聞こえてくる。私は反対側に移って、しばしの間、両目を閉じて、冷たい、塩辛い空気を吸い込んだ。その空気が、火照った頭をスッキリさせてくれた。水平線は目には見えず、かろうじて、火山の頂上らしき薄い、紫色の折れ線沿いにそれを察することができた。この時までいわば潜伏していた疲労が表に現れて、全身に重くのしかかってきた。私は欄干に背を向け、両手を広げて置き、その冷たい、石の縁に寄りかかった。こうして私がテラスの一番奥の片隅に身を潜めたその時、細く開けられた二枚のドアの間に、女性が独りぼっちで立っているのに気がついた。女性のシルエットは、周囲の暗闇と溶け合っていて、唯一顔だけが闇から、ドレスの肩から発せられている青い微光の中にほんのり浮き出ていた。彼女は誰かが自分を見ているかもしれないなどとは知らずに、身じろぎひとつせずに立っていて、人の声がする方を向いていた。私は、影を落としている主体を見極めようと、その影に沿って視線で追うように瞳を凝らしたが、何も見えなかった。暗すぎた。一瞬しんと静かになったかと思うと、私には、そこはかとなく皮肉混じりの、低い、明朗快活なグーバルの声が聞こえてきた。

　私は視線を女性の顔に戻した。今度こそ、彼女の正体が分かった。それはカラールラだった。夜明け前の微光の中から、彼女の顔が、まるで実体が失われてしまったかのように、幻のように浮かび上がってきた。両目の周りには影が差し、何かに神経を尖らせているような、それでいて、どこか上の空のような表情だった。薄く開いた口は、目に見えぬものを飲んでいるかのようだった。そう、おそらく、何世紀も前の宗教的な霊感に取り憑かれた人々の表情のように見えただろう。その時代、彼らは、奇蹟の可能性を信じて、両腕を翼の形に広げては、その腕で空中を飛ぼうと、高い絶壁から飛び降り――そして、直ぐ下に落ちていった。彼女には、グーバルがしゃべっていた内容は、聞こえていなかった。彼女は、彼の低い声に聴き入り、あたかも、自分を支えて浮揚させてくれるよう、彼に身を委ね切ろうとしているかのようだった――そして、直ぐに独り取り残されてしまった。

　彼女は、彼を愛していた。まさに彼がそんな男だったために――思いがけない、軽い、ほぼ無意識のうちに捧げられた愛撫を伴う、至って親密な動作を、言葉を、決して感じさせたりはしないために、愛していた。いつも金属のキーボードで冷たくなった彼の指を、自分のオートマタたちと口論しながら見せる、意地悪そうな首の傾げ具合やほほ笑みを、そして、オートマタが何も理解していないことにはしゃいでいるかのように、沈黙したまま、両目を細める仕草を、愛していた。時々、彼が彼女を抱き寄せたりすると、彼の頭は、彼女の胸に預けられたまま、じっと動かず、その後、ものを見ていない両目をして持ち上がるのだった。彼の奥底で絶えず流れているあの流れが、表面にまで押し寄せてきたのだ。すると、彼は彼女を見るのを止めてしまい、彼女が彼に送ったほほ笑みは彼には届かない。彼が戯れている広大無辺のうちのひとつが、彼らを引き離す。しばらくすると、彼の視力は戻ってくる。その前に彼はテーブルに近寄り、何事かを書きつける。彼が彼女から離れる際の、あの自然な身軽さが、いつも彼女を傷つける。彼女は、これらの突発的な失明に耐えていた。自分の愛は、臆病な、遠くから射している光なのだと悟りながら。なのに、彼は、その光の中に現れたかと思うと、誰一人立ち入ることができない、孤独の闇の中に消えてしまうのだ。

しかし彼女は、自分を通り過ぎてしまう彼の視線すらを、愛することを学んでいた。なぜなら、彼女は彼が自分に与える痛みを愛し始めたのだ。彼女はそれによって自分の愛の数値を測ることができたからだった。それは、絶え間ない喪失と探求、混乱、不安だったが、これらすべての中で――とある瞬間、彼は沈思黙考から目覚めながら、唇だけで、息も絶え絶えに、まるで彼女を呼び寄せようとするかのように、彼女の名前を発するのだ。もっとも、彼女はとっくにすぐそこにいて、二人を引き離すものは何もない――自分たちの思考以外には。

未来を夢見るような朗らかで穏やかな少女時代を思い出すたびに、彼女はふと、気づくのだった。今日、歳月がもたらすものが、その時いかに彼女に欠けていたのかを。そして、もしも、岐路に立って、何もかも最初からやり直すことができたとしても、もう一度、これらの終わることのない惨事に心を差し出し、そして再び、しっかりと両目を見開いて、彼が無意識のうちに与える打撃を受け入れ、首尾よく隠しおおせている忍耐以外は、すべてを彼と分かち合うであろうということを。彼女は、すでに今、彼に不滅の名声を確約しているものを、理解できるほどまでには、及んでいなかった。しかし、帆が空間を吹き抜ける風を捕らえつくすことができないように、たとえ彼を丸ごと受け入れることができなかったとしても、それでもなお、彼を愛していたし、しかも何よりも彼の内にあった、世界に驚かされる子供の素朴さから来るもの、さらに、彼女の首を包み込む寝入りの呼吸、夢を見て何事かを囁く唇のかすかな動きを愛していた。彼女が何よりも愛していたのは、まさにそれであった。なぜならば、それこそが、彼の生がある間だけ続き、そしてその後は永遠に消えてしまうものであったからだ、人間らしく、かつ、死するものとして。それだから、彼女はしばしば、あたかも彼の眠りを守るかのように、あたかも彼の思考の永遠性ではなく、彼の呼吸を求めて戦っているかのように、寝ずの番をしていたのだが、たとえそれが非理性的で無力だったとしても、彼女はそんな風にしなくてはならなかった。なぜならば、愛がそれを要求していたからだ。そして、そんな風に幾年かが過ぎ、彼の方は、その月日の中に、自らの巨大な、たとえて言えば、常に未来に向かって射し込みながら、そこで濃くなりつつあるような影を落としてきた。

　論じ合う者たちの声が高くなったと思うと、じきに止んだ。彼らは腰を上げて、ドアの方へ向かったのだ。彼らがホールに足を踏み入れる時、その黒いシルエットが、光の筋を遮った。グーバルは少しばかり、石の欄干に留まった。私は腕時計を見た。間もなく午前三時になる。顔を上げると、ちょうどグーバルが出て行くところだった。彼はドアの陰に隠れていた女《ひと》に気がつかなかった。彼は遠くの喧噪に姿を消した。その女《ひと》が一歩前に踏み出して、光の中に姿を現した。私は、彼女のほほ笑みを認め、その笑みが私にすべてを物語ってくれた。どうしてこんなことになったのだろう？分からない。唯一分かっているのは、私が両手で顔を覆ったということだ。そのほほ笑みの先を、もうそれ以上何も見ないように。

星から来たアンナ

旅の二年目には、無線の遅延により、事実上地球との通信が全面的に絶たれた。ちっぽけな人類の片割れは、凍《い》てついた暗闇の中を落下していく殻の中に閉じ込められたまま、全くの孤立無援となった。こうして、人生は続いた。それぞれの実験室は研究を続け、グループ間会議で研究結果が交換され、若い少年少女たちは学業を修了し、婚姻が結ばれ、子供たちがこの世に生まれて来た。

　私は、これら子供たちの世話に多くを捧げた。外来診察室にやって来る母親たちに詳細な問診を行っていたが、正直に言わねばならない。科学的な探求心に加えて、私たちが船の分厚い装甲で必死に防御しようとしている永遠の暗闇や星々と直接隣り合うことで、これらの小さな人間的存在の形成や発達に何らかの知られざる影響がもたらされるのではないかという、漠然とした疑問が私をそうさせていたのだ。そのため、ぎゃあぎゃあ泣いているピンク色の乳児たちのオムツの交換がある際には、彼らの中にいわば何らかの「星的な」特徴の予期せぬ出現を期待しつつ、常に疑心暗鬼に駆られながら立ち会った。しかし、この期待は（そのバカバカしさは分かっていた）、現実のものとはならなかった。皆、完全に正常で、健康で、にぎやかな子供たちだった。最初の子たちは、すでに公園の芝生をはいはいし、不意にどこかの居住室の中から聞こえてくる彼らのうわーんと泣く声が、通路を伝って響き渡った時などには、まるで私たち自身の子供時代の温かい息吹《いぶき》が、ロケット内にお客として来たかのように、金属壁やガラス板の交差する環境が、妙に家庭的になるのだった。

実のところ、私は自分一人で子供たちの世話をしていた。というのも、私たち医師三人組のうち、シュレイは外科医だったし、一方、アンナといえば、これまでどこかに隠されていた子供たちへの拒絶反応を示し始め、これは、私にも説明がつかない。なぜなら、航海当初、彼女は、船内で初めて産まれて来る新生児たちの運命について、盛んに関心を寄せていたからだった。

宇宙船内の生活は表面上、落ち着きを得ていた。しかしながら、用心深い観察者ならば、私たち全員に忍び寄る変化に、まるで、ひとりひとりの奥底に沈潜するかのような、より本質的な変化に、気がついたことだろう。

私たちは以前、次第に多くなる沈黙に不安を抱いていた。この懸念は、現実となったのか？　実際には、違った。私たちは、進んで頻繁に顔を合わせたし、社交的な集いが、研究上の集いに劣らずよく催され、スポーツ部門も活動中だった。しかし、これら私たちの取り組みや会話は、かなり珍妙なものだった。私たちは、毎日の些細な問題について、たくさんおしゃべりをした。傾聴したコンサートについて、読み終えた本について、知人たちについて。ただ、地球のことは、誰も触れなかった。その名前すら、会話の中に一切現れることはなかった。皆、その存在を忘れてしまったかのように思われた。同様に、地球に残してきた身近な人々のことも、さらにはこの航海そのものすらも、話題に上ることはなかった。

航海の件に関しては、もっぱら専門家だけが論じていた。彼らは、少なからず興味深い事実を発見した。例えば、彼らは、最高の航行速度に達してからの数か月後に、ゲア号内部の温度がわずかに上昇し始めていることに気がついた。技師たちがこの現象の原因究明に携わった。それは、船のエンジンがすでに稼働していなかったため、より一層奇妙に映った。原因が存在する可能性があるのは、もっぱら外部であった。あの向こうには、真空が開けており、一立方センチメートル内に、かろうじて数個の原子を含んでいるだけだ。したがって、もしも、その真空を、一立方センチメートル内に数十兆個の原子が収まっている、地球の条件における平均的な気体密度と比較してみると、事実上、それは絶対的な真空である。しかしながら、ゲア号は、その外殻の一平方センチメートル毎に、一秒間に八〇〇〇億個の原子と接する速度で疾走していた。これは、「摩擦」とそこから生じるロケットの加熱が起きるには、充分であった。その上、この星間「ガス」をかき分けて進んでゆくことから、巨大船は、いわば、装甲の外被上に瞬く間に「吹き付けられた」原子の薄層で、次第に一面覆われ始めてきているのだ。むろん、このような成り行きで生じている質量の増加は、驚くほど些細だった。が、精密機器には、その増加を計量する性能が備わっていた。

外来診察室には、毎日数人の患者がやって来た。彼らの不平不満はさまざまで、しばしばとても不明瞭なものだった。一度ならず、それらは医師との会話、つまり、完全な正直さが許される会話のための口実にすぎないと思われることもあった。この特権的な立場のおかげで、私は、以後数か月のあいだに、いや、それどころか何年にもわたって相次いで起きた諸々の事件の原因を知ることとなった。

徐々に、船内ではある程度の「暮らしやすさ」が生じてきた。人々は、進んで娯楽に興じ、進んで冗談を言い合った。しかし、すべては、表面的なものだった。稀に、大して意味の無い会話の最中に、誰かがついうっかり口を滑らせることがあったが、皆慎重に口をつぐんだ。私の記憶にあるのが、ちょうど公園で、構造物理学者たちの論文とそれらの将来的な応用が話し合われていた時、地球の名が挙げられ、次いである女性が、小声で「そもそも私たち、帰れるの？」と言ったことだった。一瞬、緊張した沈黙で場がしんとなった。それから、幾人かの人々が同時に急いで別の事をしゃべり始めた。

ほぼ観察不能な、心の最も深く、最も秘密の層に及び、ほとんど観察できないように思われた、最も厄介な現象は、船内の恋愛事情であった。

人間が登場するために、死に絶えざるを得なかった数十万世代にわたる動物たちは、厄介かつ必至の遺産として性の引力を人間に引き継いでいった。幾世紀が過ぎ、諸文明が起こっては衰退していったが、人間は、自分を取り巻く自然界《ナトゥラ》や自身の本質《ナトゥラ》と格闘しながら、自分の意志や知識に関わりなく自分の内に蓄積された、これら黒い力を明るみに出そうと無数の試みを企ててきた。そして、このように、メスとオスを互いに惹きつける欲望は、恋慕へと変化していった。しかしながら、数世紀のあいだ、愛は、他の感情の領域と同様に、社会的対立の払拭において生ずる命令、儀式、そして法律を銘板に刻んできた。男性と女性が接近する際に妨げとなるものは、所有の状態により、宗教的神話や迷信により生ずることがあった。野蛮な重商主義的社会構造においては、愛は、購買力を有する者たちが手軽に入手しやすい商品に、醜怪な市場に、変わり果てようとしていた。愛は、疲労した神経の刺激剤、もうひとつの依存性薬物、無味乾燥な人生における灼熱の斑である必要があった。男性と女性はその愛の中で、諸体制の深部で急増していた狂信的な大変動や、同様に、行き場のない日常の無気力状態からも身を守ってきた。

私たちの文明は、最も深遠なる存在意義として、創造——精神的なものでも、物理的なものでも、全く同じ——に由来する、新しい性の関係を生み出した。知的な創造は、肉体的な創造から生じ、いわば、より高次の、より明朗な、創造の反映であり、また、世界が私たちの内に呼び覚ます狂喜と不安の絶え間なき反復である。以前、人々は、新たな存在の懐胎は人間が経験する最大の責任であるということを理解することなく、性の諸問題に身を委ねていた。諸々の世代が生まれては、過ぎ去っていった一方で、偉大なる、理解を超えた神秘は、後世まで読みあげられることのない、封印された手紙のように、一つの世代から次の世代へと伝えられていった。

人間は、世界が己の前に突きつける謎を、星々と人間の身体の奥で等しく行われる物質変化の法則性としての自然調和を映し出す知性の仕事によって、解き明かすのだ。愛は、科学調査の対象ではなく、数式や化学式では捕らえ難く、予測することも、計算することもままならない。それでも、私たちの理性的な世界において、愛とは、それなくしては人生が満たされないかもしれぬ、経験なのである。

現代の地球上の愛には、欲望の爆発、暴力的な抱擁と拒絶、束縛と依存の感覚が混ざり合った、所有の貪欲性と関わりのあるものは、一切何もない。自らの軌道を回転する惑星が、道程上のある稀な地点で近傍の惑星と出会うように、愛し合う男性と女性も互いに、おそらく一人の人間がもう一人の人間に近づきうるだけ、限りなく近づいてゆくのだ。こうして、夢の共有、別の人間から見た世界観、その人が絶えず存在することとの神秘、そして、他者の悩みや重荷を——それは、決して多すぎることがない——背負うことの喜び、が生まれ出てくる。その場合、情熱というものは、二人を結びつけている多くの絆のひとつにすぎず、他方、性衝動の刺激による愛撫は、言葉を使わない言語の合図へと変わってゆき、それはまさに普段の、日常の会話が停止して、機能を果たさなくなるところで始まる。そのような愛は、おそらく一つだけだろう。

私の記憶にあるのだが、歴史学者たちとの会話の中で、彼らが過去数世紀の愛の歴史について語ってくれた時、私はいかに古代人の優柔不断さや移ろい易い感情に驚かずにはいられなかったことか。だが、それにもまして全く受け付けなかったのは、彼らがどうして、人生の幅広い領域における教養を、重要なものも、取るに足らないものも、強く求めながらも、最も肝心な領域の一つにおいては、何一つ要求せずにいることができたのか、ということだった——すなわち、両親による子供たちの養育である。もしも、彼らがあえてここで、完全な任意性と偶然性の分野を開拓しようとしたというのであれば、彼らの無知は相当に大きかったに違いない。人生の最初の数年のあいだに、子供は環境のあらゆる影響が刻印されてしまう、最も敏感で無防備な素材であり、この時期に獲得された欠点は、時には養育者の最大限の努力をもってしても、後々取り除くことはできないのだ、ということを理解していないのだ。

ゲア号の甲板には、地球から数多くの女性と男性とが乗り込んだ。すでに恋愛に適した成人だが、まだ絶えずパートナーを探している人たちで、当然、長期間にわたる旅のあいだに数多くのカップルが結ばれることと、期待されていた。この見込みは、現実となったが、しかし、大部分の者たちが克服せねばならなかった障害は、誰もが予想したよりも、ずっと大きいことが明らかになった。航海二年目に起こっていたことだが、束の間のカップルができては、まるでその場限りのように離れていった。しかも、この、遥か昔の、野蛮な風俗への回帰は、皆の暗黙というある種の謀議によって取り囲まれているように見受けられた。ちょうどその頃、自制、平静、沈着といった、地球が私たちに恵んでくれたこれらのあらゆる特性が、いわば、外面上の、凝り固まった形式、何も変わっていないさ、というふりをして、他人に見せるための表面へと化していった。実際には、活力に満ちた人生というものがどこかへ鳴りを潜めて、姿を消しつつあるというのにだ。それは、航海の途方もない労苦に対して心構えができていない者たちに真空が与える、かの大いなる荒廃であった。

しかしながら、私たちは、たとえ、職場の仲間《トヴァジシェ》、同僚、果ては、親友までもある程度まで欺くことができたとしても、感情の最も深い領域でそのように振舞うことは不可能である。ここから、女性たちの腕の中に身を隠す試み、悦楽の痙攣の中で尽き果てる試みが生まれた。私たちも分かっていたのだ。互いの同情も、絶望も、意識的に選択した運命に対する責任を放棄したいという欲求も、私たちを恒久的に結びつけはしない、ということを、それを為し遂げるのは、愛以外の何物でもない、ということを。しかしながら、男性たちは女性たちを探し求め、彼女たちはそれだけに限った暗黙の合意の中で彼らに身を委ねた。これは、危険で無益な救助の試みだった。やがて訪れる引き潮が、頭の中をからっぽにして洗いざらいさらけ出した、無防備な、その場限りの恋人たちを置き去りにし、彼らの頭上で、夜な夜な繰り返される警報の低い唸り音が暗闇の中で鳴り響く頃には、彼らには互いの目を見つめ合うだけの勇気がなかった。なぜならば、彼らの中にあったのは、自分たちが逃げ出してしまいたかったあの空虚であり、おまけに束の間放り出していた重荷が戻って来たため、ただ彼らは、自らの敗北を噛み締めながら、寄る辺なく二人並んで横たわるばかりだったからだ。

これらの言葉を述べながら、私は誰のことを考えているのか？　何よりも、自分自身のことを、である。もっとも、私は仲間《トヴァジシェ》たちのうち少なからずが、同じような敗北を経験したことを知っている、というより、察しがついている。私は今、自分自身のことを考えているのだ。

自分自身のことだけ、というのも、アンナは、この試みから勝利して抜け出したからだ。もっとも、彼女は長いこと耐えていたし、ひょっとしたらまさにそのために、私がひたすら忘れたいと願っていた時、彼女には耐える勇気があったのかもしれない。

人間の頭がキスをしようと互いに接近する際には、相手の顔を視覚で捉えることはもはや不可能だ。なぜなら、あまりに近すぎるからだ。しかし、これは、物理的な近さであり、それは何も解決しないし、結び付けもしない。私は、愛情の訪れを急かそうとして、いたずらにそれを強い口づけの中に、力強い抱擁の中に探し求めた――ところが、それは、夕べのふとした沈黙の中に、半ば隠された微笑の中に、ひとりの手が相手の手を撫でたがったものの、はにかんで途中で止めた、偶然の、思いがけない、手の触れ合いの中に、存在していたのだ。私は、いかにアンナを理解していなかったことか、いかに残酷に、彼女が何を拠り所に生きていたのか、一切気にしなかったことか！　私がどのようにこの真実を知ったのかについては、多くを語りたくない。確かに、私の内での動揺は甚だしいものであった――誠実さからかもしれないし、単に恥のせいかもしれない。私の記憶の中に深く刻まれていたのは、たった一つだけの出来事だったが、そもそも、もう以前から、一つならず数々のことをあれこれと推し量っては、いわば卑劣な恐れの中で、その考えを撥ねつけているばかりだったのだ。つまり、自分自身の運命すらテコ入れできないこの私が、彼女の運命に対しても同様に自分で責任を取らねばならなくなるぞ、という。

そもそも、一度ならず、私は気がついたことがあった。彼女が、私たちが初めて出会った頃のことを事細かに覚えていることに。一方、私はほとんど何も覚えていないのにだ。私はこのことを、しばしば男性に欠けている、女性に特有の執念深さのせいにしていた。たまたま立ち聞きした会話とか、私には理解したくもない、つまらないことがもっと沢山あった。ついに、ある晩のこと、それ以降撥ねつけるなどという気が二度としなくなった、何かが起こった。

私たちは、厚い、白い毛皮で覆われた寝床の上に、座っていた、と言うよりも、半ば寝そべっていた。私は疲れていて、アンナの組まれた腕の上に頭をもたせかけて、何を見るでもなくぼんやりした目で空間を眺めていた。低く吊るされた、青いランプが燃えていた。私は、それまで再三話していたように、将来はどうやって一緒に生きていこうかということや、途中でとても小さな惑星に出くわして、そこに住める住人は二人だけなんだ、そしたら、僕らがその住人になって、二人でそこに小さな家を建てて星々の中で暮らすのはどうだい、などということについてしゃべっていた。ところが、こんな風に半ば囁くように、怠惰に話していた時、不意に、壁に掛けられていた鏡の中にアンナの顔が見えた。

彼女は、唇を苦々しく、かすかにしかめて、私の話を聞いていた。それらの唇は、まるでこんな風に言っているかのようだった。分かってるわ、これはぜんぶ嘘だって、あなたは単に適当に話してるだけだって、沈黙のお茶を濁すためにね、それに、あなたはしゃべる傍から、自分の言ったこと、忘れちゃうでしょう、でも、何てことなくてよ。しゃべるがいいわ、ひたすらしゃべり続けるがいいわ……。

私は瞬時にして、これがいかに危険な試み《エクスペリメント》であるのかを、悟った。私は、これまで彼女に何も与えてこなかったのだ。私にとって彼女は、数週間そして数か月も続く、長い、空っぽな時間から身を隠すための場所だった。私は彼女に馴染んでしまった。が、それは、人がどこかの風景に慣れるようにだった。だから、彼女が不在の時には、外ががらんとした気がした。自分の中が、ではなく。それどころか、自分の中では、これが愛なのかもしれない、と思っていた。一方、彼女は、まさに始めからこのことを理解していて、すべてをある種静かな絶望と共にやり過ごしていた。なぜなら、私を愛していたからだ。この男こそが、一番大切だったのだ。なのに、これじゃ、ただの他人じゃないか。無関心で無頓着に彼女の人生の問題に立ち入って、最も親密な思い出をかき回し、子供がきらきらした飾りに対してするようにそれらをあれこれとつまみ上げては、ちょっとの間両目に近づけて、かと思うと、すぐに退屈して、ぱっと撥ねのけ、そして時々、優しく扱ったりする――そして、それこそが、一層酷いことだった。そう、私は、彼女の目によって世界を見ること、自分自身にさえ吐露しなかった、彼女の心の声を聴くことができたはずだったのだ。彼女はすべての心構えができていて、いわば始まったばかりの、真っ白で、まだ何も定まっていない、自分の運命を見ていたのだ。彼女の愛は、星々を恐れてはいなかった。なのに、私は、彼女の髪はいい匂いがするなあとか、温かく、柔らかい肌をしているなあなどと考えていた……。

私は口をつぐんだ。もう、嘘の言葉をひとつでも吐き出すことができる状態ではない。

「それで、それからどうなるの……？」私の頭を軽く揺すりながら、彼女が静かに尋ねた。私はしゃべることができなかった。喉が、まるで鋼《はがね》のような手で締め付けられているようだった。そして、過去のすべての卑劣な行為にもう一つ付け加えようとばかりに、自分の方へアンナの頭を招き寄せてキスをした。私はそのキスの中に、身を潜めたのだった。もう分かっているよ、ということを自分の表情から彼女に読み取られないように。

それからすぐに私はアンナと愛し合って、私たちはとても幸せだった、とあなた方にお話しすることができたならば、どれほど良かったことだろう。しかし、残念なことに、人間の問題は、そう簡単には解決しないものなのだ。

航海が始まって二度目の冬が過ぎ、二度目の春がやって来た。これまで、公園の樹木はすべて、人工太陽に従って変化を起こしていた。太陽が一層強く照り付けると、葉に覆われ、花が咲き、弱くなると――極めて美しい色彩の中で秋めくのだった。ただし唯一、小川の傍にある一本のカナダトウヒだけは、自らの針葉の黒衣に包まれて、外観を変えなかった。トウヒが栄養のある液を吸い取っていた地面に、植物学者たちが、特別なホルモンや調剤を注射していた。しかし、木は、始終微動だにせず、鬱然と、無表情だったが、あたかも学者たちの無邪気な遊びを見抜いたかのように、嘘の幻影の一部になることを潔しとせず、永遠の眠りの中で枯死してしまった。ところが、ここに、ある朝早く、ゲア号中を電子版ニュースが走り抜けた。曰く、黒きトウヒが春を信じ、夜の間に緑の手を出した……。

私たちは、大勢公園に集まった。皆無言のままだった。理解し難い感覚に駆り立てられて、ここに急いで走って来た誰もが、立ち止まっては、目を覚ました木を黙って眺めていた。そして、一人、また一人と、輪の中から静かに引き上げていった。とうとう、残っているのが、ほんの数人になった。誰かが、黄緑色の穂状花序を、掌で押しつぶして樹脂の香りを吸い込もうと、こっそりちぎり取ろうとしたところ、別の誰かがその人を厳しく非難した。ついに、私一人になっていた。私は木の下にしゃがみ込み、両手で頭を抱えていた。木の眺めが私に与えた素朴な喜びに、深い悲しみが混ざり合っていた。不意に、そこに誰かがいるのを感じた。私は顔を上げた。傍に、アメタとゾーリンが立っていたのだった。

「俺たちと来いよ」アメタがそう話しかけて来た。「船尾星望台を散歩しよう」

私はそうしたいという気がこれっぽちもなかった、特に今は。

「行きたくないのか？」アメタが言った。「それでも、来るんだ」

アメタの押しつけがましさに怒りを感じた。私は立ち上がり、操縦士たちの後ろをいやいや歩いて行った。

エレベーターが私たちをパノラマデッキの層に運び上げた。程なくして、私たちは星々に照らされた闇の中にいた。何も見たくなかった。私は顔を背けたが、背中で、頭の皮膚で、体全体で、背後に広がっている深淵を感じていた。私たちはこんな風に暗闇の中で突っ立っていたが、それも、不意にアメタが誰に向かってでもなく、こう語り出すまでだった。

「俺たちは、雲の下にある家に住んでいるわけじゃない。俺たちは真空の中にいる。まるでそうじゃないかのように、自分を騙したり、振る舞ったりすることができる。だが、それだけだ。俺たちが真空にいるってことを、主張しちまう方がはるかにましだ……それどころか、その主張から突き抜けちまうことの方がな。確かに、その時には、恐怖がやって来る。なぜなら、自分たちが当てにすることに慣れっこになっているすべてが、身包み奪い取られてしまうからな。知性があらゆる犠牲を払って、何かしらのどでかい嘘で、現実を覆い隠そうと全力を尽くす。そんなことをしてはならないんだ。俺たちには、居心地のいい、いろんな災難から守られている安心は、必要ないんだ。不可思議な、危険な不安定の方が、ずっと人間的じゃないのか？　俺たちは、どんどん人生の水平線を広げていっている、だから、その中にもっともっと多くの発見をしていく。目を閉じるな！　これこそが、唯一必要な勇気だ。真空を突き放すな、真空に反抗するな、なぜなら、まさに世界はこんなだからだ。俺たちの世界だ。ただ受け入れなくちゃならないだけだ、辛くなればなるほど、すべてがもっと俺たちの、人間のものになるということを。異質で恐ろしげに見えていたものが、長い間探し求めていた目的になったからにはな」

星々が微動だにせぬまま、かすかに燃えていた。私は沈黙したままだった。アメタが、あたかも中断した会話を始めるかのように、再び話しかけて来た。

「今晩は予定があるのか？」

「ないよ」

「なら、一時間後に児童公園に来いよ。来るだろ？」

おそらく断るところだったが、彼が私の手を摑み、私たちが交わした、短く、強い握手が、私をすべてと和解させた。つまり、星々に対する変てこな演説と、風変わりな招待と、そしてついには、彼、操縦士アメタ自身と。

児童公園と名付けられたのは、小さな植物園を彷彿とさせる広場だった。ここにはそれほど多く樹木は生えてはおらず、すべて背が低く、頑丈で曲がった大枝が生えていて、木登りには持ってこいだった。加えて、ここには、幼児用の砂場も、巨岩に囲まれた岩の洞窟も、中央で湧き出ている噴水もあった。

今日は、樹木と砂場がなくなっていた。ビデオアーティストたちが、広場を魔法公園に変えたのだ。というのも、ここで風変わりなトーナメントが行われる予定だったからだ——最優秀おとぎ話語り部選手権大会だ。勝者の称号を得ようと、大勢名乗りを上げた。彼らは代わる代わる演壇の上に陣取り、周囲をぐるりと取り囲んだ子供たちが、熱心に耳を傾けている。皆、あどけない手にちっちゃな銀色の鈴を握り締めていた。

その子たちは、おとぎ話が終わるたびにその鈴を振って、自分の気持ちを表現し、そのあいだ、グロテスクな衣装で飾られ、ヤシの木陰に半ば隠されていた大型のオートマタが、鈴が大合唱する音の大きさを正確に測定していた。最優秀語り部の一人が、なんと、ゾーリンだった。普段は寡黙なパイロットが、おとぎ話『アルゴル星から来た放射能巨人のこと』で私たちの目を瞠らせたのだった。しかし、一等賞の栄誉は、テンプハラが勝ち取った。魔法使いに変装したオートマタが彼の名を告げ、一斉に花火がばんばんと打ち上がった。

保育者たちが子供たちをおねんねに連れ出し始めると、まだ何らかのすてきな出し物を期待していた幼児たちからは、がっかりする声が上がらずにはいなかった。とうとう、広場を見回して大人だけが目に付くようになると、私は駄々っ子のような悲しみで気が滅入ってしまった。完全に。あたかも、子供たちが立ち去ってしまったことで、自分自身が否応なしに若さと決別してしまったかのように。ところが、その時、がらんとした舞台の上に、軽やかな足取りでカラールラが上がってきて、ほほ笑みながら、こう尋ねた。

「もう一つ、おとぎ話はいかがかしら？　よろしかったら、私がお話しするわ、皆さんがあまり歳を取ったとはお感じにならないように……」

自然発生的な衝動に従って、私たちは子供たちが置いていった銀の小鈴を次々と手に取り始め、広場中が賑やかな鈴の音でいっぱいになり、他方、カラールラは、幸先の良さそうな、謎めいた表情を浮かべて、こう始めた。

「これからお話しするおとぎ話は、ほとんどが本当にあったことなんです。タイトルは、『チューリング、大笑いのこと』です」

辺りはしんとなって、その中でまだしばらくの間、給仕用オートマタの足音が響いていた。それから、彼らも静かになったが、カラールラは、長いことまだ話し出そうとはせず、口元にかすかな笑みを漂わせながら、まるで何かを待ち受けているかのようだった。何を？　ひょっとしたら、子供たちがまだ広場にいた時、皆が浸りきっていた、あの雰囲気が戻って来るのを、なのかもしれない。

ようやく、彼女は口を開いた。

「このお話を聞いたのは、私の祖母からで、彼女はとても古風な人でした。祖母は……でも、きっと、おとぎ話の席で、解説は余計ですね？　では、始めます」

彼女は、もう私たちを見ていなかった。彼女のまなざしは静止し、きらきら光る噴水の打ちつける流れに注がれ、淡々とした声は、水が石の池の縁に落ちる時に立てる音と混ざり合った。

「昔々、千年よりももっと昔、世界は二つに分かれていました。片方は、アトランティス人によって支配されていました。人間は誰もが、はるか遠い昔でも、今日のように、何かしらの夢を見ています。アトランティス人も、夢を持っていました。この人たちの夢というのは、自分たちの支配が及んでいない、世界のもう半分を破壊することでした。彼らは、この目的のために、空気や水を汚染させるための毒薬、放射性の毒物、爆発性の薬剤を集めました。ところが、たくさん持てば持つほど、彼らは怖くなっていくのです。そこで、彼らは、完璧な殺人機械を作り上げるために、黄金で科学者たちを買収しました。ある時、海の向こうの遠い島に、チューリングと呼ばれる科学者が住んでいることを知ったのです。彼はオートマタを組み立てることができました。その時代には、オートマタについては、まだほとんど聞いたことがなく、一体何に役に立つのか、誰も良く知りませんでした。チューリングは、いろいろなオートマタを作っていました。あるオートマタは、機械を作り、別のものは、パンを焼き上げ、さらに他のものは、計算をし、論理的に理解するのです。彼は、こうして四十年間苦労して、ついに、できることならば何でも行うオートマタを考え出したのです。このオートマタは、金属を鉱石から精錬することや靴を縫うこと、元素を変換させることも、家を建てることもできました。その一方で、肉体労働をするのと同じように、ものを考えることもできました。それも、あらゆる事についてなのです。なので、どんな質問に答えることも、どんな問題を解くこともできました。だから、もしも命令されたのならば、オートマタに果たすことができないような物事は、ありませんでした。アトランティス人の支配者たちは、チューリングを買収するために、スパイを送りました。ところが、科学者は、これを受け入れるのを拒否したのです。すると、スパイたちは彼を監禁し、発明の設計図を盗んでしまいました。アトランティス人の中で一番の長老が設計図を見て、他の者たちを呼び、こう言いました。「我らがオートマタを持つようになった暁には、そやつに質《ただ》してみようぞ。戦争を永久になくそうと望んでおる妖怪たちを絶滅させる方法をな」そこに、白髪で、皆の尊敬を集める、二番目の長老が、こう言いました。「ならば、その者、我らの家来どもにものを考える習慣を止めさせる方法もまた、我らに告げようぞ。なぜなら、ものを考える人間というものは、我らの黄金の栄光のために死ぬことを良しとせぬのじゃ」

これらの言葉に、全員が賛成の拍手をし、こう決定を下しました。いわく、我らはチューリング巨大汎用オートマタの建造をするのじゃ。さすれば、我らは万能となり、世界で誰一人我らに歯向かうことができなくなるぞよ、と。

このあとすぐに、建造の費用にいくら黄金が必要なのかを計算するため、七万人の算術家が呼ばれ（なぜなら、その時代、人間は頭で計算をしていたのです）、それから、七万人の技師と建造者が集められ、彼らは七年間設計図を描きました。それらがまだ完成してもいないうちに、一番目の労働作業班が予定地域へと旅立ちました。ニューメキシコの砂混じりの砂漠の真ん中にある、アラモゴードに、七万人の労働者が七回集められたのでした。彼らはブリキのバラックに住み、夜には凍てつく酷寒に、昼は残酷な暑さに耐えていました。塩辛い砂が、彼らの肺や目を蝕《むしば》み、病気で十人に一人が亡くなりました。なので、死者が出た現場にはどんどん新しい人々が集められ、こうして、労働者たちは、基礎のために大きな穴をいくつも掘って、岩山の中にガラス窓や通路を造って、そして、彼らの頭上には、一億七千万年前の爬虫類にそっくりの、首が長い掘削機が威厳たっぷりに歩き回っていました。そうして、この建設工事は、七年とまた七年続きましたが、それも、十四年後に、一万エーカーの敷地が、周りをぐるりと高い壁で囲まれて、金属のタワーやビルで覆い尽くされるまででした。そして、その日がやって来ました。その日、超人的な大仕事を耐え抜いた人々がひとり残らず去ってゆき、門が固く閉ざされました。

建設現場の敷地は、人気《ひとけ》が無くなってしまい、しんとなりました。ただ、風だけが張り巡らされた電線に当たって頭上高くひゅうひゅうと鳴り、犬を連れた警備員たちが砂利の小道をのし歩いていました。七日間はこんな風でしたが、それも、暗い、お月様のない夜に、東の壁に、装甲車と呼ばれる乗り物が現れるまででした。すると、そこから八人の人が降りたのです。その人たちは、アトランティスを支配していました。最初の人は、アトランティスの鉄を持っていました。二番目の人は石炭を、三番目の人は石油を、四番目の人は交通手段を、五番目の人は穀物と肉を、六番目の人は電気を、七番目の人は武器を持っていました。

地面の下から、その人たちに会うために、建設工事の主任技師が出てきて、深くお辞儀をしました。支配者たちは車から降りると、壁の向こう側で、送電線に取り付けられたランプが頭上高くゆらゆら揺れているのに気がつきました。その落ち着きのない明かりの中には、黒いタワーとビルの群れが列を組んだ兵隊よろしく、きちんと並んで立っていました。けれども、これはただ、地表に見える、《チューリングの汎用オートマタ》のごく一部にすぎませんでした。それは、地面の地下深く、砂漠の岩山にくり抜かれた通路や広場の中を縦横無尽に広がっていたのです。警備員たちが二つの方向から近づいて、壁の黒いドアを開け、新たな訪問者たちは中へと入ってゆきました。そこでは、ガラス張りの台車が彼らを待っていて、すぐに動き出しました。

その人たちは、冷たい、青い明かりが付いている広場や、まるで逆さまにされて、岩に嵌め込まれたようなビルをずんずん通って行きました。彼らの頭上には、視界が効かないケーブルの藪が鬱蒼としていて、大きなキノコのような碍子《がいし》がたわわに生えていました。壁に埋め込まれたケーブルコネクターの差し込み口をいくつも通過し、装甲のフードを被った監視用のオートマタたちが内側で見張っている窓ガラスを斜めに横切りました。そして、乗り物は、ますます深く潜って行き、その間に、技師は彼らにすべてを説明し、一番大事なコントロール室だけは、人間の一生にある秒の数よりも深く、地下に収まっているのですと、話しました。彼らは、一層、また一層と下りながら、どんどん先へ進み、窓ガラスの向こうでは通路がぐねぐねと曲がりくねり、視界は電線の森の中ですーっと消え、台車は太い銅の枝の下をあれよあれよと突き進み、時々、奥から赤い光がちかちかと射し、闇がますます濃くなり、暗がりはずんずん広がっていき、そして台車は、ごとごとと音を鳴らしながら、下へ下へと降りて行きました。

ところで、この果てしなく測り知れない迷宮は、どこもひっそりとしていました。電流のパルス一つさえも、巨大機械《マキナ》の銅の脳に巻き付いている数十億もの曲がりくねった血管を通って流れたことは、まだ一度たりとも、ありませんでした。彼らは長いこと走りに走りました。ついに、窓ガラスの向こうで、トンネルの湿った岩を照らしている小ランプがぴかぴか光り始め、台車ががくんと動いて、止まりました。目的の場所に着いたのです。なぜなら、この恐ろし気な建設現場の地下、その最後の、最も深い内部に、卵型の、小さな、装甲室があったからなのです。皆、そこへ入りました。黒い壁という壁に、制御用の計器が見えました。計器は七百七十七個あります。そして、真ん中に、高い台がありました。台の上にあったのは、黒いマイクと、いくつものダイヤモンドで出来たキャップで覆われた押しボタン——それ以外は、一切何もありませんでした。そこから、《巨大汎用チューリング》へ命令を出すことになっていました。

技師は、こう説明しました。いわく、巨大機械《マキナ》は、庭園を造ったり、人々を殺したりすることもできれば、異国の花を栽培することも上手にできるのです。この機械には、我々の現代的なオートマタのような、安全を守る装置が一切付いておりません。連中には、ちっとも似ていません。全く、未開で、野蛮で、ピラミッドよりも百万倍もばかでかいオートマタなのです、と。

なので、訪問者たちはそこにじっと立ち尽くしたままで、辺りはしんとなりました。天井の下では、七つの燭台が燃えていましたが、黒い壁がその輝きを吸収していました。実は、チューリングにスイッチを入れるのはずっと先のはずだったのですが、最古参の技師は、支配者たちの寵愛を買おうとして、今すぐに試してみてはどうですかと、彼らをそそのかしました。技師自身、もう何年も前から期待でわくわくしながら過ごしてきたのです。彼の考えの奥底には、これまで秘密にしていたもう一つの意図がくすぶっていました。なぜなら、チューリングを始働させるマイクの傍に立つ者が、悪魔たちに仕えていたアッシリアやバビロンの神官よりも強大になるのだ、と分かっていたからでした。そこで、一番目の支配者が、こう言いました。

「では、こやつが動き出すには、何を為す必要があるのじゃ?」技師は答えました。「閣下、ここにあります、この黒いボタンを押しますと、ダムの堤防が持ち上がります。そうしますと、その時、サン・フアン川の水がタービンの七十七個の穴の中に落ちまして、電流が生じます。それが、チューリングの金属で出来た内臓を満たすのです。そこで、その時、オートマタの器官は、電気の脈を打ち始めるのです」この時、この支配者は、少し感動してしまいました。なぜなら、大きくて訳の分からぬものが好きだったからです。そして、何気なくのように、太った、白い指で、ボタンを押しました。すると、その時、明かりが点いたり消えたりし始め、ありとあらゆる計器が揺れ出し、ランプが赤い目をかっと開いて、彼らを見ました。そして、頭上では、一万エーカーの広い大地が一面、ががらと動き出し、震えました。

巨大機械《マキナ》は、何度も体を捻ったり、鼻息を鳴らしたりしました。数千の真空管が真っ赤に燃え、リレーが行ったり来たり動いて、あらゆる導線、ソレノイド、コイルを通って、電流が流れました。ところが、黒い部屋の中で見えていたのは、ただ、うんともすんとも言わずに点灯している計器の文字盤だけなのです。けれど、スピーカーでは、低いざーざーという音が鳴っていました。なぜなら、銅の脳みその怪物には、すでに命が吹きこまれていたからです。でも、まだ眠っていて、まるでいびきをかいているみたいでした。

その時、支配者たちは突然気がついたのです。我らは万能の存在を前にしているのじゃ、これは、我らが自ら創り上げた神なのじゃ、そして、我らがこやつに命令を与えれば、ひとつ残らず何でもやってのけるのじゃ、と。ところが、彼らはこの言葉にはっとなって口を噤《つぐ》むと、深淵を覗き込んだ時のように、心の中でぞっとしました。なぜならば、何でもできるようになることに、慣れていなかったのです。

支配者たちはそれぞれ、オートマタに命令を与えて他の六人の富と命を破壊してしまおう、と考えましたが、皆で一緒に決めたすてきな新しい戦争のために、この厚かましい、うんざりする考えを追い払いました。八番目の支配者は、十八歳で、鉄の支配者の息子でした。鉄の支配者は、皆の中で一番お金持ち、なぜならば、鉄からは、人殺し用の道具が造り出されるからです。この支配者は、他の誰よりも、黄金のために血を売るすべを知っていましたし、彼の製鉄所では、遥か遠くの土地の何千もの心臓が打つのを止めますようにと、何千もの鋼鉄のハンマーが打たれていました。しかし、支配者の息子はまだ、青白い、憂鬱ぎみの少年でした。少年は、地球上のありとあらゆる果物の味を、無気力な神経を刺激するありとあらゆる毒薬の味を、そして、黄金で手に入れることができるありとあらゆる悦楽の味を知っていました。そのため、彼には世界が果てしない退屈でいっぱいのような気がして、まだ味わったことのない感動を探しているうちに、進んで笑っていると……」

黒い哲学の迷宮に没頭していたのです。じっと立ち尽くしている人々は誰もあえて話そうとはせず、巨大機械《マキナ》に比べて自分たちの虚しさに圧倒され、ただ電流のリズミカルな雑音に聞き入るばかりでした。その音は、今や、まるで怪物が注意深く、従順に待ち受けながら、呼吸をしているかのように聞こえていました。そこで、かの青白い少年が、思いがけず前に進み出て、こう尋ねました。

「僕たちは何のために生きているんだい？」

少年の父は腹を立て、息子をたしなめようとしましたが、まだ口を開かぬうちに、チューリングが動いたのです。明かりが揺れ始め、光が弱まり、壁の暗がりが彼に迫ってきたかと思うと、再び遠のきましたが、それも、突然スピーカーからゴーッと鉄のような溜息が、続いて、二度、三度、四度と、ますます激しく噴き出してくるまででした。床が揺れ出し、そこから埃が舞い上がり、恐ろしい反動で膝ががくがくします。それも、突然、ぎしぎしというきしみ音の嵐の中を、皆、パニックになって逃げながら、お互い踏みつけ合い、引っ張り合い、一斉にドアへと突進するまででした。なぜならば、彼らには分かったのです。機械が、

ガニメデから来たピォトル

ピォトルについて、このところ触れていなかったが、彼の容態もまた、最初の手術から丸二十か月経っても変化が見られることはなかった。手術で彼の命は助かった、ただそれだけだった。脳内に生じてしまった損傷が、思考の循環をせき止めてしまった。彼は、話すこと、書くこと、読むことができないばかりか、そのうえ、皮質盲を発症していた。これはすなわち、彼にものが見えないということではなく、それどころか、両目とも光に反応するのだが、脳の視覚中枢が、挫傷が原因でいわば島のように記憶の領域から孤立させられていたのだ。したがって、ピォトルが認識していたのは、訳の分からない、色の付いた斑点や形のカオスだった。彼はすっかり無力で、まさに盲人のように動き回り、そして、この状態は私たちが旅の二年目に次の手術を行うまで続いた。回復期はかなり長引いた。ピォトルは苦労しながらゆっくりと知的能力を取り戻していった。彼は、再び習得したのと同じだけの分量を話し始めることはなかった。私は彼の夕方の授業に付き添っていた。彼と一緒に何時間も過ごすのは、多くの忍耐と努力を必要とした。しかし、私はそれらを惜しまなかった。それほど多く、その甲斐があったのだ。二年目の終わりには、ピォトルにはすでに、私たちの誰とも違うところはほぼなかった。自分の過去の事実をほとんど、経験したこととしてではなく、学習したこととして知っている、ということに目をつむりさえすれば。彼自身の経歴について、私たちは、地球が無線通信で伝えてきた通りに彼に話して聞かせた。信号の遅れは、幸いなことに重要ではなかった。なぜなら、信号が本船を追いかけている時期には、ピォトルのためにはまだ役に立たなかったからだ。

青年は、すでにゆったりした肘掛椅子に座るようになっていて、痩せこけていたものの、日を追うごとに力を増してゆき、ますます頻繁に宇宙航行学を研究している青年グループに加わりたいと言及するようになっていった。私たちはこの欲求を心から満足して歓迎し、研究によって彼は通常の生活に戻ることができるぞと確信した。この二年の間に自分の身に起きたことをすべて知っても大丈夫だろう、この時期の成り行きを知らないことが彼を不安にさせているのだからなおさらだ、と認識した上で、私たちはテル・ハールを交えて、どのような経緯で彼がゲア号に居合わせることになったのかを話して聞かせた。

私は極めて慎重に、彼の脳を検査した際に行った記憶の実験について触れた。ピョトルは冷静にこれに耳を傾け、それから活気付き、両目が輝き始めたものの、同時に私は長期間彼を苦しめていた心因性の発熱がぶり返しはしないかと心配もしていた。夕方になって、彼は、自分の命を救ってくれた人たちに唯一無傷のまま残された記憶をお話ししたい、と表明した。最初のうち、私は彼にこの考えを思いとどまらせようと試みたが、彼はあまりに執拗にこの考えに立ち返るので、とりあえず、アンナやシュレイと共にこれを受け入れた。医師団とテル・ハール以外には、アメタも語りに同席した。この男との交流が驚異的な具合に、私たちの患者にいつも活力を与えていたのだ。ピョトルは短い文章で話し、頻繁に中断しては、問いたげに、私になり、アンナになり、視線を向けるのだった。あたかも、今彼にどのような言葉を掛けてあげる必要があるのか、私たちに察しがついていますように、と沈黙のまま期待しているかのようであった。彼の物語は、跛行を呈し、長い中断で何度も妨げられた。時々、彼は考え込み、膨れ上がる沈黙の中で、両目を閉じたまま、自分の内に、何らかの、雲で覆われた、失われた詳細を呼び覚まそうと頑張っていた。これが成功することもあれば、「忘れました」を意味する、途方に暮れた、小さな笑みを浮かべて首を左右に振ることもあった。ところが、それにもかかわらず、いや、ひょっとしたら、まさにそのためにかもしれないが、彼が私たちの目の前で再構築した話は、誰か想像力によってのみ故郷に帰っている者が、灰燼に帰した生家のイメージを再現し、廃墟に立ち尽くして、たびたび残存物を持ち上げては、それらからその人にだけ見える全体の形を読み取っているようなものであり、おそらくまさにそのために、この物語が、生々しく直接的に、私たちに衝撃を与えたのかもしれない。私はこれからあなた方にその物語をお伝えしようと思うが、私自身が聴いた当時のいびつな形のままではなく、地球からの通信を元に埋められた空隙を付け足して、新たに書き直された形式になっている。宇宙の真空での遭難から生還した、ガニメデから来たピォトルの物語、大惨事よりも強靭であることが証明された、唯一の記憶は、以下の通りである。

彼は、幼少の頃を同年代の少年たちと同じように過ごした。彼は七歳まで、パミールのふもと、ユーラシア自然公園の大自然保護区にある、祖父の家に住み、年に二か月だけ、ヴィスワ川岸にある両親の古い家で過ごしていた。後になって、学校が始まった。これはつまり、地理学や地質学の勉強と関連する地球上の海や陸を巡る絶え間ない旅行、歴史の講義の一環としての古い博物館や遺跡の訪問、山の遠足、夏の川下り探検、保護者や同級生たちと一緒に行く初めてのロケット飛行、独力で行う物理と化学の実験、宇宙児童公園での惑星モデルの見学、ついには、第六宇宙ステーション内観測室に二週間の初滞在、を意味している。

それは、さまざまな発見について、今後彼が冒険や、並外れた勝利を収めるまで戦うであろう、遥か遠い国々や諸々の惑星の恐るべき力について、燃えるように夢見たり、憧れたりする時代だ。彼が長ずるにつれて、世界への好奇心が、遊びから勉学へと移って行き、周囲のすべてが理解できるようになり、戦いや優位をめぐる少年らしい空想は、ますます遠く、ますます現実味が少ない領域へと去っていった。少年は、すでに全般的な知識の基礎を学んでおり、未解明の謎というものは、そもそもそれらが存在するとしても、おそらく宇宙の最果ての片隅にのみ隠されているのだろう、と信じていた。十七歳を迎えた時には、人類が活動するありとあらゆる分野の見聞を広めながら、これから永久に自らを捧げることになる分野をひとつ発見するために、多種多様な工科大学、研究所、実験所の訪問を開始した。当初は、天文学の研究に傾倒していたが、それも、かの偉大なる宇宙航行学総合実験研究所に辿り着くまでであった。

三年後には、予科を終え、次の、四年にわたる自習研究過程への準備を始めた。その時、彼は初めての勝利を味わった――そして、最初の敗北も。ディアアディク教授が、自らの教え子の研究成果を評価する際、彼に最も大きな期待が見込めそうだと認めてくれたのだ。しかし、すぐにその喜びには落胆の味付けがなされた。彼は未知の力との戦いで敗北を喫したのだ。彼はその力を、遠くの天体上にではなく、自分自身の中に発見したのだった。

彼は、若い女の子と知り合った。同い年で、同じように学生だった。共通の関心事と希望が、彼らを結びつけた。一年後には、すっかり仲の良い友だち同士になっていた。お互いに親しく付き合っていた。僕らの思考は——彼らは幾度となく、くすくす笑いながら、こう証明するのだった——平行線に沿って動いているのに、音楽を聴いたり、芸術作品を見たりした時にどちらかの中に生まれる感情というものは、まるでもうひとりの中で補完されるかのようだね、と。この時期、彼はこれまで以上に集中して働いた。障害に直面しても、かつて一度もこのような勝利の確信を感じたことはなかったし、一度もこれほどの情熱と粘り強さでもってそれらにアタックしたことはなかった。だが、最終的な解決は、安堵の代わりに、不安をもたらした。彼は絶えず、追加の作業、新しい課題、トピックを探した。ここで再び、山への単独遠征への抑えがたい欲求に襲われた。その間、彼は大胆、無謀、加えて、非常に困難な踏破を幾度も成し遂げた。しかし、それも、ある晩までだった。その時、彼は、彼女と二人きりで実験室に残り、彼女が装置の脇で、背を向けたまま、力強くも軽やかに、忙しく立ち働いている様子を眺めていたのだが、思いがけずに、しかも、心臓が止まるほど突然に、分かってしまったのだ。これまでの格闘、情熱や雲隠れ、不可解な見つめ合い、身を焦がすような諸々の夢、言葉では言い表せぬ切なさと堂々巡りが、これらすべてが、たった一つの言葉で説明がつくことを。すなわち、愛、だった。

彼は、すぐには、このことを彼女に話さなかった。そして、ついにその瞬間がやって来て、ことは終了してしまった。なぜならば、彼女は、彼が好きで、高く評価し、尊敬していたが、愛してはいなかったのだ。決定的な会話の後、彼は数か月ものあいだ彼女に会おうとはせず、二人が再会した時には、彼はもう一切何も言わなかった。そして——もっと不思議なことに——彼女のことはほとんど考えることがなかった。ただ、ごく稀に、夜、低い位置から射している照明の傍に何枚ものシートを広げてせっせと働いていると、作業工程の合間に、時々視線が明るく照らされた紙面からテーブルの縁外に落ちる。そこに、星間空間のように空っぽで黒い、暗闇が始まっている。そんな時、悲しみの稲妻が、息がつけなくなるほど強く彼を射抜くのだ。彼は体を曲げ、うなだれて、微積分に戻り、新しく描《か》かれたばかりの表現をぼんやりと繰り返す。すると再び、すべてが引っ込んで、どこか奥底にぱたんと閉じ籠る。

次の学年が過ぎ、そしてまた一年が過ぎた。ピォトルは、卒業論文に取り掛かった。研究所の地球外支部のひとつ、月面にある宇宙航行学研究室に住み込んだ。そこで論文を終えて、自らの教官であるディアアディクに手渡すため、地球にやって来た。彼は、その日中に帰りたかったのだが、ばったり先輩に会い、彼が冗談半分にこう言ったのだ。「うちに寄らないなんて、酷いな。娘が約束のおとぎ話をずっと待ってるんだぜ」「もし僕が約束したなら、謝っておいてください。それから、明日行くからと伝えてくださいよ」——ピォトルは真面目にそう答えた。数時間暇ができたので、とりあえず、研究所の傍にある大きな公園へ向かった。すると、そこで、もう二年も会っていなかったあの彼女に出くわした。彼女はとても喜んで、一緒に遠出しようと言ってきた。彼らは日没までヒースを歩き回り、彼女は花を摘んで、巨大なブーケを作った。日に焼かれ、疲れて、とうとう彼らは、青々と生い茂る背の高い草に一面覆われた、丘の南斜面にやって来た。太陽はすでに、地平線の陰に隠れてしまい、夜の冷気を告げる一陣の風が吹いて、葉の間でかさかさと音を立てた。突然、北東の雲を、目を開けていられないような閃光が襲った。雲の中を、まぶしく輝く一筋が走り抜け、天頂へ上がり、そして消えた。次の瞬間、上から、遠くの嵐の雷鳴にも似た、次第に大きくなる轟音が落ち始めた。

「あれは、月行の最終便だったね」若い娘が言った。「行っちゃった。明日までいる予定なの?」

彼は、答えなかった。暗闇がどんどん濃くなっていった。腰を下ろしている彼女の顔が、黒い水で擦られる彫像のように、次第に輪郭を失っていく。しばらくはまだ、燐光の斑文が輝いていたが、ついにそれも消えた。夜が、彼らを引き離してしまい、足元の茂みにまだ何かしら生き物がいるのかどうかすら、もう見えなくなっていて、彼は、虚空に話しかけてしまうのではないかと恐れて黙っていた。身動きせず座り込み、暗闇で目が見えず、視線はなす術もなくさまよっていた——空気そのものが、重量の無い物質へと変わって、形の無い繭《まゆ》となってすべてを包み込んでいくような気がした。ただ、姿の見えない葉っぱが擦れ合ってさらさらと鳴る音だけが聞こえてくる。大きくなったり、小さくなったり。その落ち着きなく、止むことのない響きの中には、どこか言葉には言い表せぬ冷淡さと、そこから来る残酷さがあった。

沈黙は長いこと続いていた。とうとう、彼の耳に別の、もっと勢いのある摩擦音が聞こえてきた。彼女が立ち上がったのだ。

「私たち、もう行かないと」まるで誰かが傍に立っているかのように、彼女は声を押し殺して、話しかけてきた。「もう遅いし……」

「しまった、ヘリ・マップを忘れてきた。ひとっ飛びしたところなのに」彼は立ち上がりながら、そう言った。

「ああ、気にしないで……でも、ピォトル、どっちから来たのか、分からない」

「星から現在地を割り出そう。そして、真空チューブ鉄道を探すんだ。どこかこの辺りを走っているよ。こっちから、上に行こう。北斗七星が見えるかい？　あそこ、で、その先が北極星」

彼らは、丘の頂上に辿り着いた——なだらかに傾斜した、禿げたドームに。星々の弱々しい瞬きは、ただ闇を強めるばかりだった。歩く方向を定めると、彼らは下り始めた。両脚が、背の高い、露できしむ草の中にすっぽりと潜り込んだ。

「もう聞いてる？」しばらくしてこう彼女が尋ねてきた。「地球圏外に海水を放出するのが、中止になったこと」

「陸地面積の拡張計画のことだろ？」

「うん。でも、これまでは使い道のないまま水を捨ててたんだけど、今度、火星学研究所からうちにプロジェクトが来て、その水で乾燥した惑星を灌漑するって……。気をつけて、ここに、ネズの木があるみたい、刺されちゃった。あ、もう、小道が始まってる。この道をたどって行けば、たぶんどこかに出るよ。そんなわけで、教授が私たちみんなを新しい仕事に放り込んだの。思った以上に面白いよ」

彼らが歩いて行った細道は、背が高く、刈り込まれていない生垣に沿って通じていた。カーブの所で左手から、広々とした、広大な空間が目の前に開けた。遥か彼方、天上の高さで、輝く雲がひとつ、すーっと動いて、それからストップし、そして元来た方へと戻っていった。

「見て」彼女が連れの男《トヴァジシュ》に雲を示した。「あれはポズデナが、自分の実験をしてるの……。もっと長くいられないなんて、残念……。新しいこと全部見せてあげるのに。私たち、最近、たくさんやったんだよ」

「いや」彼はいらいらして答えた。「僕はここに来るべきじゃなかった」思わず、そんな言葉が彼の口を突いて出た。彼女は足を止めた。生垣の細かな葉には、とても明るい、ほとんど光っている下側の面があり、一陣の風がそれらの葉を裏返しにすると、暗闇から何十もの白っぽい目が見開いているように見えた。彼には彼女が見えず、ただ、弱々しい風に吹かれて、葉が裏返っては、下を向いたりしているだけで、そして、この騒がしいはためきが、まるで鬼火のように、ほのかに彼女の姿を縁取っていた。

「ピォトル、どうして？」彼女がそっと尋ねた。

「その話はよそう」そう彼は請うた。いきなり、彼は疲労を感じた。しゃべらず、考えず、ただひたすら彼女と一緒にこの暗闇の中を進んだ、てくてく、てくてく……。

「ねえピォトル……、私、てっきり……。だって、望んでなかったの、分かるでしょ……。てっきり、この二年のあいだに……」彼女は最後まで言い終えなかった。

「僕が忘れてしまったとでも？」

彼は目に見えない笑みを浮かべた。彼が感じていたのは、他でもなく、今夜の、大きな、心地良い安らぎ、それだけだった。

「そんな風に、言わないでくれ」彼は、子供に言い聞かせるような口調で、そう付け加えた。「このことは、君には分からないさ……それに、僕にも分からない、でも……手を出して」

彼女は、片手を差し出した。彼はそれを暗闇の中で握った。彼らは最も暗い場所に立っていて、まるで、彼らの身体が跡形もなく消えてしまったかのようだった。彼女がいまだかつて聞いたことのないような、鳴り止む葉のざわめきを辛うじて上回るぐらいの、とてもかすかな声で、彼はこう話しかけた。

「僕の身の上に偶然起こる事はどれも、はじめは存在していなくて、それから、こちらにやって来て、傍を通り過ぎ、そして、消えていく。でも、君はずっと続いている。僕には、どうしてそうなのか、分からないし、それを疑問に思ったりもしないよ。君の指、口、頭の形は、僕自身の形のように、僕に与えられたんだ、僕が選んだんじゃない。それらが存在している、僕はそのことに驚いたりしない。たまにはそのことに反発することがあるとしても……。そもそも、一体どんな奴が、本気で自分の体に反発するっていうんだい？

君は僕にとって貴重品じゃないんだ、僕の体が僕にとって貴重品じゃないようにね、ただ単に、なくちゃならないものなんだよ、なぜなら、それがなければ、僕は存在できないだろうからね。僕は今、君の手に触っているだろう。一体、これは何を意味している？ほら、骨だろ、腱、皮膚、そう、これは全部、本物だ、けれども、重要じゃないんだ。どうしたら、上手くこれが君に伝わるかな？　不滅のものなど存在しない。僕らは誰だってそんなことを知っているし、誰だってそう考える。けれども、今、この瞬間は、不滅なんだ。なぜなら、僕は君の手を感じているから、それが、証明と答えなんだ。僕は君の手に触れている、まるで良く知っているみたいにね、あらゆる忘れられた人々、滅んでしまった人々を、あらゆる人間の憧れを、あらゆる世界を、それらの始まり、営み、そして、終わりを……。だから、もしも、まさにこれこそが、不滅でないとすれば、一体他の何だろう？

黙ってるね？　それがいい。「忘れて」なんて、言わないでくれよ。そんな風に、言わないで。君は、理性的な女の子じゃないか。だから、仮に僕が忘れてしまったとしたら、それはもう僕ではないよ、なぜならば、君は僕のあらゆるものに入り込んでいるのだから。君は、一番古い記憶と混ざり合って、まだものを考えたりすることがないところへ、夢すらも生じないところへ、僕が始まっていく時の、やみくもな代謝だけがあるところに辿り着いているんだよ。だから、もしも誰かが僕から君をむしり取ったら、後に残るのは無だ、まるで未だかつて僕が存在しなかったかのようにね。

僕は僕自身を諦めなくちゃならないだろうし、自分の運命に対する責任を自発的に放棄しなくちゃならないだろう。でも、そんなことをする権利は、僕にはないんだ。分かるかい、どうして僕がティコ峠の観測所での研究を選んだか？　忘れたかったんだよ。でも、青い地球を眺めていると、まるで君を眺めているような、そんな感じがしたんだ。距離が短すぎると考えたんだけれど、そんなことは馬鹿げてた。だって、君は、僕が目を向けるところには、どこにでもいるのだから……。ごめん、怒らないで……ああ、僕は何をしゃべってるんだろう。だって、分かるよね、どうして僕が全部君に話したのか？　納得してもらおうとかじゃないし、証明しようとしてるんでもない――このことには、証明することなんか何もない、どうして人が生きるのか、証明したりしないようにね。僕が話した理由というのは、なぜなら、樹木は葉を失って、また葉を回復させるからだ、なぜなら、手から放たれた石は、落下するからだ、なぜなら、光は、〔重力が〕強い星の近くを走ると、曲がるからだ、なぜなら、氷河は岩塊を運び、川は水を……。

　僕が感じていることは、君にとっては、役に立たない、分かってるさ。でも、いつか、君は、多くの物事を経験し終えて、叶えたい夢がほとんどなくなるようになるだろう。もしかしたら、いろいろな思い出に何らかの拠り所を求めるようになるかもしれない。何か、そこから数を数えることを始め、あるいは、そこで数えるのを終えるものをね。君はもうすっかり別人になっているだろうし、すべてが変わっているだろう、それに、僕がどこに居合わせているのかも、分からない。でも、それは重要じゃない。その時には、こう考えて。君は、僕の宇宙航行学を経験することができたんだって、同じように、僕の夢や声、悩みも、僕がまだ気づいていないアイディアも、僕のせっかちさも、臆病さも。そして、こうやって、君はもう一度世界を手にすることができたんだって。そう考える時には、それを手にすることが、うまくできなかった、とか、そうするのを、望まなかった、ということは、重要じゃなくなるんだよ。ただ、君が、僕の弱さと強さ、喪失と回復、光、闇、痛み――つまり、人生だったということだけが、重要になるんだ」

　彼は、なすがままに少し開かれた指で彼女の手に触れていたが、身を屈めながら、その指にこめかみと額を触れさせた。

「この硬い輪郭を感じるかい？　骨だよ。これが、いつの日か、体の中から姿を現すよ、ありのままに、自由に。でも、それは、何でもない。なぜなら、たとえすべてが、形態の流れに沿って起こる変化だとしても、原子の流動的状態とその構造、原子の結合、原子の格子だとしても、原子は時に、集合して人体を作り上げ、そして、再び分離する――この束の間の時間というものが、後に残るためなんだ。それは、塵の中で続いていく。その塵の中で、僕の記憶は変わるんだ、永遠に留め置かれ、時間よりも強く、星よりも強く、死よりも強くなるんだよ」

彼は最後の言葉を、一層静かな、ほとんど聞き取れないような、ささやき声で呟いて、ふっと黙り込んでしまった。呼吸を止めてしまったかのようだった。それから、まるで彼女に何かとてももろいものを手渡すかのように、慎重に、彼女の手を放した。彼は先に立って歩いた。小道は、最初こそ真っ直ぐに伸びていたが、その後、折れて、二手に分かれていたのだ。彼は、左の脇道に入った。雲が流れ込んできて、どんどん空を覆ってゆき、風が強くなっていった。彼らは、黙ったまま歩き、ついに、生垣の壁の向こうから、ゆっくりとしたがたがた音が聞こえてきた。その音は、出所に近づくにつれ弱くなり、それから、単調な音の方が、大きくなった。目に見えないハサミの切っ先が、かちゃかちゃと鳴っていた。

「そこに誰かいるかい？」ピォトルが、そちらの方向を向いて、大声で言った。

「ワタクシガ　オリマス……。ワタクシハ　シグマロクゴウ　デス」金属的なバリトンが返事をした。

ピォトルはそこに向かおうとしたが、棘のある枝がぎっしりと密集した壁にぶつかって、足を止めた。

「シグマ六号、どうしたら君のところまで行けるかな？　ここに道はある？」

「モシモ　ツウカ……デキナイ　ノナラ　アナタ　ハニンゲンデス。ジュウ　メートル　マッスグ　オススミ　クダサイ」そう声が答えた。「アチラ　ニ　ツウロ　ガ　アリマス」

「シグマ六号、信号を出して」

茂みの奥で、緑の縞模様が付いた紫紅色の球体がぱっと輝いた。二人とも、低く刈り込まれた生垣をやっとのことで通り抜けた。低く垂れさがった枝の下、そこに三つ脚のマシンが立っていた。そのアンテナの一つが、信号灯で照らされ、金属面の残りの部分は、落ち枝と涙のような大粒の露で覆われ、闇の中に沈んでいた。

「シグマ六号、この辺りには、どこに真空チューブ鉄道があるの？」マシンに近寄りながら、ピォトルが尋ねた。彼は冷たいカバーに片手を置いた。

「シンクウ　チューブ　テツドウ　サブステーション……ハ　ホクホクセイ　ヨンヒャク　メートル　サキニ　アリマス」マシンが答えた。その声が段々小さくなり、言葉が間延びして発せられた。

「何だかポンコツシグマだなあ」ピョトルは連れの女の子《トヴァジシュカ》に言った。「たぶん、バッテリーが切れてきたんだね。変に言葉が詰まるのに、気がついたかい？」

「ワタクシ　バ　バテリ　キレ……テ　マセン」気分を害したニュアンスのような、奇妙に響く、金属的なぽきぽきした音を混ぜながら、マシンが応答した。

「ワタクシ……モジュ……ールカイロ……ヤケマシタ」マシンはもう一度鼻を鳴らして、沈黙した。

　ピョトルは指示された方角に動き出し、自分の後ろを歩く女の子に当たらないように、しなやかな小枝を押さえるのだった。じきに、暗闇を裂いて、低い、オレンジ色の微光が徐々に明るくなり始めた。藪が広大な平地へと変わっていった。そこを真空鉄道のチューブが走っており、その壁が鈍い輝きを放っていた。近くには、半円形の屋根で覆われた駅舎が建っていた。ここでは、主本線から待避線が脇に逸れていて、何本かのチューブが短い順に併設されてあった。全体が、大地に横たえられた巨人のパイプオルガンを髣髴とさせた。彼らは、始終一言も発しないまま、階段に入った。ピョトルが、呼び出しボタンを押した。女の子は、金属のドアにもたれていた。彼女の表情は硬く閉ざされていた。一旦、唇がぴくぴくと震え、それから、まるで何かを伝えたがっているかのように口が開いたが、一息ついただけであった。とうとう、シグナルが鳴り響き、ドアが左右に開き、小ぢんまりとした車両の内部が現れた。

　彼は、片手を差し出した。すると、彼女は、まるでその手を握りたくないかのように、ためらうしぐさを見せ、しぶしぶ彼の掌を握って、さっと離した。

「ねえピョトル、信じて、できればそうしたかった……ごめんね……」

「僕の方こそ、ごめん」彼は穏やかに彼女を遮った。

「時々どうかしちゃうんだ、特に、夜は……」

「一緒に来ないの？」

「うん。ちょっと歩くよ。おやすみ」

　ドアが閉まった。車両が真空に吸い込まれ、セグメントからセグメントへと飛びながら、加速した。しばらくの間、ガラスの防護壁内で光が波を打ち、その後、鎮まり、そして再び、ごく狭い範囲をぼんやりと照らすオレンジ色の微光だけになった。彼は、閉じられたドアを眺めていた。まるで、彼女が突然いなくなってしまったことに驚いているかのように。それから、軽やかに下へ駆け下りた。

すぐに、彼は藪の中に出た。長い時間当てもなく歩き回り、額で、頰で、そして、何を見るでもない目で、風を感じ取り、風は、喬木や低木の黒い形と同じように、彼を包み込んだ。彼は深く息をしながら、歩調を早めていった。彼には、背後から、どこかに留まり続ける、遠くの、だが、力強い波のざわめきが聞こえてくるような気がした。あたかも、来る日も来る日も海と闘い、ついには陸地に出くわし、そこに上陸し、裸で、衰弱しきって、海が飲み込んでしまったあらゆるものに対する悲しみも、助かったことの喜びも感じず、今こうして、見知らぬ海岸の砂地の上を闇に向かって歩いているかのように。

彼はますます強い無感覚に囚われ、同時に土地勘が戻ってきた。すでに地平線の緩やかに彎曲する黒い姿と、さらに黒い、頭上の雲が目につき始めた。その一つの裂け目の中に、星がぼんやりと光っていた。火星だ——そう彼は思い、先へ進んでいった。両手がひとりでに枝を左右にかき分け、濡れた葉っぱが軽く、まるで不安そうに、彼の顔をなでた。この繊細な、始終繰り返されるひそやかな接触が、逃避することの、閉じ籠ることの、無気力であることのやすらぎを深めた。

突然、まだ理由も分からぬうちに、彼は足を止めた。裏面が明るく光を放つ葉の生えた大きな灌木に、彼女に話しかけていた場所に、気がついたのだ。その時、今度はこの場所を独りで通るのだ、という想いに、かつて味わったことのない強い恐怖を感じた。彼は後ずさり、頭を下げて、躓《つまず》きながら、やみくもに走り出した。彼は枝を押し分け、目に見えない小枝がその顔を、体を、ぱちんぱちんと打ちつけ、動悸が激しくなり、そのまま彼は闇に向かって突進し、ついには自分に抵抗するものを何も感じなくなった。藪の一帯が、終わっていた。この何もない空間に、彼はいきなり走り出した時と同じように、いきなり立っていたのだった。

誰から逃げる？　自分からか？——彼はふと思った——何かをしなくては、考えなくては、論理的に、冷静に、何かの定理《テオレマ》を空《そら》で展開させなくては、なぜなら……。

彼は一層深く、だが、より均等に、呼吸をしていた。大きな、規則正しい風が、肺を涼気でいっぱいにし、すっきりとさせ、夜は暗く、果てがなかった。最後の星が雲の中に消えた。何も見えず、風すらも、静寂すらも、聞こえなかった。彼はゆっくりと片膝を折り、湿気で重い草の上に崩れ落ちた。片方の腕が、何か硬い、垂直な平面に当たると、彼はそれに寄りかかり、自らの無気力をすっかり預けてしまい、それが何であるか、確かめるなど、もうどうでもよかった。今夜の記憶の断片がごちゃごちゃになって彼を襲った。彼は記憶を御する力を失い、連想の洪水が無秩序に駆け巡り、文章の断片、声のイントネーション、ぐるぐると渦巻く映像がぐちゃぐちゃに入り乱れていった。突然、彼女の声がした――「ピォトル……」幻覚があまりにも強烈だったため、空気がさらに揺れて、その声の余韻で空地の余白を満たしていっているような気がした。彼の口から、うめき声とも、すすり泣きともつかぬ、鈍い響きが洩れた。するとその時、上から、未知の高さから、ゆっくりと発せられた言葉が、聞こえてきた。

「人間よ、何をしておる?」

彼は、黒い、広大な、雲で濁った天を眺めた。そこから――彼は思った――何世紀も前に、人は神を追い払ったんだ。弱者と敗者の避難場所を。今度は、自分の心臓の音色《トーン》が聞こえてきた。それらは、心臓がまるで閉ざされた廃屋の奥で動いているかのように、大いなるしじまの中で鳴り響いていた。最初の一打、激しく放出される血液の音とそのこだま、その後の短い沈黙。彼が耳を澄まし始めたのは、脈の打つ様子にではなく、むしろ、この沈黙にであった。あたかも、それをもっと長びかせてくれと懇願するかのように、どうか、これらふたつのリズミカルな、鈍い、繰り返す音色が、もっともっとまばらに鳴りますように、この沈黙がどんどん大きくなりますように、と……。

「人間よ」再び、彼の頭上で、どこから聞こえてくるのかも定かでない、低い、ゆっくりとした声が、語り掛けてきた。「そなたは、道に迷ったのか?」

ピォトルは、黙っていた。

「望みは何だ? 尋ねよ、答えて進ぜよう」

ピォトルは、始終背後の見えない硬い壁に片方の肩で寄りかかりながら、半ば身を丸めて座っていた。冷たい感触のせいで、肩甲骨がこわばり始めた。まるで熟睡からたたき起こされたようだったが、何が起きているのか、すべて聞こえていた。彼は、呟いた。

「なぜ、こうなんだろう？」

「分からぬ。言葉を繰り返すのだ。もしもそなたが道に迷ったのならば、方角を教えて進ぜよう」

「行くところなんて、ない」

再び、ひっそりとなった。上から吹いてくる風が、ピォトルの湿って、冷えた体に当たった。この空虚な、不必要な、そして、同時にまた、不可欠な会話を長引かせたいという漠然とした欲求が、彼を捕らえ始めた。彼の中には、もはや何も無かった。一切何も。その空虚さは、先程の痛みよりも大きく、質問や返答の、はぐらかすような、捻れたような言葉が、どういうわけかそれを埋めてくれるのだ。しじまが、再び大きくなった。まるで、彼は夢を見ているのと同時に、目覚めているかのようだった。再度、肉体からすっかり解き放たれてしまったかのような、己の心臓の音色が聞こえてきた。彼は潜水艦の中にいて、その船は彼と共に、底なしの深みへと落ちていった。彼は、壁を取り巻く水の黒い無窮を感じていた。それが、ますます強く、強く、壁を圧迫し、鋼板をひしゃげ、音を立てず押し入り、黒く、冷たい深淵となって隔壁という隔壁を満たしていく。空気が残されているのは、もはやたった一つの場所だけであった。そこには、最後の隔壁が破裂する瞬間を大いに待ち望む、彼の心臓があった。船は絶えず落ちていった。この半夢想の中で、彼は、鋼鉄の隔壁に触れようとして、手を差し出した。一瞬その存在を信じ込み、それがすでにたわんでいるのかどうか、調べようとした。指は、冷たい鋼鉄の上をなぞったが、しかし、それは壁ではなかった。彼は船に乗っていたのではなく、非業の死も遂げなかった。期待していたことは起きなかった。

「望みは何だ？　言うのだ、人間よ」再び、声が言った。

「何もいらない。僕を助けるなんてできっこないさ」

「どうしてだ？　分からぬ。そなたは何かを失くしたのか？」

その滑稽な問いが、ピォトルを奇妙に揺さぶった。

「そう」彼は答えた。「失くしたよ」

「何を失くしたのだ？」

「全部」

「全部？　どういうことはない。新たに何もかも持てよう」

「何だって？　何もかも？　世界全体をかい？」

「世界は、皆のものだ。したがって、そなたのものでもある」

「世界は、誰とも分かち合わないのなら、無用なものになるんだ」

「分からぬ。言葉を繰り返せ」

ピォトルは、誰とこの奇妙な会話を行っているのか、うすうす理解し始めた。彼は我に返った。意識が戻ったが、それには痛みも伴った。

「それほど僕が理解できないなら」彼は言った。「僕を助けられっこない」

「ワタクシハ　アナタニ　ツカエルタメニ　アルノデス」

「知ってるよ。君は役に立つことをすることができるんだ……でも、僕は、僕たちは、そういうこと以上に、君の手には負えない何かを、大切にするんだよ、ね？　僕は何も、何も持ってはいない、けれども、他の人にとてもたくさんのことをしてあげることができるよ。誰だって、全部を失くした人間よりも、多く与えることができる人はいないよ。君には分からないよね？」

「ワカリマセン」声が、従順に、ないしは、しぶしぶといった風情で答えたが、これがおそらく、ピォトルを惑わせたのだろう。自分でもどうしてか分からないまま、いきなり立ち上がって、声が聞こえてきた方向に振り返った。

「いいかい……」彼はいきなりささやき声でこう言った。「君は、シグマだな、知ってるよ。聞いてくれ……」

「ゴヨウケンヲ　ウカガイマス」

「僕を殺してくれ！」

辺りがしんと静まり返った。そのしじまの中で、規則正しい風のざわめきと、むせび泣きにも似た人の息遣いが一緒くたになっていた。

「ワカリマセン　コトバヲ　クリカエシテ　クダサイ」

「君は人間に仕えるマシンだ。機械工学的なメモリーを持ち、そこに書き込まれた記憶を、何も無かったかのように消去できる。誰も調べたりしない。誰の迷惑にもならない。シグマ、僕を救ってくれ！　僕を殺すんだ、聞こえるかい?!」

「ワカリマセン「コロシテ」トハ　ナニヲ　イミシマスカ？」

　ピォトルの中で、まるで何かが切れたようだった。彼は、マシンの平らな金属製の背に縋《すが》り付いたかと思うと、ぱっと後ろに飛びのいた。

「だめだ《ニエ》！」彼はうめいた。「だめだ《ニエ》！　僕は何も言わなかった。黙れ！　何も言うな！　忘れろ！　忘れろ！　聞こえるか?!」

　彼は、はあはあと喘いだ。空気が彼の喉頭でしゃくりあげた。

「君は金属でできてる……マシンなんだ……生きていない……。君は何も感じない、だから分からないんだよ、分からないんだ、絶望が何か、苦しみが何か、何にも分からないんだ。うらやましいな……。僕……今、力がないんだ。ないんだよ、でも、分かってるさ、力をつけないと、でも、もうたくさん……。僕……さっきの話、忘れてくれよ、シグマ。聞こえるかい？」

「ワスレマセン」マシンが返事をした。

「どうしてだい？」

「カイロガ　ヤケマシタ　ワタクシヲ　シュウリスルト　ワスレマス」

　ピォトルは笑い出した。

「え、そうなのかい？　いいさ。もしかしたら、僕も修理してもらったら、忘れられるかも……」

　彼は背を向けて、前に歩き出した。生い茂った灌木をやっとのことで進み、ようやく野原の端にたどり着いた。髪の毛、両手、衣服が湿気でびっしょりだった。

　彼は掌で顔を拭い、涼気で爽快な気分になった。紫色の夜明けが、雲の中で明るくなってきた。これから新しい一日が始まる。霧の中から木々のシルエットが現れ、すでに風は止み、物音ひとつしなかった。大地がまるで、夜のうちに灰と化してしまったかのように色彩を欠いたまま、どこまでも広がっていた。どこか地平線際で、家の明かりが、震える地上の小星が、きらりと光ると、彼はそれから目を逸らすことができなかった。人々があそこで寝ずの番をし、いつものように仕事が続いている。遠くの空港には、何隻もの宇宙船が停泊していた。実験所では、集中した顔が、器具の上に身を屈めていた。ティコ観測所の彼の同僚たちは、鋼鉄製の床の上に霜で覆われた宇宙服を放り出して、時計の文字盤を眺めていた。皆、彼を待ちわびていた。遥かなシリストラでは、すでにすっかり朝になっていた。小さな女の子が、母親に言った。「おばさんとはおでかけしないの。だって、きょうは、ピォトルおじさんがきて、おとぎばなしをしてくれるんだもん」その時、ピォトルは、両手を顔まで持ち上げて、目をこすり、駅の方角へと歩き始めた。あたかも、穏やかな風景に自らを委ねるかのように、晴れ上がってゆく広大無辺に魅せられて。

物語を終えると、疲れ切った青年は、すぐに寝入ってしまった。私は仲間たち《トヴァジシェ》に、退出するよう合図を送った。しばらくの間、私はまだアンナと一緒にベッドの脇に立っていた。彼の呼吸は、次第により穏やかに、より深くなっていった。胸に当てられていた片方の手が、あたかも何かを撫でるかのように、かすかな、弱々しい動きを見せたが、それからゆっくりとすべり落ちて、寝床の端で動かなくなった。

仲間たち《トヴァジシェ》が、大きなナンヨウスギの玄関ホールに立っていた。突然の衝動に駆られて、私は自分の住まいのドアを押した。

「うちに寄ってください」私は声を押し殺しながら、そう言った。もっとも、ここからではピォトルの個室にいかなる音も入り込みようがなかった。

皆、中に入った。部屋の中ではすでにとっぷりと日が暮れて、窓の外の大海原は濃紺に染まっていたが、しかし私は明かりを点けなかった。皆で腰を下ろすと、誰もが思わず、外の青い闇の方に惹きつけられた。水平線の上には、空高く、黄道光の銀色がかったプルームが明るく輝き、星々が徐々に現れ始めた。本物ではないが、しかし、何とも美しい、きらきらと瞬く地球上の星であった。

私たちは皆、まさにそんなことを考えていたため、会話が上の空になったり、言葉が淀んだりするのも、必然の成り行きだった。突然、ドアが勢い良く開き、部屋の中に突風が吹き込んだ。入ってきたのは、ニルス・ユールイェラだった。彼は時折、晩に私を訪ねて来ることがある。

初め彼は、自分に注がれる視線を理解しようとしたが、しかし、その理由が分からず、ついに大声でこう尋ねた。

「すみません、何のお話をしてるのか、聞いていいですか?」

「たぶん覚えてるだろうけれど」私は返事をした。

「君に話したよね、ピョトルの検査のことや、アンナが彼に質問をした時に、脳電流が突然変化したことを……」

「確か、覚えてます」ニルスが私を遮った。彼の男の子らしい、がっしりした輪郭が、窓ガラスを背にして、窓の外の暗闇よりも黒く浮き上がって見えた。

「あのね、ピョトルが私たちにそのいきさつを話してくれたんだ。これは、無傷で残された記憶なんだよ。愛だったんだ」

「それで、明かりもつけずに、こんなに考え込んでるんですか？」ニルスが問うた。

「そうなんだ。それがね、いいかい、只ならぬ、悲しい――報われない、愛だったんだよ」

「ふーん、不幸な愛か」少年は頭を垂れ、しばらくして、こう言ったが、その声には、軽い反感の音色が響いていた。

「そう、不幸な愛って、起きたりしますよね。そういうのをちょっと読んだことあります。もっと重大なことが他にあるけれど、分かります、そういうことが起きたりするのは。将来的には、そういう問題は、確実に解決されますよ」

「何かいい考えがある？」そう私が尋ねると、ニルスは、こう答えた。

「ええと、普通に、何かの方法で、その人物の精神状態を変えることができるようになります……」

「そいつが、「脱恋愛する」ために か？」アメタが、片隅からいつになくひどく真剣に訊ねた。

「そうも、できます。けど、それに限らないです。その相手の人の精神状態も、変えることができるかもしれないんです。ちょっと目にしたんですが、なんでも、動物に、適切なホルモンを注射することで、彼らに母性的な愛着本能を任意的に呼び覚ますことができるそうです。これは、大脳皮質への化学的な作用なので、人間の場合では間違いなくもっと難しくなるでしょうが、根本的な違いはありません……」

「なるほどね」そうアメタが言うと、今度はシュレイがこう述べた。

「そんな簡単には行かんよ、ニルス君」

「どうしてですか？」

「君は、読んだことがあるかね」シュレイが宣った。

「読んで、すでに知っているかい？　アルヒオプ〔架空の人物〕の「お客」という喜劇があるのだが、その中で、とても知的な火星人が地球にやって来るんだ。彼は聴覚を完全に欠いている。我々の文明に精通するようになり、特に、コンサートに通い出す。

「皆さんはここで何をしているのですか？」と、火星人は尋ねる。「音楽を聞いています」「音楽とは何ですか？」地球人の案内役たちは、あれこれと彼に説明をし始める。「分かりません」と、火星人は話す。「でも、待ってください、すぐに問題全体を調査します」人間たちは火星人にいろいろな楽器を見せ、火星人はそれらの楽器を調べ、その中に様々なキー装置やハンマーがあるのを発見し、とうとうトロンボーンに行き当たった。彼は、その楽器のスライドする形や幾何学的な〔構造上の〕調和《ハーモニー》が大層気に入り、それを隅から隅まで触って調べ、こう言った。「ありがとう、もう分かりました、音楽とは何か、それは、快いものです」とね。なあ、君、君がここまで愛について調査したことは、その火星人が音楽について調査した程度だよ。君の気に障ってはいないといいが？」

「あっ、いいえ」ニルスが言った。「でも、すみません、教えてください。もしも僕の言ったことが馬鹿げているとすれば、それはどうしてでしょうか？」

「先生がお話ししたことはね、ニルス」この時まで黙っていたテル・ハールが、口を開いた。「こんな風な図に尽きるんだよ。一人の男性が、彼の感情に報いない女性を愛している。彼らが結ばれるのに、他に障害物はない。従って、女性が錠剤を一つ服用する。するとその錠剤が、まさにその男性を愛することを不可能にしていた、彼女の知性の特質を変形させ、すべてはお互いが満足して終わる。君は自分でそう想像したのかね？」

「あ……」ニルスはためらった。「先生、今おっしゃったことは、少しおかしい気がします……錠剤の必要はないです……」

「まあ、技術的な詳細は重要じゃあない、心理に施す治療のことなのだ。ここにこそ、かなめの暗礁が潜んでいるのだ」

「どうして、この方法じゃそう上手く行くとは限らないとお考えなのですか？」

「分からない。ひょっとしたら、そんな処置がすでに今日、可能であるかもしれないし、ひょっとしたら可能ではないかもしれない。私は、問題のそちら側には触れないよ。暗礁とは、倫理的な性質のであって、生物工学上のことではないのだ。いいかね、その女性はね、件《くだん》の男性と同じように、完全な人間なのだ。もしその彼を愛していないのならば、それはつまり、彼女の性格の構造から、彼女の精神状態、いわば、気質から、人格全体から、生じていることなのだ。彼を愛するようになるためには、彼女の知性を変形させる必要があるだろう、その知性の中にある何かを変え、何かを取り除き、破壊し、殺さなくてはならない――これこそが、我々のうちで誰一人として、世界の誰一人として、そして、その不幸な恋愛をしている本人ですら、同意しないことなのだ。なぜならば、明記はされていないが、人間の心に治療を行うことは無条件で禁じられているからだ。その禁止とやらは、どこから来ているのか？　我々の文明は、しばしば、自然であるものと、人工的に作られたものとの間の通路を見えなくしてしまう。しかし、我々の発明や技術的利便性はすべて、人間の知性との境界上で踏みとどまっている。我々自身がそこでそれらを押さえつけているのだよ。なぜなら、我々は、個人の心の世界を不可侵で、最高の社会的善だと見做しているからなのだ。その領域には、人生を「楽にする」いかなる手段をもってしても侵入してはならない。ごくささやかな試みが、ここでは危険な先例となるやもしれぬ。つまり、もし我々が、ある種「精神のレタッチ」のような、性格の些細な欠点を埋めることから始めたとして、最終的には精神的な特質をシャッフルしランダムに並べ替えることに至るかもしれない。玉石のモザイクを並べるのと同じ要領でね……」

「先生がそうおっしゃるなら、先生が正しい気がします」しばらくして、ニルスがそう発言した。「でも、そんな不幸な愛は苦痛をもたらすんじゃありませんか？　確かに、僕はこれまで一度もそんなことを感じたことはありませんが、僕が思うに、役に立たない感情だ……」

「役に立たない感情？」アメタが彼の言葉に突っ込んだ。「君、役に立たない感情なんてないぞ。失敗、苦痛、悲しみは、実際に、不可欠だ。これは、受難の美辞麗句でも褒め言葉でもない。大きな困難を克服しながら、俺たち自身がより大きくなっていくんだ。欲求を満足させても、もしもそれが人の中で成長し、成熟していかなければ、利益どころか多くの害をもたらすかもしれないんだ。だから、教育者は、子供の夢を涵養し、その実現を猶予すべきなんだ。なぜなら、そのおかげで、心の中に、一定の傾向を示す緊張が生じる。とても大切だ。なぜなら、その緊張が、いわば、育ち盛りの性格構造の目に見えない大梁《おおばり》になるからだ。人はより多くのことを達成する、より遠くに自ら目標を定めれば定めるほどね。今、ゲア号で、現在のものよりもはるかに広範囲の航宙計画を練り上げているのは、偶然じゃない。「役に立たない感情」って言ったな？　ピォトルのことを考えてもみろよ。生き残った感情は、他の記憶が全滅してしまった時でも、あいつの中でとても深く燃えていたから、無傷で助かったんだ。こうして、あいつには何かしら自分自身のものが残った。そこにあいつは還ることができた。目が見えないまま、沈黙を余儀なくされたままで。何も覚えていなくとも、「愛している」と宣言することができた。そして、これはもう、とてもすごいことなんだ。今は、この記憶を頼りに、別の記憶がいろいろと積み重なりつつある。そうでなかったら、あいつが命を取り戻したことに、何か非人間的なものが含まれたかもしれない。あいつは、コマンドを忘れて、書き込まれていないカードのように空っぽで突っ立っているオートマタのようになってしまったかもしれない。仮に本当にすべてを忘れ去ってしまった人間というものは、ぞっとするような現象かもしれないな。なぜなら、そいつはアイデンティティを失って、「私」という言葉がそいつの口の中では、虚しい音にすぎなくなってしまうかもしれないからね。だから、この上なく辛い苦痛でさえも、役に立たないわけじゃないんだ。確かに、その苦痛を乗り越える必要はある、けれども、乗り越えるということは、投げ捨ててしまう、という意味じゃないさ」

私たちは、もうしばらくおしゃべりをした。皆がもう帰るために腰を上げた頃、ニルスがこう言った。

「シュレイ教授、僕、今は、火星人が音楽について知っているよりも、愛についてもっと多く知っていると思います……」

ベテラン外科医は、私の所にさらにちょっとばかり留まった。私たちは、かなり長いこと黙ったまま座っていたが、ようやくシュレイが両目を開き、それらが半闇の中で活き活きと輝き始めた。そして、私が未だかつて彼からは聞いたことのなかった声で、こう言ったのだった。

「テューリンゲンの森を知っているかい……？　それ

に、あの広い、白い道。その道は、森から風がいっぱいの原っぱに抜けるんだよ。白樺の木立……。何日でも一日中ずっとあそこを歩き回っていられるな。夕方には、たき火にかざして手を温めて、煙がこんなに低くわーっと広がって、枝がこう、ぱちぱちと音を立てて……」

「それならいつでもビデオでご覧になれますよ」私はそう答えた。「いつなんどきでも、なんなら、今、すぐにでも」

シュレイは、まぶたをしばたたかせ、立ち上がった。「思い出への補綴物なら、私には必要ない」彼はそう、そっけなく言って、すぐに出て行った。

反乱

旅の三年目は、最も辛い年だった。にもかかわらず、いや、ひょっとしたらまさにそのために、重大な事故にはほぼ見舞われなかったのかもしれない。警報シグナルは静かなままだった。船は最高速度に達し、毎秒一七〇〇〇〇キロメートルで航行し、銀河系の北極と南極を結ぶ軸に対してわずかに下に傾いた線に沿って下降していった。ゲア号の装置はすべて順調に作動し、私たちはとっくにその存在を忘れ去っていたほどであった。呼吸用の空気、食糧、衣類、日用品や贅沢品など、望み得るものすべてが、それぞれのオーダーに応じてすぐに、各甲板の原子シンセサイザー内で作り出されることになっていた。中央公園では、季節がくるくると変わり、旅が始まって数か月内に生まれた子供たちは、すでにおしゃべりをするようになっていた。長い夕べの会話では、私たちは個人的な経緯《いきさつ》を披露し合い、しばしば、複雑で込み入った経歴がその場で大まかに顧みられ、なぜ各自の人生がその人を太陽系外探査船の甲板へと導いたのか、その理由が、解き明かされるのだった。

今や、孤独を探し求める者は皆無であった。それどころか、人々は、互いに寄り添い、あるいは、時に、あまりにも性急すぎた。アメタが、口癖のようにこう言っていた。「弱さが弱さと結びついても、良い結果は一切得られない。ゼロ足すゼロは、ゼロさ」これらの果てしなくゆっくりと過ぎゆくような数週間、数か月を、来る日も来る日も克服していくのは簡単ではなかったし、私自身については、尽きることのない精神的な蓄積を持つ人たちのグループと交流があったおかげで、たいして苦しまずに済んだが、しかしながら、医師として、真空が他の人々に対して、仕事と人生の意味をどのように破裂させてしまうものなのかを目の当たりにすることになった。

不眠が、ほとんど誰もが抱える共通の悩みとなった。薬の使用量が、旅の一年目よりも十数倍増加していた。精神的均衡の乱れによるさまざまな事件が起きた。つまらない理由から、同僚や、親友同士の間ですら諍《いさか》いになることがあったり、一昼夜のいつ何時でも、目的もなく通路をぶらついている人々に出くわすことがあったりした。彼らは、一点を凝視しているようにじっと動かない目をして、観察者の傍を通り過ぎていく。私たちが最も心配でならなかったのは、職業上の活動が最も強固に地球と結びつけられていた、十数人の一団であった。母星との通信の喪失は、彼らの存在基盤を揺るがしていた。かねてから、彼らを他の、より活動的なチームに加えるよう計画されていたが、全員が思いきってそれに飛び込んだわけではなかった。それに、これこそは、労働における完全な自由意志の権利であり、それを私たちはこれまで理解してこなかった。むろん、私たちの生活様式から生じたことだが、それが今になって私たちに歯向かってきていた。

しかしながら、私が数え上げたこれらの徴候は、最も深刻なものではなかった。最上層の甲板から最果ての隅々まで、船に蔓延する雰囲気が、耐え難いものになっていた。それには、何かしら抑圧的なものがあった。私たちの意識上には、いわば、目に見えない重荷が横たわっていた。睡眠は、万一訪れたとしても、悪夢を運んでくるのだった。私はこつこつと、患者たちの話からその内容を学んでいった。一般的な夢は、原子炉隔壁を突き抜けて船の内部に有毒ガスが入り込んで来る、あるいは、科学者たちが、ゲア号が全く前進せず、深淵の中に浮かんだまま、じっと留まっているのを発見する、といったことについてだった。覚醒状態に身を置いて、それらの夢魔から逃れることは不可能だった。なぜなら、その場合には、さらに悪いことに、大いなる沈黙が待ち受けていたからだ。船内のほとんどどんな片隅でも、それが耳につく。それは、会話の言葉のあいだに押し入り、思考を剝ぎ取り、ほんの一瞬にして人々を暗黒の極地へ、終わりなき沈黙へぐしゃりと叩きつける。私たちは、それとの闘いを企てた。例えば、研究室や実験室で意図的に吸音装置のスイッチが切られた。その当時、実験用大型機械の低周波音が、船内の隅々まで響き渡っていたが、その単調さには、いわば私たちの努力への嘲笑のようなものが潜んでおり、それによって私たちはなおのこと明瞭に、変化の無い騒音はまるで黒い沈黙と紙一重だと、度重なる試練の妄想を感じ取っていたのだった。一体誰が、未だに船尾星望台を避けるというのだろうか？この年、星望台は私たちに立ちはだかった。星々は至る所にあり、瞼を落とすや否や、たちまち、きらきらと瞬く点となって視界に現れる。

ある日、誰によって作成されたのかは不明だが、宇宙航海士評議会への請願書が私たちのあいだを出回るようになった。ゲア号のスピードをさらに毎秒七〇〇〇キロメートル加速するよう求めるものだった。というのも、その声明文が表明するところによれば、「この速度は、臨界速度からまだ三〇〇〇キロメートル余裕があり、その幅は間違いなく乗組員の健康を担保するのに充分であり、当該加速は、航海時間を有意義に短縮するものである」からであった。

この立案の作者が匿名のままでいるのは、かなり奇妙なことであったが、いずれにせよ、この問題は、全員の気持ちを強く動かし、ましてや、件《くだん》の請願書には宇宙航海士たちへ到達する前に、数十名もの署名がなされてあったのだった。そこで、直近の宇宙航海士評議会は、航行の加速問題に割かれることになった。会議にはグーバルも姿を見せた。当面、意見は分かれた。主な理由は、閾値の速度が人間の生体へ与える影響がよく知られていないからである。アメタ、ゾーリン、そして、ウル・ウェファは、毎秒一八五〇〇〇キロの高速でロケットを操縦したことがあり、自分たちの身には一切何も害はなかった、として、同意を主張したが、彼らの航行はせいぜい数時間続いただけだった。そこで、問題は、追加の加速が、長い期間を経て初めて顕在化する、何らかの累積的な影響をもたらしはしないのか、ということになった。最後に、グーバルがこう発言をした。

「これは、私たちの現状に固有の問題なのです」彼は言った。「私たちは、ご覧の通り徹底的に加速問題を議論していますが、一部の乗組員に、もっぱら航行速度の決定権を与えられている――と一見思われている――専門家宛にあえて本案を提案する気持ちにさせたという、その動機を一切検討しておりません。私の現在の研究によりますと、閾値の速度が、精神の知的能力を傷つけるよりも先に、まず最初にその感情領域を攻撃するかどうかも、まだ完全には確かではないようです。それにもかかわらず、私は、ゲア号のスピードを加速しても良いと判断します。その主な理由とは、乗組員たちが私たちに具体的なアクションを期待しているからですが、その一方で、このような一歩踏み込んだ措置のメリットが、結果として生じる損害を上回るかどうかは、立証できません。これは多少リスクを含む経験になるでしょう。しかし私たちは、乗組員全員が精神的不均衡に陥った場合にも、そのプロセスを覆すような手段も講じていきましょう。そして、必要とあらば、低速に戻すとしましょう」

評議会は、二票多い過半数により、ゲア号の高速運行をさらに加速することに決定した。大きなリスクへの懸念から、加速は五十日間の予定で展開された。なんと、すでに翌日、シグナルの警告音を耳にするはめになり、警告音は、以後毎晩繰り返された。

どういう経緯で起こったのか、よく分からないのだが、ちょうどその頃、散歩の最中、第一層の地下に一度立ち寄ったことがある、とだけ言っておこう。アーチ型のヴォールト状に密閉されている通路は、ここで、別の通路と合流している。側壁でそれらが接合する場所では、巨大な漏斗が開いており、装甲板で遮蔽されていた。これは、非常事態用の脱出口であった（ガニメデから来たピォトルのロケットが、まさにここを通ってゲア号の内部に引っ張り込まれた）。円形の、凸状の上げ蓋《ハッチ》が、斜めに走っている、丸みを帯びた先端を持つ鋼鉄製レバーのロック・システムによって、縁までぴたりと閉ざされていた。それらを動かすことができるのは、四台のオートマタで、出口の両側から監視をしていた。それぞれが、二箇所のストッパーを操作する。

その晩、付近を歩いているうち、思わず、通路の合流地点、漏斗状の深い穴の真向かいで足を止めてしまった。ここには、絶対的な静寂が君臨し、物音は一切聞こえてこなかった――研究室の騒々しい大型機械は、この場所から、甲板六層分のスペースで隔てられていた。こんな風に突っ立っていた時、突然、このドアの向こうには自由がある、という、狂気じみた考えがぴかっとひらめいた。私は抗いがたい渇求に押されて、ハッチへと誘う蛍光灯でわずかに照らされた、ひんやりする奥へと入って行った。しばらくの間、私は身動きせず立ちつくし、片手を冷たい金属の上に置いた。それから、冷静さを取り戻して、誰も私の馬鹿げた行為を見ていないだろうな、ときょろきょろ辺りを見回し、罪悪感めいたものを覚えながらこっそりと通路に戻って、急いでその場を離れた。

数日後、テル・ハールの所から戻る途中、私の身に時折起こるように、物思いに耽ったまま、周囲には注意を払わずに、あてどなく歩いて行った。私は、不意に足を止め、興奮が混じり合った驚きをもって、認めざるを得なかった。再びあの通路の下り道に立っていることを。誰かが、漏斗の奥に立っていた。それは二人の機械工たちだった。彼らは私を目にして、そこから離れ、一言も言わずに、私の横を通り過ぎ、二手に分かれて行ってしまった。私は、しばしの間、彼らはここで何かしら任された仕事でもあったのだろうか、それとも、私を引っ張り込んだ、あの同じ馬鹿げた力が彼らをも引き寄せたのだろうか、と思案に暮れていた。このことを、ユールイェラに話そうと思ったが、止めておいた。

晩には、外来診察室の当直をやった。エンジンが始働して以来、患者の数が増え、実のところ、微々たるものだが、しかしいつも、以前よりも、一人、二人、あるいは、三人は多い患者があった。私は、これまでのヒアリングからすでに数多くの不平不満にかなり良く精通していたので、患者が話し始めるや否や、それを終わらせることができたほどであった。そう、例えば、発光する物体を無理に見つめざるをえなかったというぼやきがよくあった。そのような凝視は、たびたび十五分は続き、精神的にひどく消耗させるのだ。

夜には、悪夢に苦しめられた。自分が真っ暗闇の中でハッチの直前に立っている夢を見た。そこから汲み上がってくる、そよとも動かない、身を刺すような真空の冷気を感じた。果てしなくゆっくりと、両手の下でハッチが外側に開き始めた。そこで、目が覚めると、ばくばくと波打つ心臓を抱えたまま、もう朝まで眠れなかった。

午前は、イェリョーガ、アメタ、そして、ゾーリンの、操縦士三人と連れ立って過ごした。私たちは、船内中をくまなく放浪して回りながら、会話をしたり、果ては笑ったりしていたが、それでも、重苦しい夢の記憶は居座り続けた。昼食後、ルデリクのところへ行ってみた。彼はかなり長い間、何らかの問題に取り組んでいて、どこへも現れたためしがなかった。机の上で胡坐《あぐら》をかいたまま、一本指で計算用オートマタに何かを打ち込んでいた。邪魔してはならない。私は彼を中断させないよう、こう断りながら、そこに留まった——ちょっと静かに座っていたいんだ。彼は、快く、ああいいですよ、と承諾してくれ、そこで私は腰を下ろして、彼の知的努力が、何とも面白い形で外に現れる様子を、脇の方から、しかも、丸一時間も見守っていた。彼は、歯でエボナイトのコンタクト・スティック〔不明。ペン・ドライブの類か〕を噛み、皺を寄せ、顔をしかめ、突然、顔をぱっと明るくさせては、まるで自分のすぐ目の前で、前代未聞の不思議が起こっているかのように、茫然として前方を凝視する。それから、何かを不承不承つぶやいて、机から飛び降りては、指をぱちんぱちんと鳴らしながら、隅から隅へと歩き回るのだ。ようやく最後に、機器に近寄って、いくつかのデータをメモし、にっこりして、私の方へ振り返った。

「何とかいってるけど、酷いありさまです！」彼はそう言って、付け加えた。「このクルミ《難問》〔慣用表現「なかなか割れない硬いクルミ」から〕をぼくに転がしてよこしたのは、グーバルなんです」

「何と、今度は彼と研究してるのかい？」

「そういうことになりますね。あの人は、とある新しい分析装置を必要としていたんです、計算機械ではなくて、推論の意味での装置を、ね。それで、数学の沼を掘り返して、涙目ですよ。これは、お好み次第で、一挙に二つの、あるいは、二十のルートからアタックできる問題なんですよ。ま、どのルートが目的地に連れて行ってくれるのかは、不明ですけど」

ここで、ルデリクは、夢中になって、講義をし始めた。私のお好みは、彼を妨げないことだったので、十中五分の理解に終わった。私に解った限りでは、彼は、諸々の方程式に現れる無限大が、それらの物理的な意味をめちゃくちゃにしてしまうかもしれない、という予感に苛まれていた。その無限大は、当初従順で、あちこちに移動させてもかまわなかったため、彼はそれに罠を仕掛けようと試みた。もしそれが罠にはまって、方程式の両側に同時に現れれば、簡約して消去できるだろうと、彼は期待した。しかるに、従順なメカニズムから成る簡約化は、すべてを一掃してしまう雪崩《なだれ》へと変わってゆき、あげく、数学の藪を通って苦労の末にようやく辿り着いた結果は、こうなった。すなわち、0＝0、最も明白な真実の、しかし、喜びの理由をあまりもたらさない結果である。

「これを持って、テンプハラのところへは行ったの?」

「行きましたよ」

「それで、どうだった?」

「彼が言うのには、この大きな課題を何とかできるような電子頭脳が、ゲア号にはない、ということでしたね。ご覧の通り、問題はとても特殊なんです……。ちゃんとした頭脳を建設できるかもしれないけれど、ここでじゃないですよ。たぶん、まるまるゲア号ぐらいの大きさになるはずですから」

「ジャイロマタみたいな?」

「何かしら、そんな類です。でも、そういうジャイロマタなら、トライアル・アンド・エラー方式で、あてずっぽうに稼働するかもしれないな。つまり、盲人も同様ってこと。そして、妥当な時間内にタスクを完了してしまうでしょう。一秒間に一千二百万回のオペレーションを行う、という、たった、それだけの理由でね。だめですよ、そんなの全部、ナンセンス。考えてもみてくださいよ、やみくもに解く！　ぼくはいつも言ってたんです、こういった電子頭脳というのは電光石火の速さで這うものだけれど、人間の思考はジャンプするんだって。メハネウリスティカ学者には、数学的な仕事の流儀のセンスがぜんっぜんありませんね。

あの人たちには、どうでもいいんですよ、オートマタが解決するなら、どうせ解決するだろう、みたいな……。きちんとしたメタシステムを見つけられさえしたらなぁ、やれやれ、あきれたな、ちょっと待ってください！」

　彼は、コンピューターのところまで跳ねていって、再び目の回るような速さで打ち込み始めた。それから、スクリーンを覗き込み、ふんと鼻を鳴らし、指でもじゃもじゃ頭を掻き上げ、そして、スイッチをぱちんとはじいた。

　彼がひどく落ち込んだ表情を浮かべて戻ってきたので、私は何も尋ねなかった。彼は自己流に、椅子の肘掛に腰を下ろし、口笛を吹き始めた。

「この問題を解くのは、何のために必要なんだい？」私は尋ねた。

「あぁ、これは、急激に変化する重力場で動く有機体の物質変化と関係しているんですよ」

「グーバルと相談し合っているの？」

「いえ《ニェ》」彼は、これ以上の議論を打ち切りたがっているかのように、力強くそう言ったのだった。しばらくして、こう付け加えた。

「彼を避けてすらいますよ。あの、ぼく、ちょっぴりこう感じているんです、巨大な物体の表面を駆けずり回って、こんな風にうろうろしながら全体がどのように見えるのかを知りたいと切望しているアリみたいだなあって。ちっぽけなかけら以上のものを一度に認識しきれないんです。グーバル？　そりゃ、彼だったら、全体像を捕まえられるかもしれない。けど、彼だってまず最初には、ぼくと同じ側から問題にアタックして、ぼくがこれまで辿って来た道《ルート》を、はるばる歩いて来なきゃならないはずです。だから、彼にはぼくを助けられないでしょうし、できるとすれば、ぼくの代わりに課題を解くことぐらいかもしれないですね。でも、ぼくたちは高く登れないかもしれませんよ、グーバルならもっと早く解くだろうから、という、ただそれだけの理由で、彼にいちいち問題を丸投げし始めたら！　いずれにせよ、あの人には仕事が山積みしてる」

「もしも僕がよく理解してたらだけれど、彼はその同じ「数学の沼」とやらに踏み込んだ、ただし違う方角から、ということ？」

「ええ」

　ルデリクはため息をついた。

「彼と初めて直に接した時、五分で分かったんです、この人は相棒じゃない、つまり、ぼくと秤を保ってくれる、会話のもう一つの秤皿じゃなくて、シェードがハエを覆うように、ぼくを覆って、自分の中にぼくの議論、主張、仮説をすべて収容できるんだって。そして、彼の知的能力の外へ抜け出そうなんて試みは、自分を閉じ込めている天空のドームの下から抜け出たいという働きアリの願望と同じ位、無駄だって」

「それを君が言うんだ、これほどの数学者が？」私はびっくりして、言った。

「仮にぼくですらが、有能な数学者だとしたら、あの人こそは天才数学者ですよ。ふたりの間は、ハ、ハ、月とすっぽん！　まあ、とはいえ、彼だって独りでは手に余るかもしれませんね、なぜなら、天才ですら一度に一つの物事だけしか考えられないですからね、とすると、彼は千五百年は生きなきゃならないかも……。そう、ぼくたちがいなかったら、彼は何もできないでしょう。それは確実に言えます」

　私は、以前から自分の興味を引いていた事について、彼に聞いてみたいという欲求に抵抗できなかった。

「どうか笑わないで、教えてくれないかな。君が頭の中で変形させる方程式は、どうやって君の前に現れるんだい？　君には何となく方程式が見えるの？」

「ぼくに見えるってどういうことですか？」

「ほら、君には方程式が、こういうちっちゃい、黒い微生物のようなイメージで見えるの？」

　彼は目を剝いた。

「何て微生物？」

「ほら、だって、書かれた数式って、最終的に……黒いアリか回虫の行列にちょっと似てるだろう」私はおぼつかなく、そう言った。「思ったんだけど、そういう記号が君の頭の中で、変形して、変わ……」

　彼は大声で笑い出した。

「ちっちゃい、黒い微生物！　受ける！　ぼくにはそんなこと思いつかないですよ！」

「だから、それってどうなの？」私は食い下がった。

「もしも、例えば「テーブル」のような概念に言及する場合、ドクターは四つの文字を思い浮かべますか？」

「いいや、テーブルを思い浮かべるよ……」

「うん、そうですよね。ぼくも同じように自分の数式を思い浮かべるんです」

「でも、テーブルはそもそも存在しているだろう、君の方程式が無い間もさ」私は異議を唱えて、彼がまじまじと私を見ているのを止めさせようとした。

「方程式が無いだって……？」彼は、人が「正気になれよ」と言う時のような口調で、そう言った。

「じゃあ、もしも抜き書きした文字として数式を見ないならば、何として見るんだい？」私は固執した。

「違う方法でやってみましょう」彼が言った。「真っ暗闇の中で座っている時、どこに両手と両足があるか、知っていますか？」

「もちろん、知ってるよ」

「それを知るために、ドクターはそれらの位置を想像したり、形をなぞったりしなくちゃならないですか？」

「全然。ただ単に、それを感じるだけだよ」

「ほらね、ぼくが方程式を「感じる」のと同じだ」彼は満足して、そう言った。私は、この男が住んでいる数学の国には、自分にはきっと上手く辿り着くことはできないだろう、と強く確信しながら、彼にいとまを告げた。ところが、公園入り口前のベンチに腰を下ろす時に、はっと気がついたのだが、私は訪問のあいだ中ずっと、自分を苦しめていた恐怖を、まるでそれが一切存在していないかのように、すっかり忘れ去っていた。ルデリクは私を助けてくれたんだ――アメタやゾーリンにはこれを果たすことはできなかった。なぜだろう？

　私が漠然と感じ取っていたのは、操縦士たちの平静さというものは、実のところ、私をも悩ませていたのと同じ不安を抑制しているだけのことなのだ、ということだった。それに対して、ルデリクは、研究で頭がいっぱいで、不安など微塵も感じていなかった。私には、彼の数学上の厄介ごとがどれほどうらやましかったことだろう！　こんな風に私が思案に暮れていた時、甲板の奥に男がひとり、姿を現し、私の傍を通り過ぎて曲がり角の向こうに姿を消した。男の足音が止み、誰もいない空間で、公園から流れてくる子供たちの合唱の歌声だけが聞こえてきた。私は、ルデリクの事を思い返したかったのだが、何かが私にそうさせるのを阻んだ。何かおかしなことが起きている、という漠然とした感覚に襲われて、私は立ち上がった。その瞬間、曲がり角の先では、通路が船の居住区域と原子力のバルクヘッドとを隔てている障壁のところで終わっていることを、思い出したのだった。素通りしていった男は、この行き止まりの小路で、何を探し求めようというのだろう？　私はしばし耳を澄ました――しんと静まり返っていた。私は曲がり角の方に歩き出した。そこの、薄明かりの中で、装甲壁に向かって、額を金属に押し付けながら、誰かが立っていた。私たちのあいだがあと二歩という時、男の正体に気がついた。それは、ディオクレスだった。静寂の中で、遠くの歌声がはっきりと響き渡っていた。

かっこうさん、かっこう
かっこうさん、ないている
はるかとおく……
川のむこう……

「ここで何をしてる？」

彼はぴくりともしなかった。私は彼の肩甲骨に手を置いた。まるで木でできたようだった。

私はさっと不安に駆られて、彼の肩を摑み、壁から引き離そうと試みた。彼は抵抗した。不意に、その顔には表情がないことに気がついた。至って平静で、まるでこんな風にいきなり引っ張られたことなど意に介していないかのようである。私の両手がぶらんと落ちた。人気《ひとけ》の無い壁の曲がり角で、子供たちの声が反響していた。

とりは、すごもる
とりは、すごもる
わたしは、ちがう《ニェ》……
わたしは、ちがう《ニェ》……

「ディオクレス！」

沈黙。

「世間に免じて〔「神様に免じて」のもじり〕、ディオクレス！　答えてくれ！　どうしたんだ？　何か困っているんじゃないのか？」

「失せろ」

咄嗟に理解が閃いて、私ははっとなった。というのも、通路のこの憩室は、北極星に向けられている船の中で最も深く船尾へ入り込んでいる場所であり、それはつまり、他のどの場所よりも地球に近いということになる。近いといっても、数十メートル――私たちと地球を隔てている光年に比べてだ。私は、もしも思わず泣き出したくなったのでなければ、笑い飛ばしてしまったことだろう。

「ディオクレス!」私はもう一度試みた。

「嫌だ《ニェ》!」

これら二つの叫び声が一つに合わさって、何と見事に響いたことだろう! それは、冗長な説明よりも雄弁に、彼の「嫌だ《ニェ》!」が、単に助けを受け入れることを拒む以上の、別の何かであること、私にだけではなく、一人一人全員に、船全体に関係していること、これは、存在しているものすべてに抗って投げつけられた「嫌だ《ニェ》」であることを語っていた。夜の悪夢から生ずる感覚が私を捕らえた。何かの底無しに落ちて行くのを感じながら、私はくるりと背を向け、長い通路を徐々に急ぎ足になりながら、ほぼ駆け足も同然で立ち去った。まるで歌声に急《せ》き立てられるかのように。

はるがきたなら、
おそらにとぶよ
たかーく……
たかく……

この出来事を、あえて誰かに話そうという気にはなれなかった。午後には——もはや意図的に——第一層甲板へ出向いた。嫌な予感が的中した。そこで、五、六人が、通路の合流点脇に立って、装甲の円盤が放つ鈍い光によって催眠術に掛けられてしまったかのように、漏斗の奥をじっと見つめていた。私の足音の響きに(私はわざと強く踏み出した)、群れはびくっとして、そこにいた全員が、ぞろぞろとあちこちの方角へ散っていった。これが、私にはとても奇妙に思われた。そこで、テル・ハールの所に行って、彼に事の次第を残らず話して聞かせた。彼は、長いこと考え込んでいた。最初は何も話したがらず、私が、当然この問題に対して彼には何か言いたいことがあるのではないかと思って、強く押してみると、ようやくこう言ったのだった。

「これは、定義が難しい。このような現象に対して、我々は言葉もない。古代ならば、この手の集団は「衆愚」と呼ばれたことだろう」

「衆愚」私は繰り返した。「それは、いわゆる軍隊と何か関係がありますか?」

「いや、ないさ。一切ね。軍隊はどちらかと言えば、これとは逆の概念なのだ、というのも、ある種の組織形態なのだからね。それに対して、「衆愚」は、組織されていない、より大きな数の群れなのだ」

「すみません、しかし、あそこにいた連中は、せいぜい数人でしたよ……」

「それは何でもない、それは意味のないことだ。かつてはね、ドクター、人々は今日のように合理的な存在ではなかったのだよ。一旦、衝動的な刺激から影響を受けてしまうと、理性に従うのを止めてしまうものだったのだ。その上、刺激から受ける影響は、突発性のものではなく、その代わり、長期にわたる可能性があったのだ。我々の同時代人は、自分自身の行動に対して非常に高い責任感を持っているため、状況を熟慮した末に生じる内的な同意をなくしては、誰の意志にも決して従わないものだ。それに対して、かつては、生命にとって危険な、異常な状況の中で、例えば、自然災害が起きた時に、衆愚どもは、パニックに襲われ、君に言っておかねばならないが、罪すらもね、犯すことができたのだ……」

「罪とは何でしょうか?」そう私が尋ねたところ、テル・ハールは額をこすり、無理にほほ笑んで、こう言った。

「あぁ、とどのつまりは、これらはすべて間違いなく私の馬鹿げた仮説……そして、おそらく私は誤っている。理論を作り上げるには、我々には事例があまりにも不足している。その上、君は知っているだろう、私は「歴史狂い」で、なんでもかんでも歴史の範疇で測ろうとしてしまうと」

私たちの会話はここで途切れてしまった。部屋に戻ると、私はテル・ハールが話してくれたことをよく考えてみたくなり、しかも、トリオン局に接続して、衆愚について論じている何かしらの歴史論文に目を通してみようとすら目論んだものの、自分の話をオートマタに上手く説明することができず、事は不発に終わってしまった。

一日、また一日と、大した事件もなく過ぎていった。私たちは、加速が原因でもたらされた危機が終わったことを認識した。が、その後に起こった諸々の事件が、いかに私たちがひどく間違っていたのかを、証明することとなった。

次の日の正午に、ニルスが私の所に現れた。彼はドアロから叫びながら、弾丸のように私の部屋に飛び込んできた。

「ドクター！　びっくり仰天の事件です！　僕と一緒に来て、来て！」

「どうしたんだい？」

私は、器具や薬が入った準備万端の鞄をいつも置いておく机まで飛んで行った。

「あっ、違う、違う」少年は、もう幾分落ち着いて、そう言った。「違うんです、誰かが公園でビデオを止めちゃったんです。それがですね、ひどい眺め！　あっちには、もう、人がいっぱい集まってますよ、来てください！」

私は彼の後ろについて歩き出した、というよりもむしろ、走り出した。というのも、私にまで彼の興奮状態が伝染してしまったからだった。

私たちはエレベーターで下に降りた。キヅタの厚いカーテンを左右に開けた時、私は立ちすくんでしまった。

私のちょうど目の前近くでは、公園は以前と変わらぬように見えた。花壇の向こうに、カナダトウヒの黒い先端がそびえ、その先には、小川の岩や東屋が立つ粘土質の丘が見えていた――しかし、それで全部だった。これらの十数メートル周囲にある岩、植物、そして大地が裸になっていて、金属の壁は、もはや、果てしなく遠く広がる幻影によって覆われてはいなかった。それがいかに強烈な光景であるか、筆舌に尽くし難い。非常灯の薄暗い、ぼんやりした光の中で、まるで死んでいるかのように、じっと動かない木々、それらを取り囲む鉄の壁と平板な天井。青空は跡形もなく、空気は死んだように生ぬるくなり、風はそよとも枝々を揺らさなかった。

私がこのぞっとするような、いわゆる幻影の廃墟にあっけに取られている時、中央には数十人の人が集まっていた。キヅタのカーテンをかき分けながら、ユールイェラが入って来た。腹を立て、口をすぼめていた。その背後には、何人かのビデオアーティストが認められた。彼らは上の方へ飛び出して行った。ほどなく、完全な真っ暗闇になった。これは、ビデオアーティストたちが、装置を再起動させるために、予備用照明のスイッチを切ったからだった。すると、その時、最悪なことが起きた。暗闇の中で、叫び声が上がった。

「こんなぺてんはたくさんだ！　そのままにしておく

方がましだ！　鉄の壁を見てようぜ、あのワンパターンのインチキにはうんざりだ！」

一瞬、しんと静まり返った——そこに、突然、太陽がぱっと輝いた。頭上で、白い雲でいっぱいの蒼穹がぴかっと光った。いい香りのする、冷たいそよ風が顔を撫で、私たちが立っていた、ひと区画の小さな地面が、あらゆる方向にさーっと広がってゆき、ついには遠くの地平線まで緑色で輝き始めた。皆が、まるで暗闇の中で叫んだ者を捜しているかのように、お互いを探るように見つめ合っていたが、あえて口をきく者は誰もいなかった。空と公園の輝きが蘇ったというのに、私たちは、一人、また一人と、黙りこくって公園から出て行った。

今や、何かが起こるはずに違いないことは、もはや絶対に確実であったが、全くどうすることもできなかった。なにしろ、危険がまだ実体化していなかったためだが、しかし、それは着実に近づきつつあった。なのに、何に対して身を守るべきなのかが、分からなかった。エンジンを止める提案（これまでに計画されていた毎秒七〇〇〇キロメートルのうち、ひとまず、二八〇〇が達成された）が持ち上がった。だが、宇宙航海士たちは、評議会後に、それでは未知のものからの撤退になるかもしれぬ、と決断を下した。

「この最悪の事態とやらが尻尾を出すのを待つとしよう」テル・アコニアンが、まるで二年前のトレフプの忘れ難い発言に言及するかのように、そう述べた。「事が起こるにまかせよう。その時は、我々は闘うつもりだ。その結果、絶え間ない不確実性の中を生きることになるかもしれぬ。しかし、最悪なものでさえ、知識は常に無知よりも良い」

緊迫した、息を潜める待機状態の五日間が過ぎたが、何事も起こらなかった。エンジンは、従来通り船の速度を上げ続け、非就労者の数は二名減り、すべての班が通常通り活動をし、フィルハルモニアではコンサートが催され、そして、私は自分にこう言い聞かせ始めた。医者も宇宙航海士も、皆のように、航宙の有害な影響をもろに受けて、些細なことを煽り立て、想像上の危険に惑わされているのだ、と。

公園での事件から六日目、医務室で重いお産があった。赤ん坊は、窒息した状態で生まれ、命が尽きつつあり、私は二時間ずっと、呼吸用の酸素を供給する人工呼吸器を稼働させている小ベッドから離れなかった。

私はこの治療にかかりきりになっていたので、最近の事件のことなど綺麗さっぱり忘れてしまっていた。へとへとに疲れ切って、磁器板とガラス板に囲まれた、治療室の廊下で両手を洗っている時になってようやく、私は鏡の中の自分の顔に気がついた。その両目は、興奮状態にあるようにらんらんと輝いていて、その瞬間、私は得体のしれない強い恐怖を感じたのだった。私はアンナに母親の傍に付いているように頼み、立ったまま、血液の染みの付いた手術ガウンを脱ぎ捨てて、治療室から飛び出した。エレベーターで第一層へと降りて行った。照明が灯された、誰もいない通路のアンフィラードを認めた時、私はふーっと深く息をついた。「馬鹿野郎」私は独り言ちた。「馬鹿野郎、お前はどんな幻に悩まされているというんだ?」が、しかし、私は先へと進んだ。曲がり角の直前で、声が聞こえた。その響きが、鞭のように私を打ちつけた。私は、四段跳びで、そこに広がっている、半円形の空間に飛び出した。

漏斗状の脱出口付近に、人々が群れをなして密集していた。彼らは互いにぴったりとくっついて、私の方に背を向け、自分たちの行く手を阻む何者かを威圧していた。完全な静寂が支配する中、聞こえて来るのは、闘いの最中のような、早い息遣いだけだった。一番近くにいる者たちの中に、ディオクレスの姿を認めた。

「何だこれは?!」私は、声を絞り出して、そう訊ねた。誰も私に答えない。私は群衆からの一瞥――完全に白い目の――を捉えた。それから、抑えられてはいるものの、打ち震える声が響きわたった。

「外に出たいんだ!」

「向こうは真空だぞ!」群れと対峙している人物がそう叫んだ。見ると、それはユールイェラだった。

「我々を通せ!」幾人かの声が一斉に喚いた。

「無謀だ!」ユールイェラが叫んだ。「あそこにあるのは、死だ! 聞こえるか? 死ぬぞ!」

「あそこにあるのは、自由だ!」群れの中から誰かがこだまのように答えた。ディオクレスが――きっと彼に違いない――こう叫んだのだった。

「俺たちを押しとどめる権利は無いぞ!」

ユールイェラは押されて、漏斗の奥へと退いた。彼は、明るく照らされた奥を背にして黒く、叫び声を上げていたが、その声が、狭い空間での反響によって歪められ、わんわんと響いた。

「正気に戻るんだ！　何をしでかす気だ！」

　はあはあと喘ぐ息が答えだった。ユールイェラは、彼らの行く手を阻もうとして、両手を広げたが、無駄だった。群衆は、どんどん前へ前へと押し出した。技師はすでに、金属らしい輝きが穏やかに光っている装甲の円盤に指が届いていた。

「止まれ!!」ユールイェラが絶望的に叫んだ。何本かの手が、壁龕に向かって持ち上がった。そこに、照明で照らされた開閉装置が見えていた。その時、ユールイェラは、激しくもがき、圧迫してくる者たちを押し戻し、身を丸めて、黒く小さな装置をベルトから抜き出すと、金切り声で叫んだ。

「オートマタをブロックする！」

共産主義者たち

　私たちのうち、一体誰がオートマタに意識を向けたりするであろうか？　一体誰が、足元の支えや肺にとっての空気のごとき、遍在的で不可欠な彼らの存在を認識したりするであろうか？　かつて、古代では、オートマタが人間に歯向かって反乱を起こすかもしれないと考えられ、人々は不安に苛まれていた。今日では、一体誰が、このようなものの見方を狂人的な悪夢以外の何物かであると見做すであろうか？　私たちに、破壊用オートマタを創造することなどできたであろうか？　もちろんだ、しかし、だとすれば、私たちは同じように、自らの町を破壊し、地震を引き起こし、自らに病原体を接種することもできたであろう。野蛮な文明が生み出した殺人の手段さえもが示しているように、人間によって創り出されたものは皆、人間を絶滅させるために用いられるおそれがあった。しかしながら、私たちは、破壊するために生きているのではなく、生命を支え、育むために生きているのであり、ひとえにこの目的のために、現代のオートマタは役立てられているのである。

最初の宇宙遠征が計画された時、科学者たちの前には、この上なく困難な問題が立ちはだかった。船の巨大な速度が正常な精神機能を損なってしまう可能性や、この有害な影響に耐えることができない弱者が意識混濁の状態に陥り、その際、オートマタに不適切な、それどころか、有害な指示を与える意志決定をしてしまう可能性があった。このような可能性は排除されなければならない。そこでこの目的のために、ゲア号のすべてのオートマタをブロックできる特別な受信装置システムが開発された。このシステムを管理しているのは、遠征の指導者たちであり、彼らは、自分たちに課せられている重大な責任を充分に認識していた。他のいかなる手段をもってしても状況をコントロールできない場合にのみ、窮余の一策として、この措置を講ずることが許されていたのだった。オートマタのブロッキングは、危険な先例となることだろう。なぜならば、私たちの文明の数千年に及ぶ歴史の中で、オートマタは未だかつて人間に対する服従を拒否したことがなかったからだ。そのため、隔壁際の集団は、ユールイェラの恐ろしい言葉を聞いて凍りついてしまい、数十秒間、化石になったように、黄色ライトの中で立ちすくんだ。突然、急ブレーキで停止したエレベーターの甲高い音が静寂を破った。ゆっくりと頭を半回転させて、皆がそちらの方を振り向いた。今しがた通路のデッキに降りてきたエレベーターの、開いたドアの中に、テル・ハールが立っていた。

彼は猫背気味に、あたかも誰もいない空間に入ったかのように、群れに向かって真っすぐ進んで来た。彼がじろりと人々に視線を投げつけると、彼らはテル・ハールに道を開けて、その背後にできた小道を塞いだ。そうやって彼は人々を通り抜けて、障壁のしきいをまたいで漏斗穴の奥に入った。重々しいシルエットとなって頭上にそびえ立ち、高所から話し始めると、最初はほとんどささやき声だったため、まるで皆が同時に呼吸を止めてしまったかのように、しんと静まり返ってしまった。全員の目が、背後から黄色ライトによって包まれた、彼の黒い姿に注がれた。彼の声は次第に大きくなり、閉ざされた空間の中で鈍く鳴り響いた。「死にたいと思っている諸君、諸君の人生の十分間を私にくれたまえ。その後は、失礼するとするよ。彼も私もだ。それから、やり遂げたいと思っていることを、やり遂げたまえ。約束する」

心臓が何度か打つあいだ、彼は沈黙していた。

「千二百年前、ベルリン市にマルティンという名前を持つ男が住んでいた。それは、こんな時代だった。国家が、弱小民族は、殲滅させられるか、あるいは、奴隷制の宣告を受ける罪があると宣言し、自らの臣下には、頭ではなく血で考えろ、と命令していた。マルティンは、硝子工場の労働者だった。大勢のうちの一人で、今日ではマシンがやることを、やっていた。つまり、生きた肺で、真っ赤に熱せられたガラスに空気を吹き込んでいたのだ。しかしながら、彼はマシンではなく、人間であった。彼には両親、きょうだいが一人、愛する恋人がいた。そして、地球上のすべての人々に対して責任がある、と理解していた。つまり、身内の人々の運命に対するのと同じように、殺し殺される人々の運命に対しても責任があると考えていたのだ。

このような人々は、当時、自らを共産主義者と名乗っていた。マルティンは、そのうちの一人だった。国家は、共産主義者を追跡して、殺害していた。そこで彼は、身を潜めねばならなかった。「ゲシュタポ」と呼ばれる秘密の番人が、彼を捕まえるのに成功した。マルティンは、党の組織局の一員として、多くの同志《トヴァジシェ》たちの名前や住所を知っていた。彼はそれらを差し出すよう、要求された。彼は沈黙した。彼は拷問に掛けられた。何度も血まみれになり、その都度、息を吹き返させられた。しかし、始終沈黙を守った。棒で何度も殴られたため、肋骨が折れて、内臓が破裂し、病院に入れられた。彼は体力が戻るまで治療を施され、そして再び殴られたが、ずっと沈黙を守った。昼も夜も尋問され、強烈な光で目を覚まされ、何度も意地の悪い質問をされた。無駄なことだった。すると、彼は解放された。その跡をつけて、他の共産主義者たちまで辿り着こうとする目論みのためだった。彼はこのことが分かっていたので、自宅に引き籠った。そして、もう食べる物が尽きてしまった時、彼は工場へ戻ろうとしたが、そこに彼のための仕事は無かった。他所で仕事を探したが、しかし彼を受け入れてくれる所などどこにも無かった。そして、彼は飢えに苦しみ始めた。衰弱しきって、街中をさ迷い歩いたが、同志《トヴァジシュ》のうちの誰かの所へ行こうとはしなかった。なぜなら、跡を尾《つ》けられていると分かっていたからだ。

彼は再び投獄され、今度は新しい方法が用いられた。マルティンには、彼専用の清潔な部屋、良い食事、医療が与えられた。ゲシュタポは逮捕に出向く際に、彼を同行させた。そのため、彼はまるで彼らの案内人であるかのように見えた。投獄された同志《トヴァジシェ》たちが拷問される時も、立ち会わされた。さらに、時には、房の前に立たされ、痛めつけられた者たちが、彼の傍に連れてこられた。その者たちは、白状しろと言われた。なぜなら、ドアの陰にはお前たちの仲間《トヴァジシュ》がいて、その男がもうすべてを話したのだから、と。マルティンが、自分は君たちと全く同じ境遇にあるんだと、連行されてきた者たちに向かって叫んでも、ゲシュタポたちは、それが故意に演じられたコメディーの一部になるよう装っていた。この時期、共産党は間引きされ、活動がひっきりなしに中断されたため、密告の疑いのある者なら誰でも接触を断つ必要に迫られていた。共産主義者たちのビラが、マルティンについて警告し始めた。ゲシュタポは彼にそれらのビラを見せた。それから、彼に一切何も聞かずに、彼を放免にした。マルティンは、数か月の後、慎重に同志《トヴァジシェ》たちのネットワークに繋がろうと試みたが、誰も彼に近づきたがらなかった。その時、彼はきょうだいのところへ出掛けたが、その男は彼を家の中に通さなかった。会話がなされたのは、閉じたままのドア越しにだった。両親も彼と会いたがらなかった。母親が彼に一塊のパンを与えたが、それがすべてであった。彼は再び、仕事を探そうと骨を折った――徒労に終わった。彼は三たび投獄され、そして、背の高いゲシュタポの高官が、彼にこう言った。

「おい、貴様の沈黙はもう何の意味もないぞ。仲間《トヴァジシェ》どもは、とっくに貴様を恥知らずの裏切り者だと考えてるぞ。連中の誰一人として、貴様のことをまともに知ろうとする奴はいない。端から、狂った犬のようにお前をしばき始めるぞ。自分を憐れんで、さあ、言え！」

それでも、マルティンは沈黙を通した。すると、彼は再び釈放され、街中で道に迷った。飢えていた。日が暮れてから出会った、どこかの見知らぬ男が、彼を自分の住まいに連れて行った。彼を食べさせ、酒を飲ませ、そして、それから、優しく彼にこう説いた。今となってはもう、同じことじゃないか、お前さんが口を割るか、割らないかなんて。けれども、もしも、話さないというのなら、殺されるんだよ。だが、こんな殺され方をしても、何にもならんじゃあないか、なぜなら、お前さんは、裏切り者の汚名を着て死ぬんだから、と。しかし、マルティンは沈黙を通した。その男は、彼を牢獄へと連行した。十二月のある夜、最初の逮捕の時から二年後、彼は独房から出され、石造りの地下室で後頭部を撃たれた。死の直前、自分を殺しに来る者たちの足音に耳を傾けながら、彼は立ち上がり、房の壁に言葉を刻んだ。「同志諸君《トヴァジシェ》、僕は……」それ以上、書くのが間に合わず、ただ二言だけを残した。自らの二年に及ぶ沈黙を破って。そして、彼の遺体は、巨大な石灰岩の穴の一つで朽ち果てた。

後には、ゲシュタポの書類と記録だけが残され、それらは後に起きた戦争の一つの最中《さなか》に、刑務所の地下深くに投げ込まれた。そして、この、晩期帝国主義時代の遺構から、我々歴史家は、残骸を回収し、それらの中から、ドイツ人共産主義者マルティンの事件を読み取ったのだ。

では、今、考えてみたまえ。この男は沈黙を守ったのだ。拷問され、痛めつけられてもだ。身近な人々、つまり両親、きょうだい、仲間たち《トヴァジシェ》が、彼に背を向けた時も、彼は沈黙を通した。もはやゲシュタポ以外の誰も彼に優しく話しかけなかった時も、彼は沈黙を通した。人間を世界と繋げうるあらゆる絆を絶たれたというのに、彼は始終沈黙を通したのだ——そして、これこそが、この沈黙の成果なのだ！」

テル・ハールは両手を持ち上げた。

「ここにあるこれこそが、この沈黙の成果なのだ。これこそが、恐ろしい負債なのだ。我々、生きる者たちが、はるか遠い過去に、マルティンのように無残な死を遂げた何千という人々に対して負うているな。だが、彼らの名前は、我々には知られぬままだ。これこそが、そのために彼が死んだ、唯一の理由だ。より良い世界が彼の苦しみに報いることは一切なく、自分の命は石灰岩の底で永遠に終わるのだと、復活も報いも一切やっては来ないのだと、知りながら。しかし、この男が自らに課した沈黙における死は、おそらく一分早く、あるいは、ひょっとしたら、数日、いや、数週早く——そんなことは、どうでもよろしい！——共産主義の到来を加速させた。そして、こうしてここに、我々は現在、星々へ向かう途上にある。なぜならば、彼がこのために死んだからなのだ。すなわち、これこそが、共産主義なのだ……だが、共産主義者はどこにいるのだね⁉!!」

　この怒りと痛みの叫びの後、短い、恐ろしい沈黙が訪れた。その後、歴史家は、こう口を開いた。

「私が諸君に伝えたかったことは、これですべてだ。さて、技師君、これで失礼するとしよう。この人たちはハッチを開いて、気圧で吸い出され、真空に飛び出し、血袋のように破裂してゆく。そして、人生に怖気づいた者たちの残骸は、永久に回り続けることだろう！」

　彼は落ち着き払って下に降り、自分を取り囲んでいる人々の輪から出て行った。しばらく彼の足音が低く鳴り響いていたが、その後、エレベーターがシューッという音を立てた。人々は微動だにせず立ち尽くし、ある者は、あたかも重く、冷たいベールを取り外すかのように、手で顔を拭い、ある者は、ごほんと咳ばらいをし、ある者は、呻き声を上げ——あるいは、しゃくり上げ——、ついには、全員が一斉に、わっと動き出した。そして……四方に散っていった。がっくりと頭を垂れ、死人のような足どりの中で揺れる、だらんとした重い両手をぶら下げたまま。とうとう、私たち、三人だけになった。障壁の端で、始終ブロック装置を握り締めたままのユールイェラ、胸の上で腕組みをして、壁に寄りかかっているゾーリン、そして、私。そうして、私たちは長いことそこに突っ立っていた。もう私がその場から離れようとすると、頭上で延々と続く、低い警笛音が響きわたった。すでに夜になっていて、警報が鳴り、ゲア号は速度を上げつつあったのだ。

私たちの一員、グーバル

炎は惑星を生み出した。炎から、冷却された星の物質から、生命が生じた。そのどろりとした、ゼリー状の物質は、無数の試行錯誤をランダムに繰り返し、カルシウムの甲羅と血液、鰓《えら》と心臓、目、顎と内臓を創り出した。こうして、飽食と繁殖、緩慢な成長と急激な衰退が始まった。生き残りをかけて闘ううち、一部の生き物は海から陸に逃げ、他の生き物は大海原へ戻り、鰭は足に、足は翼に、そして、それらは再び鰭に変化した。生命はずたずたに引き裂かれて、造山運動期のあいだに死に絶え、石化する溶岩の中で無数の山稜となって冷え始め、音楽のライトモチーフさながらに隆起するのだった。絶えず変容するものの、基本は同じである。苦痛に満ちた、激情的なメロディーが、沈黙へ、死へと身を潜めては、再び水底で、山々の頂で、雪の中で、砂漠の砂の中で、響き渡る。

この無数の形を持つ、誕生と死の嵐から、絶え間ない闘いから、大食と暗闇から、人類が生じ、人類は惑星に、その名もなき空に、そして、星々に至るまで、自ら見たものすべてに、名前を付けた。こうして文明の構築が始まった。空――それは、かつては、水晶球の上を天上の音楽と共に滑ってゆく、諸惑星の控え目な光であった。そして、不動の穹窿《ヴォールト》の上では、おびただしい数の星々が瞬いていた。それらの星々は、その向こうで永遠の幸福の地が始まるという、壁の上の装飾にすぎないという解釈によって手懐けられた。人間はいたずらに、夜に耳を傾けながら、すべてを贖《あがな》う天空の音楽を聴かんと欲した。人間は、疑念を抱き、天に立ち向かい、楽園の穹窿を破壊し、偽りの境界を越えて、暗黒の虚空へと入り込んだ。広大無辺から広大無辺へと疾走中の、燃えたぎる数々の星雲以外には、自らの道程上で何物にも遭遇しなかったにもかかわらず、さらに先へと進み、天球の音楽ではなく、諸々の問いへの答えを探し続けた。すなわち、自らがどこで生まれ、何者であり、自らの命が世界にとって不可欠なものとなるためには、何を為すべきなのか。

星々へ向かって飛んでゆく最初の人類である私たちは、虚空の孤独にのみ項垂《うなだ》れたわけではなかった。これまで決して表だって述べられることのなかった、深く隠されていたある考え、すなわち、自分たちの数々の苦労が水泡に帰すのではという考えに、苦しめられていたのだった。誰もが、光の速さで旅をしていてさえ、人間はかろうじて最も近い恒星のいくつかに辿り着くことができるかどうかだ、ということを自覚していた。遠方の諸惑星系への到達、銀河系横断航海、天の川全域の踏破などは、実現不可能な夢物語であると思われていた。光さえも何百万年ものあいだ抜け出せない暗黒の深淵が、星々への道を閉ざしていた。

それ故に、私たちは障壁に群がった人々を裏切り者としてではなく、私たちひとりひとりの中でくすぶり続ける弱さとの闘いを他の人々よりも一層過酷に体験した、破滅から救われた仲間《トゥヴァジシェ》たちとして受け入れたのだった。

彼らが一等宇宙航海士の元を訪れ、審判を仰ぎたいと請うた時、テル・アコニアンは、一人で判断を下すのを望まず、他の航海士たちを招集したが、彼らもまたこの件に白黒はつけないと明言した。乗組員のあいだでは、私たちの誰一人として、他の者を支配する権利はない。私たちは、地球の使者として自発的にケンタウルスへの遠征を引き受けた者たちでチームを構成しているのである。テル・アコニアンは、諸君らはこれまでと同様に今なお同じ乗組員メンバーであり、罰について言えば、すでにこれを受けており、諸君らはこの先もこの件を自らの記憶の中に留め続けることだろう、と語った。

この一団には、私の患者たちがかなり大勢いた。自らの神経系が他の人よりも弱い人々が、一時的な神経衰弱に屈してしまったのだ。ゆえに、彼らの責任はそれほど大きくはなかった。私がテル・ハールにこの事を話すと、だから私は言葉で連中を正気に返らせたではないか、薬ではなくね、という答えが返ってきた。

この事件の顚末が、電光石火のごとく瞬く間に船全体に広まった。次の評議会で、宇宙航海士たちは、歴史学者たちに対して、歴史の転換期に関する諸君らの研究へ乗組員たちを導いてくれないか、と提案を申し出た。その時、世界の命運を決するに当たって、ある一つの世代が次の数十世代に対する決断を下さねばならなくなり、巨大な重荷を背負って折れそうになるものの、ともかくその重荷に持ちこたえおおせたではないか、と。

諸々の実験室班、友人同士の輪、そして、芸術家チームが繋がり合った。晩になると、彼らが私たちは歴史学者たちの仕事場に集まり、私たちに古代の歴史を講義してくれた——テル・ハールが用いて、私たちの心を揺さぶった逸話に似た類のものを、もし講義と呼んで差し支えないのであれば。それは、人類の未来のために、自らの時代の体制に次々と立ち向かった人々の、巨大な、終わることのない行進であった。

私たちの前に立ち現れたのは、焦点の定まった瞳、それらの活き活きとした、信頼に満ちた輝き、動きのある掌、果てしないジェスチャーの森、カラカラに乾いた口、恋人たちのささやきや息遣い、死刑囚たちの最後の、貪欲な眼差し、科学者たちの寝ずの熟考、最高の勇気ある行為とまつ毛の震え。それらが——すべて一緒になって——これまで世界を進歩させてきた。こうして、私たちは、いわば、性の生物学的宿命のノウハウと愛とが似て非なるように、学校からの受け売りである無味乾燥な一般化とは似ても似つかない知識を獲得していった。このようにして、過去に閉じ込められた声なき声のコーラスが、私たちにおのおのの時代と現代における人間性の意味を明らかにしてくれた。

例の事件から数週間後、船がすでに、引き上げられた速度に達し、夕方の警報がもう何年も沈黙していた頃、ある噂が船内中に広まった。以前から航宙問題に関して研究を行っていたグーバルが、何らかの革命的な発見を成し遂げる途上にあるというのだ。噂の著者が誰であるのかは分からない。それは、ありとあらゆる様々な、だが、常に霧に包まれたような脚色がなされて、主に、非専門家たちの間で流布していた。おそらく、生物物理学実験室がこの数か月間に、ゲア号最高の物理学者、数学者、そして化学者たちを共同研究へ引っ張り込んだことから、この噂が生じたのかもしれない。しかしながら、グーバルの同僚たちは、発見なるものの風評を否定しており、彼らには真実を隠す理由が一切なかったため、彼らを信じないわけには行かなかった。が、ともかく、繰り返し訂正が行われたにもかかわらず、噂は、再三新たな姿を帯びて戻って来ては、白熱した討論のテーマとなるのであった。

グーバル自身は、この問題について沈黙を守っていた。しぶといデマが彼の耳に届いていなかったのか、それとも彼もまた、そんなデマを無視して仕事に没頭していたのか、何とも言い難かった。暦上の春の最終日、私は夕方遅くにコンサートに出向いた。ホールに入るや否や、大きな照明が消えた。私は、客席の最後列の、空いている席に素早く腰を下ろした。隣に座っていたのは、ルイスとグーバルだった。科学者は、最後に彼を目にした時から、少し年老いたかのようだった。彼は、常に閉ざされた空間で過ごしている人間に特有の、青白く、落ちくぼんだ表情をし、時々ぴくぴく震える両瞼の上には、静脈網が緻密に走っていた。と言うのも、彼は目を閉じたままで音楽を聴いていたからだった。演奏されていたのは、クレスカータの交響曲第二番だ。私は、ふとした瞬間にちらりと隣を見て、あっけにとられた。グーバルは、後ろに寄りかかり、頭を椅子の背もたれに預けて眠っていたのだ。激しい終章でようやく彼は目を覚ました。出口が混雑しており、私はそのまま席を立たずに、ひどく考え込んでいた——あるいは、どちらかと言えば、物思いに耽っていた——ため、目を上げた時には、ホールを見回してみると、私たち三人以外、誰もいなかった。私は、はっとして立ち上がり、それと同時に、ルイスとグーバルも腰を上げた。状況は、何やらやっかいなことになった。ここまで私たちは同伴していたわけではなかったのに、しかし、今や、三人で居残っているという事実が私たちを結びつけ、出口に向かって進むにつれて、それが一層明確になった。私は、正面玄関の円柱のところで、作曲家と科学者に挨拶をして別れようと決めたのにもかかわらず、そのまま先に進んでしまった。それは、かなり奇妙な散歩となった。私たちは、おそらく船の半分の長さは歩き通したのに、誰一人一言もしゃべらなかったのだ。甲板から短いスロープを通って通路に出た。私たちは、ひんやりしたモミの木の香りの筋を横切りながら、広角に広がった、誰もいない公園への入り口を通り過ぎていった。最後のドア口で、グーバルが不意に私たちから離れ、公園のしきい上で立ち止まった。見渡す限り真っ暗闇の向こうから、一陣の風に吹かれてそよぐ葉の、さらさらと鳴る気持ちの良い、繊細な音が流れてきた。

「もう、あなたは私の所に来てくれない、ルイス……」彼が話しかけた。私たちは彼の後ろに立っていたため、彼がまるで私たちのどちらかにではなく、湿った葉の香りがするこの暗闇に語り掛けたかのように聞こえた。

「君の邪魔をしたくなくてね」作曲家が静かに言った。

「うん、そうだね。知っているよ……」

彼は、じっと風に耳を澄ましているかのように、黙り込んだ。

「ある時、講義中に誘ったことがあったんだ――これは、まだ地球でのことだよ――学生たちに、私の所に来ないか、と。パーティーとかそんなものではなくて、そう、いつもの、公園を歩き回って、話でもしようかということだよ。むろん、思ってはいなかったよ、全員が来るとまではね、でも、いつも大勢集まるんだ。それで、妻と一緒に夜遅くまでずっと、お客たちを待っていたんだ。誰も来なかった。僕は、後で聞いてみたよ。どうしてだいって？　彼らはこう考えていたんだね。大群で押しかけたら、グーバルの邪魔になるだろう。なら、誰かが遠慮しなくちゃ、とね。誰もが皆、そう思いついたわけだ……」

会話は、近くで誰か人が眠ってでもいるかのように、かなりの小声で続けられた。ルイスはすぐには話さなかった。

「地球上であったことは、別の話だ……。君の所へ足繁く通ったものだが、ひょっとしたら、あまりに頻繁すぎたかもしれないな。しかし、今の君は、仕事の負担がかかりすぎて、疲れ切っている……」

「疲れ切っている？」グーバルは驚いた。しかし、しばらくして、こう付け加えた。

「その通りだ」

だが、彼がそう言った後、彼自身これまでそんなことを思いつきもしなかったことは明白だった。

「よくコンサートに来てくれたね」ルイスは続けた。「何と言っても、音楽は欠かせない」

「でもね、あそこで寝てしまったよ！」突然、内部で陽気にはじけて、グーバルは彼を遮り、その声は、私と初めて会話を交わした、あの舞踏会での時と全く同じように響いた。

ルイスは、黙り込んだ。不意を突かれたか、あるいは、もしかしたら、憤慨したのかもしれない。ところが、グーバルがこう説明した。

「眠れないんだ。眠るためには、すべてのことを忘れなきゃならないんだ。音楽の傍なら、私は忘れて、眠りにつける……」

「忘れなくてはならない？　何をだね？」

沈黙が訪れた。私は、この会話の最初の言葉から、自分が招かれざる客であると気づいていた。お前は暇を告げるべきだぞと、十回自分に言い聞かせ、そして、ただ適当な頃合いを待っていた。そして、今まさにその時が来た、と思われたのに、私が動き出した途端、グーバルがこう始めた。

「生命の過程に対する重力の作用を研究して九年になる。長い道のりさ。これまで林立する諸問題に出会ってきたが、そのどれもが一生に値する。私はそのどれにも行こうとしなかった。巨大な加速、光速——それが、私のテーマだった。秒速一九〇〇〇〇キロメートルを越えた人間の運命はどんなだろう？「死」だ——小学校の生徒はそう言うだろう。今なら私もそれと同じことを言うよ、九年間の研究で倍加した確信とともにね。で、その先は何だ？」彼は、ガラスドアの扉にもたれかかった。私たちはそのまま立ち尽くし、公園はとめどなくざわめいていた。

「ここ数か月のあいだ、私が接触する人は皆——どのような状況かは一切関係なく——ある同じ質問を口にしそうになる。けど実際には、その質問を口にしたりはしない。実験室の仲間《トヴァジシェ》たちは、私同様に、研究の状況を熟知している。にもかかわらず、彼らさえ、最も身近な連中さえ、カーラさえもだ。連中に何を話したらいい？　憶測に頼れと？　希望に？　何の権利で？権威とは、すなわち、責任だ。私たちはそう教わった。権威が大きくなればなるほど、すなわち、責任もますます大きくなる。ところが、皆は期待しているんだ。注目して、期待している。グーバルを信じているんだ。なら、グーバルは誰を信じたらいいんだ？」

彼は叫ばなかった。声を荒げることすらしなかった。そんなことをせずとも、その声はおそらく甲板の端々まで聞こえていただろう。しかし、そこは空っぽだった。真向かいには、青い常夜灯の長い列。右手では、大きく開いたドアの黒い口の中で、目に見えない公園がざわめいていた。

「しかも、今でさえ、君たちに話しているこの瞬間にも、君たちはこう考えているんだ。「うん、そうだな、しかし、奴は何を考えている？　何を当て込んでいる？　奴の意見は何だろう？」……私は正しくないかい？」

私たちは言葉も無かった。彼は真実を言ったのだ。

静寂が訪れた。グーバルは、目まで時計を持ち上げ、背筋を伸ばした。

「まあ、何だな、行って、始めないと」

「何をだね?」

「新しい一日を」

彼は私たちに一礼し、広々とした通路をすたすたと歩き通して、エレベーターに姿を消した。

夜の三時だった。

宇宙航海士の像

山の渓流がその経路上で貫入不可能な岩に遭遇した時、渓流は谷を満たし始める。それが何か月も何年も続き、絶えず流入する細い水の糸は、黒い山塊に囲まれ目には見えず、しかしある日、谷は湖となり、すると渓流はその土手を越えて溢れ出し、その先の経路へと進みゆくのである。

まさにこのような揺るぎない、己に忠実な忍耐、それが自然の作用の根底に潜在し、虚空の中でさまよう原子から、燃え盛る天体や氷で覆われた天体、緑地により緑色をした天体を創り出すのだ。まさにこのような忍耐こそが、女性彫刻家ソレダットを特徴付けているのである。彼女は、この四年というもの、ひとつの作品の制作に取り組んでおり、元来この目的のために、私たちと共に航海に乗り出したのだ。それは、宇宙航海士の塑像となる予定であった。

この彫刻家がなぜソングラムに白羽の矢を立てたのか、私は首を傾げたことを認めねばならない。何しろ、この船の甲板にいた宇宙航海士といえば、例えば、常に他の誰よりも周囲から距離を置いたような、用心深い眼差しをした鋼鉄のテル・アコニアン、銀色の髪で覆われた、思想家の頭脳を持つグロトリアン、それに、背が高く、自分の巨体にうんざりしたかのように猫背ぎみで、頻繁に夜間の当直を勤めていたため、黒い点が収縮し、目前に測り知れない距離が漂っているような瞳孔を持つ、滅多に姿を見せないペンデルガストがいた。そこに、どうだろう、ソレダットは、彼らの中で最も平凡な男を選んだのだ。しかも、これ以上高尚な人物を求めるのは困難というものであった。ソングラムという、この幾分恰幅の良い、黒髪の男は、笑うことが途方もなく好きで、しかも、人が集まっている席でばかりではなく、独りでいる時もそうだった。彼の研究室の傍を通ると、彼の陽気な質《たち》が大爆笑するのが、たびたび聞こえてくるという話だった。彼は、お気に入りの読み物である、古代の天文学者の論文集を笑うあまりに、体を折り曲げることすらあった。この男が言うには、私がウケるのはね、連中の知識の貧困さではなく、その自信満々な態度なんだ、ということだった。子供たちの代表団が、とても退屈だとの理由で、「小さいけれど、本物の」事故を起こしてくださいという、この世で最も深刻な要請を携えて、他でもない、まさに彼の所へ赴いたのは、偶然ではない。

地球からの出航四周年記念の日の前日、塑像のお披露目がなされた。像はまだアトリエにあった。女流彫刻家は、埃にまみれたグレーの作業用つなぎ服《コンビネゾン》を着たまま、像を覆っていた分厚いカバー布を取り外した。彼女の彫った像は、重い、石の宇宙服《スカファンデル》を着ても、視線が星々への飛行を思わせるように頭を持ち上げても、いなかった。地味な台の上に立っていたのは、私たちの中の一員で、彼は、まるで今にも前に踏み出そうとしているかのように、僅かに前屈みのポーズで、ほほ笑みとも、不安からの身震いとも取れる、への字に曲げられた唇をして、何かをこれから口にしようとしているところであった。それは、何か重要なことなので、彼は意識を集中していたが、しかし、彼の中ではまだ、御影石の台座の上に、一段高く持ち上げられて、独り立っている、という軽い驚きを払拭しきれていなかった。

　ソングラムは、彫刻家から意見を求められて、ただこう言っただけだった。

「君は、この私自身よりも、私のことを信頼しているんだね」


　この四年間、メイン・コントロール・パネルの前に配置されてある凸状に張り出た丸い文字盤上には、私たちの進路である銀河系上の座標を度数で示している、二八一・四度と二・二度という数字が黒々と見えていた。当船を表す銀色の点は、大宇宙図上では間もなく旅程の半分まで到達するところだったが、宇宙《そら》は不動のまま留まっていた。唯一、数少ない、直近の星々が、黒い背景の上をのろのろと通り過ぎていった。青く輝くシリウスが、赤いベテルギウスへ向かってゆっくりと忍び寄り、ケンタウルスの星々が一層見事に明るく輝いていたが、天文物理学者たち以外には、私たちを取り巻いている果てしなく静まり返った深淵に対する者は、ほんのはかない変化として時間の経過を測定している者は、誰もいなかった。時間は、船底でさえも固まっているかのように見え、来る日も来る日もまた次の日と変わらず、四季の人工的なサイクルにもはや誰も惑わされず、私たちはただ、船の密閉した外膜に閉じ込められていて、私たちの間に現れた新しい人々のおかげで、時が過ぎ去るのを認識するのであった。

　テンプハラの四歳の息子（すでに船内で生まれていた）は、ある時お遊戯の時間に私にこう尋ねてきた。

「おじちゃん、ほんもののにんげんって、どんなふうにみえるの？」

「君、何言ってるんだい」私は叫んだ。「本物の人間って?!」

「ちきゅうからきたひとだよ」

「それなら、私たちこそは、みんな地球から来たんだよ」私は、動揺を押し殺しながら、こう答えた。「君のお父さん、お母さん、私たちみんな……向こうに戻れば、自分で納得するよ。それに、そもそも君は地球での生活のいろいろな物語を見ているんだし、地球上の人々も私たちと全く違わないことは、分かっているよね」

「え」チビ助は、こう答えた。「それ、にせものでしょ、それはただのビデオ……」

もっと年長の子供たちは、充分強烈な方法で、自分たちの存在を私たちに知らしめてくれた。公園が狭すぎて、遊びが大きく広がってゆくにつれて、大レースや狩猟が催され、ゲアの甲板中が大騒ぎでいっぱいになった。

時は流れていった。少年たちは男になって、少女たちは女性に変わってゆき、実験室や研究室には次第に新しい、若い顔が現れるようになっていった。生じている様々な変化は、もちろん、科学や芸術のグループの補充には限られなかった。私たちの多くには、身近な人々のあいだに、血縁者、同僚、親友以外にも、さらに、相談事を抱えてやって来たり、あるいは、助言や助けを探している若い人々がいたのだ。このようにして結ばれた交友関係は、友情へと変わる。それは、悲喜こもごもの現象である。喜ばしいのは、なぜなら、若さというものは、模範とするのにふさわしい価値を自らの人生によって創り上げた人々のみを切望するからだ。悲しいのは、なぜなら、このような最初のお客は、大抵、自らの若さの終わりを告げるものだからである。ニルス・ユールイェラが、私の所へちょくちょく顔を見せていた。今や、やせっぽちの、背の高い若者であり、にっこり笑う時ばかりではなく、話す時も、小粒でジューシーな果物よろしく、発する言葉をかじっているかのように、歯を見せる。とても頭の回転が速く、半ば幼稚な奇癖がたっぷり溶かし込まれた才能を持っていたので、彼のオートマタは、スラグから鉱石を分離しようとするうち、しまいにはこの作業の最中に激しくむせ込むようになっていた。彼の数学の研究を眺めながら、年長の専門家たちは、罵ると同時に目を細めるのであった。なぜなら、彼の奇行を特徴付けていたのは、気まぐれな魅力だったからだ。そして、トレフプ教授の息子で、一歳年下のヴィクトルと離れがたいコンビとなった。とんでもなく白熱した論争の場で彼らを見つけることがあったが、二人ともヒートアップした頭を抱えてその論争から抜け出すのが常だった。

ある晩、その頃行動の変化が目についてきたニルスが——口数が少なく、放心したようにじっと見つめるようになった——恥ずかしさでいっぱいの、ぎこちない口上の後で、僕、詩を書いているんです、と私に告白した。まず始めに、作品をいくつか持ってきた。私は彼の傍でそれを読み上げた。彼がこちらの表情をじっと見守っているのを感じながら、私は無表情を保とうと努めた。何しろ、酷い代物だったからだ。間もなく、彼は分厚い新しい束を携えて現れた。これらの韻を踏んだ哲学論文の中で、彼は破滅を渇望し、忍耐からの逃走を夢見るがごとく、無を夢見ていた。私は、このような憂鬱な情緒の源を、次の詩の中で——いよいよ多くの作品を持ってくるようになった——謎めいた女性が登場した時、あれこれ考え始めた。そこには、とりわけ空想表現の中に、ある種風変わりな特徴があった。とうとう私は堪えきれずに問い掛けた。

「ここに「空のように黒い瞳」とあるね。どうしてこんな、だって……」

「ええ、だって彼女は黒い瞳なんです」彼は、赤く染まりながら、そう答えた。

「空は青いに決まっているよ！」

彼はびっくりして私に目を向けて呟いた。

「うん、そうですけど……でも、本当の空のことを考えていたから……」

つまり、この子は、地球の空を、毎日ゲア号の公園で目にしていた淡青色を、すでに、船を取り囲む果てしない暗闇とは逆に、まがい物だと見做していたのだった。この子は、そんな風に考えていたのか、出航時に十四歳だったこの子が。

誰に分かるだろう？——私は、思った——ゲア号で生まれた子供たちの知性の中に、どれほど多く、このような新たな観念連合が生じているのか。

地球からの出航四周年記念日には、すでに恒例となった、乗組員の親善パーティーが催された。

この年の集合場所となったのは、円柱付き大ホールだった。すでに夕方の早いうちに来客でいっぱいになった。私がテル・ハールのところからやって来た時には、リリャントとルデリク兄弟の班に所属する物理学者たちが、ちょうど、発光するモデル上で分解器の動作の実演をしているところだった。

それは、放射エネルギーの投擲器で、一回の充電で中型の小惑星をひとつ、木っ端みじんにすることができる程強大であった。それが、レーダー装置と共に、ゲア号を天体との衝突から守ってくれている。なぜなら、自らの途方もないスピードを考慮すれば、この船は機敏な迂回飛行に適してはおらず、大惨事を回避する唯一の手段であったのが、放射の衝撃によって、遭遇した物質の塊を粉砕することだったからだ。物理学者たちによって準備された出し物は、本質的に感銘を与えるものであった。ホールの中央が舞台となっていて、この空いたスペースで、船の進路を横切る塊が原子に分解されてしまうドラマが「上演」された。ホールは暗闇に包まれ、ロケットの模型と一個の流星が青白く発光しているように見え、衝突が不可避であると思われるや、針の様に鋭い光線がその宇宙機《ポチスク》から発射されて、石の欠片《かけら》を燃え立つ雲に変えていった。照明が点灯すると、好奇心に駆られた人々が物理学者たちを取り囲み、熱い議論が起こって、じきにそこに、演算用アナライザーの甲高い音声が加わった。テル・ハールと私は、少しのあいだ庭に出た。戻る道すがら、円柱ホールへの入り口手前、通路の交差点のところで、水槽の真向かいのくぼんだ壁龕の中に座っていた三人組に気がついた。アメタ、ニルス・ユールイェラ、そして、古代心理学者のアヘーリスだった。

「数千年の期間というのは」古代心理学者は言った。「生物進化のスケールではほんの束の間のことで、我々の肉体、感覚、脳の構造は、古代人のそれと全く同じなんです。もっとも、アルゴナウタイ《アルゴナウチ》〔金羊毛を求めてアルゴー号で航海に出たギリシア神話の英雄たち〕にとっては、地中海というものが、果てしない空間でしたが、それに対して、我々は、太陽から地球の距離を、「太陽の一歩〔一天文単位〕」と呼んでいます。おそらく、今後、我々の後には、航海の一歩となるのが一キロパーセクになるような宇宙飛行士《アストロナウチ》らが出てくるかもしれないですね……」

「それでも、その宇宙飛行士をアルゴナウタイと比較できるんじゃないか?」とアメタが言った。その顔の上を、緑色がかった銀色の陰が流れていった。「むろん、勇気の大きさは、克服された空間で測れるものじゃないし、そんなのナンセンスだろうな。古代人の頭は、魔術信仰の霧からかろうじて抜け出た程度で、そこらじゅうで歌う妖怪、竜、神々が連中の前に化けて出たんだが、絶えずずっと……」

「いろいろな時代の人々をそんな風に比べるのは、危険なように思えます」と、ニルスが意見を口にした。「古代人は、衝動的で、冷静さに欠けていて、喧嘩っ早いのと同時に、涙もろいんです……」

　アメタは視線を上げた。彼の真向かいのガラス板の向こうで、魚の頭がゆらゆらと揺れ動いていた。魚たちは口をパクパクさせながら、ガラスの壁に貼り付いていて、あたかも会話を盗み聞きしているかのようだった。

「いたって普通で、とても気の良い連中さ」と、パイロットが言った。「そして、俺は連中が完全に理解できるぜ。奴らには夢を見る度胸があって、その夢に、俺たちにとっては変てこな、おとぎ話の形を着せた……それは、本質的なことじゃない。連中に漁村を捨てさせ、不可思議な海の空間へと漕ぎ出させたものは、根本的に、俺たちを星々へと駆り立てているものと同じなのさ」

「よくそんな風に言えますね」ニルスが立ち上がった。「古代人は、存在しない想像上の目的を追いかけるうちに、偶然に発見を成し遂げていたんです。神話の奴隷だったんだ！」

「君は、間違っていますよ」古代心理学者がそう指摘した。「多くの要因が絡み合う中から一つだけを挙げるとすれば――諸々の社会的勢力のメカニズムというものが、野蛮な時代においては、ひとつの謎でした。身近で観察される生命は、日光の筋の中で踊る塵のダンスのようなものに映っていたのです。時折、大変動によって一掃されてしまう、ね。そうしているうちに、人間は、自分や他者の存在の意義を認識したくなったのです。そして、どんな犠牲を払ってでもその意義を発見したいと願い、論理的ナンセンスの対価を払って、この地球の生命に意義を与えるために、現実の生命から架空の生命へと永久に逸脱していったのです」

心理学者は、ニルスが自分に耳を傾けていないと分かって、しゃべるのを止めた。少年は、通路の奥を見つめていた。そちらの方から、一人の若い女の子が歩いてきた。ニルスは、一歩前に踏み出して、自分が歩いているとは意識しないまま、私たちの環から外れた。女の子が後ろを振り返って見回した。すると影の中から、第二の人物が姿を現した――ヴィクトルだった。

二人は私たちの傍を通り過ぎ、円柱が並ぶ長いアンフィラードに姿を消した。ニルスは微動だにせず立っていた。彼の両手の指が、何かを握りつぶすかのように、わずかなジェスチャーを行った。突然、彼ははっと身震いし、おそらくは、自分が多くの人の視線を一身に浴びていることを感じたのだろう、背筋をぴんと伸ばして、過剰に穏やかな、大股の歩幅でガラス壁の方へ動いた。そして、唇をかみ殺して緑色の光を見詰め、それが、大きく開かれ、焦点の定まらない両目にくっきりと映っていた。その時、この少年を見つめているうちに、私は、自分が、とても若く、恋愛が原因でとても不幸だった時のことを、いつだったか、一晩中ほっつき歩き、明け方に、衣服を樹脂のしみだらけにして、全身びしょ濡れになって、山小屋へ戻った時のことを思い出した。それは、山でのことだった。濃い霧が出て、雨がしとしとと降っていた。不意に、鳥の最初のさえずりが、かじかんだ私の目を覚ました。私は窓に近寄った。夜明けだった。鎧戸を広く開け放つと、光で大きく膨らんでいく、空と大地の接点に視線が吸い込まれた。霧や雲が動かぬ炎で燃え上がって行った。私は、あたかもこれから訪れる、終わりのない、途方もなく連綿と続く日々を直視するかのように、あたかもこれから私に降り注ぐ、測り知れない富を目の当たりにしたかのように、じっと彼方を見つめた――そして、私は、自分の心臓が力強く打つさまを感じ、とても悲しくもあり、とても幸せでもあった……。

親善パーティーは、深夜まで長引いた。とうとうホールの喧噪が落ち着き始め、照明が落ちてきたように見受けられ、私たちはすでに疲労を覚え、給仕用オートマタの軽い足音だけが響き渡っているような、全体がしんと静まり返る瞬間が何度も訪れた。このような瞬間のある時、誰かがとても古い謡《うたい》を口ずさみ始めた。最初のうちこそ、旋律は躓き躓きだったものの、口から口へと伝えられているうちに、ついには円を描いて全員を引き込んだ。私も、他の者たちも、しばしば、歌詞を欠き、それを覚えている者がほとんどおらず、それらは、遥か昔の、かろうじて理解できる、奇妙な歌詞であり、神の罰が当たった者たち、飢えに苦しめられた者たちについて、彼らの最後の闘いについて謡っていた。一つになった声が止んで歌が糸の切れた重荷のように崩れ出した時、さっと他の声が持ち上がって、歌を支え、そうして再び立ち上がって、大きくなっていった。すぐ後ろで強烈なバスが聞こえた。私は振り返った。目の前に、テル・アコニアンが立っていた。彼の表情は、かつてなく、彼を生み出した山々の陰鬱な美しさを一身に集めたように見え、そして、おそらく私たち全員の中で最も熱烈に宇宙航海を夢見、人生をその実現に捧げてきたであろう、その彼が、地球人の古い頌歌を、仁王立ちで歌い、目を閉じたまま泣いていた。

十日後、私は医務室からのブザーで夜に目を覚ました。向こうに、子供が生まれそうな女性がやって来ていた。私は白衣を羽織って、アンナの寝室に立ち寄った。ベッドは手つかずのままだった。そういえば晩に、シュレイの実験室で急ぎの試験を終わらせなくちゃならないから、戻って来るのがかなり遅くなるわ、と言っていた。私は朝になってから彼女に小言を言おうと決めて、分娩室に向かった。ほの暗いライトの中に、天文物理学者リリャントの妻、ミラ・グロトリアンを認めた。彼女は初産だったので、心配そうだった。私は、君の夫はどこだい、と訊ねた。あの人は観測室でどこかの二重星の蝕を追っかけてる最中よ、とのことだった。彼女の不安を散らすために、私は、私たちに共通する不運——夫婦そろってのワーカホリックぶり——を冗談めかして歎いた。リリャントが、数分おきに電話をよこしては、お産の具合はどうだいと、尋ねてきた。そのたびに私はミラから引き離されてしまうので、とうとう、彼に、あんたは自分の星の番をしてくれ、私はもう奥さんにかかりきりだから、と言った。

お産は、遅々として進まなかった。四時ごろ、胎児の心拍数にぎくりとなった。私は自然の力を頼りにして、しばらくのあいだ待っていたが、産まれてこない子供の心臓が明らかに弱まり始めた時、しかるべき注射をすることにした。私は器具を準備し、クロスを広げ、女性のとても白い腕上に青い静脈を探し当てた。「全然痛いことはないよ」私はそう言った。「ちょっとの我慢さ、ほら」

透明な液体が注射器から流れ出た。ピストンの抵抗を感じ、掌を引いた。その瞬間、天井が私たちの頭上で赤く点灯し、同時に空間の全方位から一斉にがなり立てる声が響き渡った。

「警報！　警戒態勢第二……」

ここでガチャンとものが割れる鋭い音がして、足元の床がぐるぐる回り、照明がすべて消えた。私は暗闇の中、分娩用ベッドの上にかじりついていた。一瞬、静寂が続き、あまりの静けさに、布ずれの音が聞こえたほどであった。その音を立てながら、彼女のシャツが、呼吸の度に覆っている毛布をこすっていた。私は、予備のスポットライトのスイッチを探った。確か、ベッドのヘッドボードの上だった。ところが、それを見つける前に、非常に強い揺れを感じ、それはまるで目に見えないハンマーが部屋の底を打ちつけたかのようであった。そして同時に、放送用の内蔵スピーカーから金属的なギイギイいうノイズがわっと流れ出し、痙攣しているような唸りにまで強まった。

「ミラ！」私は叫んだ。「がんばれ、ミラ！」

震動で私はベッドから振り落とされた。どっと倒れて、方向感覚を失った。

ぱっと立ち上がり、頭を何かの仕切りにぶつけ、そこに新たな揺れが来て、私はよろけて、両手を前に突き出した。すべてが暗闇の中で起こり、何かカラフルなランプが瞼の下でちかちかし、私は、何でも良いから見てやろうとして、空しく目を瞠った。これっぽちの恐怖も感じず、ただ耐え難い無力感のみで、それが次第に怒りへと変わっていった。その時、私たちの頭上で怒鳴るように唸る音の奥から、最大限の努力で息をしようともがく、しゃくりあげる人間の叫び声が途切れ途切れに聞こえて来た。

「警戒……レベル三……緊急ネットワーク……スイッチ・オン……警報……」

それから、まるですぐ目の前で爆発物が破裂したかのように、二度轟音がしたかと思うと、声は、次第に小さくなりながら、もごもごとくぐもり始め、私は内容をはっきりと耳にしたというよりもむしろ、自らこう推測した。

「重力……消失……」

私の体が重さを失っていった。

「このどあほう！」頭の中でぱっと閃いた。「どうしてお前は懐中電灯を持っていないんだ！」

私は常日頃から懐中電灯を携帯していなかった。なぜなら、照明の安全対策はいかなる事故に対しても万全のように思えていたからだ。私は空中に浮かび、襟首を摑まれた仔犬のように途方に暮れ、そして、捨て鉢になって叫んだ。

「ミラ……どこだ……」

灯りが点いた。低い位置に取り付けられていた、緑色がかった保安灯がぱっと光った。私は空中で斜めに態勢を保ちながら、ベッドからおおよそ四メートルのところにいた。ミラは、片方の手で腹を抱きかかえ、もう片方で、金属の手すりをぎゅっと握り締めながら、ベッドの上で半身を起こしていた。私は何度か無駄に足掻いて、やっと彼女のところまで辿り着いた。彼女は真っ青だった。互いの視線が合った。私は無理にほほ笑もうとした。

「何でもない、ただの事故さ！」私はそう叫んだものの、彼女の耳には届いていなかった。頭上のハウリングがまだ収まっていなかったのだ。新たな揺れがあやうく私をベッドから引き離すところであった。

　私は急いで、両手を自由に保つために、締めていた硬いベルトで体を手すりに縛り付けた。船が再び震えたが、今度は違っていた。鈍い衝撃音で中断されながら、数秒おきにものすごいひゅうひゅういう音が繰り返された。ようやく分かった。ゲア号の奥で、気密隔壁が、船室と船室をぴったりと遮断しながら、次々に下りているのだ。これは事故などではなく、大惨事だった。

　私のすぐ目の前にミラの顔があり、両目は大きく開かれたまま、動かなかった。彼女の体は、激しく折れ曲がり、何ごとかを叫んでいたが、私の耳まで聞こえなかった。私は頭を彼女の口元に近づけた。

「ママ！　ママ！」その声が、はるか彼方から来たように私に届いた。

　もう一度隔壁が落ちる衝撃が走り、まるで部屋のドアのすぐ後ろで起きたかのように轟いた。この瞬間、一秒の何分の一のあいだに、一挙に二つの物事を自覚した。すなわち、分娩は進行中で、死以外には何事もそれを食い止めることはできないこと、そして、アンナの実験室は、船の装甲の真下、最上層の甲板にあるということ、だ。私には、ひとたまりもない最愛の人と、暗闇の中を落ちていく鉄の塊が視えた。心臓が何者かに貫かれたかのようだった。私は全身を縮めて、ぱっと後ろに引いた。走り出すために、空手で鋼鉄の壁をたたき割るために、二人一緒に死ぬために。つい今しがた自分でベッドに括《くく》り付けたベルトの事をすっかり忘れて、私は気が狂ったように突進した。

　妊婦は体を折り曲げ、大きく口を開けて叫び声を上げていた。私は、ぐいぐい引っ張るのを止めた。両手を伸ばすと、子供の熱い、濡れた小さな頭、血でべっとり張り合わされた髪の毛を感じた。非常灯の不気味な光が震え、私は全身、体重を失って、器具が私たちの頭の周囲を漂っていた。ある瞬間、血液が入った透明の、大きな容器《バッグ》が浮き上がって来て、私のこめかみのすぐ傍を流れてゆき、光を受けてルビーのようにきらりと輝いて、仕切り壁に当たってバウンドした。ミラはうめき通しだったが、その声は私には聞こえず、苦痛で左右に引っ張られた唇、歯がきらりと輝くさまだけが見えていた。

　ハウリング、不明瞭音、轟音が、私たちの頭上で溢れ返っていた。私は、さらに身を屈めて、痙攣の波でひどくもがく彼女の腹を自分の身で覆った。照明が小刻みに震えだし、さらに一瞬、ランプを蓄光球として認識したかと思うと、その後、暗闇が訪れ、それと共に、完全に静かになった。その中で――突然に――弱々しい、しかし、はっきりとしたすすり泣く声が聞こえてきた。私は、左手に、どの位前からか分からないが、器具を握り締めており、手探りでへその緒を探り当て、それを固く結んだ。何とか片手がテーブルに届き、私は箱の中から湿布を引き抜き、一緒くたに重ねて新生児の体を包んだ。上で再びカチャカチャ音がした。

「がんばれ！」私は彼女に叫んだが、私が予期していた揺れは来なかった。スピーカーが、長いことガチャガチャ鳴っていたが、その後で、聞き覚えのある声が響いた。話していたのは、ユールイェラだった。

「乗組員諸君、各自の居場所がどこであろうと、平静を保ってくれたまえ。ゲア号は、小型天体の衝突を受けた。状況はコントロールされている。現在、上部五層の甲板は、本船の残りから遮断されている。皆、平静を保ってくれたまえ、そして、引き続き現在いるその場に留まってくれたまえ。こちらは、これから非常用重力アセンブリを起動させる。重力復帰への準備を宜しく頼む。十五分後に引き続き連絡を入れる」

　スピーカーがカチャカチャと音を立て、静かになった。再びランプが点いた。低い、ドン、バタンと叩く音がひっきりなしに響き渡った。重力が戻り、床の上に器具、容器、装置が次々と落下し、どこかのガラスが割れ、破片が石のタイルの上にけたたましく散らばった。私は、しばしの間、自分をベッドに縛り付けているベルトの結び目と格闘しなくてはならなかった。そして、それを解いてから、子供を洗面台に運んだ。蛇口から温水が出た。子供は、沐浴で生気が蘇り、次第に大きな声で泣くようになり、大きな青い目を何度もしばたたかせた。私は、お腹の小さな傷に包帯をして、母親の所へ戻ったが、その間も部屋の外で起こっていることに聞き耳を立てたままだった。最初は、まるで高所から滝が丸ごと落ちているような、遠くで鳴るざあざあ音が聞こえ、それから、ハンマーの激しく打ちつける音、細い導管から吹き出ているガスのしゅーという音が響き渡った。何かがきしみ音を立て、何かの大きな力が、ざらざらした表面上で重いものを引きずった。突然、短いピンというチャイム音が耳に入り、心が温かく包まれた。どこかでエレベーターが走ったのだ。

数分が過ぎた。ミラは、とても衰弱しきって、仰向けに横たわり、その表情は弱々しく、かつ、幼く、湿布に包まれて始終まだ私の腕の中にあった子供の小さな顔に、とてもそっくりだった。

私は自分が為すべきことをすべてやり果《おお》せた――そう、思っていた――子供は死なずに済んだ、ミラは大丈夫だ、お前はもう休んでいい……。しかし、私はずっと立ったままだった。ドアが開いて、シュレイが入って来た。彼に続いてオートマタが、球状のランプを高く掲げて運んでいた。強い、乳白色の明かりが射していた。彼が大股で歩くにつれて、傍を通り過ぎる物体の影が生きているかのように動き出し、壁を這い上がって行った。

シュレイが、オートマタの数歩後ろで立ち止まった。部屋で何が起きたのかを眺めていた。彼の視線は、ミラが横たわっているベッド、床の上にばらばらに投げ出され、壊れてしまった器具、血痕を捕らえ、ついに私の上で止まった。

「今産まれたのか？」私が抱いている子供を見ながら、彼がそう訊いた。弱い、陰気な笑みが彼の口元をほぐした。

「彼女はどうしました……？」私は不明瞭につぶやいた。

シュレイは、私の言ったことが分からなかった。

「何だって？」彼が訊いた。

私は声が出せなかった。昨夜アンナがいたのは、彼の実験室だった。

「彼女……どうしたんですか……？」私は繰り返した。名前を口にする度胸が無かった。

「アンナかい？」シュレイが察した。「私の部屋にいたよ。今こちらに来るよ……。何をしている、子供を絞め殺すぞ！」彼が叫んだ。なぜなら、私が無意識のうちに、子供を胸に強く抱き寄せたからだった。今や私は、長距離を走った後のように呼吸をしていた。

「何があったんですか、先生？」

「私に分かっているのは、君と同じ程度だよ。さっき、テル・アコニアンが電話を寄こして、君とも連絡を取ろうとしたが、繋ぐことができなかったそうだ」

「ここにいましたよ」

「ああ」シュレイは頷いた。「彼は一般の連絡網を使って医者を呼び出したくなかったんだ。不安を搔き立てないようにね。我々は準備をしなくては、すぐに負傷者がここに運び込まれ始めるぞ……」

通路から足音や声が聞こえてきた。アンナがドアを開き、背中から入って来た。私は彼女の元に駆け寄って、立ち止まった。始終、子供を抱きかかえたままだ。

通路は暗く、唯一、ちかちか点滅する微光の行列だけが床から一メートルの高さを流れるように奥からぞくぞくと近づいてくる。それは、白いリネンで覆われた担架だった。一番手前のカバーの下からは、ぐったりとして、為すがままに揺れ動いている女性の掌が突き出ていた。

ゲア号は、毎秒一七七〇〇〇キロメートルで航行中、航路上で流星物質一個に遭遇した。レーダーエコーがそれを発見したのは、船から九〇〇〇〇キロメートルの距離に位置していた時であった。一千分の一秒以内に、オートマタたちが粉砕装置の照準を合わせた。流星は、放射ミサイル《ポチスク》が命中し、崩壊した。ゲア号は、始終同じスピードで疾走しながら、爆発の現場まで到達したのだが、その時、原子の崩壊プロセスがまだ進行中であったのだ。燃え盛る破片の波が背中の装甲に命中し、九メートルにわたって引き裂いた。灼熱したガスの渦が盲貫創に侵入し、内部の絶縁膜層を残らず破裂させ、そして、諸貯水タンクに穴を開けた。それらはちょうど、液体ヘリウムが循環する冷却網の導管《パイプライン》が下で走っている場所にあった。

これが起きた時、オートマタがパイプラインの気密性を点検中であった。液体ヘリウムは圧力下で循環していたが、その流入を自動的に遮断する栓がすべてブロックされた。すると、絶対零度よりも三度高い温度の液体ガスが、すさまじい力で解放され、パイプをかなりの長さにわたって引き裂き、荒れ狂う奔流となって予備の排気シャフトを伝い、オートマタのフードを流れ落ちながら、中央制御室に流れ込み始めた。ガスが接触した電線は、すべて冷却され、超伝導体となった。インパルスと信号の秩序の拠点を、かき乱された電流のカオスが占拠した。絶え間なく流入するヘリウムが、制御室のますます高い部分を水没させてゆくにつれて、オートマタが超伝導によって打撃を受け、次々と故障していった。

　操舵室は、制御室のちょうど真下にあり、従って、前者の天井が後者の床となっているのだが、その時、そこに居合わせたのは——三時四十七分のことだった——たった一人の人物、当直の宇宙航海士であるソングラムだった。彼は、液体ヘリウムの主線を遮断することも、水密隔壁を下ろすことも、間に合わせのタンポンで盲貫創を負った装甲を塞ぐこともできなかった。ある電子頭脳が完全に麻痺状態に陥り、別の頭脳は狂ったように振る舞い、コマンドを歪めながら、何十もの相反する命令をほんの一瞬のうちに送信していたのだ。ソングラムは、誰とも連絡を取り付けることができず、辛くも非常用放送設備を使って警報を出すことができた程度だった。というのも、装置のケーブルも、ある程度の長さにわたって、液体ガスと接触してしまったからだった。

　彼は独りぼっちで、もう何も計測せず、表示しない計器や表示器の盤の前にいた。ありとあらゆる制御ランプが、消えたり、出鱈目に点いたりし、一連の変圧器が震えっぱなしで、あるところではいくつかの回路が落ちてしまい、他のところでは過電流で一連のヒューズが焼かれ、それが元で、絶縁板の表面が紫色の炎を上げて焼けただれてしまった。ソングラムには分かっていた。遅かれ早かれ、自分の頭上で増してゆくヘリウムが制御室いっぱいになり、最も奥に隠されている各原子炉の電子バルブさえ麻痺させてしまうだろう、そして、それはすなわち、船の破壊を意味することになる、と。

　彼が何を考えていたのかは、分からない。しかし、彼が為したことはすべて、記録されていた。なぜなら、記録装置は超伝導の原理で作動する、従って、麻痺させられなかったのだ。操舵室はどんどん寒くなり、液体ヘリウムの分厚い層を持ち上げていた天井がすさまじい冷気を発散して、各コックピットのパネル上に霜が付き始め、息が白い蒸気となって口から発せられ、一方、上では、ヘリウムが絶えず波立ち、ごうごうと荒れ狂い、そして、ますます上部のオートマタを沈めてゆき、他方、装甲の盲貫創からは、毎秒数百立方メートルの空気が船の奥から逃げていった。ソングラムは、もう一度、遠心ポンプ、遠隔操作式安全弁、および、メインネットワークに平行する緊急バックアップネットワークを稼働させようと試み――無駄に終わった。

まだ、別の方法が一つあった。彼に分かっていたことは、もしも、天井の換気用ハッチを開けば、頭上で数メートルの厚さに溜まったヘリウムが操舵室へ流れ落ち始めるが、室を満たしてしまう前に、上の温度がわずかではあるが上昇し、それは、しかし、オートマタが通常の動作を再開するのには十分なほどであり、そうすれば、それらオートマタ自身がそれ以上のヘリウム流入を遮断してくれる、ということだった。電子バルブが遮断されており、そこで彼は、操舵室の側壁にある諸々のスポーク動輪を用いて、ハッチを手動で開くより仕方がなかった。もしも、ハッチを一つ開放するだけなら、何とか操舵室の外に飛び出せるかもしれない。しかし、彼には確信がなかった。ヘリウムが、裂けたパイプを通して制御室へ流入するよりも多く、こんな風に開けられた出口を通して、制御室から流れ出していってくれるのか。確実性が不可欠であった。もしも、すべてのハッチを開けていたら、逃げる時間はないだろう。液体ヘリウムは非常に急速に凍結するため、その中に浸漬《しんし》された人間は一瞬にしてガラス状のミイラになる。ソングラムは、もう一度、遠心ポンプを始動させようと骨を折った――成果はなかった。

その時、彼はスイッチを押すのを止めた。四と三分の一秒間、何もせず、そして、その後、ハッチを次々と開け出した。何とか四つを開けきった。ヘリウムは、四重の滝となって操舵室へと流れ落ち始め、上ではオートマタが外に姿を現し、そしてすべては、彼が予測した通りになった。一部オートマタは、ヘリウムの流入を遮断し、他のものは、操舵室からヘリウムを吸い出すポンプを始動させ、さらにまた別のものは、装甲の盲貫創を、圧力注入された急冷金属セメントのプラスターで塞いだ。そして、制御室の天井の負担を軽くしながら、逃げるヘリウムが居住空間の空気と混ざることのないように、重力アセンブリのスイッチを切り、ゲアの奥で気密隔壁を次々と下ろしていった。それから、故障した裂け目から、整備用オートマタの長い列が姿を現し、予備のシャフトへ、制御室の分離壁の間へ、そして、破裂した貯水タンクの下へとぞろぞろ入り込んで行った。それらは、大惨事の最後の痕跡が船の内部で取り除かれた朝の六時まで、休みなしで働いた。

三層と四層で破裂した導管の破片が軽傷を負わせたのは、数名のみであった。私は怪我人たちに包帯を巻いてから、ユールイェラと一緒に、すでにすっかり乾いて、改装された操舵室へと向かった。私たちがそこを引き払う時には、朝の七時になろうかというころであった。通路は人工の夜明けの輝きで満たされ、ひっそりとしていて、人気《ひとけ》がなかった。ユールイェラは、私たちの行く手がそれぞれに分かれる通路の場所を素通りし、そして、まるで私から離れられぬかのように、そのまま先に進んだ。不意に、医務室のドアの手前で――私は負傷者たちのところへ戻るところだった――彼が立ち止まった。

「あんな計算をしなければよかった……」彼がそう言った。

私は尋ねるように、目を向けた。彼は私を見ていなかった。

「私はいてもたってもいられなかった……。あいつにそんな必要はなかった……そうでしょう? ハッチを一つ開ければ、十分だったんだ。チャンスはあった」

そうか。

「彼は、知らなかった?」

「知ることができなかったんだ。ぜんぶの計算を実行するには、少なくとも数分は必要だった。それが叶わなかったんだ」

私は、無言のままだった。まだ両目の中に、操舵室から持ち帰ってきた映像が残っていた。こすり落とされた大惨事の痕跡が付いた、空っぽの、広い空間。そして、両手を一番最後の、終わりまで回されていない動輪に掛けて、立っている姿の――宇宙航海士の像。

ユールイェラは、ますます強く私の肩を摑んだ。

「ドクターは……彼をよく知らなかったでしょう……」

彼がふいに口をつぐみ、そして私はこの年、これで二度目になるが、泣いている男を見たのだった。

次の日、技師たちが、ゲアの外膜の裂け目ができた箇所を金属の層で塗り固めるコーティングに取り掛かった。この目的のために、セキュリティ・ハッチのロックが解除され、船の外装甲に整備用オートマタの一団が送り込まれた。アメタが医務室にやって来て、私を一緒に連れて行くというのだ。それというのも、虚空に遠出と洒落込む、唯一無二のチャンスが生じたからだった。

下甲板の通路交差点傍は、作業の真っ盛りであった。ひっきりなしに、シャフトからオートマタのうちどれかしらが身を乗り出し、残りのオートマタたちは、運搬装置の脇で待機しながら、それに工具や金属の貨物を積み込み、その作業が済むと、装甲を着た怪物が、向きを変えずに、背中からエレベーターに入りこんだ。その足取りは、あまりの重量級ぶりに、下の床がへこみそうなほどであった。ゲア号の外へ出たいと希望する者は多く、私たちはかなりの間待たねばならなかった。私はようやく圧力室に入った。すでに出発準備が完了していたアメタが、宇宙服《スカファンデル》を身に着けるのを手伝ってくれた。大きく開いた頭の開口部から中に入ると、その次には、両肩に古代に着用されていたような、レースの襞襟を彷彿とさせる、前後が丸く彎曲した襟が掛けられた。ただし、この、呼吸装置と原子力暖房装置が内蔵されている襟は、金属で作られていて、かなり重い。その上に、ガラスのヘルメットが据えられ、それは両目の前が凸状に膨らんでいる。体を動かすたびに、宇宙服《スカファンデル》の分厚い層が体の周りを滑るさまを感じた――外側は金属製で、銀の綿毛でびっちり覆われ、そして、内部はサテンのような肌触りだ。このかさばる衣装を着て動くことは、重力のある空間では容易ではなかった。後ろから押されて、私は圧力通路に入った。ヘルメットをかぶった瞬間から、照明が黄色い微光へと暗くなり、視界からアメタを失った。最後の秘跡のような動きで、一台のオートマタが、出口際で私の酸素バルブの締め付けをチェックし、それが終わると、内側のフラップがスライドして閉じた。数秒のあいだに、空気のしゅーっという音がどんどん静かになってゆき、それから、もう内部の気圧で支えられなくなっていた、ハッチのフラップが、私の足元でひとりでに持ち上がった。私はタラップを伝って降り始めた。最初に両脚、それから胴体、そして頭が、ゲアの外に出た――四年目にして初めて。

タラップの端に摑まって、足の裏を装甲の上に置いた。靴底の磁石が強く張り付いた。私は真っ直ぐに背を伸ばした。両目の中では、まぶたの下に残されていたライトの閃光がまだちかちかしていた。十数秒後に、最後の閃光が消えた。次第にものが見え始めた。ゲアの外殻は静止していた――人工重力を作り出すために、ただ内部の、船の居住場所のみが、巨大なメリーゴーラウンドのごとくぐるぐる回転しているのだ。私が立っていたこの場は、完全に静止していた。天の川のとぐろを巻いた雲が、地平線を装う、測り知れない大きな輪となって暗闇を包囲していた。宇宙服《スカファンデル》は重さを失くし、自分が裸で、体の表面丸ごと空っぽの空間へと餌食にさらされた気がした。何らかの不用意な動きが、完全な暗黒の中で目に見えていない装甲から私を引き剝がしてしまう、という恐怖の中で、私は両足の下の固い表面へ、身を縮めながら、しゃがみ込んだ。そういえば、私は、出発前に宇宙服《スカファンデル》に装着してもらった長い安全ロープで、ハッチの留め金に繋がれているのだ。激しく動いてロープのグリップを探しているうち、うっかり磁石を切るスイッチを押してしまい、私は広大無辺へと飛び出した。目を丸くして、ロープがのろまなおさげ髪のように解けていくさまを見た（ロープは蓄光性だった）。それは長い、白い臍帯のように伸びて、ついには私は風船のように斜めに船の下方――それとも、上方だか――に浮かんだ。なぜなら、重力の欠如が方向感覚を完全に失わせたからだ。私は体を動かし、頭を持ち上げた――星々だ。下の方、つまり、両足の下へ目を向けてみた――星々だ。全方位が、死んだ暗闇、その深淵の中で星屑が凍り付いていた。不意に酷いめまいを感じて、まぶたをぎゅっと閉じた。鼓動が低いこだまとなって、頭を取り巻いている空気の小さな空間いっぱいに響いていた。私は再び両目を開いた。おおぐま座の馴染みある形から、視線を下に、向こうの、カシオペア座のイプシロン星とデルタ星のあいだに移した。静止した光が輝いていた――太陽だ。それが、あまりにも微かで、あまりにもあらゆる私の記憶からかけ離れていたために、懐かしさも、驚きすらも感じず、ただ白けただけだったのだが、その下には、理性の主張が及ばない、とても信じられぬという気持ちが隠されていた。他の何千というものと何ら変わらぬ、この黄色い一点の塵が、私の故郷の光なのだ、ということが。

　私はゲア号を見ていたかった。てっきり空間に浮かんでいる彼女《ゲア》――暗くてすらりとしたスピンドル――が見られると思っていたが、しかし何も見えなかった。嫌悪感を催す恐怖が、二度目に私の喉を摑んだ。恐ろしい考えが閃いた。ロープが離れて、私は独り、黒い無限に置き去りにされてしまった。パニックに陥って、私は、何でもよいから摑まろう、どこかしらの慣れ親しんだ地点に張り付こうとして、激しくもがき始めた。

私は盲目のいも虫のように不様にのたうち回った。心臓が早鐘のように打ち、両目はぐるりと地平線をなぞった。いずこも数百万もの静止した星々。あまりに弱々しくて、それらの光へまっすぐ伸ばされた自分自身の両手すら見えなかった。あたかも自分自身が、すべてを飲み込んでいく暗闇の中に溶けてしまったかのように。そこにあったのは、血液の音と黒い無限、それだけだった。

突然、視界に長い、白い蛇が現れた。私と船を繫いでいるロープだ。私は、痛くなるほど目を凝らして、ゲア号を見つめた、というよりもむしろ、彼女《ゲア》の魚のような形を推測した。空間のところどころには星がなかったためだ。船は、黒い影となって、南の諸銀河団からくっきりと浮き上がって見えていた。私は急いでロープを巻き始め、しばらくすると固い感触を覚えた――両膝を同時に船の装甲にぶつけたのだ。私は靴の磁石を思い出し、そのスイッチを入れた。これで、歩き回ることができる。周囲を取り巻く暗闇の中で、突然近くで、緑色の小さな明かりがぱっと点いた。宇宙服《スカファンデル》がそれぞれ襟の後ろに装備しているライトだった。誰かが立って、作業中の整備用オートマタたちを眺めていた。私はそちらへ近寄った。整備用オートマタたちは、ぽっかり開けられた装甲の裂け目に群がっていた。さまざまに混ぜ合わされた、いくつもの投光器《リフレクター》が、作業現場を照らしていた。光の中で、グロテスクな影を投げかけている、裂け目のぎざぎざが見えていた。衝突の瞬間にここで作用した高熱のせいでめくられ、捻じ曲げられたのだ。一部のオートマタたちがこれら鋼鉄のぼろ切れを切り落としているあいだに、別のオートマタたちが電子ビームを打ち付けて傷を縫い、それに続くオートマタたちが、彼らの後ろを進みながら、グラインダーを動かしていた。彼らの腕の下から、紫色や黄金色の火花の束が闇の中へ舞い上がっていた。それは、あたかも、永遠の星々の下で腰を丸めている、ある種の怪物たちが、生まれた瞬間にすぐさま消えてゆく、はかない、カラフルな宇宙を創り上げているかのような、驚くべき光景だった。向こう側に、緑色のライトがもう一つ輝いていた。私はその人に向かって動いた。再び、星が散らばる闇に取り囲まれた。ゲア号が本当に疾走しているとは、信じられなかった――私は運動の相対性現象を体験した訳だ。もしも、基準座標系を定めなければ、速さとは空っぽの音である。

最初、独り離れて立っている人物はアメタであるように思われたが、しかし彼よりも背が高かった。その人の肩に置こうと、片手を持ち上げた。手が下がった。それは、グーバルだったのだ。彼は、腕を組んで立っていて、近くで火花が明滅するのに照らされ、そして、宇宙の果てしない虚空に浸りきった眼差しをして、ほほ笑んでいた。

新時代の始まり

いつ私がアンナを愛するようになったのか、よく分からない。そうなったのは、だいぶ前に違いないが、はっきりと自覚したのは、ようやく、私たちからひとりの仲間《トヴァジシュ》を奪った、あの大惨事の只中であった。私たちの共同生活は、今や、穏やかで静かに成長してゆく一連の日々などではなく、航海があまりに多くの事件をもたらし、私はそれらに対処しきれず、悲劇的な事件にしょっちゅう怒って、途方に暮れては、打ちのめされていたが、それでも、その頃には、怒りの時も悲しみの時も彼女を愛し、そしていつも彼女が恋しかった。たとえ彼女が一番近くにいる時ですらも。

　私は何か月ものあいだ、夜遅くまで働いた。その頃は、いつもぐっすりと熟睡し、朝は意識が朦朧として目覚め、自分が何者で、何という名すらかも分からず、すでに起床してからようやく、まだ夢の中に沈んだままの記憶の中でそれを探さなくてはならないのだ。この時、自分を辿る道を模索し始めるや否や、一番に彼女の存在を意識するのが常で、その意識が私の全身を満たし、あたかも体の中から現れ出たかのように、部屋や視線を休ませるものをひとつひとつ明るく照らしてゆく。そうすると、私には、こんな想いが湧き上がってくるのだった。もしも自分が記憶を何もかも、過去を丸ごと失って、彼女以外には何も覚えていないとしたら――それこそ自分はこの世で一番豊かな人々の一人かもしれないな、と。私たちは、晩になると船尾パノラマ台に出かける。かつて星の下で彼女に口づけをしたことがあった、あの場所へと。私たちは、少しも触れ合うことがなくともお互いの存在を感じ取りながら、暗闇を眺め、そして、頭上には、空間に並べられた、巨大な光の隊列、プレアデス星団が、煌々と輝いていていた。ある時、アンナがこんな言葉で沈黙を破った。

「ねえ、あの向こう、ああいった太陽の周りで、生命体を宿している惑星が回っているのよね？」

「うん」彼女の考えが何を意図しているのか分からぬまま、私はそう答えた。

「知的生命体によって息づいている惑星が、銀河系には数百万はあるに違いない、というのは本当に確かなの？」

「本当だよ」

「あら、ならば、あの黒い空間は、死んでいるのでも、空っぽでもないんだわ、数百万もの生き物の視線が、絶えず突き刺さっているんですものね！」

それらの言葉が、とてもシンプルで自然で、いかに私を驚かせたことだろう。

「ああ、一理あるな」私は思った。「アンナは正しい、私が南十字星の冷たい炎を見ている時、私の視線は、ひょっとしたら、あそこで見知らぬ生き物たちの視線と出会っているのかもしれない。彼らは、私たちと違っていても、違う太陽の下で成長していても、私たちと同じように、宇宙の恐ろしい、永遠の美を眺めているのだ」

大惨事から四か月後、次のような言葉が記された、古風に印刷されたカードを受け取った。

ゲア号生物物理班は、貴殿を研究所大ホールでの拡大会議に謹んでご招待申し上げます。
開催時刻は、現地時間の十八時です。
議事日程：
一、グーバル教授の臨時報告。
二、討議。
なお、臨時報告の内容は、銀河横断航海問題です。

　未だかつて、この日ほど、時間がこれほど耐え難くのろのろと進んだためしはなかった。私は医務室での勤務中、ひっきりなしに時計に目をやった。一旦、五時に会議へ行こうと決めたが、いわば偶然のように、四時に生物物理研究所大ホールの近くへ赴いた。きっと誰もいないにちがいない、と決めてかかって。ところが、何と驚いたことだろう、すでに遠くから、がやがやと喧噪が聞こえてきたのだ。五時二十分には、会場は溢れんばかりにいっぱいだった。円形講議室《アンフィテアトルム》の上段の隅にある私の席から、動く頭の海が見えた。あらゆる通路に、人々がひしめき合って立っていた。唯一空いていたのは、巨大な黒板際の狭い空間のみだった。ここには、ゲア号の乗組員全員が居合わせていた。各実験室や甲板には人気《ひとけ》がなくなり、たった一人の人物、当直の宇宙航海士だけが欠席していたが、しかし彼もテレビのおかげで、中央操舵室からイベントの進行を見守っていた。

　六時のチャイムと同時に、演壇脇のドアからグーバルが入って来た。彼は演壇に登り、しばらくのあいだ、黒板の下に幾何学的に並べられていたチョークを一本一本吟味していたが、ついにその中から一つを選び出し、それからこちらに向きを変え、軽くお辞儀をし、話を始めた。

　彼は、一般によく知られている事実を列挙することから始め、閾値速度に到達した時の意識の明滅についてや、閾値速度を越えようとする数々の試みが、実験者たちの死で終わったことについて言及した。この簡潔な出だしの最後に、彼はこう述べた。

「ほとんどの専門家は、毎秒一九〇〇〇〇キロメートルを越える速度での航行は決して現実的ではないと信じておりますが、その一方で、少数派たちが、超閾値速度の有害な影響から人間を保護する手段が見つかることを期待しています。一般に広く受け入れられている生物学的過程の理論は、そのような手段の発見の可能性を排除しているので、これら後者の専門家たちは、その理論が誤りであることが証明され、反証されるだろうとこれまで仮定してきたのです。私に関する限り、前者や後者の同僚諸君グループの仮定を支持したことは一度もありません。前者の見地を、支持しないというのは、なぜなら、彼らの仮定を受け入れることは、この分野におけるすべての研究が失敗する運命にあると認めてしまうことになるからです。後者の立場も、同様に否定します。なぜならば、既存の科学理論が新しい理論に置き換えられるのは、それが誤っているからではありません――科学発展におけるその時代はとうに過ぎ去りました――そうではなく、新しい理論は常に古い理論よりもより一般的であり、その古い理論をある特別なケースとして内包しているからなのです。そこで、私は、このような生物学的過程の新しい理論を発見するという課題を自らに課したのです」

会場中に軽いざわめきが広がった。

グーバルは、誰もが知っている、生きた細胞のエネルギー方程式を黒板に書き抜き、チョークをぽいと置いて、こう続けた。

「同僚諸君は、ここに記された式が表現している理論よりも、より一般的な理論が存在しうるという私の主張に驚いています。確かに、この式は、バクテリアのような、最も単純なものから、人間のような最も高等なものまで、地球上の有機体における生物学的過程の既知の変遷をすべて網羅しています。それならば、さらにより一般的な理論というものが考えられうるでしょうか？　ある一つの可能性を私が見出したのは、このような概念化においてです。すなわち、地球上の生命は、宇宙《コスモス》の諸惑星系における存在が活動的に継続している、ある特殊な一例にすぎない。他の天体上には、地球上とは異なって生じた生命体が静かに生息しうる。地球では、生命は常にタンパク質化合物の状態で出現する。そこで、すでに長い間、ケイ素原子の骨格上に構築されたタンパク質様構造、いわゆるシリコ脂質が存在しうる、という予測が表明されてきました。そこで、このような推論に基づいて、私は、宇宙の数百万という惑星系において発生しうるだけの、あらゆる生命形態の発生を支配している、最も一般的な法則を探すことにしたのです。実験に基づいてそのような理論を構築する可能性は、除外されました。なぜならば、私たちは、このような未知の有機体がどのように発生しうるのかということに関して、その知識のシルエットすらも持ち合わせていないからです。通行可能な唯一の道は、宇宙全体で適用できる最も普遍的な法則に基づいて求める理論を推測することでありました。それが無機物の法則です。ご存知のように、地球上の生命体における生命の変遷を反映させるために、数学の新たな一支流が創設されました。いわゆる、バイオテンソル学です。そこで、私は、その数学的な「血縁者たち」を発見する課題を自らに課し、我々のチームは長年の研究の末に、これに成功した、と言って良いでしょう」

再び、低い嘆息にも似たざわめきが響き渡り、それが波のように来場者たちの間に広がって、すぐに静まり返った。

グーバルは、最初の数式を描き、頭を傾け、しばしの間その式をじいっと見つめて、それから一気に書き始めた。数式が次から次へするすると現れ、死のような沈黙の中でチョークが鈍く軋《きし》み、時折そのかけらが床の上に落ちては、かつんと音を立てた。次第に、黒板が読みにくい記号で覆われてきた。私はすでにだいぶ前から論証の筋道を見失ってしまい、それ以上の展開は科学者たちの振る舞う様子からのみ窺い知ることができただけだった。最初のうちメモを取っていた者たちは、携帯用端末を脇に退けた。彼らは、椅子から前に身を乗り出して、次々に現れる式を注意深く見守り、時々眉間に皺を寄せ、それらの顔つきがある時には無表情になったかと思うと、再び、見知らぬ人だかりの中で知り合いの顔を認めた時のような類の、一種かすかな笑み、ないしは安堵が浮かんだりしていた。同時に、会場全体の緊張が絶えず高まっていった。あちらこちらの者が、両手でコンソールのボードを摑み、あたかも立ち上がろうと思ったものの、動作の半ばでそれを忘れてしまったかのようだった。私の一列前に座っていたテンプハラは、乾いている唇を舐め回し、一方、その隣のチャカンヂャンは、両手をこめかみに平らに当てて、にょろにょろと成長してゆく数式のへビ以外のすべてから、己を遮断したいと望んでいるかのようであり、そしてとうとう、その式は、黒板の縁にまで這い出していった。グーバルは、一瞬たりともためらうことなく、つやつやしたマホガニー《ボワズリー》のパネル上にそのまま書き続け、ついに最初の列を終えると、こう口にした。

「ここで、行列式を入れ替えましょう……」

そしてスイッチを押した。電動スライダーが、数式で埋められた黒板を上に持ち上げて、その位置に新しい黒板を下ろした。科学者は、白い埃だらけの掌にふうと息を吹きかけて、さらに書き続けた。突然、彼は立ち止まり、再び鳥のように頭を傾げて式をまじまじと見つめ、そのかすかにかすれた声で、こう言った。

「そしてここで、それぞれを均一場に置き換えると、こう得られます……」

彼は、短い、二つの単位記号で表現される方程式を書き記し、こう話した。

「ご覧の通り、最も一般的なモデルに導かれた式は、閾値速度を超える生物学的過程の停止の不可避性を証明しています。別の言葉で言い換えれば、この時、死が生じねばなりません」

ひとつの巨大な胸でため息が押し殺されたような短い響きが、空気を震わせた。グーバルは泰然として、話を続けた。

「これは、絶対に確実なことです。死は避けられません。この場で、この論証は終わってしまいます。長い間、私には出口が見えませんでした。私には、これ以上、先に道は無いように思われていたのですが、そうではありません。私はこう思いついたのです――もし、問題をひっくり返してみるとするならば、つまり、もし、普遍的に受け入れられている方法を放棄し、生命の方からではなく、まさに死の側から入るとするならば、何が起こるのだろうか？　もしその為に、まさに速度によって殺された、衝動的に殺された生命体を受け入れ、そして、その生命体をより低い速度へ導くとするならば？」

グーバルは再び黒板の方に向き直り、袖口で記号をいくつか拭き取って、書き直すと同時に、こう話した。

「もう一度、定数場を置き換えます……。ここで、ガルガノフスキ変換……すると、こうなります……」

彼は、書き込まれた数式を枠で囲んだ。彼の指の内にあったチョークは、まだ黒板についたままだったが、その時、低く押し殺された叫び声の大合唱が響き渡った。私は会場を見回した。メハネウリスティカ学者、生物学者、数学者たちが、自分の席からさっと立ち上がり、驚異の稲妻に打たれたかのように固まってしまった。身を乗り出している者もいれば、講義机にぐっと寄りかかって、燃えるような眼で黒板を見つめている者もいた。グーバルは額から大粒の汗の滴を拭い、アンフィテアトルムに向きを変えて、そこで起きていることに気がつかないかのように、話を続けた。

「ご覧の通り、閾値の速度を越える際に起こる死は、可逆的です……。加速度が緩慢に増加する場合、生命体の死は徐々に起こります。分解酵素群が諸組織を消化して分解し始め、故に、腐敗が生じます。しかし、急激に閾値速度を超える場合、有機体の分子構造全体がいわば停止したようになってしまいます。そして、その後、同じように急激に、低速に向かうと、組織のあらゆる機能が、一時的に止められていた時計の振り子が押されて動くように動き出すのです。閾値速度を越えて可逆的な死の領域へと移動するためには、どの程度の加速を生命体に与える必要があるのでしょう？　式の答えはこうです。地球の生命体よりも二百倍大きい加速、言い換えますと、有機体一個なら、不変質量の×２００の重さになり、従って、人間一人ならば、約一トン半。このような加速は、その人間を殺してしまうようなことはありません。もしも、ほんの一瞬のみ作用するならば。が、それ以上は我々には不必要です。図式的に言いますと、このような方法で、限界速度の障壁を突き破ることができるのです。さらに先の展望はどのようなものでしょう？　まずここに、人間の乗組員を乗せた一機のロケットがあり、そのロケットが閾値近くの速度に達し、それから、一足飛びに、より速い高速移動へと移行する、と想像してみましょう。続いて、すべての生体機能のほぼ完全な停止が起こり、従って、旅行者たちは死を迎えたと、述べることができます。しかしながら、その死は可逆的であり、そして、非常に長い時間の後に、ロケットが同じように急激に、超閾値速度から閾値へとジャンプすると――人々は蘇るのです。このようにひき起こされた死の可逆性、あるいは、お好みならば、ある種の極めて深い昏睡、の状態は、任意の長さで継続することが可能である、という事実を強調しなければなりません。何百年、それとも、何千年も。なぜならば、速度が、そう、例えば、999/1000c〔=299,492,665.542m/c〕で移動中のロケット内では、時間の経過が実質上、停止するからです。と言うのも、生物学的過程が停止し、それ故に、老化の過程も同様に停止するからです。そのため、ロケットは、宇宙のどんなに遠い所へでも遠征を企てることができるのです。たとえ、旅が一〇〇〇〇年も続くことになったとしても、目的まで到達するのは、地球を旅立ったのと同じ人々であり、彼らの後の子孫たちではありません。これらの人々は、老化にも、旅のいかなる困難にも屈することはありません。この途方もなく長い期間は、彼らにとって一切、未来に存在しないのです。なぜならば、彼らはこの時間のあいだ、ずっと意識が無いのですから。ご覧の通り、ここに開かれている展望は、比類がないほどより広大なものです。仮に我々が時間の経過から解放されぬまま、生きて旅をすることが本当にできたとしても、それ以上なのです。なぜなら、その場合には、旅の継続は常に、ひとつの世代の寿命の限界内に収められることになるでしょうから。従って、自然は我々にとってこの上なく好意的だ、と述べることができるでしょう……」

グーバルは続けた。「この新たな航海方法は、有意義な心理社会学的結果をもたらすに違いありません。まず第一に、何と言っても、これは、時間の経過を、従って我々の身体の老化を、我々が思いのままに制御したり加速したりするのに、アクセス可能な最初の方法なのです。これこそは、その助けを借りて、可逆的な死に浸漬された人間が、いわば、まるまる数世紀を飛び越えて、極めて遠い未来へまで生きながらえることができる方法なのです。ここで、非常に多くの問題が念頭に浮かびますが、一つだけ取り上げることにします。ここに、銀河系の奥に旅立つ人々の一団がおり、その一団が地球に帰還するのは、数百年後ないしは、数千年も後になります。これらの人々は、特定の発展段階にある社会を去り、地球に自分たちの近親者、親友たちを残し、特定の文化形式で育ち、芸術、日常生活、科学研究等の領域において確立された作法、習慣、そして嗜好を持っています。ここで、彼らは、自分たちには完全に未知の社会に帰還することになるのです。と言いますのも、彼らが地球を去る瞬間に存在していたままの段階で停止しているあいだ、社会は数世紀にわたって絶えず発展をしていたからです。ここに、相当の困難が見受けられましょう。帰還する一団は、かなりの程度、地球社会から疎外されるでしょうが、その一方で、もしも、私が考えますに、まあ、いずれそうなるでしょうが——銀河系横断やさらに遠方の遠征が一般的な現象になると、たまに地球へ帰還する船団は、三一〇〇年、三二〇〇年、三五〇〇年、四〇〇〇年などの同年代の人々を乗せていることでしょう。よって、多種多様な世代の奇妙な近隣が生じ、社会によるこれら帰還グループの吸収を加速する、共存の新しい諸形態が考案されねばなりません。

むろんこれは、とても遠い未来の問題ですし、その将来が自分自身でそれらに対処せねばなりません。私がこれらの問題に言及したのは、なぜなら、我々の前に新たな生の領域が開かれると同時に、結果的に新たな諸問題が生じていく過程は、進歩の特徴である、と見做しているからです……。私がお話ししたかったことは、これですべてです」

グーバルは、チョークを脇に置いた。

「何か質問はありますか？」彼は会場を見ずに、そう言った。かさぶたのようにこびりついたチョークの粉をハンカチで不器用に指から拭おうとしていたのだ。

すでに講義の終わり近くに、数十もの人々が一列目の椅子の前に飛び出していたが、今や、全員が席を立って、通路を通って下へ流れ落ちながら、黒板の前でひしめき合っていた。その姿はまるで、汚い文字で書きこまれた数式の鎖に吸い寄せられているかのようであった。トレフプが傍を通り過ぎざまに、焦点の合っていない視線をこちらへ向け、何かしゃべりたそうに唇をもぐもぐさせたが、声を出さずに、再び黒板の方へと向き直った。

私はグーバルに目を向けた。彼はすっかり疲れ切っていて、両手で講議台に寄りかかっていた。私は彼の表情の中に、人類の前に宇宙全体を開け放った、超人的な成果による自尊心、勝利の歓喜を探してみた。そこには、そのようなものは一切何も無かった。彼は身動きせずに、立ちつくしている人々を、始終まだ沈黙したままの人々を眺めていた。そして、人知れずそっと笑みを浮かべた。私が虚空の中で垣間見たのと同じ、果てしのない星々の空間へと向けられていた、あの笑みを。

グーバルの講義の後に私たちを呑み込んだ雰囲気は、名状しがたい。最初の感動が収まり、詳細な報告が、電波のシャワーとなって地球側に放出されると（それらは二年以上も後に届くはずだった）、意図的に創設されたグループ間組織評議会が、銀河系横断航行プロジェクトに関連する新しい研究プログラムを各研究チームに割り振り始めた。建築技師たちは、閾値速度の障壁を突き破るのに適した新しいタイプのロケットの計算に取り掛かり、メハネウリスティカ学者たちは、そのようなロケットの制御に欠かせない、新しいモデルのオートマタを開発する必要があった。仕事はたっぷりとあり、ゲア号のチームはかろうじてそのほんの一部を持ち上げることができるにすぎないことが判明した。グーバルと他の生物物理学者たちも、栄冠の上でひと休みするつもりはなく、それどころか、さらなる理論の結果を追究していた。これらすべてが、皆に火をつけた、ある種の、言うなれば、一致団結したパッションなるものをもって生じたのである。同時に、船内が、祝祭的な、陽気な平安で占められた。三時間の講義が、私たちにかくも強大な、真空を克服する力を与えてくれたので、私たちは、相も変わらずゲア号の周囲で続く氷のような闇に、ほとんど目もくれなくなった。翌日の夕方、船尾星望台で、数十人もの仲間《トヴァジシェ》たちが航海が始まったばかりの頃のように、いや、より一層くつろいで散歩をしているのを目にして、私はほほ笑まずにはいられなかった。彼らは、足を止めては、遥か彼方の星座を、将来訪れるべき町々の明かりのようにゆび指していた。

　夕方遅く、私はテル・ハールの所へ出かけた。歴史家が、ちょっとワインでも、と友人のアメタ、ゾーリン、ニルス、テンプハラ、ルデリク、そして私を招待してくれたのだ。何でも、私たちの偉大な勝利を内輪で祝うために、とのことだった。

　私たちは夜遅くまで、歴史家の所でつい長居をしてしまった。私たちはこれまで、暗黙の了解で銀河系宇宙船基地学の問題に蓋をしてきたが、今や、それについて、以前から推測されていた自明のことのように、饒舌に語り合った。ある時、とうに真夜中を過ぎた頃、始終ほとんど話さなかったテル・ハールが、こう言った。

「ご存知か、ゲア号を「超閾値」船に改造するのは無理だとね？」

「もちろんです」若い方のルデリクが答えた。「エンジンの出力が小さすぎますし、それに加えて、まったく新しいオートマタが必要ですよ」

「我々はまだ、目的を果たすまで、丸々三年はかかる」歴史家は、まるで彼のコメントが耳に入らなかったかのように、続けた。「その後、ケンタウルスの惑星調査に入ることだろうが、おそらくは二年、それとももっと長引くかもしれない。その後、八年の復路——併せて、十七年だ。地球に着いた頃には、我々はもうすっかり年寄りになっている。次の遠征、あの「本当の」銀河間の方は、それほど急いで出発することはなかろう。テストや実験に少なからず時間がかかるに違いない……」

「だから、それが一体何です？　なぜそんなことをおっしゃるのか、分かりません、先生」ルデリクがせっかちにそう訊ねた。私たちも同様に、思わず驚いて歴史家に目を向けたが、彼はあわてることなく、続けた。

「我々のうち誰一人として、銀河系空間へ旅立つことは、おそらくないに違いない……故に、実のところ、我々の生活は一切何も変わってはいない。すべてが、以前のままだ。グーバルの発見は——現在も、将来においても——我々の運命にこれっぽちも影響を与えることはないだろう、そうじゃないかね？」

座が驚愕に包まれた後、ルデリクが叫んだ。

「一体何を言っているんですか！　なんてこった、先生はおそらく盲人なんでしょう、ゲア号で起こっていることに気がつかないなんて！」

「気づいとるよ、むろん。それに、この興奮状態の訳を知りたいとまさに望んでいるところだ、なぜなら、すでに話したように、我々の運命は……」

「まさか思ってないですよね、変わったりしないだなんて！」ルデリクが怒りに任せて、最後まで言い切った。「先生は、ぼくらの運命において、何も変わったことはないと言うんでしょう！　でも、ぼくは先生にこう言いたいです、何もかも変わったんだ！　先生！　どうしちゃったんですか！　それとも何ですか、先生はこの四年間ぼくらと一緒にいなかったんですか、それとも、この酷い待ちぼうけのプレッシャーを感じていなかったんですか、この——これまでずっと四苦八苦して克服し、ずっと跳ね返してきた——いつもいつも新しい仮面を付けては戻って来る待ちぼうけを？　おまけに、未来への希望は一切ない——想像するだけで、うんざりだった。アルファ・ケンタウリ近傍の星へ宇宙船が飛ぶようになるのは、三十年後、四十年後だとか、航海は永遠の投獄となるだろうとか、真空が船を飲み込んで、地球に返してよこすのは、年寄りか本物の青空を知らない子供たちだとか、シリウス何とかの境界外にはぼくらは決して飛び出すことはないとか——ほんとに、これを自覚するだけで、もう人間にはお手上げなんです……。でも、今、ぼくらは知ってるんです、航海はこれから全く見違えたようになること、ぼくらは真空の洪水に堤防を立ててやるんだということ、その堤防は人生を何年も続く、途方もない待機時間へと変えてゆきながらも、人生を食い尽くしたり、破壊したりしないだけでなく、人々がその堤防を意識することすらないということ。それだけじゃない！　例えば、地球からりょうけん座まで旅をするより、ユーラシアからオーストラリアまで旅する方が、人間はずっと歳を取るってことなんだ。なぜならば、ぼくらにとって、宇宙船の中では可能に、いや、不可欠にすらなるだろう、時間の経過を遅らせることが、地球上ではできないからです！」

「それは何もかも、立派なことだ」テル・ハールが頑固に食い下がった。「しかし、君はずっと将来の遠征についてのみ話しているね。まあ、よかろう、しかし、君は、その「超闕値」船の甲板にではなく、「旧型の」ゲア号に乗っている訳だが、君はその発見とやらに何か関係があるのかい？」

ルデリクは、絶望的に私たちを見回して、唇を何度か動かして、一度ため息をつき、肩をすくめて、何も言わなかった。

突然、テル・ハールが笑い出した。たった一人、長いこと笑っていたが、ようやく陽気の発作をひくひくさせながらこう洩らした。

「いや……いや……今すぐ……ちょっと待ってくれたまえ……」

彼はまぶたをぎゅっと閉じ、涙を流して、こう言った。

「どうか勘弁してくれたまえ。君たちを笑いものにするつもりじゃなかった。問題は、本当に意義深く興味深い。すなわち、我々の生命の最も本質的な意味を成しているもののうち、いかに多くが、実際にはその物理的な限界を越えたところに横たわっていることか！」

「そうですね」ニルスが言った。「でも、この先も常にこのままなのでしょうか？　人間はかならず死にゆくのでしょうか？」

しんと静かになったが、テンプハラの声がそれを破った。

「ニルス君、両端が繋ぎ合わされている真っ直ぐな棒三本で構成される物体を、思い浮かべてごらん。どんな形になるかな？」

「三角形です」

「その通り。三角の形は、そのような棒がそれぞれ接合される瞬間に生じるのであって、私がそれを欲しているか、いないかには関係がない。もしも、誰かが私にこれらの棒をそういう風に繋ぐように命令し、同時に、その際に生ずる形は三角形ではありえない、と断言したとしたら、建築技師としてこう言うが、それは、解決できない問題なんだ――今も、十億年後も同じように。ここで、君の言葉に関して言えば、答えは、生命の存在にとって死は不可欠か、否か、ということ次第なのかな？」

「どうして不可欠だなんてありえるでしょうか？　だって、死は生命の否定じゃないですか」

「個体では、そうだ。だが、種では、そうではない。もしも私が、生物的進化の原動力は何か、という問いに、ひと言で答えたい場合には、こう答えるね。変動性だ、と。もしもそれがなければ、始生代の海の底で生じた原始の原形質は、今日と言う日までその同じ姿のままで安穏と生息し、後に人間を発生させた、想像を絶する豊かな動植物の形態を、自らの中から生み出していなかったことだろう。さて、今度は、こんな質問だ。何のおかげで、その変動性とやらは在り得るのか？　それは、ある形態が他の形態に譲歩すること、つまり、この世に子孫が登場し、そしてその過程において世代から世代へと、跡を遡るのが困難なほど、ちっぽけな、しかし、何百万年にもわたって積み重なり、新しい種や門をいくつも生じさせてきた変化が起こることのおかげなんだ。そして、私たちの日常語に翻訳してみると、この、子孫に代わるための親の形態の消失、この、ある世代から別の世代への譲歩こそが、死という名称を持つんだ。死が無ければ、変動は無かっただろう。変動が起きなければ、進化は無かっただろう。進化が無ければ、人間は存在しなかったろう。これこそが、君の質問への答えだ」

「進化の構造的確立の基本には、その創造者たちの死の必然性があることを、証明されたんですね」しばらくしてから、ニルスがそう言った。「それには同意します。でも、もしも進化が不死を生み出すことができないとしたら、ひょっとしたら人間がそれを成し遂げるかも？」

テンプハラは黙ったままだった。

「たとえ、そうだとしても」部屋の奥で声が響いた。「だが、たとえ、そうだとしても……」

私たちはそちらへ目を向けた。声の主は、アメタだった。

「死とは何だ？　悪夢のように、虚無を想起させるものなのか？　いずれ俺たちが帰っていく、あの恥ずべき塵（君は塵だから塵に帰るのだ（『創世記』三章十九節）『旧約聖書　創世記』、関根正雄訳、岩波文庫、一九六七年）の姿か？　俺たちが天地との、そして星々との闘いをこなしながら、無機物に勝ち続けるのは、結局俺たちがその無機物に戻るためだ、という認識か？　うむ。そして、さらに、俺たちの体内にあるタンパク質の酸化が、音楽と悦楽を生み出しながら、どうやって腐敗へと移行するのか、という認識なのか？　うむ。だが、同時に、死は、一瞬一瞬の、一呼吸一呼吸の、この上なく貴重な価値の源であり、自身の最善を尽くせという命令なんだ。俺たちがなるべく多く、これからやって来る人々に、ひとつひとつの行為に対する揺るぎない責任というものを記憶させ、伝えることをどうにかやり遂げるためのね。なぜなら、一旦行われてしまったことは一切何も、人間の一生と同程度の短い時間のあいだには、覆されることも忘れ去られることもないからだ。そして、これらすべてを通して、死が俺たちに教えてくれているのは、人生を愛すること、何より、他の人々を愛すること、同じように、死すべき人々をも、同じように、勇気や不安でいっぱいの人々をも、同じように、物理的存在の限界の外へ身を乗り出そうという人々、そして、自分では見ることが叶わない将来を、愛情を込めて築き上げようとしている人々をも愛することなんだ。不死を手に入れるならば、人間は、最も貴重なものを——記憶を——手放さなきゃならないかもしれないな、なぜなら、一体どんな脳が、無限という名前の、記憶の巨大集積を内蔵しきれるというんだ？

そんな脳は、古代人が崇拝していた神々の、冷淡な知恵と無慈悲な平安を所有してしまうに違いない。だが、もしも人間として存在し得るのならば、一体誰が神になりたいなどと望むほど気がふれたりするだろうか？　もしも、ソングラム宇宙航海士のように、死でもって他者に命を与えることができるのならば、誰が永遠に生きたいなどと望むだろうか？　俺はそんな世界はまっぴらだ。己の心臓が打ちつける一回一回ごとが、命の称賛なんだ、だから、俺はあんたがたに言っ

とくよ。俺は――俺から死を奪いさせはしないって
ね」

ケンタウルスの太陽

宇宙動物学セクションの長であったのが、エントレウル教授、間もなく九十に手が届くという、活発な瞬間沸騰タイプの爺さんだった。すでにゲア号で、自らの百本目に当たる論文を発表していた。一世紀近い生涯の間に、私たちとは異なる太陽、つまり、超巨星と巨星、ケフェイド変光星、電波星、白色および赤色の矮星などの諸惑星に生息する生物の体系学を創り上げた。ご存知のように、宇宙動物学とは、冗談のネタにされることをいとわない分野だ。たとえ、何世紀にもわたって培《つちか》われてきたにもかかわらず、当該分野に献身してきた学者たちが、火星由来の地衣類やコケ類数種の他には、地球外の生きた有機体をこれまで一度も見たことがないのだということに気づかれるとしても、

驚くには当たらない。何しろ、その業界では不毛な当て推量が多く、専門家たちの数だけ、反駁し合う派閥に事欠かなかったのだから。とりわけ、エントレヴゥルは、彼自身によれば、永久《とこしえ》の夜に浸された惑星上の生命体に備わっているに違いないという、嗅触覚という感覚の発見者であった（悪意のある連中は、「発明者」と言った）。この感覚は、伝えられるところでは、においを知覚するのみならず、そのにおいを発散している物体を形成することも可能にするという。当該および類似の問題が議論された宇宙動物学者部会では、一連の終わりのない論争が連綿と続いた。会議には、異世界の人口密度についての知識を広めたい、というよりはむしろ、エントレヴゥルが興奮して自分の論敵に雷を投げつけるのを見たい、と望むお客たちがいつも大勢訪れた。

いつだったか、アルファ・ケンタウリの惑星系産生物の外観問題が議事日程にあった時、ある人物が最後列の席から立ち上がって、発言権を請うた。それは、トレフプ教授であった。

エントレヴゥルとトレフプの対立は広く知られていた。後者の傑出した宇宙物理学者は、前者に燃料を供給するのに充分以上のことをしたと言わねばならない。彼は、宇宙動物学を「九か世紀ほど月足らずの早産児」と名付け、何しろ、その仮説が宇宙飛行によって検証されるには、九百年も早く生まれ出てしまったものだからね、などと説いたり、かと思えば、再び、エントレヴゥルの最新論文についてどんなご意見をお持ちか、と会議室のロビーで話しかけられて、こう語ったりした。いわく、「ピン・ムアが、フー・チェンの所でドラゴン殺しの術を学んでいた。六か月の辛い修行の末に、この術を完璧にマスターした。だが、そいつを腕試しする機会はどこにもなかったのだ……」

私はある時トレフプに、なぜ宇宙動物学者に対してこれほどの敵意を持っているのですか、と一度訊ねたことがある。教授は私にこう答えた。「連中が最も好都合だと感じるのは、何とか星に惑星が全くない場合なのは、明らかだね。連中は、そういう時、最も高い正確さでもって、講義をするのだよ。その星の惑星に生息している生物は、どんな風に見えることだろう、もしもその星が惑星を所有していたならば、とね。これは、もう三十世紀のスコラ哲学者だね。連中は、自然に対する信頼が過少で、自己に対しては過剰なのだ」

トレフプのこのような発言は皆、遅かれ早かれ、エントレウルの耳に入っては、爺さんを激情へと駆り立てたのだった。もっとも、そのような激情の中にあって、彼の気分は上々で、なぜなら――噂によると――それこそが彼の精神の正常な状態だったからだ。

従って、トレフプが発言権を求めた時、宇宙動物学者たちは肝をつぶし、一方、出席者たちは、新たな悪意を嗅ぎ付けて、首を伸ばした。トレフプは、私の意見では人類は決してケンタウルス系の存在を見ることはできないでしょう、と、全くもって真剣に言明した。びっくり仰天に満ちた沈黙が訪れ、その中で彼は、さる実験を提案いたします、と付け加えた。

「私が」彼は言った。「まさにそのような生きた存在を目の当たりにする人間になりましょう。諸君は、私にそれの外観をお尋ねください。もしも、私の誠実で詳細な、そして、最善の意志を持って差し上げる返答に基づいて、諸君が、その存在の極めて一般的な姿さえ構築することができるというのならば、諸君の勝利を認めましょう。そうでない場合には、私が正しかったことがはっきりしますな」

宇宙動物学者たちは、ひそひそと相談し合っていた。エントレウルは、パラドックスないしは冗談ではないかと疑っていた。トレフプは、自分の意図はこの上なく真剣だ、と請け負った。ついにエントレウルが会場の真ん中に進み出て、そこにトレフプを招いたが、彼は自分の席から発言する方がよい、と答えた。星の動物相《ファウナ》の年老いた学者は、攻撃《アタック》するかのように細い顎を突き出して、こう切り出した。

「その存在の大きさはどの位ですかな？」

「人間よりもわずかに背が高い場合もありますが、低くなる場合もあり、そしてさらに、非常に小さい場合もあります」

「これは、それが収縮および拡大することを意味しますか？」

「いいえ、これは、おそらく、人間が、跪《ひざまず》いたり、座ったり、あるいは、身を屈めたりして、表面上自分の身を低くすることと似たような方法によって起こるに違いありません」

「ならば、その存在は、跪くこと、座ること、そして、身を屈めることができる訳です。貴君はなぜ、このことをすぐに話さなかったのですか？」ウォーミングアップしながら、エントレウルがそう訊ねた。

「私がそう申し上げたのは、人間に関してのみです。なぜならば、跪くためには、脚を持たねばなりません。身を屈めるには、背、つまり、脊柱を持たねばなりません――それには、そのようなものが一切見当たりません」

「その生き物には、肢体がありますか？」

「あると思われますよ」

「何と、思われます、とは？　貴君はそれに確信がないのですか？」

「ありません」

「なぜ？」

「それは、我々が何を肢体と認めるかによるからです。もし、別の惑星から来た生き物が初めて人間を目の当たりにしたら、人間には肢体が五つある、と結論付けるかもしれません、万一頭を手足の類であると認知して、その五番目の肢体によって、人間は声を発し、食物を受け入れる、と付け加えるやもしれません。奇妙に聞こえますが、しかしこれは、人間以外の視点の帰結にすぎません。そう、この私にも、むろん、空間において表面上識別される存在の諸々の部分が見えますが、しかし、それらが単にその存在の胴体のくびれではないのかどうかは、分かりません」

「それらの「空間において表面上識別される諸部分」とは、もしや人工的な出自ではありませんかな、例えば、人間の履物、あるいは、衣服のような？」エントレウルはそう訊ねて、「奴は私に一杯食わせようとして、とんだ藪蛇だ」と言っているような視線で、私たちをぐるりと見渡した。

トレフプはすぐには返事をせず、爺さんの顔が勝利の表情を帯び始めた。しかし、それも、天文物理学者が解説をするにつれて、吹き飛んでいった。

「この存在において、何が人工的で、何が天然のものなのか、分かりません。地球外の生き物も同様に、どこで我々の衣服が終わり、身体が始まるのか、分からないことでしょう。ひょっとしたら、人間の特定の領域を、おべべと呼べるような、「蠟腺の干からびた分泌物」が覆っていると、推測するかもしれませんよ。あるいは、馬上の人間を見て、ある種のケンタウルスだと思うかもしれません。その上、騎手が馬から下馬する様子を目にした場合、これは一個の個体を二個に分離する行為だと判断することでしょう。ならば、それでは、私が見ているものは、決してひとつの存在などではなく、二つ、あるいはひょっとしたら、その集合体全体である可能性があります……」

エントレウルは気色ばんだが、しばし考えを巡らした後に、こう言った。

「もしや貴君は、その存在のどの部分が肢体であるのか、それらの肢体によって果たされる行動から、良く分かっているのだろう？」

「そんな質問をなさることで、間違いを犯していますよ。拝聴するに、あなたは、その存在が人間とは非常に異なって構築されており、両者を互いに比較するのは不可能である、という私の主張と一致し始めていますね。しかし、一旦その主張を受け入れた後、あなたは、もしもその身体が、我々のものとは何一つ似ていないとしても、もしかしたらその行動は似ているだろう、と考えておられる。しかし、ここで再び、あなたは、むろん、無意識的にですが、人間中心主義に陥っていますよ。確かに、存在は、さまざまな動作を行いますが、私にはそれらの意味が全く理解できません」

「よかろう」エントレウルが宣った。「違う方法で試してみよう」彼は、次の質問の切っ先を隠すかのように、目を細め、こう言った。「それは、脊椎動物なのかね？」

トレフプは、笑いを堪えた。

「存在の構造を知るために、形態学と生理学へ目を向けたいというわけですな。そもそも、こうすれば確かにあなたは、その存在についてかなりのことを首尾よく調べ果《おお》せることでしょうが、あなたに返答をするためには、まずは私自身が最初にそれの調査を行わねばなりますまい。私は、存在の外観に関する質問に限って返答することになっていましたから。ならばそもそも、あなたは、その外観をスケッチできるのですか？　大雑把で結構ですから」

年老いた宇宙動物学者は、沈黙した。

「我々一人一人の思考の根底には」トレフプが、発言した。「たとえ、極めて一般的な、カリカチュア的な、さらには醜怪ですらあるかたちであっても、他の系からの知的存在は、肉体的にどこか我々に似ているに違いない、という、先祖返り的な、不合理な思い込みが潜んでいます。ところが、それが完全に異なっていることがあり得るのです。そのような存在を目にした者は誰でも、生まれつき目が見えず、ある日突然、手術によって視力を回復した人のように感じるかもしれません。様々な色や形のオブジェクトに満たされ、様々な次元に恵まれた、我々には当たり前の、秩序立った空間世界の代わりに、この人物には、明暗のある斑が動き回るカオスだけが見えているのであり、この新しい世界と他の諸感覚の古い経験とをそれぞれマッチングさせるまでには、長い事学ばねばなりません。ことによると、我々が、本当に見ること、すなわち、その存在の構造を一目で把握して納得することを習得するまでには、まず最初に、彼らの惑星上における生命進化の歴史、それら生命を形作ってきた環境条件、それらに先行する数多くの種を知る必要に迫られるかもしれません。そして、ようやくその時になって、初見においてカオスと思われるものが、実は自然発展の法則に起因する秩序と必然であると判明するのです」

エントレウルは、議論を終えつつも、明らかに自分が敗北したとは認めていなかった。彼は長い講義を行い、その中で、ケンタウルス系の住人たちの解剖学や生理学を、まるで彼らを長年知っているかのように叙述した。彼によると、それらは、高度に金属化された組織で構成されており、それは、過去において、我々の太陽よりも明るかった、刺すような太陽光線から有機体の内部を保護するためであった。トレフプはもう発言はしなかったが、会議の終了後、まるで自分に宛てての様に、こう言った。

「しかし、マシンとの方が、快適に話せるよ。連中は、自分の過ちを美化しようとはしない！」

地獄耳を持つエントレウルは、轟音が出るほど両手で演壇を叩いて、会場中の隅々にまで叫んだ。

「諸々の事実が、決定を下すのだよ、トレフプ君！諸々の事実が、決定を下すのだ！」

天文学者は好敵手に向かって慇懃にお辞儀をした。

旅が始まってすでに七年が過ぎようとしており、私たちのあらゆる期待、計画、そして、希望が、現実と小競り合いをきたすに違いない瞬間が近づきつつあった。

プロキシマの輝きは、ますます鮮やかな紫色になっていった。ポータブル望遠鏡を通して、この赤色矮星の惑星たちを見ることができた――遠位にある方の天体は、木星をしのぐ大きさで、近位の方は、火星に匹敵するサイズである。系の、他の二個の恒星構成員である、ケンタウルスの太陽AおよびBは、惑星の大家族を有していた。両者とも、お互いに数分角離れた、まぶしい白さの星々として私たちの空で燦然と輝いていた。新しい、遥かに暗いペアを成していたのが、シリウスとベテルギウスで、青と赤の、見かけの二重星を作りだしていた。

その間、赤色矮星の成長は非常にゆっくりと進んだため、日ごと、さらには、週ごとですら、その違いを認めることはできなかったが、船尾星望台の闇がいつの間にか次第に希薄になってゆき、その黒さが弱まり、ついには一面、極めて弱い灰色に薄まった。

ある朝、皆が、この極めて深い紫色で満たされた空間の中で、互いに何かを指差し始めた。私たちの体や物体が、甲板の上に影を落とし始めたのだ。

矮星と私たちの間の距離が六〇億キロメートルに縮まると、しばらく耳にしていなかった警報音が鳴り響き、以後、毎晩繰り返された。ゲア号が速度を落としていたのだ。この信号がかつて引き起こしていた抑圧的な感情を、記憶の中に見出すことになるとは、驚くべきことだった。それは今や、勝利のファンファーレのように鳴り響いていた。減速から十六週間後、船は秒速四〇〇〇キロメートルまでスピードを落とし、すでに赤色矮星の第一惑星へと接近しつつあった。その黄道は、ゲアの航行方向と四十度の〔傾斜〕角を形成していた。宇宙航海士たちは、意図的に船を惑星の公転面には導かなかった。なぜならば、そこは、私たちの太陽の近傍と同様に、回避困難な流星塵で満たされていると、当然予期するべきだったからだった。私たちは、四百キロメートル離れて最初の天体を通過し、天文物理学者や惑星科学者たちは、おのおのの観測機材の傍で、昼夜ぶっ続けざまの当直をこなしていた。私たちはその惑星へは接近しなかった。というのも、それは、凍ったガスの厚い膜に覆われた、岩だらけの氷天体だったからだ。

その軌道を通過してから十九日目に、ゲア号は黄道からわずかな、つまり、かろうじて四十万キロメートル離れたところを滑空していた。宇宙塵には、依然として遭遇してはいなかった。晩遅く、ちょうど私が就寝のため横になった時に、スピーカーが鳴って、間もなく観測室が臨時の報告を発表する予定だ、と伝えた。一分間の待機後に、トレフプの声が響き、その言うところには、ゲア号が十五分前に異常な化学組成を持つガス・ゾーンを横断し、現在、その痕跡を見つけ出すため対応中、とのことだった。

私は急いで服を着て、天望甲板へと向かった。そこは、真夜中過ぎと言うのに、人で溢れていた。左舷下の、遥か下方、暗闇の中で、見かけ上は動かない炎の舌に縁取られた赤色矮星が輝いていた。それが発していた光は、太陽の光のわずか二〇〇〇〇分の一だったが、真空はまるで血に染められた霧で満たされたかのようであった。上方には、一面暗闇が広がっていた。

突然、皆の胸から、短い叫び声が一斉に発せられた。

ゲア号がガス・ゾーンに突入し、ガスが船の外被に当たって光っていた。一瞬間にして、両舷を青白く震える残光が取り巻いた。それは発光しながら、筋状に四散し、船尾のはるか後方で消えていった。こんな具合に、私たちはスペクトルフレアの雲の中を疾走した。じきにゲア号は再び真空空間に入り、さらに一段と航行を減速させ、空間でほとんど停止しながら、新たに船首を上に持ち上げた（すべてこれらの曲芸飛行《アクロバット》が、いつものように、不動の星々の空域が旋回したり、回転したりしている印象を呼び起こしていた）。すると、ゲア号は目には見えないガスの流れに再度、ぶつかった。が、それは極度に希薄になっていて、船がその中にゆっくりと入って行った際には、発光現象が起きたりはせず、私たちの速度が毎秒九〇〇キロメートルにまで増えた時になってようやく、電離した原子が装甲との衝突がもとで閃光を発し始め、歩廊の壁際で再び青白い光の舌がぱっぱっと舞い上がるのだった。

ちょうど当直を終えたばかりの天文物理学者が、私たちのところに姿を現した。彼の話では、分析によると、私たちが今、中を移動中のガスの筋は、酸素分子ということだ。これは広く皆の驚きを引き起こした。というのも、真空中で遊離酸素のクラスターにお目に掛かることはないからだ。

「宇宙航海士たちが推測しているんだが」天文物理学者が言った。「僕らは何らかのかなり珍しい彗星のしっぽに入ってしまったんだ。むろん、彼らは喜んでその解明に時間を割いてくれている。ゲア号はガスの筋の奥へ滑りこんだわけで、今、まるで筋をほどくみたいに、走っているところなんだよ」

この筋は、数時間後にオートマタの計算が明らかにしたところによれば、私たちが認識するにはあまりに微細な、何らかの天体のガスの尾をなしている、という予想と一致する曲線を示していた。次の日、夜、そして、また一日が、いつまでも姿を見せぬ、私たちの前方を逃走中の、彗星の頭を捕らえる追跡のために過ぎていった。ようやく三日目の夜、またしてもかなり遅い時間に、トレフプが全スピーカー内で声を上げ、メイン・テレタクター、彗星の頭を発見、本船からの距離一千九百万キロメートル、と告げた。

観測室詣での行列が始まった。ところが、彗星の頭は、暗闇の中で青白い点としてはっきり見えてはいるものの、長時間その視直径が拡大することはなかった。もう夕方になった頃、彗星の大きさを測定することができた。一キロメートル未満であった。宇宙航海士たちが、私たちがかなり多くの時間を彗星の謎に費やしていることを指摘した。この問題は、確かに天文物理学者諸君には重大である、しかし、航行の主要な目的に抵触し、現時点で、我々は放棄された航路へと戻る責任がある、と。ところが、天文物理学者たちは、もう一晩彗星を追ってくれ、と懇願した。この空域内の真空は「人口」が少ないため、私たちは速度を毎秒九五〇キロメートルにまで上げ、船はますます激しい酸素の発光に包まれ、彗星の頭を追いかけて飛んでいった。朝五時、スピーカーを介してトレフプの報告があったのだが、彼の一言目から皆の心臓は激しく打った。なぜなら、この、常にかくまで沈着を保っている人物の声が、震えていたからだ。

「こちら、ゲア号中央観測室です。いわゆる彗星の頭は、天体ではなく、我々の宇宙船のような、人工物です」

甲板上に降臨した興奮状態は、書き尽くし難い。船はさらに、闇の中を逃げてゆく青白い点を追って一直線に疾駆した。いずれの観測室とも、人ごみでごった返しになり、天文物理学者たちは、野次馬たちが仕事の妨げになってきたので、とうとうその一部を追い払わざるを得なくなった。それならばと、全員が、自分の手に入る限りの観測機器を装備して、左舷側歩廊の先頭に集まった。そこからすでに肉眼で不動の星々を背にしてのろのろと動いている霞がかった点を認めることができた。

両者の距離が一千キロメートルにまで縮まった時、ゲア号は正体不明船の方向へ送信アンテナを差し向け、自らの強力な諸送信機の出力を全開にして、その船に呼び出し信号を投げた。未知の存在には私たちの意図は摑めないだろうと理解した上で、私たちは、ピタゴラスの定理や他の単純な幾何学的関係を間断なく送信したが、しかし、真空を通してのこの私たちの呼びかけに対し、依然応答はないままだった。船に狙いを定めた受信機はどれも、沈黙したままだった。

次に、私たちは光で信号を送り始めた。船首の発射装置から、原子力フレアが、銀色の炎を血管のように展開させ、また、緑色と青色の信号ロケットが、黒い広大無辺めがけて飛んで行った。しかし、遠くにぼんやりと見えている船は、相変わらず完全に沈黙したままだった。

ついに、午後、宇宙航海士評議会は、偵察用軽量型小型ロケット《ポチスク》を送る決定をした。中に乗り込むことになっていたのは、オートマタのみであった。現地時間の十六時頃には、飛行場の上部歩廊に二百人位が集まって、十四トンの卵型の葉巻を牽引車が発射レーンへそろそろと引っ張っていく様子を、高台から見物していた。その内部に光沢のないアーマーを纏ったオートマタが入って行った。

小型ロケット《ポチスク》が発射装置に沈み、内部のハッチが閉じて、私たちには姿の見えない一等航海士が中央操舵室のコンソールでスイッチを押した瞬間、まるで巨大な時計が打つような、低い、穏やかな音がゲア号の内部に染み渡った。ほとんど感知できないほどの震動が、船の鉄骨構造を通過した。船首の発射装置から発射されたロケットが、宇宙船から離れ、その周囲でループを描き、電波に誘導されて目標に向かってさっと飛び立った。

私たちは、星望甲板から事の成り行きを見守ろうと、そちらに向かった。だが、残念なことに、ほとんど見ることができなかった。それと言うのも、ケンタウルスの双子の太陽が、未知の宇宙船の上方で燃えており、まばゆい輝きで観察を妨げていたためだった。希薄になった酸素の筋はもはや光ってはいなかった。なぜなら、推進システムがすべてオフになっており、私たちは赤色矮星の衛星として動いているにすぎなかったからだ。パヴェウ・ボレルの好意により、私は百倍に拡大する望遠鏡を自由に使うことができた。それを歩廊の前方の片隅に立てて、耐え難い光に両目を細くしつつ、私たちのロケットが原子力の排気ガスの舌を青白く瞬かせながら、闇をかき分けて進む様子を見ていた。ついに、ロケットが宇宙船に接近し、一つの点に溶け合った。ロケットのエンジンの排気炎が消え、どうやら停止したようだった。ロケットの送信機はゲアの一般スピーカー網と直接接続されており、従って、オートマタによって送信されるニュースは逐一、即時に私たちに届いた。最初のものは、出発の瞬間から十一分後に来た。それは、次のような内容であった。

「未知の宇宙船は、破損しています」

二番目のは、さらにその三分後だった。

「外被を破壊せずに内部に入ってみます」

それから、静かになった。宇宙航海士たちが、質問信号を送ったものの、応答がない。私たちの心臓が、不安で締め付けられ始めると、突然、たった一言、声が響き渡った。いわく、「帰還します」——それと同時に、私たちは始動したエンジンの閃光を認めた。

ロケットは通常の飛行を行い、収容ベイに接近し、磁場によって吸い込まれ、旅客飛行場の第一デッキに到着した。

私たちは再びエレベーターで下へ向かった。二重の気閘《エアロック》フラップが開き、ロケットの船首が姿を見せて停止し、そして、鋼鉄製のクレーンによって引っ張られて、上昇し始め、船体全体が現れてきた。整備用オートマタたちが一気に四方から入り口ハッチのボルトを外しにかかると、陰気な静寂が訪れ、その中で唯一聞こえていたのは、まだずっとスイッチが入れっ放しのまま稼働中の、ロケットの冷却用パルセータであった。その下には、十数名が立っていた。宇宙航海士、物理学者、そして、飛行場担当の技師たちであった。最初のオートマタが、開いたハッチをくぐって抜け出し、プラットホームへと下りて来た。グロトリアンが、彼らに何か質問をした。私たちに聞き取れたのは、その答えではなく、ただ、そこに立っている男によって発せられた、叫び声のみだった。続いて、いくつもの声が、上から叫んだ。

「連中は何て言っているんだ?!」

グロトリアンは、急に青ざめて顔を持ち上げた。

「連中が言うには、あそこに人がいる」

ユナイテッド・ステイツ・インターステラー・フォース

　半時間後、ゲア号の乗組員は、飛行場の歩廊に集合し、ランスロット・グロトリアンとその助手であるガニメデのピォトル、テンプハラ、エンジニアのトレロアーとウテネウト、および、テル・ハールがタラップを踏んでレーン上に配置されたロケットの内部へ入っていくのを見ていた。

　ロケット二号機は、道具類やオートマタを積んだ貨物用で、アメタが単独で操縦するはずであったが、土壇場になって、探索にはもしや医者が役に立つかもしれぬ、と決定が下され、それで、私に白羽の矢が立った。

　私は操縦士と並んでホールの底に立ち、真空用の鎧を背負わされた中で、自然な姿勢を取ろうともがいていた。天井の透かし構造、発進用の漏斗状穴に向かう傾斜軌道、ロケットの機体、何もかもが、私たちの宇宙服《スカファンデル》の銀色よりもワントーン落ち着いた、ベリルの穏やかな銀色で明るく輝いていた。ハッチのフラップが、一番最後の乗員の背後で閉じられた時、巨大な、鋼鉄のピストンが壁から出て来て、小型ロケット《ポチスク》を射出孔に押し込んだ。カタパルトのくぐもった轟音が響き渡った。二十秒が経過、すると、信号発生器のダイヤル上に緑色のライトが点灯した。ピストンが後退し、ロケット二号機を空になったレーン上に押し出した。私たちはロケットの背に登った。

　私は、上階に集まった仲間《トヴァジシェ》たちに何かジェスチャーでお別れを言おうとしたが、しかし、酷く緊張した沈黙が続いていたため、そのままバイザーを下ろして、アメタに続いてすぐさま小型ロケット《ポチスク》の中に潜ってしまった。

　船首内は狭かった。私はかろうじて操縦士の脇に身を落ち着かせて安全ベルトを締め、シグナルが響き、方向舵のコントロール・ランプが点灯し、そして発射体《ポチスク》が、鋼鉄の手によって押され、トンネルの奥深くに滑り落ちた。ドーン。私は体重の急激な増加を感じた。アメタの頭の前にある円形の窓で、空が黒くなった。飛んだ。

ゲア号の周囲でお定まりのループを描きながら、アメタがエンジンを低出力で始動させた。宇宙船の近くから離脱した時にようやく、彼はすっかり慣れた手つきで両手でアクセルのレバーを押し込んだ。耳でというよりはむしろ、スプリングの効いた布上に浮かんでいる体全体で、原子力ガスがノズルから逃げる際の、深い、歌うような調べ《トーン》を感じ取った。

私は、ロケット一号機を見つけようと、窓を覗き込みたかったのだが、キャビンの狭苦しさからそれは容易なことではなかった。アメタの顔が幾度も血のような赤い閃光で覆われ、計器のガラス上ではルビー色の火花が煌めいた——これは、小型ロケット《ポチスク》が方向転換をするたび、赤色矮星が窓を覗き込んで、私たちに熱を発散しない光を吐きかけるのだ。私は、両肘を付いて、体を起こした。見えるのはただ、船首から射し、後方へ真っ直ぐ伸びる、揺らめく炎だけだった。私たちはブレーキ装置で減速中だった。

さらに高く体を起こしてみると、たちまち未知の船を認めた。

それは、どことなく均等に先を尖らせた船首と尾を持つ紡錘を思わせた。突然、その船体の中心の向こうで、遠くの星が光りだした。私は、透明なんだな、と思ったが、すぐに間違いに気がついた。それは、惑星間航行機などでは決してなく、原始的な人工衛星の類であった。私が先を尖らせた船首だと受け取ったものは、実際には、斜めから見たリングのつぶれた形であったのだ。

未確認船が急激に巨大化してゆき、あたかも中で息を吹き込まれているかのように、あっという速さで膨れ上がっていった。これは、真空にはつきものの錯覚だ。ルート上の目標が近づいてくる時、まさにこのように見えるものなのだ。アメタが再び減速器をオンにし、方向転換を行った。私たちの真下を船が通過した。それは、やや平たいホイールハブアッセンブリが取り付けられた、巨大なスポーク車輪を思い起こさせた。奥底の黒い背景の上を、あたかも星々を挽きながらのように、ゆっくりと回転しており、そのスポークがのろのろと滑るように動いた。中央からトラス状の塔によって支えられた離着陸パッドの円盤がそびえていた。

私たちは旋回飛行を行っていたが、ロケット一号機は、すでに降下中だった。彼らは、離着陸パッドのデッキには止まらず、さらに低く降りてゆき、リズミカルにエンジンの炎を明滅させながら、自らの動きを衛星のリング状のリムの回転に合わせ、その上空に浮かび、舳先のブレーキ装置から短い炎を吐き出し、磁気連結器を突き出して、表面が不規則なしみで黒ずんでいる場所で機体を衛星に固定させた。

　アメタがわずかにレバーを動かした。私たちは急降下した。離着陸パッドの平らな円盤が眼の中で化け物のようになってゆき、空を覆い、私たちは弾丸のようにそれを完全に貫通するかと思われた。その直前で、ロケットは舳先を持ち上げ、黒い広大無辺に対して垂直に舞い上がった。私たちの細長い影が、矮星の光を浴びてぼんやりと赤く染まった、溝が掘られた鉄板の上をさーっとよぎった。今度は、私たちが再び高度を取った時に、私は離着陸場の端から端まで幅いっぱいに文字が平らに走っているのに気がついた。それらは言葉を形成していた。

アメタはループを作り、人工衛星の回転の中にロケットを導いた。気がつくと私たちは、その環の平面に入り込んでいて、次第に狭まってゆく螺旋を描きながら疾走した。衛星の銀色のリングがゆっくりと大きくなってゆき、交互に暗闇の中に沈んでは、赤色矮星の光の中で明るく輝き、無数の星々に満ちた黒い空を押しのけながら、ついにはその姿で窓全体をいっぱいにした。アメタがブレーキ装置を押すにつれて、これらの光と闇の変化が、ますます緩慢になっていった。

　私たちは徐々にスピードを落としていった。窓の向こう数十メートル先を、衛星の金属の側面が急激に後ろに逃げていった。その上には、何らかの読み取れない記号が黒くかすんでいた。というのも、速度の差が、それらの記号をチカチカする縞に変えてしまったからだった。もう一度舳先から炎が噴き出し、私たちと逆にスライドしている彎曲した銀色の壁が、これまでの勢いを落とし、ある程度になると、縞状の連なりがひとつひとつの文字に分かれた。私にはこう読み取れた。

アメタがおしまいにもう一度減速機のスイッチを入れた。舳先から射す青白い炎越しに、走っていく文字群が見えた。

U-N-I-T-E-D　S-T-A-T-E-S

窓の中で陸揚機のトラス状アームがきらりと光り、続きの言葉が現れた。

I-N-T-E-R-S-T-E-L-L-A-R　F-O-R-C-E

舷側の何も無い部分が滑ってゆき、それがあまりにゆっくりとかつ、近距離だったため、諸々の連結箇所で縦方向に走る厚みがくっきりと浮き上がって見えた。続いて、巨大な五芒星とまたしても文字群がそろそろと通り過ぎた。

A. I. S. O. 6　UNITED

銘が繰り返し現れた。私たちはまるまる一回転したのだ。

「これらの言葉は何を意味してるんだろう？」私はアメタに訊ねた。

「知らんな」彼は振り向かずに、そう答えた。

小型ロケット《ポチスク》がかたんと揺れた。私たちは、一号機ロケットのすぐ隣に停止した。しみのように見えていたのは、リングの外被にぱっくり開いた巨大な裂け目だった。仲間《トヴァジシェ》たちの姿は見えず、すでに衛星の内部に入ったにちがいなかった。アメタはリア・ハッチを開け、整備用オートマタに召集をかけると、安全ベルトを外して外へ出た。

仲間《トヴァジシェ》たちは、臨時の留め具を使って張られたロープをリングの表面に固定しておいてくれていた。私たちはそれを力強く握った。なぜならば、人工衛星はぐるぐると回っており、それによって発生する遠心力が私たちをいとも簡単に空っぽの空間へと放りだしてしまうおそれがあったためだ。私たちは、巨大な、銀色の輪の上に立った。輪は私たちと一体になって悠然と回転した。その印象はといえば、壮大に回っている、星々の黒い天球の下で、衛星がじっと静止したまま休息をしている、という風だった。遥か上方で、赤色矮星が燃えたぎる炎球のごとく自転していた。中央の離着陸パッドの架橋は、リングの水準よりも高く持ち上げられており、リングの光の中に長い影を落としていて、その影が私たちを飲み込んだり、私たちから離れたりしていた。私はさらに、目でゲア号を探したかったのだが――彼女《ゲア》はいて座の星雲をバックに、どこかにいるはずだった――しかし、アメタがすでに裂け目の中に潜ってしまった。私は彼に続いた。

私たちは、リング状パイプの内側を走る通路に出たことに気がついた。巨大な裂け目は、間違いなく何らかの流星物質が開けたもので、完全に貫通していた。射創付近の通路の壁が激しく歪められていた。完全に叩き壊されたカバーの金属板が、ねじ曲げられた穹稜を露わにし、一方、床は、それに呼応するようにぐにゃぐにゃにひしゃげられて、高い褶曲を生じさせ、それらをまたいでいかねばならなかった。変形の規模が、建材の粗悪さを証言していた。

私たちは、垂直で平坦な隔壁にある最初のドアに行き当たった。その表面を、十字状にびっしりと走っている膨らみがネックレス状に連なっていた。後で技師たちが私に語ってくれたことによれば、これらはいわゆるリベットというものだ、ということだった。かつては、それらによって、金属板の一枚一枚が互いに張り合わされていたそうだ。

ドアは、半開きになっていた。それらの板上に残されていた四つの浅い引っ掻き傷が、先だってゲア号から送られたオートマタがちょうどここを通って宇宙船の内部へと奥深く入っていったことを証言していた。私たちは狭い通路を通って、正方形をした一種のアトリウムに到達した。壁には、次のドアが開け放しのままになっていた。アメタが先に向こうへ入った。私は彼の肩越しに仲間《トヴァジシェ》たちを認めた。

彼らは、長くて、かなり広々とした部屋の中央に立っていた。全員、宇宙服《スカファンデル》の肩に内蔵されているライトをつけており、そのおかげで、そこは充分明るかった。壁にはキャビネットが見受けられ、いくつかは大きく開けられていた。奥の方からガラスがきらきらと光を放っていた。二列に並んだテーブル上には、磁器製とガラス製のフラスコ、アランビック、そして、カップの山がうず高く積み上がっていた。テーブルの下には、滴《しずく》のような形をした容器の陶器片が山のように盛り上がり、散らかっていた。一方の角には、いわばガラスを嵌め込んだ煙抽出機のようなものがあり、もう一方には、正方形の穴がぽっかり開いていた。仲間の誰かが、奥に一筋の光を投げ込んだ。すると、赤褐色の、凝固した油で満タンの巨大な円筒型瓶の腹に反射した。私は、この部屋の天井、壁、そして床が、鉛の鎧で覆われていることに気がついて、驚いた。破片の山から突き出ているガラス片の上に、何かの文字が見えた。私がそれを手に取ろうと思った、その時、グロトリアンが声を張り上げてこう言った。

「何も触れちゃだめだ。真っ直ぐ来てくれ、こっちだ」彼は、テーブルの間の通り路を私たちに指差した。

「これは何だい？」私は尋ねた。ウテネウトが整備用オートマタを巧みに操作していた。

「細菌培養だ」グロトリアンが答えた。「低温で生き延びられたかもしれん」

「でも、宇宙線でとっくにやられているはずだ……」と、私は言いかけて、言葉を止めた。なぜならば、同時に、鉛の遮蔽物の目的がはっきりしたからだ。

　グロトリアンが、青みがかった壁の化粧張りに光の束を放った。

「この鎧がバクテリアを保護してきたわけだが、すぐに全体を殺菌消毒してしまおう」と、彼が言った。整備用オートマタが放射ヘッドを持ち上げた。微生物には致命的な紫外線を一筋放射した。宇宙航海士はさらに、私たちの宇宙服《スカファンデル》にも浴びせるようにと指示を出し、それが済んでから私たちは先へ進んだ。

　こうして、人工衛星の奥へと行進が始まった。暗い、始終登り坂の通路は、無慈悲な、すべてを吸い込んでしまう、真空の静寂に覆われていた。その静寂の中で、私たちの歩みはこだませずに消えていった。床からは、歩を進めるたびに無重量の埃がふわふわと揺れる雲になって舞い上がり、私たちを包み込み、のろのろとうねりながら、肩甲骨まで届き、肩に内蔵されてある投光器《リフレクター》の筋が当たって銀色にきらきら光ったり、かと思うと、天井の丸い気密窓を通して上から射し込む赤色矮星の光が当たって血のように赤くなったりした。私の前を行く者たちのガラス製バイザーが、その光の中で、ルビー色に燃えていた。塵やら霧の半ば透明な雲から壁や物体が姿を現し、何もかもが灰色の薄い膜で覆われ、ぎちぎちに詰め込まれ、手を伸ばせばすぐに届くほど近くにあった。このリング状の輪の内部を仕立て上げたのは、どこかの小人たちじゃないかと思えなくもなかった。それほど隔壁と機材がすし詰めになっており、それほどドア口で低く頭を下げなくてはならなかったのだ。私たちは、鋼鉄のボンベでぎっしり塞がった倉庫の類を通過した。その先には再び、塵の霧の中に埋もれた赤い光の輪が続く通路が延びていた。それは他のよりも大きなドアで終わっていた。先頭を歩いている者が、グローブで頭上のボードにこびり付いている白い霜をぬぐった。そこに、こんな銘文があった。

WELCOME, BOYS, IN THE AMERICAN《ウェルカム・ボーイズ・イン・ジ・アメリカン・》
UNIVERSE!《ユニバース！》

グロトリアンがドアを押して、しきいの上で凍り付き、私たちの行く手を塞いでいた。私は、彼の肩越しに内部を覗き込んだ。私たちのランプの光線が二本、天井の高い部屋を照らしたが、部屋は両側から作業台でふさがれており、私はそれらを格子かと思ったが、実際のところは、二段ベッドだった。銀色の金属を履いているグロトリアンの、ちょうど足元近くに、半分空になった、緑がかった帆布でできた袋のような、何か縮こまったものが横たわっていた。その袋は、向こう側で二分され、宇宙航海士に近い方の一部が、丸い厚みで終わっていた。私は震えた。

それは、人間だった。

その人は、仰向けに横たわり、両脚が曲がったままで、両手は胴体で押しつぶされていた。顔は、革のヘルメットに覆われていた。何世紀も前から死んでいたのだ。この発見は予想していた通りであった。ならば、これほどグロトリアンの肝をつぶさせたのは、この人なのか？　宇宙航海士は横たわっている人に目を向けておらずに、反対側の壁を見ていた。向こうから裸の女がこちらを見つめていた。彼女は大きな亀の背中に座って、脚を組み、手にした花で露わになった乳房に触れ、にっこりほほ笑んでいた。両足には、先が尖ったくちばしの形をしたかかとが付いている、奇妙な小さな靴を履いていた。指の爪がどれも、血まみれだった。口も同様に赤く、ほほ笑みをたたえて左右に広げられ、真っ白な歯を見せていた。その笑みには、何やら比類なき下劣なものがあった。

私は顔を背けた。私のすぐ後ろにテル・ハールが立っていた。バイザーのガラス越しに見える彼の顔は、険しく、青ざめていた。

「これは、どういうことですか？」私は、思わず声を潜めながら、そう訊ねた。

誰も答えなかった。

グロトリアンは、死体を越えて、内部へ入って行った。私たちは、二段ベッドのあいだの狭い通路を通って、彼に続いて前進した。宇宙航海士は次のドアを開こうとしたが、上手くいかなかった。彼は整備用オートマタを一台呼び、それが軽く反動をつけてドアの真ん中を叩きつけた。ドアが左右に割れた。衝撃で、壁に留められていた裸の女の肖像が、真空中を極めて軽い物体が落下する通りに、丸まって落ちた。つまり、石のように。私と私の前を行く者の鎧で覆われた背中とのあいだに漂う、もうもうたる埃の雲が、窓のない部屋々々の奥へ入り込むに従って、どんどん濃くなっていった。私たちのライトの光が、行進のあいだ中、リズミカルに跳ねていた。その届く範囲に、死人が姿を現し始め、そして、干からびた蛾のように平たく、赤褐色の死体の向こうから、裸の女性たちがこちらを見つめていた。鼓動が、両こめかみの中でスペクトル線時計の動作のように打ちつけ、喉が締めつけられた。


私は、かつてこんな夢を見たことがある。暗く、空っぽの界隈を長い事彷徨《さまよ》った末に、一人の人間に遭遇し、その人が私に近づいて来て、好意的に片手を差し出した。近くからその男のにこにこした、善良な顔を眺めていると、突然、恐ろしい発見をした。それは、人間ではなかったのだ。巧妙に引き伸ばされた皮膚の内側に、内部からそれを動かしている何らかの存在が潜んでいた。それは、愛想の良いほほ笑みをたたえて口を左右に伸ばしながら、両瞼の小さな裂け目を通して、冷たい、鈍重な、しかし同時に、勝ち誇った目つきで、私を観察していたのだ。そして、まさに今、この真空中で凍結された空気であった、塵の雲の中を通って歩いている時、私は、同じような悪夢の軌道に乗っていることに気がついた。ライトの灯りによって暗闇から抽出された物体はほとんどが、私には未知のものであった。彼らの乱雑な部屋の中に、家具、機材が散らばった中に、ぐるぐる巻きになった毛布やシートでくるまれたミイラが、横たわり、ひざまずき、腰を下ろしており、二人組、三人組になって、手で執拗に絡み合い、頭は床に押し倒され、あるいは、後ろ向きに投げ出されたままで、濁った氷の塊に変わり果てた目をし、骨らしいかすかな輝きを伴った歯を見せ、何もかもが雪のような塵でうっすらと覆われ、人間らしい表情の名残は奪われている――それでも、それらは、人間の残骸であった。このような大惨事が、何世紀も前には起きることがあったのだ。それを理解することはできた。

しかし、壁に貼ってある肖像は？　これら、裸の女性たちは、先の尖った水滴の形状をした血まみれの爪で終わる、細く、白い指を持ち、軽く閉じられたまぶたの端々から私たちを熱烈な横目で見ながら、裸身の沈黙や露わな秘所をことごとく辱める数々の姿態を取ったまま微動だにしない――あれもまた、人間だったのか？

音の聞こえない静寂の中、私たちは一つのキャビンから別のキャビンへと移動し、キッチン・ルームを通り過ぎたが、そこは、白いタイルの上に空のブリキ缶や乾いた骨が積み上がったまま汚れ放題で、きらきら光る蛇口からは氷のつららがぶら下がっていた。通路の次のセクション――ここも、気密窓から射す赤い光の輪が床中を這いまわっていた。さらにドアがもう一つ。しきいをまたぎながら、反対側から背の高い、銀色の人物たちが八名入って来るのが見えた。それは、私たち自身が前面ミラーに映った姿であった。部屋の中は滅茶苦茶だった。投げ散らかされた、赤い革張りの三本脚テーブルのあいだの、凍結したカラフルな飲料の結晶体やガラスボトルの破片の上で、ミイラたちが休息をしていた。一番近くのものは、小さな樽で頭を支え、その樽からは液体が流れ出て、緑色がかった氷に変わり果てていた。ミイラは、片方の手で顔を覆い、もう片方の手には、鉛色に酸化した短い金属パイプが握り締められていた。鏡面には、ひび割れの放射線で囲まれた、無数の小さな穴が黒く見えていた。天井では、開いたままのハッチが口を開けていた。それに向かって梯子が掛かっていた。その最下段から、二つの死体が、ほぼ半分に折り畳まれて、吊り下がっていた。私は背後に目を向けた。空色の背景に、泡だった、白い雲に囲まれて、女性たちのバラ色の体が浮かんでいた。

「何だこれは？」自分の声を認識しないまま、私は訊いた。

「アトランティス人だよ」テル・ハールがそう答えて、これらの言葉ですべてを語り尽くしてしまったかのように、私の横を通り過ぎ、梯子からぶら下がっている死体を取り除き、上へよじ登り始めた。ミイラたちが、梯子の脇に横たわっていた。頭が毛布から引き裂かれた帯で巻かれていた。

誰かの哀れみ深い手が、彼らを硬い麻布のシートで覆った。私たちは上によじ登り、狭い縦抗の半闇の中に浸った。抗は中央の密室に続いていた。ここでは、壁に取り付けられていた細い金属綱の助けを借りて前進する必要があった。周囲で人工重力を作り出している遠心力が、ますます弱くなっていった。通路は、非常に重厚な装甲扉で閉ざされていた。脆《もろ》い霜の層を取り除くと、赤い銘文が現れた。

原子力セクション《アトミック・パワー・セクション》　放射能《ラディエイション》　危険《デンジャー》

切削工具類では、ここでの作業に手間取ってしまうに違いないということで、グロトリアンは、輻射バーナーが装備されたオートマタを呼び出した。空色の切っ先が、通行を阻んでいる板に食い込んだ。鋼が赤くなり、炭化されたニスの板が〔熱で剝がれて〕空中でくるくると回り始め、切断線が微妙に彎曲してゆき、ついに装甲は上から下まで真っ二つに切断された。二台のオートマタが初め強く押し、それから手前に引っ張った。巨大な鋼の塊が、ゆっくりと傾き、そして、折り取られた。

グロトリアンが、一番に中へ入った。暗い。サーチライトの光線が、何らかの小路や壁龕の上を彷徨《さまよ》った。重力が不足しているため、方角の確認が困難になった。マグネット吸盤が歩行を可能にしてくれたが、しかし、完全に重力の代わりを務めることはできなかった。何もない空間では、ずんぐりした魚にも似た、何らかの大きな容器が私たちの間で怠惰にぷかぷか浮いていたり、流れるように漂っていたりしていた。何度も何度も、どれかしらが、自分に当たった光の輝きを磨かれた表面で跳ね返していた。整備用オートマタが、別の浮いている塊を掻き集めて、臨時に固定させ、大きなフラッドライトを点灯させた時になってようやく、私は、ドーム状にアーチを描いている天井をした密室の内部にいるのだと、気がついた。クレーンのジブが、不格好なスタビライザーを備えた、おそらく長さが四メートルはあろうかというロケットを抱えたまま、天井から垂れ下がっていた。オートマタの頭に付いた投光器《リフレクター》が円を描いた時、私は暗い壁龕の中にずらりと、洋ナシ型の容器が立っているのに気がついた。その数、三十以上。それぞれの壁龕から、幅の狭いレールが出ており、回転円盤近くのクレーン下で終わっている。グロトリアンがテル・ハールに言った。

「爆弾、そうだな？」

「ええ」歴史家が答えた。「ウラン型ですな」

グロトリアンは整備用オートマタを一台呼び出して、それに洋ナシ型容器をひとつ、X線で撮影するように命じた。私たちは、セッティングされた蛍光スクリーン上のレントゲン写真の結果を見ようと、反対側に移った。すると、クレーン下の床が沈下しているのが目に入った。そこに、ハッチがきちんと閉じられていない、浅い漏斗状の穴が空いていた。私は身を屈めて、ぱっくり開いたクレバスを覗き込んだ。底なしの黒の中で、向こうに星々がくすぶっていた。

整備用オートマタが電源を入れた。緑色がかって映し出されたスクリーン上に、容器の内部構造の影が現れた。その用途に思い当たらぬままに、私は、十四本ないしは十六本という数の（影が重複している可能性があった）二重管が中心に集中しているのを見ていた。管の柄が、一か所で束ねられたケーブルによって上部に接続されていた。ウテネウトが、それらケーブルを容器の外面上で捜し出した。そこにあったのは、ばね仕掛けで持ち上がる小さなハブキャップ、内部にコンタクト・レバー、それだけだった。

グロトリアンが私たちに、何であれものを動かすことを禁じた。私たちは、オートマタが装甲に切り取った穴を通って外へ出て、それから、衛星の縁にある、鏡張りの大きな部屋へと戻ってきた。そこから、さらに通路を経て小さなキャビンへと道が通じていた。天井の下では、霧氷が付いて分厚くなったカバーに覆われたケーブルの束が交差していた。おのおのの壁には、スイッチがずらりと並んだ、大理石の配電盤が見えた。それは、とても古い真空管の機械式計算機の類であった。配電盤の下に、三本脚の椅子があり、それらの上には――ヘッドフォンを耳に当てたたましなびた人間が四人。ヘッドフォンの上には――ヘルメット。顔は革のマスクで覆われていた。四人目は、座席から垂れさがっており、ヘルメットが頭から落ち、空気の結晶で銀色に染まった髪の毛が床に触れていた。両目は、皆と同じように、濁った氷の塊に変わってしまっていた。
通路のその先のセクションには、柔らかい、厚い絨毯が敷き詰められていた。新たなドアがあり、その上には、こんな、細かい銀色の文字。

最高司令官《コマンダー・イン・チーフ》　中将《リューテナント・ジェネラル》　ジョン・マク・マーフィー

我、最善を尽くすなり。《アイ・ウィル・ドゥ・マイ・ベスト》

内部では、天井にある二つの丸い気密窓を通して、プロキシマの光が射していた。その赤色が、私たちの入室とともに、ショルダー・ライトの光と混ざり合った。この強い明かりの中に現れたのは、広い個室《ポクィ》であった。ここには、大昔の書物が入ったガラス張りの大きな棚、立派な肘掛椅子があり、壁のひとつには、はるか昔のメルカトル図法による地球の地図が掛かっていた。ユーラシアを太い、赤い線が囲んでいた。それをはみ出さんばかりに、文字が記されてあった。

共産圏《コミュニスト・スフィア》

世界の残りの部分には、黒い文字が横たわっていた。

自由世界圏《フリー・ワールド・スフィア》

事務机の向こうにあるゆったりした肘掛椅子に、人がひとり座っていた。かつては背が高かったに違いない。すっと前に長く伸びた両脚が、机の下から突き出ていた。頭が上向きに反り返り、そのため鋭い喉頭隆起が、立てたジャケットの襟の白い毛皮で取り巻かれた頸から飛び出していた。彼の背後の壁には、赤と青のストライプと星の柄が入った巨大なシートが広がっていた。ミイラは、この船内の全員と同じ革のジャケットを着用していた。襟の角を四つの金星が飾っていた。ミイラの前の、霜で覆われた書類のあいだに、氷の塊が入ったグラスが置いてあった。右手側には、空《から》の革製ケースと短い銃口を持つ酸化した物体が見つかった。彼は、聖書《ザ・ホーリィ・バイブル》という金色の文字が入った一巻を抱きしめていた。もっと近寄ってみると、私には、死んだ船の司令官が、ほほ笑んでいるような気がした。私は机を一周して、彼の顔を覗き込んだ。濃い灰色で、霜に覆われ、何の表情も無かった。収縮した両唇が歯を見せていたが、それらの歯は、何らかのきらきら光る欠片《かけら》を銜《くわ》えて食い縛られたままだった。私は思わず息を止めて身を乗り出し、すると、それが半分に噛み切られたガラスの小管だったことが認められた。誰かが、私の肩に手を置いた。テル・ハールだ。

「行こう」そう彼が言い、私は、この時になってようやく、キャビンにいるのは私たちだけだと気がついた。私はドアからもう一度この安息室《ボクイ》を見回した。矮星の赤い光がミイラの顔を横切ってゆき、あたかも、彼を蘇らせようと空しい努力をしているかのようであった。干からび、皺だらけのそれは、不生不滅のもののように思われた。あたかも、これまで常に死人であったかのように、あたかも、一度たりともその内側で血が通ったことなどなかったかのように。

私たちは、空っぽの倉庫の中に入った。天井下を管の束が平行に走り、壁際には、金属の支柱に繋がれて、ガスボンベが幾列にも重なってすらりと立っていた。ここに、仲間《トヴァジシェ》たち全員がいた。

「この衛星が」グロトリアンが言った。「地球を離れたのは、十一世紀以上も前のことだ。アトランティス人は、この衛星から細菌をばらまき、原子力ミサイル《ポチスク》を発射しようと目論んでいた。より良く狙いを定めるために、この中にロケット装置《推進》を取り付けたんだ。それが地球により近い軌道からより遠方の軌道へと遷移するのを可能にしてくれるはずだった。何らかの計算ミスで、予《あらかじ》め定められていた軌道から逸れてしまったんだ。こうして、この船の真空における滑空が始まった。数百年後には、プロキシマの重力領域に到達し、プロキシマの周囲を回る天体の数を己自身で増やしたというわけだ」

グロトリアンが話している間、私は無意識のうちに想像していた。金属の輪に閉じ込められた人々が凍りついた奥底へと下って行くさまを、彼らの中でゆっくりと血液が冷えていくさまを、食糧や暖を求めて格闘するさまを。最後の人間が亡くなってから数百年が過ぎたというのに、金属のアナクロ船は、化石になった自らの乗組員たちを運びながら、冷え行く星の周りを倦むことなく回っていた。

「彼らの分け前は」宇宙航海士が続けた。「他の人々に与えてやろうと望んだものと同様の運命だった。死の直前まで彼らが苦しみに耐えていたとしても人類を滅ぼそうとした試みを贖《あがな》うことはできない。とはいえ、我々は、この大昔の悲劇の詳細を調べたり、死者たちを侮辱したりしてはならないと思う。なぜならば、もはや彼らはすでに灰に変わりつつある残骸にすぎないからだ。人間の残骸だ。私の確信では、我々にはこの宇宙船を破壊する責任がある。我々が見てきたものを、まだ誰かの目にさらす必要はない。従って、直ちに決定を下す必要がある。テル・ハール？」

「君に同意しよう」

「ウテネウト？」

「君の計画を受け入れるよ」

「トレロアー？」

「了解した」

「アメタ？」

「あんたが正しいのかどうか、俺には確信が持てない」操縦士が言った。「でも、多数派に反対したりはしないさ。俺たちに、このことをすべて忘れる権利があるのかどうか、分からないな」

「我々は忘れはせんよ」テル・ハールが答えた。「私が最初に、歴史研究のために重要な事実を記録し、文書をまとめるつもりだから、なおさらだ」


アメタがもっと何かを言いたそうだったので、グロトリアンはじっと待ちながら彼を見たが、操縦士は一歩下がってくるりと背を向けた。宇宙航海士が、最後に私に目を向けた。私は黙って頷いた。今度はテル・ハールが、技師たちの助けを借りて、司令官の船室に赴いた。グロトリアンは、ゲア号との無線通信を結ぶために行ってしまった。私は、これという目的もなく通路を動いていった。こうやってすでに一度踏破してしまった道を悠然と歩いていると、自分は酷い夢の真っ只中にいるのだという感覚が、再び戻ってきたのだった。それは、現実ならこれほど残酷なわけがない、という、今まで意識に上《のぼ》らなかった思い込みから沸き起こってきていた。こんな考え事に没頭して歩いていると、不意に、恐怖で胸が締め付けられた。私は立ち止まり、底なしの静寂に聴き入った。自分が独りぼっちのように思われた。死体を恐れていたのではない。それよりもっと気味が悪かったのは、ガスのような霜で覆われたミイラたちの頭上から、真空越しに裸の女たちがほほ笑みかけてくる、あれらのどぎつい絵が間近にあることだった。

突然、わずかに開けられたドアから落ちている一筋の光を認めた時、私は歩調を早め、ほとんど駆けだした。私はしきいの上で立ち止まった。

それは、大きな、がらんどうの安息の間《ポクイ》だった。ドアの向かい側には、背が高い、アーチ状の壁龕があった。その中には、木製の十字架が掛けられていた。白地を背に、真っ黒だ。ふと、私は、壁龕の下で一体の死体がひざまずいたまま、床にひしゃげているのに気がついた。鋭い背骨が、それを覆っている黒い布地を持ち上げていた。そのミイラは、固めて作り上げられた土の塊にそっくりで、白い壁に形のない影を落としていた。私は、視線を反対側に向けながら、光源を探した。部屋《ポクイ》の奥に立っていたのは、ガニメデのピォトルであった。彼のショルダー・ライトが強く十字架を照らしていたのであり、元々細身で、銀色の宇宙服《スカファンデル》を着て巨大化したピォトルはといえば、胸の上で十字に腕を組みながら、長いあいだこの無益な信仰の印を眺めていた。

赤色矮星

グロトリアンは、原子力爆弾庫に整備用オートマタたちを残してきた。それから、ロケットが一機ずつ舞い上がり、宇宙船の周囲を一周すると、

アメリカ合衆国星間軍《ユナイテッド・ステイツ・インターステラー・フォース》

という黒い文字が、再び私たちの目前を流れていった。ロケットは、船首をゲアへ向け、飛行速度を上げ、早くもその甲板に到着していた。

飛行場に沢山集まった見物人たちは、船尾星望台へと引いて行った。そちらから人工衛星の完全な破壊を観察しようという寸法だ。そして私たちも、上に向かった。十分後、整備用オートマタたちが、無線点火装

置を設置したと連絡をよこし、その受信後、彼らを迎えにロケットが送られた。オートマタたちがゲア号に戻ってくると、スピーカーの中で、テル・アコニアンの穏やかな声が響き渡った。

「アテンション……。四分前……。三分前……。一分三十秒前……。四十秒前……。五秒前」

胸の鼓動が速くなった。沈黙の中、私たちは、静かに暗闇を見守っていた。そこには、アトランティス人の衛星が青白い環となって煌めいていた。

「アテンション……。ゼロ……」一等宇宙航海士の声が鳴り響いた。ギザギザの閃光が暗闇を引き裂いた。目がくらむような球体が、星々を消しながら膨張してゆき、一層大きく、青白くなった。視界の中で、さらに輝くしみがいくつも揺れていた。ゲア号から六百キロメートルの距離で、くすんだ白い煙の雲が、方々へ流れていた。

これで異常な出会いともおさらばだ、と思っていたところ、その晩、グロトリアンに自室へ呼び出された。図らずもそこには、人工衛星に行った全員が集まっていた。

ゲアへの帰還後、私たちは特別に空にされた密室で宇宙服《スカファンドル》を脱ぎ、その後、それらを綿密な細菌学的検査に出した。グロトリアンは私たちに、分析の結果、宇宙服《スカファンドル》は陰性を示した、と告げた。

話を終えてから、彼はしばしのあいだ、さらにその続きを話すべきかどうか躊躇するかのように、私たちを眺めていた。

「とある奇妙な事実を諸君らに伝えたいと思う」とう、彼が口にした。「おそらく諸君らも記憶にある通り、私一人だけが原子力爆弾に触れた――あの、我々がX線撮影をしたやつだ。微量化学分析が示したところでは、私の宇宙服《スカファンドル》の右手グローブに、非常に微小なアストロンの痕跡が残っていた……」

私たちが彼の言葉の重要性を理解していないと見るや、グロトリアンは声を低くしてこう付け加えた。

「私は気がついたんだが、爆弾に立てかけたスクリーンの上に、アストロンの構造のとても淡い影が現れていたんだよ、まだオートマタがX線管をオンにする前にね。この淡い影は、爆弾の中に含まれているウラン二三五の放射線が自ら発したものであるはずはなかったんだ、なぜなら、ウランは、鋼鉄の装甲を貫通するほど強い放射線を放出しないからね。そこで、私の頭にはこんな考えが浮かんだんだ、この爆弾は、以前に、ガンマ線を発する何らかの元素を喰らわされたことがあるんだって。それで、グローブを用いて爆弾の表面から少々塵を頂いてきた。分析は、アストロンの痕跡を示した……。ま、人工衛星が造られたのは、二十世紀であることは間違いないが、しかし、その時代には、アストロンはまだ知られていなかったし、合成することもできなかった。ということは、アトランティス人たちが、自らの船にアストロンを乗せたはずがない。もっとも、たとえそうでなかったとしても、その寿命〔半減期〕が数十年と測定されるこのアストロンは、衛星が回っていたこの一千年の間に崩壊してしまって、発見されることはなかっただろう。アストロンは、星々の真空にも現れない。その塵が爆弾の外被に付着したのは、それほど昔ではない——いずれにせよ、六十年よりは前ではない、とすると……」

私たちは、息を殺して宇宙航海士をじっと見つめていた。彼は、片手で額をこすると、一層慎重にこう続けた。

「ここに開けているのは憶測の領域で、当面は検証不可能、かつ、曖昧性の除去が困難だが、しかし、極めて単純な推論なら、こう辿ることができる。何の目的で爆弾の表面にアストロンを喰らわせたのか、という問いに対して、我々が知っている答えはたった一つだ。すなわち、アストロンは、硬ガンマ線を送りつつ、首尾良くX線と置き換わることができる。第二の問い、どこからアストロンの塵はアトランティス人の衛星にやって来たのか。それに対する答えとして、原子力爆弾の内部構造を知りたいと望んだ存在がその塵をあそこにもたらした、という推測が念頭に浮かぶ……。なぜなら、生きた人間はこれまで一度も銀河系のその方面へ足を踏み入れたことはなく、これを行った存在は、人間ではなかったからだ……」

「つまり、あそこには俺たちの前に、すでに誰かが来ていたってことか！」アメタが、私たち全員に勝るとも劣らぬほど感動して、そう言い放った。

「確実ではないが、可能性はかなり高い」グロトリアンが答えた。「諸君らに列挙した諸々の事実を違った角度から解明するには、とても、ただしだよ、とても稀有な偶然の一致に頼る必要があるかもしれない」

「でも、衛星の床や壁は霜に覆われていて、私たちが歩くたびにその上に跡が付きましたが」私は言った。

「とすると、それらの存在は、一体どうやって、ごくわずかな痕跡すら後に残さずにおくことができたのでしょうか？　その他に、考えられ得る限りでは、あの場は一切何も手が付けられていませんでしたし、当然、そのような存在は、ミイラおよび船の構造を正確に調査したかったんじゃありませんか？」

「そのことも考えたよ」グロトリアンが答えた。「まさにそれらの存在が、もしも調査を行ったとしたら、むろん、アストロンの痕跡は、その調査を成し遂げたことを暗示しているように思われるけれども、存在たちは、そういった痕跡を残さなくともよかったんだ……」

私には、重力の影響を受けない驚くべき生き物のイメージが、瞬く間に閃いた。それらは、床にも、壁にも触れずに、かつて、つい先ほど私たちが踏破した同じ衛星の通路を通って浮遊していたのだ。私は戦慄を覚えたが、宇宙航海士はそのまま解説を続けた。

「手付かずの霜の表面に関しては、衛星が彗星の軌道に似た楕円を描きながら、かなり伸びた軌道でプロキシマを周回していたことに気づく必要がある。それが途中で矮星に接近した時——衛星の運動の諸要素の計算が示しているように、近点において四千万キロメートルまで到達する——衛星は暖まり始め、その時、タンク内の液体酸素が気化し、バルブのゆるみのせいで漏出していた。こんな具合に、まさにあの風変わりな、彗星のようなガスの尾が生じ、そのおかげで、まさに我々は衛星の存在を発見したんだ。一方、矮星から遠ざかりながら、闇の中を離れてゆく時には、それまで放出されていたガスが凍結してゆき、霜となってあらゆるものの表面に沈殿していったのだ。そんな訳で、生じうる訪問の痕跡は、後々プロキシマ周辺を公転中に新たな霜の層によって消されてしまった可能性がある。我々はこの霜のサンプルを採ったが、その後の検査が示したことは、霜は本質的に、太陽に接近するたびに溶けてしまい、そして再び遠点において凍結して出現する。これが、一回の公転に対して等間隔で繰り返されていたわけだが、その周期というのは、およそ十二地球年だ。それに加えて、存在は、半開きになっていた爆弾ランチャーのハッチを通って原子力室へ直《じか》に侵入することができた。これには真実味すらあるよ、なぜならば、内部の装甲扉は無傷のままだったからね。ただ、断言はできないんだ、ランチャーのハッチが人間の手によって開けられたのか、それとも違うのか……」

「それなら、どうやってその存在は、自分たちがどこへ向かうべきか、それも、船に入る前にですよ、なぜすぐさま原子力室へ辿り着かなくてはならないだなんて、知り得たんでしょうか？」私は尋ねた。

「おそらく、連中は、最初に外側から船全体をX線撮影したんじゃないのかな」グロトリアンが答えた。「正直な話、私は、それ以上の推測に立ち入りたくはないんだ、というのも、それらがますますふわふわと軽々しく、根拠となる事実がますます少なくなっていくからね。あの宇宙船には我々の前に何らかの生きた存在がいた可能性がかなり高く、しかも、その存在は、高度に発展していて、放射線の技術を使いこなす、そして、それは、アストロンの痕跡が証言している通りだ、とだけ言っておこう……」

「では、その存在はどこから来たと言うんでしょうな？」テル・ハールが言った。「この問題について、君に何か仮説はあるかね？」

「何も分からないな。むろん、十中八九、星の近くから、つまりは、プロキシマの諸惑星からやって来たように思われる——しかし、これらの惑星には生き物は住んでいないようだ——あるいは、ケンタウルスの諸系から……しかしながら、このテーマについて、何も確実なことは言えないんだ」

「宇宙航海士は全員、このことすべてを知っている？」私は尋ねた。

「もちろん」

「ひょっとしたら、この衛星の破壊を急ぐ必要は無かったのかもしれん」テル・ハールが所感を述べた。「より詳細な調査が行えたかもしれん……」

「その調査で多くを得られたかどうかは疑問だな、まあ、気にしないでくれ、なぜなら、不可逆的な事について語るつもりはないからね。私が諸君に伝えたかったことは以上だ。仲間たち《トヴァアジシェ》には、もう少し後で、諸惑星の調査に取り掛かる際に周知するとしよう。諸君らも知っての通り、現在我々は、これから可能な限り至近距離まで赤色矮星に接近するところだ。そして、これには、取るには足らないものの、確実にリスクが伴う」

実際、ゲア号は速度を上げながら、プロキシマに向かって飛んでいる最中だったが、直線にではなく、宇宙基地によって適切に計算された航路を辿ってであった。

赤色矮星は、すでに長い間天文学者たちの興味を惹きつけてきた。この弱い星は、太陽よりも遥かに小さく、温度はわずか三〇〇〇度で、ある一定の時間ごとに、自らの光を何倍も増しながら、強烈に輝き始める。天文物理学者たちは、この現象を、内部の核変換による不安定性の現れだと考えている。トレフプ教授がいつだったか、こう表現したことがあった。おそらくこの輝くフレアは、「近隣の惑星に住む存在たちの実験的作業の結果であろう。自らの太陽の低温にご不満と見えて、彼らは温度を上げようと奮闘中なのだ、その為に、自分たちを温めているたき火を、火かき棒で時々突いているのだよ」と。もちろんこれは、冗談である。

航行十一日のあいだに、緋色の円盤がどんどん拡大していった。すでに八日目には、地球から見た太陽の視直径に達し、一方、十日目には、船が熱くなり始めたため、船内でヘリウム冷却室を稼働させねばならなくなった。

ますます多くの人々が、黒いガラス越しに赤い太陽を眺めようと、船尾星望台にやって来るようになった。今のところ、いかなるフレアも認められなかった。船尾星望台は、日一日と強くなってくる、均一な紫色の光の中に横たわっていた。

私自身は、この航行にたいして興味が湧かず、それほどまでにグロトリアンの言葉に深く考え込まされていた。私は長いこと堂々巡りに陥っていたが、とうとう、ある晩、勇気を掻き集めて、トレフプの所へ行ってみた。私は、彼の個人的な推測を知りたかった。天文物理学者は、忍耐強く私に耳を傾け（会話は、彼がたびたび、しかも真夜中まで缶詰めになっていた、小さな観測室で行われた）、ついには、こう述べた。

「親愛なる私の同僚君。君がなぜこうして私のところへやって来たのか、自分の手の内を見るようだよ。仮説の組み立てについて言えば、私は君の訪問を、猛者中の猛者以上なる栄誉に負うている。では、君に白状せねばなるまい、どこから私が自分の栄誉を手にしているのか。私は、科学において発展を加速させ、諸々の概念を厳密に定義化するには、さまざまな議論が不可欠だと信じている。これまで科学的論争で自分が正しくなかったことが幾度となくあったけれども、ほとんどいつも、知ってか知らずか、私の論敵たちは、討論において、弁護する意見の詳細を解説し、研磨しなくてはならなかった。そのおかげで、彼らの理論は、整理統合され、より平明になり、そしてこれを経て、より完璧になった。むろんこれは、私がいかなる代償を払ってでも反論に努めているという事ではないのだが、しかし、一度となくそのような立場に置かれ、しかも、大きな代償を払っておる。こんなことをするのは、大きなリスクだが、もしも私が何かに値するとすれば、ただ単に、私がそのリスクを恐れない、ということにある。されど、今、私が恐れるのは、君が私の元へ携えて来たこの仮説が、今後無垢なまま発展してしまうことだよ。一体、どんな事実だね？　ぴたりと閉ざされていなかったランチャーのハッチ、原子力爆弾の一つにあった数マイクログラムのアストロン――正確なところ、これがすべてた。ところが、君は、衛星にお客にやって来たとかいう存在の外観を知りたいだけじゃなく、さらには私から彼らの心理状態や何やらまで聞きたがっておる。そこで、私が思うには、君は、エントレウル教授の所へ戻る責任があるぞ。なぜならば、ここで、また一つ、星のおとぎ話を紡ぎ出さねばならないからね、それに彼は、あらゆるおとぎ話の語り手をぼこぼこにする専門家だ……」

私は、観測室に入った時よりもたいして賢くならずにそこを後にした。望むと望まざるとにかかわらず、私は問題を放棄したが、それを突き放すことには完全に失敗した。というのも、謎めいた存在が夢の中で私を苛み、それが、三角形の帆にそっくりのゼリー状の雲だったり、かと思うと、金属でコーティングされた装甲タコだったりした。アメタが言うのには、あんたの想像は、単にあんたが知っているイメージの寄せ集めが作り出しているにすぎないし、それ以外にはあり得ない、これまで体験したことのない何かを、完全な形にしろ、諸々の要素のみの形にしろ、思い描くことは決してできないぜ、ということだった。

プロキシマへの接近三週間目には、その円盤が空の十分の一を占めるようになっていた。ゲアの冷却室は、船内の常温を保つために、高出力で稼働していた。天文物理学者たちは、すでにほとんど自分たちの観測室に籠りきりだった。

十八日目、朝方甲板に出てみると、私は、壁を突き抜けてくる熱の、じっと動かない圧力を感じた。赤い太陽の円盤は、静止しているように見受けられた。その上を、光の舌の輪に取り巻かれた、より暗い色の斑点が移動していた。冷却室が高出力で稼働していたのにもかかわらず、船内の温度は、毎時五分の一度ずつ上昇し、正午にはすでに摂氏三十二度に達していた。星望甲板には、数分以上長く滞在するのが困難になり、冷却装置が歩廊へ押し込んでくる冷風は、酷暑と空しい格闘を繰り広げていた。

矮星の円盤は、実際には、斜めに歪んだ、茫漠たる炎の平面で、星々の遥か彼方まで縦横無尽に広がっていた。錯視によるものであれ、あるいは、真空の塵の中で矮星の光が実際に分散していることによるものであれ、ゲア号上方の空は、黒い、凝固した血液の色を帯びてきた。緋色で充血した闇から、最も〔光の〕強い星々がかろうじて孵《かえ》っていた。好奇心に駆られた人々がひっきりなしに歩廊へやって来ては、すぐさまそこを離れて行くのだが、彼らは、その後、汗まみれになり、息を切らし、中で見物していた炎の照り返しをまだ携えているかのように、両目がきらきらしていた。時々、赤い太陽は、縁が捲れ上がった、化け物のように巨大な漏斗のように見えた。その底部からは、紅炎が噴き出し、それらの形状の変化が目では捉えられないほど非常にゆっくりとしたものもあれば、何がしかの火蜥蜴《ひとかげ》が彩層から這い出して来るように、衝動的にぱっと飛び出す動きで目を惹くものもあった。彎曲した境界線が、ぼうぼうとはびこる小炎によって暗い空から切り取られていた。矮星の自転は、ぎらぎら眩しい熱焔の平面に現れる、より暗い粒状斑の雄大な対流運動の様子で観測することができた。

その日は、内側の居住室内ですら、気温が四十度に達した。夕方、宇宙航海士ペンデルガストの第二助手である、若いカノーポスが、外来診察室に出向いて来た。彼は、ひどい頭痛、背中の筋肉の刺痛、そして、全身の倦怠感を訴えた。脈が異常に遅くなっていた。私は彼に刺激薬を処方し、その後で、ユールイェラに連絡を入れ、カノーポスの病気は、自分の見立てでは、船内の温度が過度に上昇したため引き起こされたものだと思う、と伝えた。私はカノーポスを医務室の個室に入れた。そこは、強度を上げて冷やされており、そのおかげで室内の気温は、二十五度台に保たれていた。それに対し、各甲板上では夜間、四十四度まで上昇した。

翌日、カノーポスの容態に私は本気で危機感を覚えた。発熱があり、脾臓が腫れ、全身の衰弱がひどく、血液検査は、白血球数の減少を示した。正午頃、患者が譫妄《せんもう》を言い始めた。

私が用いた薬が何の改善ももたらさなかったので、シュレイとアンナをカンファランスに呼び出した。病態は、私たちにとっては理解しがたいものだった。カンファランスが行われた後、私は再びユールイェラの所へ行き、今度は、太陽面への航行の中止を断固として要求した。天文物理学者たちは、これをしぶしぶと受け入れた。なぜならば、すでに採択された計画に従えば、私たちは、船内温度が五十六度に達するまで赤色矮星の方向に進むことになっているはずで、それがようやく四十七度に上がったばかりだったからだ。それでも、私は自分を押し通した。トレフプは、カノーポス以外には今のところ誰一人発病していないではないか、と私に指摘し、君は彼の病気が気温の上昇と関連していると完全に確信しているのかね、と聞いてきた。私はそれが定かではなかったものの、自分の要求に固執し、結局、天文物理学者たちは、それを受け入れようと、同意してくれた。

午後三時に、ゲア号は速度を落とし、大きな弧を描いて方向転換を行い、毎秒五十キロメートルを進みながら、矮星から遠ざかり始めた。その間、患者はますます容態が悪化した。私は真夜中まで彼の傍に付いていた。彼は、譫妄を繰り返し、熱は四十度になり、心臓が衰弱し始め、まるで謎の毒に冒されたかのようだった。前の日の夜中、立ちっぱなしだったので、私はあまりにへとへとで、最大限の努力を払って眠気を抑えていた。夜中の二時、アンナが私と交代してくれた。数時間でもいいからひと眠りするつもりで、自室へ戻ったが、もう四時には電話が鳴った。

私は叩き起こされ、半ば朦朧とした中で、アンナの最初の言葉を耳にした。「急性心不全。重篤な状態」――私はベッドから飛び出し、白衣を羽織って、医務室にひとっ走りした。

患者は、意識を失っていた。呼気が、笛声喘鳴《てきせいぜんめい》を起こしながら、カラカラに乾いた口から吐き出ていた。乾いた、激しい咳のたび、彼の体が揺すられた。心拍計の針が百三十を超えた。酸素供給装置を作動させ、強心剤を注射、人工心臓の使用すら思案し始めたが、しかし、一般的な中毒症状は、重要な禁忌であった。

私はシュレイを起こし、彼は数分後に現れた。私たちは三人でもう一度、謎の多臓器不全の原因を明るみにしようと奮闘した。多臓器不全は熱中症とは何の関係もないことは、もはや完全に明らかだった。再び、血液の細菌検査が行われ（ゲア号には細菌が全くいなかったが、私たちはアトランティス人の人工衛生から病原菌を持ち込んだ可能性を始終計算に入れていた）、しかし、結果は陰性だった。

この状況の中でできる限りのことをすべてやり尽くした後、私は、しばしの間、誰もいない――まもなく朝五時になるところだった――船尾星望台に出向いた。フル・パワーで稼働している冷却室の、低い、単調な騒音が自然と耳に入ってきた。私は物思いに耽って、窓の外に広がっている景色に気を配ることなく歩いていた。突如、目にまっすぐ射してくる輝きが、私を麻痺させた。私は足を止めた。

最初の瞬間、私に見えたのは、燃え盛る赤のみで、あの、灼熱した鋼鉄の、微動だにしない重たい光ではなく、ぐらぐらと揺らめく、半ば液体状の、彩層の海であった。じっと見つめていると、細部を識別し始めた。宇宙《そら》の四分の三を塞いでいる、一見均一に見える炎の壁が、生きているように思われてきた。あそこで何か緋色の森がうねうねとのたうち、縺《もつ》れた茂みを縫って紅炎が噴き上がり、二つに枝分かれし、三つになり、多岐に分かれて増殖し、火まみれの、血の色に輝く怪物のようなものへと、ゆっくりと咀嚼する、燃えさかる両顎で造られたグロテスクな面《つら》のようなものへと、膨れ上がってゆき、しばらくその状態を留め、折れ曲がり、吹き散っていった。すると、その場所には、まるで目に見えない突風によって押し分けられてゆくような、蠢《うごめ》く粒状斑から、新たなものが噴き出してくるのであった。時折、紅炎の噴火の前に、空中を飛ぶ二つの、互いに反対側に曲がりくねる、周囲よりも一段暗い炎の渦巻く環が出現することがあった。他の場所では、燃え盛る表面が、まず最初に渦状にへこみ、次に突発的に膨らみ、自らの内からものすごい高速で上へと伸びる雷を放っていた。それらの雷は、上昇するにつれて徐々にかすみ、より淡く、そして薄くなってゆき、ついにはそれら視覚を遮る燃焼が、オレンジ色の微光へと変わっていった。その向こうに、絶えず揺れている彩層の深層部分の光が透けて見えていた。

名状しがたい印象。何年にもわたる、果てしない闇、最も軽い気体が寒さで凍りつき、石化する、氷のような真空の果てに、今や、ゲア号の脆弱な壁の向こうに立ち上がっていたのは、山でもなく、海でもなく、炎でできた巨大な世界全体だ。船が分解し、溶けてゆくようであった――取るに足らない金属の欠片《かけら》が、まばゆいばかりの深淵の上に浮かんでいた。

この宇宙というものは何と無慈悲なんだろう――私はふと考えた――生命が生まれていくばくかのあいだ命を持ちこたえさせることができるような、適度な中間地帯というのは、どれほど狭く希少なことだろう。その生命も、白い灼熱と黒い酷寒、こうした両極端の存在に対して、これほど脆弱で無防備だ……。けれども――私は続いてこう思った――この脆弱な生命ってやつは、多くのことに挑戦する勇気があって、今ここにこうやって、僕たちはこの星の上を、僕たちを生み出した業火のひとつの上を飛んでいるんだ。

私はそんな風に考えていた。顔に、両目に、そして額の皮膚に、赤色矮星の熱が、何百万もの目に見えぬ針となって突き刺さってくるのを感じながら。矮星といっても、一般的な恒星に対しては矮《ちい》さい小人だが、人間にとっては怪物そのものなのだ。

不意に、私は別の人がいるのを感じた。二歩離れて、トレフプが立っていた。

私は、彼が、平静を取り戻す手助けをしてくれはしまいかと望みをかけ、おそらくそのために、こう尋ねてみた。

「教授……もしも、私たちが破砕装置の最大電荷を矮星に放出したなら、矮星はどうなりますか？」

一秒もためらうことなく、彼は答えた。

「子供が砂粒を投げ入れた大海原に起こることと、同じことが起こるね……」

突然、悪い考えが閃いて、天文学者の最後の言葉は、私の意識には届かなかった。

時間も弁《わきま》えず、私はすぐさまグロトリアンの所に行き、彼を叩き起こして、アトランティス人の衛星へ最初に送られたオートマタは、ゲア号に戻って来た後、殺菌消毒されましたか、と訊ねた。

宇宙航海士は、不安げだったが、それでも表面上は落ち着き払って、ユールイェラに電話をした。

しばらくして、答えが分かった。オートマタは、私たちの帰還後にようやく殺菌消毒されたのだ。ということは、ほぼ三時間、人と接する可能性はあった。

「しかし、諸君らは、細菌感染はありえないと断言したではないか？」グロトリアンが、探るようにじっと私を見つめながら、会話の締めくくりにそう言った。

私は沈黙した。グロトリアンが、通信機へ近づき、専門家たちへ電話をかけ始めた。彼らは間もなく姿を現した。テル・ハール、モレーティッチ、そして、古生物学者のイングヴァル。宇宙航海士は彼らに、簡潔に事実を披露した。

「ウイルスだ！」グロトリアンが叫んだ。「君らは血液のウイルス検査を行ったのかね？」

「いいえ」私は青ざめながら、そう答えた。

私たちはこのような可能性を考えていなかった。致命的な間違いだ。だが、最後のウイルスが地球の表面から姿を消したのが九百年前だと思えば、理解できる。

私は、グロトリアンに、オートマタが殺菌消毒される前に、カノーポスがそれらに接したかどうか調べてくれないだろうか、と頼んで、急いで彼の元を後にし、医務室へ戻った。

患者は、相変わらず意識を失ったままであった。呼吸困難をきたし、眼瞼と手指は青味を帯び、一方、心臓は一分間に百五十回も脈打っていた。絶望したアンナは、休憩も取らず酸素を与えていた。

私は前腕の静脈から血液を採取し、すぐにオートマタ分析機に引き渡した。それらは同様の検査のためには適応されていなかったので、私はそれらに正確な指示を与えなくてはならなかった。そんな訳で、朝の九時になってようやく、不眠で意識がぼうっとし、痛みで割れそうな頭を抱えながら、私は分析結果の上に身を屈めていた。病人の血液には、直径一万分の二ミリメートル（二百ナノメートル）の微細な物体が含まれていた。すでに表面検査でさえ、それらが病原菌であると示していた。疑問の余地は無かった。私たちの仲間《トヴァジシュ》は、人工衛星からオートマタたちによって持ち込まれたウイルスに感染してしまったのだ。私はこのことを知らせようと、もう一度シュレイを起こした。彼は即刻医務室へとやって来て、イングヴァルと、もう一人の古生物学者で古代の細菌叢の専門家も一緒だった。私たちは、トリオン局のおかげで、すぐに病原菌を特定した。それは、いわゆるオウム病、つまり、一千年前に地球上で流行していた危険な感染症だった。私たちが分析検査室にいたちょうどその時、アンナから呼び出しがあった。

「臨終よ」彼女が電話越しにそう言った。私は同席している人たちに、その言葉を繰り返した。

一分後、私たちは個室に入っていた。

私たちの仲間《トゥヴァジシュ》が、死に瀕していた。脈拍はすでに、スポークのように細く張った動脈では感知されておらず、鉛色の顔が、灰のようなグレーになり、呼吸は、ごろごろと喘ぎながら、喉から吐き出されていた。

私たちは再び血清と血液を与え、心臓の負担を軽くしようと試みていたが、すべて無駄だった。このあいだ、私たちは最良の医療義務を果たしながら、彼が遺言を述べられるように、束の間だけでも彼の意識を回復させたいと力を尽くしたが、どうにもならなかった。毒で損傷を受けた脳は、身体の制御を失った。十時六分過ぎ、彼の呼吸は止まった。

それは、船内で病気による死亡者が出た初めてのケースであった。私たちは、被った敗北に打ちのめされて医務室を出た。もしも私たちがもっと早く病気の原因を特定していれば、十中八九それを克服するのに成功したことだろう。今度は、何よりもまず、起こりうる感染の爆発に備える必要があった。グロトリアンが知らせてきたところによれば、カノーポスは実際にオートマタたちと接触したということだった。というのも、彼がオートマタたちを宇宙航海士たちの作業室に連れてきたのであり、そこでの彼らの発言がトリオンに録音されていた。オートマタたちは、人工衛星の、鉛の施された実験室を通過中に、ウイルスの培養設備から感染したにちがいなかった。

彼らは予防措置を講じていなかった。なぜならば、建設技師たちが前もって同様の事故を彼らに予告しておかなかったからだ。

私たちは、過去数日間のあいだにカノーポスと接触した者全員を、医務室の分室に隔離した。感染のリスクは高かった。それというのも、私たちの身体は、地球の環境において感染症の克服に慣れておらず、ほぼ免疫がなかったのだ。生物学者や化学者たちが、ウイルスのタンパク質構造を分析しているあいだ、私は感染が疑われる者全員を検査していた。十一人の血液に、危険な病原菌が含まれていた。化学合成装置に、ウイルスにとっては有害だが、同時に人体には無害の抗体を作り出すよう指示が出された。夕方に作業が開始されると、すでに真夜中には、最初の分の薬が供給され、それらはすぐに医務室へと届けられた。翌日には、私たちは例外なくゲア号乗組員全員を化学療養に委ねた。感染拡大の危険性は、萌芽のうちに抑えられた。

夕方、船尾星望台で、テル・ハールとニルス・ユールイェラに会った。

ニルスは、自分の親友だったカノーポスの最期の瞬間を私に尋ねてきた。

「考えてごらん」私が言葉を終えた時、テル・ハールがこう言った。「彼らは最後の生贄《いけにえ》に手を掛けたのだ、彼らの最後の残骸が真空で吹き飛んだ時にね……」

私たちは沈黙した。ゲア号の背後、船尾の向こうで、燃え盛る矮星が赤々と輝いていた。スカーレットの光が、星望台の天井に、人々の顔の上に広がり、その瞳をオパールのようにきらきらと、赤色に輝かせていた。

「どうにもならない盲目的な偶然だったんだ」突然ニルスが言い放った。「でも、一体何て不公平なんだ！あの人たちのグロテスクな努力の産物は何世紀も生き延びてきたというのに、そいつらと闘って来た人たちみんなの後には、何も残らなかっただなんて……」

「何てことを言うのだ」ほとんど怒りに任せて、テル・ハールはそう言うと、満天の宇宙《そら》を指すかのように、片手を上げた。

「先生、血気盛んですね」私は言った。ひょっとしたら、それは不眠のせいだったのかもしれない、ひょっとしたら、亡くなった仲間《トヴァジシュ》のための哀しみ、あるいは、ひょっとしたら、被った敗北が原因の怒りだったのかもしれないが、私は辛辣にこう続けた、とだけ言っておこう。

「そいつらがいなければ、星々もない、とでも？」

「星々はあるだろうよ」テル・ハールは穏やかに言った。「だが、星々のあいだに人間は今、こうして存在していないかもしれないね」〔生命の起源であるバクテリアを暗に指しているが、レムは本章でバクテリアとウイルスを混同しているふしがある〕

赤色矮星の惑星

矮星の第二惑星は、赤銅色の小円盤となって次第にその姿を現し、航行が展開するにつれ、現在宇宙《そら》で最も明るい二つの星、ケンタウルスの双子の太陽へと近づいていった。

太陽Aは、内と外の二つのグループで構成される惑星系を有し、地球の系にそっくりだった。太陽Bには、厳密な意味における惑星はなかった。その周囲を取り巻いているのは、小惑星や流星体の巨大な群れであり、その中で最大のものは、ほぼ地球や月に匹敵する。天文物理学者たちは、この太陽を「連星系の屑拾い屋」と呼び、それというのも、それがまるで、惑星のテーレマコス〔『オデュッセイア』で父親捜しの旅に出る人物〕一家が結合を果たした後に残された物質の小屑を、自分のご近所に吸い寄せたかのようだったからだ。

これらの波乱に満ちた日々、観測室の外で惑星科学者の誰かしらにお目に掛かるのは容易なことではなかった。彼らはすでに、私たちの太陽系では、少しでも惑星に似ているものなら何でも、計量計測しつくしてしまっていて、もはやただ単に自分たちの諸先輩方の研究結果を補足することしかできなかったのだ。ところが、今や、彼らに向かって、新しい事実の大洪水がどっと押し寄せてきた。ケンタウルスの巨大な太陽の方面だろうが、赤色矮星の方面だろうが、どちらを向いても、至る所で未調査の惑星が輝いていた。なので、彼らが食事を摂らないばかりか、望遠鏡の傍で仮眠を取っては、休むことなく働いていたのも、驚くにはあたらない。

それでも、私は、全く人気《ひとけ》のない公園で、ボレルを捕まえることに成功した。彼が言うのには、ここに立ち寄ったのは、「さくっと、花の匂いで眠気を醒ますため」だった。一緒に小川のほとりの岩にちょっと腰を下ろすと、その場でボレルが、図らずも、たった今発見されたばかりの、大きな秘密を私にお披露目してくれたのだ。ほら、地球よりもわずかに小さい、太陽

Ａの序列から二番目の惑星が、自転しているでしょう、それがとても早くて、一回転する時間は、地球の一昼夜の四分の三なんだよ、と。私は辛抱強く続きの説明を待っていたが、ボレルは急いでそれに取り掛かろうとはせず、私の平静さに気がつくなり、びっくり仰天した。

「なんだい、分からないの？　水星は一切自転していないけど〔水星の正確な自転周期の発見は、本作発表の約十年後の一九六五年〕、金星はとてもゆっくり回っていると、君だって知っているでしょ。これら惑星元来の、高速の自転は、何百万年ものあいだ、太陽の引力が引き起こす潮汐力の作用によって、ずっと抑え込まれてきたんだ。ほら、ケンタウルスの一番近い惑星Ａは、水星のように、いつもこの同じ半球をケンタウルスの方に向けているね。それに対して、あの二番目に並んでいるのは、位置からして金星に相当するわけだけど、自転の時間は、金星よりも三十分の一短い……」

「それは何かを意味してるの？」

「非天文学的な要因の介入だよ」

「え、それは一体、どんな要因なんだい？」

「惑星に生息する生き物さ」ボレルは、そう答えた。「そして、その生き物は、少なくとも、僕たちの知性に匹敵するんだ、いや、もしかしたら僕たちより優っているのかもしれない。何しろ、僕らは、これまでのところ、地球の自転速度に影響を与えようと試したことはなかったからね」

「なんだって?!」私は叫んだ。「連中がコントロールしてるって言うのかい……?!」

「そうだよ。あの惑星には月がない。計算が示しているのは、惑星は二十日、いや、せいぜい十八日に一度、自転するはずだってことなんだ。理論では、もっと短い自転時間は除外されている。ということは……僕たちは、真に知性のある存在との出会いに備えることができるんだ！」

　私は、こんな重要な発見に直面して、どうして矮星の他の惑星を追いかけるのに時間を費やしてるんだい、と聞いてみた。

「航海が八年間続いて」ボレルが私にこう説明してくれた。「ゲア号のエンジンは、これまで数万トンの燃料をエネルギーに変えてきた。この大きく目減りした体重を、できるだけ早く満たす必要があるんだよ。誰でも知っているように、僕らは、原子力エネルギーをあらゆる種類の物質から解放することができる。で、元素の発熱量は、それらの質量にのみ依存する。理論的には、船を推進させるのはどんな物質でも可能だ。つまり、液体でも、気体でも、それか、鉱物でも、変わらない。でも、宇宙航海士たちに言わせれば、燃料のストックを補充するために選択された物質を、大量、簡単、迅速に集められたら、そしてできるだけ直接ゲア号に輸送できたらいいな、ってこと。矮星の第二惑星は、とても薄い、雲のない大気に取り囲まれていて、それに、砂漠で覆われているから、当然、これらの要求を叶えてくれる、と期待されているんだ」

「古代の庭師が、辛抱強く大地から自分の木の枝に果実をもたらした時、まだ誰の掌もその果実に触れていないのにもかかわらず、庭師はこう言うことができる。すなわち、仕事は達成された、とね」

こう述べたのは、アメタだ。彼はユールイェラと一緒に、頭上高く照っている矮星の赤い光に一面覆われた、前方面の星望甲板にいた。

「何の話をしてるんだい?」私は近寄りながら、尋ねた。「誰が庭師で、君のメタファーは何を意味しているんだい、操縦士君?」

「仮に我々が現時点で地球へ引き返さなくてはならないとしても、それでも遠征隊は己の任務を全うするだろう、という話ですよ」アメタに代わって、技師が答えた。

「あ~、それで、僕たちが庭師なんだね、で、ここにあるのが、熟した果実?」私は、手で下方を示し、そこでは舷側からまっすぐ遥か向こうまで、惑星の赤い半球が屹立していた。

「僕の考えを言わせてもらえば、引き返したくは**ない**なあ――目的に近づいている今の今は!」

「誰もそんなつもりはないでしょう」ユールイェラが答えた。「そう、ただ崇高に論じているだけですよ、だって、どうです、アメタ君は今日、ちょうど五十歳になったんだから」

「半世紀!」思わず私は叫んだ。「ますます若々しいね! 秘訣は何かな?」

アメタがこう口を開いた。

「俺たちが、グーバル理論の基礎方程式を地球に送って、もうだいぶになる。あの無線信号の束は、今、真空を疾走し、二年後には地球に届く。たとえ俺たちが悪魔の手に渡って地獄へ送られることになるとしても、すばらしいことじゃないか？」

「自分たちが地獄へ送られる未来像《ヴィズィヤ》なんて、僕にはすばらしいとは思えないけれど、もし君が誕生日にどうしても必要だと言うのなら、それを受け入れるよ」私はそう返した。「エンジニア君」私はユールイェラに話しかけた。「どうして船内では何事も起きていないんです？　なぜ着陸の準備をしないんでしょう？」

「夜中にすべて完了しましたよ。我々にはあと三万キロメートルばかり足りないのでね。でも、あと小一時間の辛抱ですよ。なにせ我々はとてもゆっくりと前進していますからね、これからロッシェ限界界隈まで行こうというんですから……」

「もちろん、アメタが一番に飛ぶんでしょう？」私は尋ねた。

「もちろん、アメタが飛ぶ」操縦士がこだまのようにそう答えた。そして、技師がくすりと笑ってこう付け加えた。

「飛ぶ予定だったのはゾーリン君でしたが、自分の権利をアメタ君に譲ったのです。彼からの誕生日プレゼントですよ……」

「でも、みんなが本物の固い土の上で羽をまっすぐ伸ばせるといいのだけれど？　考えてもごらんよ、足の裏に金属の八年間を……。宇宙航海士たちはきっと僕らを大目に見てくれるよね？」

「見ろよ」アメタが小さな声で言った。

鉄錆色の平面が裂線で幾重にも割れていた。その上にあるものは一切、身動き一つせず、ひっそりとしていたが、平らで、一見完全に滑らかな平地を注意深く眺めると、その上をとてもゆったりと移動している、灰色がかった、水漏れの痕のようなしみが認められた。この光景は、火星まで飛んで行く旅行者たちの前に開ける光景に、実にそっくりであった。それは、ものすごい速さで彷徨《さまよ》っている砂嵐である。

歩廊は徐々に人で溢れ始め、一方、ゲア号はあたかも、天体の表面まで降下しようかしらと、思案に暮れているかのように、ますます速度を落として進んだ。

「発つ準備をしないと」アメタはそう言って、にやりと笑った。彼のこめかみがすっかり白髪なのが目についた。頭上から射している矮星の光が、この白髪に当たって澄みきったルビー色に輝いた。「異世界に行くとするよ、でも、お別れは言わないぜ、じき戻って来るからな！」

　三時間の偵察飛行後に提出されたアメタの報告には、こう綴ってあった。

「火星型の小さな砂漠惑星。広範囲にわたる無水浸食。有機生命の痕跡皆無。砂礫の広大な砂漠。孤立する古岩塊、山地のカールおよび死火山。大気密度は、地球の約二百分の一、酸素および水蒸気の痕跡無し。昼と夜の半球の温度差は、百十度に達する。惑星の自転速度で明暗境界線上を進む暴風域。南半球の亜熱帯地方帯の中央山系には、巨大な、均整の取れた陥没。地殻の深い層、おそらく玄武岩質の楯状地を露出させている。この地帯から、細分化した巨大な火山岩帯が数百キロメートルにわたり分岐している」

　惑星化学者が下した判断は、玄武岩および同種の鉱物の発熱量は、これまで我々が燃料として使用してきた地球の重元素の発熱量よりも大幅に低いものの、しかしながら、採掘や輸送の容易さは相当程度この違いを購《あがな》える、というものであった。決定が下され、ゲア号は指定されたエリアの上空で五日から六日間ホバリングする、そして、この間、貨物ロケットが彼女《ゲア》のタンクに適切に粉砕された鉱物を満タンにするまで運ぶ、ということになった。

　アメタが持ち帰ってきた写真地図《フォトプラン》が、夜通し分析された。ゲア号は、高度二百メートル付近を滑空しており、従って、薄い大気圏のはるか外側にいた。明け方近く、船尾星望台に出向いた時、私は実に美しい現象を目の当たりにした。私たちの船が、〔惑星の〕夜の半球が落としている影の円錐域から、ちょうど抜け出すところだったのだ。満天の宇宙《そら》を覆う巨大な半円は、天頂付近が血のように赤い筋となってちらちらと輝いていた。その後、均一に彎曲した黒い部分の陰から、矮星の赤い頭頂が突き出てきた。矮星が直射する光線束が大気の奥深くに侵入すると、全体が花火の海になった。そこかしこで、いわば血の波が、スペクトルの回廊となってゆっくりと滑っていった。〔惑星の〕円盤は、視野の彼方いっぱいまで、スカーレット色を帯び、バラ色に変わっていった。この現象は、かなり長く、矮星の太陽がさらに高く昇ってしまうまで続き、それと同時に、矮星の真向かいで航行中のゲア号は、昼の半球上に位置することになった。

　現地時間十二時に、ゲア号は、アメタによって指示されたエリアの上空で停止し、テクトニクス学者や惑星化学者らの偵察班を送り込んだ。下では、薄い霧が筋状に広がり、その中から見えてきたのは、不明瞭に曲がりくねる山系で、最大の、中央のものは、四百キロメートルの円形をしていた。それは、広大な月のクレーターを思わせた。北東でクレーターの壁が吹き飛んでいて、あたかも化け物のようなハンマーが何世紀も前にその壁に叩きつけられたかのように、岩塊が打ち砕かれ、粉々になっていた。恐ろしい一撃の勢いは、破片を遠く砂漠まで吹き飛ばし、白っぽい、四方八方に放射状に広がる筋を形成していた。高所から観察されたその一帯全体は、天体の表面上で押しつぶされたヒトデのように見えていた。

　降下中のロケットが視界から消えた時、私たちは望遠スコープに手を伸ばした。始終赤茶っぽい雲で掃かれた視界の中に、銀色がかった火花が現れ、すでに地面に到達するところであった。一機目の船は、砂漠の表面に原子力の炎を吹き付け、背後にバラ色に光る高温発光の筋を留めた。一部溶解した砂は、ガラス状の地殻に、つまり、一種の天然の滑走路に変化し、その上に、次の小型ロケット《ポチスク》が次々と着陸をした。調査員たちは、岩石の試料を採り、鉱物に含まれる重元素の含有量が最も高い場所を特定することになっていた。現地条件下での分析実施に三時間取られ、その完了後に、電波信号による呼び出しがあり、ゲア号の飛行場から貨物ロケットが数機飛び立ち、自走式掘削機、破砕機、そして、ホイールローダを運搬していった。偵察班は、もう船に戻っても良かったのだが、引き続き調査を行った。午後、これら科学者たちが宇宙航海士たちに、キャタピラ式のオフロード車を送るよう頼んできた。この機会を利用して、私は、要請のあった車両と工具を運搬する小型ロケット《ポチスク》の乗員に加わった。

　この小型ロケット《ポチスク》は、調査員の乗用ロケットよりも、ずっと重く、人工的にガラス化舗装された地殻に着陸することができなかった。ウル・ウェファは、その操縦中に、砂丘の上空で急激にスピードを落としたが、十分に減速せずにそこに突っ込み、衝撃のあまり、数十秒間船首の上方に砂の波がたてがみのように舞い上がり、装甲に衝突してものすごい咆哮が上がった。やっとブレーキの叫び声が止み、暴風のひゅうひゅううなる音が、訪れた静寂を満たした。窓の向こうでは、赤茶色の雲がびゅんびゅん飛んでいた。

私たちが着陸したのは、四方を岩の円形劇場《アンフィテアトルム》でぐるりと囲まれた、わずかに凹んだ平地の最も低い場所だった。調査員たちのロケットは、一キロメートルほど先に停まっていた。流れる砂地は、絶えず揺れ通しで、見渡す限り、半月形を帯びた湾となってロケットを取り囲み、すでにその脇腹を埋めかけていた。持ち込まれたキャタピラ車は、下に引き下げられた斜面《スロープ》を伝って降ろされた。私は数人の仲間《トヴァジシェ》たちと共に、先頭車両を覆っていた外側のカバー上に這い上がり、そしてもう次の瞬間には、メインの野営地に向かって出発していた。

私は、この惑星の山々というのは、見ず知らずのものなのに、最も強く記憶に刻み込まれている青春時代の風景のひとつに似ているな、と思った。あの、延々となだらかな、冷えた岩塊の頂上、心臓の鼓動によってのみ刻まれる大いなる静寂、生まれ出ずる無限の感覚——ただし、この惑星の大気の脆弱な膜の向こうに待ち伏せている、あの黒く捉え難い無限などではなく、明るい、淡青色の、地球上の無限なのだ。その間、エンジンが噴射するたびがくんがくんと動き、起伏の上で飛び跳ねるマシンの背から私に見えていたのは、まるで灰燼と化したような、灰色の空間が蛇腹式のカーテンのように空へと続いているさまであった。私たちの背後に棚引いている塵煙の中で、赤色矮星がぼんやりと光っていた。車両は、小刻みに震え、きしみながら、ロケットによって整備されたガラス舗装の広い一帯に突入し、なす術もなくキャタピラを空転させながらそこを通過してしまい、そして、片側が、ぱらぱらした、とても軽い、ほとんど真っ白な砂、厳密にいえば、一種の凝灰岩にはまり込んでしまった。周囲の砂丘の頂上から、渦を巻いた砂の爆風がわっと巻き上がるや、ものすごい速さで吹き飛びながら、ぱらぱらと音を立ててバイザーのガラスに降りかかった。キャタピラ車はやっとのことで旗艦ロケットの目と鼻の先で止まった。私たちは、車から飛び降り、膝の上まで沈み込んだ。ロケットまでわずか百メートルをかき分けて前進するだけだったのに、すっかり汗だくになってしまった。私はライトが差す方角に向かって歩いた。低い、両脚を切るような風が、オレンジ色の砂埃の煙を持ち上げ、それが、薄い空気を染め上げており、さながら水中の流れ〔混濁流〕によって水底から巻き上げられた沈泥を思わせ〔微粒子のため水中に長時間保持される〕、そして、宇宙服《スカファンドル》のありとあらゆるしわに入り込んできた。ロケットは、動く砂によって取り囲まれた島のような、むき出しの岩塊片で形成された高台の上に立っていた。周囲には、どこまでも砂漠が延びていた。高所からあんなにはっきりと認められた星状の縞は、痕跡さえもなかった。

ロケットの広いキャビンには、十人ぐらいが詰めていた。彼らは、地図、写真地図《フォトプラン》、そして鉱物の破片が所狭しと並べられたテーブルを見下ろしながら、あれこれと話し合っていた。ここで知ったのだが、岩塊の形状に興味をそそられた調査員たちは、地盤の試験測量を行う計画を練っていた。すぐに私たちは再び宇宙服《スカファンドル》を身に着け、待機中のキャタピラ車へと向かった。

私は、なるべく広い空間を視覚で把握しようと、タレットによじ登った。私が位置に着くや否や、車両がぶるぶる震動し、急にがくんと前に飛び出て、その場から動き出し、両脇と背後に見事な砂の間歇泉を噴き出していった。車は時折側面が半分まで埋もれながら、ゆっくりと前進し、そして、この沈み具合、さらには、砂の揺らめきや波打った様子が、大海原を横断する旅の印象を強めた。塵の雲越しにおぼろげに見える山々のシルエットが、ますます黒く、より尊大に立ち上がって行った。距離が十分に縮んだ頃、私は、自分たちが今、累々と連なる岩塊のクラックにまっすぐ向かっているのを認めた。

西には、クーロワールのような上下に深い裂け目が走っている壁が聳えており、その奥へ舌の形をしたガレ場の上り坂が通じていた。この自然の浸食の光景は、その先、言葉では言い表せないほどのカオスに取って代わられた。二手に割れた斜面が、ばかでかい畝状《うねじょう》に開けていた。これらの峡谷から、巨大な塊茎状の形態がいくつも突き出ていて、あたかも礫がそこを通って流れ出し、張り出して、そのまま動きを止めてしまった出っ張りの形に凝固してしまったかのようだ。垂直に崩落した斜面は、少し表面が溶け、紫色の輝きで溢れていた。山脈の巨体は、ここで一気に、恐ろし気な、荒寥たる三ステップで、平地の底まで落下し、その後数キロ先の、地平線の鉄錆色の奥で、元の高さまで起き上がるという具合だ。

車両は、ますます頻繁に向きを変え、半分埋まった玄武岩の岩塊を迂回していった。とうとう、走行が不可能な、急峻な巨岩が突き立てられた平地の手前で停止した。私は、その先の、もはや徒歩による放浪、というよりもむしろ、ロッククライミングまでは、しばらくのあいだ科学者たちに同行したが、彼らの単調な作業——超音波装置による岩塊の測量、巨岩のX線撮影、試料採取——が、あまりにゆっくりと進んだため、私はガレ場の境目上に乗り捨ててあった車両まで戻ってきてしまった。その温かい内部に収まって、ウル・ウェファと話をしていたが、じきに無線が鳴った。それは、ゲア号の気象技師たちが、夕暮れの砂嵐が差し迫っていることを私たちに警告するものだった。調査員たちを呼び戻さねばならなかったが、彼らはフィールド内に広範囲に散らばっており、ようやく全員を集合させてから、私たちは旗艦ロケットに戻った。赤い太陽が沈んでいった。私たちの頭上の雲が数十秒間のうちにまるで濃縮してしまったかのように、空が一様に、汚れたガラス越しに見たくすぶる炎のような、赤銅色になった。赤色矮星が、黒い峰々と雲のあいだの切れ目《ヒアートゥス》に、血まみれの、熱を放たない円盤となって浮かんでいた。周囲はますます赤く、一層濃い霧が立ち込めてきた。紫の色調《トーン》が、血が混じったようなスミレ色になりつつあった。がくんがくんと揺れるマシンとその上の人間たちは、海の中の、気味の悪い生き物のように、意味不明の呻き声を上げ通しだった。緋色の円が地平線に触れた瞬間、そこに浅いくぼみが生じ、まるで赤熱した球体が岩肌を溶かしているかのようだったが、すぐに下に滑り落ちてしまい、視覚的な錯覚によって起きた隙間は姿を消した。まだしばらくのあいだ、赤が暗闇と闘っていたが、ついには消えてしまった。矮星が山陰に隠れた場所の上空にのみ、その紅炎が深紅色のヘビの如く怠惰にのたうっていたが、それも消えた。真っ黒な闇が訪れ、一切何も見えず、まるで瞼をぎゅっときつく閉じた状態のようだった。この日没の光景に、私たちはロケットのハッチに手を伸ばしかねていたのだ。私たちがまだこの印象を拭いきれていないというのに、すでに次第に大きくなる唸り声が遠くに響き渡っていた。夜が来たということだ。

それと一緒に、砂嵐も。

私は、遅くまで科学者たちの討論に耳を傾けていた。彼らは、惑星の表面にほぼ平行な軌道に添って移動していた一個の巨大な流星体が、その流れを閉ざそうとした山脈に門を開けたのだ、ということで一致した。

私はへとへとで、大きなキャビンの隅っこで丸くなり、自分でも分からないうちに、目を閉じていた。

夜の間に、私は、一、二度、半分目を覚まし、地図の上に身をかがめている調査員たちを認めて、再び眠りについた。彼らは明け方まで横になった気配はなかった。朝、外気の温度がマイナス八十七度になり、ロケットはどれもすっかり砂に埋もれ、無線で呼ばれたオートマタがようやく掘り起こしてくれた。貨物機がひっきりなしに粉砕された玄武岩をゲア号に運んでおり、調査員たちは再びフィールドへ、宇宙の大変動の現場へと出発した。

私は独りロケット内に残り、別の、もっと小さなキャビンで二人のコーディネーターが調査員の作業を指揮している様子を、ガラス窓越しに観察していた。付近一帯の地図が映し出されている大スクリーン上には、人間を示す小ランプ十個が鮮やかに点滅していた。これらの明るい点が、ゆっくりと這い、止まり、後退し、ある種子供の遊びのような印象を与えていた。実際、ランプの動きを制御しているのは彼らの送信機なのに、彼らが接近不可能な岩塊に登ったり、深い陥没穴に降りたりしていたのだ。ある瞬間、すべてのランプが小刻みに揺れて、一方向に引っ張られ始めたのに気がついた。やがてそれらが、揺れ動く円を形作り、それから、一点に集合し、そして、ホタルの群れのように勢い良く動き出した。コーディネーターが二人とも活気づいた。キャビン内に留まっている三人目の人物である、惑星学者のボレルが、一瞬おきにあちらのスクリーン、こちらのスクリーンと、代わる代わる目をやって、彼らに何事かを話し、それから、ゲア号と直接繋がっている通信機に近づき、長い会話を始めた。突然、コーディネーターたちが立ち上がって、スクリーン上にわっと身を乗り出した。大変な興奮状態が彼らの顔に現れていたので、私はすっかりキャビンに入りたくなった。急に、脇のコンソールで、ランプが三つ、ぱっと光り始めた。二つが緑、一つが白、ということは、ゲアから乗用小型ロケット《ポチスク》が到着するところなのだ(休みなく旋回している貨物用は、信号網から切り離されていた)。十分もしたところで、テル・アコニアン宇宙航海士が姿を現した。好奇心を抑えきれずに、私は彼と一緒にキャビンに入った。

「彼らはすぐこちらに来ます」ボレルがテル・アコニアンに言った。「すべて直接生《なま》の情報でお知りになれますよ」

　私たちは沈黙の中で待ち受け、私はあえてそれを破る気がしなかった。十五分ほどして、ついに遠くから、呻くような、高速で稼働しているエンジンの響きが聞こえるようになってきた。それがどんどんこちらへ近づき、ついには鋭い呼気を出して止み、そして一瞬の後には、キャビンに宇宙服姿《スカファンデル》の人々がやって来て、大きな、平たい金属ケースを持ち込み、それをテーブルの上に置いた。幾人かは、疲労のあまりかろうじて両脚で踏ん張っていた。彼らは、バイザー付きヘルメットを後ろへ投げ返すやいなや、立っていた時のように、埃だらけの、しみの付いた、宇宙服《スカファンデル》を着たまま肘掛椅子に腰を下ろした、というよりむしろ、崩れ落ちた。

　テクトニクス学者の一人が口を開いた。その言葉から明らかになったことは、彼らはとある仮説の証明を探しているうちに、全くの偶然に重要な発見を成し遂げたということだった。一台のキャタピラ車が、思いがけず、地表面下に隠れていたがらんどうの空間にはまり込んでしまった。生じた穴を広げてみると、地下歩道の入り口のようなものが認められ、それが急勾配で下に通じており、数十歩先で岩山から崩れた土砂で閉ざされていた。

「その歩道は、自然由来のものかね？」テル・アコニアンが訊ねた。

「それが、全く定かではありません」テクトニクス学者が答えた。彼がグローブで顔を拭うと、そこに一筋の黒い筋が付いたが、誰もそれに注意を払わなかった。

彼は、持ち込まれた荷物が横たわっているテーブルに向き直って、こう言った。

「我々は坑道の一部を掘り起こしましたが、作業の進み具合はのろのろです。何せ、手荒な手段は使いたくありませんから。通路は、先へ通じています……。我々がいたところは、地下およそ百五十メートルですね――これは……」

　彼が金属の蓋をめくった。柔らかい敷物の上に、黒みを帯びた、多孔性の、まるでこんがりと焼き上げたような、人の頭を越えない程度の大きさの塊が鎮座していた。

「有機物質かね？」テル・アコニアンがしんと静まり返った中でそう訊ねた。

「検出された痕跡は」テクトニクス学者が答えた。

「微量の炭素。同位体分析では、この塊の年齢は、約一二〇〇から一四〇〇歳だと推定されます。構造は、本質的に、アモルファスで、主要な化学成分は、一切情報が得られません。それと言うのも、仮晶的な侵入によって、主成分に局所的な変化が起きたからです。加えて、この天体は、おそらくは流星体が衝突した瞬間に、高温の影響を受けたに違いありません」

「生物学者は何と言っている?」テル・アコニアンが訊いた。

「我々と同じことですね。炭素は有機体由来、しかし、それ以上のことは申し上げられません」

「引き続き調査は?」

「これまでのところ、我々はさらに五百メートルは通路を踏破しました。そこには、同様ないしは類似の物質のいかなる痕跡も欠如しています。その先は、垂直の岩壁で、通路は中断しています」

「君たちの推測はどうかね?」

「この惑星は、自らの生命体を生み出したことは一度もありません、従って、この残存物は、惑星外由来に違いありません」

「どのような根拠に基づいて、そう判断するのかね?」

「マグマ由来の岩石に至るまで、あらゆる鉱物層において、水の活動の痕跡が欠如、つまり、堆積岩が欠如しています——タンパク質構造を支えとする生命が、水無しで発生することはありえません。ところが、この炭素は有機体由来、ということは……」彼は、両腕を広げた。

「ゆえに?」テル・アコニアンが引き継いだ。

「仮説は……仮説にすぎません」テクトニクス学者がしぶしぶ言った。「坑道は、もしかしたら、大昔の炭鉱作業の名残かもしれません」

「では、これは」宇宙航海士がほぼ真っ黒な塊を手で示した。「生きた存在の残存物かね?」

「ええ」

同席している者たちの視線が、正体不明の黒ずんだ塊に集中した。この瞬間には、何か衝撃的なものがあった。私たちは、何兆キロメートルも踏破し、これまでいくつもの、燃え尽き冷えた物質の集積、太陽と自転する巨岩を冷静にやり過ごしてきた。ところがどうだ、今や、名前のない、荒涼とした天体で偶然発見されたひとかけらが、私たちの胸の鼓動を急《せ》き立てるのだ。おそらく未だかつてなかったほど、私は、人間の知性や人間そのものよりも古い、生きているものすべてを結びつける強力な絆を、いわば、私たちと同じように宇宙の冷徹な無窮と格闘している、被造物への大いなる思慕を感じたのだった。これは、その絆が、未知の、おそらく理解不能な、それでも私たちの血の何かが入っているかのようにとても近しい、何らかの生命を襲った災いの証《あかし》を、黒い亡骸の中に読み取ってみよ、と私たちに命じたのだ。

調査は、翌日丸一日、夜間、そして、さらにもう一日と、休みなく、嵐の最中にも行われたが、何の成果も得られなかった。四日目の夕暮れ時に、ゲア号のタンクが満杯になり、出航の時間がやって来た。調査員たちは、発掘現場から立ち去ることに消極的だったが、宇宙航海士たちがラジオ信号で急き立てた。すでに夜であり、嵐の激しさが一分、また一分と増してきた。砂の波となったハリケーンが、唸り声や軋み音を立ててロケットに降り注ぎ、まるで数百ものはがねの刃が、装甲をこすっているかのようであった。このような状況での離陸は、容易なものではない。直ちに大幅な加速を展開する必要がある。私が乗り込んだ旗艦ロケットは、殿《しんがり》として動き出し、それまで私は、先発の機体が上昇していくのを眺めていた。闇の中に、青く、ぶるぶる震える、泡立つ炎の柱が突き刺さり、底面が乳白色の飛沫にまみれていた。それは、煮えたぎる砂漠の砂だった。

燃える柱が次々と空に昇り、炎の杭が夜を裂き、不気味に照らし出された風景の断片を暗闇からむしり取っていった。沸騰する砂、峻厳に突き立つ岩塊や、まるで黒い鳥の集団のように砂漠の上を散り散りに飛んでゆく影の群れ。炎の軌跡はどんどん高く、高く昇ってゆき、始終垂直で、もはや、白くなるまで熱せられた針のように細くなった。しばしのあいだハリケーンのハウリングを抑え込んだ、熱波の雷鳴が収まると、私たちの点火装置のつぶやき声が聞こえるようになり、警告の言葉が叫び出し、私は仰向けに横たわり、次第に視界から窓の向こうの眺めを失っていった。

まさにこの夜、ゲア号は赤色矮星の惑星重力圏から抜け出すと、速度を上げながら、ケンタウルスの偉大なる太陽に向かって疾走した。

グーバルの仲間《トヴァジシュ》

山々に霧がかかり、その頂上の一角を覆っている時、なにがしかの一見ぱっとしない峰が目を惹きつけて離さない、ということが往々にして起こる。それは、これまで自らの巨体でその峰を圧倒してきた、より偉大な、他の山々の、のしかかる優越性の陰から解放されたためなのだ。私は、グーバルの多くの共同研究者たちを、たいてい彼が同席している時に見ていたため、おそらくそれで彼らをつまらない人々と見做していたに違いない。ある晩、私はその間違いを正したのだった。

歴史学者たちの作業室に行ってみると、そこにはまだ誰も来ていなかった。私は最前列の肘掛椅子のひとつに腰を下ろした。天井の大きな照明はついていなかった。無人のホールは、曇天の日の夜明けのような、薄明るい、無指向性の光で満たされていたが、しかし、このような光の中にあるものは、暗闇から最高潮の輝きに至るまでの、諸々の段階の一つであり、まさにここ、壁の上に辛うじてぼんやりと見える正体不明の画が描かれた、この肌寒い、大きなホールの中では、それがあたかもどこかの移行段階上で立ち止まり、凍り付いてしまったかのようだった。そして、止まったままの時間の中で、ここでは、もはや夜でもなく、未だ朝でもない、永遠の夜明け前が続いていた。

私はこんな風にあれこれと物思いに耽りながら、仲間《トヴァジシェ》たちを待つ時間を潰していた。

乗組員の大多数は、現在、夜間もそれぞれの研究室に籠り切りで、赤色矮星の惑星で得られたデータをまとめ上げたり、ケンタウルス系での今後の探査遠征計画を作成したりしていた。歴史学者たちの所に顔を出す人は皆無で、そこで今日はモレーティッチの講義の代わりに、テーマからテーマへとあれこれ飛び移るおしゃべりと相成った。テンプハラが、こんな小話で私たちを笑わせてくれた。それぞれ対立する意見を持つ二人の科学者に仕えているオートマタたちが、同じひとつの研究室にそのまま置き去りにされて、一晩中口論をした挙句、終いには一つのオートマタが別の方をやり込めてしまったんだ、すると、その主人が朝、出勤してきた時には、そいつはすっかり、忠実な味方の代わりに――頑固な論敵になってしまっていたんだと さ、ということだ。

ある頃合いに、モレーティッチが、古代の絵画をいくつかお見せして、解説しましょうかと、提案してくれた。私たちがええ、ぜひ、と同意を表すと、室内が暗くなり、手元のスクリーン上には、ありとあらゆる色の輝きの中に古いオランダ人とイタリア人のカンヴァスが次々と浮かび始めた。一時間後、照明がぱっとついて、私たちは多少とりとめのないおしゃべりをしながら、退室する準備を始めた。

「うーん、これらの絵について、ぼくが一番ぐっと来たのは何だと思います?」ルデリクが言った。「創作者たちの孤独なんです。さまざまな仮面の下に現れていますよ。ドライで、冷たい無関心、軽蔑、同情を装って……けれど、時々、罵りの叫び声のようなものがそこから聞こえてきます。ゴヤ……」

「昔は、芸術においては、愛と同じように憎しみによっても活動することができたんだね」私ははっと気がついた。「今は、もう違うよ」

「芸術の中だけじゃないですよ」モレーティッチが放った。

「でも、これらの、絵画から生まれ出た人たちは」ルデリクが受け取った。「笑っていたり、泣いていたり、ぼくらと同じですね……。マジで、もしも生物学者じゃなければ、ぼくは画家になっていただろうなあ」

「あれ、才能は?」誰かが訊いた。

「まあ、テンプハラが自分のオートマタでぼくを助けてくれるかもしれません」ルデリクは笑いながら、そう言った。私たちはすでにドアに向かって通路を歩いていたが、ジュムルだけはぽつんと独りぼっちで、空っぽの講堂に、両手を椅子の肘置きに置いて、スクリーンの灰色の表面に見入ったまま、じっと座っていた。私たちはドア口に立って、ためらっていた。なぜなら、この数学者を薄暗いホールに独り残したまま出ていくのが、何となく憚られたからだ。彼が突然、私たちの方を向いた。

「私を待っているのか?」彼が言った。「もし諸君らが急いでいないのなら、ちょっとした為になる話をしたいのだが……。我々が今日見たことと関連してるんだ……」

私たちは彼の所へ戻った。彼は、もっと明かりを落としてくれないか、と頼んだ。モレーティッチがそうしてやると、数学者の顔は暗闇の中でぼんやりと灰色に沈み、そして、それから彼は語り始めた。

彼は、子供の頃から数学の才能を発揮してきた。大学を卒業後、独自の学術研究に着手すると、わずか数年のうちに何本もの論文を発表し、彼の名声はにわかに高まった。最も困難な諸問題に挑戦し、他の者たちが何年も徒《いたずら》に格闘していたさまざまな課題を引き受けては、それらを数か月のうちに克服したものだった。二つ、いや、三つもの調査さえも同時に平行して行う余裕すらあった。彼は素晴らしい、鋭く、パッと摑む直感に恵まれており、興味をそそられた新しいテーマはどれも、ちょっとつまんだだけで、進むべき方向を発見するや否や、つまり、大まかな全体のスケッチがぼんやりと見えるや否や、たちまちその問題への興味を失ってしまい、論文を仕上げるために、それらを自分のオートマタたちに放り投げてしまうのが常だった。気がつけば、彼はオートマタ軍団によってぐるり包囲されていた。彼は、着手したことはどれも、それほど手に負えぬものではない、大して難しくもない、と考えていた。同僚たちは彼を「硬いクルミの収集家」と呼び、自信過剰だと非難した。彼らは、彼の自負心に挑発され、彼にとある問題を差し出した。彼の方は、どうせ自分の手に負える何かだろうと認識して、投げ付けられた挑戦を引き受けた。

それまで彼の部屋にあったものといえば、書き物机が一台、肘掛椅子が一脚、天井際までヴォールト状に伸びた二列の電子頭脳、携帯分析機が数台だった。無味乾燥な調度からの唯一の逸脱は、銀色の円錐型るつぼに生えている窓際のヒヤシンスだった。今や、部屋の内部は色で溢れ返った。トリオンの各スクリーンからは、数学の学術論文やグラフ、分厚い書冊や大冊は姿を消した。それらの無機質な、銀色に光る奥に現れ出したのは、陶器芸術の珍品の数々、表面でキイチゴ色と金色の花びらの同心円状の渦が、眺めているとぐるぐる回転する〔回転錯視〕ケーキ・スタンド、透明な小炎環〔リースのような形をした環状の模様。チェコ製のクリスタルなどに見られる〕や跳躍する鹿、キスマーク模様にカットされてできた突起のあるクリスタルガラス、古めかしい織物で、焦げ茶に着色された花柄が刺繍されたもの、銀と血、銀と火、銀とスミレの互い違いのリズム、裸体の腰の輪郭を持ち、まるで赤ワインを待ち受けるかのようにおちょぼ口を開け、耳を生やして、腹を膨らませたギリシアの壺、それから、雄たけびを上げる雄鶏〔光の到来と闇の克服の象徴〕が斜に描かれたフラスコ型大容器、さらに、土中で腐食し、表面が色あせ、ぐるりと白いしみだらけになってしまった有史以前のアンフォラ。

ジュムルは、このようなものをそれぞれ、特定のシンボル等級に割り当てた。次に、詳細な調査が行われた。その結果、補助コンソールの中に生じたのは、円錐の外観や断面、双曲面、球冠、相互に貫入した円錐、凸面を持つ切頂多面体、高階の変形にさらされたトーラス、ポリトープ……。

金属、ガラス、クリスタルに刻まれた、稲穂のように頭を垂れている人物たちの行列が、虚数軸上を走る単調写像に、数の鎖に、つまり、分岐に分岐を重ねるチャートに、変わってゆき、一方、太古の骨壺の縁を囲んでいる曲線の茂みを、震動する低音の正弦波が解明していった。その後、絵画がやって来た。

そして再び、暗闇から呼び出されて、トリオン・スクリーンの輝きの中に現れたのは、ホッベマの高い空、ゴヤの激情に駆られた線、フェルメールの重量感の無い空気で満たされた部屋、ティツィアーノの生気に満ち溢れた裸体の人物、レンブラントの、息を吸い込みそのまま動きを止めた、金色が差す暗闇より出ずる人々。彼は、一晩中スクリーンに張り付いてせっせと作業をしながら、光学機械で、天使たちのたるんだシルエットや泡を吹きながら嘶《いなな》く馬たちに狙いをつけては、形状の接合箇所、遠近法の軸を調査し、金色に輝く休耕地や象たちの黒色の斑点に、朱色、藍色、セピア、そして、カーマインの多角形に、ベネチアやインドの赤色の平面に、光と闇の強さに狙いを定めては、角度の付け方、落とされた影の境界を分析し、強最大値と完全分裂群を形成してゆき、その結果、それらから、冪《べき》の底、完全集合および無限遠点での極が明らかになった。しかし、彼が先に進めば進むほど、より多くの抵抗に直面した。各々の絵画に備わっていたのは、一つの数学的構造ではなく、それらの任意の集合であった。諸形態の境界、諸斑点の関係、人体の比率が、分析装置によって繊維に分割されたが、それらは頑なに秘密を守った。彼は間違いを犯しては、価値の無いカンヴァス上の類似した姿形の中に見られる偶然による些細な相関を見抜いていった。その間、彼の頭にあったのは、美を創造する要因の解析についてであり、物質の引力の方程式が、全宇宙の構造を内包するように、自らの内にすべてを孕《はら》む非常に緻密な一つの数式によって、その美を表現することについてであった。

彼は疲労を覚えると、遠く彷徨《さまよ》う中に休息を探し求めた。たびたび、森の並木道を歩きながら、黒い大枝の流れの中に幾何学的な曲線を見出しては、間髪入れずそれらの関数方程式を求めたりしていた。それは、まるで運指法のようであった。彼は夜更けまで装置の傍で過ごし、それらの低い、単調なノイズに、目まぐるしく循環する電流のざわめきに聴き入っていたが、そんな時は、装置が命令された何千もの計算を従順に実行中で、しまいには彼の意識が、暗闇で締め付けられた灰色の輪のように狭まり、その輪の中では、色彩、彫刻、多項式の混ざり合った洪水がぐるぐると渦を巻いていて、そうして、そのまま彼は、巨大スクリーンの傍で、両手を枕に眠り込んでしまうのが常であったが、そのスクリーン上に、次第にゆっくりと、冷ややかな閃光によって固定されながら、緑色がかったまばゆい曲線が現れてくるのだった。

そして、ついに、その時刻は訪れ、彼は白いカードの上に、数百の寝ずの夜から導き出された、必然のごとく簡潔にして明瞭な、その数式を書き抜いた。

それを検証する必要があった。彼はオートマタに近寄って、それに命令《コマンド》と数式を与えた。瞬時に震える継電器《リレー》のざわめきの中で、人間の手にはよらない最初の芸術作品が生まれる様子に、彼は忍耐強く聞き耳を立てていた。とうとう長いスロットから、硬いカードが一枚、突き出てきた。彼は、数式の究極の正確さゆえ生じた、完璧な美への期待を、それを目にする瞬間を先に延ばして、その一葉を摑み、光にかざした。

表面は、複雑に入り組んだ、リズミカルに繰り返されるパターンで満たされていた。アラベスクの無限集合が、両目の中で蠢《うごめ》く。それぞれ一個のアラベスクが、どんどんより小さなアラベスクの群れに分裂して広がってゆき、そして、数式から生ずる法則の確固たる帰結に従って構築された、この空間全体が背景を成し、そこから、この、産声を上げずに生まれ落ちた構成の実作品が、ど真ん中に姿を現した。すなわち、空の、理想的に丸い、白い円。

彼は自分の目が信じられず、オートマタの接続、命令《コマンド》の正確さ、実行された処理の順序を検証し、過去の調査過程をランダムに掘り返し、自らが克服して統合するために、最大限の努力を払って意識を凝らして見た、数学の藪の他の場所をどんどん虱潰しに叩きまくった。

エラーはなかった。

彼は灯りを消して、窓際に寄った。重々しい、白い月が空高く浮かんでいた。両こめかみの中をズキズキと脈が打つ感じがした。彼は瞼をぎゅっと閉じて、火照った額を冷たい金属の窓枠で冷やしながら、そのまま佇んでいたが、脳は、執拗な代数記号の群れで溢れ返っていた。ようやく彼は向きを変え、一歩前に歩み出て、さっと凍り付いた。壁際の一角にある、別の机の上で、唯一スイッチが切られていないトリオンのスクリーンが輝いていたのだ。そこには、数日前に呼び出しておいた彫像である、ネフェルティティの胸像が立っていた。彼がお助けとして持っていたのは、性質を調べる、唯一の数学の分野である位相幾何学のあらゆる手法、偉大なる群論、すなわち、数式を誘い込むありとあらゆる罠。彼はそれらの罠を、まだ背後に隠されたままのものに狙いを定めて、空間〔群〕研究において結晶格子を〔一組の並進ベクトルに〕変換させるのと同じように、それらを〔二項〕関係に変換させるために、仕掛けておいた。数学の法の支配下にあるのは、それこそ、物質のかけらというかけらすべてであり、つまりは、星と同様に石も、ひれと同様に羽も、時間と同様に空間もなのだ。これほどにも強大な道具に対して、何が、どうやって、抵抗できるというのだろうか？

しかしながら、様々な機器が所狭しと並べられ、対数表で覆い尽くされた机の上、穏やかな光の中に――異空間から来たお客のように――立っていたのが、乾いた、精密な、しなやかな、そして、あっぱれなほど泰然とした、これまで彼が常に抱いていた希望に応えてくれそうなあの胸像であった。全体が、白い数学〔純粋数学〕であり、すなわち、あらゆる可能世界について語る諸方程式の具現化、かつ、あらゆる不可能世界の解法であった。彼女の頸から肩に至る曲線は、偉大な交響曲の流れにおける二つの突然の休止のようであった。ファラオの重い王冠の下の、煽情的な、悦楽を知る唇をした顔《かんばせ》、沈黙の黄金比、彼をひざまずかせた独立領域。そして、これらはすべて、数本ののみによって曲線に加工された花崗岩塊の表面なのであり、それを、彼が生まれる四十五世紀前に一人のエジプトの職人が仕上げたのだ。

彼は机に近寄り、スタンドの灯りで月を消し、そして、両目を突き刺すような彼女の輝きに手放しで見とれ、大きく声を上げて息をついた。それから、すっと背筋を伸ばし、オートマタの構図を両手で取り上げ、それを引き裂き、二つに折り畳み、もう一度くしゃくしゃにして、白い切れ端の雲を、落ちる花被のように、空中に舞い上がらせた。彼は出て行こうとしたが、ふとドアロで立ち止まって、引き返した。メインの電子頭脳に近づき、消滅演算子を押した。ランプがちらちらと震え始め、電流の繊細な音が鳴った。彼はそこに立ったまま、金属の記憶回路が立てるさらさらした、葉擦れにも似たノイズの中で、数か月に及ぶ苦労の末構築された理論の集大成が一掃されてゆくさまに、思考する装置が彼の命令《コマンド》に従い、彼が苦い経験を忘れることのないよう、すべてを永遠に忘れてゆくさまに、注意深く耳を傾けていた。

流れ星たち

　航行すること四か月、私たちは赤色矮星から三千億キロメートル遠ざかり、矮星は本船船尾の後方に、赤い火花として留まるばかりになった。ゲア号は、ケンタウルス座連星系のコースに乗ったまま、全速力で前進中で、私たちは、非常に緩慢なために把握しきれない、星々が太陽へと変化してゆくさまを、これから再度、体験することになる。

　私は自由な時間を勉強に費やし、古生物学分野の知識を補っていたのだが、それは、その知識が――そう遠くない過去が示すように――不可欠であるかもしれなかったのだ。ある晩、少し羽を伸ばそうと公園をぶらぶらし歩き回ってから、これまでたびたびそうしていたように、ボレル一家の住処へ行ってみたところ、そこにいたのは、彼らの六歳の男の子だけだった。

「パパは朝から戻ってきていないの？」私はその子の言葉を繰り返した。彼が遊ぼうよと招いてくれたが、私はすぐに辞去した。ボレルは昼食にさえ、研究室から出てこなかった。ということは、何かを意味しているに違いない。私はエレベーターで上の層に向かった。

　天文学者たちの作業室手前にある列柱《コロネード》は無人で、天井の照明は、実験が行われている時はいつもそうであるように、消されており、これは、急激な明暗の差で外出する者たちの目がくらまないようにとの措置だった。

　観測室内は、真っ暗闇で、私は方向感覚を失って、しばらくの間しきいでまごついてしまった。次第に目が慣れてくると、いくつものテレタクターのスクリーンが見えた。それらが、まるで分厚いレンズの中に銀色の星屑を固定してしまったかのように、ほのかに光っていた。普段混雑しているスクリーン際のスペースには、誰もいなかった。天文物理学者たちは、黒い群れを作ってホールの隅にある装置を取り囲んでいた。私は足音を抑えた。あまりにもしんと静まり返っていた。皆、私には聞こえない何かに耳を傾けているようだった。電波望遠鏡の制御コンソール脇に、トレフプが立っていた。彼は、両の手を回転装置の上に保ち、ゆっくりとそれを動かしていた。彼の前にある巨大な、円盤のような輪が、ぱっと消えては、ぱっと輝き、その度に、天文物理学者の頭が、黒い影となってスミレ色の背景から浮かび上がった。私が、この場全体の沈黙が何を意味しているのか、こっそり尋ねたくてうずうずし始めたその時、まるで誰かがぴんと張った薄膜の上にケシの実の粒をまき散らしているかのような、とても微かなザーザー音が聞こえてきた。トレフプがそのまま電波望遠鏡のレバーを動かしていると、ザーザー音は、細かい、よく響くロール音に変わった。音の強さが最大限に達すると、教授は両手を放してスピーカーに近づいた。人々はもっと良く聞き取ろうと頭を傾けた。単調な音がやがて私をうんざりさせ始めた。私は一番近くに立っていた人に、一体全体何事かしらと、そっと尋ねた。

「レーダー信号さ」彼は同じ調子でそう答えた。

「僕らの信号が跳ね返ってきたのかい？　何から？」

「我々のじゃあない」

「じゃあ、地球から？」

「地球からでもないね……」

私は仰天して、これは冗談を言っているに違いないと疑って、暗闇越しにその顔を覗き込もうとしたが、彼は真剣だった。

「じゃあ、その信号はどこから？」私はうっかり声を下げるのを忘れて、訊いてしまい、その声が静まり返った中で、雷のように響き渡った。

「あそこからさ」ホールの奥からトレフプが答えた。彼は片手で中央のスクリーンを指した。燐光ラインの交差上に、おぼろげな点が一つ、かろうじて見えており、それは、左側上方の正方形の中で燃え盛る斑点として輝くケンタウルス座の太陽Aから、数分角離れていた。

「これは、A〔α《アルファ》〕ケンタウリの第二惑星からの信号だよ……」私の隣人がそう付け加えた。

再び緊張した沈黙が訪れたが、もう今度は私もそれに加わることができた。私は、黒いスクリーンを眺め、スピーカーの中でレーダーの脈が単調に打っている様子に聴き入りながら、ケンタウリ系について自分が知っていることをすべて思い出そうと務めていた。信号を送ってきている天体は、その位置から、私たちの太陽系における金星に対応していた。それは、いわゆる白色惑星であり、その自転時間は、天文学者たちにとって大変な番狂わせとなっていた。

そういえば、この日の早朝、私は星望甲板にいながら気づいたのだが、ゲア号が不可解な方向転換を行い、それが宇宙《そら》の緩慢な動きとなって表れた。私は今度こそ、考えさせられた。

「この信号はどれぐらい前から聞こえてるんだい？」私は訊いてみた。

「我々が最初にこれを聞いたのは、今朝なんだ」ボレルが答えた。

「信号は僕らと何か関係があるのかな？」私はそう尋ねて、まだ惑星科学者が返事をする前に、心臓が止まりそうになるのを感じた。なぜなら、もうその答えが分かっていたからだ。

「ああ。伝送されている円錐域は、とても狭い。船を回避させて、そこから出ようとしたんだが、そのたびに新たに我々《タク》をキャッチするんだ……」

ということは、火花の雲の間に辛うじて見えている、この白い斑点の上で、私たちを待ち受けているものがいるということだ。推測が確信に変わってゆき、希望が現実になりつつあり、そして、あたかも、私の頭の中で渦巻いていた何千という問いに答えてくれているかのように、スピーカーが、よく響くカチカチ音を発していた。まるで、未知の言語で矢継ぎ早に発せられる言葉のように、「タク、タク、タク、タク……」と。

電磁波は、闇の中に数十億キロメートルという長さの狭いトンネルをくり抜いて、ゲア号を捉え、そして、その反射路の中に地球の船の映像を携えながら、あちら、送信元へと戻っていく。

六週間、私たちは白色惑星に向かって飛んだ。ケンタウルスの双子の太陽がどんどん大きくなってゆき、近くの星々を蝕し、そして同時に、互いに遠ざかって行った。太陽Aはすでに、強大な火の玉であり、その上を、ヘリオグラフではっきりと見ることができる数々の斑点が、滑るように動いていた。しかし、惑星自体は、未だ暗闇のあいだの一点の火花であり、唯一その動きだけが、数時間のうちにうまく識別できるようになり、つまり、惑星は星景の上をそれほど速く移動していたのだ。

私たちは惑星との無線通信を確立する試みを開始した。オートマタたちが、一定のリズムの連続信号を送信し、倦むことなく終日それを繰り返していたものの、唯一の返信であったのは、レーダーの始終変わらぬリズムのみで、惑星と私たちを隔てている空間が狭まるにつれて強くなっていった。この空間は、急速に縮んでいった。というのも、ゲア号が毎秒三〇〇〇〇キロメートルを踏破していたからだ――人が住む惑星領域では、強烈な速さだ、しかし、強烈な焦燥感もまた、私たちを駆り立て、ノズルの無機質な金属は、まるで皆の興奮状態によって焚きつけられているかのごとくで、原子力の炎の筋が船尾後方の闇の中であれよあれよと大きく噴き出し、延々と尾を引いた。

ついに、私たちが初めてレーダー信号をキャッチした、記念すべき日から四十三昼夜目、ゲア号は惑星上空に辿り着いた。

白く、巨大な、厚い雲で覆われた円盤が、宇宙《そら》を塞いだ。レーダーのよく響くカチカチ音が、非常に強くなったので、船の外被と接続された簡易電子装置から、アンプの助けを借りずに余裕で信号が聞こえるようになったが、しかし、いまだ、それがすべてであった。

船は、ますますスピードを緩めながら、次第に狭まってゆく螺旋を描いて白い球体の周囲を回っており、誰もが無言のまま甲板に立ち尽くして、心臓をどきどきさせながら下を、雪のような雲の大海原を見つめ、言葉には出さずとも、こう独り言ちていた。「目的地に着いたのだ」と。

固い雲の膜は視覚が入り込むのを遮り、あたかも、惑星が私たちに自らの秘密を隠したがっているかのようであった。私たちは、気象条件に影響を与えたり、かなりの範囲で雲を追い払ったり、あるいは、輻射エミッタの助けを借りて雲を液化することもできたが、宇宙航海士たちはこれらの方法のうち、いずれも使いたがらなかった。そのため、私たちは規則的な時間間隔で、無線による意思疎通の試みのみを繰り返したが、成果なしと見るや、人間の手による多種多様な装置や機械、工業製品の見本が入ったタンクをパラシュートで大量に投下した。どうしたわけか、雲は、これらの私たちからのメッセンジャーを貪欲に飲み込み、それらの背後で閉じてしまったが、天上界《アイテール》は始終、もっぱら、レーダーの一本調子のカチカチ音を反復し続け、私たちの数百キロメートル下で、生きた、知性のある存在が私たちを観察しているのだ、ということを証言していた。しかし、不可解な理由から、彼らは沈黙を保っており、呼び掛けには応じない。

最後の周回で、ゲア号が大気圏との境界ぎりぎりまで下りたところ、雲の深い裂け目の中に、突如天体の表面が現れた。何らかの濃紺がかった鉛色の斑、何らかの巨大な、押しつぶされたクモに似た、広く伸ばされた、陸地のような、わずかに隆起した中心部を持つ形成物が、雪のように白い雲の割れ目の中に姿を現し、広大な平野が、タールのように黒い、滑らかな面に変わっていった——突然、一瞬ぴかっと光った照り返しに見物人たちは雷に打たれたように目を瞠った。叫び声が口から口へと伝わり、甲板を走り抜けた。「海だ！」——浮遊する雲の下に姿を消しながら、ちょうどスクリーンの横枠まで、水が続いており、しばしのあいだ、太陽の光による反射で輝いていた。ゲア号は、さらに一段と速度を落とした。しかし、すでに、冠雪した尾根にそっくりの、凸状の雲の端が、互いの方に向かって流れてゆき、ゆったりと閉じ、そして再び、その均等な膜だけが、船の下でむらなく延びていった。

周回の三日目、宇宙航海士たちは、偵察オペレーション班を下に派遣することを決定した。この探検に参加することになったのは、大部分が、一人乗り用の、人間によって操縦される小型ロケット《ポチスク》で、困難な条件下や、狭い空間、果ては建物密集地域や住宅地域にすら、着陸することができた。これらのロケットは、テレビが搭載され、それゆえに「目」と呼ばれているより大きな無人小型ロケット《ポチスク》によって先導され、雲の下に降下し、予備観測を行い、そして状況に応じて、着陸をするか、あるいは、船《ゲア》に帰還することになっていた。

出発の準備作業は、惑星の昼の半球上で正午に行われた。操舵室には、ゲア号の住人ほとんど全員が集まっていた。私たちは、照明が落とされた天井の下に立ち、各々の壁では、カラフルな空間に向かって開けられた窓のように、スクリーンが明るく光っていた。側面の、ゼロ層と接続されているスクリーンの中には、操縦士たちが銀色の装備を纏《まと》って飛行場の下の層に下りて行く様子、彼らがバイザーを閉めて、宇宙服《スカファンデル》の重い首当てを背負わせられ、前屈みになりながら、自分のロケットに乗り込む様子が見えていた。その後、ピストンが打ち上げ用の縦坑の奥へ金属のスピンドルを落とし込むと、しんと静かになった。テル・アコニアンが掌を自分のコンソール上に置いた。くぐもった、震動する音が、大きな鐘を打ったように船内中に響き渡った。最初に、無人ロケットが空間へ飛び出した。一分間の沈黙、そして再び規則正しい衝撃音。五機の乗用ロケットが船首のランチャーから同時に発射され、船を去った。再び、ピストンが音を立てずに動き出して、各ロケットがレーンを滑り、まるで巨大な時計が時を打つかのような、船全体を貫く音が、最後の五組のロケットがゲア号を去るまで繰り返された。

今度は、私たちの目は、中央のスクリーンに注がれた。その中では、ふわふわした雲の海が枠内いっぱいに広がっていた。三十一機のロケットが、船の周囲で狭い弧を描き、銀色の脇腹に太陽をちらりと反射させると、降下し始め、まるで空間に浮かんでいるかのような、ゆっくりと回転する螺旋階段を形成した。

三人の宇宙航海士たちが、高壇上でメイン・スクリーンに見入っていた。彼らの向こう側には、六員環形の通信装置がそびえていた。立体幾何学的〔三次元〕スクリーンの傍には、耳にヘッドフォンを当てた通信士たちが座っていた。各自が五機のロケットをナビゲートしており、それらのロケットは彼らの目前で、パイロットの名が冠されたレンズ状の小さな光となって動き回っていた。この連結により、雲を通過するロケットの動きをコントロールすることができた。

マイクロフォンに、一つ一つの言葉が明瞭に伝わってくる。飛行はスムーズに進行中だった。ロケットは、どんどん小さくなり、三百キロメートルの高さから降下していった。彼らは、広大な白い平地の上空で旋回するのを止め、V字隊形を編成した。黒い針のように、なだらかにうねる背景の上空を滑りながら、次第に自らの影に接近してゆき、その影が雲間の谷に流れ込んだり、かと思うと、舞い上がったりしていた。展開された隊形のまま、ロケットはますます遠ざかっていった。

私は、スクリーンに魅入りながら、仲間《トヴァジシェ》たちが私のように身動きせずにじっと佇んでいるのを両肩に感じていた。太陽に照らされた、目に刺さる白色の間に、羽毛のような縞となって織り交ぜられた、一段暗い空間が開けてきた。最初の五組のロケットが、より大きな無人小型ロケット《ポチスク》――テレビの「目」――に先導され、その方面へ疾走した。隙間の反対側にある端の上空に、もくもくと絡み合った雲が立ち上っており、それが、日陰では、水で洗われた粘板岩の色合いを帯び、日光の中では、流れる銀となって輝いた。ロケットの楔《くさび》がその中に突入し、緩んだ霞を射抜いて、反対側から抜け出た。ロケットは疾走を続け、まるで自らの影の上に腰を下ろしているかのようであった。私は上に目を向けた。空気の無い空は黒く、満天の星だった。再び下を見てみると、先導する「目」はすでにいなくなっており、ロケットの一番目のV字隊列が、ちょうど雲の中に沈むところであった。一瞬、ロケットの背が、渓流の泡の中の魚のように、泡立った白色の下で黒ずみ、それから、さらに、一機の輪郭が雲の浅瀬でちらりと見えたかと思うと、すべて姿を消した。

次の五機組は機首を下げ、高度を失っていった。不意に、いくつもに枝分かれした閃光が雲を照らした。押し殺された嘆息が一斉に制御室の空気を乱し、そして再び静かになった。先発の五機のロケットは、そのまま疾走を続けていたが、流星のように火を吹いていた。彼らのエンジンはまだ動いていたものの、ここ、立体幾何学的な地図上では、次の名が黒ずみ始めた。

ボレル、セント、アントニアディ、イングヴァル、ウテネウト

小さな光は、吹き消された小炎のように消え、そして、一秒前には生きた人間を乗せたロケットであったものが、沸騰する金属の閃光となって雲の集積を照らした。その姿は、あたかも、燃え盛る掌が、五つの流れ星の軌道を描いたかのようだった。

最初の発光から惨事の終わりまで、経過したのはおそらく二秒ほどだった。その間、私たちは皆、雷に撃たれたように立ち尽くし、恐ろしい沈黙を刻んでいたのは、スピーカーから聞こえてくる惑星レーダーのカチカチ打つ音だけだった。次のロケットのV字部隊が、接近しつつあった。通信士たちは、すでに彼らに即刻帰還せよという命令を送っていたのだが、ロケットというものは瞬時に速度を落とすことができない。このままでは、パイロットたちはロケットを抑える前に、破壊が起きた一帯に突入してしまう。二人の宇宙航海士が、中央のコックピットで見守っていた。グロトリアンとペンデルガストだ。二つの掌が同時に、粉砕装置の黒いスイッチにさっと突き出た。

わずかな動き——それで、ゲア号は自らの内部から太陽プロミネンスに等しい反陽子を大量に放出する。

強烈な放射の雪崩《なだれ》が、その正体が何であろうと有無を言わさず、私たちの仲間《トヴァジシェ》たちに打撃を与えた未知の力を破壊してしまう。光速で移動する雷放電は、ロケットたちを追い越して、彼らの行く手をクリアにし、惨事の場所に到達した暁には、向こうはただの真空になるだろう。しかしながら、一旦発射された電荷を、阻止することはできない。八千京エルグのエネルギーが、一葉の紙のように、惑星の大気に突き刺さり、その表面を破壊してしまう。この一撃に抵抗できるものは何もない。物質であるなら何であれ、炎へと変えられてしまい、崩壊エネルギーが天体の地殻を溶かしてしまう。

グロトリアンとペンデルガストは同時にスイッチに向かって手を伸ばした。両者の掌が、一瞬空で止まり、そして引っ込んだ――彼らが互いに目を見合わせたその瞬間に。

ハンドルはそのまま、オフの位置にあった。続く五機のロケットのパイロットたちは、すでに制動装置を稼働させていたが、巨大な炎がいくつも上がった後では、彼らの尽力がどれほど絶望的であるかが、見て取れた。そして、一機、また一機と、破壊地帯へと突入してしまい、火だるまとなっていった。この五機のうち、最後の一機だけは、破壊を免れた。そのロケットのパイロットは、超人的な力を尽くしてすべての安全装置を引き抜いて、垂直に舞い上がり、その速さたるや、実に凄まじく、あっという間に私たちの視界から消えた。

雲の奥で、四本の軌跡が燃え、四つの新たな流星が落ちてゆき、そして、雲の深淵の中では、炎が通過していった最後の痕跡がすでに四散しつつあった。

その後、ゲア号は、船首を惑星の丸い面に向けたまま、ゆっくりと後退を始め、一方、磁場が、底部のハッチを通って甲板に帰還するロケットたちを吸い込んでいた。内部のテレビ・スクリーンが、飛行場のホールを映していた。鋼鉄のベンチュリ管から、宇宙船の長い尖塔が突き出ており、受け入れ係のオートマタの文字盤上で、数字が踊っていた。十七……、十八……、十九……。二十番目のロケットの後で、ぱたりと止んだままになった。そのあいだ、予備のレーンに引っ張られたロケットのハッチが開き、パイロットたちが、急いで開け放たれたフラップから抜け出してきて、階上に行く代わりに、飛行場に集まっていた人々に合流した。その銀色の姿が一層増え、待っていた人々と混ざり合っていった。オートマタが、二十一の数字を示し、同時に、牽引ハンドが、空になったレーンに大型ロケットを導き入れたが、そこからは誰一人出てこなかった――それは、テレビの「目」を運んでいた無人船だったのだ。数分の間、場が死のような静寂に包まれ、ウインチのピストンが軸受の中でじっと休息していた。その後、信号の文字盤が、まるでやっとのことでもう一度回転したかのように二十二番を示し、すると、上に持ち上がったフラップを通じてエアロックの中に、助かった最後のロケットが押し込まれた。そのロケットのフラップは、自力では開かなかった。整備用オートマタたちが、やっとこを回転軸部に当てると同時に、医師全員を持ち場に招集するシグナルが鳴って、私は直ちに見物を中止した。

手術室は、光に埋《うず》もれていた。六人がかりで、ゴム製の繭の中に密閉されたままの体を肩に担いで運び入れ、温められた陶磁器台の上に乗せた。

カッターの歯が、プラスチックの塊に沈み込んだ。切り口の中で、宇宙服《スカファンデル》が明るく輝いた。切断された強化コイルがぎしぎし軋み音を立てる。数秒後――私たちが認めたのは、アメタの顔だった。

彼が安全装置を引き抜いて、恐ろしい速さでロケットを直線から逸脱させた時、彼の血液が鉛のように固まって、諸々の組織を破裂させながら、内臓や脚に押し入った。全身が、一つの鼓動する傷であった。ただ、頭部と両上肢が無傷のまま残り、白くて生気が無かった。

私は、一瞥して、救うことができない症例だと悟った。ただ、臨終の苦しみを短くするか、あるいは長引かせることしかできなかった。私たちは即座に仕事に取り掛かった。人工心肺のスイッチが入れられた。処置の施しやすい、血液が漏れている、破裂した血管が縛られていった。輸血用器具が動き出した。私たちは、光沢のある器具を手に取っては、血まみれになったものを捨て、単語でのやり取りで意思を伝え合った。しかしながら、この状態を数分以上維持することはできなかった。機能を喪失した部位が広がってゆき、ショックが、生命に不可欠な臓器に及んでいった。事態は、すでにアメタを救うことではなかった――そんなことは不可能だった――そうではなく、せめてほんの少しのあいだでもいいから、最期の言葉を述べるのに充分な長さのあいだでいいから、彼の意識を戻してあげることだった。

注射器の透明な外筒《シリンジ》内の押し子《プランジャー》がどれも底に達しつつあった。人工循環装置によって圧搾された刺激液が、あがいている心臓の周囲を流れていた。痙攣が、横たわる男を貫いた。両目が開くかと思われたが、ただ頬の影が強まっただけで、そこに、心拍計がより大きく動き始めた――体の中で酸素不足が進んだのだ。

「意識があるぞ」シュレイが言った。

私たちは低く身を屈めて、息を凝した。

顔に固定されたマスクが、まるで憤怒でかき乱されたかのように、震え始めた。唇が薄く開いて、血の糸にまみれた、折れるほどくいしばった歯を見せた。アメタは意識があったが、痛みがずたずたになった神経から彼の脳をあまりに酷く打ちつけ、彼は叫び声を押し殺すためにありったけの力を振り絞っていた。

言葉を発するための力はなかった。

最後の注射。アンプルのガラスが、床に当たって、ぱりんと音を立てて割れた。私たちは痛みを取り除くことはできなかった。麻酔をかければ、意識が失われてしまう。これまでずっと横たわる男に顔を向けていたシュレイが、すっと手術台から後ろに下がった。アンナと一緒に私も彼に続き、血にまみれた両手をぶらんとさせて、立っていた。まるで、私たちの力に及ぶことはすべてやり尽くされたのだと、知らせるかのように。

壁際に、数十人が立っていた。暗い人影の中で、操縦士たちの明るい宇宙服《スカファンデル》が人目を引いた。飛行場から真っ直ぐここへやって来たのだ。そのうちの一人、ゾーリンは、襟からヘルメットを取り外さず、奇妙な翼のように後ろに投げ返したままの格好で、不意に背を向け、飛び出していった。おそらく二分ほどだろう、私たちはそのままじっとしていた。静寂を破っていたのは、アメタのしゃがれた呼吸と人工心臓の静かな音だけだった。ばん、とドアが乱暴に押し分けられ、左右に開いた。入って来たのはゾーリンで、まだ銀色の宇宙服《スカファンデル》を着たままだった。彼はアメタの小型ロケット《ポチスク》から引きちぎられた、ぐにゃりと折れ曲がった操縦桿を持っていた。彼は手術台に近寄ると、まず最初に片方の、それからもう片方の、だらんと垂れ下がったアメタの掌を持ち上げ、そして、彼の指をハンドルの上でぎゅっと結んだ。そうしてから、横たわっている男を、慎重に、軽く持ち上げて、彼の下あごを、ハンドルの中央から突き出したゴム製のホルダーに押し込んだ。それが方向舵の動きに合わせてパイロットの頭を持ち上げたり下げたりする。そうやって、常に、実行中の方向転換に併せて、頭頂が反対側へ向かうようになっていた。

ゾーリンは、アメタの頭をホルダー上に置き、両手でハンドルを握らせると、それをぐっと斜めに折り曲げた。すると、死に瀕している男の頭が持ち上がり、押しやられ、一方、ハンドル上で固く握られた掌が、ターンの一部を行った。ゾーリンは、あたかも円を描いて想像上のロケットを加速させるかのように、ハンドルを行ったり来たり三度動かした。三度目の後に、アメタの瞼が持ち上がった。

バラ色の泡が彼の口からこぼれ、ひゅうひゅう、ぜいぜい鳴る、呻き声が聞こえてきた。

「大きなロケット……行く……まちに……見たんだ……お前ら、そのまま……大きなロケットに……テレビ……大きなのに……」

彼はハンドルをしっかりと胸に引き寄せ、その両手は、まるで、方向舵を上に押し上げようと力を尽くしているかのように、震え、そして、永久に止まった。

周囲が崩壊していった。私は、それぞれの物事を、個別に、明瞭に、そして、極度に現実的に、視た。血液の飛沫がこびり付いた、手術台の陶磁器製の角《かど》、シュレイの足元の床上に投げ捨てられた、空っぽの、切断された宇宙服《スカファンデル》、まるで初めて会ったかのような、これまで見たことのない、縮んだシュレイの顔、そして——脇の投光器《リフレクター》から射している一条の光の中で——始終まだ何かを待っているレナ。

心拍計が、亡骸の奥へ血液を押し込みながら、未だ動いていた。そのスイッチを切ってしまおうと、一歩踏み出すと、何かが私の行く手を阻んだ。いまいましい厄介物払いに差し出された掌が、ぶらんと下に落ちた。私を引き留めたのは、何かの物体などではなく、ゾーリンの視線であった。むごい悲しみから、何も見えていないのだ。

地球の花々

その夜、ゲア号は惑星から遠ざかって行った。朝八時、スピーカーから告知があり、宇宙航海士評議会が乗組員を会議に招集します、と伝えた。

十五分で、円形講堂《アンフィテアトルム》が満員になった。中では、低い、くぐもったざわめきが起きていた。壁際の演壇には誰もいなかったが、突然テル・アコニアンがそこに上がって、こう言った。

「グーバル教授が発言されます」

その時、私たちは皆、グーバルがすでに先ほどから、一段低く、軽く前屈みの姿勢で、演壇の袖に立ち、会場を眺めているのを認めた。会場内が水を打ったように静まり返り、彼の声が響き渡った。

「この場に、これからひとつの仮説を提示します。その仮説は、過去の出来事を解明し、これからの我々の行動の指針となるものです。

昨日の悲劇的な事件は、白色惑星の住人たちというものが、人間には理解し難い要因によって行動を起こす、ある種の血に飢えた存在である、と示しているように思われます。諸々の会話から、諸君の多くがそのように思っていることを、私は知っています。この見方は、思うに、間違っています。彼らの存在について、我々はほとんど何も知りません、とはいえ、疑いの余地がないことが、一つあります。それは、彼らは理性的であるということであり、先ほど述べた彼らの振る舞いに対する解釈では、辻褄が合わなくなってしまいます。惑星に、一機の宇宙機《ポチスク》が接近します、そして、そこから派遣される複数の小型船は、破壊されてしまいます。なぜでしょうか？　どのような目的で？　最初に、私はこう考えました。事件全体を再現するには、すなわち、私たちの挙動ばかりではなく、相手側の挙動をも再構築するには、私たちの持っているデータがあまりにも少なすぎる、と。しかしながら、そうではありません」

彼は一瞬、沈黙した。

「最後に起きた事件から、始めましょう。大気圏上層に一面バリアが張りめぐらされ、それが九機のロケットを破壊しました。これは二段階で起こりました。最初に惨事に見舞われたのは、第一隊列のロケット五機で、その後——第二の四機です。テレビを搭載したロケットは、一機目のロケットとして破壊地帯を通過しましたが——無傷でした。なぜでしょう？」

彼は再び、沈黙した。

「前後に起きたことすべて——こちらの動きを操る絶え間無い誘導、呼び出しに対する応答としての沈黙、小型ロケット《ポチスク》殺戮の精巧な方法——これらすべてが、最初のロケットが救われた原因として偶然を念頭から放棄するよう、私に命じたのです。そのため、問題は次のようになります。すなわち、未知の存在の解釈においては、九機の小型ロケット《ポチスク》は破壊に値するが、一方、ある一機のロケットは、この計算から除外された、と。よって、差異は、非業の死を遂げたロケットと無傷で助かったロケットとの間にあるに違いありません」

死のような静寂の中で、グーバルは続けた。「ここで、当初私には、この問題が限りなく奇妙に思われました。なぜなら、これらのロケットは、どちらも互いに非常に似ているからです。差異があるのは——これが思わず頭に浮かびました——襲われなかったロケットは、破壊されてしまったロケットとは対照的に、無人であった、という点なのです。よって、再び、存在の行動の目的は、パイロットを殺すことなのだ、という一旦放棄された推論が自ずと浮かんできます」

彼は、しばし沈黙した。

「しかし、一機目のロケットが無人であると、彼らはどこから知り得たのでしょうか？　私が耳にしたところによると、遠距離から我々のロケットをX線撮影する何らかの方法があるとのことでした。いいですか、そんなことは、間違いなく不可能です。ロケットは、とても透過できない装甲で守られており、装甲を透過するほど充分強い放射線ならば、それらのロケットを同時に破壊してしまったことでしょう。ゆえに、ロケットのX線撮影の仮説と、そこから生ずる、存在の「残忍性」に関する結論は——もう一度——放棄されるべきです。

出発点に戻りましょう。破壊された九機のロケットと無傷で残った一機との間に、どのような差異が生じたのでしょうか。構造、シルエット、技術的な詳細は、同じです。差異は、実のところ、たったひとつです。つまり、無傷で残った一機のロケットは、前者に比べてほぼ三倍の大きさである。よって、諸々の事件は、こんな流れになります。つまり、惑星に、一群のロケットが接近中である。未知の存在の計画は、こうなりますね。つまり、小さいのは破壊すべし、より大きい方は攻撃してはならぬ。なぜでしょう？　私にはこれが理解できませんでした。存在たちは、我々について、彼らにこのような手段に踏み切らせたであろう、一体何を知っているのでしょうか？　彼らは、**そもそも**一体何を知っていたというのでしょうか？　惑星に宇宙船が近づいているということ、たったそれだけです。存在は、そのことを、彼らのレーダーがゲア号を発見した、六週間前から知っていました。この時点で、私は初めて、考え込んでしまいました。なぜ、まさにその時に、レーダーがゲア号をキャッチしたのでしょうか？　もちろん、実際、偶然であった可能性はありますす。しかし、偶然の一致について言及することが許されるのは、検討下の諸現象を結び付けている結果と原因の連鎖が排除されてしまう時のみですが、本件においては、それが確実とは言えません。我々を捉えたレーダーの円錐域は、大変狭かった。以前から、そのような話でした。では、どうなるだろう——私は、こう思いついたのです——もしも、こんな風に数学を活用してみたら？　私は、レーダー円錐域が我々をキャッチした時、どのくらいの幅だったのか、トレフプ教授に尋ねました。すると、何たることか、二人とも、つまり、先生と私は、同じことを考えていたのです。先生は、私の質問に答えてくださっただけではなく、さらに、こう付け加えられた。その円錐域は、仮に赤色矮星に到達したとすれば、すでに相当な広さになっており、直径八千万キロメートルの空間をカバーするほどであったことだろう、と。諸君は、分かりかけていますか……？　彼らは、この電波のシャワーを偶然送ったのではありません。彼らは、どこかの宇宙船が、あそこの空域を移動中だ、と推測したのです。なぜ、そのように考えたのでしょうか？　もし我々が彼らに対して我々の接近の合図を与えたとしたら？　非常に強力で、数兆キロ越しに彼らがそれに気がつき、非常に早くて、ゲアを追い越し、同時にまた、非常に些細な、我々自身が送信の事実を自覚していないような合図を？　難破したアトランティス人の衛星の爆破です」

　会場は、ひどく緊張した沈黙に包まれていた。グーバルの言葉が、そこに燃え盛る重荷のように降りかかっていた。

「私は、次のような、簡単な計算を行いました」科学者は続けた。「十四個のウラン爆弾の爆発により、ほんの一瞬にして太陽光を打ち負かすパワーを持つ閃光が生じました。この閃光が、三か月後に白色惑星に到達し、あちらで観測されたのです。レーダーのパルス波は、どこで我々に遭遇していたはずなのだろうか？――私は、そう問いました――もしも、閃光の観測後**ただちに**惑星からその電波が送られたと仮定したら。計算の答えはこうです。すなわち、惑星からの光路十五日の距離で、ゲア号に遭遇していなくてはならなかったのです。この結果は、驚くほど正確に現実と一致しています。このような高い一致性は、偶然の仕業ではあり得ません。従って、我々は正しい追跡の途上にいます。

　結構。しかし、なぜ、彼らは、閃光に気づくや否や、レーダーのパルス波を伝送したのでしょうか？　その答えは、自ずと浮かんできます。なぜなら、何によってそれが引き起こされたのか、知っていたからです。彼らは、赤色矮星系で、原子力爆弾が積まれた難破衛星が回転していること、そして、閃光がこの爆弾の爆発によって引き起こされたことを、知っていました。実際に、存在は非常に高い技術的発展の段階上で自らの系の領域をコントロールしており、従って、彼らがかつてアトランティス人の人工衛星を発見したことがある、ということは、大いに考えられます。もしも、そのようなことがあったとすれば、まさに彼らは原子力弾道弾《ポチスク》をアストロンで撮影し、それらの自然発火はあり得ないことを知っていたのです。故に、閃光は、何らかの船が彼らの系の空間に流入し、そしてその船こそが衛星を壊滅させる発火を引き起こしたのだ、と彼らに知らせたのです。この推論を検証するために、電磁波のシャワーを送信し、宇宙船の存在を確認するや、その動きを誘導したのです。我々が惑星の住人たちにこちらの到着を通知した方法については、以上です。今度は、課題全体を逆にしてみましょう。分析中の本問題において未知数である、この未知の存在の位置に、人間を代入します。

こう仮定してみましょう。この雲に覆われた天体に住んでいるのは、人間である。人間は、ある日、自らの天文学者たちから、我々の太陽系の空間に何らかの未知の宇宙船が入り込んだと、告げられる。その船は、すでに以前彼らの系に、死んだ乗組員と原子力弾道弾《ポチスク》の貨物を抱えてやって来た**別の**船と、同じ空域から飛んできている。さらに次。この新しい船が、その死んだ船を爆破してしまった。一体これは、何たる存在だろうか――人間は考えます――連中は、出くわした古い乗り物を吹っ飛ばし、化石化した乗組員を入れた廟を無に変えてしまうために、努力と時間を浪費する。これは穏やかではない、これは胡散臭い。これらの存在を、油断なく追跡せねばならぬ。――彼らは、レーダーの円錐域を、赤色矮星系のほぼ全域をカバーするため、非常に広範囲に送信します。光速で進むレーダー波が、正体不明の船に到達するまでには、数週間かかります。反射されたエコーが返ってくると、何と船が高速で自分たちの惑星に向かって疾走して来るではありませんか。この時、人間は――いいですか、私たちは未知数に人間を代入したのです――じっと待つことに決めます。ついに船が惑星に到着し、その内部から三十機のロケットを送ってきます。小型のロケットをです。白色惑星に居住している人間たちは、一度もそれらを見たことはありません、違いますか？　諸君はそう考えますか？　ところがです。思い出してみてください、アトランティス人の難破した衛星から持ち帰ってきた写真をです。どのような方法で、アトランティス人は原子力弾道弾《ポチスク》を飛ばすつもりでいたでしょうか。取るに足らない、四、ないしは、五メートルのロケットを用いてです。**小型の**ロケットです。そして、そこに、白色惑星の空に、一機の大きなロケットによって誘導されている、三十機の小さなロケットが姿を現したのです。あの大型ロケットが、雲の下に降り、目的を見つけ出し、自分たちに三十個のウラン弾道弾《ポチスク》をぶちまけるつもりの、乗組員を乗せた宇宙船であるということは、ありえないのでしょうか？　破滅を防ぐためには何をなすべきでしょうか？　爆弾を無害化する必要があります。どうやって？　幸いなことに、惑星の住人たちはかつて難破衛星を訪れたことがあり、アストロンで爆弾を撮影し、それらの構造を知り尽くしていた……。各爆弾の中身は、その中央に砲身型円筒が同心円状に幾重にも重なっています。各円筒の中には、金属〔劣下〕ウランと装薬からできた弾道弾《ポチスク》が含まれています。すべての円筒内で、この装薬の爆轟が起こると同時に、例えば四分割されたウランの、各小片の衝突が誘発されて一塊と成り、超臨界量を帯び、そして、それにより――核爆発がもたらされます。よって、手っ取り早く爆弾を発火させるには、装薬に爆轟を強いるだけで充分であり、装薬を点火させるには――最も簡単な方法は、温度を大幅に上げることです。この目的のために、大気圏の高層部にしかるべきエネルギー場を作ってしまえばいい……。しかし――人間たちはさらに考えます――爆弾にのみ、そのように対処することにしよう。乗組員を乗せた大型船は、攻撃しないようにしよう。見知らぬ新参者たちに、自分たちが彼らと戦うつもりも、彼らを破壊するつもりもないことを、知らしめてやろう。――そして、この計画全体が、実行に移されることになるのです……」

グーバルは続けた。「ご覧の通り、これですべてが合致します。そして、この、非常に驚くべきやり方により、新たな問いが二つ生じます。最初の問いは、こうです。もしも未知数に人間を代入すると、図らずも、彼らは十中八九、未知の存在と同じやり方で行動するであろうと、示されます。ならば、それらの存在は、紛らわしいほど、人間に似ているに違いありません。何ということでしょう、ならば、すでに最初の宇宙遠征において、〔太陽系から〕最も近い星を旅の目的地として選択し、銀河系の何百万という惑星系の中から一個と知り合いになると、我々は直ちにこれほど異様に人間そっくりな存在を発見するものでしょうか？　この収束は、再び偶然を仮定しないのでしょうか、しかも、こんな、先ほどの推論全体を根こそぎ台無しにしてしまうような、あり得そうもない偶然を？　私の答えは、こうです。私が、人間の推論の論理的な骨格を存在の行動に投影するのは、それが最も完璧だからではなく、不可欠だからなのです。宇宙の物質的な力をマスターするために、人間は、何千年にもわたって、自らの内に、まさにこのような帰納的および演繹的な推論の方法、つまり、あらゆる生命体の単純な反射作用に由来する方法を陶冶《とうや》しなくてはなりませんでした。星々の内部変化を研究する代わりに、星々を崇拝しているような存在は、それほど高度な発展を遂げない……。従って、もしも白色惑星の住人たちが高度な文明を創出したというのであれば、これは確実なことでしょう、彼らの知性は、我々のものと類似した論理法則に従って活動するに違いありません。これは、外観の類似性を包含しているでしょうか？　むろん、していません。条件反射は、基本的に、サルでも、ミミズでも、そして、サメでも似ていますが、これらの存在が、解剖学的な点で似ているとは言い難い。

二つ目の、より重要な問いは、次の通りです。今こそ我々はこうした一切を分かっていますが、それまで予防策を一切講じず、何も予見せず、そして、恐ろしい無謀さと共に、結果的にこのような悲劇的な過《あやま》ちを犯してしまったことは、いかにして起こり得たのか？という事です。私の答えは、こうです。すなわち、この原因となったのは、我々の臆病さです。難破衛星との出会いは、そう、偶然でした、しかし、その後に起こったことは、偶然とは何ら関係はありません。そもそも我々があのようにそそくさと衛星の破壊に取り掛かってしまったことは、偶然が定めたのではありません。我々の行動の根底には、こんな確信が潜んでいました。衛星の破壊行為は、もっぱら我々の、人間の、地球の問題であり、何者もそれを認識するべきではないし、するべきではない以上、認識することもない、という、確信です。この誤った、非論理的な推論は、我々自身の過去の化石化した残骸を切り捨てたいという欲求から生じたのです。我々は何としてもその残骸を否定したかったため、この後さまざまな計画を立てる際に、難破船との遭遇も、それの爆破も、まるで、これらの事件がかつて一度も起きたことなどなかったかのように、勘定に入れることすらしなかったのです。この勇気の欠如、破壊の早急さに対して、我々は、仲間《トヴァジシュ》の命で支払いをする羽目になってしまいました。我々は、あの人々について何も知ろうとはしませんでした――そもそも、彼らは人間ではありませんか！　過去を偽ることはできません。その中の我々に関わりの無いことですら、抹消してはならないのです。我々はその中から遺産を選択することはできますが、惑星の歴史の空間における諸々の種の運命全体を意識的に高める勇気を持たねばなりません。この残忍な教訓は、我々にとっても、これから生まれて来る人々にとっても、大切です。なぜなら、一人の人間の中には、知性の偉大さの他に、残忍性の卑小さがあり、それはたとえ明るみにされていなくても、潜在的なものであり、条件次第で露見する可能性がある、ということについての知識が不可欠だからです。

　最後に、白色惑星の社会体制について、二、三言。我々は、それについてほとんど知りません、しかし、我々が知っていることこそが、最も重要です。我々の動きを巧みに誘導していたレーダー信号は、惑星が自転しているのにもかかわらず、連続的でした。つまり、信号を送信していたのは、全球を網羅するシステムを形成している送信機です。つまり、あるひとつの電波放射器が地平線の下に沈んで行くにつれて、発射機能を次の放射器へとリレーしていたのです。レーダーのカバーは天体規模であり、惑星全体を受け持ち稼働しています。従って、技術的な面では、その住人たちは、ひとつに団結しています。我々のようにです。技術的なベースでの団結は、確率として、社会的な団結を暗示しています。従って、私自身は、我々の今後の方針に関して決定を下す意図も権利も持ってはおりませんが、我々は惑星の住人たちとコミュニケーションを取る試みを行うべきである、という確信を表明したいと思います。それがすぐに成功するか――分かりません。我々の文明は数世紀ものあいだ、このような無知から、未知のこと、危険なことから、嵐や災害から、我々を守ってくれました。そして、もしも、かつて人々が、文明の訪れを願い、何事に対しても動じない心構えを持っていたという事実が無ければ、その文明は決して興りはしなかったであろうことを、我々は忘れてしまっているのです。今や、我々は次の、新しい時代の入り口に立っています。転換の時が訪れたのです。それは、多くを要求しています。地球では未だかつて何人も決して要求しなかったことを、我々に要求しています――そして、我々はそれを受け入れなくてはなりません。なぜなら、歴史の法則とはそういうものだからです。人類は、自らの道の途上で立ち止まってしまうことはできません。この偉大なる次の一歩は踏み出されなくてはなりませんし、これから我々にもたらされるものに対する内的な調和を、我々は、〔変革の〕必然性を理解することから獲得しなくてはなりません。その必然性は、次の諸世代にとっては、もはや、新たな、より高次の自由となることでしょう」

　グーバルが終えるや否や、テル・アコニアンがその隣に現れ、何か書き込まれたカードを一枚、目の高さまで持ち上げて、読み始めた。

宇宙航海士評議会より当船の乗組員諸君へ。

今後数年以内に、人類は銀河横断飛行を開始します。これらの遠征は、太陽系近傍を周回する天体上にある中間宇宙ステーションによって担われなければなりません。ケンタウルス系の位置は、銀河系南極およびマゼラン雲方面の遠征に向けたこれらステーションの恰好の拠点となります。これを考慮し、当宇宙航海士評議会は、左記を決定しました。

一、白色惑星との意思疎通の試みを今後継続します。

二、これらの試みは、船の破壊に繋がる可能性があります。このような場合には、次の遠征がこれらの試みを引き継ぎますが、宇宙ステーションの建設は、四分の一世紀延期されることになります。これを避ける為、ゲア号が、白色惑星とのコミュニケーションを確立する試みを開始する前に、ケンタウルスの諸惑星の中から、中間宇宙ステーションの建設に最も適したものが、選択されます。その惑星上に残される各種機械は、一名の管理下で建設作業を開始します。当宇宙航海士評議会は、この建設現場に、メハネウリスティカ学者である操縦士ゾーリン君が留まることを承認します。その理由は、ゾーリン君には、多方面にわたる総合的な技術教育と宇宙基地建設における豊富な経験が備わっているからです。

宇宙航海士が読み終えて会場に目を向けた時、私は、下の方の席に座っていたアンナが立ち上がって、脇のドアから出て行ったことに気がついた。中央の通路から、ゾーリンが前に進み出て、演壇に上がった。テル・アコニアンが言葉を締めくくった際に円形講堂《アンフィテアトルム》内で飛び交っていたざわめきが、ぴたりと止んだ。惑星間航海法によれば、何人も、宇宙基地の施設に単独で滞在してはならない。最低一名の同伴者《トヴァジシュ》がいなければならない。しきたりに従って、ゾーリンは今、その人物を指名する必要があった。会場内は、張り詰めた大いなる沈黙に包まれ、あたかも操縦士が両目で頭の海をなぞりながら、今、まさに選ぼうとしているかのようであったが、私たちには、彼はすでに前もって心を決めており、同伴者《トヴァジシュ》に選び出した者を探しているだけなのだと、分かっていた。突然、私の中の心臓が激しく踊った。私は、これはナンセンスだ、あり得ないと、空しく独り言ちた。ゾーリンにとって自分は何者だというのか？　乗組員のうちのひとり、ほぼ他人と言ってもいい人間……。おそらく、これがアメタだったならば、話は違ったろうが……。

着席している者たちの頭は、操縦士の目に留まるには、かろうじて見える程度に持ち上がり、そしてわずかにうつむき加減で、その視線が通り過ぎると、今度は期待の緊迫が、波のように、集まった者たちの間を通り過ぎて行った。突然、彼の目が私の上で静止し、非常に強く圧すので――そうと自覚しないままに――私は立ち上がった。

「同意するかね？」あたかも途方もない距離からのように、一等宇宙航海士の声が聞こえて来た。

「同意します」私は答えた。

会場内に、低いざわめきがどよめいた。

ゾーリンとグーバルが、宇宙航海士たちと話し合っていた。人々の流れが、下に向かって落ちて行き、演壇を取り巻いていった。私は、廊下に出た。全くの空っぽで、静かだ。私は、興奮も、誇りも、喜びすらも感じなかった――一切何も。私は、そのまま長いこと歩き、ふらりと立ち止まった。両脚自身がひとりでに、私を音楽ホール《フィルハルモニア》の玄関ポーチまで運んでいた。私は、ソレダットの彫像、道半ばの白い少年の前に立っていた。八年も経ったんだ！――何という歳月！　ゲア号内では時間がより遅く過ぎていく。時計の時間だ。外側で経過する時間ではない。出航の瞬間よりも私は歳を取ったが、この白い少年は、何も変わっていない――終始一貫未来だけを見ている。私は、彫像に視線を巡らせ、数歩近寄ってからもう一歩踏み出し、半ば背を向けて、まるで別れを告げるかのように、像に目をやった。心臓が締めつけられ、アンナの事を想った。彼女はどこに行ったのだろう？　私はふっと足を止め、それから、歩調を早めた。

最寄りのエレベーターに乗って、公園に行ってみた。すでに遠くからアンナが分かった――彼女は、ワスレナグサがぎっしりと生え揃った草むらの上に座っていた。アメタはその花がとても好きだった。彼は、部屋の中に花があるのを見て嫌がった。「もしも花と一緒にいたいと望むなら」――それが口癖だった――「こちらから出向かなくちゃな」背を丸めたアンナの姿に、何かしら私の歩みを緩めるものがあった。彼女は盲人のように、拡げられた掌で花々に触れていた。私は彼女の後ろに立った。

「あなたね……」彼女がそっと言った。それは、問いではなかった。私は彼女の傍に跪いた。遠くからは、滑稽に見えたことだろう。草むらの上で子供のように跪いている大人二人。

　私は沈黙を破ろうとしたが、できなかった。彼女の小さな手の内側に口づけをし、指の上に表皮の小さな硬結を感じた。そこは、頻繁に器具が当たる部分だった。

「集会には最後までいたの？」彼女が訊いてきた。

「うん《タク》」

「ゾーリンは？」

「うん《タク》」

「で、あなたは？」

「うん《タク》……」

　彼女は、黙り込んだ。

「あれから、家で聞いたのかい？」私は尋ねた。

「いいえ《ニェ》」

「なら、どこで知ったの？」

　彼女が頭を上げた。

「そう、思ったのよ……。あなたは、違って《ニェ》？」

「うん《ニェ》」私は驚いて、言った。

　彼女は、にっこりほほ笑んだ。

「あなたって、いつも察するのが最後なのよね……」

　彼女の表情が、何かおかしかった。私には、彼女が無理に微笑を作っているのが見て取れ、それから急に、彼女はそっぽを向いてしまった。再び私に目を向けた時には、もうすっかり穏やかになっていた。私たちはそれ以上何も話さなかった。

　夜、私は深い眠りから目を覚まし、すぐさますべてを認識して、警戒した。スミレ色のランプが灯っていて、シェード・グラス越しに、青い、細かな斑点がいくつも枕の上に落ちていた。まるで、ワスレナグサの花びらのように。アンナは、仰向けに横たわり、頭を反らせたままで、豊かな、黒い髪の毛が、顔に影を落としていた。表情の無い目をして、身動きせずじっと天井を見つめていた。私は、まぶたをぎゅっと閉じたものの、もう眠れなかった。突然、彼女が話しかけて来た。

「戻ってくる？」

私は身を起こした。

「アンナ」

私は彼女にキスをし、そしてキスのあいだ、彼女がもう遠くへ行ってしまったのを感じた。

「戻るよ、絶対に、戻る——それに、僕が君から離れるだけではないよ……二人ともが、別々の方向に飛び立っていくんだ……。君の方は、戻ってくるのかな？」私はほほ笑んで、声に陽気な響きを与えようと努めたが、アンナは真剣なままだった。

「ええ《タク》」彼女は、そう言った。「絶対に、戻るわ」

「なら、安心だ」

　彼女が私に目を向け、その黒い瞳がすぐ傍にあった。

「ねえ、私、以前はあなたを知らなかったことが、信じられないの……これって、こんなにも大きくて、まるで、始まりがなかったかのようね……だから、私、とても考えられないわ、ひょっとしたら、いずれ……」

彼女は、最後まで言い切らなかった。私は、何も尋ねなかった。私は、彼女を一層強く抱きしめた。彼女はふっと息を呑んで、そっと、私の耳元でささやいた。

「あの人たちは、でも、とても幸せだったのね……」

「誰がだい、僕の奥さん？」

「古代の人々よ」

「そうかな？」

「そうよ《タク》。彼らは永遠を信じていたんですもの……」

　三か月間、ゲア号はケンタウルス系領域を精査した。諸惑星は、火花となって迫ってきては、光に成長し、宇宙《そら》を塞ぎ、そして、放出される炎に包まれ、離れていった。操縦士たちは、銀色の姿でぞろぞろと歩廊から降りてゆき、ロケットのハッチの中に消えて行った。この見世物が何度も繰り返された。別れと帰還、力強い握手、始動するエンジンの轟音、発射装置の目には見えない鐘の打つ音、他の人の目を見るのが難しかった発射後の静寂、そして——ピストンで押されて——黒い気閘《エア・ロック》からそろそろと出てくる、厚い大気との摩擦〔正しくは、断熱圧縮〕で起こる高熱でこんがり焼かれた小型ロケット《ポチスク》を、順番に数えている無声の唇の動き。

　この時期、ゾーリンと会うことは滅多になかった。彼は、他の建設技術者たちと共に宇宙基地の設計に取り組んでいた。計画案は、すでに一年前に作成されており、それに対して、現在は、テンプハラのチーム全体が、詳細な技術文書の作成に奮闘していた。私は、精神にとって失業がいかに危険か自覚し、かつ、ゾーリンの同伴者《トゥヴァジシュ》というだけではなく、さらに協力者にもなりたいと望んでいたので、来る日も来る日も一日中、無線工学分野の教科書を勉強し、まだ若かった頃に勉強して得たメハネウリスティカの古い知識を一掃していった。私はずっとトリオンに張り付いて、ゲア号が次の惑星の周囲を回った時ですらも離れず、そして、いかなる惑星にも行かなかったが、アメタの親友たちは私を忘れてはいなかった。ウル・ウェファが最初に、きらきら輝く可燃性の鉱物、つまり、訪れた天体の火山の花々を丸ごとひと山持ってきて、黙って私のテーブル上に振り撒いた。別のフライトから、テウパネが、三本指の跡が付いたまま固まった溶岩の破片を持ってきた。この、世界に一つだけのコレクションの標本の数が増えていくさまは、旅の進展を証言していた。

我々は、砂漠の惑星を、その次に、火山性の惑星を通過した。そこは、高温のため、人間がその表面にごくわずかでさえ滞在することは不可能であった。熱い雲の層を通して撮影された写真が、その惑星上の何らかの謎めいた動きを示していた。探査に送られた耐火性オートマタのうち、戻ってきたのは、かろうじて半分だった。これらの生存機が、漠然とした報告を行ったものの、それらの報告から、凝固した火山岩上を這い回っている巨大な節足動物風の形成物が、何らかの大惨事の後に放棄された機械であるのか、それともまた、有機体の非タンパク質進化の形態であるのか、究明することはできなかった。宇宙生物学者たちが、詳細な調査の開始を要求したが、無駄であった。それらは将来のために取って置かれ、ゲア号は旅を続けた。

次の惑星を、近距離で夜間に通過した。船は、微かな、しかし、隅々まで行き亘る、冷却パイプの軋み音で満たされた。それらパイプの中で、液体ヘリウムが煮えたぎっていた。黒い、星が散らばる宇宙《そら》の中で、惑星の鎌が、赤銅色の裂け目のようにくっきりと見えていた。拡大鏡で、表面を観測してみると、その上を、黒いクモのような、結合し、かつ、分裂している裂け目の網目が、這っていた。惑星は、造山期を移行中であり、地殻の巨大な開口部からは、黒ずんだ灼熱の川が溢れ出ていた。

太陽Aの系を閉じるのは、海王星型の氷天体であった。それらの軌道を越えて十億キロメートル離れると、今度は、太陽Bのゾーンに到達した。その重力圏には、惑星が無かった。深淵によって仕切られ、その中を回っていたのは、大小の小惑星、つまり、何千世紀も前にばらばらになった天体たちの残骸のみであった。宇宙航海士たちの決定により、銀河横断ステーションは、これらの空気の無い、切り立った岩片のひとつに配置されることになった。何百というこのような天体の軌道が虚空を横切っており、従って、どれにするか選り取り見取りだったのだが、彼らの御めがねにかなう小惑星というのは、多くの要求を満たすものでなければならなかった。まず、その軌道は、自らの道程上で太陽からあまり離れすぎず、かつ、過度に接近しないように、可能な限り円に近くなければならない。そして、より顕著な摂動に身を晒《さら》さぬように、他の天体の軌道を回避している必要がある。さらに、「連星系の屑拾い屋」の周辺に沿って流れる大流星群の近くを免れていなくてはならない。

調査は、一か月延長された。観測室は、昼夜を問わず稼働し、テレタクターとレーダースコープは、絶えず空間に狙いを定め、そして、この狩り、というよりもむしろ、釣りの成果により、宇宙航海士たちの選択は、直径が約四百キロメートルの、従って、非常に弱い、けれども、虚無に落下してしまうのを恐れることなく、人間が表面を動き回るのには十分な重力場が備わっている、名も無い小惑星に行き当たった。我々がそれに接近するにつれて、その破片が、鋭く尖った、いわば猫のような瞳孔で、我々にウインクしているように見えた。この、光の大きな変動は、小惑星の高速の自転、および、非常に不規則な形状が原因となっていた。何しろ、細長い外形は、惑星というよりも、むしろ、黒い闇の中に浮かぶ山の尾根を髣髴とさせたのだ。

ゲアは、二週間その周囲を回った。この時点で、テクトニクス学者たちが、この岩石の粘着力は十分であり、直近の数千年にわたる耐久性を保証していると主張し、そのため、遅滞なく、諸々の機械、建材そして、食糧のストックを小惑星の表面に投下する作業が開始された。

建築作業用オートマタたちが、素早く岩に食らいつき、そこに円形のくぼみを二つくり抜いた。一つには、空気用のタンクを備えたドーム型の与圧チャンバーを、一方、二つ目には——我々に電気と熱を供給してくれるはずの原子力炉を設置した。

来る日も来る日も、貨物ロケットが小惑星に原材料と部品を運んで行った――それらを使って、将来のステーションのレーダー放射器を建てる予定だった――そして、ついに、最後の貨物が岩の間に積まれたのだった。

我々は、仲間《トヴァアジシェ》たちに手短に別れを告げ、そして、彼らは、ちょっとした別離の前によく口にされるような言葉を、身内同様の我々にかけてくれた。ゾーリンと私が一緒に、すでに差し回してあった、発射準備完了のロケットが置かれてある第一レーンのスロープを降りていた時には、我々はすでに宇宙服《スカファンデル》を纏い、あとは、背後に投げ返しておいたバイザー付きヘルメットを、襟の開口部に持たせ掛けておくばかりとなっていた。そこに、突然、柱の陰から、白いニワトコの大きな花束を抱えた子供が一人、飛び出して来て、我々の行く手を阻んだ。

我々は立ちすくんでしまったが、その子は――ぽっちゃりした、おそらく四歳位の女の子で、ネズミのしっぽのような三つ編みを下げ、真っ赤なほっぺたをしていた――やっとのことで花束を持ち上げて、ゾーリンに手渡した。

「あげる」彼女はそう言った。「かえってきたら、またみんなにおとぎばなしをおはなししてくれる？」

「もちろん、約束だよ」ゾーリンがそう答えた。「お名前は何ていうんだい？」

「マグダよ」

「君にこのお花をくれたのは誰かな？」

「だれも。わたしじぶんでなの！」

彼女は、これほど上手に計画をやりおおせたことに、ほっと一息ついて、こちらにやって来る宇宙航海士たちにはっと気がつくと、一目散に逃げて行った。

テル・アコニアン、ペンデルガスト、そして、ユールイェラが、もう何も言わずに、我々の手を握った。最初にゾーリンが、狭いハッチを通ってロケットの内部へ潜り込んで、慎重に私に預けた花束を取ろうと、手を差し出した。続いて、私は両脚をハッチ口の奥に降ろした。腰まで金属の機体に埋まった時、ふと、一人の女性に気がついた。彼女は、我々の頭上数メートル、踊り場から突き出たタラップの上に立っていた。カラールラだ。その時、私は一瞬はっとなって、今まで誰も知らなかったことを察したのだった。彼女は、身籠っていた。そのシルエットは、相変わらず少女のままだった。私がそれと見抜いたのは、彼女のある種の動きから、両目から、ふとした顔の表情からで、まるで周囲にではなく、自分の体に聴き入っているかのようだった。彼女はすでに、その体の中に、新しい未来の最初の震えを感じていたのだ。

マゼラン雲

ニワトコの花束は、実験用のガラス器具に入れられ、窓際に置かれた。私はテーブルについて、オートマタたちが岩に穴を開けている様子を見ていた。何十という穴。どれも、同心円状の形をしている。その後、彼らは爆薬を仕込んで、姿を消す。爆発は聞こえない。炎を上げて破裂した岩は逆立ち、煙と小石となって上向きに噴き上がる。地面が震え、樹氷のようなニワトコから、花びらを開ききった、華奢な花が散る。空気の無い空間で、煙が、鉄のやすり屑のように落ちてくる。オートマタたちが、隠れ場所から這い出してきて、すり鉢状の穴底に降りてゆき、金属のブロックを何層にも並べる。視野に、光線放射器がにょきにょきと現れてくる。長い肩の上で頭を突き出し、それをぐるぐる回すのだが、全くもって、滑稽な金属のキリンが、想像上の葉っぱを探して、見回しているかのようだ。

ものすごい、青銅色の閃光。放射圧によって溶解した金属が、すり鉢の凹面部分に一面塗りたくられ、冷えていく。オートマタたちが、ざらざらした表面をのろのろと歩き回り、圧を加えて、滑らかにし、磨きをかけていくと、ついにはそこが水銀のように輝き始める。他のオートマタたちは、引き続きどこかしらに爆薬を置いたり、アンテナマスト用の造成を行ったりしていた。地面がわずかに震えている。いよいよたくさん白い花びらが小枝から撒き散らされて、ついには、五日目にゾーリンがこう言った。

「残念だな、暖炉がなくて……こんな、古いやつさ、ほら、普通に火を起こすための。この枝を燃やしたところなんだが。たき火から出る煙の臭いってやつを覚えているかい？」

「覚えているよ」

彼は宇宙服《スカファンデル》を着て、作業の進み具合をチェックしようと、午後に、その日二度目の外出をした際、小枝を一緒に持っていった。一時間後に帰還。腰の後ろに枝を刺して持っていた。私はそれに気がついたが、何も言わなかった。

彼は、私の視線を認めた。

「そのままにしておけなかったんだ」そう説明した。「こう石だらけだ。せめてちょっとでも地面がね」

「君が持って行ってくれて、よかったよ」私は言った。「ニワトコは、とても柔らかい芯をしているだろう、削って細くできるんだ、子供の頃、そうやって遊んだよ」

小枝は、空っぽの器に戻り、その中に留まった。最後まで。

オートマタたちは、丸一昼夜作業をしていた。昼夜を問わぬ――そんなことは、彼らにとってどうでも良い事であった。我々にとっては、違う。睡眠と覚醒のリズムを調整するまでには苦労をした。小惑星は非常に早く自転していたため、三時間ごとに我々がいる岩の平地を、太陽の熱い光に差し出した。三時間の夜を薄暗く照らしていたのは、通常、太陽Aで、二十五天文単位離れており、地球の月の満月よりも比較にならぬほど強い。昼間は、岩が赤熱した金属塊のように燃え上がり、夜間には、強烈な、氷のように冷たい光となって、蓄光した。小惑星の自転速度は、かなりのすごさで、窓から眺めていると、影が伸びて次第に成長してゆく様子が見えた——最終的には黒くなり、すべてをかき消してしまう真空の影になった。何かのオートマタが、光から影に身を乗り出した時など、まるで、真っ二つに切り落とされて、一部が存在しなくなってしまったかのように見えることがある。

毎晩、我々は、「我が家」のミニチュアサイズの中二階に置いてある受信機の傍にしけ込んで、スピーカーのくぐもったノイズに注意深く聴き入った。何らかの正体不明の周波数帯と覚しき、パチパチ音やザーザー音のカオスの中から、陽気なゲア号の呼出符号の音が、ひょっこりと現れるのだった。臨時の送信マストを設置したおかげで、我々は船とのテレビ通信を維持し、毎晩仲間《トヴァジシェ》たちと顔を合わせた。我々は情報を交換し、作業の進捗状況を話し合い、時には、ゾーリンが同僚たちに計算のサポートを頼んだりした。

ゲア号は、まっすぐ白色惑星に向かっていた。目的地まで、あと二週間の航行だった。その間、こちらは、現在の仮設炉に取って代わる、将来の巨大な原子炉用の基礎掘削に関連する主な工事を終えてしまいたかった。我々は、現地の夜明けに起床し、すべての工事現場を歩いて回り、しかも、それらはたびたび、数キロメートルにわたって散らばり、同時に、十か所もあったりして、見回りの後は、直ぐには与圧チャンバーに(我々は、「家に」と言っていた)戻らず、散策に出かけるのが常で、毎日行き先を変え、そしてこんな具合に、半径数十キロメートル以内の周囲を知ることができた。それは、かなり醜怪な岩塊だった——惑星のミニチュアというより、カリカチュアだ。そういえば、この小惑星は、遠くから見ると、星が散らばる広大無辺を漂う、削り取られた山の尾根にそっくりだった。だから、前進中に、我々放浪者を取り巻く地平線が、横に数キロメートルも膨張することもあれば、急激に狭まったりすることもあったりした。我が家から三十キロメートル離れた北東部では、比較的平らな岩の平地が、やせ尾根《アレート》を経て、風変わりな形状に一面覆われた崩落に移り変わっていた。まさに見渡す限りの地平線まで、微動だにしない、礫の大群が続いていた。岩屑のガレ場、自然の浸食、水、風そして引力の作用によるものは、何もない。それは、ある種のグロテスクで、しかも想像が不可能な——と思しき——形状の全展望監視装置《パノプティコン》であった。立ちすくみ、均衡を保つ棍棒岩、不安定な均衡にある巨大なぎざぎざ礫岩、垂直の石の抗のバリケード。それらが悪夢のごとく解き放たれてのろのろと、下へ転がり落ち始めようと、一つの不注意な動きを待ち受けている。周囲よりも一際高くそびえる尾根にジャンプしてよじ登ると、そこに見えたのは、星々の背景の下に広がる、強烈な白い輝きを放ってその背景からくっきりと浮かび上がっている、鋭い骸骨の森だった。この死の風景の上を、燃え盛る太陽の球体が着実な動きで進んでいった。我々が、岩盤が百度まで熱せられる日当たりの良いゾーンへ入り込むか、日陰に侵入するかによって、宇宙服《スカファンデル》の自動空気調節装置が一方の極端からもう一方の極端に絶え間なく切り替わっていた。

ゾーリンは、その振る舞いそのものが、小惑星の気候を多少なりとも髣髴とさせた。魔法を掛けられたように何時間も黙っているかと思うと、長い独白が始まるのだった。部外者には、我々の共同生活は最高とはいえない、と思えたかもしれないが、もしそんな風に判断したとすれば、間違いを犯したことになろう。というのも、普段ゾーリンが礼儀正しくて、話好きだったのは、比較的見知らぬ人に対してだったからだ。私に対しては、以前アメタと連れ立っている時と全く同じように振る舞っていた。彼のほとんど無気力な押し黙りや物想い、ぼそっとした返事、ほのめかしが、私を喜ばせた。我々は一度もアメタのことを話したりはせず、彼の名前に触れさえもしなかったものの、しかしながら、アメタは、ある思いがけない形で、しっかりとそこに存在しており、一度となく我々が遠出中に他の景勝地よりももっとファンタスティックな場所を発見した時など、私はつい、小柄な操縦士が我々の印象を共有しているか確かめようと、振り返ってみたくなるのだった。

小惑星へ到着してから十日あまり経った後、我々は、一帯を見下ろす岩の針の頂上に腰を下ろしていた。太陽が、紅炎の燃える毛をぼうぼうに生やして、西に浮かんでいた。もう一つの太陽であるAは、小粒の、眩しい小円として、まさにかの太陽に接近中であった。我々は、かねてから予測されていた、一つの太陽が別の太陽に重なる蝕を観測するため、意図的に出てきたのだ。小さな円が、大きい方に触れそうになった時、いずれもが、燃え盛る縁飾りを、まるでお互いに探し合っているかのように送り合い、それらの飾りがすぐに溶け合い、そして、奇怪な、洋ナシ型の形成物が現れ、激しい鋼色の閃光を放った。その後、ナシの一段狭い、細長く伸びた部分、つまり、厳密には、太陽Aが、収縮し始め、大きな太陽の後ろにゆっくりと隠れていった。放射照度は、低下しなかった。なぜならば、輝度の減少を、感知できなかったからだ。

我々はずっと黙りこくったままだったが、とうとう私がゾーリンに請うた。

「何かおとぎ話を話してくれよ」

私の声を聞いていないようだと思った矢先、結構な時間が経ってから、彼がこう言った。

「あんたにおとぎ話は話さない、その代わりにおとぎ話について話してやるよ。硫黄の難破船について聞いたことはあるかい？」

「記憶にないな」

「聞いたことがあるはずだ。二百年ばかり前に、最初のロケット飛行船が建造された。一気にどでかいやつがだ、不変質量四万トン級の。そこに何かの計算間違いがあったんだな、というのも、そのポンコツ船は、ひどく熱くなるんだ――数百度にもなる。それで、生産が中止されたんだが、もう出来上がっていた数十の宇宙機《ポチスク》は、地球―タイタン線に差し向けられた。硫黄を運んでくことになったんだ。すでに最初の運行で、数機が爆発してしまった。圧縮された硫黄がガス化し、ロケットを風船のように破裂させたんだ。こいつをどうすべきかが、厄介ごとだった――地球には、当然、持ち込みたくない、危険だ、人間を送るわけにはいかない、オートマタももったいない――こんな粗悪品はいつ何時でも破裂しちまいそうだ、とね。最終的に、全船隊が無線で回れ右させられ、反対側に押しやられた。異国へ飛んで行くがいい、系の境界の外へ。そもそも、硫黄で宇宙全体が汚れるわけないさ、と。一年後、それらの船が無線信号に対して応答を停止し、宇宙基地の職員たちは胸を撫で下ろした――一件落着。わずか三十年後、バン――硫黄災害第一号。その後に、第二号。あれらの忌まわしいロケット飛行船は、永久に飛び去ったのでは全然ない、ということが判明した。連中は木星の重力圏に行き当たって、木星は当然、自分なりに飛行船の向きを捻り、いくつかの先の見えない彗星軌道に乗せて進路へ送り出してやった。さて、その時以来、連中はこんな具合に回っていたんだ。つまり、十数年間は、太陽から逃げ、遠日点に乗って、再び戻って来る。太陽から離れて飛んでいる限り、飛行船は充分に冷却されて硫黄はガス化しない。戻ってくる時には、すでに火星軌道近くで熱くなり始め、地球の上でシャボン玉のように破裂する。こんなことの想像がつくかい？　二万トンの硫黄が、圧縮ガスに変わるんだ。ロケットが破裂し、直径一万キロメートルのガス雲が形成され、数週間で溶解する。しかし、もしも、何らかの小惑星が近くを通過するような場合には、そいつが自分にそんな雲を巻き込んでしまうから、その時は泥沼が丸一か月長引く。硫黄の霧、というよりもむしろ、塵の球状ゾーンが生ずるんだ、なぜなら、ガスは真空で結晶化するからね――いわば、こう、ふわふわに膨れ上がった膜で覆われたような界隈がね。一方、中心には、悪魔のように硬い、ケイ素の核がある。霧が、いつの間にかエアポケットになっていくので、飛んでいるうち、何事が起きているのか気づく前に、もう、鍋の中に落ちたみたいにど真ん中に入り込んでしまっているんだ。光は通さず、レーダーが練り粉の中に潜り込んだみたいに詰まってしまい、星も、信号も、一切の方角も、何も見えず、遅かれ早かれ、核に衝突することは免れない。すぐにエンジンを切り、重力計に従って〔核である〕小惑星そのものを見つけ出し、遠心力をつけ、大きく加速させて直ちにぱっと飛び出し、脱出しなくちゃならない。当然、言うのは簡単だが、こんなスープの中に転落すれば、誰しも思わず泡を食ってしまうものさ。だが、オートマタともなると、もはや最悪だ。何せ、連中自身が、こう考えるからだ。そもそも惑星上には「天然の硫黄大気」は無いのだ、だから、ありえない、とね。従って、いかなるロボット・パイロットも、こんな奇跡には順応しきれない。

　手短に言えば、火星から地球に団体旅行の一団が帰るところだった。約三十人の子供たちだ。そして、彼らのロケットが、まさにこんな、硫黄の霧に落ちてしまった。もっとも、霧が取り囲んでいる小惑星は、かなり小さく、直径が十数キロメートル――これが、肝心だ。オートマタ・パイロットは最初、巧みに操縦しようとあれこれ試みたが、最終的に、唯一可能なことをやってのけた。エンジンを切ったんだ。この方法で、大惨事の危険を免れた。ロケットは小惑星によって引っ張られ、その上に落ち始めた。ただし、当然のことながら、驚くほどゆっくりとだ――このような「落下」は丸一週間は続くかもしれない。子供たちは単独で火星から飛び立って、女性教師が第一宇宙基地ステーションで乗り込む予定だったんだ」

「何だって、じゃ、警報は？」私は訊いた。

「どうしてこんなことになったのかは、分からない。警報は間違いなくあった。ひょっとしたら、ずさんだったのか。分からない。事故は起こるものだ。昔よりは稀になったが、しかし、起こるものなんだ。これは、まさに、いわば「一万年に一度」というやつさ。なので、レーダー通信がまともに作動しなくなり始めたとき、ロボット・パイロットはエンジンを切った。このあいだに何が起きていたのか、説明するのは難しい。アラームが全北半球を叩き起こした。救急隊が波のように押し寄せた。月から、火星から、地球から、およそ六百の船が。いいかい、この三十年間で初めて、すべての貨物輸送が火星の第二ゾーンで数時間も中断されたんだ。ところが、救助船が現場に到着する前に、そこにはすでに一人の男がいた。その人物は、光速センターのパイロットで、ちょうど、とてつもない高速用に調整されたロケットで実験飛行を行っていた。燃料が切れかけて基地に戻るところで無線の呼び出しを聞きつけ、コースから外れたんだが、莫大な速さを展開できたわけで、もう十五分後には、霧にざぶっと飛び込んでいた。彼はしばらく旋回していたが、ついに子供たちの泣き声が聞こえた。当然、ロケットの無線を通してだ。無線は超長波を使っていたから、正確に方角を割り出すことができず、その代わりにできたのは、子供たちとおしゃべりをすることだったんだ。彼は、早速エンジンを切って、小惑星に向かって落ち始めた」

「どうしてその人はそのロケットを捜さなかったんだい？」

「ははは、大海原に沈んでしまった一本の針を、あんたは探そうとするのかい？　霧は、二千億立方キロメートルの空間を覆っていたんだ、彼が一生捜し続けて、ロケットが見つからないこともあり得た。それに対して、落下すれば、最後にはロケットまで十数キロメートルの距離に近づくに違いなかった。なぜなら、前に言ったように、小惑星はとても小さかったからだ。というわけで、彼はスイッチの切られたエンジンを抱えて落下し、子供たちとおしゃべりをしていた。子供たちには、何でも充分にあった――食糧、空気、水――

しかし、怖がっていたんだ。それで、その人は夜になるまで、子供たちにおとぎ話を話して聞かせた。子供たちが眠り込むと、彼は寝ずに見守っていた。で、朝になるとまた話を始めたんだ。試験飛行が続くのは、通常二時間だ。その人にあったのは、ほんの数錠の強壮剤と数口のコーヒーのみで、口がきけなくならないように、時々そのコーヒーで喉を潤していた。この想像がつくかい？　それは普通のロケットじゃなく、ＯＳＳ〔前出「光速センター」の略〕の宇宙機《ポチスク》なんだ、パイロットは、エアクッションの中に横たわり、頭から爪先まで全身包帯でぐるぐる巻きになって、暗闇の中で、喉に宛てがわれたマイクを使い――そして、おとぎ話を話していたんだぜ。最初の救助船が到着したのは、ようやく次の日だ、だが、彼と子供たちを捜し出すまでに、さらに数時間はかかったんだ」

「君がそのパイロットだったのかい？」

「とんでもない、アメタだよ」

「アメタが？」

「そうだ」

「じゃあ、彼が君にこの話をしたの？」私は信じられない気持ちでそう言った。私にはアメタらしくないような気がしたのだ。

「いいや」

「なら、なぜ詳しいことを知ってるんだい？」

「もう行かないと、太陽が沈むぜ。まだ第六セクションを歩かないとな。なんでこの話を知っているかだって？　まさに俺が、その子供たちの一人だったのさ……」

　作業の進捗を確認して、装甲張りの「我が家」へ戻ってきた時、地平線の陰から覗いていたのは、這い上がる炎のとさかそのものの、太陽の円盤の縁だった。空間全体を一切見通しの効かない黒が覆った。我々はその中を彷徨《さまよ》い歩いた。膝まで、腰まで、ついには、頸まで浸かって……。もはや、最も高い岩々の一部だけが、暗闇の海を頭上高く、明るく光っていたが、夜によって順番に消されていった。道中ずっと黙りこくっていたゾーリンが、入り口で一旦足を止めて、思いがけず口を開いた。

「あの人の行為は無防備で、無分別だ、と言っていた連中がいたんだ。あの人はこう答えたよ。「大海原の中で、カルシウムの殻を被って、ちいちゃな生き物が暮らしているさ――放散虫だ――今日と言う日まで、七億年前から変わっていないんだ。そいつが、この世で最も用心深い生き物だぜ」

　進行中の建築設計計算を実行するために、コンパクト電子頭脳が使われていた。晩になると、ゾーリンがテーブルについて、それと議論を始める。この電子頭脳は小型で、専門域が狭く、当然、ゲア号の巨大な総合オートマタとは比べ物にならなかった。そのため、ゾーリンは、たびたび、延々と計算結果を待つ羽目になり、それに「アホウドリ」というあだ名を付けて呼んでいた。このあだ名は、時と共にほとんど愛情のこもったニュアンスを帯びていった。次の数晩のあいだ、ゾーリンは、建設の進捗状況をチェックするのに忙しく、宇宙観測レーダーのデータ分析を後回しにした。レーダーは、我々が乗って真空を旅している岩片の周囲の広大無辺で起きているあらゆることを、我々に知らせてくれている。ようやく、そちらに取り掛かった時、彼はさっと顔を曇らせた。彼は一連の数字のデータを「アホウドリ」に送った。そいつは、いつもの通り、ぐずぐず手間取った。なので、我々は、結果を待ち続けることなく、眠りについた。夜にゾーリンが起きて、オートマタの所へ行った。彼は口笛を吹きながら戻ってきて、これは、最悪の機嫌を意味した。

　彼は、どんな考えも、一旦自分の中で寝かせないといけないタイプだと知っていたので、私は何も尋ねなかった。

「なあ」ついに彼は言った。「俺たち、粥《カシャ》を食らいそうだぜ」

　粥《カシャ》とは、操縦士言葉で、流星群を意味する。私は、耳にしたニュースを、たいして気に掛けなかった。

「それが何だい」私は言った。「何しろ、我々の家も、原子炉も、オートマタの退避壕も、耐久性の余裕を充分見込んで計算されているんだ。せいぜい数時間注意すればいいんだろう。でも、宇宙航海士たちが間違ったなんて、おかしいな……？」

　ゾーリンは何も答えず、やっと外出直前に（もう明け方だった）こう言った。

「これは普通の流星体じゃないぜ、あのな、系外のなんだ……」

　私は独り残された。ゾーリンは、一番遠くで作業をしている一団の所へ行ってしまった。なので、私には、彼の言葉をよくよく考えるのに、小一時間はあった。よく知られているように、惑星に降り注ぐ流星体には、二種類ある。系内部の、つまり、系自体の流星は、閉じた軌道に添って動いており、その速度は、我々の小惑星と比較して、毎秒数キロメートルを越えるおそれは無い。これに対して、「外の」流星は、放物線に添って疾走している、石や鉄の塊の群れであり、系の天体と比較して、大変な速度に達することもある——毎秒最大百キロメートルだ。我々のレーダーは、どうやら、まさにこのような奔流の影を捉えたようだ。

　続く二日間、我々はこのことに触れなかった。ただ、ゾーリンが、夜の間ますます長い時間レーダースコープの動画に張り付いてあくせくし、ますます頻繁に激しく、あたかも打ち負かした敵の頭皮を剝いでやろうかという勢いで、髪の毛を撫でつけた。

　我々は、可能な予防策を講じた。オートマタたちに、我々のチャンバーおよび原子炉の天井を追加の円形シールドで覆って補強させた。原子炉は、「我が家」から半キロメートルの所にある、巨大な金属のシリンダーで、四分の三まで岩塊に埋め込まれていた。

　ゾーリンの推測は、確信に変わった。写真フィルムが、宇宙《そら》の四分円の一つに、まるで誰かがそこにシミを付けたかのように、細かい霧を示していたのだ。そこで疾走していたのは、無数の天体だが、あまりにも微細なために、ただ一つにまとまった像を形成していた。星々の光が、それら越しに奥に見えており、従って、これは、単一の塊ではなく、微小な塵の群れであった。

「おそらく、これは塵雲だろう」我々の懸念についてゲア号に報告すべきではないかどうか思案にくれていた時、ゾーリンがそう言った。そして、我々は、そうする必要はない、と決定を下した。なぜなら、仲間《トヴァジシェ》たちは我々を手助けすることはできないし、ただ余計な心配をかけることになるだけだったからだ。翌日は丸々、いつも通りの作業が進められた。将来の炉用の二番目の基礎掘削は完了に近づいており、オートマタたちの遮蔽壕に追加の円形シールドが装備されたが、我々は、唯一、無線ステーションの仮設マストのみ安全対策ができなかった。マストは、平地の水準から四十五メートルの高さに伸びており、アンカ工法で張られた鋼鉄ケーブルのシステムで支えられていた。

　夜、私は、強烈な雷鳴で叩き起こされたが、それはまるで頭のすぐ上で鉄の鐘が炸裂したかのようだった。耳が聞こえなくなり、私はしばらくのあいだ、まだ耳の中で次第に薄れていくキーンという音が止まらない、耳鳴りのする静けさの中で、身動きせずじっと横になっていた。ベッドが突かれたようにぽんと動いた。私は腰を掛けて、両脚を下ろし、裸足で床のかすかな震動を感じ取った。朦朧とした頭の中で、小惑星は生きた怪物であり、ちょうど目が覚めて、自分の石の殻を押しながら、動いているんだ、という考えが浮かんだ。地面がもっと強く揺れ出した。すっかり目が醒めた。

「聞こえるかい？」私は暗闇にそう話しかけた。

返事は無かったが、ゾーリンが寝ずに見張っているのは分かっていた。

十五分後に太陽が昇り、窓の外の風景はまばゆいばかりの輝きに包まれた。見渡す限り、岩の平地が、同時に数十か所で破裂している。一切音はせず、ただ石が白く飛び散る光景だけが、近くに遠くに起こり、そして地面が、嵐と闘う大型船の甲板のようにたびたび揺れ動いた。隕石は、飛んでいるさまは見えないが、ごくたまに、岩に当たって鬼のようなバウンドで跳ね返り、目が回るようにごろごろ転がって、きらきら光るわき腹を見せていた。我々は無言のままで、窓の向こうでは止むことなく、石の雨が降っていた。巨石が煙を上げ、砂の噴水がわっと噴き上がっては落ち、時々破片が壁に命中して、甲高く鳴り響いては、再び静寂が訪れ、かと思うと、思いがけず金属の轟音がその静寂を叩き割るありさまで、あたかも我々の頭上で天井が破裂して倒壊してしまったかのようだった。この場合は、何らかの破片がチャンバーの装甲の表面にぶつかって砕け散ったのだ。

三時間後、太陽が沈んだ。隕石は相変わらず落ちて来たが、しかし、ずっと弱く、まばらになった。なぜなら、今は惑星が我々を流星の本流から遮断してくれているからで、しかも、惑星の夜の半球に降り注いでいる隕石は、もっぱら自由落下の速度にしか達しておらず、奔流の宇宙的な勢いと比較して、微々たるものだった。

我々はまだ、その奔流が空間でどのような軌道を描いて、どこまで伸びているのか、分からなかった。我々は待たねばならなかった。昼が訪れ、またしても地面が揺れ始めた。再び、我々は強烈な攻撃を受けた。装甲が、激しい、張り詰めた音を立てながら、それらを撃退し、酷い打撃の土砂降りの中で、鋼の壁が曲がって緩んだような気がした。次の夜、岩の霰《あられ》は、一段弱くなったとはいえ、非常に濃くなって、チャンバーを離れることなど、考えることすらできなかった――しかし、これは、ほんの始まりにすぎなかった。

来る日も来る日も、来る夜も来る夜も、赤熱する岩々の気味の悪い輝きの中で、そして、星々の輝く、氷のような暗闇の中で、生命を宿さない雨が降っていた。地面が、打撃を受けるたびに生き物のように震え、壁は振動し、熱性の震えが諸々の物体の上を伝わり、私たちの体に浸透し、時折、延々と鳴り響く轟音によって叩き壊される、耳に痛い程の静寂の中で、何時間も過ぎていった。我々は、閉じ込められてしまっていた。宇宙《そら》は、己の黒い深淵から、石屑の川をあらん限りぶちまけて、それらを小惑星の地殻にぶつけて打ち砕いていた。これまでのところ、原子炉とオートマタの退避壕との通信は、損なわれていなかった。次の夜、爆撃が和らいだ時、我々はオートマタを呼び出して作業を再開させた。彼らは出てきたが、一時間かそこら経った後、一台が、直撃を食らって叩き割られ、ばらばらになってしまった。そのせいで、オートマタの装甲は、ガラスのように粉々に飛び散った。他のものたちは、動揺し、作業を中断して退避壕に戻ってしまった。自己保存回路が作動したのだ。朝、押しつぶされたオートマタが見えた。チャンバーから三百メートル以上離れた所に横たわっており、黒っぽい岩の細片となって砂の中に突き刺さっていた。

我々はずっと、一時間もしたら小惑星が奔流の内側から抜け出して、地獄のような砲撃も止むものと当てにしていた。だから、そのまま、仲間《トヴァジシェ》たちには何も知らせなかった。

無線局は、チャンバーの中二階に置かれており、以前はチャンバーのてっぺんの、レンズ窓越しに黒い宇宙《そら》が見えていたが、しかし現在は、自動装置がその窓にデッドロックをかけて封鎖してしまっていた。仲間《トヴァジシェ》たちとは、ここ、上階で話すことにしていた。なぜならば、我々は、夜に通信を接続することにしており、夜ならば流星の流れが減少し、当然チャンバーに直接命中することも稀になり、すべての出来事を巧くゲア号に隠し通せたからだった。我々が黙っていた理由は、主に、船《ゲア》が白色惑星まで残りわずか五日間の旅で到達する見込みで、仲間《トヴァジシェ》たちのすべての注意が、惑星の住人たちとのコミュニケーション問題に集中していたことによる。

そこで、我々は、彼らの計画を聞き出しながら会話を続け、一方、この会話が天井の真下でなされていたため、我々の耳にはかすかな、一瞬たりとも止まないかさかさ音が聞こえていた——これは、宇宙塵が、卵型の表面を伝って静かに滑り落ちて、どんどん分厚い層を作って壁を取り囲んでいるのであり、ついには、「我が家」の装甲は、この星々から落ちて来る塵の山によって、半分まで埋まってしまった。

翌晩、無線の受信状態が、大幅に悪くなった。ゲア号との会話を終えてから、我々が確認すると、アンテナの主要反射器《リフレクター》が歪んで、何か所かにひびが入ってしまっていた。

「作業がストップして、もう三日だ」私はそう認めた。

「今度は、今にも通信を失いそうだよ」

「オートマタが、アンテナを修理するさ」

「連中が行くって、確かかい？」

「ああ」

ゾーリンは、コントロール用のコンソールに入り込み、無線でオートマタを召集した。すでに夜だったし、隕石の降り具合もまばらだった。彼は、しばらく耳を傾け、マイクロフォンのスイッチを切った。

「出てきたかい？」私は訊ねた。

彼は、両脚を広げてキャビンの真ん中に立ち、それはまるでレスリング選手が軽く閉じたまぶたの下から敵を観察しているようだった。黙ったままだ。

「どうしようか？」私は、とうとう、そう訊ねた。

「考えるとしようぜ。とりあえず、歌でも歌おう」

ということで、我々は一時間ほど歌を歌った。彼も、私も、次々と新しい歌を思い出していった。曲と曲の幕間に、彼がもののついでにこう指摘した。

「自己保存の安全装置はオフにできるんだよ、いいかい？」

「でも、リモートでじゃないだろう」私は答えた。

我々は、再び歌った。時折、ゾーリンは耳を澄ませた。彼はついに立ち上がって、宇宙服《スカファンデル》を探しに行った。

「向こうに行きたいのかい？」

彼は黙って頷きながら、同時に両脚を宇宙服《スカファンデル》の頭の穴に突っ込んだ。襟部分を摑んで銀色の布地をぐいと引っ張り、頭まで持ち上げ、ぶつぶつ言った。

「ラッキーだぜ、**俺たち**には、安全装置がないもんな……」

「もう少し待とう」私は、彼の決断に途方に暮れて歌い始めた。

「いや。作業が止まったままかもしれん、それでも、アンテナを直さないと」

彼は穏やかに話したが、その落ち着きの下には、怒りが隠されていた。彼は両肩のストラップを確認し、床からヘルメットを持ち上げると、小脇に抱えて、ドアに向かった。

まるで私が存在していないかのようだな――そんな考えが、私の頭をさっとよぎった。不意の驚きや無力の感覚が消えた。私を襲ったのは、冷たい情熱だった。――とは言え、自分はちょっぴり彼に似ている――私は、急いでもう一着の宇宙服《スカファンデル》を身に着けながら、そう思った。私がベルトを締めつつ出口のエアロックに入った時、彼はちょうどバルブのハンドル脇に立っていた。私の足音が聞こえたのに振り向いて、掌を取っ手に置いたまま動作を止めた。私はそれが見えないふりをして、内部ドアをしっかりと閉ざし、ストッパーを掛け、そして彼の横に立った。

我々は、そうやって、天井ランプの薄暗い光の中に立っていた。暗い、金属の壁に囲まれた、二つの銀色の人影。

「どういう意味だ？」ようやく、彼が訊いた。

「一緒に行くよ」

「そりゃ、ナンセンスだぜ」

「そうは思わないな」

「お前さん、一体何をやらかす気だ？」

「君こそ、何をするんだ？」

彼は、一瞬身動きせずに立ち、突然、いつもの癖で、はははと笑い出した。ほとんど声を出さずに。彼が私の手を取った。私を説得するつもりだなと推測し、私は抵抗した。

「聞けよ」彼が、声を落とした。「どうして俺たちをここに降ろしていったのか、覚えているか？」

「覚えているよ」

「ゲアはもしかしたら、戻ってこない」

「知ってるよ、そんなこと」

「ステーションを建てるために、誰かがここにいなきゃならないんだ」

「同意。でも、なんで君が行く必要があるんだ、私でなくて？」

「なんでって、なぜなら、俺の方があんたよりも優秀なメハネウリスティカ学者だからだ」

これに対して、私は何も言い返すことができなかった。彼はハンドルを摑んだが、もう一度こちらを向いた。

「あんたが来るんだぞ」彼が言った。「もしも、俺がしくじったら。いいか?」

「ああ」私は、この会話の率直さに驚きながら、答えた。「無線で君と連絡を取ることにするよ」そう付け加えた。

彼は一言も言わずに、両方のハンドルを回した。チャンバーの内部に吸い込まれた空気のしゅっという音が響いた。エアロックが真空になり、圧力計の針がゆっくりと赤いゼロまで下がってゆき、その上で数回振れてから、目盛りの端にもたれかかった。ゾーリンは、出口用ハッチの巨大なレバーを押した。ハッチが開かない。彼は、唸り声を上げて、ぐっと強く押した。ハッチは揺れたが、まだ抵抗していた。私は肩を当てた。ハッチが少しずつ、動いた。生じた隙間から、ぱさぱさした砂の流れがさーっと、我々の足の上にほとばしった。

ついにハッチが開いた。出口の前に、すり鉢状の深い穴が出来ていた。チャンバーは、急な斜面の砂丘に囲まれていた。空間は、遠く、冷たいケンタウルスAの光に包まれ、ひっそりと静かで、四方が石炭や銀〔の鉱石〕で出来ているみたいに、ごつごつした起伏の激しい形状をしていた。ゾーリンは、軽く右手を上げ、「じゃあな」と言って、視界からさっさと消えてしまったので、彼がどちらの方角に向かったのかさえ、分からなかった。私は、開いたハッチから身を乗り出し、すると、ようやく彼を認めた。彼はほとんど太ももの半分まで砂に浸かりながら、すでに数十メートル先を歩いていて、ぱさぱさした砂が、リズミカルな前進のたびに、彼の脚の周りで溢れ出した。私は周囲を見回し、遠くに原子炉の丸屋根を探した。なぜなら、そこにはオートマタの退避壕も設営されていたからだ。私はびくっとした。短い閃光が、暗闇の中でぴかっと光り、その後に、三つ、四つのさらに弱い閃光が続いた。流星体だ。衝突のエネルギーが、それらを炎に変えているのだ。そうやって突っ立っていると、地平線がぴかぴかと光っていた。ゾーリンは、もうすっかり小さくなっていて、そのシルエットを、伸ばした指一本で覆うことができそうなほどだった。

「調子はどうだい?」何でも良いから言おうとして、

私はマイクロフォンに向かって話しかけた。

「シロップの中みたいだ」彼はすぐに応答した。

私は、黙り込んだ。そこかしこに、閃光が現れ、何らかの目に見えない存在が、光で信号を送り合っているような感じがしなくもなかった。私は不意に、自分が外に立っていることに気づいた。これでは、意味が無い。もしも危険に身を晒すというのなら、彼と一緒に行くべきだったのだ。私はエアロックに退いて、彼を視界から失った。私は片手を持ち上げ、その手をハッチの装甲の縁に当てがった。そうすることで、私は自由に腕時計の文字盤を見ることができ、同時に、開いている入り口の中に見える地平線から目を離さずに済んだ。ひっきりなしに、ぴかぴかと光っている。私は、虫のような、執拗な動きでちくたく進む秒針の針をじっと見つめながら、待っていた。

あと三分――そう思って、大声で訊いた。

「順調かい?」

「順調だよ」

この質問と応答が、繰り返された。突然、遠くに二つの閃光を認めたと同時に、締め付けられたような呻き声が聞こえて来た。

「ゾーリン!」私は叫んだ。

「何でもない、何でもない」彼が押し殺した声で答えた。私は深く息をついた。よかった、当然だ、隕石は彼に命中しなかった、もしそんなことになったら、彼は即死だろう。

「順調かい?」私はそう訊ねたかったが、声が喉に詰まってしまった。

イヤフォンの中で、つんざくような引っ掻き音が鳴っていた。

「おい、放せ……」ゾーリンが途切れ途切れに呻いていた。「何を摑んでるんだ? おい……」

「君は誰と話してるんだ?」私は髪の毛が逆立つのを感じながら、訊ねた。

応答がない。まるで格闘しているかのような、彼の緊張した呼吸が聞こえて来た。私はとっさに表に飛び出した。空間が、斜めに射し込む、氷の光の中で、ひっそりと空っぽのまま立ちはだかっていた。ざっと見積もって、ゾーリンがいるに違いないのは、距離にしておよそ三百五十――四百メートル、けれども、目に見えるのは、ただ、ギザギザの岩々、砂丘、影の縞……それだけだった。

「ゾーリン！」私は、耳鳴りがするほど叫んだ。

「もうすぐ、もうすぐだ」そう彼は答えたが、始終あのくぐもった声だった。突然、砂が震え出し、ざーっと一か所に集まり、その中から宇宙服《スカファンデル》の銀色の閃光がきらりと生じて、すっと縦に伸び、のろのろと前に滑り出した。

転んだんだ——私は思った——けど、誰に話しかけていたんだ？

私はその問いを一日後に回して、エアロックの中に戻った。間もなく彼がこう言った。

「もう、現場だ」

彼は、何事かつぶやいていた。たぶん、入り口を塞いでいる砂を、掘っているのだろう。

「作業を開始する」ほどなくして、彼がそう宣言した。

これは私が思ったよりも、長く掛かった。腕時計では半時間だが、もしもこの時間を、私の神経の緊張の度合で測るとすれば、数世紀に相当したことだろう。ようやく、彼が言った。

「終了。これでイエウサギのように動くさ。帰還する」

どうだろう、もしかしたら錯覚かもしれないが、私には閃光がより頻繁になってきているような気がした。一、二度、地面が揺れた。チャンバーの中ではもはや気にも止めなくなっていたこの震動が、私の心臓の鼓動を急かせた。ゾーリンは、変にゆっくりと戻っているところだ。イヤフォンの中では、彼の呼吸は、まるで走っているかのように、非常に重く響いていたものの、向こう側に行く時よりも遥かにゆっくりと動いている。私はやきもきさせられ、落ち着かず、一、二度、ハッチの前に出た。ケンタウルスAの白い小円が、岩の地平線に触れそうだった。夜が、終わりに近づいている。じきに、隕石の雨が激しくなるはずだ。

「なんだって、そんなにぐずぐずしてるんだい？」とうとう、私は呼びかけた。彼は何も答えなかった。苦しそうに喘いでいた。私には理解できなかった。そもそも、行って帰ってくるぐらいで、へたばるようなことじゃない、とりわけ、彼のような男にとっては。

突然、彼の体が入り口を塞いだ。彼は急いでエアロックに入って来たが、どことなくふらついていた。ハッチを閉じるや、こう言った。

「中に入れ」

「ちょっと待っ……」そう私が言いかけると、彼は私を激しく遮った。

「中に入るんだ！　すぐ行く」

私は彼の言うことに従った。しばらくして、彼が宇宙服《スカファンデル》を脱いで入ってきた。エアロック内に置いてきたのだ。ゆっくりとテーブルに近寄り、灯りの下で、両手を目にかざし、指を拡げて、何事かを呟いた。

彼が大きな背中を丸めている様子には、何か恐ろしいものがあった。

「どうしたんだい……？」私はそっとささやいた。

彼は、肘掛に両手をついて後ろにもたれかかった。

「よく見えないんだ」彼が静かに種明かしした。

「どうして?!　隕石かい……？」

「いや。倒れたんだ」

「うん、それで？」

「あのバラバラになったオートマタに躓いた……」

「何だって！」

「どうやら、炉がまき散らされていた、ようだ……原子力の心臓が」

「で、**そこに**、倒れたって言うのかい??」私は、驚愕して叫んだ。

彼は、頷いた。

「吸盤さ、そう……ブーツの磁気吸盤が鉄片に引っ付いて、抜け出せなくなったんだ……」

徐々に冷静さが戻ってきた。それは凄まじい、思考を凍らせる冷気だったが、同時に、私の頭の中でぱっと閃いた。私には分かっていた。即刻行動しなくてはならない。隕石が、我々のオートマタに命中し、原子力の心臓――放射性元素が入った容器――が、破裂した。そこでゾーリンは転び、全身に、強烈な放射線を発している破片が張り付いてしまったのだ。

「何か感じるかい？」私は彼に近づきながら、そう訊ねた。

「近寄るな……」彼はそう言って、一歩後ろに下がった。

「ゾーリン！」

「あんたを殺しちまうかもしれん。防護鎧を被れ」

私は、別のキャビンに飛んで行って、重たい、金属の衣装を着た。胸元でそいつを閉じることができなかった。それほど私の手は震えていた。私が戻った時、ゾーリンは肘掛椅子に半分寝そべるように座っていた。

「何か感じるかい？」私は繰り返した。

「まさに、何も……」彼は、疲労困憊した人のように、途切れ途切れに話した。「転んだ時、すぐに……スミレ色の霞を見たんだ……鼓動する雲だ、俺の視界がぼやけた……。向こうの、オートマタたちの所で、ほとんど目が見えなくなった……」

「私が見えるかい？」私は近寄りながら、そう訊いた。

「霞んでるな……」

これが何を意味しているのか、私には分かっていた。眼球を満たしている液体が、放射線を浴びて蛍光を発したのだ。二メートル離れたテーブルの上の放射線検出器が、警告的にカチカチ鳴った。ゾーリンは全身から放射線を発していた。ひどく被曝したに違いない。

「どこか痛むかい？」

「いや、でも、気分が悪い……それに、吐き気がする……」

私は彼の肩を抱えた。

「行こう、横になるんだ」

彼は私にぐったりと寄りかかって、ベッドまで移動した。彼がすでにシーツに包まって横になっていて、私の方は、大慌てで薬のストックを掻き集めていた時、彼がこう呟いたのを耳にした。

「あほうめ……」

後で彼の所へ行ってみると、彼は信号がどうのとか、オートマタとゲア号がどうだとかしゃべり始めた。彼の脈を取った。熱が高い。私は、あほうにも、彼が寝言を言っているなどと思い込み、その言葉に注意を向けなかった。彼は間もなく完全に意識を失った。数時間かけて、精密検査を行った。それによると、損傷を受けた骨髄が血球を造り出していないことが分かった。私の手元には、全血のアンプルが六本あり、彼に輸血を行ってみたものの、それは大海の一滴にすぎなかった。

治療方法をあれこれ考えるのに熱中するあまり、私はゲア号と話すことをすっかり忘れていた。放射線障害の記述を探しながら、参考書を何冊も掘り返していた。それらを読めば読むほど、ゾーリンが死の宣告を受けてしまったことが、一層明らかになっていった。

夜明けの直前、私はついうっかり、トリオンのスクリーンに覆いかぶさって、前後不覚に眠り込んでしまった。鉄の雷鳴音ではっと目が覚めた。隕石が装甲に当たっては、粉々になっていた。丸一日忙しかった。私は遅くまで意識不明の患者から離れなかった。夕方になると、上に行った。受信状態はひどく悪く、キャッチしたのは、歪んだ音声の断片ばかりだった。

何でもないさ——私は思った——オートマタを呼んであるんだ、今に来て、アンテナを直してくれるさ。コントロール用コンソールに入るや、オートマタたちは来ないことにはっと気がついた。彼らを呼び出すことができるのは、無線によってのみなのに、故障しているではないか。前の日、ゾーリンが戻った時、速攻でオートマタを呼ばなきゃならなかったんだ。その時なら、送信機がまだどうにかまともに動いていた。その混乱して、何もかも忘れていた。この事実を発見した最初の瞬間、足元が崩れそうになったが、気を落ち着かせて、エアロックに向かった。私が部屋を横切って歩いていた時、ゾーリンが声を上げた。意識が戻っていた。

「もう、通信を聴いたのか……?」彼が訊いてきた。「どんなニュースだ?」

私は彼に真実を話すことができなかった。それに、明日はもう無線が動くだろう。そこで私は、さっき耳にした諸々の断片から受信の内容を推測し、それを丸ごと再構築した。彼はその後、すぐに眠りに落ち、私はエアロックに行こうとそっと抜け出した。私は宇宙服《スカファンデル》を着て、バイザーを下ろし、そして、ハンドルに手を置いた時、ふっとこんな考えに襲われた。万一、私が死んだら、ゾーリンは独り残されてしまう——これじゃ動けない、万事休すか?

私はおそらく一分はそうやって身動きせずに突っ立っていただろう、それから同じようにそっと宇宙服《スカファンデル》を脱いで、キャビンに戻った。

二日目は、こんな風だった。そして、三日目には、無線が完全に沈黙してしまい、そこで私は公報を丸々でっち上げ、そしてそれ以降、毎晩そうした。そうせざるを得なかった。なぜならば、彼はニュースを聞き届けて初めて、眠りにつくからだった。私が、どうして事故の後すぐ戻ってこなかったんだい、と尋ねた時、彼はこう答えた。

「じゃ、あんたなら、戻ってきたというのか?」そして、何もかも分かってくれるだろう、という風に私を見つめた。

彼は、最初の瞬間から望みがないことを悟って、自分にこう言い聞かせた。「人間は二度死ぬことはない」と。だから、目が見えなくなったまま、オートマタの安全装置をオフにしに行ったのだ。だから、私の血液をもらいたがらないのだ。なので私はこっそりと自分で採血して、そして、余分なストックがあるんだ、と話した。こんな行動を四日続けた後、私は辛うじて立っていた。私は失神するのが怖かったので、ここにある、すべての強壮剤を数えもせずに手当たり次第飲んだ。すると、ふと訪れた瞬間に、はっと気がつくと、私は、疲労と眠気で意識が朦朧となって、もっと早く血液を造ってくれよと、骨髄に懇願しながら、自分にささやいているのだ……。

上に行くたび、毎回毎回こう考えた。死にゆく人を欺くことはできない。こんなことは、耐え難い。そうだ、今日こそ、もう彼に話そう、アンテナは壊れてしまった、と。ところが、下に降りてきて、そして、彼が私の足音の方に目の見えない顔を向ける様子を、この上ない期待を表しながら、かつてあれほど頑丈で機敏だった体が震える様子を目にしてしまうと――私には力が無くなり、古い嘘に新たな嘘を重ねていった。

次の八日の間、私は毎晩彼に話して聞かせた。ゲア号が惑星に接近する様子、ゲア号に会いに、奇妙な形の巨大船が飛んできた様子、未知の存在が通訳オートマタの助けを借りて人間たちとコミュニケーションを取る様子を。そして、こんな風に私が話しているうちに、流星群の密度が増してゆき、まるで、深淵が我々に、これまで宇宙に隠されていたありとあらゆる、鉄と石から成る無機質の河をぶちまけているかのようであった。壁、物体、我々の身体を震動が貫き、ありとあらゆるものが揺れ動き、そして、この熱にうなされたような揺れの中で、私はゾーリンに向かって、存在の高度な文明について、そして、撃ち落とされたゲア号のロケットの残骸を調査し終えて、自らの過ちを理解した時、彼らがいかに大きなショックに見舞われたのかを、語って聞かせていた。

ゾーリンは、今は高熱が収まっていた。それほど彼の体は衰弱しきっていたのだ。私には彼を救えない、それは不可能なのだと、分かっていた。どのような医学的知見に基づいても、彼は二日以内に死亡しているはずだったが、しかし、現に彼は生きていたし、私には、何が彼をより長く持ちこたえさせていたのか、本当に分からない。私の血か、それとも、私の嘘か。おそらく両方だろう、私が彼の手を取りながら話しかけている時、彼は変わっていった。その時私は、脈が次第に強くなり、正常に戻っていく様子、堂々たる体軀の筋肉が揺れる様子、私が話し終えると、再び機能喪失に陥る様子を、感じ取っていた。七日目の晩、ゾーリンはもう飲むことしかできなくなった。私が、ヒーターの上で栄養スープを調理していると、突然、向こうの、キャビンの隅で、こんな考えが私を刺した。彼が死んでしまえば、外に出て、アンテナの修理ができる。

あたかも、私の背後で横たわっている男に、自分がすっかり見透かされて、この考えを読み取られてしまったかのように、私はぞくっと身を震わせた。あらん限りの意志の力を振り絞って、私はその考えを、それが這い出してきた元の暗闇に押し込んでしまおうとした。ところが、それは、言葉を発せぬ、だが、その重みをたっぷりと含んだこだまのように、私が何をするにも、絶えず私の中で鳴っていた。

私は出来上がった食事を彼に出し、彼に、なぜぐずぐずしている、と訊かれると、上に行って、そこの使い物にならなくなった装置の傍でせっせと働き、時々、ドアがきちんと閉まっているかどうかを確かめた。長い二十分間をやり過ごした後、下に降りて、続きの話を始めた。存在について、彼らの素晴らしい文明について、そして、すでに我々の小さなステーションではなく、白色惑星の巨大レーダーが、将来、マゼラン雲に向かう地球の銀河横断ロケットを先導することについて。

八日目の晩には、地面の震動がまばらになり始めた。我々は、流星群から脱け出しつつあるのだ。太陽が沈んで一時間も経たぬうちに、完全に静かになった。にもかかわらず、私はチャンバーから出ることはできなかった。それほどまでに、ゾーリンの容体は重かった。もう、私に何も尋ねてこなかった。両目は閉じられたままで、顔は石のようだった。時々、私は慎重に彼の手を取った。偉大な心臓はまだ絶えず闘っていた。夜遅くに、突然彼が話しかけてきた。

「おとぎ話……覚えてるか?」

「覚えてるよ」

「子供たちは嫌がるんだ……悲しいのは、だから俺は……作ってた、ハッピー……エンドを……」

悪寒が私を突き抜けた。私は凍りついた。一体、彼は何を言いたいんだ?!

不規則な呼吸が、思い出したように、彼の広い、力強く盛り上がった胸を持ち上げた。突然、彼が呟いた。

「ボート……こんなボート……」

「何を言っているんだい？」私は彼の上に身を屈めた。

「シラカバの皮で……作った、小さい……くれ……」

「ここに……ここに、シラカバの皮はないぞ……」

「ああ……でも、枝……ニワトコ……くれ……」

私はテーブルに飛んでいった。そこには、枯れた小枝の束が、ガラス容器の中に差してあった。私がそれを持って戻った時、彼はもう生きていなかった。

私は彼の顔を覆い、エアロックに入り、宇宙服《スカファンデル》を着て、工具を持ち、そして、オートマタの退避壕に向かった。

私は彼らと一緒に、三時間かけて、アンテナの反射板に新しいセグメントを取り付け、マストをまっすぐに伸ばし、それを溶接し、ケーブルを張った。私がこれらを全部行っていたのは、まるで奇妙な夢の中でのことのようだった。極度に現実的な、ぞっとするようにリアルな、だが、それでも夢の中のようだった。なぜならば、思考の底には深い確信が突き刺さっていたからだ。もしも強く、ただし、心から強く望むのならば——私は目を覚ますのだ、と。

戻った後、上の、無線局に行って、電源を入れた。スピーカーの低いノイズが鳴り響いた。突然、狭い空間が、よく響く、強い、はっきりした声で話されている言葉で、満たされた。

「……および、位置座標。現地時間の明日午前六時に、ゲア号は諸君に向かって進路を取り、十二日後には小惑星に到達する。我々は、諸君の沈黙を大変憂慮している。我々は引き続き昼夜連続して諸君を呼び出し続ける予定だ。こちら、ゲア号の甲板から、ユールイェラが、白色惑星との接触確立後六日目にお送りしている。これから、アンナ・ルイスがお話しする」

スピーカーがかちゃかちゃ鳴り、しばし沈黙した。しかし、私は、先ほどの言葉を耳にしただけで、血が鳴った。私は、ぱっと立ち上がって、ドアに駆け寄り、胸が張り裂けるように叫びながら、下に駆け下りた。

「私は、嘘をついていなかったんだ、ゾーリン！　私は、嘘をついていなかった！　あれはぜんぶ本当だ！　本当なんだ!!!」

私は、巨大な体軀を摑んで抱きかかえて、ぐいと引っ張り、あまりの反動で重たい頭が、金色の髪の毛でヘッドボードをぬぐった……。

私は頭を下に降ろした。不随状態で横たわったままだった。私は、しゃくり上げながら、うつ伏せに倒れ込んだ。何かが、私の意識へ届いてきた、何かが、私に呼びかけ、懇願し、求めていた……。私は、はっと我に返った。アンナだった。アンナの声だ。私は上に駆けて行きたかったが、ゾーリンを独り残して行く勇気が出なかった。私はゆっくりと階段の方に後ずさりしながら、ずっと、硬くなった彼の顔を見つめたままだった。その時、アンナが私の名前を呼び、ついに私は死人に背を向けた。彼女の声が、一層近くなった。階段を登りながら、上を見上げると、天井に開いていたレンズ窓の中に、南十字星が、その一段下に、淡い小さな霧が目に入った。冷ややかな、穏やかな光となって、そこに、マゼラン雲が輝いていた。

遥かなる旅

イェジイ・ヤジェンプスキ

『マゼラン雲』は、単行本として刊行された、スタニスワフ・レムによる二作目の長篇小説であり、本作品と私は、個人的な縁で結ばれている。一九五四年のこと、私は七歳の少年の時分、ワルシャワを訪れた際、私たち一家が逗留していた先の、母の親友宅に所蔵されていた『プシェクルイ』誌のバックナンバー上で、この物語に出会った。図らずも手に取った連載話は、かなり身の毛のよだつものであった。なぜなら、それらが描いていたのは、「アトランティス人」の人工衛星の内部——と共に、その威圧的な雰囲気、干からびた死体等々——だったからだ。そのおかげで、何年もの間、私には、サイエンス・フィクションとは異様に不快な、ホラーの変種のようなものだ、という印象が拭えなかった。しかしながら、あの時代に『雲』を丸ごと読み通した人々は、おそらく大概が、私よりもいくぶん年長であったことだろうし、だからこそ、この長篇小説が読者の間でかなりの人気を博したのであろう。

なぜなら、『マゼラン雲』は同時に、全体として、まぎれもなく楽観主義的な書物であるからだ。地球史上初の太陽系外遠征の物語が、最後には輝かしい成功で彩られる。すなわち、人間たちは、さまざまな劇的な冒険の末に、白色惑星の近くに到達し、そこの住人たちと友好関係を結ぶのだ。レムは、これら好意的な異星人たちの姿を私たちに見せてくれはしないものの、あらかじめ、科学者グーバルのスピーチによって、どうやら人間に似ているにちがいない、と証明してみせる。それでは、一体何が、このかなりボリュームのある一巻を満たしているのだろうか？　まず第一に、本書の主人公の個人的な歴史であり、銀河を横断するゲア号乗組員の中に自らの席を約束することになる、職業とスポーツでの成功を納めるまでの過程、そして、マラソン競技で無敵のメヒラを克服たらしめる、「自己を超越する」能力と結び合わされた、偉大なる先人たちへの尊敬の念を重んじる性格形成の記述である。概して、本小説の主人公の半生においては、ある種のドラマティックな衝突が欠けている。というのも、彼の「考え得る限りの世界の中で、最善の世界」〔ライプニッツが唱えた可能世界論〕においては、何もかもが、調和的で平和的に収まっているからだ。つまり、人々は賢く、自らの行動において常に全体の幸福を選択し、社会は公正で、かつ、美徳に満ちており、さらには、物質的な欠乏を満たすための困難は一切ない。唯一彼に足りていないのは、認識上の自負心を満たすことであり、そのひとつであるのが、とりわけ、宇宙探査なのだ。

人類は、地球上で自らの欲求を充足させた後、三一二三年に星々への長い旅に乗り出す。巨大ロケットの乗組員は、かなり大きな社会を形成する。宇宙飛行士たちは、宇宙船を操縦するばかりではなく、研究、恋愛にも携わり、人間関係を形成し、健康上の問題を――とりわけ――ロケット船体内に長期間閉じ込められることから生じる多くのストレスにさらされた、自分自身の心理上の問題を抱えたりする。本書の著者は、何年もの間、本書の再版を望まなかったが、それは、何よりもまず、本書が時代の政治的規範に従属しているということが念頭にあったのだ。ところが、この点において、『マゼラン雲』は、最小限の罪しか犯していない。例えば、とりわけ、本長篇小説の第一章で、レムによってかなり正確に記述されている未来の社会において、共産党は最低限度の役割すら演じていないし、おそらくは、存在さえしていない。三十二世紀の地球を支配しているのは、見たところ学識のある専門家たちのようである（確かに、社会が進歩するにつれて政党は――共産党と共に――ただ単に消滅してゆくと考えたマルクスの見解に一致するが、それに反して、共産党の中に歴史の主原動力を常に見ていたレーニンのテーゼに、完全に対立する）。言うまでもなく、レムの作品を見逃さなかった検閲官たちは、大抵は「共産主義者たち」というタイトルの章を意気揚々と指摘したものだったが、しかしながら、私たちは一体何を、その中に発見するというのか？　そこでは、長期間続く旅と結びついた精神異常に耐え、宇宙空間に通ずるハッチを開くよう指導部に要求する宇宙飛行士たちに対して、歴史家のテル・ハールが、自殺志願者たちからひとつまみのヒロイズムを求め、さらには、実例のために、過酷な迫害にもかかわらずテロルに屈しなかった、ヒトラー主義時代のドイツ人共産主義者らの英雄的な姿を記憶に蘇らせながら、演説を行う。お見事。しかし、これは、たとえどのようなものだったにせよ、ほぼ神話的な逸話であり、なにしろ十二世紀も前の、そもそも、おそらくは、いたずらに真実からかけ離れた、しかもこの場合には、間接演奏的に使われたエピソードなのだ。ソヴィエトの共産主義者たちは、ここでは、一言たりとも言及されない。

ひょっとしたら、今日、遥かに強い印象をもたらすのは、核弾頭で武装された、前述の「アトランティス人」、すなわち、ずばりＮＡＴＯ、の衛星を訪問する記述かもしれない。衛星の殺人兵器は、ゲアア号遠征の時代にもまだ間接的な殺傷能力を示し、地球人が白色惑星の住人とコンタクトする初の試みの最中に、悲惨な結果をもたらした誤解の原因となっている。ここでレムは、当時の公理と折り合いをつけており、その公理によれば、侵略的であるのはもっぱら資本主義者だけであり、それに対し、共産主義者は平和を愛するのである。「ご随意にどうぞ」――レムがこう言っているように思える――「ですがね、もしも、これらの平和愛好者たちが、世界覇権をめぐる競争に確実に勝利するはずだというのならば、勝利の瞬間から彼らは（幸いなことに）不必要となりますな」これもまた、レムが自らの長篇小説において、実現していることなのである。

従って、もしも、『マゼラン雲』が今日、いくぶん癇に障ることがあるとすれば、それは、どちらかと言えば、政治的な性質の過ちのせいというよりも、むしろ、一般的な（最もありがちなのが、道徳的な）性質の品行方正な格言によって自らの物語を美化しがちな、作者のかなり鼻持ちならない傾向のせいだ。たとえ諸々の格言の中に何らかの肯定的な内容が含まれていたとしても、本書のこれらの引用は、今日では最も不人気に読まれることと、私は認める次第である。本書の文体的特徴は、未来科学の言語と、詩的手法の過剰投与で盛られた文体との、かなり奇抜な混合《メランジュ》である。その中に私たちは、いくばくかの驚きをもって、当時のレムにとって最も重要な文豪であったリルケの言葉のパラフレーズを発見することができる。かつてヤン・ジェリンスキが、労を惜しまず、『雲』とこの、オーストリア詩人の最も著名な、散文による諸作品との比較に取り組み、いかに多くの引用が、リルケからほぼ書き写されたと言っても良いか、激しい驚きとともに発見した。したがって、政治的な宣言の中にというよりはむしろ、文体的特徴の中や教育的機能の強化の中にこそ、『マゼラン雲』の弱点が横たわっているのだ。とはいえ、かつて非常に人気を得た本書の面目を保つために、今日一体何を記すことができるのであろうか？

一九五〇年代の読者は、『雲』の中に、何よりもまず、膨大な数の、当時もてはやされたアイディアを見つけることができた。それも、ロケットの建造はもちろん、（別の名前で偽装された）サイバネティックス、医療、果ては、「ビデオアート」、すなわち、今日のホログラフィーを髣髴とさせる、三次元風景の仮想映像創作に関するものまでなのだ。半世紀前の受け取り手たちに対して、これらの事物は大きな印象を与えたに違いない。しかも、レムの着想の中からかなりが、何年かの後には実現化されてしまっていたりする。しかしながら、本書を満たしているのは主として、テクノロジーとは異なる内容である。

『雲』は、コンタクトに関する長篇小説であるが、その中に、宇宙人たちと相互理解を図る事件そのものを私たちが見出すのは、せいぜい一服の薬程度、つまり、ごく僅かである。レムは、どちらかと言えば、その待望のコンタクトに際して何らかの形で備えねばならない地球人の社会構造を描いている。その社会とは、三十二世紀の地球に居住している人類の社会全体そのもののミニチュアであると思われる。その社会は、自らの精神的なリーダーを持ち、彼らは、さまざまな科学分野の専門家たちである。これら専門家たちは、道中で直面する苦境に対処しながら、絶えずお互いに協議し合う。とはいえ、それらの苦境は、多くの、いや、おそらく大部分の点において、人間たち自身、彼らの精神的脆さ、感情構造の複雑化、時として自己破壊につながる衝動の非合理主義に起因している。従って、レムの人々は、ある種の超効率的な「認識マシン」ではなく、むしろ、内的に複雑な存在なのであり、その活動を支配しているのは、多種多様な、必ずしも合理的ではない動機づけなのである。《理性》こそが人間のコミュニティー全体を成立させているということが、かくて、レムの場合には、理性の権威は絶対的である、という意味を持たない。それどころか、その権威は、個人的人格の入り口で終わりを告げてしまう。個人的人格の行為は、動物性と合理性という、人類の二つの遺産を不可分に結合させている、はるかに複雑な理由から生じているものなのだ。それゆえに、スポーツ選手によるラストスパートでの「自己の超越」のような稀有な現象に、合理的に到達することは不可能であり、愛をアルゴリズム化してしまうことはできないし、いわんや科学的発見をや。おそらくこれは啓示などというものではないかもしれないが、しかし、未来の人類像に向けた、あらゆる着想に対するかなりタフな少数意見《ヴォトゥム・セパラトゥム》である。それらの着想によれば、ある特定の個々人の声が、時間の経過と共に一層スムーズに、かつ、無条件に、政治的監視によってコントロールされる斉唱に溶け込んでゆくはずであった。本小説内で、レムの興味を引いているのは、何よりもまず、人間、その価値体系、そして、それらに付随する苦境なのである（なぜなら、ここで人類は主として、価値論およびそのパラドクスに立ち向かわなければならないからだ。いわば、星間旅行がこれらのジレンマをことのほか先鋭化したわけだ）。

　コンタクトそのものの問題が、まだ残されている――それは、結末において、小説の主要な流れから、本書主人公の個人的体験へといくぶん後退させられている。ここで、私たちの前には、おそらく最も厄介な問いが立ちはだかる。というのも、著者が、もしも異星人たちが外見上はそれほど人間に似ていないとしても、少なくとも同一の合理性に従うに違いない、つまり、彼らの思考は、地球人の思考と同じ論理構造をよりどころとしているに違いない、と仮定しているからである。結局、本小説内では、この方法に従って、白色惑星の住人たちとの出会いが描写されている。私たちは、彼ら自身を見ることはないが、しかし、彼らの振る舞いをなぞって、彼らがどのように考えるのか、その方法を認識することができる。結局、同じように――予測通りに――彼らも人間を認識するのである。そして、それゆえ、コンタクトは、二つの合理性の一致、相互理解の論理的なプラットフォームの創出を条件づけている。そしてこの過程は――最初の劇的な反転《ペリペティア》にもかかわらず――円滑に生ずる。なぜなら、宇宙人兄弟は、地球人と同じような理性のみならず、さらには、地球人に匹敵する倫理的原則にも従うからである（《他者》による危害を阻止しながらだが。彼らの側からすれば脅威であったもの、すなわち、不運にも、不名誉な「アトランティス人」の原子力ミサイルを非常に強く想起させてしまう小型ロケットを、思い込んだ通りに、ただ破壊するのみ、というのだから）。

この筋書き全体は、言うなれば、レムの後の作品の中でもう一度取り上げられ、そして、徹底的に練り上げられた。そこで、もしズジスワフ・B・ケンピンスキがかつて、『天の声』を「アンチ『金星応答なし』」と命名したのであれば、「アンチ『雲』」であると続いて呼ばねばならぬのは、レムの長篇小説の中で最後の作品――『大失敗』である。そこでも同様に、地球から、遠方の、だが、生命を育む惑星方面へ巨大ロケットが飛び、途中に外部から甲板に酷く傷を負った宇宙飛行士を受け入れるモチーフが繰り返され（『雲』において、それはガニメデから来たピォトルであるが、『大失敗』では――外科医たちがマルコ・テムペを組み立てる二体の遺体である）、コンタクトの試みの中で、地球人のそれに類似した宇宙人の合理性に訴えて、地球人が呼び掛ける試みも等しく繰り返される。しかし、今度は、そこから何も生じない。なぜならば、たとえ、『大失敗』におけるよその惑星の住人たちが人間と同じように考えることができるとしても、諸々の要因が一丸となって効果的にコミュニケーションそのものを阻止するからだ。それらの要因に対して、人間たちは、彼ら自身と彼らの天才的な（しかし、地球の）コンピューターによってアクセスできる手法に従って《異星人》の行動をモデル化しながら、ただ推測を立てることができるのみである。ついには、動機付けのループ化、すなわち、相手側から予期される「背信」への相互の自己防衛が、コミュニケーションを不可能にするばかりでなく、惑星の破滅に繋がり、小説の結末で、惑星は地球のロケットからのソーラー攻撃によって、破壊されてしまうのだ。

『マゼラン雲』の楽観主義は、結果的に、レムの後期の作品においては、持ち前の悲観主義によって置き換えられてしまう。これは、スターリン共産主義の文化が表現しなくてはならなかった、「官製の」祝祭を放棄したことの結果だろうか？　もしかしたら、ある程度はそうかもしれないが、しかし、それが唯一の理由なのではない。『雲』から『大失敗』に至るまでの間には、さらに他の楽観主義も破壊されてしまったのだ――すなわち、サイバネティックスの黎明期が放った楽観主義、もっと言えば、さまざまな知識分野間の相互理解を促す普遍的な言語を創造することができる、という信仰に立脚した楽観主義である。もしも、このような学際的な相互理解が可能であるはずだというのならば――究極的にはこのような言語が、いつでもどこでも――さらに、宇宙の最果ての隅々でも――適用されるにちがいない、と仮定しない手はあろうか？　自ら創作活動を始めた頃、レムは、どうやら（ライプニッツに倣って）このような普遍言語《カラクテリスティカ・ウニヴェルサリス》が創造される可能性を信じていたようだ。数十年後、彼の信仰はしぼんでしまう。そもそも、一体、人間は、合理的に構築された言語を用いて互いに理解し合ったり、ものを考えたりするものだろうか？　全くの逆である。私たちの言語には、何千年にもわたる経験獲得の過程が書き込まれているが――偏見、思考の過ち、嫌悪の獲得の過程も又然りなのである。《異星人》と、ピタゴラスの三角形や他の同じような普遍概念を用いて意思を伝え合いたいという素朴なアイディアは、宇宙時代の初期に生じたものの、現在ではその有効性の信仰が消えつつあるようだ。私たちの合理性は、確かに私たち自身について何かしらを語ってはいるが、私たちを遥かに良く特徴づけて《ハラクテリズーエ》いるものは、ちっとも合理的なんかではないものばかりである。従って、宇宙人たちとの出会いは――もしもいつか起こるとすれば――分別や普遍的な行動論理よりもいち早く、何世紀にもわたって集積された、《異質性》に対する本能的な恐怖や、文学や映画によって植え付けられた何百もの偏見という特徴を帯びるであろう。どうやらレムは、人間の文化に関する考察から、このような結論を引き出しているようだ――それゆえにまた、『マゼラン雲』は、今日の私たちにとっては、当該作家が《他者》との相互理解の可能性についてどう審判を下しているかの解説書というよりも、むしろ、魅力的な、冒険の読み物であるのかもしれない。

訳者あとがき

夜明け、緑色のバザールに太陽が立つ
黄金のナイフとぎらぎらうだるトパーズを売っているの――
そして、掌の扇子で空疎な笑みを覆い
そして、あなたにこう言うの。「ごきげんよう――アジアにようこそ、アジアに……」

真昼、きらきら光る縞入りの白衣装をまとい
遥かなる幻想をくるくると巻き上げターバンに頂いているの
胸の上に片手を当てて、こう掻き口説く。「ぜんぶお持ちなさい、
そして、胸の奥深く隠すのです――あなたさまはお客さま、アジアの……」[1]

レムが晩年まで、ポーランド国内での再版と外国語への新たな翻訳を頑なに拒み続けた長篇、『マゼラン雲』。本書はこれまで日本語では読むことの叶わなかった、その幻の長篇の、ポーランド語原文からの翻訳である。

最初の単行本『宇宙飛行士たち』（邦題『金星応答なし』）と本作品の発表によって、レムの名はポー

1　スカマンデル派詩人マリア・パヴリコフスカ＝ヤスノジェフスカ（一八九四―一九四五）の三連詩『遥かなる旅』から。『扇子』（ワルシャワ、一九二七年）収録（訳：後藤正子）。

ランド国内はおろか、当時のソヴィエト連邦とその傘下にあった東欧諸国内で広く轟いた。ポーランドSF界はそれまで、二十世紀初頭に象徴主義劇作家イェジイ・ジュワフスキ（一八七四―一九一五）によって著された先駆的作品『月三部作』（一九〇一―一九一一）を除き、特にめぼしい作品を生み出さなかったが、以後、このひとりの若き作家によって開拓され、牽引されていくこととなる。

　作品の舞台は、三十二世紀の地球。その頃、人類は共産主義の最終段階に到達し、「各人が能力に応じて働き、必要に応じて受け取る」という社会体制の中で高度な科学技術的発展を成し遂げ、私有財産、貨幣経済、国境が消滅した世界を構築している。彼らは自らの科学技術に絶対的な自信を持ち、地球の天候を自在に操作し、両極上には二つの原子力太陽を浮かべ、移動手段としての真空チューブ鉄道網を地上に張り巡らせ、自由自在にロケットを飛ばしては、旅行を楽しむ。そんな人類が宇宙に進出して久しい。月はおろか、火星軌道と木星軌道の間にある小惑星帯の内側、つまり、内太陽系までもが、もはや人類にとってなくてはならない生活の場となっていた。そして人類はその能力と野心を一層満たすために、長い議論の末、ついに史上初の太陽系外有人探査計画に着手し、地球に最も近い恒星であるケンタウルス座α《アルファ》星へ向かう決定を下した。そんな時代に、グリーンランドの小都市で医師の家庭に末子として生まれた少年は、牧歌的な子供時代を送りつつ、成長期の体験から宇宙航海士になる決心をする。有人探査計画を聞きつけると、遠征隊の審査試験にパスするために学業を志し、父の影響から医学を修め、晴れて巨大探査船ゲア号に搭乗する選りすぐりの遠征隊員二百二十七名の一員となり、遥かなる未知の空間へと踏み出していく。

　本作品のテーマは、ファースト・コンタクトという目的に立ち向かう人間の苦闘であり、それがひとりの青年の口述を通して描かれる。全体的な構造は螺旋状の円環を成していて、主人公の旅立ち、冒険と成長、そして帰還という典型的な冒険物語である。主人公の語りの中に別の登場人物による別の語りが登場するという、メタフィクション的な入れ子構造も見られる。

　翻訳の底本には、二〇〇五年にクラクフの「ヴィダヴニツトフォ・リテラツキェ（文学出版社）

Wydawnictwo Literackie」から出された、『イェジイ・ヤジェンプスキ編纂によるスタニスワフ・レム著作集』の第三十二巻に当たる『マゼラン雲』„Obłok Magellana" ─ DZIEŁA ZEBRANE STANISŁAWA LEMA pod redakcją Jerzego Jarzębskiego（ヤジェンプスキによるあとがき付き）を用いた。この二〇〇五年版の出版に当たっては、レム自らが原稿の見直しを行っている。また、翻訳の万全を期するために、一九五五年の初版および一九六七年の第五版を適宜参照した。

レムにとって二冊目の長篇単行本となる本作初版は、主に子供・青少年向け文学書を扱う、ワルシャワの国立出版所イスクリ（火花）から出された（二万二〇五部）。レムは当時三十四歳。その二年前の一九五三年八月二十九日に、同郷で同窓の（当時は学生であった）バルバラ（バーシャ）・レシニャクと結婚をしている。この頃、ポーランド国内では、硬直した社会主義政治体制に緩やかな変化の兆しが見られた。一九五三年三月のスターリンの死以降、社会主義リアリズムの弛緩により文芸の分野が息を吹き返し、五六年二月のフルシチョフによる突然のスターリン批判によって東欧諸国全体に激震が走ると、その後雪解けのムードが漂い始める。折しも、ポーランドは経済面で重工業化と人材育成に重点を置いた六か年計画の只中にあり、国際的な軍事・科学分野では、冷戦に絡んだ米ソの宇宙開発競争の火ぶたが切って落とされる直前でもあった。レムは、現代小説『失われざる時』の検閲・改作問題と初のSF長篇『金星応答なし』の成功をきっかけに、子供向けの娯楽とされ比較的検閲が緩いと見込んだSFジャンルへの転向を決意したが、それは当時の時流とも絶妙にマッチしていた。未来のユートピア共産主義社会における宇宙航海の成功物語は、自然科学分野に明るい新人作家にとっても、科学知識の啓蒙を図りたい当局にとっても、刺激的な読み物を欲する一般読者にとっても、一見、それぞれの思惑が満たされる、まさに「三方よし」の案件であった。

単行本は版を重ね、一九五六年に第二版（イスクリ、二万二〇五部）、一九五九年に第三版（同、二万二五〇部）、一九六三年に第四版（同、一万二五〇部）、そして、一九六七年には、第五版（同、三万二五七部）が登場する。その背表紙によれば、この時点ですでに、チェコ語（初版一九五六年）、ドイツ語（一九五七年）、スロヴァキア語（一九五八年）、ルーマニア語（一九五九年）、ロシア語（一九六〇年）、ハンガリー語（一九六一年）、アルメニア語（一九六四年）に翻訳されており、当時の旧共産圏内で広く読者を獲得していった様子が伺える。鬼子『マゼラン雲』は、若い新婚夫婦に経済的な安定をもたらした。本コレクションで刊行予定の別巻『レムかく語りき』では、レム本人が、聞き手である批評家スタニスワフ・ベレシに対し、東ドイツ（当時）で出版されたドイツ語版にまつわる微笑ましいエピソードを披露していたりもする。[2] 遡って、レムは、故郷ルヴフ時代の作品である『火星からの来訪者』（本コレクション『火星からの来訪者――知られざるレム初期作品集』に収録、芝田文乃訳）について、「パンのために」書いた、と後述しているが、円熟期のメタフィクションとして結実した『生の不可能性について／予知の不可能性について』（『完全な真空』、沼野充義・工藤幸雄・長谷見一雄訳、国書刊行会、一九八九年収録）の理論を借りれば、これら「パンのための諸作品」がなければ、後にレムの名声を不朽のものとすることになる数々の傑作もまた存在しない、ということになる。

しかし、第二次世界大戦直後のユーフォーリア（幻影的幸福感）が見せたユートピアは長くは続かない。右記第五版にも収録された「第四版のための序文」で、レムはすでに『マゼラン雲』の執筆を後悔しており、「もし現在書くとすれば、舞台を三十二世紀ではなく、今世紀にもっと近づけたい」と述べ、さらには、「同じ作品を書き直すことは不可能だ。その代わりに、私は別の本を書く」とも宣言している。前述の通り、第四版は一九六三年に出ており、奇しくも同年には、この『マゼラン雲』をベースに、チェコスロヴァキア（当時）はプラハのバランドフ撮影所にてインドゥジヒ・ポラーク監督（一九二五―二〇〇三）の下、映画『イカリエ－XB1』が制作されている（ただし、クレジットには明記されていない）。同作品での舞台設定は、制作当時から二百年後の二一六三年になっている。この変更は、もしかしたら、レムの意志を汲んでのことかもしれない、などと想像してしまう。すでに、一九六一年には、『マゼラン雲』のオプティミズムを払拭するかのような、『星からの帰還』が出版されており、その中では、長期の宇宙探査から帰還した宇宙飛行士が、変わり果てた地球に順応できず苦悩する姿が描かれている。さらに同じ年の『浴槽で発見された手記』は、閉塞感に満ちている。

レムはその後、一九七〇年の第六版（文学出版社、二万二八三部）を最後に、本作品をポーランド国内では三十五年間封印してきた。ところが、最晩年になってようやく再版の許可を与えた。なぜなのか。レムの元個人秘書で、現在は一人息子トマシュ・レムの代理人を務めるヴォイチェフ・ゼメクによると、その理由は、著者はこれまで、本作品が「文学作品としては難があること」以外に、何より、「物語中の共産主義礼賛に読者が感化されてしまうこと」を恐れていたが、著作集の編纂に当たったヤジェンプスキに、「このような著作集の一環として出版されるのであれば、『マゼラン雲』が果たす役割は全く異なるものだ」と強く説得され、最終的にそれに応じたから、とのことだ。

後述するが、『マゼラン雲』には、雑誌上での発表から単行本の出版までにタイムラグがあり、政治に揺すぶられた作品であることは間違いない。確かに、第二次世界大戦直後のポーランドで、反動から進歩的知識人の間で共産主義を歓迎するムードが見られたこともあったとはいえ、戦中の故郷でソ連赤軍による知識人狩りを目撃したであろうレムが、無邪気に共産主義礼賛の作品を書くのか疑問に思える。しかし、作家として活動を続けるのなら、当時あらゆる芸術分野を統制していた社会主義リアリズムの規範と折り合いをつけねばならない。現代の観点から著者の身の振り方を評価することは差し控えるとして、あくまで推測にすぎないのだが、執筆に当たり、まずレムは、駆け出しの作家として腕試しをし

2　同じエピソードは、批評家トマシュ・フィヤウコフスキとの対談『縁に立つ世界』（*Świat na krawędzi-ze Stanisławem Lemem rozmawia Tomasz Fiałkowski*, Wydawnictwo Literackie, Kraków, 2000）でも語られている。『マゼラン雲』のドイツ語版タイトルは、『宇宙空間の訪問者 Gast im Weltraum』となっており、一九六九年には、オーストリア放送協会ＯＲＦがラジオドラマ化し、三月二十七日に、「昨日の未来」シリーズの一環として、Österreich 1（Ö1）から放送された（長さは五十九分二十秒）。舞台設定が三〇八九年に変更されている。「昨日の未来」は、シュテファン・ツヴァイクの自伝『昨日の世界』へのオマージュか。

たいという自負心と当局の目を晦ますためのレトリックを巧妙に組み合わせた連立方程式を編み出したのではないか。ちなみに、このような工作をすることを、ポーランド語の口語で「コンビノーヴァチkombinować」（動詞不完了体）と言い、日常よく好んで用いられる。さて、その方程式はどのように解かれるのだろう。

まず、一つには、造語の使用が挙げられる。当時ソヴィエト当局によってブルジョワ疑似科学と認定されていたサイバネティックスに偽装を施し、「メハネウリスティカ」とした。サイバネティックスがフルシチョフによって公認されたのは、一九五五年である。

二つ目には、曖昧な表現の多用。作中一貫して通奏低音のように響く「トヴァジシュ towarzysz」（男性名詞単数）、「トヴァジシェ towarzysze」（男性名詞複数・男性人間形）、「トヴァジシュカ towarzyszka」（女性名詞単数）という言葉がある。これは、「革命の同志」の意味で用いられるロシア語の「タヴァーリシ товарищ」（男性名詞単数、複数は товарищи）に相当するが、元来は「仲間」や「道連れ」、時に「伴侶」などを指すこともある。筆者は「同志」の意味でこの単語が使われるのを現地で耳にしたことは、まずない。作品中では、「同志諸君」という呼びかけで使用されたのは、たった一度だけ、ドイツ人マルティンが壁に刻んだ文字としてである。ゲア号乗組員同士の間では、「同志」であるのか、「仲間」であるのか、著者によって明確にされることはなく、最後まで曖昧なままだ。いずれにせよ、かならずしも政治思想に結びついた意味には限らない、玉虫色の言葉であるのがポイントで、文脈に応じて読み手側からは、いかようにでも意味が取れる。

三つ目には、「共産主義」という表現をあえて煙幕として用いること。レムによる三十二世紀の世界では国境が廃止されている、従って、いかなる国家も政治思想に基づく組織も、そしてヤジェンプスキの指摘する通り、共産党も存在していないと思われる。ならば、物語中の「共産主義」とは、第一次大戦の勃発時に崩壊した、マルクス主義路線の第二インターナショナルを暗に指すことになり、レーニン主義路線と矛盾する。加えて、「社会主義」という表現が用いられていないことが肝要で、社会主義とは、マルクス主義において資本主義から理想としての共産主義に向かう第一段階とされ、決して同意語ではない（さらに、レムのような戦前・戦中派にとって、社会主義という言葉自体が、「国民社会主義ドイツ労働者党」すなわちナチス党を想起させることだろう）。つまりは、物語中の共産主義とは、現実の虚像にすぎず、『マゼラン雲』は政治的な色の付いた作品と言われつつも、その実、政治については何も語っていないのだ。むしろ、ＳＦの衣をまとって現実を揶揄している趣すらある。例えば、主人公が子供のころ、父親の誕生日プレゼントに宮殿を建てようと言い張って、母親にたしなめられる場面があるが、これは、当時ソヴィエト連邦から「ポーランド人民」に「プレゼント」された、スターリン様式のワルシャワ文化科学宮殿に対する皮肉と取ることもできる。

　造語に関していえば、著者によらないものが作中で使用されている。ポーランド語では宇宙服を「スカファンデル skafander」と呼ぶ。これは、古代ギリシア語で船殻を意味する *σκάφος*（skaphos）と人間を意味する *ἀνήρ*（anēr）の単数属格である *ἀνδρός*（andrós）を組み合わせた造語である。文字通りでは、「人間ボート」。一九三一年に与圧服（潜水服・宇宙服）を完成させたロシア人発明家エヴゲーニイ・チェルトフスキイに由来するのかと思いきや（ロシア語では「スカファンドル скафандр」）、意外にも造語の発明者は、十八世紀のフランス人百科全書派数学者ジャン・バティスト・ド・ラ・シャペル（一七一〇―一七九二）である。彼が一七七四年に発表した「スカファンデル、あるいは人間ボートの理論的および実用的な構造に関する論文」[3]の中で初めて使用された。面白いことに、同じつなぎ服でも、作業服や飛行服は、ラテン語動詞 combinare 由来の「コンビネゾン kombinezon」である。なお、翻訳のルビとして使用した「コンビネゾン」、「スカファンデル」、「トヴァジシュ」、「トヴァジシェ」は、どれもすべて正格形であり、むろん原文では文法に従って格変化をしている。

3　La Chapelle, Jean-Baptiste de, Traité de la construction théorique et pratique du scaphandre, ou du bateau de l'homme, approuvé par l'Académie des Sciences, Paris, 1774. 単行本初版は、一七七五年。

言葉に関連して話を続けると、本作テキストにおいては、特に前半に、郷愁を誘うようなアルカイックな表現が散見され、それらが未来世界の描写と奇妙にブレンドされている（ヤジェンプスキは「混合《メランジェ》」と表現している）。翻訳中、実験と称して、この主人公と比較的年齢が近い（だが、レム作品を読まない）ワルシャワの知人に本作の一部を読んでもらったことがある。すると、「時々言葉遣いがマウォポルスカ風」との感想を頂戴した。マウォポルスカとは、クラクフを含むポーランド東南部地方のことで、江戸っ子が「上方風だね」と言っているようなものである（もっとも、『マゼラン雲』は標準語で書かれてあるのだが）。物語中に漂う、この漠然としたハプスブルク文化風味の正体は、レム自身によって『レムかく語りき』の中で明らかにされている。レムは戦時中にリルケの作品を読み込むことによってドイツ語を学び、その経験が『マゼラン雲』の創作活動に強い影響を与えたという。この言葉を裏付けると思われるのが、ヤジェンプスキのあとがきで触れられている、リルケ学会会員のヤン・ジェリンスキによる論文「レムの作品におけるリルケの読書の痕跡」[4]である。ジェリンスキは、『マゼラン雲』のテキストを詳細に分析し、作品の随所に、リルケの代表的な散文『マルテ・ラウリス・ブリッゲの手記』および講演『オーギュスト・ロダン』からの引用が見られ、さらに、本作の主人公がソレダットの白い少年の像について語るナレーション部分は、『新詩集　別巻』の「古代のアポロンのトルソー」を髣髴とさせつつも、『新詩集』の「早期のアポロン」の一部がそのまま翻訳引用されたものである、と結論付けている。[5]リルケに対するこれほどの熱烈な関心は、新天地を目指して単身故郷プラハから旅立ったリルケの姿に、異郷の地で作家として独り立ちするため孤軍奮闘する自身を重ねたためであろうか。なお、マルテはデンマーク貴族の末裔だが、本作の主人公は出身がグリーンランドであり、他にも北欧系の地名や名前が作中に登場する。

　余談だが、リルケといえば、親交のあった、リトアニア系ユダヤ人の血を引くドイツ人画家バラディーヌ・クロソフスカ（一八八六―一九六九）の息子、バルテュス・クロソフスキー（一九〇八―二〇〇一）の画集『ミツ』に序文を寄せたことがあり、さらには、日本を旅行し日本の浮世絵に心酔したチェコ人画家エミール・オルリク（一八七〇―一九三二）の友人でもある。不思議なことに、ここで、あるかないかの細い糸に手繰り寄せられて、レムとリルケと日本とが繋がった。

レムは一九四〇年から四一年までのルヴフ医科大学在学中に脳の機能に興味を持ち、論文を書いたが（本人は、稚拙なサイエンスフィクションのようだったと後に否定している）、作家になってからも脳への関心は衰えず、本作中でも、脳外科手術の場面を登場させたり、脳に作用する錠剤の服用について言及したり、電子頭脳と脳、宇宙空間と脳の類比を試みたりしている。ちょうどレムがクラクフに移ったのと同じ年の、一九四六年には、アメリカで世界初の巨大電子計算機ＥＮＩＡＣが開発され、また、四九年には、エドモンド・バークレー（一九〇九―一九八八）による『人工頭脳』が出版されている。[6] グ

4　Zieliński J., *Ślady lektury Rilkego w twórczości Lema*, [w:] *Stanisław Lem. Pisarz, myśliciel, człowiek*, Wydawnictwo Literackie, Kraków, 2003. 当初は、ジェリンスキにより、二〇〇〇年五月十日〜十三日に、バルト海沿岸地方のシュチェチン（ポーランド）および同市の姉妹都市グライフスヴァルト（ドイツ）で開催された学会において発表された。その後、活字化され、『スタニスワフ・レム――作家、思想家、人間』（文学出版社、クラクフ、二〇〇三年）に収録。なお、ポーランドが正式にＥＵに加盟した日は、二〇〇四年五月一日。

5　同論文はさらに、「黄金の間歇泉」の章で、公園にいたソレダットが主人公に読み上げた本の内容と、講演『オーギュスト・ロダン』のロダンとオスカー・ワイルドの間に交わされる架空の会話との類似性を比較し、ソレダットが口にした、しかし、作品中では明らかにされない「古代の彫刻家」を、おそらくオーギュスト・ロダンであろうと指摘している。一見共産主義プロパガンダの見本のような会話は、実はリルケの作品を「移調」したものであったと考えられることが証明された。また、結論近くでは、前述の学会で、参加者たちと『インヴィンシブル』でホーパック艦長が読んでいる本は何か、という議論を行ったことを報告し、その席では、レムの無神論的な傾向から、その本は聖書ではなく、リルケの本であろうという推測に至ったと述べている。

6　Berkeley, Edmund Callis, "Giant Brains; or Machines That Think", Wiley & Sons. inc. New York, 1949. 邦訳には『人工頭脳』、高橋秀俊訳、みすず書房、一九五七年がある。なお、訳文中では、著者名が「バークレイ」と記されている。

ーバルが、素晴らしい業績の秘訣を尋ねられた際に、「常に考えているから」と返したエピソードは、IBM社の初代社長トーマス・J・ワトソンJr.（一九一四―一九九三）がモットーとした銘「THINK（考えよ）」を髣髴とさせなくもない。『マゼラン雲』の魅力とは、ポーランドはもとより旧共産圏内の読者にとっては、政治的なものよりも、当時アクセスが困難であった西側の最先端の科学情報が反映されている点であろう。それというのも、レムは戦後再開した学業を終えてから本格的な作家活動に入る前に、まず、メチスワフ・ホイノフスキ博士主宰の科学研究談話会（コンヴェルサトリウム）で二年間助手を務め、[7] 国外から送られてくる科学文献を大量に読み漁り、当時最先端の知識を吸収するという得難い体験をしたためだ。主人公が、（北半球のポーランドからは見えない）大小のマゼラン雲を銀河系の伴銀河として解説する部分は、エドウィン・ハッブル（一八八九―一九五三）の著作にヒントを得ているはずだ。[8] ちなみに、「マゼラン雲」の「雲」はポーランド語で「obłok」と書き、これは、空中に浮かぶ「小さな雲」や宇宙空間に漂う「塵やガスの塊」で、ぎっしりと固まらずに、向こう側がそこはかとなく透けて見えるものであり、『インヴィンシブル』に登場する密な「雲 chmura」とは異なる。

　また、「ポチスク pocisk」（男性名詞単数。ルビでは常に正格を用いた）という言葉が頻繁に使われている。これは、衝撃で推力を得て軌道を描きながら飛ぶ物体のことである。ロケットばかりではなく、ミサイル、砲弾、銃弾、弓矢も「ポチスク」のカテゴリーに含まれ、作品中では、ロケットとミサイルという、平和利用のためのポチスクと軍事用ポチスクが対称的に描かれている。前述の巨大電子計算機の開発は、軍事用ポチスクの軌道計算と深く関連している。こうした冷戦時代の物語が現在でも古臭い印象にならないのは、何よりも、著者の発明である「トリオン」のおかげであろう。まるで、現代のインターネットを想起させる画期的な着想である。

『マゼラン雲』は、概して、対称性がモチーフに取り上げられている。作中の記述にもある通り、大小二つのマゼラン雲の姿自体が、まるで鏡に映した写像のようだ。ゲア号で旅立った主人公たちは絶えず、故郷と異郷、過去と現在、現実と幻影、宇宙船の外と中、人間の外面と内面、視えるものと視えないもの、これら二つの間を行ったり来たりする。「一体自分は何者で、どこからやって来て、そして、どこへ行くのか」と自問しながら。それが、時間の流れとともにたゆむことなく行われていく「父から子へ」の教養の伝達へと昇華する。それは、あたかも、戦争によって断絶したポーランド人の教養を、そして、同じように戦争によって断絶した著者自身の人生をも、再び繋ぎ直そうとする試みであるかのようだ。その一方では、文豪の胸を借りて綴られた未来世界の冒険物語の中に、これまで日本でも知られてきた、後に花開くことになる著者の独創性の萌芽があちこちにいくつも顔を出している。『マゼラン雲』とは、レムの過去と現在、現在と未来とが奇妙に交差する地点なのだ。作品自体は、後に自身が「文豪」として足場を固めた著者から、もはや過去の遺物として決別されてしまった。しかし、それらの萌芽は後年の諸作品の中で大きく育ち、見事な大樹となって完成した。その成長の様子をひとつひとつ辿っていくのもまた楽しい。そう考えると、やはり、本作品は、著者が後年の傑作を生みだすために、書かれなければならなかった作品なのだ。

ところで、本作品は、単行本の書き下ろしではなく、雑誌の連載としてデビューを果たした。その雑誌とは、クラクフの定期刊行物発行所「チテルニク（読書人）Instytut prasy „Czytelnik"」より刊行されていた、社会・文化総合週刊誌『プシェクルイ（断片）Przekrój』である。この週刊誌は、ポーランド人民共和国（ＰＲＬ）時代に発刊された名物雑誌のひとつで、Ａ４判カラー刷り十六ページ、価格は一部一・一〇ズロチ（当時）、意匠を凝らしたしゃれた表紙が特徴だ。毎週ほぼ五十前後の、国内外の

7　最新情報を加えた詳細なレム年譜は、『インヴィンシブル』（関口時正訳、国書刊行会、二〇二一年）巻末、沼野充義作成「スタニスワフ・レム年譜」がある。

8　Hubble, Edwin Powell, "The Realm of the Nebulae", Yale University Press, New Haven, 1936. 邦訳には『星雲の宇宙』、相田八之助訳、恒星社、一九三七年および『銀河の世界』、戎崎俊一訳、岩波文庫、一九九九年がある。

時事・文化芸術・スポーツ・ファッション等さまざまなジャンルの小噺を（むろん、政治コードに従って）、スクラップしたように寄せ集め、断片的に紹介するという、いわば一般大衆向け雑誌であり、読者対象は老若男女を問わない。その頃のポーランド国民にとって、世界情勢を窺い知るための貴重なメディアでもあった。

レムは一九五三年、この雑誌において、『金星応答なし』の著者として紹介されながら、華々しく『マゼラン雲』の連載を開始する。無神論者を自認するレムにとっては皮肉なことに、年末年始特別号、つまり、クリスマス・新年合併号（一九五三年十二月二十二日発行、四五四／五五号）であった。カラー挿絵付きで、クラクフ出身の舞台美術家兼画家であるイェジイ・スカルジンスキ（一九二四―二〇〇四）が担当した。ここで、注目に値するのは、本作品がSF専門誌の中でSFファンに特化して読まれていたのではなく、万人がアクセスできるメディア媒体の中で読まれたということである。しかも、ポーランドではこの手の雑誌は通常、「キオスク」と呼ばれる路面の雑貨売店で購入できたため、居住地を問わず誰にでも入手が可能だ。現代の日本でいえば、「ふらりと立ち寄ったコンビニの店先にある雑誌」の感覚かもしれない。こうして、太陽系外への冒険物語『マゼラン雲』は、散文、詩などの文芸作品、偉人の伝記、国内外のさまざまな政治・文化イベント、農業、医療、スポーツ関連の記事、はたまた、「今夏旅先でのワンピース」といったファッション記事やクロスワード・パズルに囲まれて愛好された。時には、同じページ内に、歯磨き粉や国立銀行、下痢止め薬や子供用シャンプーの広告が組み込まれた。

かなりの人気であったのだろう、連載は、この四五四／五五号から、翌一九五四年一月三日発行の四五六号に続いて、四七〇／七一復活祭合併号（一九五四年四月十八日発行）を挟み、四八九号（一九五四年八月二十二日発行）の最終回まで、計三十四回順調に続き、その時々の政治的社会情勢に併せて特集記事を組んだ号を除いて、毎号ほぼ第五～七ページ目の枠（実質一ページ前後）に収まっている。七歳のヤジェンプスキ少年を怖がらせた、アトランティス人の人工衛星が登場するのは、四七〇／七一号

（一九五四年四月十八日発行）および四七二号（一九五四年四月二十五日発行）である。

当時の編集長は、レムと同郷のマリアン・アイレ（一九一〇―一九八四）で、彼は一九四五年にクラクフで『プシェクルイ』誌を発刊し、四八年から六九年まで編集長を務めた。アイレはかつて、戦前のレム家でも愛読されていた文芸週刊誌『ヴィヤドモシチ・リテラツキェ（文学時報）』（ワルシャワ、一九二四―一九三九）の最終ページで文芸コンクールを担当していたことがあり、後にレムはフィヤウコフスキとの対談で、当時そのコンクールにいたく興味をそそられていた、と語っている。

連載最終回には、「完」のクレジットとともに、次のような読者に宛ててのメッセージが見られる。

「これにて、スタニスワフ・レムの長篇小説は終わります。これまで同小説のあらかたの部分を掲載しました。――全篇は、一九五五年にチテルニク社より出版予定です」（実際には、前述した通り、イスクリ社）「あらかたの部分」とは、何だろうか。そこで、筆者は好奇心に駆られて、初校ゲラを見直してから、二〇二一年の八月に、『プシェクルイ』誌上に掲載されたテキストと底本のテキストの比較を試みた。すると意外にも、大きな違いが見られた。どれくらいかと言えば、いわば、『マゼラン雲』には、雑誌版と単行本版と二つのヴァージョンが存在する、と見做すことができるほどである。

その違いを大まかにご紹介する。


〈主な違い〉
（1）物語の構成
・「雑誌版」と「単行本版」で物語の進行が入れ替わっている部分。
・「雑誌版」にのみ登場し、「単行本版」にはないエピソード部分。
・「雑誌版」には登場せず、「単行本版」にのみあるエピソード部分。
（2）登場人物
・「雑誌版」では登場しないが、「単行本版」では登場する人物。

・「雑誌版」の方が、身体的特徴の描写が詳細な人物。
・「雑誌版」と「単行本版」で名前が異なっている人物。
・「雑誌版」と「単行本版」で立場や行動、心理が異なっている人物。
・「雑誌版」では内的描写がない人物。
・「雑誌版」と「単行本版」で人間関係の在り方が異なっている人物。

（3）物的名称・造語

・レムの造語である物的名称が「雑誌版」と「単行本版」で異なっている。
――「単行本版」のアストロン astron が、「雑誌版」では、テルツェントゥル tercentur と呼ばれている。
・「雑誌版」にのみ登場する名称。
――ゲア号中央制御室の名称は、「ホワイト・ホール Biała Sala」である。

（4）数字の違い

・科学的データの数字が異なっている――ゲア号の速度等。
・遠征旅程の進展日数が異なっている。

（5）編集上の違い

・段落、句読点、引用符の違い。
・タイポグラフィの違い。

（6）挿絵――「雑誌版」のみにあり。

ここまでの大きな改変を見ると、この雑誌で発表された『マゼラン雲』が、単行本『マゼラン雲』の単なる先行ヴァージョンとは思えなくなる。なぜなら、全体を読み通して得られる印象が大きく異なるからである。物語の構成に関しては、「ケンタウルスの太陽」まで、両版の差異は非常に激しく、それ以降の章では比較的同じであるものの、「グーバルの仲間《トヴァジシュ》」が「雑誌版」にはない。何より、主人公の子供時代やオリンピックのマラソン・シーンが「雑誌版」では全く描かれないため、雑誌の読者は主人公が「自己を超越する」場面に感動することはできない。登場人物にまつわる差異も多く、特筆すべきは、「雑誌版」にガニメデのピォトルが全く登場しないことで、したがって、彼の過去の語りもまた、登場しない。アトランティス人の人工衛星に助手として乗り込むのは、「雑誌版」ではニルス・ユールイェラになっている。また、造語やセリフの違いも見られる。

一体どちらが「本当の」『マゼラン雲』なのだろうか？　そこで、底本の特徴を良く観察して得られた結果というのは、数章ごとに頻出する単語や多用される言い回しが偏っている、つまり、用語の統一性や文章の安定度などから、数章ごとのある程度のまとまりが感じられ、その安定度は物語の終盤に向かうほど高くなる、ということである。一方、「雑誌版」には、検閲のためであろうか、レムが本気で書いたとは思えない、「単行本版」にはない、共産主義礼賛を強調するような陳腐な表現や場面が描かれていたりする。この時点で考え得る推測は、次の通りである。

（1）著者はある程度の量の草稿（タイプライター原稿）を書きためてから、もしくは、全部を提出し、編集側で時の政治的意向に合わせて雑誌向けに内容を修正した、ないしは連載枠に応じて簡略化した。

（2）あるいは、最初から雑誌の連載に合わせて、毎号掲載されたものと同じ内容と分量を書いており、その後、政治情勢の変化に伴い、「雑誌版」では発表できなかった部分を、単行本用に修正加筆した（連載が終了してから、初版が出るまで一年以上）。

（3）あるいは、登場人物の外的描写の違い、科学情報のアップデートによる数字データの修正や、登場人物の台詞、造語の変更等からして、草稿に加筆と削除の両方の修正を行ったとも考えられる。そうすると、底本の原文を読み通して感じられるちょっとした違和感（オートマタやロボット、パノラマ甲板や星望甲板等に見られる名称の不統一、外国語からの影響の緩慢な変化〈ドイツ語、時に、チェコ語やハンガリー語から、次第に英語、ロシア語へ〉）、作者の文章技術の向上、ないしは、成長感の説明がつく。ただし、ポーランドでも様々な意見があり、はっきりとしたことは分からない。かといって、雑誌編集部による「あらかたの部分を掲載しました」というメッセージは、「忖度」である可能性もある。前出のヴォイチェフ・ゼメクによると、「草稿の簡略版が雑誌に掲載され、その後、その簡略版を著者が単行本向けに改良した可能性が高い」とのことである。一度、著者のタイプライター原稿が確認できたなら、と惜しい限りである。

筆者の手元には、一九九三年にワルシャワの古書店で入手した初版本がある。この初版と底本との相違はというと、巻末の（当時真新しかった）科学用語集、句読点の有無、ちょっとした語順、タイポグラフィの違い等微妙なものであり、物語の進行や登場人物の有無にまつわるような大胆な変化は見られない。

レムと『プシェクルイ』誌の関係は良好だったらしく、『マゼラン雲』以降も、さまざまな作品が掲載され、おなじみのダニエル・ムルス（一九一七―一九九三）も挿絵を担当している。雑誌自体は、二〇一三年に一旦休刊をしたものの、その後、拠点をワルシャワに移し、二〇一六年十二月、季刊誌として復活を果たした。サイズもＡ３になり、ぐっと大きくなった。未だレムへの愛着は失われてはおらず、二〇一九年冬号では、新たに発見された（おそらく著者が焼却し忘れた？）未発表の短篇『狩り』が掲載された。その際、スタニスワフ・ベレシがコメントを寄せている。

レムは、一九二一年九月十二日、当時ポーランド領であったルヴフ（現ウクライナ、リヴィウ）でユダヤ系医師の一人息子として生まれ、第二次世界大戦を生き延び、戦後の国境線の西方移動に伴い、両親とともに、同市から西に約三〇〇キロ離れたクラクフに移住した（少年時代を綴った自伝に『高い城』がある）。ルヴフとクラクフは、共にガリツィア地方に位置し、それぞれがかつてオーストリア帝国に属していたことがある経緯から、ハプスブルク文化の影響が濃い、歴史ある学術都市である。身一つで故郷を後にした一家にとって、同じ文化アイデンティティーを共有する土地に落ち着き先を見つけることができたのは幸運だった。両市とも中欧屈指の大学を抱え、自然科学分野においても卓越した研究者を輩出している。トルン出身で十五世紀末にクラクフ大学（当時）で学んだニコラウス・コペルニクス（一四七三―一五四三）がつとに有名だが、二十世紀の人物として挙げられるのが、ブラウン運動研究で知られる物理学者マリアン・フォン・スモルコ（ホ）フスキ（一八七二―一九一七）、アインシュタインの助手になり、後に核兵器廃絶と科学技術の平和利用を訴えた物理学者レオポルト・インフェルト（一八九八―一九六八）、ポーランド数学界が誇る、関数解析学研究で名高いステファン・バナッハ（バナフ）（一八九二―一九四五）、そのバナッハを「発見」した、応用数学者ヒューゴ・シュタインハウス（一八八七―一九七二）、さらに、バナッハの教え子である数学者スタニスワフ・ウラム（一九〇九―一九八四）などだ。ウラムは、ブタペスト出身の数学者フォン・ノイマン（一九〇三―一九五七）の誘いで渡米し、後に水素爆弾の構造を開発した。また、両市にゆかりの人物ではないが、アラン・チューリング（一九一二―一九五四）によるエニグマ暗号機解読に貢献した、ポズナン大学（当時）数学科出身の三人組マリアン・レイェフスキ（一九〇五―一九八〇）、ヘンリク・ジガルスキ（一九〇八―一九七八）、イェジイ・ルジツキ（一九〇九―一九四二）の名前も記しておく。こうした戦前の豊饒な知識人層は、ナチス・ドイツ軍とソ連赤軍により壊滅的な打撃を被った。戦争によって生じかけたこの無残な真空こそは、戦後のポーランド再出発に当たっての最大の不幸であった。そこに、レムが現れた。Natura abhorret vacuum. レムは後に、国外に出てウィーンや西ベルリン（当時）に住んだこともあったが、不思議なことに、異星の海の物語『ソラリス』を世に送り出したこの作家は、かつて一度も海辺に住んだことがないのだ。

その後、レムは二〇〇六年三月二十六日にクラクフで亡くなり（享年八十四）、家族の意向で、市内中心地から西へ約三キロのサルヴァトル墓地（別名ズヴェズニェツキ墓地）に葬られた。近くに市電のターミナル停留所があり、ここでバスに乗り換え、ヴィスワ川に沿ってさらに西へ三キロ、郊外のプシェゴジャウイに向かうと、右手側の小高い丘上に小さな城が見えてくる。周囲は鬱蒼とした森に囲まれており、戦時中にはナチス・ドイツ軍将校用のサナトリウムに使用されていたという。初期の長篇『主の変容病院』の舞台である。一時はヤギェロン大学のポーランド学研究施設と学生寮が置かれていたが、現在はリゾート・ホテルになっている。

筆者はレムの自宅を一度訪問したことがある。一九九五年五月十四日のことだ。訪問といっても、一介のファンとして門前まで行って、「ここがレム家なんだな」と確認して、すぐに引き返してくるつもりであった。ところが、偶然そこに近所の女性が通りかかり、「せっかく日本からきたのだから、会っていきなさい。私がとりなしてあげる」とのことで、あっという間にバルバラ夫人に掛け合ってくださり、レムご本人にお目もじが叶ってしまった。思わぬ展開。事前の約束もしていないうえに、こちらはただの学生、おまけに卒論で書いた『ソラリス』とサイバネティックスの関係を即座に否定され、いたたまれずにすぐにレム家を後にした。それでも、レムは書斎に通してくれ、大きな書棚から、当時再版されたばかりの『インヴィンシブル』をすっと引き抜くと、それにサインをして手渡してくれた。玄関のテーブルには、いつの間にかお土産のバラの花（偶然持っていた）と私の名刺が飾られてあり、洗練された心遣いに感銘を受けた。その後、しばらく時間が経ってから、書店で行われた新刊のサイン会に勇気を出して行ってみると、レムは「ああ、あの時の」と覚えてくれていて、ほっとしたことを記憶している。二〇一一年三月十一日に東日本大震災が起きてからの日々、頭の中で常に『ソラリス』の一部が鳴っていた。歴史に残る惨事を体験した者同士として、願わくば、レムと悪夢の日々の感覚について語り合ってみたいものだ、と思うことがある。一九九〇年代ヨーロッパは戦時下にあった。ロシアのSF批評家ヴラディーミル・ボリソフがいみじくもレムをこう讃えている。「しかし、ともかく、私はこの人物に謝意を表さねばならない。彼の諸々の本は、生涯私の身辺から離れず私に連れ添い、酷寒には暖を恵み、困難な時を生き抜く助けとなってくれるのだ！」[9]

翻訳に際しては、冒険物語のわくわく感を尊重するため、何よりもまず、日本語の読者が原書の読者と同じ時間の流れと論理展開に沿ってストーリーを追えるよう心掛けた。したがって、原語からの直訳のままでは日本語として筋の通らない部分は、スムーズな日本語の表現に改めた。そのため、必要に応じて、慣用表現の言い換え（例えば、ポーランド語の「石のような眠り」を日本語の「泥のような眠り」に）、品詞の種類や時制の変更、また、一文の中で並立する動詞の順序の入れ替えを行った。また、直訳では著者による言葉遊びの意図が通らない表現を、日本語として分かりやすく置き換えたものもある（例えば、「パイプ・オルガン」、「アホウドリ」）。著者の文体の特徴として、ひとつの長い文の中で、複数の主語が切り替わることがあるが、日本語としては辻褄が合わずに読みにくい場合は、態の変更を行い、同じ主語に統一した。また、「ヴ」の表記に関しては、言語学上日本語に無い音として極力使用しない方針だが、現在の慣用としてすでに「ヴ」表記で広く受け入れられている表現に関しては、これを使用した。何卒ご容赦願いたい。ポーランドの人名、文学作品および出版物の日本語表記は、一部を除き、チェスワフ・ミウォシュの『ポーランド文学史』（関口時正・西成彦・沼野充義・長谷見一雄・森安達也訳、未知谷、二〇〇六年）の訳に従った。

本書は、二十世紀半ばに執筆された作品であるため、作中に登場する科学用語も、言葉遊びを除き、なるべく同時代の表現を用いた。例えば、著者の造語である「メハネウリスティカ」には「機械神経科学」という訳を当てたが、現在ならば、さしずめ「機械認知学」となるかもしれない。主人公がゲア号で起こった緊急事態の際、「懐中電灯」を持っていない自分に毒づくシーンがある。これも、現代であれば「ペンライト」であろうが、五〇年代当時にこの用語はまだなかった。したがって、新生児用の「インキュベータ」も使用を控えた。また、現代では差別用語に当たる表現も改めた。

9　Борисов В. Голос жителя Земли // Новое литературное обозрение（М.）. — 2006. — № 82. — С.325.

本作品を翻訳する機会を与えてくださった沼野充義先生に、厚くお礼を申し上げます。編集を担当された清水範之さんには、大変お世話になりました。そして、惜しみなく貴重な時間を割いてくれた友人たち――フィンランドの国語教師マリア・カウニスマMaria Kaunisumaaさん、在仏ロシア語講師のナターリア・スジャエフNatalia Soujaeffさん、ヴィリニュス大で母語であるポーランド語を教える傍ら、根気強く相談に乗ってくれたダヌーテ・バラシャイティエネDanutė Balašaitienėさん、編集者兼記者のマルチン・ヴジョスMarcin Wrzosさん、古い科学情報に関する質問にお答えくださったウクライナ国立学士院（物理学）のヴァレリー・コレパノフValery Korepanov博士、ご自身の論文をご教示くださったステファン・ヴィシンスキ枢機卿大学のヤン・ジェリンスキJan Zieliński教授、本作出版にまつわる質問にお答えくださったトマシュ・レムTomasz Lemさんと代理人のヴォイチェフ・ゼメクWojciech Zemekさん、レム学のヴィクトル・ヤズネヴィチWiktor Jaźniewicz博士、そして両親に、どうもありがとうございました！　Tack, Kiitos, Спасибо, Ačiū, Дякую, Дзякуй, Dziękuję!

二〇二二年二月九日

後藤正子

解説　ユートピアの夢の幻惑と過誤

沼野充義

父の禁止、息子の許可

まず最初に強調しておきたいのだが、本書は主要ＳＦ作品の大部分がすでに翻訳されているスタニスワフ・レムの著作のうち、今日まで未訳のまま残っていた数少ない作品の本邦初訳であるだけでなく、レム自身が作品の出来栄えに不満を抱くようになってからずっと翻訳の許可を出さなかった作品である。レムは二〇〇六年に亡くなっているが、今回の国書刊行会版スタニスワフ・レム・コレクション第Ⅱ期に本作を収録するためには、著作権継承者である作家の御子息トマシュ・レム氏のご理解を得て許可を特別にいただくことができた。つまり、本作は旧ソ連圏社会主義諸国は別として、非社会主義圏の欧米諸国ではこれまで一度も翻訳されたことがなかったのである（英訳ももちろんない）。

私自身もこの作品については、はるか昔流し読みしたくらいで、レム自身が後に価値を否定した、社会主義リアリズムの制約下に書かれた作品という先入観が強かったうえ、レムが最後まで翻訳の許可を出さなかったということももちろん知っていたので、いまさらあえて日本語に訳すこともないだろうと考えていた。ところが、国書刊行会でスタニスワフ・レム・コレクション第Ⅱ期の企画を立ち上げ、収録作品のラインナップを検討していたとき、『マゼラン雲』の本邦初訳を入れることによって企画の「目玉」にできないだろうか、という国書刊行会の編集長、清水範之氏の提案があって、改めて作品を見直したところ、レムの主要作品がほぼすべて知られている今だからこそ訳す価値があるのではないか、と思うようになった。しかし当の著者が外国語への翻訳の許可を出すことなく亡くなってしまっており、著作権の交渉は難しいだろう、という気がした。亡くなった父の遺志を息子が簡単に覆せるとも思えなかったからだ（亡くなった父の意向を無視して未公刊だったテクストを次々に出したナボコフの息子のケースもあるけれども)。

そこで私は「ダメもと」で、レムの著作権業務をレムの子息に代わって一手に引き受けている代理人のヴォイチェフ・ゼメク氏にメールを書いて、どうして『マゼラン雲』の日本語訳をレム自身の遺志に反してまでも出したいのか、次のように説明した。「レム氏自身がこの作品を価値のないものと認め、外国語への翻訳を許可しなかったということは知っていますが、私見では、この小説に対するレム氏自身の批判は厳しすぎたのではないでしょうか。また、今日の視点から見ると、大いなる共産主義の実験の失敗の目撃者であるわれわれは、この小説に大きな歴史的意義とユートピア的夢想がかつて持っていた魅力を再発見できるのではないでしょうか。」

それに対してゼメク氏はすぐに、確かにこの小説は現代の読者を苛立たせ、不快感を与えるようなある種の流儀・文体で書かれている面があるが、あなたの希望をトマシュ・レムに伝えて検討してもらおう、と返信してきた。そしてなんと即日、またゼメク氏から来信があり、「トマシュ・レムは、日本の読者の高い理解力に関するあなたの言葉を信頼し、この本が日本のレムの愛読者をがっかりさせることがないようにと願いつつ、『マゼラン雲』の日本での出版に同意することにやぶさかではありません」との連絡をうけた。私は小躍りした。二〇一八年五月八日のことだった。

ただしその同意には一つだけ条件があって、『マゼラン雲』が書かれた背景や時代状況を説明するイェジイ・ヤジェンプスキ教授による二〇〇五年刊レム全集版『マゼラン雲』への後書きもあわせて訳出してほしいとのことだった。本訳書に「遥かなる旅」として掲載されているのが、その後書きである。イェジイ・ヤジェンプスキはレム研究の第一人者であるだけでなく、ブルーノ・シュルツ、ヴィトルド・ゴンブローヴィッチなどの二十世紀ポーランド前衛文学に詳しい文芸評論家・ヤギェロン大学教授である。レムの著作のもっとも信頼できる全三十四巻の著作集の編者でもあり、全巻に解説を書いている。

　さて、そんなわけで、本訳書にはヤジェンプスキによる後書き、訳者の後藤正子さんによる熱意あふれる力作の訳者あとがきに加えて、このレム・コレクションの全巻解説を予定している私による解説という（私としては後藤さんの優れた訳者あとがきを尊重しつつ、繰り返しをできるだけ避けながら、若干違った角度から作品に光を当てることにする）異例の三段構えになり、さすがにこれではやりすぎではないかと思う読者もいるかも知れないが、これも『マゼラン雲』を歴史的パースペクティヴに置くためにレムに対して払うべき敬意の表れと受け止めていただきたい。

レムはなぜ『マゼラン雲』の翻訳を許可しなかったのか

　さて、それではまず肝心な、レムはなぜ『マゼラン雲』の翻訳を許可しなかったのかという点について。この点についてもちろん後藤さんの訳者あとがきでも論じられているが、改めて私なりに整理してみたい。

　まず『マゼラン雲』の翻訳状況の再確認をすると、実はまったく外国語に翻訳されなかったわけではない。この小説が一九五五年にポーランドで単行本として出版されると、その翌年、一九五六年から一九六六年までの間にチェコ、ドイツ（東ドイツ）、スロヴァキア、ルーマニア、ロシア、ラトヴィア、ハンガリー、アルメニア、クロアチア、ブルガリアの十言語に次々と翻訳されているのである。ただし、それは旧ソ連圏の社会主義国に限られていた。他方、一九六〇年代に入るとレムは『ソラリス』『インヴィンシブル』といった盛期の代表作を発表して、人間の理性の宇宙での普遍性に対して懐疑的な立場を既に打ち出しており、『金星応答なし』（一九五一、原題『宇宙飛行士たち』）や『マゼラン雲』といった一九五〇年代の作品に見られた多分に楽観主義的《オプティミスティック》な人間中心主義の立場を「卒業」してしまっていたので、特にオプティミズムが強く感じられる『マゼラン雲』に対して自己批判を強め、一九六〇年代後半以降、新たな翻訳の申し出に対して許可を出さなくなったのだろう。その結果、今日に至るまで、この作品は非社会主義圏では一度も翻訳されないままになっていた。後藤さんの訳者あとがきにもあるように、ポーランドでのポーランド語原書も一九七〇年版を最後に、最晩年の二〇〇五年にレム著作集に再録されるまで封印され続けた。

レム自身はだいぶ後になってから、批評家のスタニスワフ・ベレシに対して、『マゼラン雲』について次のように述べている（スタニスワフ・レム、スタニスワフ・ベレシ『レムかく語りき』所収）。いかにも自分自身に対しても怜悧な批評家であるレムらしい、仮借ない批判ではないか。

私は「マゼランの雲」を、特にその言語的な側面から見て、かなりできの悪い作品だと考える。この本を書いているとき、ノートを持ち歩き、自分で思いついたばかりの文体的に凝った美辞麗句を忘れないようにと書き留めていたことを覚えている。私は当時リルケに大きな影響を受けていたので、私の文体は、この詩人の流れを汲むとはいえ、かけ離れた亜流のようなものだった。それをあまりに甘ったるいプロットに追加で振りかけてやれば、社会主義時代の精髄《エキス》が得られる。確かに、この本についてそんなに不平を言うこともないさ、これはユートピアのおとぎ話なんだから、この本に対する私の嫌悪感は個人的な心の傷《トラウマ》から来る面が大きい、と言う人もいるけれども。

ここでも明らかなように、レム自身による『マゼラン雲』の評価が低いのは、主に二つの理由による。第一に、リルケの影響下に書かれたため、文体的にリルケの亜流になっていること、そして、第二に、共産主義的ユートピアをナイーヴに礼賛したおとぎ話のようになっていること。

リルケの文体的影響などというと、レムのＳＦとリルケという意外な組み合わせに「まさか」と思う向きもあるかもしれない。しかし訳者もあとがきで再確認している通り、リルケの影響が文体面にはっきり表れていることはポーランドのリルケ研究者ヤン・ジェリンスキが緻密なテクスト対照を踏まえて立証している通りである。

ただし、若い日のリルケへの熱中が刻印されていること自体は、それほど激しく自己批判すべきものでも、『マゼラン雲』という長大な作品全体の価値を貶めるものではないのではないか。ましてそれが、外国語への翻訳を一切許可しないという姿勢に直結するものとも思えない。そうだとすれば、翻訳拒否の――特に非共産主義圏への――より根本的な理由は、やはり共産主義的ユートピアを礼賛した（ように見える）社会主義リアリズム枠内の作品だったことを後年レムが後悔し、自分の汚点のように感じたということのほうだろうか。

これについては、かつて『マゼラン雲』の翻訳の許可を求めた日本人に対してレムがどのように断ったか、という面白い逸話がある。これはロシアの『一般新聞《オープシシャヤ・ガゼータ》』二〇〇〇年一月二十日付に掲載されたインタヴューの中でのレム自身の発言だが、彼はこんな風に言って日本語への翻訳に許可を出さなかったのだという。「日本は共産主義体制を経験したことがない。もしも私の小説（『マゼラン雲』）のせいで、ほんの一人でも日本人が共産主義を信奉するようなことがあったら、私は地獄の火に焼かれる宿命にある。」

正直なところ、話をちょっと「盛って」いるような気がしないでもないが、レムは日本贔屓で、自分の著作が日本の読者によく理解されていることを喜んでいたので、特に日本語訳に対してこのように強く否定的な態度をとったことは十分考えられる。気になるのは『マゼラン雲』の日本語訳について打診したのが、誰だったのかということだ（少なくとも私ではない）。出版社やエージェントではなく、翻訳家が自ら打診したのならば、飯田規和氏か、深見弾氏くらいしか考えられないが、お二人とも故人である。生前この件について伺う機会を逸したままになったのが、残念である。

社会主義リアリズムの時代のSFとは何か?

レムの『マゼラン雲』が書かれた時代のイデオロギー的な枠組みと歴史的文脈を理解するために、いま一度基本的なことに立ち返ってみよう。当時ソ連だけでなく、東欧でも支配的だった社会主義リアリズムという（いまでは地に堕ちてしまった）芸術・文学の方法論は、常識的な意味でのリアリズムとはだいぶ異なり、もともとユートピア主義的な色彩の強いものだった。一九三四年にモスクワで開かれた第一回全ソ連作家同盟大会の席上で採択された同盟規約には、「ソヴィエト文学およびソヴィエト文芸批評の基本的方法である社会主義リアリズムは、革命的に発展していく現実を正しく、歴史的・具体的に描き出すことを芸術家に要求する」と書き込まれている。つまり、現実は単に批判的に正確に描写されるべきものではなく、本来、革命的に（もちろんユートピア的な未来に向かって）発展していくべきものなのである。

レムのSF作家としての本格的なデビュー作となった『金星応答なし』もまた、このような時代の刻印を色濃くおされた作品だった。作品の時代設定は小説が刊行された時点から見て近未来の二〇〇三年。小説の執筆が進められていた一九四〇年代末から見れば、二〇〇三年は「近未来」とは言っても遥か彼方のユートピア的な未来だったのかもしれない。この小説に登場する、当時の水準からすれば想像しうる最高水準の科学技術（宇宙飛行、超高性能コンピューター、原子力を使った大量破壊兵器など）の大部分は、いまでは実現してしまっているだけでなく、すでに陳腐なものにさえなっている。その一方で、小説の背景となっている未来の社会像は、いまだに現実からは程遠い、おとぎ話のような次元のものに留まっている。レムは未来の共産主義的ユートピアをこんなふうに描いたのだった。

二〇〇三年には、（中略）最後の資本主義国家が崩壊してから、すでに長い年月がたっていた。世界を正しく作り変えてゆく困難で痛ましくも偉大な時代が、終わりを告げたのだ。貧困も、経済的混沌も、戦争も、もはや地球の住人たちの偉大な計画をおびやかすことはなかった。国境線におびやかされることもなく大陸間に高圧電線網がはりめぐらされ、原子力発電所や、オートメーション化された無人の工場も誕生していた。（中略）科学が破壊の手段を作り出す必要など、もはやまったくなくなっていた。共産主義に奉仕することによって、科学は世界を改造するためのもっとも強力な道具となったのだ。

『金星応答なし』は地上にこのような理想的社会が実現しつつあり、科学技術を駆使して人間が地球の改造を大胆に推し進めている時代の物語である。人類は、金星人たちが地球侵略を企てているらしい、という推測に基づき、真相をつきとめるべく、科学者たちやパイロットからなる探検隊を組織し、金星に向かう。科学者はロシア人、中国人、インド人、ポーランド人など、いずれも人類の叡智を代表する世界各国の超一流の頭脳の持ち主。そして語り手のパイロットは、共産主義者としてソ連に亡命したアメリカ黒人とロシア人女性の間に生まれた男性、という設定だ。そして、彼らを乗せた宇宙船コスモクラートルは、はるばる金星を目指して飛んでいくのだった……。

これが『金星応答なし』という物語の基本設定である。レムが『マゼラン雲』に至る一歩手前の作品として、少し詳しく説明してみたが、それではそれに比べて『マゼラン雲』はどうだろうか。一九五三年にソ連のスターリンが死んで、ソ連だけでなく、東欧でもいわゆる「雪解け」が始まり、言論・芸術表現が少し自由になったのは確かだが、作家たちを縛る社会主義リアリズムの教義がすぐに無効になったわけではない。レムはイデオロギー的な縛りは踏まえつつも、『マゼラン雲』の舞台をはるか遠未来の三十二世紀初頭に設定することによって、物語を現実の桎梏から解放したのだと言えるだろう。実際、現実離れしたおとぎ話という感覚は、『金星応答なし』にはなかったものだ。社会主義リアリズムに縛られた時代に生きる作家が直面する大きな問題は、同時代や近い過去、あるいは近い未来を扱う場合、現実に向き合う作家の政治的な旗幟を鮮明にし、共産主義を称え、ユートピア的未来に向けて発展していく共産圏と堕落した悪しき資本主義という構図を踏まえなければならない、ということだった。実際、『金星応答なし』の場合、二十一世紀初頭という、十分には遠くない未来に設定されていて、同時代の政治思想や世界情勢とどうしてもつながってしまうため、作者は現実から思うように離れることもできず、共産主義者の前向きなモラルについても書きこまなければならなかった。社会主義リアリズムにあっては、社会の理想的未来に向けての発展の中で、共産党員の果たすポジティヴな役割を描かなければならなかったからだ。『金星応答なし』を読んだことがある読者ならば、既にお気づきだろうが、実は『マゼラン雲』の中で女性彫刻家ソレダットが引用する、ある古めかしい（古代の？）本の一節（本訳書一八二ページ）は、ほぼそのまま『金星応答なし』から採られており、これは密かに持ち込まれた自己引用である。ここで言われているのは、どんなに敵がいても、どんなに辛いことがあっても、たくさん働けばよくなっていくはずだ、という楽天的な考え方だが、このように『金星応答なし』において理想社会を実現するために必要とされた共産主義的オプティミズムのモラルが、『マゼラン雲』で遥か過去の著作からの引用という形で提示されるのである。

ところが、『マゼラン雲』の物語の本体を見る限り、共産主義のイデオロギーそのものを宣伝するような箇所はまったくない。世界が共産圏と自由主義（資本主義）の二陣営に分かれて戦っていたことも、そもそも共産党という党があったことも、あまりに遠い過去のことなので、『マゼラン雲』の宇宙船ゲアに乗り組んだ者たちにはもはや直接関係がない。つまり三十二世紀は作家にとって安全な遠い未来だった。マルクスやレーニンの引用をする必要もない。

確かに『マゼラン雲』には、「共産主義者たち」と題された章もあるにはある。しかし、これは検閲官の目をくらます一種のカムフラージュ、訳者後藤さんの表現を借りれば「煙幕」のようなもののように思える。既に理想の共産主義社会が実現している三十二世紀にあって共産主義者は実は古代史の、いや考古学的発掘の対象でしかない。実際「共産主義者たち」の章で中心となるのは、宇宙船ゲアの乗組員の一人、歴史学者のテル・ハールが語る、ドイツ人のマルティンという共産主義者の受難の物語である。マルティンは共産主義者であるがゆえにナチスに迫害され、激しい拷問を受けながらも決して仲間を裏切ることがなかった。それ自体感動的な物語ではあるが、なにしろ『マゼラン雲』の時代からほぼ千二百年も昔の話であり、共産主義者の美徳がこのマルティンに集約されて提示されるのも、『マゼラン雲』という小説全体から見ると唐突である。

マルティンの物語は感動的ではあるが、マルティンの美徳は何も共産主義者だけに限られたものではないだろう。その一方で、共産主義の思想そのものについての議論は一切ない。おそらくレムは『マゼラン雲』で共産主義を肯定的に取り上げていると見せかけつつ、ナチスドイツによる大量虐殺の時代を生き延びた自分自身の戦中の経験につながる同時代の物語を『マゼラン雲』の中に「密輸入」したのではないか。ちなみに共産主義者マルティンにモデルがあったかどうかは分からない。ナチスドイツを批判して抵抗運動をし、収容所送りになったマルティン・ニーメラーという人物がいたが、彼は牧師であって、もちろん共産主義者ではない。

ファースト・コンタクトの論理と倫理

レムはこのようにして『マゼラン雲』において共産主義そのものを論ずることを巧みに回避した。それでは、広い意味で「ファースト・コンタクト」を扱った（扱おうとした）この小説において、人間の理性の普遍性や、宇宙における人間の位置などについての作者の姿勢はどうだろうか。これは、社会主義リアリズムに直接関係ないようだが、実は共産主義イデオロギーから必然的に導き出される問題であり、共産主義ユートピアが人類の進歩の結果到達すべき究極の理想である以上、それを実現した人類は宇宙における知的生命として最高の形態であり、人間の理性は宇宙のどこに行っても通用すべき普遍的なものだ、という考え方が潜在的に社会主義リアリズム時代の共産圏ＳＦを支配することになる。それゆえ奇怪な形をした怪物——アメリカの大衆的娯楽としてのＳＦにしばしば登場し、パルプ・マガジンの表紙を彩ったいわゆるＢＥＭ（bug-eyed monster 虫のような巨大な眼を持つグロテスクな怪物）は、堕落した資本主義社会の歪んだ想像力の産物として排除されることになる。

それでは初期レムのＳＦに登場する「宇宙人」はどんな姿をしているだろうか？　じつは『金星応答なし』でも『マゼラン雲』でも、高度な知性を持った「宇宙人」の存在は想定されてはいるものの、彼らの実際の姿を読者は目にすることがない。

『金星応答なし』では、金星人たちは既に滅亡しており、地球からの探検隊が遭遇するのは、金星人滅亡後に生命亡き世界で独自の進化を遂げた金属の小さな虫のようなものの集団だった。しかし、注目すべきは、滅びてしまった金星人たちの歴史を想像する際に、人類とのアナロジーが用いられているということである。レムの描く金星人は、科学技術を発展させ地球侵略を企て、そのための強大な武器を開発するのだが、最後には自分たちどうしの争いを起こし、原子力兵器によって自滅してしまう。これは金星人という異質な「他者」の姿であるというよりは、人類の未来の選択肢《オールタナティヴ》の一つに他ならない。その意味では、これは資本主義（科学技術の濫用→戦争→人類の破滅）対共産主義（科学技術の平和利用→人類の共存共栄→理想社会の実現）という冷戦時代の二極構造的世界観を反映したものとも言えるだろう。

それに対して、『マゼラン雲』における「宇宙人」（アルファ・ケンタウリの第二惑星、白色惑星人）とは、その姿も論理も推察できるほど十分な接触は起こっていない。ゲア号からこの惑星を探索するために送られた九隻の小型有人ロケットはすべて惑星からの攻撃によって破壊され、もう一隻のやや大きい無人ロケットのみ攻撃を受けず、無傷で残る。普通だったらこの攻撃を惑星人の敵意と見なし、敵対的な惑星人を殲滅すべく、ゲア号からの総攻撃が始まりそうなものだが（アメリカの大衆的スペース・オペラだったらそうなるだろう）、そこはさすがレム、そのような俗悪な宇宙活劇のドンパチからははっきり一線を画している。

『マゼラン雲』では、「地球の花々」という章で、乗組員の中でも最高の頭脳を持つ天才的な科学者グーバルが、白色惑星人の論理と意図に関する鮮やかな仮説を提示する。白色惑星人が大型の無人ロケット一隻のみ攻撃しなかったのは偶然ではなく、それを有人ロケットと誤解したからで、パイロットを殺すつもりはない、つまり人間と戦う意志がないことをそのことによって示したのではないか、というのだ。興味深いのは、こういう仮説を立てる際に、グーバルが、まったくの未知数である白色惑星人の位置に人間を「代入」して考えるということだ。なぜならば、高度な文明を持つ白色惑星人の知性は、人間のものと類似した論理法則に従って活動するはずだからである。しかし、だからといって、白色惑星人の外見が人間に似ているわけでは必ずしもない、とグーバルは付け加える。

グーバルは推論の結果、白色惑星人たちは人間と相互理解可能な知性を持っているはずであり、必要なのは異質な敵意ある他者として彼らを殲滅することではなく、「コミュニケーションを取る試みを行うべきである」（本訳書四二四ページ）という確信を表明する。注目すべきは、ここには単に知性や論理の普遍性だけでなく、互いに攻撃しあうのではなく、相互理解の道を探るべきだという一種の倫理的判断においても人間と白色惑星人の間に共通点があると想定されていることだ。このように見ると、『マゼラン雲』では、人間の持つ論理や倫理は宇宙で普遍的なはずだというオプティミズムは温存されているが、白色惑星人がどのような姿をしているかについても一切記述はない。つまり、レムはコミュニケーションの可能性はオープンにしたまま、小説を閉じたのである。

人間中心主義の誘惑に抗して――エフレーモフの長篇『アンドロメダ星雲』との比較から

ところで、東欧全体に大きな影響力を持った同時代のソ連のSFに目を転じてみれば、『マゼラン雲』と発表の時期も近く、タイトルも似ていることからどうしても思い起こされるのが、ソ連SFの大御所イヴァン・エフレーモフの長篇『アンドロメダ星雲』（レムの『マゼラン雲』の二年後の一九五七年刊）だろう。スターリンの死後の自由化の機運の中で、戦後ソ連社会の復興や科学技術の飛躍的発展を背景に現れたこの壮大な構想を持つ小説は新たな時代の到来を告げるシンボルに相応しいものだった。時はあたかも、世界初の人工衛星スプートニクの打ち上げにソ連が成功し（一九五七年十月四日）、世界に衝撃を与えたころだった。当時ソ連は、宇宙開発競争においても、SF的なユートピアのヴィジョンにおいても、世界のトップを走っていた。

『アンドロメダ星雲』の舞台となるのは、紀元三〇〇〇年代の未来の世界であり、そこで人類は理性を持つ宇宙の高等生物のネットワークの一員として宇宙に進出していく。未来の共産主義ユートピアを描いたこの美しい小説の中で何度も強調されるのは、宇宙のどんな生き物であっても、進化の結果、到達する理性と美の最高の段階ではすべて人間と同じような形態を取る、という信念であり、この宇宙観は「アントロポモルフィズム」（人間形態主義、英語ではanthropomorphism）と呼んでいいものだろう。「アントロポモルフィズム」とは、宗教学では「神人同形論」などと訳される用語であり、神を人間と同じような姿で想像することを言うが、ＳＦの場合は、宇宙人の姿を結局のところ地球人（人間）の姿の延長においてとらえようとする態度であり、ソ連のイデオロギーのもとでは、それは事実上、人間こそが最高なのだとする人間中心主義と同義になった。エフレーモフはこのような立場からアメリカの大衆的ＳＦに溢れるＢＥＭを俗悪な資本主義的なものとして批判した。

ちなみに、日本では小松左京がこういった社会主義ＳＦの王道に反発し、独自のＳＦ論を「拝啓イワン・エフレーモフ様」という文章（『Ｓ－Ｆマガジン』一九六三年十一月、四九号）で展開した。化け物やＢＥＭの出てくる小説、破局小説などを「不純」なＳＦとして切り捨てたエフレーモフに対して、小松はＳＦをもっと広い文学の伝統の中に位置づけるべきだと反論し、こういった「不純」なテーマを擁護したのだった。

エフレーモフのヴィジョンは、宇宙のいたるところに人間と同じ形をした「宇宙人」がいて、人類もそのネットワークの一員として宇宙に進出するというものだから、これまたずいぶん壮大で非現実的な幻想といえば幻想だが、これがどうして、社会主義リアリズムを唯一の正しい創作方法として掲げていた当時のソ連でイデオロギー的に公認されたのだろうか。さほど複雑な事情ではない。社会主義の立場を代表するＳＦとは、つまり、人類の進歩と発展を信じると同時に、人間の理性の普遍性を信じる文学でなければならない。人類は進歩の結果、やがて理想の共産主義社会を建設するのであり、共産主義が最高の発展段階である以上、それを建設した人間の理性もまた最高のものでなければならないのである。

社会主義ＳＦのいわば王道を行くエフレーモフの作品と比べた場合、レムの『マゼラン雲』は、千年以上も先の宇宙航行を描いた壮大な作品ということで共通するものが多いのではないかとも思えるのだが（レムがエフレーモフに直接影響を与えたということは考えにくいのだが）、思想的にはやはりレム独自のスタンスが既に打ち出されている。ここでレムは人間の理性を普遍的なもの、宇宙の基準となりうるものとする独善的な人間中心主義（anthropocentrism）からはある程度自由であり、ましてエフレーモフが提示する「人間形態主義」の誘惑に屈することはない。『マゼラン雲』では乗組員の一人である宇宙動物学者が、宇宙の知的生命が肉体的にどこか人間に似ているに違いないというのは「先祖返り的な、不合理な思い込み」（本訳書三五一ページ）だと批判しているが、これはレム自身の立場でもあった。実際レムは、『金星応答なし』でも、『マゼラン雲』でも、高度に知的な地球外生命体の存在を想定し、彼らとの相互理解は可能だとしながらも、彼らの姿をあえて描かない、ということによって独自の姿勢を貫いたのだった。

ただし『マゼラン雲』の時点ではレムは宇宙人とのコミュニケーションの可能性は否定しなかった。レムがコミュニケーションの可能性に関して懐疑的な立場を強めていったのは、もう少し後のことだった。彼の代表作『ソラリス』（一九六一）はまさに地球外の知性（というか、より正確には、「知性」と呼びうる存在であるかもわからないもの）とのコミュニケーションの失敗を描いた作品であり、『天の声』（一九六八）は、宇宙から届いた謎のメッセージの解読計画が失敗に終わる顚末を、その計画に参加した数学者の手記という形で描いた作品だった。

『マゼラン雲』の再評価に向けて

ここまで見てきたように、『マゼラン雲』は後にレム自身が厳しい自己評価を下したにもかかわらず――社会主義リアリズムの時代の制約にかなり縛られていたとはいえ――ファースト・コンタクトのあるべき形や人間中心主義の限界に関するレム独自の思想が既に織り込まれた作品である。ただし、この大作にはその他の様々な要素が惜しみなく、まるでごった煮のように盛り込まれている。もはやその一つ一つについて詳述する紙数はないので、簡単に列挙するに留めるが、私の見るところ、『マゼラン雲』を魅力ある小説にしている要素としては、その他に以下のようなことが挙げられるだろう。

（1）主人公の成長物語（恋愛をめぐる部分も含めて）

『マゼラン雲』は、宇宙船が地球から飛び立つまでの部分がかなり長く、主人公（語り手）の生い立ちからゲア号の乗組員の一人になるまでが、言わば主人公の成長物語、あるいは教養小説（ビルドゥングスロマン）になっている。レム自身大学で医学を学んでいるので、医師である主人公には、レム自身の物の見方が反映しているのかも知れない。興味深いのは、主人公の恋愛もかなり大きな比重を占めていることで、恋人と結局結ばれることなく宇宙に旅立つ主人公の運命には、やはり郷里リヴィウでのレム自身の不幸な恋愛が反映しているのかも知れないと思わせる。小説の舞台は理想の社会が実現している遥かな未来だが、人間の感情生活はすべてバラ色というわけではなく、恋愛のときめきと苦しみは現代とまったく変わらないのも面白い。なお宇宙でのファースト・コンタクトを扱ったSF小説において、本題である宇宙での出来事に入る前に、このように登場人物の地球上での伝記を詳しく書くのは、レムのSF小説作法からすれば珍しい。よく知られているように、『ソラリス』では主人公の宇宙ステーション到着の場面から物語が展開し、いわゆるin medias res、つまり「物事の中に」いきなり入っていく語りの方法が使われている。『ソラリス』では登場人物たちの地球での私生活についての具体的な記述は事前には一切ないのが、『マゼラン雲』の場合と鋭く対照的になっている。

（2）宇宙船という閉鎖空間で展開する物語の実験

『マゼラン雲』は、遥かな未来における人類の宇宙探索の物語であるとはいえ、ハードSFの愛好者をがっかりさせるかも知れないが、実は物語の大部分はゲア号という巨大宇宙船の閉鎖空間で展開する。宇宙船内ではかなりの程度まで地球の環境や生活習慣を再現・保持する機能が保たれている。乗組員は男女様々な専門家を含む（パイロット、科学者、技術者だけでなく、芸術家もいる）二百二十七名という大所帯で、彼らが何年にもわたる宇宙航行中に繰り広げる人間模様のほうが、小説にとって重要ではないかと思われるほどだ。彼らの希望と不安、恋愛、新しい命の誕生も盛り込まれているし、科学的仮説についての議論も行われる。このように閉ざされた空間における物語の実験は、文学では前から収容所、病院などを舞台に展開されてきた。病院（またはサナトリウム）を舞台にした作品で、レムがよく知っていたに違いないものとして例えばトーマス・マンの『魔の山』があるし、レム自身の『主の変容病院』も同様に閉鎖空間で展開する。しかし、宇宙という広大無辺な空間を背景にしながら、このような閉鎖空間での小社会をリアルに描きだしたのは、レムがほとんど初めてではないか。

（3）未来の科学技術

三十二世紀を舞台にした小説であるだけに、未来の科学技術の発展について、大胆な予測と記述が行われている。地球の気候の人工的制御、移動手段の飛躍的な発達、宇宙旅行の実現、インターネットを先取りするような情報集積・検索システム、準光速での宇宙航行など、博学なレムの科学的知見に基づいた未来予測の数々は枚挙にいとまがない。こういった記述にはレムの熱中のあとがうかがえる。とはいえ、なにしろほとんど千二百年も先という途方もない未来のことなので、時間軸に置いて考えてこれらの予測がどの程度正確なのか、いまから問い直してもあまり意味はないかもしれない。科学技術の発展とは裏腹に、人間そのものがほとんど変わっていないように見えるのも興味深い。人間たちは生物学的には進化もしていないし、人工的に改造もされていない。彼らは与えられた肉体を鍛えてスポーツに打ち込み、恋愛に悩み、音楽や美術を鑑賞する。いずれにせよ、遥か遠い未来に小説を設定することによって、レムは未来予測に関してのびのびと想像力を働かせることを楽しんでいる。二十一世紀初頭に生きる現代のわれわれは、千年後の世界はどうなっているかと問われても、そもそもその頃まで人類が存在している保証はないという考えに傾く程度には悲観主義的《ペシミスティック》なので（特にプーチンの蛮行を見ると）、それと比べたら、三十二世紀の世界を思い描くこの時点のレムは確かに美しく楽観主義的《オプティミスティック》だった。

（4）宇宙の詩学

最後に強調しておきたいもう一つの側面は、『マゼラン雲』の大部分が宇宙船内の人間模様の描写に費やされているとはいえ、宇宙船から観察される宇宙の光景はときどき息をのむほど美しいということだ。一例を挙げるならば、ゲア号が小説の終盤で赤色矮星、プロキシマ・ケンタウリの第二惑星に接近したときの描写。

（……）巨大な半円は、天頂付近が血のように赤い筋となってちらちらと輝いていた。その後、均一に彎曲した黒い部分の陰から、矮星の赤い頭頂が突き出てきた。矮星が直射する光線束が大気の奥深くに侵入すると、全体が花火の海になった。そこかしこで、いわば血の波が、スペクトルの回廊となってゆっくりと滑っていった。円盤は、視野の彼方いっぱいまで、スカーレット色を帯び、バラ色に変わっていった。（本訳書三九〇ページ）

想像上の宇宙の光景を、このように彩り豊かに描くとき、レムは文学史上初めての、リルケの影響など関係のない独自の宇宙の詩学を切り拓いていたのだった。これは実は、その後のレムの代表作『エデン』『ソラリス』『インヴィンシブル』などにも引き継がれ、発展していくことになる。

さて、このように多面的な『マゼラン雲』という小説を、そのほとんど七十年近く後に初めて読む私たちは、どうとらえればいいのだろうか。私としては、これ以上贅言を費やすことはやめて、あっさりと次のように結びたい。

ユートピア的な夢は美しい。たとえ夢ゆえの過誤があったとしても。

プーチンが核兵器使用の可能性をちらつかせながらウクライナを侵略し、無数のウクライナ人が隣国ポーランドに難民となって逃げこんでいるさなか、若い頃に同じようにウクライナからポーランドに逃げ延びた経験を持つレムがもしも今生きていたら何と言うだろうかと考えながら。

二〇二二年三月三日

スタニスワフ・レム……1921年、旧ポーランド領ルヴフ（現在ウクライナ領リヴィウ）に生まれる。クラクフのヤギェロン大学で医学を学び、在学中から雑誌に詩や小説を発表し始める。地球外生命体とのコンタクトを描いた三大長篇『エデン』『ソラリス』『インヴィンシブル』のほか、『金星応答なし』『泰平ヨンの航星日記』『宇宙創世記ロボットの旅』など、多くのSF作品を発表し、SF作家として高い評価を得る。同時に、サイバネティックスをテーマとした『対話』や、人類の科学技術の未来を論じた『技術大全』、自然科学の理論を適用した経験論的文学論『偶然の哲学』といった理論的大著を発表し、70年には現代SFの全2冊の研究書『SFと未来学』を完成。70年代以降は『完全な真空』『虚数』『挑発』といったメタフィクショナルな作品や文学評論のほか、『泰平ヨンの未来学会議』『泰平ヨンの現場検証』『大失敗』などを発表。小説から離れた最晩年も、独自の視点から科学・文明を分析する批評で健筆をふるい、中欧の小都市からめったに外に出ることなく人類と宇宙の未来を考察し続ける「クラクフの賢人」として知られた。2006年に死去。

＊

後藤正子（ごとう　まさこ）……1968年、福島県生まれ。東京外国語大学ロシア語学科、東京大学文学部卒。ポーランド政府給費留学生として、クラクフのヤギェロン大学に留学。指導教官は、イェジイ・ヤジェンプスキ。その後、石油化学産業の共同企業体勤務（クラクフ）を経て、翻訳・通訳業に携わる。福島地域通訳案内士（英語）。訳書に図録『チェブラーシカとロシア・アニメーションの世界』（共訳、イデッフ）、防災用冊子„10 Lekcji z Fukushimy: w celu ochrony ludzi przed katastrofą nuklearną”（共訳・共編集、FSZ、ワルシャワ）、図録『ミュシャと日本、日本とオルリク』（共訳、国書刊行会）などがある。

沼野充義（ぬまの　みつよし）……1954年、東京都生まれ。東京大学卒、ハーバード大学スラヴ語学文学科博士課程に学ぶ。ワルシャワ大学講師、東京大学教授を経て、現在名古屋外国語大学副学長、東京大学名誉教授。著書に『徹夜の塊』三部作（『亡命文学論』『ユートピア文学論』『世界文学論』、作品社）、『W文学の世紀へ』（五柳書院）、『チェーホフ　七分の絶望と三分の希望』（講談社）、編著書に『東欧怪談集』『ロシア怪談集』（河出文庫）、『世界は文学でできている　対話で学ぶ〈世界文学〉連続講義』全5巻（光文社）、訳書にスタニスワフ・レム『ソラリス』（国書刊行会およびハヤカワ文庫SF）、ヴィスワヴァ・シンボルスカ『終わりと始まり』（未知谷）、クラシツキ『ミコワイ・ドシフャトチンスキの冒険』（岩波書店）、ウラジーミル・ナボコフ『賜物』（新潮社）、『新訳　チェーホフ短篇集』（集英社）などがある。

スタニスワフ・レム・コレクション

マゼラン雲《うん》
Obłok Magellana

2022年4月29日初版第1刷発行

著者　スタニスワフ・レム
訳者　後藤正子

装訂　水戸部功

発行者　佐藤今朝夫
発行所　株式会社 国書刊行会
東京都板橋区志村1-13-15　郵便番号＝174-0056
電話＝03-5970-7421　ファクシミリ＝03-5970-7427
URL : https://www.kokusho.co.jp
E-mail : info@kokusho.co.jp

印刷・製本所　中央精版印刷株式会社
ISBN978-4-336-07132-3
乱丁・落丁本はお取替えいたします。